NOVALIS

Werke, Tagebücher und Briefe
Friedrich von Hardenbergs

Herausgegeben
von Hans-Joachim Mähl und
Richard Samuel

NOVALIS

Band 1
Das dichterische Werk, Tagebücher und Briefe

Herausgegeben von
Richard Samuel

Carl Hanser Verlag

ISBN 3-446-12440-3

Umschlag: Klaus Detjen
Gesetzt in der Linotron Garamond,
gedruckt auf Persia-Dünndruck S
der Papierfabrik Schoeller & Hoesch, Gernsbach
Satz und Druck: Passavia, Passau
Printed in Germany

INHALT

JUGENDARBEITEN

(1788-1793)

Lyrische Jugendversuche

[1.]

An meine Mutter

[Zum 5. Oktober 1788 ?]

1.
Die mich einst mit Schmerz gebahr,
Doch mit Mutterfreuden
Da ich noch ein Knäblein war
Vieles mußte leiden.

2.
Stets mich doch mit Sorg gepflegt
Und mit Angst und Mühe,
Und mich oft noch huldreich trägt
Siehe wie ich blühe.

3.
Und ein Liedchen singe ich
Dir voll Dank und Freude
Nimm es an und freue dich
Höre was ich heute,

4.
Wünsche dir voll Dankbarkeit;
Lebe uns zufrieden,
Lange noch, was dich erfreut
Müsse dich hinieden

5.
Stets beglücken, ohne Rast
Blühen deine Wangen
Von Gesundtheit[,] Sorgenlast
Möge dich nicht fangen.

6.

Und mit froher Munterkeit
Werd des Alters Beute
Schau der Kinder Seligkeit
Sieh dis wünsch ich heute.

[2.]

An meine Mutter

[Zum 5. Oktober 1789?]

Wenn vordem voll süßer Schwärmerey
Sich ein Mädchen voller Reitz und Gaben
Ließ in Klostereinsamkeit begraben
Und nun immer wieder frank und frey
Ihres Herzens Drang und Jugendsehnen
Und die malerische Phantasey
Mußt ersticken und vielleicht mit Thränen
Ihren Schleyer tränkte und allein
Oft von Täuschung und von Zaubereyn
Ihrer heißen Fantasie geblendet
Jünglinge in heilgen Bildern sah
Die des Himmels Huld herabgesendet
Ihren Gram zu lindern, aber sah
Sich die arme Schwache dann betrogen

O! Wie stürmten dann des Kummers Wogen
In den tiefzerrißnen Busen ein.
Und doch, hatte sie den Kampf vollendet,
Ruhe nun ihr Leib von Schmerz und Pein
Wurden um ihr schlummerndes Gebein
BlumenKränze andachtsvoll verschwendet
Und der Himmel nahm die neue Heilge ein.

Aber warlich! ist ein Weib nicht besser
Die voll Treu und Herzensinnigkeit
Ihre Tage Mann und Kindern weiht

Um zum Ernst und stiller Häußlichkeit
Ihre Kinder werden sie nun größer
Sanft gewöhnt, die Töchter sittsam zieht
Und in ihren Söhnen Lust entglüht
Für das freye Vaterland zu sterben
Und die schönste Krone zu erwerben.

Dieser Ruhm ward dir, drum preiset laut
Dich mein Sang; und wandle stillvertraut
Durch des Lebens frohe Rosenhayne[.]

[3.]

An meine Mutter

[Zum 5. Oktober 1790?]

Wenn unsre Wünsche Feen wären,
Die mit gewaltgen Zauberstab
Vom Firmament den Mond herab
Geböten und uns Gold und Ehren
Nebst Malaga und Moselwein
Im Nu in unsern Schoos bescheerten,
Da kutscht ich warlich mit sechs Pferden
Und tafelte bey Kerzenschein,
Bis tief in düstre Nacht hinein,
Ich neidete nicht Fürst und König,
Wär nur der Freude unterthänig,
Und wollte sicher glücklich seyn,
Und gähnte, ritt und führ nicht wenig,
Und tanzte, spielte, wär Maecen
Für manche hungrige Poeten
Die mich um Reisefutter bäten;
Und alles dieß durch meine Feen.
Doch hier, wo wir anjetzo stehn
Auf unsern lumpigen Planeten,
Wo alles Hirngespinnst und Traum

Da wag ich, gute Mutter, kaum
Für dich ein Wünschchen auszuhecken;
Das Schicksal könnte mich zu necken
Gerade nichts von allen thun,
Und mich geradezu zum Gecken
Zu declariren leicht geruhn;
Drum denke dir was guter Willen
Um Kindespflichten zu erfüllen
Für dich für Wünsche könnte thun,
Und dann wird troz des Glückes Streben
Zum Wechsel und zum Unbestand
Den Kranz des Glücks dir Tugend geben
Den jedes edle Menschenleben
Verdient von ihrer Götter Hand.

[4.]

Der Harz

[1788]

Harz, du Muttergebürg, welchem die andre Schar
Wie der Eiche das Laub entsproßt
Adler zeugest du dir hoch auf der Felsenhöh'
Und dem Dichter Begeisterung.

Weit im deutschen Gefild sieht man der Felsen Haupt
Spät im Sommer vom Schnee noch schwer,
Tiefer Fichtenbekränzt, düster vom Eichenwald,
Der vor Zeiten den Deutschen hehr.

Ströme rauschen herab dir in das finstre Thal,
Brechen zwischen den Lasten sich
Welche spielende Flut von dem Gebürge riß
Und des eilenden Sturmes Grimm.

Oft umringen dich auch Blitz und des Donners Hall,
Schrecken unten das tiefre Thal
Doch mit heiterer Stirn lachst du des Ungestüms,
Träufst nur fruchtbare Flut herab.

Eber brausen im Wald, Eber mit Mörderzahn,
Die der Spieß zu bestehn nur wagt,
Du auch hegest den Hirsch trotzend auf sein Geweih
Und noch mehrerer Thiere Heer.

Gütig läßest du zu, daß dir dein Eingeweid
Mit der emsigen Hand durchwühlt
Nach verderbendem Gold und nach dem Silbererz
Unersättlicher Menschendurst,

Aber schenkest uns auch Kupfer und tödtend Bley
Eisen nützlich dem Mensch[en]geschlecht
Das den Acker durchfurcht, Sterblichen Speise giebt
Und dem gütigen Ofen Holz,

Wenn mit schneidender Axt Bäume der Hauer fällt
Die dein nährender Schoß erhob.
Aber bauets nicht auch Häuser zum Schuz uns auf?
Schützts uns nicht für der Feinde Wuth?

Lob dir, denn es besang dich, der Unsterblichkeit
Sänger Klopstock mit Harfenklang,
Daß es scholl im Gebürg und in dem Eichenwald
In dem felsichten Widerhall.

Deutsche Freyheit so werth, werther dem Biedermann
Als des zinsenden Perus Gold
Stehe furchtbar und hehr und unerschütterlich
Wie dein donnerndes Felsenhaupt.

[5.]

Armenmitleid

[1789]

Sag an, mein Mund, warum gab dir zum Sange,
Gott Dichtergeist und süßen Wolklang zu,
Ja warlich auch, daß du im hohen Drange
Den Reichen riefst aus träger, stumpfer Ruh.

Denn kann nicht Sang vom Herzen himmlisch rühren,
Hat er nicht oft vom Lasterschlaf erweckt;
Kann er die Herzen nicht am Leitband führen,
Wenn er sie aus der Dumpfheit aufgeschreckt.

Wolauf; hört mich ihr schwelgerischen Reichen,
Hört mich doch mehr noch euren innren Ruf,
Schaut um Euch her, seht Arme hülflos schleichen,
Und fühlt, daß euch ein Vater nur erschuf.

[6.]

[a]

Bey dem Falckenstein
einem alten Ritterschloß am Harze

[1788]

Geist der Vorzeit, der mich mit süßen Bildern erfüllte,
Wenn ich Sagen las von hehren, silbernen Zeiten,
Wo voll höheren Sinn Tuiscons Enkel begeistert
Lauschten der Stimme des Vaterlandes, die herrlichem Tode
Sie entgegenriß von unsterblichen Lorbern umschattet,
Höre den Jüngling, der dich mit flammender Wange und Stirne
Ruft, daß du mit Begeistrung, der hohen, entzückenden Göttin,
Auf den Flügeln des Wests von heiligen Schauern umringet
Her zu mir fleuchst, daß Eichen und himmelanstrebende [Klippen
Beben, und wie der Unsterblichen Eine die Seele sich auf- [schwingt
Mit den Flügeln des Schwans, im Schwung wie ein Läufer des [Eises,
Zu der Versammlung der Väter, der Greiße mit schneeigen [Haupthaar
Und mit langer Erfahrung getränckt, wie mit himmlischen [Trancke,
Fröhliger würd ich alsdann zurück zur Erde mich schwingen
Wenn ich die Greise gesehen, die in diesen Trümmern [gehauset[.]

[b]

Der Falckenstein am Harz

Sanft wie der erröthende Morgen von goldenen Hügeln herunter
Mit duftenden Fittichen schleicht und alles mit Rosen bekränzt,

So bald auf wimmelnden Hof der stolze Haushahn munter
Mit drohenden Sporne und Kamm der röther als Purpur glänzt
Als Herold Helions schreyt und alle vom Lager erwecket
So wehe auch Genius du, den silbernes Haupthaar bedecket,
Der oede Trümmer bewohnt mich an mit wogenden Flug,
Der oft durch schaurge Gewölber und gothische Tempel dich [trug
Und über bemoostes Gestein mit dunkelen Hieroglyfen
Für späte Enkel beschrieben die ungerühret drauf liefen
Gleich unbekümmert, ob hier Nerone oder Fridriche schliefen.

[7.]

Im Kloster

[1789]

Hier ferne von dem Weltgetümmel
Und mit derselben unbekannt
Bin ich, und näher an dem Himmel
Vergeß ich allen Erdentand.

Und wenn mir hier in meiner Zelle
Was irdsches kommt in meinen Sinn
So läute ich an dieser Schelle
Und für mich knien die Brüder hin.

Gleich läßt Gott alles irdsche fliehen
Und bringet mich zu sich zurück
Von Tag zu Tage seh ich ziehen
Das Irdsche immer mehr: welch Glück!

Der Tag der mich in diese Zelle
Gebracht war mir der wichtigste
Er brachte mich zum Glückesquelle
Verscheucht der Freuden nichtigste.

Denn wahre Freuden die beglücken,
Für einen Wahren Weisen sind

Man kann sie nie zum Ekel pflücken
Und sie verschwinden nicht geschwind.

Und diese sind sich zu besiegen
Und stets zum Weisheitsquell zu schaun
Die Freuden die uns dann vergnügen,
Kann ich nicht Worten anvertraun.

Fast frey fliegt zu dem lautern Quelle
Der Wahrheit schon der höhre Geist
Er denkt nicht mehr an seine Zelle
Die ihn nur schwach noch niederreißt.

[8.]

Ans Kloster in Ruinen

[1789]

Nie sah ich frölicher Ruinen
Als deine oedes Kloster hier
Sah sie zur Eulen Wohnung dienen
In grausam drohendem Gewirr.

Wie gut ists daß du Ungeheuer
Doch endlich einst gefallen bist
Wo einst bestritt mit Schwerdt und Feuer
Die Wahrheit Finsterniß und List

Wo stolze Priester unterdrückten
Die Jugend und auch die Natur
Und das verdammte Schwerd auch zückten
Auf jede Klugheits Weisheitsspur.

Wo Finsterniß und Dummheit thronte
Und Bosheit in dem Schaafsgewand
Und selbst die ärgste Wollust wohnte
Obgleich dich ein Gelübde band

Da liegst du nun und bist gefallen
Zerstöret von der mächtgern Zeit
Du bist verspottet und bist allen
Ein Anblick der sie sehr erfreut.

Und deine Finsterniß ward helle
Durch Luther einst durch Joseph jezt
Vergeblich ists daß in der Hölle
Der Unglaub neue Stacheln wezt.

Zum Schilde stehn uns wackre Männer
Die mehren täglich unser Licht
Und Joseph lebt der Wahrheit Gönner
Er lebt mit leuchtenden Gesicht.

[9.]

An Fridrich II.

[1789]

Noch spät zogst du dein Schwerdt zum Schützen
Der deutschen Freyheit gegen Habsburgs Dräun
Noch einmal ließest du es furchtbar blitzen
Doch stecktest du es bald als Sieger ein.

Du kröntest durch ein würdig Ende
Den Fürstenbund den tathenreichen Lauf,
Du einigtest so vieler Fürsten Hände
Und halfst so deutscher Freyheit völlig auf.

Und bald beseligt von der Freude
Dein ganzes Land durch dich beglückt zu sehn
Geliebt, geehrt und unbenagt vom Neide
Starbst du, man sah dich froh zum Ewgen gehn.

Und aller Edlen Augen blikten
Bethränt dir nach voll Kummer und der Dank
Den alle dir so innig heiß nachschickten
War dir gewiß der beste Lobgesang.

Vielleicht als unser Engel schüzest
Du nun dein weinendes verwaystes Land
Und greifet es ein stolzer Feind an blitzest
Du gegen ihn mit starker Seraphs Hand.

Drum großer Fridrich o verzeihe
Sang ich ein Lied das dein [un]würdig ist
Und soll ich es mit Würde, o so leihe
Mir deinen Geist den keine Gränze schließt.

[10.]

An Friedrich Wilhelm [II.]

[1788]

König, wichtiger Name, dem
Menschenfreunde, dem Ohr denkender Weisen, und
Selbst dem nüchternen Könige,
Unverdorben vom Gift schmeichelnder Höflinge
Und den Ehrenbezeugungen
Seines hoffenden Volks, das mit Gelübden ihn
Und mit Weihrauch empfängt von Gott,
Der die Könige wählt, sie auf der Waagschaal wog,
Die das Schicksal des Lands bestimmt.
Wenn die Wollust ihn lockt mit dem Syrenenton,
Ruhe die ihm versaget ist,
Und der schimmernde Ruhm, welcher mit einem Fuß
Auf die blutigen Leichen tritt
Die das Schlachtfeld besäen, auf die Verzweifelung
Banger Mütter und Sterbender,
Auf der Waysen Geschrey, welches den Vater heischt;
Mit dem anderen Fuße, auf
Lorbeerkränze, gerühmt noch in den spätesten
Fernen – doch nur von Thörichten,
Und auf feilen Gesang; lange Unsterblichkeit
Mit der Enkel Gespött gewürzt.
Und auf nagende Reu welche den Schlummer scheucht
Und die Träume mit Schrecken füllt
Ruft der Name die Pflicht wieder zurück ins Herz
Waffnet mit der Aegide ihn,
Daß er Palmen ergreift, nur für das wahre Glück
Seines Landes besorgt, das Schwerdt,
Das vom Vater ererbt, ewiger Ruhe weiht,
Und der Buhlerinn Reiz verschmäht
Unterm Fußtritt entblühn Blumen und Saaten ihm,
Städte welchen der Indus zollt
Und Amerikas Flur, Afrika, Asien

Und der Seine Gefilde, und
Edler Britten Gefild, welches die Thems durchströmt
Reich an Freyheit und Ahnen Muth.
Mit dem singenden Chor fröhliger Mädchen sind
Reigen blühender Jünglinge
Fest verschlungen, die Schaar bringet ihm Kränze dar.
Wehrter ihm als die Delfischen,
Die umschlingen die Stirn stolzer Eroberer,
Unbeneidet vom Göttlichen.
Solcher König bist du, Fridrichs Wetteiferer,
Und sein glücklicher Neffe, du.
Lebe lange noch uns, groß in der Herrscherkunst
Und beglücke dein Vaterland.

[11.]
Cäsar Joseph

[1788]

Gütig lächelte dir Zeus die Erfüllung zu
Deines Wunsches, er gab dir, o Germanien,
Einen Kayser, so gut, wie dir die Mutter war,
  Die du weinend begraben hast.

Mutter nannte er sie, deine Theresia,
Die im lyrischen Schwung Smintheus Denis besang,
Als die Mutter des Lands und die Ernährerinn
  Dürftger Musen und Grazien.

Ihn zu singen, den Held, welcher nie ungerecht
zog sein mächtiges Schwerdt, wagt der Jünglinge
Einer, schüchternes Blicks, welcher der Liebe
  Allgewaltger Begeistrung traut.

Doch gelingt ihm das Lied, singt er mit Würde ihn
Von den Sayten herab, mischt er bescheiden sich
In die heilige Zahl unter die Lieblinge
  Hoher Muse und Grazie.

Soll ich singen wie er Licht, dir Germanien
gab, die Fackel entbrannt, welche der Mönche List
Bald enthüllte und riß Schleyer vom Antlitz der
Furchtbarn päbstlichen Heiligkeit.

Die Jahrhunderte durch freye Germanen zwang
Mit dem Strahle des Banns, welchen der Aberglaub
Neue Kräfte verlieh und die gefürchtete
Macht der listigen Klerisey.

[12.]

Ode beym Tode Josefs [II.]

[20. Februar 1790]

[Bruchstück]

Wie Sturmtritt rauscht im Wipfel des Eichenhayns
Ein Flügelschlag einher und am heiligen
Eichbaum zittern alle Kränze;
Schauer auf Schauer durchwogt mein Innres.
Ha! ists die Muse! sage du Göttliche
Der Vorzeit kundig, Seherinn künftiger
Jahrhunderte, welch schwarzer Kummer
Furcht dir die Stirn und umhüllt dein Auge!
Jüngling es starb,

[13.]

Auf Josefs Tod

Wie Fridrich starb entflohn die Pierinnen
Der deutschen Flur, die Kriegeskünste flohn.
Bei Josefs Tod seh ich der Duldung Thränen rinnen
Und froher Hoffnung voll am umgestürzten Thron
Den Aberglauben stolz ein Freudenlied beginnen.

[14.]

An Lycidas

[1788/89]

Wir armen Musensöhne sind
Wie Platos Amoretten,
Wir leben nur von Luft und Wind
Behängt mit Blumenketten;

Wir küßen manchen schönen Mund
Doch nur in unsern Reimen
Und manchen Rosenbusen wund
In veilchensüßen Träumen.
Und bauen Zauberschlösser auf
Im Nu, wie einst Armide,
Und fliegen zum Olümpos auf,
Der Erdenmädchen müde[.]

An Götter Tafeln speisen wir
Wo alter Rheinwein blinket
Und wo die Augen voll Begier
Uns eine Houri winket.

Vielleicht sizt der dis alles thut
Im Reich der Wircklichkeiten
Im sechsten Stock und nimmt nur Muht
Aus Hoffnung bessrer Zeiten

Trinkt Wasser, ißt nur trocken Brod
Und klappert mit den Zähnen,
Vertreibt, wenn er nicht just in Noht,
Die Stunden sich mit Gähnen.

Doch spornt zum Flug sein Magen ihn
So wirft er Elegien
Für den Mäcen auf Bogen hin
In Klage Melodien.

Von nun an dichte, wer da kann
Ich will das Grabscheid nehmen
Und durch den Schweiß, der mir entrann,
Die Dichterwuht mir zähmen.

[15.]

Ich weiß nicht was

Ballade

[1788/89]

Jüngst als Lisettchen im Fenster saß
Da kam Herr Filidor
Und küßte sie
Umschlang ihr weiches weißes Knie
Und sagt ihr was ins Ohr,
Ich weiß nicht was.

Dann giengen beide fort, er und sie
Und lagerten sich hier
Im hohen Gras
Und triebens frey in Scherz und Spaß;
Er spielte viel mit ihr
Ich weiß nicht wie.

Zum Spiele hatt er viel Genie
Er triebs gar mancherley,
Bald so, bald so,
Da wars das gute Mädel froh,
Doch seufzte sie dabey
Ich weiß nicht wie?

Das Ding behagt den Herren baß
Oft giengs *da capo* an?
Doch hieß es drauf
Nach manchen, manchen Mondenlauf
Er hab ihr was gethan;
Ich weiß nicht was.

[16.]

Die Liebe

[1788/89]

Wenn sanft von Rosenhügeln
Der Tag nach Westen schleicht,
Der Nacht mit Schlummerflügeln
Und Sternenchor entweicht,

Will ich die Liebe singen
Auf der Theorbe hier,
Mein Lockenhaar umschlingen
Mit süßen Myrthen ihr.

Es soll dann wiedertönen
In dieser Grotte Nacht
Das Loblied meiner Schönen,
Wenn nur die Quelle wacht.

Und wenn vom Morgensterne
Mir Wonne niederblinckt,
Und sich die heitre Ferne
Mit Rosenkranz umschlingt,

Tön ich in kühlen Klüften
Auch meiner Liebe Lied,
Umtanzt von Blumendüften,
Wenn aller Schlummer flieht,

Und rund um mich erwachet
Der Nachtigallen Chor
Und jede Aue lachet
Und jeder Hirt ist Ohr:

Nein, Süßres als die Liebe
Empfand kein Sterblicher,
Was hie bevor war trübe,
Wird durch sie lieblicher

[17.]

Morgenlied

[1788/89]

Aufgeweckt vom Laut der Flöte
Wallt die frohe Morgenröthe
Hinter jenem Busch hervor,
Und am Rosenschleyer fließet
Von der Nymfenchor begrüßet
Foibos reinster Glanz empor;

Alle Wälder, alle Fluren,
Alles, alles fühlt die Spuren
Einer süßen, milden Ruh,
Alles fühlet nun von neuen
Leben, Munterkeit, Gedeihen
Und von jeder Sorge Ruh.

Vögel singen Morgenlieder,
Jedes Blättchen säuselt nieder
Wonnelust und hohen Dank;
Alle Thiere seh ich minnen
Drum Herzliebchen komm von hinnen
Mit zu jener Rasenbank.

Jener Schäfer auf dem Rasen
Mag uns Fröhlichen dann blasen
Hymens schönsten Chorgesang
Lose Weste mögen hüpfen
Um uns her, in Blümchen schlüpfen
Und umduften unsre Bank.

Dann ins seufzende Gestöhne
Der Beglückten Liebe, töne
Nymfchen, der das Ding behagt
Mag uns Foibos sehn und neiden
Unsre hohe Götterfreuden,
Die ihm Dafne einst versagt[.]

[18.]

Die Erlen

[1789]

Wo hier aus den felsichten Grüften
Das silberne Bächelchen rinnt,
Umflattert von scherzenden Lüften
Des Mayes die Reitze gewinnt,

Um welche mein Mädchen es liebt
Das Mädchen so rosicht und froh
Und oft mir ihr Herzchen hier giebt
Wenn städtisches Wimmeln sie floh;

Da wachsen auch Erlen, sie schatten
Uns beyde in seliger Ruh
Wenn wir von der Hitze ermatten
Und sehen uns Fröhligen zu.

Aus ihren belaubeten Zweigen
Ertönet der Vögelgesang
Wir sehen die Vögelchen steigen
Und flattern am Bache entlang.

O Erlen, o wachset und blühet
Mit unserer Liebe doch nur
Ich wette in kurzer Zeit siehet
Man euch als die Höchsten der Flur.

Und kommet ein anderes Pärchen,
Das herzlich sich liebet wie wir
Ich und mein goldlockiches Klärchen,
So schatte ihm Ruhe auch hier.

[19.]

[a] *An den Sklaven*

[1789]

Auf Knabe beflügle die Schritte
Und eile zur Lydia hin
Und bringe von mir ihr die Bitte
Ihr Stübchen sollte sie fliehn,
Und kommen zu Scherzen und Lachen
Zum Feste, der Freude geweiht
Wo Titan uns findet noch wachen
Zum munteren Tanze gereiht.

[b] *An den Sklaven*

Eile, Knabe, hole uns muntre Mädchen,
Welche flinkes Fußes zum Reihentanze,
Welchen braune Locken und blonde auf der
  Schulter sich kräuseln,
Deren Busen weißer als Marmor, aber
Voll wie eine knospende Ros' dem Jüngling
Sanft entgegen blühe, wenn seine Lippen
  Ihren begegnen.

[20.]

Natur

[1789]

Nicht Bänder und nicht Blumen schmücken
Ein Mädchen häßlich oder schön
Nicht Federn die vom Hute nicken
Nach deren Pracht nur Thoren sehn.

Auch Kleider nicht von Flor und Seide
Gemacht nach einem Ideal

Die häßlich, bleibt im goldnen Kleide
Ihr hilft auch nicht der Farben Wahl.

Auch Klugheit kann nicht schöner machen
Und auch nicht die Coquetterie
Nicht Wiz, nicht ein erzwungnes Lachen,
Und nicht des Reizenden Kopie.

Auch durch gezwungene Geberden
Wird man nicht schöner nein denn nur
Durch Eins kann jede hübscher werden,
Dis einzige ist die Natur.

[21.]

Die 2 Mädchen

[1789]

Helft Götter, helft doch einem Jüngling wählen
Der unentschlossen zwischen Zweifeln schwebt,
Ganz in zwey holden süßen Mädchen lebt,
Und gleiche Reitze kann an beyden zählen.

Die reitzet mich durch einen Rosenmund,
Entblühet ganz zu Amors süßen Spielen,
Und dort schaut sich mein Auge wund
Wo durch den Flor 2 kleine Schelme schielen.

Die lockt mich durch verführerische Augen,
Schwarz, wie die Nacht, in denen Amor thront.
Die, veilchenblau, die stillen Reitze hauchen,
Bezaubern mich, von heitrer Ruh bewohnt.

Hier laden mich 2 Rosenwangen ein,
In ihrem Kuß die Sinnen aufzuwiegeln,
Dort zeigt ein leichtgeschürzt Gewand ein Bein,
Geschickt selbst Katos Tugend zu entsiegeln.

Halt Fantasie, mußt auch platonisch reden,
Erzähle nun der Seelen gaben auch,
Denn das ist so bey nüchternen Poeten
Seit Menschendenken Sitte und Gebrauch.

Die lacht und tändelt, fließt von Scherzen über,
Entzückt durch Wiz, bezaubert durch Verstand,
Springt tanzt und hüpft, wenn Karoline lieber
Allein am traulichen Klaviere stand.

Die spottet bitter, liest Voltairs Pucelle,
Liebt Puz und Tanz, Redouten, Komoedie,
Wenn jene sich gestreckt an süßer Quelle,
Von Gottern und von Bürgern Freuden lieh.

Stets heitrer Laune ist mein braunes Minchen,
Nie mißvergnügt, wie Zefir leicht und froh,
Nur ruhiger wallt Freundinn Karolinchen
Den Lebenspfad, und wärs auch unter Stroh.

Hält Minchen mich, so schwärm ich mit durchs Leben,
Muß Flakkus Spruch zum Symbolum mir leihn,
Bey Karolinen muß ich weise seyn,
Wie Phanias, gekühlt vom Saft der Reben.

[22.]

An die Taube

O! Minettens Liebling, holde Taube
Und gefällig jedem Adamssohn,
Kamst du nicht allein mit Lorbeerlaube
Hin zu Noah treu zurückgeflohn?

Zogst du nicht an Cythereens Wagen,
Wenn sie vom Olymp nach Paphos gieng?
Kannst Du mir noch kleine Lieder sagen,
Die Anakreon von ihr empfieng?

Hast du nicht im alten Morgenlande
Oft gerettet von Verrätherey?
Trugest von des Nilus fernem Sande
Nach Aleppo Liebesbriefchen treu?

O! so höre eines Minstrells Bitte,
Trage doch dies Zettelchen zu ihr,
Und fragt sie in ihrer stillen Hütte
Wer da: sprich du kämest her von mir.

Macht sie dann trotz deinem Girrn und Toben
Nicht die Thür aus ihren Angeln los,
O so wirf es durch den Schlot von oben
Ihr in Busen oder in den Schoos.

[23.]

Das Bad

[1789]

Hier badete Amor sich heute
Der Unvorsichtge entschlief
Da kamen die Nymphen voll Freude
Und tauchten die Fackel ihm tief
Ins Quellchen, da mischten sich Wellen
Und Liebe; sie täuschten sich sehr
Die Nymphen, sie tranken mit hellen
Gewässer die Liebe nur mehr.
O! Mädchen, die Liebe nicht scheuen,
Die trinken die liebliche Flut.
Die Liebe, die wird sie erfreuen
Mit sanfter entzückender Glut.
Ich hab *mich* hier oftmals gebadet
Mit meiner Laura allein,
Und nach dem Bade so ladet
Der Schlummer im Grase uns ein.

[24.]

Badelied

[1789]

Auf Freunde herunter das heiße Gewand
Und tauchet in kühlende Flut
Die Glieder, die matt von der Sonne gebrannt,
Und holet von Neuen euch Muth.

Die Hitze erschlaffet, macht träge uns nur,
Nicht munter und thätig und frisch,
Doch Leben gibt uns und der ganzen Natur
Die Quelle im kühlen Gebüsch.

Vielleicht daß sich hier auch ein Mädchen gekühlt
Mit rosichten Wangen und Mund,
Am niedlichen Leibe dies Wellchen gespielt,
Am Busen so weiß und so rund.

Und welches Entzücken! dies Wellchen bespült
Auch meine entkleidete Brust.
O! wahrlich, wer diesen Gedanken nur fühlt,
Hat süße entzückende Lust.

[25.]

Da lag sie sanft . . .

[1790]

Da lag sie sanft vom Ahornbaum umschattet
Der ihrem Reiz noch größre Reitze lieh,
Indem der Schatten sich mit Alabaster gattet
Und der erhizten Phantasie
Was zu verrathen gab, das Ganze mehr belebte;
Und Wollust, die sie fast ganz sichtbarlich umschwebte
Entfaltete stets neue Seligkeit,
Ich staunte an und sah wohl eine Ewigkeit.

Urbinos Ideal erträumt an Mädchenbusen
Wich ihr, denn kein so wallendes Kontour
Sah, glaub ich Paris nicht und keine von den Musen
Des Schweizers, der genährt mit Nektar und Natur,
Cytheren selbst beschlich in Pafos kühlen Bade,
Und wie sie zu den blumichten Gestade
Der trunkne Zefyr trug, im Traumgesicht erblickt,
Und wie die Göttin da die Grazien geschmückt.

Sanft hub der Busen sich entflammt von losen Träumen,
Die ihn mit weichen Morgenroth
Hold übergossen, ihn vermochten nicht zu zäumen
Die Haare, denen nicht ein Band zu ruhn gebot,
Schwarz waren sie, die auf die Schulter fielen
Von Elfenbein, die schöner noch durch sie,
Auch von der Nachbarschaft der Liebe Anmuth lieh,
Auf die gesezt die Zephirettchen spielen.

[26.]

An Lucie

[1790]

Kleines Mädchen mit den blauen
Augen, die ins Herze mir
Wonne und Entzücken thauen,
Sieh, ich sing ein Liedchen dir.

Voller Liebe, voller Freude,
Die mir täglich holder wird,
Seit uns Amor alle beyde
Mit den Flügelchen umschwirrt.

Doch am meisten, wenn ich sehe
Dein so schalkhaft Augenpaar,
Und zu deinen Füßen flehe,
Sanft umweht vom goldnen Haar.

Und im kühlen Buchenhayne,
Wenn wir froh beysammen gehn
Und im Quell bey Mondesscheine
Nach den blassen Bildern sehn.

Und im Reihentanz uns drehen
Auf der weichen Blumenau
Und des Morgens, gleich den Rehen,
Schlüpfen durch den bunten Thau.

Nimm dies Liedchen hin und singe
Munter es bey dem Klavier,
Wenn mit Myrthen ich umschlinge
Meine kleine Laute mir.

[27.]

An Jeannette –

[1790/91]

Nimm meine Bücher, meine kleinen Reime,
Mein Häuschen hin, und sey zufrieden wie ich bin,
Nimm meinen sanften Schlummer, meine Träume,
So hold sie sind, auch hin.

Und wenn mir ja noch etwas übrig bliebe
Mein Becher, Kranz und Stab, so mag es deine seyn;
Doch willst du mehr, mein Herz und meine Liebe?
Die sind schon lange dein.

[28.]

Burgunderwein

[1788/89]

Mag Claudius dich tadeln
Nur seinen Rheinwein adeln
Der mir den Hals verengt
Mag jeder Thuiskone
Verachten die Saone
Mit Trauben süßbehängt.

Will ich allein dich singen,
Für dich die Flügel schwingen
Vom hohen Helikon,
Wenn nur, der mich vergnüget,
Dein Becher nie versieget
Wie der des Oberon.

Wie leicht und wie so milde,
Von gallischem Gefilde
Entsprossen, gleitest du
In meine Liederkehle,
Und hauchest neue Seele
Mir Unmuthvollen zu.

Du machest mich nicht trunken,
Entflammst nur Schlummerfunken
In meiner Phantasie,
Als dein Gefährte gehet
Süßlächelnd Amor, wehet
Mir Lust zu spät und früh.

Die Sorgen treibt dein Lächeln
Machst Weste süßer fächeln
Und gibst mir holde Ruh
Machst meinen Leib gesunder;

Sieh herrlicher Burgunder,
Dies alles wirkest du!

[29.]

Punschlied

[1789]

Liebt Wein, liebt Wein, seyd seines Lobes über
Und über immer voll;
Wir jubeln doch beym Punschgelage lieber;
Da praesidirt Apoll.

Durch Punsch erquickt sich Herz und Sinn und Glieder
So mancher brave Mann,
Und mancher singt durch ihn begeistert Lieder
Der sonst kein Lied ersann.

Sonst sang man mancherley von Nektarbecher
Der Göttern nur gebührt;
Die Zeiten ändern sich, von jedem Zecher
Wird er jezt postulirt!

Denn Punsch war es, doch wußtens die Poeten
Fürwahr noch damals nicht,
Die armen Herrn! man merkt es, denn sie krähten
Manch schläfriges Gedicht.

Wißt ihr, warum der Rechabiten keiner
Trank Most und Malvasier?
Sie zechten lieber Punsch, wie unsereiner
Und waren froh wie wir.

Selbst, Brüderchen, wo Teufelchen sich letzen
Bei Voltaires lustgen Schwank,
Sind Flammen nicht, glaubt mirs, trotz allen Götzen,
Ist Punsch und Rundgesang.

Da geht beim Mahl in wackrer Zecherrunde
Der Punsch herum, wie froh!
Beelzebub kräht selbst aus Flammenmunde
Sein Dulci jubilo.

Stoßt an! es lebe unsre Punschterrine
Und werde nimmer leer,
Und macht ja einer eine finstre Miene
Der trink ein Gläschen mehr.

[30.]

Trinklied

[1790]

Wie schmeckt das Gläschen Wein so süß!
Wie lieblich tönt sein Rändchen!
Ich weiß, wer Alles stehen ließ,
Kämst du aus manchem Händchen.

O, sey mir doch zu jeder Frist
Das Mäßchen des Genusses,
Und bleibe mir, so klein du bist,
Das Horn des Ueberflusses.

Bist du mein alter Lieblingskrug,
So bin ich Sohn des Glückes.
Ich freue mich bei jedem Zug
Des freundlichen Geschickes.

Zu einem solchen Becher rückt
Sich fest die heitre Laune,
Und keine Sorge reißt und knickt
Am grünen Gartenzaune.

Drum trinke, wer nur trinken kann,
Aus einem solchen Becher,
Er stößt noch mit den Enkeln an,
Und bleibt ein froher Zecher.

Oh, hör ich einst an meiner Tür
Die letzte Stunde klopfen,
So trink ich dankbar noch aus dir
Der Flasche letzte Tropfen.

[31.]

An Ossian. Fragment

[1789]

Heil dir Ossian!
Heil dir Sänger von Colma!
Siehe mir bebt in weinender Entzückung
Der Tränen Freudigste
An der seidenen Jugendwimper.
Ich sah deine Seele
Sah sie heiter und hehr
Heilig wie die Gestirnnacht
Und mir schauerte
Vor hoher Begeistrung[.]
Regellos wie die Töne des Sturms
Strömet dir die Hymne
Die der sterblichen Jugend entfloß;
Dir Silberlockicher Natur Greis.
Wär sie melodisch
Nicht wie des Thebaners Weisen
Oder des Römers sanftere Odenflüge
Wie deine Gesänge;
Du sangst sie der Unschuld und Liebe
Dem Freundschaftsbund, dem Heldenmahle
Dem blutigen Kampfsturm,
So gieng ich umkränzt von Edleren
Prunklos durch die Reihen der Unsterblichkeit
Nezte mich zu deinen Füßen
Und opferte dir den ersungnen Eichenzweig.
Wenn oft in der Gebirgsnacht
In kühlen Klüften ich lauschte
Und Wünsche der Väterzeit
Mir die Rosenwangen nezten
Dann lispelte es schaurig

Oft und ich fühlte geistiges Wehn[.]
Warst du es Ossian oder
Verschmähst du den Cheruskerenkel
Weilst nur in Schottlands Höhlennacht
An deinem Grabe. Nicht mehr
Beschirmt Ruhm und Errinnerung
Den einsamen Felsstein
Den ein frommer Enkel
Am weinenden Abend über dein Gebein
Zitternd wälzte.

[32.]

Die Betende

[1788/89]

Ganz den Himmel in den süßen Blicken
Betet Laura, Engel beten mit,
Und ich seh mit heiligem Entzücken,
Wie ihr Geist das Heiligthum betritt,

Wo bei immer dampfenden Altären
Engel singen und Maria glüht
Innig ihren hohen Sohn zu ehren,
Der als Mensch hienieden einst geblüht.

Unschuld wohnt auf ihrem stummen Munde,
Der Unsterblichkeit zu athmen scheint,
Himmelsbalsam heilet ihre Wunde,
Ahndung, die sie ihrem Freund vereint.

Lieg ich einstens schon im kalten Schweiße,
Fühl ich schon des Todes Trösterhand,
Giebt mir Trost auf meine dunkle Reise,
Daß ich dich so einstens betend fand.

[33.]

Die Kahnfahrt

[1788/89]

Knaben, rudert geschwind, haltet den raschen Takt;
Jener Insel dort zu, welche der Lenz bewohnt,
Wo die Grazien tanzen
Bei Apollos gefäll'gem Spiel.

Seht die Sonne – sie sinkt hinter dem Buchenwald
Immer milde hinab in die entfernteste Luft,
Röther glänzen die Hügel,
Die des Abends Erröthen grüßt.

Becherfreude beym Kuß rosiger Mädchenschaar
Harret meiner daselbst; sehet sie winken schon.
Uns soll Hesperus leuchten
Bis zum neidischen Morgenstern.

[34.]

Unsre Sprache

Silbertönender irrt fröhlige Fluren durch
In dem Blumengestad, welches umduftet ihn
Hell ein kühleres Quellchen,
Das urmächtigem Wald entfloß;

Kraftlos scheint es und sanft auf der beblümten Flur
Reizt es aber ein Fels, der ihm die Bahn verbeut,
Schwillt es, kämpfet und sieget
Rauscht und stürzt wie des Waldesstrom.

So auch tönet einher unserer Sprache Gang
Wie der Nachtigall Lied, oder der Flötenton
Kennet Floren, die Musen
Und die schalkhaften Grazien.

Die mit weihenden Blick einstens dich *Wieland* sahn
Wie mit singenden Flug weilte die Phantasie
Bey dir lallenden, wie dein Vater sagte:
Da ist mein Sohn.

[35.]

Der Eislauf

Blühender Jüngling, dem noch Kraft im Beine,
Der nicht Kälte, als deutscher Jüngling scheuet
Komme mit zur blendenden Eisbahn, welche
Glatt wie ein Spiegel[.]

Schnalle die Flügel an vom Stale, welche
Hermes jezt dir geliehn, durchschneide fröhlich
Hand in Hand die schimmernde Bahn und singe
Muntere Lieder.

Aber, o Jüngling hüte dich für Löchern
Welche Nymfen sich brachen, nahe ihnen
Ja nicht schnell im Laufe, du findest sonst den
Tod im Vergnügen.

Wenn sich die schwarze Nacht herunter senket
Und das blinkende Kleid der Himmel anzieht,
Leuchtet uns der freundliche Mond zu unserm
Eiligen Laufe.

[36.]
An Bürgern

den Sänger der Deutschen

[1789]

Trotz der Jugend, die um meine Wangen
Kaum noch erst den Pflaum des Jünglings schlang,
Fühlt ich doch oft der Empfindung Drang
Und der Ehrfurcht schimmerndes Verlangen

Meinen Busen hehr und hold umfangen,
Hörte früher Wollust Zaubersang;
Doch der Musen süßer Lautenklang
Ließ die Pfeile nicht zu mir gelangen,

Die Verführung auf mich abgeschnellt;
Und darum will ich auch nimmer fliehen,
Will mich süße Musenlust entglühen,
Wenn Apollo meinen Busen schwellt,
Will den Berg mich zu erklimmen mühen,
Den herunter Bürgers Quelle fällt.

[37.]
Das süßeste Leben

[1789]

Lieblich murmelt meines Lebens quelle
Zwischen Rosenbüschen schmeichelnd hin,
Wenn ich eines Fürsten Liebling bin,
Unbeneidet auf der hohen Stelle;

Und von meiner stolzen Marmorschwelle
Güte nicht, die Herzenszauberinn
Und die Liebe, aller Siegerinn
Flieht zu einer Hütte oder Zelle;

Süßer aber schleicht sie sich davon
Wenn ich unter traurenden Ruinen
Efeugleich geschmiegt an Karolinen
Wehmuthlächelnd les im Oberon
Oder bey der Milchgefüllten Schaale
Bürgers Lieder sing im engen Thale.

[38.]

Die Quelle

ein Sonett

[1789]

Murmle stiller, Quellchen, durch den Hayn,
Hold durchflochten von der Sonne Schimmer,
Singe deine süßen Lieder immer
Sanft umdämmert von den Frühlings May'n.

Philomele ruft Akkorde drein,
Leiser Liebe zärtliches Gewimmer,
Da wo sich das zarte Aestchen krümmer
Neiget zu der Welle Silberschein.

Käme Molly doch hieher gegangen,
Wo Natur im Hirtenkleide schwebt,
Allgewaltig mir im Busen webt,
Reizvoll würde sie die auch umfangen,
Und vergessen ließ ein einzger Kuß
Uns vergangnen Kummer und Verdruß.

[39.]

An He[rrn A. W.] Schlegel

[1789]

1.

Auch ich bin in Arkadien gebohren;
Auch mir hat ja ein heißes volles Herz,
Die Mutter an der Wiege zugeschworen
Und Maaß und Zahl in Freude und in Schmerz.
Sie gab mir immer freundlich himmelwärts
Zu schaun, wenn selbst die Hoffnung sich verlohren;
Und stählte mich mit Frohsinn und mit Scherz;
Auch ich bin in Arkadien gebohren!

Komm, reiche mir die brüderliche Hand!
Zu Brüdern hat uns die Natur erkohren,
Und uns gebahr ein mütterliches Land.
Ich habe Dir längst Liebe zugeschworen,
Gern folgsam meinem bessern Genius.
Gib mir die Hand, und einen Bruderkuß!

[2.]

Zarte Schwingungen umbeben leise,
Meines Busens junges Saytenspiel,
Und ein höher schlagendes Gefühl
Athmet in mir in so fremder Weise.
Deine Lieder wehn aus fernem Kreise
Aus der Aftertöne Marktgewühl
Ach! so freundlich, heilig, lieb und kühl
Her zu meines Pfades stillem Gleise.

Mancher Stunde lieh' ich Flügel schon,
Daß zu Dir, der jüngsten Muse Sohn,
Zu Dir, dem Holden, Lieben, sie mich brächte;
Daß ich mich an Deine Brust gelehnt,
Und an reineren Genuß gewöhnt,
An des Schicksals stillem Neide rächte.

Nr. 3.

Oft schon hört ich, wenn im Dichterlande
Ich zu jeder stillen Laube gieng,
Welche schirmend vor dem Sonnenbrande
Einen Dichterjüngling kühl umfieng,
 Deine Lieder, und ein goldner Ring
Knüpft' im Traum, den mir die Hoffnung sandte
Und an dessen Lipp' ich schmachtend hieng
Freundlich uns in sanfte Lebensbande.

 Wäre dieser Traum der Ehrenhold
Einer schönen Feenzeit gewesen,
Da Du mich zu Deinem Freund erlesen;
 Ewig wollt' ich, meinem Schicksal hold,
Treue schwören allen guten Wesen
Und von jedem Geistesfehl genesen. –

Nr. 4.

 Auch ich bin in Arkadien gebohren,
Auch mir hat mancher gute Genius
Am Mutterbusen Liebe zugeschworen,
Und manchen süßen, freundlichen Genuß.
 Auch ich empfand in Ahndungen verlohren
Das leise Wehn von manchem Geisterkuß,
Und fühlte oft im heiligen Erguß
Mich zu der Sonne reinem Dienst erkohren.

 Verzeih' wenn mich mein eignes Herz nicht trügt,
Und mich auf Flügeln stolzer Träume wiegt,
Daß ich so kühn in Eure Reihen trete;
 Und fassest Du mich auch so rein und warm,
Wie ich Dich liebe, mit Dir Arm in Arm,
Um Ewigkeit für unser Bündniß bete. –

[40.]

Der Abend

[1789]

Glühend verbirgt sich nun die müde Sonne
Nach der mächtigen Laufbahn in die Meere
Suchet Ruhe, Dämmerung senkt sich nieder
  Auf die Gefilde

Dämmerung mit dem feinsten grauen Fittich
Keine Röthe des Abends weilt am Himmel
Welcher unbewölket in dunkles Azur
  Prächtig sich kleidet

Und die Gestirne blinken nieder fernher
Lächelnd sieht mich der Abendstern so funkelnd
Lächelt aus den seligen Wonnegefilden
  Ruhe ins Herz mir

Lispelnder wehn die Zephyrs in den Büschen
Die die Nachtigall klagend noch belebt
Und aus jenem Waizengefilde hör ich
  Schlagen die Wachtel.

Ländliche Glocken rufen helles Tones
Aus dem Felde die müden Schnitter wieder
Alles suchet Ruhe und heitrer sah ich
  Nie noch den Abend.

Wär doch auch einst der Abend meines Lebens
Das so lachend mir anfieng zwischen Rosen
Heiter, froh und ruhiger noch als dieser
  Abend der Landschaft.

Möchte zu ewgen Frieden, meine Seele
Auch so lieblich hinüberschlummern, wie jezt
In der Hütte müde der Landmann zu dem
  Morgenden Tage.

[41.]

Elegie auf einen Kirchhof

[1788/89]

Kirchhof, werther mir als Goldpaläste,
Werther einem jeden Menschenfreund,
Birgest manches Edlen Überreste
Aber auch wohl manchen Tugendfeind.

Trink die Thränen, welche meinen Lieben
Die hier ungestöret ruhn, geweint;
Stunden sagt, wo seid ihr denn geblieben
Die ihr uns als Jünglinge vereint

Sprosset auf zu dunklen Trauermyrrthen,
Thränen, die die Liebe hier vergoß
Grünt, um meine welke Stirn zu gürten,
Meine Laute, der nur Schmerz entfloß.

Kirchhof, Freund der trüben Knabentage
Die mir schwanden thränenvoll dahinn
Hörtest du nicht oft auch meine Klage,
Wenn mich eine Freundin mußte fliehn?

[42.]

Elegie beym Grabe eines Jünglings

[1790]

Heimgegangen bist du Jüngling, rinne
Sehnsuchts Thräne auf den Aschenkrug;
Halbbetäubt noch steh ich hier und sinne,
Ob es wahr sey oder Traumbetrug,
Kaum vor einem Sonnenschritte
Standst du, froh, mit blühenden Gesicht
Hier in deiner Lieben Mitte
Und nun kam ich ach! und fand dich nicht.

Fand statt biedern Händedrucks und Kusses
Einen Todtenkranz und Aschenkrug,
Sah die Blüte jeglichen Genusses
Hingewelkt, gehemmt des Adlers Flug
Durch der Vorzeit lichte Hayne –
Um mich sproßte düstrer Bilder Kranz
Bey des Grabe Lämpchens Scheine
Sah ich nur der Todesengel Tanz.

[43.]

An den Tod

[1789]

Wie den Seraph himmlische Lust erfüllet,
Kommt der Brüder einer, auch selger Engel,
Den des Himmels Freundschaft mit ihm verwebte
Zu dem unsterblichen Bunde.

Wieder von der fernesten Welten einer
Wo er Glück und Segen die Fülle ausstreut
Heitre Ruhe mit friedlicher Palme über
Tausend Geschöpfe ergoßen,

Und nun fällt in Engels Entzücken seinem
Freunde an die himmlische Brust, und dann im
Kuße, unaussprechbare Freundschafts Wonne
Einet die Seelen der Seraphs –

So werd ich mich freuen wenn du einst holder
Todesengel meine geengte Seele
Zu dem selgen Anschaun Jehovahs durch die
Trennung vom Körper beflügelst.

Und sich dann die Neidische Hülle abstreift
Gleich der Puppe welche den Schmetterling hält
Und zerplatzet kommet die Zeit der Reife,
Jener befreyt dann entfliehet.

So wird sie auch fliehen die edle Seele
Aus dem Erdenstaube entlastet dort zu
Jenen höhern, bessren Gefilden reich an
Seliger Ruhe und Freyheit.

Wo ein ewger Frühling die Wangen kleidet
Und ich voll unsterblicher Kraft die Schöpfung
Sehe, staune, himmlische Freundschaft mich unsterblichen Geistern vereinet.

[44.]

Die Auferstehung

[1789]

Berge jauchzet, Hügel hüpfet
Athme Freude, was da lebt
Christus Jesus ist erstanden
Aus dem Grabe, Christus lebt!
Christus hat den Tod besieget
Der vorher ein Schrecken war
Hat die Lehre nun besiegelt,
Macht sie durch dies Wunder wahr.

Weicht hier stumm ihr frechen Spötter,
Leugne dies Philosophie!
Christ, der Sterblichen Erretter,
Hat vollendet seine Müh
Herrlich strahlet durch Äonen
Künftger Zeit die Wohlthat hin,
Engel staunen, Orionen
Donnern dir ein Loblied hin.

Myriaden Kreaturen
Welche waren, werden, sind,
Hat dein hohes Erdenleben
Licht geschenkt, sie waren blind!

Denn dein Beispiel, deine Lehren
Zeigten uns Religion
Einfach und Jehovas würdig,
Hehr und heilig, Gottessohn [.]

Grausend schüttelt nicht die Schwingen
Mehr für Sterbende der Tod,
Und mit bangen Zweifeln wird uns
Nicht vom Tode mehr gedroht,
Heiter lachen die Gefilde
Jenseits unsers Grabs uns an
Frieden winkt zu selger Ruhe;
Die uns Jesus Christ gewann.

Dankt und lobt und laßt erschallen
Euer lautes Saytenspiel;
Felsen mögen widerhallen
Euer strömendes Gefühl;
Euer ganzes Menschenleben
Sey ein einzger Lobgesang
Euer Denken sey nur Freude
Und ein immerreger Dank.

[45.]

Gott

[1790]

Ich singe Gott im Hochgesang
Mit hohen Serafs Flug;
Nicht Ruhm und Lob, nur heißen Dank
Ihm, der mich mächtig trug
Durch mancher Klippen Fährlichkeit
Durch Kranckheit und durch Noth,
Es flohen Angst und Bänglichkeit
Wohl auf sein Machtgebot.

Im Würmchen sieht der Seher ihn
Des Seele mächtig glüht
Im Lenz, wenn alle Erden blühn
Und Frost und Schlummer flieht,
Er wohnt im Tröpfchen Silberthau,
Das auf dem Veilchen glänzt
Und webt auf jeder Flur und Au
Um die der Himmel gränzt [.]

Orion zittert, wenn er winkt
Und neigt gehorsam sich
Und wie er will, so steigt und sinkt
Die Waage endelich
Die Könige und Völker wägt
Und jede hohe That
Und strenges Recht für jeden hegt
Dem früh und jenem spat.

O! Gott! vernimm mein Flehgebet,
So heiß und inniglich!
Hör mich du Gott voll Majestät
Wie jeden väterlich!
Erleuchte mich durch einen Strahl
Der Wahrheit durch und durch
Und bleibe gnädig überall
Mir eine feste Burg.

Gieb mir Vertraun und Zuversicht
Auf meinem Lebenspfad
Und gieb in banger Nacht mir Licht
Und festen Muth und Rath.
Die Ruh der Seele sey mein Lohn:
Mich lehre die Natur:
Die göttlichste Religion
Sey Menschenliebe nur.

[46.]

An meine Freunde

In ottave Rime

[1790]

Ich traf euch nicht am Morgen meiner Tage
Im Hayn der Freunde wandelnd an
Da lag noch nicht auf scharfer Waage
Vernunft und Welt, was mein Gefühl begann;
Und trüber Kummer oder Klage
Umwand nicht meine Brust, die sich nur Lust ersann,
Den Jüngling liebtet ihr, der harmlos sich vergnügte
Und leicht genügsam sich in Rosenträumen wiegte.

Der allumfassend warm, empfand am Busen der Natur,
Gefühl und süße Wahrheit nur
Verehrte, nie mit dem sympathisirte
Den nicht auf heilger Zauberspur
Sein Genius zur wahren Weisheit führte
Und den im Freudenrausch doch Tugend noch regirte
Die Tugend, die ein Socrates gelehrt
Und oft mißkannt; doch öfterer verehrt.

Da ließen wir voll hoher Götterwonne
Die bangen Zweifel, Zweifel seyn
Und hüllten unserer Jugend Sonne
Ach! nie in das Gewölk der tiefen Schwermuth ein,
Ein Kuß, ein Kuß, der überzeugte
Uns mehr von einer besten Welt
Als jeder Grund den Leibniz bündig zeigte
Und der oft von sich selbst schon übern Haufen fällt.

O! wär hienieden uns dies einzige geblieben,
Dies Unbekümmertseyn, die Sorgenlosigkeit
Dann schwebten wir noch voller Fröhligkeit
Von Lust zu Lust und peinigten nicht drüben
Im Lande der Ideen mit Zweifeleyen uns

Wir sängen noch die schönsten Mädchen Lieder
Ihr wäret noch die alten lustgen Brüder
Und euer Freund wär nicht, wie jezt, ein Duns.

[47.]

[Wie selig war die Zeit der Knabenspiele]

[1790]

Wie selig war die Zeit der Knabenspiele
Als Kummer noch nicht nächtlich mich umschlang;
Und harmlos ich mit glücklichem Gefühle
Für Gegenwart durch Thal und Wiesen sprang
Und flink und froh ich zum gewählten Ziele
Den Wurfpfeil warf und nach dem Kranze rang
Noch honigsüß sind die Erinnerungen
Und Wunder! daß ich sie noch nie besungen.

[48.]

Geschichte der Dichtkunst

[1789]

Als die Erde kaum herabgestiegen
Aus des Schöpfers weiser Allmachts Hand,
Schleyerte noch Unschuld und Vergnügen
Um sie her ein jugendlich Gewand.
Jugend lächelte in Himmels Schöne
Von den Fluren, die der Winter mied
Weste sangen in das Schilfgetöne
Zwischen Mirten sanft das erste Lied.

Drang und Sehnen fühlte Filomele
Leise nachzutönen diesen Klang
Und bald strömte hell aus ihrer Kehle
Zaubernd und melodisch ihr Gesang.
Eva lauschte im Gebüsch daneben
Und empfand mit Jugendsympathie
Dieser Töne jugendliches Leben,
Und die Fülle ihrer Harmonie.

Himmlische Begeistrung floß hernieder
In der Holdinn reingestimmte Brust
Und ihr Mund ergoß in Freudenlieder
Sanftes Einklangs ihre Götterlust.
Damals schwebte von Olümpos Gipfeln
Göttin Dichtkunst auf die Erde her
Weste säuselte[n] in allen Wipfeln
Und es hallte Wald, Gebirg und Meer.

[49.]

Geschichte der Poesie

[1789]

Wie die Erde voller Schönheit blühte,
Sanftumschleyert von dem Rosenglanz
Ihrer Jugend und noch bräutlich glühte
Aus der Weihumarmung, die den Kranz
Ihrer unenthüllten Kindheit raubte,
Jeder Wintersturm die Holde mied,
O! da säuselte durch die belaubte
Myrte Zephir sanft das erste Lied.

Eva lauschte im Gebüsch daneben
Und empfand mit Jugendfantasie
Dieser Töne jugendliches Leben
Und die neugeborne Harmonie,
Süßen Trieb empfand auch Filomele
Leise nachzubilden diesen Klang;
Mühelos entströmte ihrer Kehle
Sanft der göttliche Gesang.

Himmlische Begeistrung floß hernieder
In der Huldinn reingestimmte Brust,
Und ihr Mund ergoß in Freudenlieder
Und in Dankgesängen ihre Lust,
Thiere, Vögel, selbst die Palmenäste
Neigten staunender zu ihr sich hin,
Alles schwieg, es buhlten nur die Weste
Froh um ihre Schülerinn.

Göttin Dichtkunst kam in Rosenblüthe
Hoher Jugend eingehüllt herab
Aus dem Äther, schön wie Afrodite,
Da ihr Ocean das Daseyn gab.
Goldne Wölkchen trugen sie hernieder,
Sie umfloß der reinste Balsamduft,

Kleine Genien ertönten Lieder
In der thränenlosen Luft.

[50.]

Klagen eines Jünglings

[1791]

Nimmer schwanden undankbar die Freuden
traumgleich mir in öde Fernen hin;
Jede färbte, lieblicher im Scheiden,
mit Errinnrung meinen trunknen Sinn;
Mit Erinnrung, die, statt zu ermüden,
neue, heilge Wonne mir entschloß,
und mir süssen jugendlichen Frieden
um die rebengrünen Schläfe goß.

Seit ich mehr aus schöner Wangen Röthe
mehr aus sanften, blauen Augen las,
oft, wenn schon die scharfe Nachtluft wehte
im beseelterm Traume mich vergaß;
meinem Herzen nachbarlicher, wärmer,
da den Schlag der Nachtigall empfand,
und entfernt von meinem Klärchen ärmer
mich als jeder dürft'ge Pilger fand:

Lachet, ew'ge Gottheit in dem Blicke,
mich mein sonnenschönes Leben an,
Amor täuscht mich nicht mit List und Tücke,
Ganymeda nicht mit kurzem Wahn;
Jedes Lüftchen nähert sich mir milder,
das dort Blüthen wild herunter haucht;
üppig drängen immer frische Bilder
sich zu mir, in Rosenöl getaucht.

Zypris Tauben warten schon mit Kränzen
und mit Traubenbechern meiner dort,

und in leichtverschlungnen Freudentänzen
reißet Amors Bruderschwarm mich fort.
Von der Grazien und Musen Lippen
schmachtet mir entgegen mancher Kuß;
Götterwonne kann ich selig nippen,
schwelgen da im freundlichsten Genuß.

Dennoch lodern öfters Purpurgluthen
Mir um meine Wang und meine Stirn,
wenn sich unter Stürmen, unter Fluthen,
wie des Abends leuchtendes Gestirn,
mir, unstrahlt von ächter Freyheit Kranze,
eines edlen Dulders Seele zeigt,
den der Himmel nicht in seinem Glanze
nicht die Höll' in ihren Nächten beugt.

Kraftlos fühl' ich mich von dem Geschicke
zum unmännlichern Genuß verdammt;
vor Gefahren beb' ich feig zurücke
weil nicht Muth in meinem Busen flammt.
Weibisch hat das Schicksal mich erzogen,
nicht sein Liebling, nur sein Sclav bin ich;
Amor hat mich schmeichlerisch umflogen
statt der Sorge, die mir stets entwich.

Statt der ernstern, rühmlicheren Lanze
wieget einen Hirtenstab mein Arm;
nimmer wurde mir im Waffentanze
aber oft im bunten Reigen warm:
alle großen, strahlenden Gefahren
Hat mein Schicksal von mir abgewandt,
und nur unter frohe Mädchenschaaren
statt in Feindes Haufen mich gesandt.

Parze, hast du jemals deine Spindel
nach dem Flehn des Erdensohns gedreht,
dem kein bald entwichner Zauberschwindel,
um die flammendheißen Schläfe weht:
O! so nimm, was Tausende begehrten,

was mir üppig deine Milde lieh,
gieb mir Sorgen, Elend und Beschwerden,
und dafür dem Geiste Energie.

Ungeduldig soll die Flamme lodern
meines Dankes dann von dem Altar;
nichts mehr sollen meine Wünsche fordern,
frey und gnügsam macht mich die Gefahr;
Doch versagest du mir diese Bitte
O! so kürze, wenn du streng nicht bist,
mindestens geschwind nur meine Schritte
nimm dies Leben, das nicht Leben ist.

[51.]

[Die sind sicher für des Schicksals Neide]

1.

Die sind sicher für des Schicksals Neide,
Denen holde Jugendlieb und Freude
Und ein stolzes [Herz] im Busen klopft.
Ihre Seufzer gingen nie verloren,
Ihren frommen Bitten hat die Ohren
Nie sich die Vergelterin verstopft.

2.

Eh noch wenig kurze Jahre schwinden,
Werden wir entzückt uns wiederfinden
Unter einem *helleren Gestirn.*
Unsere Sprache wird uns dann noch ärmer,
Unsere Arme schließen dann noch wärmer,
Höhere Glut umflieget unsre Stirn!

[52.]

An Herr Brachmann

[Oktober 1789]

Der Weisheit Pfad schlingt sich durch Schattengänge
Gemach zum rosenvollen Ziel hinauf,
Verwundernd staunt es an die träge Menge
Doch wenige vollenden hin den Lauf.

Du Freund stehst jezt voll Feuer froher Jugend
Heiß dürstend an des hehren Pfads Beginn;
Sieh! dort schon windet dir Talent und Tugend,
Den schönsten Kranz zum herrlichsten Gewinn.

Drum ring und strebe bald ihn zu erlangen
Doch denke dann mit Ehr und Ruhm bekrönt
Noch an der Freundschaft schmeichelndes Umfangen
Von der nicht ächte Weisheit je entwöhnt.

[53.]

An Freund Brachmann

[Frühjahr 1793]

Jezt, da im Glanz der Frühlingssonne
Sich jeder unsrer Wünsche dreht
Und uns, wie jenem in der Tonne,
Selbst Philipps Sohn im Wege steht,
Jezt, wo geheimnißvoll und dunkel
Nur unser Herz Orakel spricht,
Und Herkules an seiner Kunkel
Bey uns nicht seinen Ruhm verbricht,
Jezt, wo sich unsre trübe Laune
Sich mit dem sauren Gang zerstreut,
Von dem der Ruf der Kriegsposaune
Selbst Helden Koburg nicht befreyt,

Jezt sag ich dir mit einem Drucke
Der wärmsten Hand, daß du auch einst
Schon in des Alters Silberschmucke
In mir noch deinen Freund beweinst.

[54.]

[An die Schwester Karoline
im Namen der Mutter]

[1793]

Erstes, geliebtes Pfand, des ewigen, seligen Bundes
Den ich knüpfte, als noch jugendlich klopfte dis Herz,
Als es zuerst dem Gefühl unsterblicher Liebe sich aufschloß
Und den Einzigen sah, Einzig dem Einzigen ward.
Jahre voll Sorgen und Jahre voll Freuden entflogen seitdem mir
Aber noch klopft ihm mein Herz, eben so glühend wie einst.
Nicht mehr blüht mir der Lenz des Lebens, er blüht mir in euch [jezt,
Die mir der Himmel für ihn schenkte dem zärtlichsten [Wunsch.
O! wie himmlisch belohnt für manche Stunde des Kummers
Hast du, Tochter, mich nicht, wenn du enthülltest dein Herz,
Und des Vaters Seele in jeder Bewegung hindurchschien,
Jeder Zug ihm entsprach, jedes Gefühl ihn verrieht.
O! dann ward es so wohl der überseligen Mutter;
Ewigen, innigen Dank sah sie zum Himmel hinauf.
O! für jegliche Stunde des Leidens, die du mit mir theiltest
Theilen mit mir noch wirst, wenn ich zärtlich und bang
Sitz und sorge, was noch für ein Schicksal der Zukunft
Deine Brüder bedroht, wenn sie nicht sorgsam und klug
Wählen den richtigen Weg und sich zur Thorheit verirren
Taub der Stimme des Raths, blind für die künftige Zeit,
Lohne dir einst das Schicksal mit gleicher, ewiger Liebe
Und geselle dich zu einem dich liebenden Mann,
Der dich leite den Weg des Lebens, so treu, wie dein Vater

Mich ihn geleitet, und du, bleibe mir ähnlich an Treu
Und an Sanftmuth und Liebe; dann, bin ich auch längst schon [hinüber,
Decket die kühlende Gruft leichter den schlummernden [Staub.

Verserzählungen

[1.]

Der abendliche Schmaus

[1789]

Kennt ihr den traubichten Berg, der über Mattwerben sich
[hinbeugt?
Und das ländliche Häuschen mit seinem grünlichen
[Weinstrauch?
Ihn durchschneiden krummende Gäng' und hohe Terrassen,
Die mit balsamischem Wein in der Lese die Kufen uns füllen.
Hier sind Schattenalleen von früchtetragenden Bäumen,
Unter denen sich üppiges Gras zum Lager uns anbeut;
Auch umschatten ihn oben Plantagen von Pflaumen und
[Kirschen
Und ein reitzendes Büschchen von hellgrün schimmernden
[Birken.
Hierher wanderte jüngst am Freitag große Gesellschaft,
Mädchen, betagte Matronen und bärtige Männer und Kerlchen
Meines Gelichters; doch hört, erst will ich euch alle beschreiben.
Vorn war ich mit der Jugend: ihr kennt mich mit fliegenden
[Haaren
Und im bläulichen Rock mit großen strahlenden Knöpfen;
Sieh, ich führte Louisen mit funkelnden bläulichen Augen
Und so kerzengerade und schlank wie die duftende Maye.
Goldene Locken umschwebten das Mädchen in hüpfendem
[Fluge,
Und ungeduldig hob der knospende Busen das Flortuch.
Leicht wie ein Nebel des Morgens im Frühling schwebte sie
[fröhlich
Mit hochrosiger Wang und in himmelbläulichem Kleide.

Hinter uns drein kam Wilhelm mit seinem feurigen Mädel,
Schwarz von Augen und Haar und mit kleinen silbernen [Füßchen.
Rosige Seide umschlang ihr wallendes Leibchen, und schüchtern
Blickte der Busen errötend aus seinem zu engen Gefängnis.
Aber siehe, mir wird die Zeit bei dem Schildern zu lange,
Da ich mein werthes Ich und mein liebliches Mädchen [beschrieben.
Drum nur kurz: es waren noch viele süß lächelnde Mädel
Und auch lustige Burschen bey uns und schleichende Alte.
Ganz zuletzt noch ging ein Freund, den ihr alle wohl kennet,
Severin; mit dem schwedischen Kopf und dem rundlichen [Bäuchlein,
Voller lustiger Laune und deutschen, biederen Herzens.
Einen Pokal hielt er in der Rechten zum künftigen Schmause.

[2.]

Der gefundne Schaz

[1789]

Fein Liebchen, hast du mir nie Liebe gelogen,
Und bin ich dir nie aus dem Sinne entflogen,
Bey rosiger Frühe, in nächtlichen Graun
So will ich dir heimlich was liebes vertraun.

Ehgestern, da saß ich bey moosigen Trümmern,
Wo man es oft höret zu Mitternacht wimmern,
Da saß ich und dachte voll liebenden Sinn
Ohn Schaudern und Graun an was Liebes nur hin.

Horch! näher da kam es mit Tosen und Sausen,
Mir wehten die Locken vom bebenden Grausen,
Es rauschte noch näher den nächtlichen Gang
Durch Lücken zerborstener Mauern entlang.

Mit Säuseln und Lichtschein kam näher es immer,
Und zitternd erschaut ich beym helleren Schimmer
Nicht Hörner, nicht Klauen, nicht zackigen Schwanz,
Nicht Schwefel und Flammen, nicht höllischen Tanz.

Ich sahe bey Ave Maria und Kreutzen,
Geschmücket mit höhern, unsterblichen Reitzen,
Wol eine aetherische Greisesgestalt,
Die himlische Güte und Würde umwalt.

Sohn, sprach sie, man nannte mich Hermes im Leben;
Ich liebte dich lange, nun will ich dir geben,
Zum Lohne für deine unsterbliche Treu
Und stete Zufriedenheit, Silber, wie Heu.

Denn hier hat im Keller ein geiziger Schächer
Wol Edelstein', Silber und goldene Becher,
Im blutigen Kriege und Raube erspart,
Einst hier für die jauchzende Nachwelt bewahrt.

Da geht er noch irre zu nächtlicher Stunde
Und ächzet wie Unken aus flammenden Munde
Und jammert und wimmert und stöhnet so bang
Im furchtbaren Schutt schon Jahrhunderte lang.

Und hätte sich einer bey nächtlichen Flimmern
Gewagt in des Kellers zerborstene Trümmern,
Er hätte den Armen mit höllischer Hand
Den starrenden Nacken nach forn umgewandt.

Dir fügten sich aber so günstig die Sterne,
Du darfst bey dem spärlichen Schein der Laterne
Die Schätze dir eignen, ohn zittern und scheun,
Trotz Sausen, trotz Wimmern und Wehen und Dräun.

Drum wandle, wenn morgen mit thauenden Flügel
Und schimmernden Mantel, wie Thale so Hügel
Umdämmernd, die Göttin des Dunkels herschwebt,
Und alles entschlummert, was lebet und webt,

Zum Gange, der dorten in grausen Ruinen
Dich schauerlich angähnt, und schreite mit kühnen
Und hallenden Tritten die Hallen entlang
Bis da, wo es flimmert und dämmert im Gang.

Da steht dann der Kasten im losen Gesteine,
Den schleppe nach Hause beym mondlichen Scheine –
Hier schwand mir der Greis vor dem trunkenen Blick
Und ließ mich in süßer Betäubung zurück.

Nun schwebten mir Bilder der Zukunft im Herzen,
So Sinnenentzückend, von Freuden und Scherzen,
Von Wolthun und Kosen und herzlichen Kuß
Und trauter Umarmung und Wonnegenuß.

Komm Mädel, ich habe das Schäzchen im Stübchen,
Im wallenden Kleidchen, o goldenes Liebchen,
Sollst schauen was himmlisches Wesen bescheert,
Weil Treue wir immer und Freude geehrt.

Nun wankt ich nach Hause mit trunkenen Sinnen
Und dachte nur was ich nun wollte beginnen,
Doch ward ich von Stolz nicht und Prachtsinn verrückt,
Nur süß von elysischen Träumen entzückt.

(Nach diesem Verse werden die drey Verse [Strophen] von Hermes wiederholt, die beyden 1sten nur etwas [,] im lezten die beyden lezten Strofen [Verse] geändert.)

Nun kauf ich ein Gütchen mit Hüttchen und Weide,
Das Hüttchen gerade so recht für uns beyde,
Die Wiese und Flur für 2 Kühe wohl groß,
Und sage, was neiden wir denn für ein Loos?

Wir hüpfen im Lenze und pflücken uns Blumen,
Gestört nicht von mürrischen Vettern und Muhmen,
Und scherzen bey schäumender Milch und bey Brod,
Nie weinend und seufzend ob bitterer Noth.

Auch halten wir heimlich im Keller verborgen
Ein Fäßchen voll Rheinwein, das Labsal in Sorgen,

Und alle festliche Tage da nippen wir draus,
Geschmücket mit Bändern und farbigen Strauß.

Und jegliche rosige Tochter der Frühe
Erschauet uns schon bey der ländlichen Mühe,
Zu gäten, zu gießen, doch treiben wir frey
Viel Neckens und Tändelns und Küssens dabey.

Dem Geber nachahmend erquicken wir Brüder
Mit Speis und mit Tranck, die vom Unglück darnieder
Gedrückt sind, und helfen den Waysen in Noth
Und theilen mit Wittwen den Bissen vom Brod.

Und stopfen mit Brode den hungrigen Schluckern
Den lechzenden Mund, den geehrten Nachdruckern,
Dann rauben sie Recht und Belohnung doch nie,
Die mühsam erkämpfte sich Fleiß und Genie.

So leben wir fröhlich, entfernet vom Neide,
Geweiht nur der Tochter der Liebe, der Freude,
Und geben durch Wolthun, durch Leben und Sang
Dem Geber dort oben den herzlichsten Dank.

[3.]

Orpheus

[1789]

Reiche den blühenden Jüngling doch auch die epische Leyer,
Du Kalliope, die Unsterblichkeit leihet den Sänger,
Der die Helden besang und Mord und blutige Kriege,
Rauschender Waffengetös und Siege der Liebe und Ruhe,
Wenige traten mit Glück in diese glänzende Laufbahn
Wenige kamen zum Ziel mit unsterblichen Lorbeer gekränzet,
Aber sinke ich auch so ist es mir rühmlich zu sinken
In der kühnlichen That mit flammenden Muthe begonnen.
Zwar schon sang uns Homer die unerreichbaren Lieder
Und es folgte Virgil der Dichter Latiens Größter,
Ihm mit sanfteren Ton und nicht mit der erhabenen Stärke

Welche den Griechen erhebt hoch über die Gränzen der Erde.
Tasso sang uns den Sieg der Ritter über die Barbarn
Mächtige Zauberer, Hexen zur frohen Ergötzung der Muße,
Ihm trat nach Ariost besingend den mächtigen Roland
Durch ein Gewebe von Wundern und Abentheuern und
[Kämpfen.
Milton stürmte zuerst aus seiner göttlichen Harfe
Das Verderben der Menschen die Schöpfung, den Grimmigen
[Satan
Doch ihm schwang sich noch vor der Sohn Germaniens
[Klopstock
Sang den heilgen Messias, Erlösung den sündigen Menschen;
Glover tönte noch jüngst die mächtige Vaterlandsliebe,
Jenen Leonidas, welcher mit Liebe zum Ruhme erfüllet,
Asiens Tausende schlug nur mit dreyhundert Spartanern,
Und fürs Vaterland starb mit Ruhm und Wunden bedecket.
Vater wie lächeltest Du wie mich die Mutter gebohren
Nicht mit erhabenem Blicke, Du weihtest mich lächelndem
[Scherze
Und den sanfteren Grazien, ländlich mit Blumen gekränzet;
Sieh drum wählt ich mir auch zu singen den sanfteren Orpheus
Welcher die Leyer zuerst mit zärtlichen Tönen begabet
Und mit harmonischen Liedern die Sitten der Hirten gebildet
Singend zum schrecklichen Orkus hinabstieg, welchen noch
[niemals
Sterbliche Füße berührt, von klagender Liebe getrieben;
Nah Dich Kalliope gütig und lehre harmonisch mich singen
Und ihr, Grazien kommt und lispelt mir zärtliche Anmuth
In die Lieder die ich jezt singe der rosigen Freundinn.
Aus Tessalien floh mit Euridicen der Gattin
Orpheus mit Eile hinweg, ihn trieb des Königs Amyntas
Brennende Liebe zur Eurydice dem rosigen Weibe
Die sich Orpheus gewählt aus allen tessalischen Mädchen,
Schöner war sie als Hebe die Göttin der blühenden Jugend
Goldene wallende Locken umringten den blendenden Nacken
Und in himmlischen Augen erblickte der Sänger die Liebe.
Neben dem hohen Parnaß dem Sitze der göttlichen Musen

Wählt er im blühenden Thale sich eine friedliche Wohnung
Zwischen Myrrthengebüsch im moosigen schützenden Felsen
Eine Höhle mit Epheu das Innere ringsum bekränzet,
Und von einem rieselnden Quellchen durchschnitten, das leicht
[auf
Kieseln dahin sich ergoß krystallene Fluten enttrÄufte
Und mit der lieblichsten Kühle die einsame Höhle erfüllte:
Hier belauschten ihn oft die Vögel und scheueren Thiere
Wenn Eurydicen auf Sayten bezogener Leyer ertönte;
Zu den Füßen geschmiegt der sorgsam horchenden Gattin.
Nah an der glücklichen Höhle erhob sich die mächtige Eiche
Unter welcher von grünendem Rasen ein Altar sich zeigte
Wie vom Blute gefärbt mit ländlichen Früchten beladen,
Oft von den Musen besucht und den andern seligen Göttern.
Ihn erbauete Orpheus mit frommen weihenden Händen
Und hier sang er wenn früh vom Morgen Foibos Apollo
Sich erhob und wenn Abends in Dämmerung die Tage
[verschwanden,
Hymnen den seligen Göttern aus frohen dankbaren Herzen.
Einst am unglücklichen Morgen da Eurydice noch schlummert,
Gieng der sichere Orpheus im Hayne um Früchte zu suchen
Und mit dem schweren Gewand gieng er zurück zu der Höhle
Dachte zu finden noch sanft die Geliebte im ruhigen Schlafe
Und mit Morgengesang sie zu wecken zur süßen Umarmung.
Doch welch schreckliches Schauspiel lähmt ihm die Glieder, die
[Seele,
Daß er wankte wie Fichten auf furchtbar bebenden Boden
Seine Augen umzieht ein schwarzer trunkener Nebel
Und die gesammelte Frucht fiel aus den sinkenden Falten
Denn Eurydice lag da von der schönen Seele verlassen,
Blau vom Gifte der Schlange die sie im Schlummer gestochen,
Ihre Augen so schön sonst starrten furchtbar und blutig
Ihre Züge so sanft so ähnlich den Zügen der Liebe,
Hatte das nagende Gift in Züge des Schreckens verwandelt,
Und vom Busen der sonst der Thron der Liebe der Schönheit,
Floß jetzt schwärzliches Gift und Purpur in Schwärze
[verwandelt,

Denn hier hatte das Thier der Hölle die Sichre verwundet.
Schrecken des Todes erschütterte kalt und brennend den Orfeus
Der sich das Angesicht hüllte und stummer Verzweiflung [dastand[.]
Ein Gedanke verdrängte den andern so schnell als ein Lichtstrahl
Schwüle Lüfte durchkreuzt und schwarze Wolken zertheilet.
Aber in sinnlose Nacht sank immer die Seele wieder
Und vermochte sich nicht aus dem stärksten Taumel zu reißen.
Selten durchhallte ein Ach! ein banger Seufzer die Höhle
Selten entschwebte der Nam Eurydice den traurigen Lippen.
So sah Orfeus noch die untergehende Sonne,
Weinten Unsterbliche, warlich, Apollo hätte geweinet.
Und es erklang nicht wie sonst der Hayn am heiligen Altar
Von dem Abendgesang des frohen, dankbaren Orfeus,
Und es opferte nicht Eurydice die Früchte und Blumen
Denn sie lebte nicht mehr, sie war im Reiche des Pluto.
Hier soll Aurora zuerst die schimmernden Tränen geweinet
Haben, als sie im Fluge den trauernden Orfeus erblickte.
Nun erquickte der Schlummer vom äußersten Schmerze geholet
Endlich den Orfeus, und seiner erbarmt sich die Königinn [Cyperns
Die goldlockichte Venus, der Liebe mächtige Göttin,
Sie erschien ihm im Traum und brachte die tröstende Ruhe
Mit sich, ihr wellten ambrosische Locken vom rosigen Nacken,
Rosendüfte umgaben die schlanken Glieder der Göttin
Und sie lag auf der Wolke, die goldener Schimmer umhüllte.
Und mit der silbernen Stimme, so sanft wie die lydische Flöte
Sagte sie lieblich zum Orfeus und sprach die tröstenden Worte:
Guter Thessalier von dem Unglück grausam getroffen
Weine aber verzweifle nicht, du erzürnest die Götter,
Welche Dich lieben; hart sind zwar die Schlüsse des Schicksals,
Aber sey nur voll Muth, denn dieser verschafft sie Dir wieder.
Welche Du liebst als Dein Leben, er schafft Eurydicen Dir [wieder
Steige zum Orkus hinab den Sterblichen sonst unzugangbar, –
Aber mit Liedern der Klage wirst Du den Pluto erweichen
Daß er sein Herz zuerst den Gebeten des Sterblichen öffnet

Dir Eurydicen zurückgiebt, schon in Elysiens Fluren.
Aber hüte Dich wohl, daß Du sie nicht unvorsichtig
Wieder verlierst eh Du das Licht des Tages erblickest.
Hüte Dich denn alsdann ist Dir dis Herze verschlossen.
Sieh so redete Venus, verschwand wie ein Hauch in den Lüften.
Und in des Orfeus Herz begann die Hoffnung zu blühen,
Und es umflatterten ihn schon wieder freudige Träume.
Eh noch die Dämmerung kam und Ruhe hernieder zur Erde
Wachte Orfeus auf von heiterer Hoffnung gestärket.
Und nun rannen die Thränen das Labsal leidender Seele
Wenn der Schmerz abnimmt und die Hände griffen zur Leyer.
Aber ehe er sang ein Lied des Todes der Gattin,
Macht er ein Grab und begrub sie im kühlen Schooße der Erde.
Nun durchrauscht er die silbernen Sayten mit bebenden Händen
Bey dem Schimmer Lunens der milden Fürstinn der Nächte
Seine tönende Stimme erscholl zu den Klagen der Laute.

1

Sie lebte in sicherer Ruhe
Eurydice die schönste der sterblichen Mädchen
Ihr Geist war sanft wie der Zephir
Der über Blumengefilde haucht.

2

Wir lebten in Friede
Da kam der verderbende Tod
Ihren Busen stach die giftige Natter
Sie starb im ruhigen Schlummer.

3

Nun sieht sie den Orkus und lebt in Elysium
In seliger Ruhe, in ewigen Frieden
Ewiger May lächelt auf ihren Wangen;
Die Unterwelt nahm sie mit Neide mir weg.

4

Ich verzweifelte da kam im Traume
Venus mit tröstender Stimme

Hoffnung blühte mir auf
Hoffnung sie wiederzusehn.

5

Vögel klaget mit mir
Luna, gütige Göttin
Und du alternder Hayn,
Euridicen entriß mir der Tod.

6

Aber ich soll sie wiedersehn
O freut euch o hüpfet ihr Wellen
Die sie so oft trank
Den gütigen Göttern opferte.

7

Ich soll sie im Orkus holen
Die Gattin, Euridicen, die Todte,
Ich Sterblicher soll sie aus dem Orkus holen
Mit Gesang aus dem unzugänglichen Orkus.

8

O freut euch ihr Hayne!
Ihr Felsen!
Ich sehe sie wieder
Mit Wonne im Arme sie wieder.

Siehe so tönte die Stimme zur Klage der bebenden Laute.
Und ihn hörten die Musen versammelt am hohen Parnasse
Ihn auch Luna die schimmernde, und die Nympfen des Haynes.
Und vom Mitleid versank ihr himmlisches Schimmern in
[Dämmrung.

Übersetzungsversuche

[1.]

[Orpheus]

[Vergil, Georgika, Buch IV, Zeilen 464–480]

[1789]

Orpheus linderte mit der Theorbe die leidende Liebe
Sang dich, süßes Weib, sich selbst am einsamen Ufer
Schwebte der Morgen herauf, erröthete Tellus am Abend,
Stieg auch in Taenars Schlund, der hohen Pforte des Pluto
Unerschüttert im Graunverhüllten Dunkel des Waldes.
Gieng zu den Manen zum furchtbaren König, zu Herzen
Nimmer vordem vom Flehn der Menschen erwärmt. Vom [Gesange
Munter entfuhren die nichtigen Schatten des tiefsten Erebus
Sitzen, und lichtberaubte Gestalten, unzählig wie Schaaren der [Vögel
Welche die kommende Nacht und das Ungewitter vom Berge
In das Gebüsch verscheucht; es waren Mütter und Männer,
Leiber entseelter Helden von hohen Mut einst beseelet,
Knaben und halbgereifte Mädchen und Jünglinge vor den
Augen der Eltern von neidischen Flammen verschlungen; sie alle
Fesselt ein schwarzer Schlamm und Cocytus scheußliches [Schilfrohr,
Und die zögernde Well des Sumpfes von Schiffen verlassen,
Neunmal rollet herum der Styx und zwingt sie zusammen.

[2.]

Virgil: Vierte Ekloge, Pollio

[1790]

Sizelidische Musen, o tönet höhere Weisen
Allen gefällt nicht das kleine Gesträuch, und die niedre Myrize,
Singt ihr aber den Wald, so sey er des Konsuls nicht unwerth.
Siehe! die lezte Zeit der cumaeischen Hymne ist kommen
Und es beginnet der Jahre unermeßlicher Kreislauf,
Schon kehrt wieder die Jungfrau, es kommt der Saturnische
[Zepter
Und es sendet ein neues Geschlecht der Himmel hernieder
Segne den Neugebohrnen, mit welchem die eiserne Brut sinkt,
Und ein goldnes Geschlecht auf Erden überall aufkeimt.
Segne ihn keusche Lucina, schon jezt regiert dein Apollo.
Pollio und du erblickst den Beginn des seligen Zeitraums,
Konsul noch und der größeren Monde anhebenden Umlauf
Unserer Bosheit Spuren Vertilgung, und welche noch übrig
Wird von ewiger Furcht der Erdkreis unter dir lösen.
Jener empfängt der Unsterblichen Leben, wird unter den
[Göttern
Schaun die Helden, und wird selbst unter ihnen gesehn seyn
Und pflegt einst den durch Vatertugend entfehdeten Weltkreis.
Knabe, die selbstgewachsenen Erstlinge strömt dir die Erde
Aus willfährig, den wankenden Eppich, die Fülle, mit Bakkar
Und Colokasier um die schöne Akanthus geschlungen
Willig schleppen nach Haus milchstrotzende Euter die Geißlein
Und der Stier und die Kuh scheun nicht den gewaltigen Löwen
Selbst die Wiege bestreut mit schmeichelnden Blumen dein
[Antliz,
Drach und Schlange verkümmern, es verwelkt das trügliche
[Giftkraut,
Und es entsproßt an jeglichem Ort der Aschyrische Amom.
Aber wenn du die Feyer der Helden, die Thaten der Ahnen
Liesest und nun die treffliche Tugend vermagst zu erkennen
Dann wird allmählich die Flur die zarte Aehre vergolden

Und die röthelnde Traube umhängt unbeschnittene Dornen
Und der bethauende Honig entträuft dem härtesten Eichbaum
Aber ein Überrest bleibt von der Frechheit der Vorwelt
Der es schafft, daß Thetis mit Schiffen befahren, umgürtet
Städte mit Mauern werden, daß Tellus noch Furchen zerreißen
Dann wird ein zweyter Typhis erstehn, dann eine andere Argo
Tragend erlesene Helden, dann lodert ein anderer Krieg auf,
Und ein Herrscher Achill wird wieder nach Troja gesendet.
Wenn die gestählte Zeit dich dann zum Manne gebildet
Scheidet der Schiffer selbst vom Meere, die schwimmende Fichte
Tauscht nicht mehr Waaren, es trägt dann alles jegliches [Erdreich.
Nicht mehr duldet den Karst der Boden, die Hizze der [Weinstock.
Und es erlößt die Färsen vom Joch der rüstige Landmann.
Dann lernt Wolle nicht mehr sich mit bunten Farben zu [schmücken
Sondern auf Wiesen schmückt dann selbst das Fell sich der [Widder
Bald mit rosigen Purpur und mit dem Golde des [Strich?]krauts
Und willfährig bekleidet die weidenden Lämmer die Sandyx.
Rollt hin, selige Jahre, so sprachen zur Spindel die Parzen
Immer vereint zum ewigen Schlusse des heiligen Schicksals.
Strebe zum herrlichen Ruhm hinan, schon nahen die Zeiten
Theurer Göttersohn gedeihe durch Jupiters Pflege.
Siehe wie mit der lastenden Wölbung sich neiget der Weltkreis
Und die Erd und das Meeresgefild, und der endlose Himmel,
Siehe! wie alles entgegen sich freut der kommenden Folge.
Bliebe vom langen Leben mir dann noch ein Endchen nur übrig
Und noch Athem, um würdig dein Heldenleben zu feyren
Mich besiegte dann nicht der Thrazier Orfeus mit Hymnen
Nicht ob auch jenem die Mutter, der Vater dem hold wär;
Kalliopa dem Orfeus, dem Linus der schöne Apollo
Pan auch stritt er mit mir vor ganz Arcadiens Ohren
Vor Arcadien müßte auch Pan besiegt sich erkennen.
Lieblicher Knabe beginne die lächelnde Mutter zu kennen
Der zehn zögernde Monde so manchen Ekel erzeugten.

Lieblicher Knabe beginn, wen lächelnd die Eltern nicht grüßten
Traun! den bewirthet kein Gott und keine der Göttinnen kost [ihn.

[3.]

[Horaz, Oden I, 38]

[1789]

[Persicos odi, puer, apparatus]

Perser Waaren hasse ich, Sklave,
Und mit Bast gewundene Kränze,
Höre auf zu suchen wo spät noch
Rosen verweilen.

Thue keine andere Zierrath
Unter Myrrthen Kränze, sie schmücken
Dich o Sklaven, trinkend auch mich in
Rebengewölben.

[4.]

[Horaz, Oden IV, 2. Anfang]

[Pindarum quisque studet aemulari]

Wer den Pindar sich zu erreichen vorsezt,
Stüzt sich auf daedalisches Wachsgefieder
Wird, Licin, dem bläulichen Meere, seinen
Namen verleihen.

Wie der Strom vom Berge herabstürzt, welchen
Offne Wolken über die Ufer hoben,
Strömt begeistert donnerndes Rufes Pindar
Mächtiges Geistes.

[5.]

Ilias. 1ster Gesang

übersezt von Fridrich von Hardenberg

Göttin! besinge den Zorn des Peleïaden Achilleus
Ha! des Verderbers! der Weh den Griechen die Fülle erregte,
Und dem Aïs zu früh viel Seelen der muthigsten Helden
Sendete, aber die Leichen den Hunden zur Beute, den Vögeln
Aber zum Raub hinwarf, (so ging Zeus Schluß in Erfüllung)
Seit sich trennten im Hader zuerst, der König der Männer
Atreus treflicher Sproß und der göttliche Peleïade.
Welcher Unsterbliche reizte sie denn im Zorne zu rechten?
Zeus und Lätoos Sohn, er zürnte dem Herrscher Atrides
Und erregte tödtende Seuchen im Heer, daß die Menge [dahinnstarb,
Denn der Atride hatte den Priester Chryses geschmähet.
Dieser kam zu den schnellhinfliegenden Schiffen der Griechen
Seine Tochter zu lösen und trug unendliche Gaben.
In der Rechten die Binde des Fernhintreffenden Foibos
Mit dem goldenen Scepter: er flehte alle Achaier
Doch die Atriden vor allen; die beyden Führer der Schaaren.
Atreus Söhne und ihr Achaier in stralender Rüstung
Möchten die Gottlichen, die in olympischen Wohnungen hausen
Euch als Vertilger von Troja gewähren die glücklichste [Heimfahrt;
Gebt mir die Liebe Tochter izt frey und empfanget die Lösung
Wenn ihr in mir Zeus Sohn den Fernhintreffenden achtet.
Seine Rede gefiel den andern Griechen, sie meinten
Chryses muß man ehren, und nehmen die köstlichen Gaben.
Doch Agamemnon, des Atreus Sohn, gefiels nicht im Herzen
Sondern er entließ ihn mit Schmach und mit drohender Rede:
Nimm dich, Alter in acht, daß ich nicht bey den Schiffen
Weder zögernd dich treffe noch wieder dich treffe in Zukunft
Warlich! dann frommt dir nicht der Scepter und Binde des [Gottes.
Sie befrey ich dir nicht, bevor sie das Alter erreichet

Fern vom Lande der Väter in meinem Pallaste zu Argos
Mir Gewebe vollendend und meines Bettes Genossin.
Aber entweich! und erzürne mich nicht, daß du glücklich
[zurückkehrst.
Also sprach er, der Greis erschrak und gehorchte dem Worte
Wandelte schweigend zum Ufer des weitaufrauschenden
[Weltmeers.
Und im Wandeln flehte im Herzen der Alte nicht wenig.

[6.]

Theocrits erste Idylle

Thyrsis oder der Wettgesang

[1790]

Lieblich lispelt die Fichte am silbernen Quelle des Haynthals,
Hirte der Ziegen auch du singst süß auf melodischen Schilfrohr;
Du empfingest nach Pan den Preis, wenn er den gehörnten
Gaisbock nähme, so trügst du die hüpfende Ziege zum Preise
Wenn er aber die Ziege empfinge, so fiele das Gaißlein
Dir zur Belohnung und süß ist das Fleisch der säugenden
[Gaislein[.]
Süßer ertönt dein Lied, o Hirt, als der strömende Bergquell
Welcher von Thürmender Klippe in lachende Augen
[herabrauscht.
Führten die Musen hinweg zum Preis ein wolliges Schäfchen
Traun, so empfingest du ein milchendes Lämmchen, behagte
Ihnen aber das Lamm, so würde das Schaaf dir zum Preise.

[7.]

[Pindar]

11te Olympische Ode

Oft ist den Sterblichen der Wind, oft ihnen die Himmelgewässer, die Töchter des Gewölks frommend und wehrt[,] aber dessen

Mühen glücklicher Thatenerfolg krönt, werden süßschallende Hymnen der Beginn[?] des Lobpreises der Folgezeit und hoher Tugenden treuestes Pfand: und dieser neidfreyeste Preis harret den Olympischen Siegern; Ihn will mein Mund lenken; denn ein Mann mit Weisheitreichen Busen blüht unsterblich, so waltets die Gottheit. Wiß Archestratos Sohn Agesidamas ob deines Faustkampfs sing ich zum Kranz des goldnen Oelzweigs ein[en] lieblich tönenden Liederschmuck, hoch ehrend der epizeph[y]rischen Lokrer Geschlecht; Beginnet allda einen Reigen. Traun! Musen! ich sag es euch, ihr werdet nicht zu einem Pilgerverachtendem Volk unkundig des Seelenadels, zu den Weisheitseligen kriegerischen Männern werdet ihr kommen. Ererbte Sitten wandelt nimmer der röthliche Fuchs und der mächtig brüllende Löwe.

Dramatisches

[1.]

Franz von Sickingen

(a)

Einer der berühmtesten Männer zu den Zeiten der Reformation, der Luther mächtig unterstützte und vom Kayser gefürchtet wurde, war Franz von Sickingen. Muth, Standhaftigkeit, die unüberwindlich sich immer bewies, und Treue und wahre ächte Deutschheit zeichnete ihn unter allen andern damals berühmten Männern aus, wenn ich seinen Freund Ulrich von Hutten und den wackeren Berlichingen ausnehme; lange hatte er sich den Vorurtheilen der damaligen Zeit, dem immer mehr zunehmenden Despotismus der kayserlichen Gewalt wiedersetzt, lange als der deutschen Freyheit einzige Stütze gestanden, doch je mehr sich Jahre auf seinem Scheitel häuften, wuchsen seine Feinde desto mehr, so daß sie ihn zuletzt auf seinem Schlosse Landstein belagerten und den armen unglücklichen Greis immer mehr in die Enge trieben. Er wehrte sich mit seinem gewöhnlichen Heldenmuth und würde ohne jenes für unsre entnervten Jahrhunderte erfundene Gewehr vielleicht sie auch dieses Mal zurückgeschlagen haben, aber eine Stückkugel traf den Helden, als er auf der Mauer umhergieng, um seine Knechte zu ermuntern. Man brachte ihn ins Schloß, die Kugel hatte ihm die Hüfte zersplittert; heiter, als wollte er zu einem Turniere gehn, ließ er sich verbinden, lächelte bei den folterndsten Schmerzen und befahl, daß einer seiner Knechte hinaus zu den Feinden gehn solle und ihnen sagen: Es stünde ihnen frey, ins Schloß herein zu kommen, denn ihr Feind Franz von Sickingen würde in wenigen Stunden sterben. Indes schrieb er an die sämtlichen deutschen Fürsten ohngefähr so: – – –

(b)

Einige Szenen aus Franz von Sikkingens Leben

Kurz vor seinem Tode

Szene: Schloß Landstuhl

FRANZ VON SIKKINGEN. *(liegt in einer gewölbten Kammer auf einem alten Ruhebette. Außer seiner Rüstung und seinen Waffen sieht man nichts)*

Gott! Deine Gerichte sind gerecht, aber wehe dem, den sie treffen. Ich denke zwar oft in meinem Sinn: Warum muß dich Franz just solch Unheil und heillos Ungemach verstricken, hast doch dein Lebtage auf Recht gehalten, hast manchem kreuzbraven Mann unter die Arme gegriffen und so manchen Schurken geknechtet, daß er Gott dankte, wenn er mit dem Endchen Leben davonkam, und sonst so manche löbliche That ausgericht, für's Reichs Wohlfahrt gesorgt bey Tag und Nacht und immer Gottes Wort vor Augen gehabt und dann wurmts mir und wird mir brühheiß – aber dann dünkts mich wahrlich auch wieder, hast auch viel unnüzlich Zeug gethan, manchen armen Teufel ums Seine gebracht, oft ein sündlich widersinnig Leben geführt. Nein, bey Gott, dann murr ich nit, dann bet ich demüthig den langmüthigen Gott an und dank ihn, daß er mich leichtfertigen Sünder nicht härter straft; und läuft mirs ja über die Leber, wenn ich die Schurken und Buben und hochmüthigen Pfaffen pochen seh und hofiren und eitel ungebührlich Ding beginnen, und mich hier einstecken und Narretheidingen und leichtfertigem Anmaßen nicht wehren können, dann denk ich, wies dort drüben stehn wird, wohin ich nur noch einen Schritt zu thun hab, und dann bin ich freudig und guter Dinge.

Dietrich kommt

DIETRICH. Gestrenger Herr! Der Wächter auf der Burgwart hat kund gethan, daß ein Herold sich nahte und ließ er Euch fragen, ob er aufthun und ihn einlassen sollt.

FRANZ. Guter Junge! Könnt ich noch auf den Beinen stehn.

(c)

Franz von Sikkingen

Ein historisches Schauspiel in sechs Aufzügen

Scene in einem Zelte im Lager vor Trier
Franz von Sikkingen und Hartmuth von Cronenberg

FRANZ. Morgen sollen die Kerls merken, wer vor ihren Mauern steht; denn morgen wagen wir einen Generalsturm und da wolln wir die Hölle heiß genug machen.

HARTMUTH. Siegen wir, so giebts morgen was Tüchtiges zu saufen; denn Richard ist von Pfaffenart und hat Wein gar köstlich; läufts auf ein [?] naus i nu so heißts rechtsum kehrt. Aber, Franz, laß einschenken. Ich brauche Feuer und 's ist verteufelt kalt.

[2.]

Marpissa

Ein Schauspiel mit Chören

[1789]

Marpissa
Idas
Apoll
Der Priester Apolls
Chor der Jungfrauen
Anchialus, Idas Freund

Szene ein offner Platz vor Idas Hause
Anchialus und das Chor

ANCHIALUS.
Weh! mir, daß ich dem Freunde Jammer muß
Verkünden! der heut siegbekränzt zurück
(Ach! in Marpissas Arme wähnend) kehrt.

Marpissa hat der Daelier Apoll,
Von ihrer Schöne tief verwundet, jetzt entführt;
Als sie in seinen Hain lustwandelnd gieng.
Von seinem Schimmer ganz verblendet flohn
Die Dirnen; und erzählten zitternd noch
Das Unglück mir: und ich verkünd es euch.
Wie wird nicht Idas! Ah! der Treffliche!
Zu Boden sinken, wenn das Wort ihn trifft.

CHOR DER JUNGFRAUEN.

Erste Strophe

Eros, welchen im Lenz Kypris geboren hat!
Kleiner, lächelnder Gott, Nemesis schenkte dir
Damals Bienennatur, welchen vom Stachel träuft
  Süßablockender Honigseym.
Donner zähmet der Gott, welchen Olympia
Weihrauchduftend verehrt. Sieg und Gewalt ist sein:
Doch du hast ihn schon oft, kleiner Allmächtiger,
  Mit dem Netze der Lieb umstrickt.

Zweite Strophe

Ja der Göttinnen selbst, wären sie noch so streng,
Schonst du nimmer und wär silbern die Locke schon:
Fernhintreffer: schon oft warfst du den goldnen Pfeil
  In der rosigen Mutter Schooß.
Hat dich Idas erzürnt, welchen der Lorbeer früh,
Und die Myrthe bekränzt; daß du Apoll entflammst;
Für das herrliche Weib: weil er den Rosenkranz
  Um die Fackel des Hymen gab?

ANCHIALUS.

Ihr Sängerinnen wahrlich! Lieb ists nur,
Die einen Gott für Menschenheil und Wohl
Sonst immerreg, anjezt erreget hat
Den edeln Idas so mit Leid und Gram
Zu schlagen. Denn Marpissa ist fürwahr

So schön wie keine Tochter Griechenlands
Und tugendreich, wie einst Penelope.
Die Treue schlang nie um ein schöner Paar
Die Blumenfessel: Honig von Hymett
Ist süßer nicht als ihre Rede war!
Wenn ihr Geliebter hin zu Kampf und Schlacht
Von ihr sich riß, und wenn er unversehrt,
Den Scheitel hehr von hohem Ruhm umstralt,
Zurück an ihren Busen niedersank.

[3.]

Panthea

Monodrama

[1789]

Die Scene stellt ein großes Zelt vor
in dem Panthea bey den todten Körper ihres Gemahls steht.

Ich Unglückliche! bin ich nicht selbst schuld an Deinem Tode, mein Abradates, hab ich wol aufgehört Dich zu flehen, bis Du zum großmüthigen Cyrus übertratest – Aber ich mußte – Denn er behandelte mich edel, nicht wie eine Gefangene, nicht wie eine Sklavin – nein – wie die Gemahlin des Abradates. Der feurige siegende Jüngling ehrte meine Unschuld, meine Tugend, beschüzte mich für den entflammten Araspes. Aber Du bist todt, ein sardischer Pfeil zerriß Deinen Lebensfaden und Du wandelst nun einsam am Gestade des Styx; hast Du mich vergessen, denken die Verstorbnen nicht mehr an ihre zurückgebliebenen Freunde? Bist du jezt glücklich – fern von mir – ich schmeichle mir noch – ich Arme – Elende. Wie selig, wie wonnevoll ist nicht die Errinnrung meiner glücklichen Jugend. Wie mich Abradates im Walde auf der Jagd zuerst sah; ich sahs an seinen feurigen Blicken an seiner erröthenden Wange, daß er mich bemerkte – wie schlugst du, armes Herz so unschuldig, so unerfahren, dem herrlichsten jungen Mann entgegen – wenn er mich ansah – so schlug ich die Augen nieder und wagte nur versto[h]len in sein seelenvolles warmes Auge zu blicken – wie himmlisch ist die Errinnrung – wie reißt sie mich aus dem Abgrund empor der mich immer enger und enger zu umfassen scheint – so dunkel, so bodenlos – Ich saß und webte – ach! seinen Namen in einen seidenen Schleyer – gestand mir nicht, daß es Liebe sey – dacht an ihn so innig – herzlich mahlte mit täuschender Fantasie sein entzückendes Bild – Da stürzt er herein – Du bist mein, Panthea – mein – ich lag an seinem Busen – vergaß die mädchenhafte Sittsamkeit weinte – fiel meiner trefflichen Mutter um den Hals, dann dem Abradates – fiel vor meinem Vater auf die Kniee – war ganz sinnlos – ganz vom Uebermaaß himmlischer Wonne hingerissen – Ich schien mir wie erwacht aus einem rosigen Traume zum wonnigen Leben – Und als er wieder weggieng – da weint ich – schlief nicht, rief tausendmal den lächelnden Morgen – schalt die Nacht – zankte mit den Mägden – bis er kam – Da lebt ich wieder, da schien mir alles Himmel, Elysium zu seyn – Liebe und Wonne wo ich hinblickte – tonvoller sangen mir die Nachtigallen, rosiger schien die Morgenröthe, Blinckender der Thau – am Busen meines lieben – theuren Jünglings. Und als uns Hymen vereint hatte – als er mich, seine Gattin umarmte, da goß sich neue schwellende Lebenswonne in meine Adern – ich fühlte nur gränzenlose Liebe – nur harmloses Hingeben – unzertrennliches Anhangen. Wonnevoller, seliger kann nicht die himmlische Freude der Unsterblichen seyn aber ewiger, dauernder – denn meine war sterblich – sie verwelkte, wie der blühende Jüngling im Arme des Kummers und nagender Leiden. Ihn riß der Gott der Schmerzen für hoffnungslose Mütter – der blutige Dämon des Kriegs von meinem bethränten Busen, aus meinen zuckenden Armen – Ich sah ihm nach so weit ich blicken konnte – bis er verschwand – Kurz dämmerte meine Wonne, mein Glück wieder auf als ich ihn in Cyrus Lager umarmte, von seinen braunen Wangen die Thräne der Freude, des seligen Wiedersehns küßte, in seinen flammenden Augen unsterbliche Liebe las und herrliche Treue. Aber es war die lezte Umarmung, er flog aus meinen Armen von mir selber angetrieben voll Heldenmuths und männlicher Kraft – mir ahndete es – es fuhr schmerzhaft durch meine Gebeine, als er sich los riß von mir – ich schwankte und bebte als er sein leztes Lebewol mir vom Wagen zurief, als er hinter den neidischen Hügeln verschwand – Er focht und sank – Ich weine nicht Abradates, ich fühle Muth in weiblichen Busen. Hört mich, ihr Götter, Persephoneia und ihr Mächte der Unterwelt, freywillig will ich mich euren Wohnungen nahn, euch mich weihn, mein Leben den Göttern zurückgeben, mit Abradates seyn, an seinen Armen Elysiens Gefilde durchwallen. Fühlen die Manen, die Schatten auch noch Lebenswonne, die Freude der Liebe, ihren seligen Taumel? webt unten auch Liebe in jedem Hälmchen, in jedem Blatte? Ich komme, Abradates, – aber lieber hätte ich an deiner Seite noch lange glückliche Tage durchlebt, von Scherzen und Freuden umflattert an dich mich geschmiegt und wenn ich dir Kinder, voll Geist ihres Vaters geboren hätte und sie groß geworden und Dir geglichen sanft mit dir zugleich von den Parzen abgeschnitten nach Elysium geschwebt – aber jezt riß dich die Parze, die Unerbittliche, im Lenz Deiner Jahre aus dem Arme der Liebe und der Wonne und sandte Dich nach Elysium. Nehmt meine Locke *(sie schneidet sich eine Locke ab)* ihr Götter der finstern Unterwelt, ich weihe sie euch, gebt mir eine glückliche Reise. Umschwebe mich Geist meines Geliebten, empfange mich, wenn meine entfesselte Seele diesen leidenden Körper verläßt. Wie du lächelst, es muß dir wohl seyn, sehr wohl, du könntest sonst nicht so freundlich, so himmlisch mich anlächeln. Nimm noch die lezte Umarmung deiner geliebten Panthea, Leichnam meines Abradates, dieser Mund, bleich und kalt, war oft voll Wonne und Seligkeit, dieses Auge voll Feuer und Leben, diese Wange so warm und rosig, an diesem Busen trank ich so manches Entzücken so ein gränzenloses Glück, und jezt klopft nicht Freude und Heldenmuth mehr in ihm. Begränzt und sterblich war unser Daseyn auf Erden, unsre Wonne, unsre Seligkeit, aber im Elysium wird sie endlos und unsterblich seyn wie die Freude der seligen Götter. *(Sie ersticht sich. Cyrus kommt)* Panthea um dich zu ––– was seh ich – Blut – Du hast deine Treue gekrönt, göttliches Weib!

PANTHEA *(mit gebrochener Stimme).* Leb wohl! ich danke Dir!

Die Götter werden Dich segnen. *(Sie stirbt.)*

CYRUS. So ein Weib ist das größte Geschenk der Götter. Götter! versteht ihr meinen einzigsten Wunsch! Aber es ist nur eine Panthea. Schlummre sanft, glückliches Paar und wenn wir uns einst im Elysium wiedersehn, so laßt mich an eurer himmlischen Wonne theilnehmen.

Erzählerisches

[1.]
Giasar und Azora

[Bruchstück einer Erzählung]

In den reitzenden Gefilden am Fuße des Caucasus lebte in den seligen Zeiten der Feerey und der Wunder ein alter Druid mit einem bildschönen Jüngling den man für seinen Sohn hielt, über dessen Ursprung und Geschichte ein tiefes Geheimniß lag. Rundherum hatte sich der Alte durch seine weit ausgebreitete Erfahrung ehrwürdig und beliebt gemacht, denn man konnte in allen Zufällen des menschlichen Lebens nur getrost ihn um Rath fragen, und sein Rath war gewiß immer der heilsamste. Seine geräumige aber nichts weniger als prachtvolle Wohnung wimmelte immer von Leuten, die sich bey ihm Raths erholten und er stand in einem solchen Ansehn unter ihnen, daß sich seinem Ausspruche jeder willig unterwarf, und Xerxes hat gewiß nie so unumschränkt geherrscht als unser Druide, ob sich gleich nie jemand über ihn beschwehren konnte. Giasar so hieß der schöne Jüngling, der bey ihm wohnte und von ihm in allen Wissenschaften unterrichtet wurde, war durch seine Herzensgüte, seine Bescheidenheit, seine Offenheit eben so beliebt bey den glücklichen Bewohnern dieser elysischen Gegend, als die Schönheit seiner Gestalt und seines Gesichts Bewunderung und Entzücken erweckte. Man konnte ihn in der That nicht ansehn ohne ihn innigst lieb zu gewinnen und unter den unschuldigen Schönheiten seiner Gegend waren wenige, die sich nicht um seinen Besiz beneidet hätten, obgleich ihr Neid nie in bittern Groll ausartete. Alle suchten ihn zu fesseln, jede mit höhern Gefälligkeiten ihn zu fangen und an ländlichen Festen war er oft die Ursache kleiner Zwistigkeiten, welche mit ihm zuerst tanzen sollte oder an seiner Seite sitzen und sich von ihm erzählen lassen; denn er wußte tausend kleine Geschichten die ihm der alte Druide erzählt, und die er mit unendlicher Grazie seinen Gespielinnen wiedererzählte und denen er durch das Feuer, womit er erzählte, und durch kleine Ausschmückungen neue Reitze geben konnte. Der alte Druide war der menschenfreundlichste Erzieher seines Giasars; er erlaubte ihm unschuldige Vergnügungen sehr gern und veranstaltete öfters selbst kleine Feste, wozu er die artige Jugend aus der Gegend einlud; und anstatt sie durch seinen Frost zu stören, wie andre Greise gethan haben würden, denen das Alter den frohen Sinn der Jugend genommen hätte, gab er ihnen vielmehr durch seine Gegenwart tausend Vergnügungen und Annehmlichkeiten mehr, als sie ohne ihn würden gehabt haben. Er war unerschöpflich in Spielen, Erzählungen und andern jugendlichen Unterhaltungen und es schien als hätte die Natur einen jugendlichen Geist in einen ältlichen Körper gesendet. Jünglinge und Mädchen liebten den guten Alten, der unvermerckt durch seine Contes und Unterhaltungen mehr die Seele der Jugend ausbildete, mehr Moralität und feine Empfindungen ihnen mittheilte als eine jahrlange Unterweisung bey besoldeten Lehrern nicht würde gethan haben. Aber, hör ich mich von zärtlichen Jünglingen fragen, mit alle dem sagen Sie uns doch, verliebte sich Giasar denn nicht in eine der liebenswürdigen Schönen; Sie haben uns doch gesagt, er habe ein zärtliches, weiches Herz gehabt! Nein, bis jezt noch nicht; aber wie es zugieng weiß ich nicht, liebe Jünglinge; Sollten vielleicht mit aller ihrer Liebenswürdigkeit dennoch die Mädchen, die um ihn herum wohnten, nicht im Stande gewesen seyn einen so herrlichen Jüngling als Giasar war zu fesseln; sollte er nicht ein Ideal von weiblicher Vollkommenheit in seiner feurigen Fantasie gehabt haben, das er in keiner von diesen Schönen wiederfand? Ich gebe Ihnen hier diese Vermuthungen nur für Vermuthungen, und sollten sie Ihnen nicht befriedigend seyn, so machen Sie glücklichere oder nehmen Sie die ganze Sache als ein psychologisches Wunder an. Kurz Giasar sah alle diese Schönen zwar ganz gern an und es fuhr ihm warm und lebendig durch alle Glieder, wenn ein kleiner weiblicher Mund den seinigen berührte, oder beym Spiel von ohngefähr der Schleyer eines niedlichen hochklopfenden Busens in Unordnung gerieth, aber die entzückende, himmlische Leidenschaft Liebe, die schon so oft besungen und empfunden ist, die uns vergöttert, sich selbst auf so unzählige Art wiederspricht, Hirten und Kayser verwundet, kannte er noch nicht. Aber es wird Zeit, daß wir auf die endliche Entwicklung von Giasars und des Druiden Schicksal kommen. Giasar war nunmehr achtzehn Jahre alt, das glücklichste Alter der Menschheit! wo die Blüthe in ihrer lieblichsten Schönheit ist, wo Fantasie und Freude unsre einzigen Begleiterinnen sind, eine rosenhafte Zukunft unsern bezauberten Blicken sich darstellt und jegliche Seelenkraft aufkeimt und lebendige Wonne, seliges Himmelsgefühl durch unsere Fibern rauscht und mit unendlichen Taumel unsren Busen schwellt. Einst an einem entzückenden Frühlingstage schweifte Giasar herum in Wald und Thal, kletterte auf Höhen und Berge um neue Aussichten zu entdecken und um ganz die wonnevolle Natur zu genießen und ihre grenzenlosen Seligkeiten inniger einzuschlürfen. Plötzlich erblickte er von einer Anhöhe auf der andern Seite ein romantisches Thal, das sich sanft zwischen ungeheure Felsen schmiegte und mit aller Frühlingspracht sich seinen trunkenen Blicken darstellte. Himmelhohe Cedern umschlossen es von einigen Seiten und das frischeste Grün schmückte die Auen, durch die sich sanft ein silberheller Felsenquell ergoß und die Stelle des schauerlichen Orts unterbrach. Am Ende des Thals war ein Häuschen voll griechischer Einfalt, wie ein Tempel der Grazien, um das sich einige Myrthenbüsche sanft gelagert hatten. Unwillkürlich stieg er wie Wonnetrunken hinab, aber wie ergriff ihn neues Entzücken, als er dicht am Eingange des Thals unter Myrthen und Rosengebüschen ein Mädchen schlafend fand, das sein Ideal von Schönheit und alle seine Gespielinnen bey weiten an himmlischer Schönheit und überschwänglichen Reitzen übertraf. Alle seine Feen- und Zaubererzählungen fielen ihm bey, aber er fand, daß sein Abentheuer alle an Wunder überschritt. Er rieb sich die Augen, hielt alles für einen Traum, aber als er endlich von seinem Wachen überzeugt war, so konnte er doch nicht umhin zu glauben, es sey eine Göttin oder eine Fee, und ein süßer Schauer, der unaussprechlich angenehm war befiel ihn. Lange wagte er es nicht näher zu treten ...

[2.]

Fabeln

[1789]

1. Der alte Sperling

Schämt Ihr Euch nicht, rief ein alter Sperling seinen Jungen zu, die mit muntern Weibchen tändelten und kosten, fühlt Ihr nicht, daß dieses unanständig und erniedrigend ist; Ihr verschmäht die Weisheit, die unsre Seele zu den Unsterblichen hebt. Bleib du bey deiner Weisheit, riefen ihm die losen Jungen zu, und laß uns jezt genießen; wenn wir so alt sind als du, so wollen wir auch aus Unvermögen uns zur Weisheit begeben und über Liebe und Freuden philosophiren.

2. Die Schnecken

Einst giengen zwey Jünglinge spazieren und fanden im Fahrweg einige Schnecken, die sie, besorgt, daß sie von einem Fuhrwagen zerdrückt werden möchten, in den Busch dabei warfen. Ihr Muthwilligen, riefen die Schnecken, warum stört ihr uns aus unsrer friedlichen Ruhe und werft uns so muthwillig hierher.

Menschenbrüder, mit wem hadert ihr, wenn euch ein kleines Ungemach geschieht? Mit einem Weltweisen? O! ihr Kurzsichtigen!

3. Die Uebel

Einst klagte ein Esel: Ich Unglücklicher! ich habe keine Hörner; ein Fuchs stand dabey: Ja! ich bin noch unglücklicher, ich habe keine langen Beine. Schweigt, rief der Maulwurf, bin ich nicht gar blind.

Der ist sicher ein Thor, sprach das weise Pferd, der sich für den unglücklichsten hält.

4. Die Buhlerinn

Eine Buhlerinn verließ ihr Liebhaber und sie stellte sich untröstlich! Warum weinst du so sehr, fragte eine Nachbarinn. Ach! Daß ich ihm noch den schönen blauen Mantel ließ.

Merkts, Jünglinge.

5. Die Wiedervergeltung

Hastig verfolgte ein Habicht die zitternde Taube und folgte ihr sogar in den Taubenschlag. Da fieng ihn der Herr desselben und wollte ihn tödten. Was that ich dir? rief der Habicht. Was that dir die Taube? war die Antwort.

6. Das verworfne Geschenk

Jupiter wandelte in einem Walde, und alle Bäume schüttelten ihm ihre Früchte vor die Füße und er segnete sie. Da warf auch der Giftbaum seine schöne Frucht dem Jupiter hin. Nein! ich mag dein Geschenk nicht, sagte Jupiter, und segnete den Baum nicht.

Fürsten, belohnt nicht das Genie, das seine Gaben zur Verderbnis der Sitten verwendet!

7. Der Philosof

Verzug schadet selten

Lehre meinem Kanarienvogel, sprach ein Tyrann zu einem Philosofen, den Homer, daß er ihn auswendig hersagen kann, oder geh aus dem Lande; unternimmst du es, und es gelingt nicht, so mußt du sterben. – Ich will es ihm lehren, sprach der Weise, aber ich muß zehn Jahre Zeit haben. – Warum warst du so thöricht, fragten ihn hernach seine Freunde, und unternahmst etwas Unmögliches? Lächelnd antwortete er: In zehn Jahren bin ich oder der Tyrann oder der Vogel gestorben.

[8.] Die Eule und der Sperling

Unverschämter! Stiehlst du nicht Kirschen am hellen lichten Tage, vor den Augen aller? O! schreckliche Frechheit! so rief eine

Eule einem Sperling zu, der sich auf einem Kirschbaum gütlich that. Freylich ist es edler, erwiederte der Sperling, bey Nacht, wenn alle Thiere sorglos schlafen auf Mord und Raub auszugehen.

[9.] Das Pferd

Ein Wolf sagte zu einem Pferde: Warum bleibst du denn dem Menschen so treu, der dich doch sehr plagt, und suchst nicht lieber die Freyheit? – Wer würde mich wohl in der Wildniß gegen dich und deinesgleichen vertheidigen, antwortete das philosofische Pferd, wer mich pflegen, wenn ich kranck wäre, wo fände ich solches gutes, nahrhaftes Futter, wo einen warmen Stall? Ich lasse dir gern für das alles, das mir meine Sklaverey verschafft, deine Chimäre von Freiheyt. Und selbst die Arbeit, die ich habe, ist sie Unglück?

[10.] Der Bär

Wohin, Gevatter Bär? sprach ein Wolf zu einem wandernden Bären. – Ich suche eine andere Wohnung, antwortete er. – Du hattest ja aber eine schöne, geräumige Hö[h]le, warum verläßt du sie? – Der Löwe machte Ansprüche an dieselbe, und ging an den Senat der Thiere. – Da brauchtest du dich nicht zu fürchten, du hattest ja eine gerechte Sache. – Gegen Könige ist jede Sache ungerecht, Gevatter Wolf.

[11.] Der Fuchs

Hast du die Satyre gelesen, die der Löwe auf dich gemacht hat, fragte der Wolf den Fuchs, antworte ihm, wie sichs gebührt. Gelesen hab ich sie, aber deinem Rathe folg ich nicht, sagte der Fuchs, denn der Löwe könnte mir auf eine fürstliche Art antworten.

[12.] Der Tiger und der Fuchs

Tiger, sprach der Löwe zu seinem Favoritten, ich kann den Fuchs nicht mehr ausstehn, er spöttelt unaufhörlich, schafft mir ihn mit guter Manier vom Halse. Freudig lief der Tiger zum Fuchse: Nichtswürdiger; du hast die Königinn beleidigt. Wann eher? sagte der Fuchs, ich weiß nichts davon; So hast du doch ehgestern den König verläumdet. Das ist eine eben so schändliche Lüge, als das Erste, schrie der Fuchs. O! himmelschreyendes Verbrechen! Du beschuldigst mich der Lügen! Das muß ich rächen! Und hiemit fraß er ihn auf.

[13.] Die Efemeris

Eine alte Efemeris rief aus: Ich habe nun 22 Stunden gelernt; Meine Weisheit, meine Kenntnisse sind die Größesten die ein endlich Wesen verlangen kann. Arme Thörinn! sprach ein Mensch, der sie hörte, ein unerfahrner Knabe besitzt zehnmal mehr Kenntnisse und Einsicht.

Raisonnirt ein Sterblicher nicht eben so weise, wie die Efemeris.

[14.] Die Milbe

Nichts ist gewisser, sprach eine Milbe zu der Andern, als daß unser Käse der Mittelpunkt des erhabnen Weltsystems ist und daß wir die besondern Lieblinge des Allmächtigen sind, weil er uns die vollkommenste Wohnung erschuf. Thörinn, sprach ein Mensch, indem er sie mit ihrem Käse verschlang. Du denkst, wie viele meiner Brüder denken, du auf deinem Käse, sie auf den Ihrigen.

Fragmentarisches

[1.]

Urtöne meiner Empfindung

Die Sonne

Bey mir gränzt Einfalt und Natur so nahe an Größe und Hochempfindung, daß die größte Naivetaet in der Sprache des innern, geistigen Gefühls, der reinste aber kunstloseste, einfachste Klang des gerührten Organs meine Seele, ich nehme dies unbedeutende, kalte Wort in dem heiligen hohen Sinne, der auch in der sinnlichen Benennung dieser Unaussprechlichen, Unbenennbaren – weben sollte, erhebt und beseligt. Es werde Licht, und es Ward; die Seele, die das empfand, aus deren sinnlichen Sprachorgan diese herzerhebende gleichsam anschauliche, sichtbare Schöpfung hervorklang muß den höchsten Sinn, das süßeste Umfassen der alllebendigen, allschaffenden Gottheit gehabt haben, und wohl jedem, der dieses besizt: Du weißt, Bester, wie meine Seele sich zu diesen Vorstellungen hinneigt, wie ganz drinn versunken sie so selig schwärmt [.]

[2.]

[Fragment]

[1791]

Sanft und groß ist der Vorzeit Gang: Ein heiliger Schleyer deckt sie für den Ungeweihten aber dessen Seele das Schicksal aus dem sanften Rieseln des Quell erschuf, sieht sie in göttlicher Schöne mit dem magischen Spiegel.

[3.]

Spatziergang nach Gosegk

In Briefen an einen Freund

[1791]

Du weißt, mein Lieber, daß der Herbst überhaupt meine herrlichste Jahreszeit ist, nun kannst Du Dir vorstellen, wie angenehm für mich ein Spatziergang in diesen trefflichen Tagen nach einer romantischen, weiten Gegend seyn mußte. Doch Du sympathisirst zu sehr mit mir um nicht mir die Freude zu gönnen die herrlichen Empfindungen und Bilder meiner Seele mit Dir zu theilen; ich will Dir also etwas weitläuftig unsre entzückende Wallfahrt erzählen. Wir machten uns nach Tisch auf den Weg und kamen auf einem allerliebsten Wege durch eine niedliche Landschaft nach dem Ziele unsers Eifers. Doch um Dich ein wenig für alle die Schönheiten, die ich auf unserm Wege unbeschrieben lasse, schadlos zu halten, will ich Dir nur eine Landschaft mit flüchtigem Pinsel entwerfen. Vor mir lag ein weites Thal mit blauen Gebirgen bekränzt, mit Weiden und andern Buschwerk hin und wieder durchflochten. Hinten im Hintergrunde noch ein Dorf mit seinen Thürmchen in einer Kluft zwischen zwey Hügeln, mit Buschwerk lieblich bekleidet, unter mir ein Wiesengrund von einem kleinen Wäldchen umzogen, in dem das herbstliche Gelb mit sparsamen Grün abwechselten und einen scharmanten Contrast machte. Und auf der Wiese blökende Kühe, die in mannichfaltige Gruppen sich darstellten und hart an den Wiesen ein niedliches Dörfchen mit Gärten umkränzt und mit rauchenden Schornsteinen.

Essayistisches

[1.]

Von der Begeisterung

[1788]

Der erste Wind, das erste Lüftchen, das dem Ohre des Wilden hörbar durch den Gipfel der Eiche sauste, brachte gewiß in demselben in seinem jungen, unausgebildeten, allen äußerlichen Eindrücken noch offenen Busen eine Bewegung, einen Gedanken von dem Dasein eines mächtigen Wesens hervor, der sehr nahe an die Begeisterung grenzte und wo ihm nichts als Worte fehlten, um sein volles überfließendes Gefühl durch sie ausströmen und es gleichsam den leblosen Gegenständen um ihn mitempfinden zu lassen, da er jetzt ohne Sprache gewiß unwillkürlich auf die Kniee sank und durch seine stumme Bewegung verriet, daß Gefühle an Gefühle in seinem Herzen sich drängten. Wie sich allmählich die Sprache auszubilden anfing und nicht mehr bloß in Naturtönen stammelte, sondern mit vollem Strome der Jugendfülle des menschlichen Geschlechts dahinbrauste und jeder Ton, jede Stimme derselben fast Empfindung und durch abstrakte Begriffe und Erfahrung noch nicht ausgebildet und verfeinert war, da entstand zuerst die Dichtkunst, die Tochter des edelsten Ungestüms der erhabensten und stärksten Empfindungen und Leidenschaften, die sich zwar nachher wie ein Chamäleon nach den Organisationen der verschiedenen Erdstriche, Zeiten und Charaktere umgebildet, aber in ihrer Urbedeutung, zu ihrer größten Stärke, Zauberei und Wirkung auf die Gemüter, ihrer Mutter, der hohen Begeisterung, noch immer nötig hat. Alles dies aber, was ich hier gesagt habe, gilt nur hauptsächlich von dem Morgenlande, dem eigentlichen Vaterlande der Menschheit, Sprache, Dichtkunst und daher auch der Begeisterung, von woher eigentlich wie vom Urstamme sich alles in die übrigen Erdgegenden und Zonen nur fortgepflanzt hat und eingepfropft worden ist. Das ganze Klima desselben war für die Kindheit des menschlichen Geschlechts und der Künste und Wissenschaften wie seine Gegenden ganz vorzüglich geschickt; die Menschen und Künste erhielten hier die Kraft, die sie in den kältesten Wüsten und Regionen noch immer nach vielen Jahrhunderten erhält und ihnen feste Wurzeln fassen läßt: die schönen Gegenden, die Wärme und Heiterkeit des selten bewölkten Himmels bildeten sie, nährten sie, und die Fruchtbarkeit des Bodens ließ ihnen Ruhe, sich allmählich auszubilden und zu reifen; das ihnen in einem weniger milden Boden durch die Einflüsse des Klima, stumpfere Organisation und ängstliche Mühe und Suchen nach Lebensunterhalt und nach den notwendigsten Bedürfnissen wäre verwehrt worden. Hier entstand dann jenes göttliche Feuer.

[2.]

Apologie der Schwärmerey

[1789]

Une mauvaise cause se fait plaider souvent plus facilement, qu'une bonne.

Jeder Gelehrte und Ungelehrte macht sich heut zu Tage zur dringendsten Pflicht, Schwärmerey zu verschreyen und sie mit dem blinden Fanatismus zu verwechseln. Und doch getraut ich mir hundert gegen eins zu setzen, daß die mehrsten Aufklärungsapostel und Vernunftprediger nie recht über Schwärmerey, über die Folgen ihrer Ausrottung und den Nutzen, den sie für die gesamte Menschheit hat, nachgedacht haben, daß die mehrsten Quasi hellen Köpfe sich selbst nicht recht von Grund aus kennen, andere nur nachlallen und mit den tausenderley Arten der Schwärmerey so unbekannt, wie mit dem menschlichen Herzen sind. Überhaupt scheinen Denker und Layen (doch erstere noch öfterer) darum oft gegen die Gesetze der Billigkeit zu handeln, daß sie eine Sache eher und scharfsichtiger von der schlimmen Seite betrachten und ihre wahren oder scheinbaren Folgeübel geschwinder zu berechnen wissen, als die Wolthaten und herrlichen Vortheile, die daraus auf der andern Seite für die menschliche Gesellschaft entspringen. Nothwendig ist es allerdings, daß ein Philosoph, oder jeder der auf das Herz und den Geist seiner Mitbrüder und Zeitgenossen einen wircksamen Einfluß hat, eh er gegen oder für eine Sache, die das Wol von Tausenden entscheidet und eine allgewaltige Einwirkung auf das moralische und physische Glück der Menschen behauptet, genau und mit der äußersten Sorgfalt, die er seiner Mitwelt schuldig ist, abwägt, ob die schädlichen Folgen den Nutzen überwiegen, oder nicht, ob der Nachtheil, den sie vielleicht für Individuen mit sich führt, reichlich durch die wolthätigsten Wirkungen für das Menschengeschlecht auf Jahrhunderte ersetzt wird. Er muß sie verwerfen, wenn die nachtheiligen Wirkungen von den wolthätigen nicht aufgewogen werden, selbst wenn sie diesen nur gleichkommen. Ob aber dies der Fall bey der Schwärmerey sey, (ich brauche dis Wort nicht in dem herabgewürdigten Sinne, wo es mit den blindesten Fanatismus vertauscht wird) wie viele ja die mehrsten unsrer aufgeklärten, vernunftseligen Köpfe und Weltphilosophen despotisch zu bestimmen pflegen, werde ich in diesen wenigen Blättern so unpartheyisch, als es einem Sublunarier möglich ist, zu untersuchen mich unterstehen. Ich weiß wol, daß auf jedes freymüthige Urtheil und Sentiment Acht und Bann von den Bischöfen und Archimandriten unsrer gelehrten Aristokratie lauert und daß Geistesgenossen des Herrn Aloysius Merz unter dem Bart und Mantel eines Philosophen, Toleranzlehrers und Vernunftsehers in Menge verborgen sind deren Enthüllung dem Patriarchen der Jalozie zu Pascala und seinen beyden Amtsgehülfen mehr Ruhm einärndten würde als die mühsame Jagd der Xixapitzli; doch wollte ich Ihnen dann unmaßgeblich rathen in Rücksicht ihrer werthen eignen Personen ein Auge zuzumachen: Aber mein Vorschlag scheint mir selbst so lächerlich, so widersinnig, als ein Vorschlag an die Mönche und Cardinäle die Lukaszettelchen und Reliquien zu verbrennen und gegen Wunder und Pfaffenthum zu schreiben: Aber troz allen diesen wage ich es doch Angesichts der Herrn ins Feld zu schreiten, als ein richtiger Degen meinen Fehdehandschuh hinzuwerfen und schauerte nun auch die Menschlichkeit mich an wie den edlen Ritter von Mancha vor den Windmühlen beym ersten Anblick, den Kampf ritterlich zu bestehen. Aber Scherz bey Seite. Ihr Freunde, die ihr getrennt von mir in fernen Gefilden vielleicht in süßer Einsamkeit die goldnen Bilder unsrer Jugendfreundschaft zurückruft oder denen im Getümmel der Welt mitten in glänzenden Assembleen und rauschenden Tanzsälen ein Seufzer nach der ländlichen Stille und häußlichen Glückseligkeit entschlüpft: fallen euch diese Blätter eures Freundes in die Hände, so schenkt mir nur eine freundschaftliche Erinnerung, ein Lächeln des Beyfalls und schwärmt ein wenig mit mir. Ihr sehet meine tiefsten Empfindungen, meine innersten Gefühle enthüllt, und mich als Vertheidiger einer Sache auftreten, die die Menschheit veredelt, unendlich erhebt, Jünglinge und Greise beseligt, Männer und Weiber; die auf Jahrhunderte hinaus schafft und doch von vielen für die Feindinn der Menschheit und der Glückseligkeit und Moralität verschrien, und als diese mit Witz, Despotismus, blinden Eifer und Laune angegriffen und verfolgt wird. Möchte doch diese süße Trösterinn der Unglücklichen, mich selbst mit ihrem hinreißenden Feuer zu ihrer Vertheidigung beseelen, mir Wielands platonisch-erhabene, unaussprechlich sanfte Begeisterung und Zimmermanns Wärme und kraftvollen Pinsel mittheilen!

> Götter! o führ ich stolz auf den Wogen
> Der Sprache, ein Empfindungsschöpfer
> Daher und begleitete mich Kühnheit und
> unwiederstehliche Suada.

Pindar
[9. Olympische Ode]

[3.]

Apologie von Friedrich Schiller

[1790]

Man hat fast überall über das vortreffliche Gedicht des Herrn Raths Schiller Die Götter Griechenlands Weh und Ach geschrien, ihn für einen Atheisten und ich weiß nicht für was Alles erklärt und voll heiligen Eifers ihn geradezu der Hölle übergeben. Kluge und unpartheyische Köpfe haben größtentheils darüber mit mehr Gerechtigkeit geurtheilt, doch keiner außer Wieland, der einen Wink davon im deutschen Merkure gab, hat sich öffentlich erklärt, um die Frömmler und andre enthusiastische Köpfe, die vielleicht nur ein heiliger Enthusiasmus schnell übereilte, zu beschämen. Ob ich mich gleich nicht will zu den klugen Köpfen rechnen, so schmeichle ich mir doch, wenigstens unpartheyisch zu seyn, indem ich weder den Dichter kenne, noch Atheist, Naturalist, Deist, Neolog oder strenger Orthodoxe bin, überhaupt zu keiner Sekte zähle. Ich glaube also wohl etwas Recht zu haben, einen Mann, den Deutschland unter seine ersten Köpfe zählt, denen Wenigen, die meine Pièce lasen, in einem andern Lichte zu weisen, das nach meiner innigsten Überzeugung das Wahre ist, in dem er betrachtet zu werden verdient. Graf Stollberg ein Mann, den ich wegen seines Dichtergenies sowohl als wegen seines herrlichen Characters unendlich verehre, scheint mir selbst das Gedicht aus einem falschen Gesichtspunkte angesehn zu haben, wie auch Herr von Kleist im deutschen Merkur, ob ich gleich den Gedichten dieser beyden Herrn als Poehsie alle Gerechtigkeit wiederfahren lasse.

VERMISCHTE GEDICHTE

(1794–1801)

[1. WEISSENFELS · SOMMER 1794]

[1.]
[Vergiß mein nicht!]

Vergiß mein nicht wenn lokre kühle Erde
Dieß Herz einst dekt das zärtlich für dich schlug
Denk das es dort volkomner lieben werde
Als da voll Schwachheit ichs vielleicht voll Fehler trug [.]

Dann soll mein freier Geist oft segnend dich umschweben
Und deinen Geiste Trost und süße Ahndung geben
Denk das ichs sey wenns sanft in deiner Seele spricht;
Vergiß mein nicht! Vergis mein nicht!

[2.]

Bey der Wiederkunft einer geliebten Freundin gesungen,

v[on] S[idonie] v. H[ardenberg]

Sey gegrüßt mit Jubel froher Lieder
Tag der mir die Freundin wieder giebt
Bald umarmen kann ich dich nun wieder
Sagen wie dich meine Seele liebt.

Nun entfliehn in deinen Arm mir Stunden
Mit des Sturmwinds schneller Eile hin
Denn vor dir ist jeder Gram verschwunden,
Und der Kummer sinkt zu Staube hin

Holde Freundin nur an deiner Seite
Wird mir jede schwere Bürde leicht
Süßer schwebt mir jede Lebensfreude
Die des Schicksals Hand durch dich mir reicht.

[3.]

Walzer

Hinunter die Pfade des Lebens gedreht
  Pausirt nicht, ich bitt euch so lang es noch geht
Drükt vester die Mädchen ans klopfende Herz
  Ihr wißt ja wie flüchtig ist Jugend und Scherz.

Laßt fern von uns Zanken und Eifersucht seyn
  Und nimmer die Stunden mit Grillen entweihn
Dem Schuzgeist der Liebe nur gläubig vertraut
  Es findet noch jeder gewiß eine Braut.

[4.]

An Adolph Selmniz

Was passt, das muß sich ründen,
Was sich versteht, sich finden,
Was gut ist, sich verbinden,
Was liebt, zusammenseyn.
Was hindert, muß entweichen,
Was krumm ist, muß sich gleichen,
Was fern ist, sich erreichen,
Was keimt, das muß gedeihn.

Gieb traulich mir die Hände,
Sey Bruder mir und wende
Den Blick vor Deinem Ende
Nicht wieder weg von mir.
Ein Tempel – wo wir knieen –
Ein Ort – wohin wir ziehen
Ein Glück – für das wir glühen
Ein Himmel – mir und dir.

[5.]

Anfang

Es kann kein Rausch seyn – oder ich wäre nicht
Für diesen Stern geboren – nur so von Ohngefähr
In dieser tollen Welt zu nah an
Seinen magnetischen Kreys gekommen.

Ein Rausch wär wircklich *sittlicher Grazie*
Vollendetes Bewußtseyn? – Glauben an Menschheit wär

Nur Spielwerck einer frohen Stunde –?
Wäre dis Rausch, was ist dann das Leben?

Soll ich getrennt seyn ewig? – ist Vorgefühl
Der künftigen Vereinigung, dessen, was
Wir hier für Unser schon erkannten,
Aber nicht ganz noch besitzen konnten –

Ist dis auch Rausch? so bliebe der Nüchternheit,
Der Wahrheit nur die Masse, der Thon, und das
Gefühl der Leere, des Verlustes
Und der vernichtigenden Entsagung.

Womit wird denn belohnt für die Anstrengung
Zu leben wieder willen, feind von sich selbst zu seyn
Und tief sich in den Staub getreten
Lächelnd zu sehn – und Bestimmung meynen.

Was führt den Weisen denn durch d[es] Lebens Thal,
Als Fackel zu dem höheren Seyn hinauf –
Soll er nur hier geduldig bauen,
Nieder sich legen und ewig todt seyn.

Du bist nicht Rausch – du Stimme des Genius,
Du Anschaun dessen, was uns unsterblich macht,
Und du Bewußtseyn jenes Werthes,
Der nur erst einzeln allhier erkannt wird.

Einst wird die Menschheit seyn, was Sophie mir
Jezt ist – vollendet – sittliche Grazie –
Dann wird ihr *höheres Bewußtseyn*
Nicht mehr verwechselt mit Dunst des Weines.

[6.]

Am Sonnabend Abend

Bin ich noch der, der gestern Morgen
Dem Gott des Leichtsinns Hymnen sang

Und über allen Ernst und Sorgen
Der Freude leichte Geißel schwang –
Der, jeder Einladung entgegen,
Das Herz in beyden Händen, flog
Und wie ein junges Blut, verwegen
Auf jedes Abentheuer zog.

Der mit den Kinderschuhen lange
Der Liebe Kartenhaus verließ,
Und wie das Glück, in seinem Gange
An Reiche, wie an Karten, stieß,
Im Kampf der neuen Elemente
Im Geist schon Sieger sang: ça va,
Und schon die Schöpfung im Convente
Und Gott, als Presidenten, sah.

Der schlauer noch, als ein Berliner,
In Mädchen Jesuiten spürt,
Und Vater Adams Gattin kühner,
Als wahren Stifter denuncirt.
In dessen Stube längst vergessen
Das Bild des Aberglaubens hieng
Und der zum Spott nur in die Messen
Von den Elftausend Jungfern gieng.

Derselbe kanns nicht seyn, der heute
Beklemmt weit auf die Weste knöpft
Und schweigend an der Morgenseite
So ämsig Luft von dorther schöpft.
Den vierzehn Jahre so entzücken,
(Bald sind die 7 Wochen voll)
Und der in jeden Augenblicken,
Was anders will, was anders soll.

Ist das der Mann, der Sieben Weisen
Im Umsehen in die Tasche steckt,
Den schon die kürzeste der Reisen
So wundersam im Schlafe weckt.
Und der noch kaum die stolzen Träume

Der Weisheit lahm fortschleichen sieht,
Als aus dem hoffnungsvollsten Keime
Für ihn ein Rosenstock schon blüht.

O! immer fort der Mann von Gestern,
Was kümmert seine Flucht denn mich –
Die guten Stunden haben Schwestern,
Und Schwestern – die gesellen sich.
Damit sie immer sich erkennen
Und immer froh beysammen seyn,
Will ich ein Wort zur Loesung nennen –
Sophie soll die Loosung seyn.

[7.]

An Carolinen [Just]

als ich Ihr, den Sonnabend Abend gab

Darf ich mit der Zeugin meiner Schwächen
Frey und ungefährdet sie besprechen,
Ihrer Theilnehmung gewärtig seyn?
Darf ich holden, süßen Worten trauen
Und gewiß auf meinen Glauben bauen?
Wird mich diese Beichte nie gereun?

Gern gesteh ichs – oft ward ich betrogen,
Wenn von Schmeichelworten angezogen,
Mir der größte Wurf gelungen schien.
Und mir dann, vom Staar gelößt, am Ende,
Mühsam nur gelang in meine Hände
Das verspielte Herz zurückzuziehn.

Doch es soll nie meine Hoffnung welken –
Leichter wird der Himmel sich entwölken
Einer Stirn, die nicht versiegelt ist.
Zuversicht besticht des Schicksals Launen –
Und im Zuge deiner Augenbraunen
Les' ich eher klugen Rath, als List.

[8.]

M. und S.

[Frau v. Mandelsloh und ihre Schwester Sophie von Kühn]

Glücklich vereinigte sie die Hand der bildenden Mutter:
Was man bei Einer empfand, sagt man der Andern so gern.

Siehst du sie beide, so siehst du das Räthsel neben der Lösung.
Einzeln ist jede für sich Räthsel und Lösung zugleich.

Sähst du die liebliche Mutter wohl gern als knospendes [Mädchen?
Oder das Knöspchen erblüht? – Schaue die Lieblichen hier.

[9.]

Zu Sophiens Geburtstag

[17. März 1795]

Wer ein holdes Weib errungen
Stimme seinen Jubel ein.
Mir ist dieser Wurf gelungen
Töne Jubel – die ist mein.
So hat nie das Herz geschlagen
Nie so hoch und nie so gut.
Künftig neigt vor meinen Tagen
Selbst der Glücklichste den Hut.

Fest umschlingt den Bund der Herzen
Nun der Ring der Ewigkeit,
Und es bricht der Stab der Schmerzen
Am Altar der Einigkeit
O –! im Himmel ist geschlossen
Unsrer Herzen süßer Bund.
Ist ein bessrer Spruch entflossen
Je des Schicksals weisen Mund?

Dir gehört nun was ich habe,
Was ich denke fühle bin,
Und du nimmst nun jede Gabe
Meines Schicksals für dich hin.
Was ich sucht, hab ich gefunden,
Was ich fand, das fand auch mich,
Und die Geißel meiner Stunden
Zweifelsucht und Leichtsinn, wich.

Nimmer soll mein Mund dich loben
Weil mein Herz zu warm dich ehrt.
Tief im Busen aufgehoben
Wohne heimlich mir dein Werth.
Wenn ich wunde Herzen heile
Jede Stunde besser bin
Nie im Guten läßig weile
Dieses Lob nimm dir dann hin.

Liebes Mädchen Deiner Liebe
Dank ich Achtung noch und Werth,
Wenn sich unsre Erdenliebe
Schon in Himmelslust verklärt.
Ohne dich wär ich noch lange
Rastlos auf und abgeschwankt
Und auf meinem Lebensgange
Oft am Ueberdruß erkrankt.

Wenn nur unsre Mutter wieder
Frisch und ledig bey uns steht
Und im Kreise unsrer Brüder
Stolz die Friedensfahne weht.
Wenn dann noch ein Süßer Trauter
Unsre Lolly fest umschlang –
O –! Dann tönt noch zehnfach lauter
Unsres Jubels Hochgesang.

Wenig still durchhoffte Jahre
Leiten unverwandt zum Ziel,
Wo am glücklichen Altare

Endet unsrer Wünsche Spiel,
Uns, auf Ewig Eins, verschwinden
Wölkchen gleich, des Lebens Mühn
Und um unsre Herzen winden
Kränze sich von Immergrün.

[10.]

Lied beym Punsch
am Abend der Trennung

Sind nicht die Augenblicke
Begeisterten Gefühls
Werth unsers wärmsten Dankes
Und würdig unsers Ziels?
Da steht im frohen Zirkel
Der Menschheit Genius
Und gießt aus voller Schaale
Den edelsten Genuß.

Dem Greis entglimmt in ihnen
Der alten Jugend Glut.
Hier schöpft der Mann zu Thaten
Begeisterung und Muth.
Hoch klopft des Jünglings Busen,
Gerührt wird jedes Herz,
Und jedes drückt voll Liebe
Geschwister nur ans Herz.

Nur solche Feste schmücken
Des Lebens rauhen Pfad;
Nur Herzensfülle hemmet
Des Glückes leichtes Rad.
Wo Freudenthränen glänzen,
Wo Herz zu Herzen spricht,
Mitfühlend jedes fühlet,
Nur da entrollt es nicht.

O! himmlisch tönt in Liedern
Errinnerung an Sie,
Und weckt nach langen Jahren
Der Nachwelt Sympathie.
Wir freun uns aller Spuren
Der alten Frölichkeit.
Einst freun sich unsre Enkel
Noch unsrer frohen Zeit.

Drum laßt an diesen Abend,
Der noch vereint uns sieht,
Da uns sobald nicht wieder
Ein solches Stündchen blüht,
Uns jeden unsrer Lieben
Ein Rosenblättchen streun
Und unsern Herzenswünschen
Solenn dies Lied izt weihn.

Dem Vater und der Mutter,
Die nichts, als Kinder, sehn,
Mag bis zum Rand des Lebens
Das Freudenfähnchen wehn.
Und wenn wir leise Wünsche
In Minchens Herz verstehn –
So soll sie Luft der Freyheit
Am eignen Herd umwehn.

Nur Dauer ihres Glückes
Dem Liebens werthen Paar;
Bringt unserm Fritz und Fritzchen
Dis Glas zum Wunsche dar.
Lili beweise baldigst
Ihr Haushaltungsgenie
Indeß wir alle singen;
Zieh, lieber Schimmel, zieh.

Leicht falle dein Pantoffel
Bald, Söffchen, auf den Mann,
Der in des Lebens Lotto

Dis Quintchen sich gewann.
Einst geht noch unsre Danscour
Als Sansjüpon in Klubb.
Und Hannchens Kränzchen hole
Baldmöglichst Belzebub.

Was Gast ist soll mitleben!
Es schließe fest sich an
Und wandle mit uns ewig
Und bleib' uns zugethan.
Dem Bruder dort am Rheine,
Den Lieben nah und weit,
Sey dieses Glas, als Zeichen
Von jeden Wunsch geweiht.

Zum Tempel wird die Stube.
Der Punschtisch zum Altar.
Es bringt der Geist der Liebe
Jezt seine Opfer dar.
Senkt euren Blick die Stufen
Des Tempels nun hinab
Und haltet fest die Stimmung,
Die dieser Blick euch gab.

Ihr schaut in einen Wirbel
Von Menschenschicksal hin
Und forscht und fragt vergebens
Nach dieses Räthsels Sinn.
Einst wird es leicht sich lösen;
Längst ist der Schlüssel da;
Denn war nicht Lieb' und Einfalt
Den Menschen immer nah?

Auch ihr könnt freudig walten
Für diesen Zeitbeginn.
Wirkt der Natur entgegen
Und wirkt mit Einem Sinn.
Ist jeder gut und thätig
Für Menschenrecht und Wol,

Und ist auf seiner Stelle
Ein Jedes, was es soll.

So wird in süßer Reife
Die Menschheit, himmlisch schön,
Erwacht von langen Schlummer,
In bessre Zonen gehn.
Belohnt wird, wessen Thaten
In ihrem Herzen glühn –
Doch wer sah je den Garten
Wo dann die Kränze blühn.

[11.]

An Friedrich Brachmann

[30. März 1796]

Mit Fleiß, mit Muth und festen Willen
läßt jeder Wunsch sich endlich stillen.

[12.]

Antwort
an Carolinen [Just]

[April 1796]

Den Trost, den ich für mich, oft hoffnungslos, entbehre,
Wenn meine Seele matt im Grübeln sich verliert,
Und sie aus dieser engen Sfäre
Ein guter Engel nicht entführt;
O! diesen Trost in andern zu beseelen
Ward nicht umsonst mir zum Ersatz verliehn –

Für andre glaub' ich viel, für andre kann ich wählen,
Und neue Sayten auf in fremden Busen ziehn.

Verzweifle nicht an dem, wozu in Deinem Herzen
Längst jeder Ton zum Andern wiederklang –
Du bist bestimmt zu Freuden und zu Schmerzen,
Die der nicht fühlt, dem zum Empfang
Kein bessrer Genius das Lied der Weihe sang.
Ausharrende Geduld – ward diese Dir beschieden –
So sage zum voraus dem Schicksal warmen Dank:
Der lange Kampf beschließt – und golden naht der Frieden.

Des Schicksals Lieblinge erzieht es lang und rauh.
Oft bricht das schwache Herz – noch glücklich, wenn die Stunde,
Die seine lezte heißt – mit süßen Trost im Munde
Den Angstschweiß wandelt um in süßen Lebensthau –
Doch wer sie übersteht der Prüfungen Gefahren,
Wem nie die Zuversicht im bängsten Sturm entfiel –
Erreicht den sauren Preis von stilldurchhofften Jahren
Und sinkt umarmend hin ans Ziel.

Wir haben uns aus tausenden gefunden –
Wir wandeln Einen Weg – Ein Stern ists, der uns führt –
Erkennst Du nicht den Wink – *ich* habe ausgespürt,
Was Mein wird – *Dir* sind noch die Augen zugebunden.
Auch ich seh *Ihn* noch nicht – Geduld! – die Binde fällt –
Indeß versöhne Dich die Freundschaft mit der Welt –
Geduldige Dein Herz – zu desto tiefern Zuge
Naht Dir die Liebe dann mit ihrem Nectarkruge.

Einst, laß mir diesen Blick – wenn nicht Entsagung mehr
Und bange Hoffnungen in unserm Herzen wohnen;
Wenn Lieb' und Schicksal uns für manches Opfer lohnen
Und hinter uns nun rauscht der Jugend wildes Meer.
Einst, wenn zum vollen Tisch, am Mittag ihres Lebens,
Vereint ein *Doppelpaar* von *Glücklichen* sich sezt –
Dann denken wir zurück den Vormittag – an *Jezt* –
»Wer hätte das geträumt? – Nie seufzt das Herz vergebens!« –

[13.]

[Im Grüninger Kirchenbuch]

[19. März 1797]

Verblühe denn, du süße Frühlings Blume.
Gott pflanzte dich ins beßre Leben ein.
In seiner ewgen Liebe Heiligthume
Da wirst du ungetrübt uns Himmelswonne seyn!

[14.]

Gedicht

Zum 29sten April [1797]
dem Tage des Gartenkaufs

In diesem Säculo im Jahre Siebenneunzig
Starb hier ein Advocat, in seiner Raçe einzig,
In Praxi wohlgeübt ein Phönix seltner Art,
In welchem Redlichkeit mit Klugheit sich gepaart.
Der Witwe hinterließ er nicht das Geld bey Haufen,
Drum suchte sie sogleich den Garten zu verkaufen,
Mit Bäumen gut besezt und einen Acker groß,
Verwahrt mit rother Thür und einem großen Schloß.
Die Frau Kreisamtmannin ersuchte den Kreisamtmann
Den Garten zu erstehn – Sie sprach so sanft: »Verdammt, Mann!
Ein jedes hat allhier so einen Gartenfleck,
Und wir – was haben wir? – wir haben einen –
Es ist nicht auszustehn, wo soll ich Caffee trinken?
Und muß die Stube nicht mir an im Sommer stinken?«
Der Ehherr rief den Schmidt aus Confraternitaet,
Gab ihm den Auftrag, und des Preises Quantitaet.
Der Auctions Termin ließ immer auf sich warten,
Indeß wir, voll Reform, auf die Entscheidung harrten.
Der Garten ward besehn, bewundert und gelobt,
Und dann voll Ungedult nach Weiberart getobt.

Den neunundzwanzigsten April vergeß ich nimmer.
Apollo reiche mir zuvor den Saytenstimmer!
Früh seifte der Barbier des Herrn Kreisamtmanns Bart,
Als von dem Gartenkauf auch so gesprochen ward.
»Wo trifft die Witwe wohl auf bessere Bezahler.
Mein Ultimatum ist: Zweyhundertsechzig Thaler.«
Der Herr der Bärte schrieb sich dieses hinters Ohr,
Und trugs beym nächsten Bart des Curatoris vor.
»Gefunden« schrie entzückt Herr Topf, der Topf der Töpfe,
Springt auf mit halben Bart, sucht seine Hemdenknöpfe,
Läuft zur Curandin straks, in Sprung, Galopp und Trab,
Kommt, sieht den Käufer an, und schließt den Handel ab. –
In frohern Hoffnungen war Cäsar nicht zerronnen,
Als er die große Schlacht bey Pharsalus gewonnen,
Als unsre Rahel jezt, da nun der Schlüssel kam,
Und sie, nach zarten Streit, ihn in Empfang nun nahm.
Beglückwünscht ward sie hoch – bey Tisch ward manch Projekt
Präliminariter von jeden ausgeheckt –
Nur für Reformen und für Hüttchen hat sie Ohren.
Er aber sitzt so kalt, als hätt er taube Ohren.
Wir tranken Caffee erst – ich redte, ohne Ruhm
Zu melden, viel und schön, vom neuen Eigenthum.
Dann gingen wir hinaus – es weht ein leises Windchen –
Voraus die Fantasie – wie einst Tobias Hündchen.
Wir langen an – Er reicht den Hut und Schlüssel ihr.
Ein jeder zieht den Hut – auf donnerte die Thür.
Vor Adams offnen Maul lag so das Paradies,
Als hier der Garten sich den trunknen Blicken wieß.
Zu kühne Muse schweig von diesen Augenblicken,
Viel besser ist es hier die Augen zuzutrücken.
Der zählt den Sand am Meer und Berenicens Haar
Der die Projekte kennt, die hier der Rausch gebar.
Kurz, endlich gingen wir nach vielen Thun und Reden
Wie unsrer Eltern Paar aus diesen Garten Eden.
Nun gingen wir herum, sahn über jeden Zaun,
Und mußten in der Luft noch manches Schlößchen baun. –
Heil aber Tennstädt dir – welch Glück ist dir geworden

Mit dieser Bürgerinn vom Seraphinen Orden!
Heil dir auch, Rahels Ruh – es wird in kurzer Zeit
In Hirschfelds Almanach dir auch ein Blatt geweiht.

Dir aber liebes Paar! wünscht, ohne Kapp und Schellen
Ein Freund, den Lieb und Treu euch ewig zugesellen,
Auf diesem trauten Fleck den lieblichen Genuß,
Der tief im Herzen quillt und nie versiegen muß.
O feyert manches Jahr hier schöne Ruhestunden
Bleibt bis zum späten Herbst in stiller Lust verbunden!
Und bin ich einst ins Land der Sehnsucht heimgekehrt,
So denkt: auch er wär hier wohl eines Plätzchens werth.

[III. FREIBERG · 1798–1799]

[15.]

Der
Fremdling

den 22sten Jänner.
1797. [1798]

Der Frau Bergräthin von Charpentier
gewidmet.

Müde bis du und kalt, Fremdling, du scheinest nicht
Dieses Himmels gewohnt – warmere Lüfte wehn
Deiner Heymath und freyer
Hob sich vormals die junge Brust.

Streute ewiger Lenz dort nicht auf stiller Flur
Buntes Leben umher? spann nicht der Frieden dort
Feste Weben? und blühte
Dort nicht ewig, was Einmal wuchs?

O! du suchest umsonst – untergegangen ist
Jenes himmlische Land – keiner der Sterblichen
Weiß den Pfad, den auf immer
Unzugängliches Meer verhüllt.

Wenig haben sich nur deines verwandten Volks
Noch entrissen der Flut – hierhin und dorthin sind
Sie gesäet und erwarten
Beßre Zeiten des Wiedersehns.

Folge willig mir nach – warlich ein gut Geschick
Hat hieher dich geführt – Heymathsgenossen sind
Hier, die eben, im Stillen,
Heut ein häusliches Fest begehn.

Unverkennbar erscheint dort dir die innige
Herzenseinheit – es strahlt Unschuld und Liebe dir
Klar von allen Gesichtern,
Wie vorzeiten im Vaterland.

Lichter hebt sich dein Blick – warlich, der Abend wird,
Wie ein freundlicher Traum, schnell dir vorübergehn,
Wenn in süßem Gespräche
Sich dein Herz bey den Guten lößt –

Seht – der Fremdling ist hier – der aus demselben Land
Sich verbannt fühlt, wie Ihr; traurige Stunden sind
Ihm geworden – es neigte
Früh der fröliche Tag sich ihm.

Doch er weilet noch gern, wo er Genossen trift,
Feyert munter das Fest häuslicher Freunden mit;
Ihn entzücket der Frühling,
Der so frisch um die Eltern blüht.

Daß das heutige Fest oft noch zurückekehrt,
Eh den Weinenden sich ungern die Mutter raubt
Und auf nächtlichen Pfaden
Folgt dem Führer ins Vaterland –

Daß der Zauber nicht weicht, welcher das Band beglückt
Eures Bundes – und daß auch die Entfernteren
Des genießen, und wandern
Einen frölichen Weg mit Euch –

Dieses wünschet der Gast – aber der Dichter sagts
Euch für ihn; denn er schweigt gern, wenn er freudig ist,
Und er sehnet so eben
Seine fernen Geliebten her.

Bleibt dem Fremdlinge hold – spärliche Freuden sind
Ihm hienieden gezählt – doch bey so freundlichen
Menschen sieht er geduldig
Nach dem großen Geburtstag hin.

[16.]

Tennstedt

[5. Februar 1798]

Wo von der bunten Welt geschieden
In stiller Ruh mein Busen schlägt
Und manche Seele Lust und Frieden
Herüber in die Meine trägt,
Wo auf der Spur des alten Lebens
So gern der Schatten noch verweilt
Und froh den Rest der Zeit des Strebens
Mit herzensguten Menschen theilt.

[17.]

Blumen

An den König

Mehr, als ein Königreich gab der Himmel Dir in Louisen,
Aber Du brachtest Ihr auch mehr, als die Krone, Dein Herz.

Die Alpenrose

Selten haftet auf Höhn ein Funken himmlischen Lebens,
Aber, als Königin, blüht dann auch die Rose des Bergs.

Der König

Nur wer mehr, als König schon ist, kann königlich herrschen,
Also soll König seyn, welcher die Herrlichste liebt.

Das irrdische Paradies

Wo die Geliebten sind, da schmückt sich bräutlich die Erde,
Aber den Frevler verzehrt schneller die himmlische Luft.

Es ist an der Zeit

Glänzend steht nun die Brücke, der mächtige Schatten erinnert
Nur an die Zeit noch, es ruht ewig der Tempel nun hier,
Götzen von Stein und Metall mit furchtbaren Zeichen der [Willkühr

Sind gestürzt und wir sehn dort nur ein liebendes Paar –
An der Umarmung erkennt ein jeder die alten Dynasten,
Kennt den Steuermann, kennt wieder die glückliche Zeit.

Das Ende des Haders

Lange währte der Zwist, es konnte keiner ihn schlichten;
Mancher schöne Krystall brach in dem feindlichen Stoß.
Nur die Liebe besitzt den Talismann ewigen Friedens –
Da nur, wo sie erscheint, fließen die Massen in Eins.

Der sterbende Genius

Willkommen, Lieber, nun und nicht wieder ruft
Dich meine Stimme; nah ist der Abschied mir.
Gefunden hab ich, was ich suchte
Und der Bezauberung Bande schmelzen.

Das schöne Wesen – siehst du die Königinn –
Hebt Bann und Zauber; lange vergebens flog
Um jeden Thron ich, aber endlich
Winkte durch Sie mir die alte Heymath.

Schon lodert mächtig jene geheime Glut –
Mein altes Wesen – tief in dem irrdischen
Gebilde: Du sollst Opferpriester
Seyn und das Lied der Zurückkehr singen.

Nimm diese Zweige, decke mit ihnen mich,
Nach Osten singe dann das erhabne Lied,
Bis auf die Sonne geht und zündet
Und mir die Thore der Urwelt öffnet.

Der Duft des Schleyers, der mich vordem umgab,
Sinkt dann vergoldet über die Ebenen,
Und wer ihn athmet, schwört begeistert
Ewige Liebe der schönen Fürstinn.

Land

Jenes himmlische Paar schwimmt hoch auf der Flut, wie die [Taube
Und der Ölzweig; es bringt Hoffnung des Landes, wie dort.

[18.]

[Kenne dich selbst]

Freyberg, 11 Mai 1798

Eins nur ist, was der Mensch zu allen Zeiten gesucht hat;
Ueberall, bald auf den Höhn, bald in dem Tiefsten der Welt –
Unter verschiedenen Namen – umsonst – es versteckte sich
[immer,
Immer empfand er es noch – dennoch erfaßt er es nie.
Längst schon fand sich ein Mann, der den Kindern in
[freundlichen Mythen
Weg und Schlüssel verrieth zu des Verborgenen Schloß.
Wenige deuteten sich die leichte Chiffre der Lösung,
Aber die wenigen auch waren nun Meister des Ziels.
Lange Zeiten verflossen – der Irrthum schärfte den Sinn uns –
Daß uns der Mythus selbst nicht mehr die Wahrheit verbarg.
Glücklich, wer weise geworden und nicht die Welt mehr
[durchgrübelt,
Wer von sich selber den Stein ewiger Weisheit begehrt.
Nur der vernünftige Mensch ist der ächte Adept – er verwandelt
Alles in Leben und Gold – braucht Elixire nicht mehr.
In ihm dampfet der heilige Kolben – der König ist in ihm –
Delphos auch und er faßt endlich das: *Kenne dich selbst.*

[19.]

Letzte Liebe

Also noch ein freundlicher Blick am Ende der Wallfahrt
Ehe die Pforte des Hains leise sich hinter mir schließt.
Dankbar nehm' ich das Zeichen der treuen Begleiterin Liebe
Fröhlichen Muthes an, öffne das Herz ihr mit Lust.
Sie hat mich durch das Leben allein rathgebend geleitet,
Ihr ist das ganze Verdienst, wenn ich dem Guten gefolgt,
Wenn manch' zärtliches Herz dem Frühgeschiedenen nachweint

Und dem erfahrenen Mann Hoffnungen welken mit mir.
Noch als das Kind, im süßen Gefühl sich entfaltender Kräfte,
Wahrlich als Sonntagskind trat in den siebenten Lenz,
Rührte mit leiser Hand den jungen Busen die Liebe,
Weibliche Anmuth schmückt jene Vergangenheit reich.
Wie aus dem Schlummer die Mutter den Liebling weckt mit dem [Kussse,
Wie er zuerst sie sieht und sich verständigt an ihr:
Also die Liebe mit mir – durch sie erfuhr ich die Welt erst,
Fand mich selber und ward, was man als Liebender wird.
Was bisher nur ein Spiel der Jugend war, das verkehrte
Nun sich in ernstes Geschäft, dennoch verließ sie mich nicht –
Zweifel und Unruh suchten mich oft von ihr zu entfernen,
Endlich erschien der Tag, der die Erziehung vollzog,
Welcher mein Schicksal mir zur Geliebten gab und auf ewig
Frei mich gemacht und gewiß eines unendlichen Glücks.

[20.]

[Distichen 1798]

1.

Freunde, der Boden ist arm, wir müßen reichlichen Samen
Ausstreun, daß uns doch nur mäßige Erndten gedeihn.

2.

Welten bauen genügt nicht dem tiefer dringenden Sinne,
Aber ein liebendes Herz sättigt den strebenden Geist.

3.

Laßt die Libellen ziehn; unschuldige *Fremdlinge* sind es,
Folgen dem Doppelgestirn froh, mit Geschenken, hieher.

4.

Einem gelang es – er hob den Schleyer der Göttin zu Saïs –
Aber was sah er? Er sah – Wunder des Wunders – Sich Selbst.

5.

Fürsten sind Nullen – sie gelten an sich nichts, aber mit Zahlen,
Die sie beliebig erhöhn, neben sich gelten sie viel.

6.

Hypothesen sind Netze, nur der wird fangen, der auswirft.
Ist nicht America selbst durch Hypothese gefunden?
Hoch und vor allem lebe die Hypothese – nur sie bleibt
Ewig neu, so oft sie sich auch selbst nur besiegte.

7.

Ist es nicht klug für die Nacht ein geselliges Lager zu suchen?
Darum ist klüglich gesinnt – der auch Entschlummerte liebt.

8.

Die seelige Hoffnung des Quintus

Quintus bin ich geblieben, geplackt und arm, wie die Landmaus.
Freudig sterb ich – gewiß, Tertius drüben zu seyn.

[21.]

An die Fundgrube Auguste

Zu ihrem 49sten Geburtstage

[5. Oktober 1798]

Glück auf, Fundgrube, das Seculum
Ist nun zur Hälfte für dich bald um.
Viel edle Geschicke hast du bescheert
Und gute Wetter uns immer gewährt.
Zum Glück des Bergmanns streiche dein Gang
Geschaart mit freundlichen Gängen noch lang.

[22.]

[Der müde Fremdling ist verschwunden]

[Januar 1799]

Der müde Fremdling ist verschwunden
Und hat dem Freunde Plaz gemacht,
Der aus so vielen trüben Stunden
Ein treues Herz davongebracht.
Auf immer nun mit euch verbunden,
Von keinem Kummer mehr bewacht
Hat er sich wieder selbst gefunden,
Und manches, was er nicht gedacht.

Ein Jahr mit seinen bunten Wochen
Verstrich, wir wußten selbst nicht wie.
Und anders, als wir uns versprochen,
Klang oft des Lebens Melodie.
Doch fester ward mit jedem Tage
Das liebe Band um unsern Straus,
Und immer lauter ward die Sage,
Ein Blinder Knabe wär' im Haus.

Es wußte Eine von euch beyden
Gewiß, was an der Sage war.

[23.]

[»Quo me, Bacche ...«
Bruchstück einer Horaz-Nachdichtung]

Wohin ziehst du mich,
Fülle meines Herzens,
Gott des Rausches,
Welche Wälder, welche Klüfte
Durchstreif ich mit fremden Muth.
Welche Höhlen
Hören in den Sternenkranz
Caesars ewigen Glanz mich flechten
Und den Göttern ihn zugesellen.
Unerhörte, gewaltige
Keinen sterblichen Lippen entfallene
Dinge will ich sagen.
Wie die glühende Nachtwandlerinn,
Die bacchische Jungfrau
Am Hebrus staunt
Und im thrazischen Schnee
Und in Rhodope, im Lande der Wilden,
So dünkt mir seltsam und fremd
Der Flüsse Gewässer
Der einsame Wald

[24.]

Zur Weinlese

5. October 1799

Wir haben Weinmond, lieben Leute,
Und weil nicht immer Weinmond ist;

So sag' ich's euch in Versen heute,
Damit es keiner nicht vergißt. –
Wenn Weinmond ist, so müßt ihr wissen,
Da giebt es Trauben, Most und Wein,
Und weil die armen Beeren müssen,
So sprützen sie in's Faß hinein.

Es giebt gar unterschiedne Beeren,
Von allen Farben trifft man sie,
Und manche hält man hoch in Ehren,
Und manche wirft man vor das Vieh.
Sie sind im Temprament verschieden
Und von gar mancherlei Statur;
Doch allen ist der Wein beschieden
Als Lieblingskindern der Natur.

Zu einem Stock will ich euch führen,
Das ist ein Stöckchen wie ein Taus,
Um seine Süßigkeit zu spüren
Sucht eine Traube euch heraus.
Ich lobe mir die braven Wenden,
Sie langen zu, und sind nicht faul,
Sie stecken gern mit beiden Händen
Die blauen Trauben in das Maul.

Nicht wahr, das schmeckt nicht herb' und sauer?
Was gut schmeckt, weiß der Wende wohl,
Er ißt und geht gern auf die Dauer,
Und nimmt die beiden Backen voll.
Drum kann er auch nicht Worte machen,
Er steht voll Eifer da und kaut,
Doch sieht man ihn so schämig lachen
Als kaut' er still an einer *Braut.*

Daß er den Trank anjetzt im Ganzen
Verkauft, dafür kann ich euch stehn.
Oft wird er um den Stock noch tanzen
Und sich mit seinem Träubchen drehn.
Wer weiß ob er nicht aus dem Kerne

Ein neues Mutterstöckchen zieht,
Was viele Jahre in der Ferne
Zum Ruhm des alten Stockes blüht.

Der *alte Stock* wird blühn und wachsen,
Wenn man den Überfluß ihm nimmt
Und überall im Lande Sachsen
Sein Wein auf guten Tischen schwimmt.
Er hat noch manche reife Traube
Von andrer Art und ihm zur Last;
Es bitten Geier oder Taube
Vielleicht sich bald bei ihm zu Gast.

Daß er noch lange blüht, das weiß ich,
Obwohl er manches Jahr schon steht;
Denn dafür, lieben Leute, heiß ich
Ein Dichter oder ein Poet.
Ihr denkt wohl gar ich sei ein Träubchen,
Weil mich der Stock fest an sich schnürt?
Ich bin's zufrieden, wenn ein Weibchen,
Ob ich gut schmecke, sacht probiert.

Drum weil nicht Weinmond alle Tage,
Kein solcher Stock nicht überall,
So denkt nicht heut' an eure Plage,
Zieht eure Sorgen in den Stall.
Laßt unsern alten Weinstock leben!
Und seinen lieben Winzer da!
Und einen Kuß soll man ihm geben
Als Kandidat zur Grosmama.

[25.]

Das Gedicht

Himmlisches Leben im blauen Gewande
Stiller Wunsch in blassen Schein –
Flüchtig gräbt in bunten Sande
Sie den Zug des Namens ein –

Unter hohen festen Bogen,
Nur von Lampenlicht erhellt
Liegt, seitdem der Geist entflogen
Nun das Heiligste der Welt.

Leise kündet bessre Tage
Ein verlornes Blatt uns an
Und wir sehn der alten Sage
Mächtige Augen aufgethan.

Naht euch stumm dem ernsten Thore,
Harrt auf seinen Flügelschlag
Und vernehmt herab vom Chore
Wo weissagend der Marmor lag.

Flüchtiges Leben und lichte Gestalten
Füllten die weite, leere Nacht
Nur von Scherzen aufgehalten
Wurden unendliche Zeiten verbracht –

Liebe brachte gefüllte Becher
Also perlt in Blumen der Geist
Ewig trinken die kindlichen Zecher
Bis der geheiligte Teppich zerreißt.

Fort durch unabsehliche Reihn
Schwanden die bunten rauschenden Wagen
Endlich von farbigen Käfern getragen
Kam die Blumenfürstinn allein[.]

Schleyer, wie Wolken zogen
Von der blendenden Stirn zu den Füßen –
Wir fielen nieder sie zu grüßen –
Wir weinten bald – sie war entflogen[.]

[26.]

An Tieck

[*1. Fassung*
Handschrift]

Ein Kind voll Wehmuth und voll Treue,
Verstoßen in ein fremdes Land,
Ließ gern das Glänzende u[nd] Neue
Und blieb dem Alten zugewandt.

Nach langen Suchen, langen Warten
Nach manchen mühevollen Gang
Fand es in einem öden Garten
Auf einer längstverfallnen Bank

Ein altes Buch mit Gold verschlossen
Und niegehörte Worte drinn
Und wie des Frühlings zarte Sprossen
So wuchs in ihm ein innrer Sinn.

Und wie es sizt und ließt und schauet
In den Krystall der neuen Welt
An Gras u[nd] Sternen sich erbauet
Und dankbar auf die Kniee fällt,

So hebt sich still aus Gras u[nd] Kräutern
Bedächtiglich ein alter Mann
In schlichten Rock und kommt mit heitern
Gesicht ans fromme Kind heran.

Bekannt und heimlich sind die Züge
So kindlich und so wunderbar,
Es spielt die Frühling Luft der Wiege
Gar seltsam mit dem Silberhaar.

Das Kind faßt bebend seine Hände –
Es ist des Buches hoher Geist
Der ihm der sauren Wallfahrt Ende
Und seiner Eltern Wohnung weißt.

Du kniest auf meinen öden Grabe
So spricht der ernste, heilge Mund,
Du bist der Erbe meiner Habe,
Dir werde Gottes Tiefe kund.

Auf jenem Berg, als armer Knabe
Hab ich ein himmlisch Buch gesehn
Und konnte nun mit dieser Gabe
Getrost den Weg des Lebens gehn.

Es sind an mir durch Gottes Gnade
Der höchsten Wunder viel geschehn
Des neuen Bunds geheime Lade
Sahn meine Augen offen stehn.

Ich habe treulich aufgeschrieben
Was Gottes Huld mir offenbart
Ich bin verkannt und arm geblieben
Bis ich zu Gott gerufen ward.

Die Zeit ist da, nicht mehr verborgen
Soll diese Schrift des Tempels seyn –
In diesem Buche bricht der Morgen
In deine düstre Zeit herein.

Verkündiger der Morgenröthe
Des Friedens Bote sollst du seyn
Sanft, wie die Luft in Harf und Flöte,
Hauch ich dir meinen Athem ein.

Gott sey mit dir – geh hin und wasche
Die Augen dir mit Morgenthau
Sey treu dem Buch und meiner Asche
So bleibt dein Haupt in lichten Blau.

Du hilfst das Reich des Lebens gründen
Wenn du voll Demuth dich bemühst,
Wo du wirst ewge Liebe finden
Und Jacob Böhmen wiedersiehst.

[26.]

An Tieck

[*2. Fassung*
Erstdruck von Ludwig Tieck, 1802]

Ein Kind voll Wehmuth und voll Treue,
Verstoßen in ein fremdes Land,
Ließ gern das Glänzende und Neue
Und blieb dem Alten zugewandt.

Nach langem Suchen, langem Warten,
Nach manchem mühevollen Gang,
Fand es in einem öden Garten
Auf einer längst verfallenen Bank

Ein altes Buch mit Gold verschlossen
Und niegehörte Worte drinn;
Und, wie des Frühlings zarte Sprossen,
So wuchs in ihm ein innrer Sinn.

Und wie es sitzt, und liest, und schauet
In den Krystall der neuen Welt,
An Gras und Sternen sich erbauet
Und dankbar auf die Kniee fällt:

So hebt sich sacht aus Gras und Kräutern
Bedächtiglich ein alter Mann,
Im schlichten Rock, und kommt mit heiterm
Gesicht ans fromme Kind heran.

Bekannt doch heimlich sind die Züge,
So kindlich und so wunderbar;
Es spielt die Frühlingsluft der Wiege
Gar seltsam mit dem Silberhaar.

Das Kind faßt bebend seine Hände,
Es ist des Buches hoher Geist,
Der ihm der sauern Wallfahrt Ende
Und seines Vaters Wohnung weis't

Du kniest auf meinem öden Grabe,
So öffnet sich der heilge Mund,
Du bist der Erbe meiner Habe,
Dir werde Gottes Tiefe kund.

Auf jenem Berg als armer Knabe
Hab' ich ein himmlisch Buch gesehn,
Und konnte nun durch diese Gabe
In alle Kreaturen sehn.

Es sind an mir durch Gottes Gnade
Der höchsten Wunder viel geschehn;
Des neuen Bunds geheime Lade
Sahn meine Augen offen stehn.

Ich habe treulich aufgeschrieben
Was innre Lust mir offenbart,
Und bin verkannt und arm geblieben,
Bis ich zu Gott gerufen ward.

Die Zeit ist da, und nicht verborgen
Soll das Mysterium mehr seyn.
In diesem Buche bricht der Morgen
Gewaltig in die Zeit hinein.

Verkündiger der Morgenröthe,
Des Friedens Bote sollst du seyn.
Sanft wie die Luft in Harf' und Flöte
Hauch' ich dir meinen Athem ein.

Gott sey mit dir: Geh hin und wasche
Die Augen dir mit Morgenthau.
Sey treu dem Buch und meiner Asche,
Und bade dich im ewgen Blau.

Du wirst das letzte Reich verkünden,
Was tausend Jahre soll bestehn;
Wirst überschwenglich Wesen finden,
Und *Jakob Böhmen* wiedersehn.

[27.]

[Es färbte sich die Wiese grün]

Es färbte sich die Wiese grün
Und um die Hecken sah ich blühn,
Tagtäglich sah ich neue Kräuter,
Mild war die Luft, der Himmel heiter.
Ich wußte nicht, wie mir geschah,
Und wie das wurde, was ich sah.

Und immer dunkler ward der Wald
Auch bunter Sänger Aufenthalt,
Es drang mir bald auf allen Wegen
Ihr Klang in süßen Duft entgegen.
Ich wußte nicht, wie mir geschah,
Und wie das wurde, was ich sah.

Es quoll und trieb nun überall
Mit Leben, Farben, Duft und Schall,
Sie schienen gern sich zu vereinen,
Daß alles möchte lieblich scheinen.
Ich wußte nicht, wie mir geschah,
Und wie das wurde, was ich sah.

So dacht ich: ist ein Geist erwacht,
Der alles so lebendig macht
Und der mit tausend schönen Waaren
Und Blüthen sich will offenbaren?
Ich wußte nicht, wie mir geschah,
Und wie das wurde, was ich sah.

Vielleicht beginnt ein neues Reich –
Der lockre Staub wird zum Gesträuch
Der Baum nimmt thierische Gebehrden
Das Thier soll gar zum Menschen werden.
Ich wußte nicht, wie mir geschah,
Und wie das wurde, was ich sah.

Wie ich so stand und bey mir sann,
Ein mächtger Trieb in mir begann.
Ein freundlich Mädchen kam gegangen
Und nahm mir jeden Sinn gefangen.
Ich wußte nicht, wie mir geschah,
Und wie das wurde, was ich sah.

Sie gieng vorbey; ich grüßte sie,
Sie dankte, das vergeß ich nie –
Ich mußte ihre Hand erfassen
Und Sie schien gern sie mir zu lassen.
Ich wußte nicht, wie mir geschah,
Und wie das wurde, was ich sah.

Uns barg der Wald vor Sonnenschein.
Das ist der Frühling fiel mir ein.
Kurz um, ich sah, daß jezt auf Erden
Die Menschen sollten Götter werden.
Nun wußt ich wohl, wie mir geschah
Und wie das wurde was ich sah.

[28.]

[Der Himmel war umzogen]

Der Himmel war umzogen,
Es war so trüb' und schwühl,
Heiß kam der Wind geflogen
Und trieb sein seltsam Spiel.

Ich schlich in tiefen Sinnen,
Von stillen Gram verzehrt –
Was sollt ich nun beginnen?
Mein Wunsch blieb unerhört.

Wenn Menschen könnten leben
Wie kleine Vögelein,
So wollt ich zu ihr schweben
Und fröhlich mit ihr seyn.

Wär hier nichts mehr zu finden,
Wär Feld und Staude leer,
So flögen, gleich den Winden
Wir übers dunkle Meer.

Wir blieben bey dem Lenze
Und von dem Winter weit
Wir hätten Frücht' und Kränze
Und immer gute Zeit.

Die Myrrthe sproßt im Tritte
Der Wohlfahrt leicht hervor,
Doch um des Elends Hütte
Schießt Unkraut nur empor.

Mir war so bang zu Muthe
Da sprang ein Kind heran,
Schwang frölich eine Ruthe
Und sah mich freundlich an.

Warum mußt du dich grämen?
O! weine doch nicht so,
Kannst meine Gerte nehmen,
Dann wirst du wieder froh.

Ich nahm sie und es hüpfte
Mit Freunden wieder fort
Und stille Rührung knüpfte
Sich an des Kindes Wort.

Wie ich so bey mir dachte,
Was soll die Ruthe dir?
Schwankt aus den Büschen sachte
Ein grüner Glanz zu mir.

Die Königinn der Schlangen
Schlich durch die Dämmerung.
Sie schien gleich goldnen Spangen,
In wunderbaren Prunk.

Ihr Krönchen sah ich funkeln
Mit bunten Strahlen weit,
Und alles war im Dunkeln
Mit grünen Gold bestreut.

Ich nahte mich ihr leise
Und traf sie mit dem Zweig,
So wunderbarer Weise
Ward ich unsäglich reich.

[29.]

An Dora [Stock]

Zum Dank für das Bild meiner Julie

Soll dieser Blick voll Huld und Güte
Ein schnell verglommner Funken seyn?
Webt keiner diese Mädchenblüthe
In einen ewgen Schleyer ein?
Bleibt dies Gesicht der Treu und Milde
Zum Trost der Nachwelt nicht zurück?
Verklärt dies himmlische Gebilde
Nur Einen Ort und Augenblick?

Die Wehmuth fließt in tiefen Tönen
Ins frohe Lied der Zärtlichkeit.
Niemals wird sich ein Herz gewöhnen
An die Mysterien der Zeit.
O! diese Knospe süßer Stunden,
Dies edle Bild im Heilgenschein,
Dies soll auf immer bald verschwunden,
Bald ausgelöscht auf ewig seyn?

Der Dichter klagt und die Geliebte
Naht der Zypresse, wo er liegt.
Kaum birgt die Thränen der Betrübte,
Wie sie sich innig an ihn schmiegt.

Er heftet unverwandte Blicke
Auf diese liebliche Gestalt,
Daß er in sein Gemüth sie drükke
Eh sie zur Nacht hinüberwallt.

Wie, spricht die Holde, du in Thränen?
Sag' welche Sorge flog dich an?
Du bist so gut, ich darf nicht wähnen,
Daß meine Hand dir wehgethan.
Sey heiter, denn es kommt so eben
Ein Mädchen, wie die gute Zeit.
Sie wird ein seltsam Blatt dir geben,
Ein Blatt, was dich vielleicht erfreut.

Wie, ruft der Dichter, halb erschrocken,
Wie wohl mir jezt zu Muthe ward!
Den Puls des Trübsinns fühl' ich stocken,
Und eine schöne Gegenwart.
Die Muse tritt ihm schon entgegen,
Als hätte sie ein Gott gesandt
Und reicht, wie alte Freunde pflegen,
Das Blatt ihm und die Lilienhand.

Du kannst nun deine Klagen sparen,
Dein innrer Wunsch ist dir gewährt,
Die Kunst vermag das zu bewahren
Was einmal die Natur verklärt;
Nimm hier die festgehaltne Blüthe,
Sieh ewig die Geliebte jung,
Einst Erd und Himmel, Frucht und Blüthe
In reizender Vereinigung.

Wirst du gerührt vor diesen Zügen
Im späten Herbst noch stille stehn,
So wirst du leicht die Zeit besiegen
Und einst das ewge Urbild sehn.
Die Kunst in ihrem Zauberspiegel
Hat treu den Schatten aufgefaßt,

Nur ist der Schimmer seiner Flügel
Und auch der Strahlenkranz verblaßt.

Kann jezt der Liebende wol danken?
Er sieht die Braut, er sieht das Blatt.
Voll überschwänglicher Gedanken
Sieht er sich ewig hier nicht satt.
Sie schlüpft hinweg und hört von weiten
Noch freundlich seinen Nachgesang,
Doch bleibt ihr wohl zu allen Zeiten
Der Freundinn Glück der liebste Dank.

[30.]

An Julien

Daß ich mit namenloser Freude
Gefährte deines Lebens bin
Und mich mit tiefgerührten Sinn
Am Wunder deiner Bildung weide –
Daß wir aufs innigste vermählt
Und ich der Deine, du die Meine,
Daß ich von allen nur die Eine
Und diese Eine mich gewählt,
Dies danken wir dem süßen Wesen,
Das sich uns liebevoll erlesen.

O! laß uns treulich ihn verehren,
So bleiben wir uns einverleibt.
Wenn ewig seine Lieb uns treibt,
So wird nichts unser Bündniß stören.
An seiner Seite können wir
Getrost des Lebens Lasten tragen
Und selig zu einander sagen:
Sein Himmelreich beginnt schon hier,
Wir werden, wenn wir hier verschwinden.
In seinem Arm uns wiederfinden.

[31.]

[Verse aus dem Tagebuch vom 27. Juli 1800]

Ich will nicht klagen mehr, ich will mich froh erheben
Und wohl zufrieden seyn mit meinem Lebenslauf.
Ein einzger Augenblick, wo Gott sich mir gegeben,
Wiegt Jahrelange Leiden auf.

Nur Glauben, Herr, und Zuversicht,
So fürcht' ich mich für mich und die Geliebte nicht.

Laß uns unsern Herrn im Himmel loben,
Glauben kommt und Heiterkeit von oben.

[32.]

[Alle Menschen seh ich leben]

Alle Menschen seh ich leben
Viele leicht vorüberschweben
Wenig mühsam vorwärtsstreben
Doch nur Einem ists gegeben
Leichtes Streben, schwebend leben.

Warlich der Genuß ziemt Thoren,
In der Zeit sind sie verloren,
Gleichen ganz den Ephemeren[.]
In dem Streit mit Sturm und Wogen
Wird der Weise fortgezogen
Kämpft um niemals aufzuhören
Und so wird die Zeit betrogen
Endlich unters Joch gebogen
Muß des Weisen Macht vermehren.

Ruh ist Göttern nur gegeben
Ihnen ziemt der Überfluß
Doch für uns ist Handeln Leben
Macht zu üben nur Genuß.

[33.]

[An Karl von Hardenberg]

[Dezember 1800]

In stiller Treue sieht man gern ihn walten
Nicht wie die Meisten, mag er sinnlos schweifen,
Er wünscht die dargebotne Rechte zu ergreifen
Der bessern Zukunft, und sie fest zu halten.

Reichfarbig wird sich diese Knosp' entfalten,
Das Auge sich für ferne Welten schleifen
Zum Meister wird der treue Lehrling reifen
Und um sich her ein neues Reich gestalten.

Wie frölich kann dankbar ein Freund verkünden
Was seinem Geist sich längst vergnüglich zeigte
Wenn er des Jünglings Wandel still bedachte.

O! möchte jede Treue Treue finden
Und daß zu dem der Lilienstab sich neigte
Der Lust und Leben kranken Herzen brachte.

HYMNEN AN DIE NACHT

[Handschrift]

Welcher Lebendige,
Sinnbegabte,
Liebt nicht vor allen
Wundererscheinungen
Des verbreiteten Raums um ihn
Das allerfreuliche Licht –
Mit seinen Stralen und Wogen
Seinen Farben,
Seiner milden Allgegenwart
Im Tage.
Wie des Lebens
Innerste Seele
Athmet es die Riesenwelt
Der rastlosen Gestirne
Die in seinem blauen Meere
[schwimmen,
Athmet es der funkelnde Stein,
Die ruhige Pflanze
Und der Thiere
Vielgestaltete,
Immerbewegte Kraft –
Athmen es vielfarbige
Wolken u[nd] Lüfte
Und vor allen
Die herrlichen Fremdlinge
Mit den sinnvollen Augen
Dem schwebenden Gange
Und dem tönenden Munde.
Wie ein König
Der irrdischen Natur
Ruft es jede Kraft
Zu zahllosen Verwandlungen
Und seine Gegenwart allein
Offenbart die Wunder-
[herrlichkeit
Des irrdischen Reichs.
Abwärts wend ich mich
Zu der heiligen,
[unaussprechlichen
Geheimnißvollen Nacht –
Fernab liegt die Welt,
Wie versenkt in eine tiefe Gruft
Wie wüst und einsam
Ihre Stelle!
Tiefe Wehmuth
Weht in den Sayten der Brust
Fernen der Errinnerung
Wünsche der Jugend
Der Kindheit Träume
Des ganzen, langen Lebens
Kurze Freuden
Und vergebliche Hoffnungen
Kommen in grauen Kleidern
Wie Abendnebel
Nach der Sonne,
Untergang.
Fernab liegt die Welt
Mit ihren bunten Genüssen.
In andern Räumen
Schlug das Licht auf
Die lustigen Gezelte.
Sollt es nie wiederkommen
Zu seinen treuen Kindern,
Seinen Gärten
In sein herrliches Haus?
Doch was quillt

[Athenaeumsdruck]

1.

Welcher Lebendige, Sinnbegabte, liebt nicht vor allen Wundererscheinungen des verbreiteten Raums um ihn, das allerfreuliche Licht – mit seinen Farben, seinen Stralen und Wogen; seiner milden Allgegenwart, als weckender Tag. Wie des Lebens innerste Seele athmet es der rastlosen Gestirne Riesenwelt, und schwimmt tanzend in seiner blauen Flut – athmet es der funkelnde, ewigruhende Stein, die sinnige, saugende Pflanze, und das wilde, brennende, vielgestaltete Thier – vor allen aber der herrliche Fremdling mit den sinnvollen Augen, dem schwebenden Gange, und den zartgeschlossenen, tonreichen Lippen. Wie ein König der irdischen Natur ruft es jede Kraft zu zahllosen Verwandlungen, knüpft und löst unendliche Bündnisse, hängt sein himmlisches Bild jedem irdischen Wesen um. – Seine Gegenwart allein offenbart die Wunderherrlichkeit der Reiche der Welt.

Abwärts wend ich mich zu der heiligen, unaussprechlichen, geheimnißvollen Nacht. Fernab liegt die Welt – in eine tiefe Gruft versenkt – wüst und einsam ist ihre Stelle. In den Sayten der Brust weht tiefe Wehmuth. In Thautropfen will ich hinuntersinken und mit der Asche mich vermischen. – Fernen der Erinnerung, Wünsche der Jugend, der Kindheit Träume, des ganzen langen Lebens kurze Freuden und vergebliche Hoffnungen kommen in grauen Kleidern, wie Abendnebel nach der Sonne Untergang. In andern Räumen schlug die lustigen Gezelte das Licht auf. Sollte es nie zu seinen Kindern wiederkommen, die mit der Unschuld Glauben seiner harren?

So kühl u[nd] erquicklich
So ahndungsvoll
Unterm Herzen
Und verschluckt
Der Wehmuth weiche Luft,
Hast auch du
Ein menschliches Herz
Dunkle Macht?
Was hältst du
Unter deinem Mantel
Das mir unsichtbar kräftig
An die Seele geht?
Du scheinst nur furchtbar –
Köstlicher Balsam
Träuft aus deiner Hand
Aus dem Bündel Mohn[,]
In süßer Trunkenheit
Entfaltest du die schweren
[Flügel des Gemüths.
Und schenkst uns Freuden
Dunkel und unaussprechlich
Heimlich, wie du selbst, bist
Freuden, die uns
Einen Himmel ahnden lassen.
Wie arm und kindisch
Dünkt mir das Licht,
Mit seinen bunten Dingen
Wie erfreulich und gesegnet
Des Tages Abschied.
Also nur darum
Weil die Nacht dir
Abwendig macht die
[Dienenden
Säetest du
In des Raums Weiten
Die leuchtenden Kugeln
Zu verkünden deine Allmacht
Deine Widerkehr
In den Zeiten deiner
[Entfernung.
Himmlischer als jene blitzenden
In jenen Weiten [Sterne
Dünken uns die unendlichen
Die die Nacht [Augen
In uns geöffnet.
Weiter sehn sie
Als die blässesten
Jener zahllosen Heere
Unbedürftig des Lichts
Durchschaun sie die Tiefen
Eines liebenden Gemüths,
Was einen höhern Raum
Mit unsäglicher Wollust füllt.
Preis der Weltköniginn,
Der hohen Verkündigerinn
Heiliger Welt,
Der Pflegerinn
Seliger Liebe
Du kommst, Geliebte –
Die Nacht ist da –
Entzückt ist meine Seele –
Vorüber ist der irrdische Tag
Und du bist wieder Mein.
Ich schaue dir ins tiefe dunkle
[Auge,
Sehe nicht als Lieb u[nd]
[Seligkeit.
Wir sinken auf der Nacht Altar
Aufs weiche Lager –
Die Hülle fällt
Und angezündet von dem
[warmen Druck
Entglüht des süßen Opfers
Reine Glut.

Was quillt auf einmal so ahndungsvoll unterm Herzen, und verschluckt der Wehmuth weiche Luft? Hast auch du ein Gefallen an uns, dunkle Nacht? Was hältst du unter deinem Mantel, das mir unsichtbar kräftig an die Seele geht? Köstlicher Balsam träuft aus deiner Hand, aus dem Bündel Mohn. Die schweren Flügel des Gemüths hebst du empor. Dunkel und unaussprechlich fühlen wir uns bewegt – ein ernstes Antlitz seh ich froh erschrocken, das sanft und andachtsvoll sich zu mir neigt, und unter unendlich verschlungenen Locken der Mutter liebe Jugend zeigt. Wie arm und kindisch dünkt mir das Licht nun – wie erfreulich und gesegnet des Tages Abschied – Also nur darum, weil die Nacht dir abwendig macht die Dienenden, säetest du in des Raumes Weiten die leuchtenden Kugeln, zu verkünden deine Allmacht – deine Wiederkehr – in den Zeiten deiner Entfernung. Himmlischer, als jene blitzenden Sterne, dünken uns die unendlichen Augen, die die Nacht in uns geöffnet. Weiter sehn sie, als die blässesten jener zahllosen Heere – unbedürftig des Lichts durchschaun sie die Tiefen eines liebenden Gemüths – was einen höhern Raum mit unsäglicher Wollust füllt. Preis der Weltköniginn, der hohen Verkündigerinn heiliger Welten, der Pflegerinn seliger Liebe – sie sendet mir dich – zarte Geliebte – liebliche Sonne der Nacht, – nun wach ich – denn ich bin Dein und Mein – du hast die Nacht mir zum Leben verkündet – mich zum Menschen gemacht – zehre mit Geisterglut meinen Leib, daß ich luftig mit dir inniger mich mische und dann ewig die Brautnacht währt.

Muß immer der Morgen
[wiederkommen?
Endet nie des Irrdischen
[Gewalt?
Unselige Geschäftigkeit
[verzehrt
Den himmlischen Anflug der
[Nacht?
Wird nie der Liebe geheimes
Ewig brennen? [Opfer
Zugemessen ward
Dem Lichte Seine Zeit
Und dem Wachen –
Aber zeitlos ist der Nacht
[Herrschaft,
Ewig ist die Dauer des Schlafs.
Heiliger Schlaf!
Beglücke zu selten nicht
Der Nacht Geweihte –
In diesem irrdischen
[Tagwerck.
Nur die Thoren verkennen
[dich
Und wissen von keinem
Als den Schatten [Schlafe

Den du mitleidig auf uns wirfst
In jener Dämmrung
Der wahrhaften Nacht.
Sie fühlen dich nicht
In der goldnen Flut der
[Trauben
In des Mandelbaums
Wunderöl
Und dem braunen Safte des
Sie wissen nicht [Mohns.
Daß du es bist
Der des zarten Mädchens
Busen umschwebt
Und zum Himmel den Schoos
Ahnden nicht [macht –
Daß aus alten Geschichten
Du himmelöffnend
[entgegentrittst
Und den Schlüssel trägst
Zu den Wohnungen der
[Seligen,
Unendlicher Geheimnisse
Schweigender Bote.

Einst, da ich bittre Thränen vergoß –
Da in Schmerz aufgelößt meine Hoffnung zerrann
und ich einsam stand an dem dürren Hügel, der in engen
dunkeln Raum die Gestalt meines Lebens begrub, Einsam,
wie noch kein Einsamer war, von unsäglicher Angst ge-
trieben, Kraftlos, nur ein Gedanken des Elends noch, –
Wie ich da nach Hilfe umherschaute, Vorwärts nicht könnte
und rückwärts nicht – und am fliehenden, verlöschten Leben
mit unendlicher Sehnsucht hing – da kam aus blauen Fernen,
Von den Höhen meiner alten Seligkeit ein Dämmrungs
[Schauer –

2.

Muß immer der Morgen wiederkommen? Endet nie des Irdischen Gewalt? unselige Geschäftigkeit verzehrt den himmlischen Anflug der Nacht. Wird nie der Liebe geheimes Opfer ewig brennen? Zugemessen ward dem Lichte seine Zeit; aber zeitlos und raumlos ist der Nacht Herrschaft. – Ewig ist die Dauer des Schlafs. Heiliger Schlaf – beglücke zu selten nicht der Nacht Geweihte in diesem irdischen Tagewerk. Nur die Thoren verkennen dich und wissen von keinem Schlafe, als den Schatten, den du in jener Dämmerung der wahrhaften Nacht mitleidig auf uns wirfst. Sie fühlen dich nicht in der goldnen Flut der Trauben – in des Mandelbaums Wunderöl, und dem braunen Safte des Mohns. Sie wissen nicht, daß du es bist[,] der des zarten Mädchens Busen umschwebt und zum Himmel den Schoß macht – ahnden nicht, daß aus alten Geschichten du himmelöffnend entgegentrittst und den Schlüssel trägst zu den Wohnungen der Seligen, unendlicher Geheimnisse schweigender Bote.

3.

Einst da ich bittre Thränen vergoß, da in Schmerz aufgelöst meine Hoffnung zerrann, und ich einsam stand am dürren Hügel, der in engen, dunkeln Raum die Gestalt meines Lebens barg – einsam, wie noch kein Einsamer war, von unsäglicher Angst getrieben – kraftlos, nur ein Gedanken des Elends noch. – Wie ich da nach Hülfe umherschaute, vorwärts nicht konnte und rückwärts nicht, und am fliehenden, verlöschten Leben mit unendlicher Sehnsucht hing: – da kam aus blauen Fernen – von den Höhen meiner alten Seligkeit ein Dämmerungsschauer – und

Und mit einemmale riß das Band der Geburt, des
Lichtes Fessel – Hin floh die irrdische Herrlichkeit und
meine Trauer mit ihr. Zusammen floß die Wehmuth
in Eine neue unergründliche Welt – Du Nachtbegei-
sterung, Schlummer des Himmels kamst über mich.
Die Gegend hob sich sacht empor – über der Gegend
schwebte mein entbundner neugeborner Geist. Zur Staubwolke
wurde der Hügel und durch die Wolke sah ich die
verklärten Züge der Geliebten – In Ihren Augen
ruhte die Ewigkeit – ich faßte ihre Hände und die
Thränen wurden ein funkelndes, unzerreißliches
Band. Jahrtausende zogen abwärts in die Ferne,
wie Ungewitter – An ihrem Halse weint ich dem
neuen Leben entzückende Thränen. Das war der
Erste Traum in dir. Er zog vorüber aber sein Abglanz
blieb der ewige unerschütterliche Glauben an den
Nachthimmel und seine Sonne, die Geliebte.

---

4. Sehnsucht nach dem Tode. Er saugt an mir. 5. Xstus. Er hebt den Stein v[om] Grabe.

Nun weiß ich wenn der letzte Morgen seyn wird – wenn
das Licht nicht mehr die Nacht und die Liebe scheucht, wenn
der Schlummer ewig, und nur Ein unerschöpflicher Traum seyn
wird. Himmlische Müdigkeit verläßt mich nun nicht wieder.
Weit und mühsam war der Weg zum heilgen Grabe und das
Kreutz war schwer. Wessen Mund einmal die krystallene
Woge nezte, die gemeinen Sinnen unsichtbar, quillt
in des Hügels dunkeln Schoos, an dessen Fuß die irrdische
Flut bricht, wer oben stand auf diesem Grenzgebürge der Welt
hinüber sah, in das neue Land, in der Nacht Wohnsitz, [und
Warlich der kehrt nicht in das Treiben der Welt zurück,
in das Land, wo das Licht regiert und
ewige Unruh haußt. Oben baut er sich Hütten
Hütten des Friedens, sehnt sich und liebt, schaut hinüber,
bis die willkommenste aller Stunden hinunter ihn

mit einemmale riß das Band der Geburt – des Lichtes Fessel. Hin floh die irdische Herrlichkeit und meine Trauer mit ihr – zusammen floß die Wehmuth in eine neue, unergründliche Welt – du Nachtbegeisterung, Schlummer des Himmels kamst über mich – die Gegend hob sich sacht empor; über der Gegend schwebte mein entbundner, neugeborner Geist. Zur Staubwolke wurde der Hügel – durch die Wolke sah ich die verklärten Züge der Geliebten. In Ihren Augen ruhte die Ewigkeit – ich faßte ihre Hände, und die Thränen wurden ein funkelndes, unzerreißliches Band. Jahrtausende zogen abwärts in die Ferne, wie Ungewitter. An Ihrem Halse weint ich dem neuen Leben entzückende Thränen. – Es war der erste, einzige Traum – und erst seitdem fühl ich ewigen, unwandelbaren Glauben an den Himmel der Nacht und sein Licht, die Geliebte.

4.

Nun weiß ich, wenn der letzte Morgen seyn wird – wenn das Licht nicht mehr die Nacht und Liebe scheucht – wenn der Schlummer ewig und nur Ein unerschöpflicher Traum seyn wird. Himmlische Müdigkeit fühl ich in mir. – Weit und ermüdend ward mir die Wallfahrt zum heiligen Grabe, drückend das Kreutz. Die krystallene Woge, die gemeinen Sinnen unvernehmlich, in des Hügels dunkeln Schooß quillt, an dessen Fuß die irdische Flut bricht, wer sie gekostet, wer oben stand auf dem Grenzgebürge der Welt, und hinübersah in das neue Land, in der Nacht Wohnsitz – warlich der kehrt nicht in das Treiben der Welt zurück, in das Land, wo das Licht in ewiger Unruh hauset.

Oben baut er sich Hütten, Hütten des Friedens, sehnt sich und liebt, schaut hinüber, bis die willkommenste aller Stunden hin-

In den Brunnen der Quelle zieht. Alles Irrdische schwimmt oben auf und wird von der Höhe hinabgespült, aber was Heilig ward durch Der Liebe Berührung rinnt aufgelößt in verborgnen Gängen auf das jenseitige Gebiet, wo es, wie Wolken sich Mit entschlummerten Lieben mischt.

Noch weckst du,
Muntres Licht,
Den Müden zur Arbeit –
Flößest fröliches Leben mir [ein.
Aber du lockst mich
Von der Errinnerung
Moosigen Denkmal nicht.
Gern will ich
Die fleißigen Hände rühren
Überall umschauen
Wo du mich brauchst,
Rühmen deines Glanzes
Volle Pracht
Unverdroßen verfolgen
Den schönen Zusammenhang
Deines künstlichen Wercks
Gern betrachten
Den sinnvollen Gang
Deiner gewaltigen
Leuchtenden Uhr,
Ergründen der Kräfte
Ebenmaaß
Und die Regeln
Des Wunderspiels
Unzähliger Räume
Und ihrer Zeiten.
Aber getreu der Nacht
Bleibt mein geheimes Herz
Und ihrer Tochter
Der schaffenden Liebe.
Kannst du mir zeigen
Ein ewigtreues Herz?
Hat deine Sonne
Freundliche Augen
Die mich erkennen?
Fassen deine Sterne
Meine verlangende Hand?
Geben mir wieder
Den zärtlichen Druck?
Hast du mit Farben
Und leichten Umriß
Sie geschmückt?
Oder war Sie es
Die Deinem Schmuck
Höhere, liebere Bedeutung gab?
Welche Wollust,
Welchen Genuß,
Bietet dein Leben
Die aufwögen
Des Todes Entzückungen.
Trägt nicht alles
Was uns begeistert
Die Farbe der Nacht –
Sie trägt dich mütterlich
Und ihr verdankst du
All deine Herrlichkeit.
Du verflögst
In dir selbst
In endlosen Raum
Zergingst du,

unter ihn in den Brunnen der Quelle zieht – das Irdische schwimmt obenauf, wird von Stürmen zurückgeführt, aber was heilig durch der Liebe Berührung ward, rinnt aufgelöst in verborgenen Gängen auf das jenseitige Gebiet, wo es, wie Düfte, sich mit entschlummerten Lieben mischt.

Noch weckst du, muntres Licht den Müden zur Arbeit – flößest fröhliches Leben mir ein – aber du lockst mich von der Erinnerung moosigem Denkmal nicht. Gern will ich die fleißigen Hände rühren, überall umschaun, wo du mich brauchst – rühmen deines Glanzes volle Pracht – unverdrossen verfolgen deines künstlichen Werks schönen Zusammenhang – gern betrachten deiner gewaltigen, leuchtenden Uhr sinnvollen Gang – ergründen der Kräfte Ebenmaß und die Regeln des Wunderspiels unzähliger Räume und ihrer Zeiten. Aber getreu der Nacht bleibt mein geheimes Herz, und der schaffenden Liebe, ihrer Tochter. Kannst du mir zeigen ein ewig treues Herz? Hat deine Sonne freundliche Augen, die mich erkennen? fassen deine Sterne meine verlangende Hand? Geben mir wieder den zärtlichen Druck und das kosende Wort? Hast du mit Farben und leichtem Umriß Sie geziert – oder war Sie es, die deinem Schmuck höhere, liebere Bedeutung gab? Welche Wollust, welchen Genuß bietet dein Leben, die aufwögen des Todes Entzückungen? Trägt nicht alles, was uns begeistert, die Farbe der Nacht? Sie trägt dich mütterlich und ihr verdankst du all deine Herrlichkeit. Du verflögst in dir selbst – in endlosen Raum zergingst du, wenn sie dich

Wenn sie dich nicht hielte –
Dich nicht bände
Daß du warm würdest
Und flammend
Die Welt zeugtest.
Warlich ich war eh du warst,
Mit meinem Geschlecht
Schickte die Mutter mich
Zu bewohnen deine Welt
Und zu heiligen sie
Mit Liebe.
Zu geben
Menschlichen Sinn
Deinen Schöpfungen.
Noch reiften sie nicht
Diese göttlichen Gedanken.
Noch sind der Spuren
Unsrer Gegenwart
Wenig.
Einst zeigt deine Uhr
Das Ende der Zeit
Wenn du wirst,
Wie unser Einer
Und voll Sehnsucht
Auslöschest u[nd] stirbst.
In mir fühl ich
Der Geschäftigkeit Ende
Himmlische Freyheit,
Selige Rückkehr.
In wilden Schmerzen
Erkenn ich deine Entfernung
Von unsrer Heymath
Deinen Widerstand
Gegen den alten,
Herrlichen Himmel.
Umsonst ist deine Wuth
Dein Toben.
Unverbrennlich
Steht das Kreutz,
Eine Siegesfahne
Unsres Geschlechts.

Hinüber wall ich
Und jede Pein
Wird einst ein Stachel
Der Wollust seyn.
Noch wenig Zeiten
So bin ich los
Und liege trunken
Der Lieb' im Schoos.
Unendliches Leben
Kommt über mich
Ich sehe von oben
Herunter auf Dich.
An jenem Hügel
Verlischt dein Glanz
Ein Schatten bringet
Den kühlen Kranz
O! sauge Geliebter
Gewaltig mich an
Daß ich bald ewig
Entschlummern kann.
Ich fühle des Todes
Verjüngende Flut
Und harr in den Stürmen
Des Lebens voll Muth.

---

nicht hielte, dich nicht bände, daß du warm würdest und flammend die Welt zeugtest. Warlich ich war, eh du warst – die Mutter schickte mit meinen Geschwistern mich, zu bewohnen deine Welt, sie zu heiligen mit Liebe, daß sie ein ewig angeschautes Denkmal werde – zu bepflanzen sie mit unverwelklichen Blumen. Noch reiften sie nicht diese göttlichen Gedanken – Noch sind der Spuren unserer Offenbarung wenig – Einst zeigt deine Uhr das Ende der Zeit, wenn du wirst wie unser einer, und voll Sehnsucht und Inbrunst auslöschest und stirbst. In mir fühl ich deiner Geschäftigkeit Ende – himmlische Freyheit, selige Rückkehr. In wilden Schmerzen erkenn ich deine Entfernung von unsrer Heymath, deinen Widerstand gegen den alten, herrlichen Himmel. Deine Wuth und dein Toben ist vergebens. Unverbrennlich steht das Kreutz – eine Siegesfahne unsers Geschlechts.

Hinüber wall ich,
Und jede Pein
Wird einst ein Stachel
Der Wollust seyn.
Noch wenig Zeiten,
So bin ich los,
Und liege trunken
Der Lieb' im Schooß.
Unendliches Leben
Wogt mächtig in mir
Ich schaue von oben
Herunter nach dir.
An jenem Hügel
Verlischt dein Glanz –
Ein Schatten bringet
Den kühlenden Kranz.
O! sauge, Geliebter,
Gewaltig mich an,
Daß ich entschlummern
Und lieben kann.
Ich fühle des Todes
Verjüngende Flut,
Zu Balsam und Aether
Verwandelt mein Blut –
Ich lebe bey Tage
Voll Glauben und Muth
Und sterbe die Nächte
In heiliger Glut.

›Von ihm will ich reden
Und liebend verkünden
So lang ich
Unter Menschen noch bin.
Denn ohne ihn
Was wär unser Geschlecht,
Und was sprächen die Menschen,
Wenn sie nicht sprächen von ihm
Ihrem Stifter,
Ihrem Geiste.‹

Über der Menschen
Weitverbreitete Stämme
Herrschte vor Zeiten
Ein eisernes Schicksal
Mit stummer Gewalt.
Eine dunkle
schwere Binde
lag um ihre
bange Seele.
Unendlich war die Erde.
Der Götter Aufenthalt
Und ihre Heymath.
Reich an Kleinoden
Und herrlichen Wundern.
Seit Ewigkeiten
Stand ihr geheimnißvoller Bau.
Über des Morgens
Blauen Bergen
In des Meeres
Heiligen Schoos
Wohnte die Sonne
Das allzündende
Lebendige Licht.

Alte Welt. Der Tod. *Xstus – neue Welt.* Die Welt der Zukunft – Sein Leiden – Jugend – Botschaft. Auferstehung. *Mit den Menschen ändert die Welt sich.* Schluß – Aufruf.

Ein alter Riese
Trug die selige Welt
Fest unter Bergen
lagen die Ursöhne
Der Mutter Erde –
Ohnmächtig
In ihrer zerstörenden Wuth
Gegen das neue
Herrliche Göttergeschlecht,
Und die befreundeten
Frölichen Menschen.
Des Meeres dunkle
Blaue Tiefe
War einer Göttin Schoos.

5.

Ueber der Menschen weitverbreitete Stämme herrschte vor Zeiten ein eisernes Schicksal mit stummer Gewalt. Eine dunkle, schwere Binde lag um ihre bange Seele – Unendlich war die Erde – der Götter Aufenthalt, und ihre Heymath. Seit Ewigkeiten stand ihr geheimnißvoller Bau. Ueber des Morgens rothen Bergen, in des Meeres heiligem Schooß wohnte die Sonne, das allzündende, lebendige Licht.

Ein alter Riese trug die selige Welt. Fest unter Bergen lagen die Ursöhne der Mutter Erde. Ohnmächtig in ihrer zerstörenden Wuth gegen das neue herrliche Göttergeschlecht und dessen Verwandten, die frölichen Menschen. Des Meers dunkle, grüne Tiefe war einer Göttin Schooß. In den krystallenen Grotten

Himmlische Schaaren
Wohnten in frölicher Lust
In den krystallenen Grotten –
Flüsse und Bäume
Blumen und Thiere
Hatten menschlichen Sinn.
Süßer schmeckte der Wein
Weil ihn blühende Götterjugend
Den Menschen gab –
Des goldnen Korns
Volle Garben
Waren ein göttliches Geschenk.
Der Liebe trunkne Freuden
ein heiliger Dienst
Der himmlischen Schönheit.
So war das Leben
Ein ewiges Fest
Der Götter und Menschen.
Und kindlich verehrten
Alle Geschlechter
Die zarte, köstliche Flamme
Als das Höchste der Welt.
Nur Ein Gedanke wars

Der furchtbar zu den frohen Tischen trat
Und das Gemüth in wilde Schrecken hüllte.
Hier wußten selbst die Götter keinen Rath,
Der das Gemüth mit süßen Troste füllte,
Geheimnißvoll war dieses Unholds Pfad
Des Wuth kein Flehn und keine Gabe stillte –
Es war der Tod, der dieses Lustgelag
Mit Angst u[nd] Schmerz u[nd] Thränen unterbrach.

Auf ewig nun von allem abgeschieden
Was hier das Herz in süßer Wollust regt –
Getrennt von den Geliebten, die hienieden
Vergebne Sehnsucht, langes Weh bewegt –
Schien nur dem Todten matter Traum beschieden
Ohnmächtges Ringen nur ihm auferlegt.
Zerbrochen war die Woge des Genusses
Am Felsen des unendlichen Verdrusses.

Mit kühnem Geist und hoher Sinnenglut
Verschönte sich der Mensch die grause Larve –
Ein blasser Jüngling löscht das Licht u[nd] ruht –
Sanft ist das Ende, wie ein Wehn der Harfe –
Errinnrung schmilzt in kühler Schattenflut
Die Dichtung sangs dem traurigen Bedarfe
Doch unenträthselt blieb die ewge Nacht
Das ernste Zeichen einer fernen Macht.

schwelgte ein üppiges Volk. Flüsse, Bäume, Blumen und Thiere hatten menschlichen Sinn. Süßer schmeckte der Wein von sichtbarer Jugendfülle geschenkt – ein Gott in den Trauben – eine liebende, mütterliche Göttin, empor wachsend in vollen goldenen Garben – der Liebe heilger Rausch ein süßer Dienst der schönsten Götterfrau – ein ewig buntes Fest der Himmelskinder und der Erdbewohner rauschte das Leben, wie ein Frühling, durch die Jahrhunderte hin – Alle Geschlechter verehrten kindlich die zarte, tausendfältige Flamme, als das höchste der Welt. Ein Gedanke nur war es. Ein entsetzliches Traumbild,

Das furchtbar zu den frohen Tischen trat
Und das Gemüth in wilde Schrecken hüllte.
Hier wußten selbst die Götter keinen Rath,
Der die beklommne Brust mit Trost erfüllte.
Geheimnißvoll war dieses Unholds Pfad
Des Wuth kein Flehn und keine Gabe stillte;
Es war der Tod, der dieses Lustgelag
Mit Angst und Schmerz und Thränen unterbrach.

Auf ewig nun von allem abgeschieden,
Was hier das Herz in süßer Wollust regt,
Getrennt von den Geliebten, die hinieden
Vergebne Sehnsucht, langes Weh bewegt,
Schien matter Traum dem Todten nur beschieden,
Ohnmächtiges Ringen nur ihm auferlegt.
Zerbrochen war die Woge des Genusses
Am Felsen des unendlichen Verdrusses.

Mit kühnem Geist und hoher Sinnenglut
Verschönte sich der Mensch die grause Larve,
Ein sanfter Jüngling löscht das Licht und ruht –
Sanft wird das Ende, wie ein Wehn der Harfe.
Erinnrung schmilzt in kühler Schattenflut,
So sang das Lied dem traurigen Bedarfe.
Doch unenträthselt blieb die ewge Nacht,
Das ernste Zeichen einer fernen Macht.

Zu Ende neigte
Die Alte Welt sich.
Der lustige Garten
Des jungen Geschlechts
Verwelkte
Und hinaus
In den freyeren Raum
Strebten die erwachsenen
Unkindlichen Menschen.
Verschwunden waren die
Einsam und leblos [Götter.
Stand die Natur
Entseelt von der strengen Zahl
Und der eisernen Kette
Gesetze wurden.
Und in Begriffe
Wie in Staub und Lüfte
Zerfiel die unermeßliche
[Blüthe
Des tausendfachen Lebens.
Entflohn war
Der allmächtige Glauben
Und die allverwandelnde
Allverschwisternde
Himmelsgenossinn
Die Fantasie.
Unfreundlich blies
Ein kalter Nordwind
Über die erstarrte Flur
Und die Wunderheymath
Verflog in den Aether
Und des Himmels
Unendliche Fernen
Füllten mit leuchtenden
[Welten sich.
Ins tiefere Heiligthum
In des Gemüths höhern Raum
Zog die Seele der Welt
Mit ihren Mächten
Zu walten dort
Bis zum Anbruch
Des neuen Tags,
Der höhern Weltherrlichkeit.
Nicht mehr war das Licht
Der Götter Aufenthalt
Und himmlischen Zeichen –
Den Schleyer der Nacht
Warfen Sie über sich
Die Nacht ward
Der Offenbarungen
Fruchtbarer Schoos.
Mitten unter den Menschen
Im Volk, das vor allen
Verachtet,
Zu früh reif
Und der seligen Unschuld der
[Jugend
Trotzig fremd geworden war,
Erschien die neue Welt
Mit niegesehnen Angesicht –
In der Armuth
Wunderbarer Hütte –
Ein Sohn der ersten Jungfrau
[u[nd] Mutter –
Geheimnißvoller Umarmung
Unendliche Frucht.
Des Morgenlands
Ahnende, blüthenreiche
Weisheit
Erkannte zuerst
Der neuen Zeit Beginn.
Ein Stern wies ihr den Weg
Zu des Königs
Demüthiger Wiege.

Zu Ende neigte die alte Welt sich. Des jungen Geschlechts Lustgarten verwelkte – hinauf in den freyeren, wüsten Raum strebten die unkindlichen, wachsenden Menschen. Die Götter verschwanden mit ihrem Gefolge – Einsam und leblos stand die Natur. Mit eiserner Kette band sie die dürre Zahl und das strenge Maaß. Wie in Staub und Lüfte zerfiel in dunkle Worte die unermeßliche Blüthe des Lebens. Entflohn war der beschwörende Glauben, und die allverwandelnde, allverschwisternde Himmelsgenossin, die Fantasie. Unfreundlich blies ein kalter Nordwind über die erstarrte Flur, und die erstarrte Wunderheymath verflog in den Aether. Des Himmels Fernen füllten mit leuchtenden Welten sich. Ins tiefre Heiligthum, in des Gemüths höhern Raum zog mit ihren Mächten die Seele der Welt – zu walten dort bis zum Anbruch der tagenden Weltherrlichkeit. Nicht mehr war das Licht der Götter Aufenthalt und himmlisches Zeichen – den Schleyer der Nacht warfen sie über sich. Die Nacht ward der Offenbarungen mächtiger Schooß – in ihn kehrten die Götter zurück – schlummerten ein, um in neuen herrlichern Gestalten auszugehn über die veränderte Welt. Im Volk, das vor allen verachtet zu früh reif und der seligen Unschuld der Jugend trotzig fremd geworden war, erschien mit niegesehenem Angesicht die neue Welt – In der Armuth dichterischer Hütte – Ein Sohn der ersten Jungfrau und Mutter – Geheimnißvoller Umarmung unendliche Frucht. Des Morgenlands ahndende, blütenreiche Weisheit erkannte zuerst der neuen Zeit Beginn – Zu des Königs demüthiger Wiege wies ihr ein Stern den Weg. In der

In der weiten Zukunft Namen
Huldigte sie ihm
Mit Glanz u[nd] Duft
Den höchsten Wundern der
Einsam entfaltete [Natur.
Das himmlische Herz sich
Zu der Liebe
Glühenden Schoos
Des Vaters hohen Antlitz
[zugewandt –
Und ruhend an dem ahndungs
[selgen Busen
Der lieblichernsten Mutter.
Mit vergötternder Inbrunst
Schaute das weissagende Auge
Des blühenden Kindes
Auf die Tage der Zukunft,
Nach seinen Geliebten,
Den Sprossen seines
[Götterstamms,
Unbekümmert über seiner
[Tage

Irrdisches Schicksal.
Bald sammelten die
[kindlichsten Gemüther
Von allmächtiger Liebe
Wundersam ergriffen
Sich um ihn her.
Wie Blumen keimte
Ein neues, fremdes Leben
In seiner Nähe –
Unerschöpfliche Worte
Und der Botschaften
[Fröhligste
Fielen wie Funken
Eines göttlichen Geistes
Von seinen freundlichen
Von ferner Küste [Lippen.
Unter Hellas
Heitern Himmel geboren
Kam ein Sänger
Nach Palaestina.
Und ergab sein ganzes Herz
Dem Wunderkinde:

Der Jüngling bist du, der seit langer Zeit
Auf unseren Gräbern steht in tiefen Sinnen –
Ein tröstlich Zeichen in der Dunkelheit
Der höhern Menschheit freudiges Beginnen.
Was uns gesenkt in tiefe Traurigkeit
Zieht uns mit süßer Sehnsucht nun vonhinnen.
Im Tode ward das ewge Leben kund –
Du bist der Tod und machst uns erst gesund.

Der Sänger zog
Voll Freudigkeit
Nach Indostan
Und nahm ein Herz
Voll ewger Liebe mit,
Und schüttete

In feurigen Gesängen
Es unter jenem milden Himmel
[aus
Der traulicher
An die Erde sich schmiegt,
Daß tausend Herzen

weiten Zukunft Namen huldigten sie ihm mit Glanz und Duft, den höchsten Wundern der Natur. Einsam entfaltete das himmlische Herz sich zu einem Blüthenkelch allmächtger Liebe – des Vaters hohem Antlitz zugewandt und ruhend an dem ahndungsselgen Busen der lieblich ernsten Mutter. Mit vergötterter Inbrunst schaute das weissagende Auge des blühenden Kindes auf die Tage der Zukunft, nach seinen Geliebten, den Sprossen seines Götterstamms, unbekümmert über seiner Tage irdisches Schicksal. Bald sammelten die kindlichsten Gemüther von inniger Liebe wundersam ergriffen sich um ihn her. Wie Blumen keimte ein neues fremdes Leben in seiner Nähe. Unerschöpfliche Worte und der Botschaften fröhlichste fielen wie Funken eines göttlichen Geistes von seinen freundlichen Lippen. Von ferner Küste, unter Hellas heiterm Himmel geboren, kam ein Sänger nach Palästina und ergab sein ganzes Herz dem Wunderkinde:

Der Jüngling bist du, der seit langer Zeit
Auf unsern Gräbern steht in tiefen Sinnen;
Ein tröstlich Zeichen in der Dunkelheit –
Der höhern Menschheit freudiges Beginnen.
Was uns gesenkt in tiefe Traurigkeit
Zieht uns mit süßer Sehnsucht nun von hinnen.
Im Tode ward das ewge Leben kund,
Du bist der Tod und machst uns erst gesund.

Der Sänger zog voll Freudigkeit nach Indostan – das Herz von süßer Liebe trunken; und schüttete in feurigen Gesängen es unter jenem milden Himmel aus, daß tausend Herzen sich zu ihm

Sich zu ihm neigten
Und die fröliche Botschaft
Tausendzweigig emporwuchs.
Bald nach des Sängers
[Abschied
Ward das köstliche Leben
Ein Opfer des menschlichen
Tiefen Verfalls –
Er starb in jungen Jahren
Weggerissen
Von der geliebten Welt
Von der weinenden Mutter
Und seinen Freunden.
Der unsäglichen Leiden
Dunkeln Kelch
Leerte der heilige Mund,
In entsezlicher Angst
Naht' ihm die Stunde der
Der neuen Welt. [Geburt
Hart rang er mit des alten
[Todes Schrecken
Schwer lag der Druck der
[alten Welt auf ihn
Noch einmal sah er freundlich
[nach der Mutter –
Da kam der ewigen Liebe
Lösende Hand –
Und er entschlief.
Nur wenige Tage
Hieng ein tiefer Schleyer
Über das brausende Meer –
[über das finstre bebende Land
Unzählige Thränen
Weinten die Geliebten.
Entsiegelt ward das
[Geheimniß
Himmlische Geister hoben
Den uralten Stein
Vom dunklen Grabe –
Engel saßen bey dem
[Schlummernden,
Lieblicher Träume
Zartes Sinnbild.
Er stieg in neuer Götter-
[herrlichkeit
Erwacht auf die Höhe
Der verjüngten, neugebornen
[Welt
Begrub mit eigner Hand
Die alte mit ihm gestorbne Welt
In die verlaßne Höhle
Und legte mit allmächtiger Kraft
Den Stein, den keine Macht
[erhebt, darauf.
Noch weinen deine Lieben
Thränen der Freude
Thränen der Rührung
Und des unendlichen Danks
An deinem Grabe –
Sehn dich noch immer
Freudig erschreckt
Auferstehn
Und sich mit dir –
Mit süßer Inbrunst
Weinen an der Mutter
Seligen Busen
Und an der Freunde
Treuem Herzen –
Eilen mit voller Sehnsucht
In des Vaters Arm
Bringend die junge
Kindliche Menschheit
Und der goldnen Zukunft
Unversieglichen Trank.

neigten, und die fröliche Botschaft tausendzweigig emporwuchs. Bald nach des Sängers Abschied ward das köstliche Leben ein Opfer des menschlichen tiefen Verfalls – Er starb in jungen Jahren, weggerissen von der geliebten Welt, von der weinenden Mutter und seinen zagenden Freunden. Der unsäglichen Leiden dunkeln Kelch leerte der liebliche Mund – In entsetzlicher Angst nahte die Stunde der Geburt der neuen Welt. Hart rang er mit des alten Todes Schrecken – Schwer lag der Druck der alten Welt auf ihm. Noch einmal sah er freundlich nach der Mutter – da kam der ewigen Liebe lösende Hand – und er entschlief. Nur wenig Tage hing ein tiefer Schleyer über das brausende Meer, über das bebende Land – unzählige Thränen weinten die Geliebten – Entsiegelt ward das Geheimniß – himmlische Geister hoben den uralten Stein vom dunkeln Grabe. Engel saßen bey dem Schlummernden – aus seinen Träumen zartgebildet – Erwacht in neuer Götterherrlichkeit erstieg er die Höhe der neugebornen Welt – begrub mit eigner Hand der Alten Leichnam in die verlaßne Höhle, und legte mit allmächtiger Hand den Stein, den keine Macht erhebt, darauf.

Noch weinen deine Lieben Thränen der Freude, Thränen der Rührung und des unendlichen Danks an deinem Grabe – sehn dich noch immer, freudig erschreckt, auferstehn – und sich mit dir; sehn dich weinen mit süßer Inbrunst an der Mutter seligem Busen, ernst mit den Freunden wandeln, Worte sagen, wie vom Baum des Lebens gebrochen; sehen dich eilen mit voller Sehnsucht in des Vaters Arm, bringend die junge Menschheit, und der goldnen Zukunft unversieglichen Becher. Die Mutter eilte bald

Die Mutter eilte bald dir nach
In himmlischen Triumpf –
Sie war die Erste
In der neuen Heymath
Bey dir.
Lange Zeiten
Entflossen seitdem
Und in immer höhern Glanze
Regte deine neue Schöpfung
[sich

Und Tausende zogen
Aus Schmerzen u[nd] Qualen
Voll Glauben u[nd] Sehnsucht
Und Treue dir nach.
Und walten mit dir
Und der himmlischen Jungfrau
Im Reiche der Liebe;
Und dienen im Tempel
Des himmlischen Todes.

Gehoben ist der Stein
Die Menschheit ist erstanden
Wir alle bleiben dein
Und fühlen keine Banden
Der herbste Kummer fleucht
2. Vor deiner goldnen Schaale
1. Im lezten Abendmale
Wenn Erd und Leben weicht.

Zur Hochzeit ruft der Tod
Die Lampen brennen helle
Die Jungfraun sind zur Stelle
Um Oel ist keine Noth.
Erklänge doch die Ferne
Von deinem Zuge schon
Und ruften uns die Sterne
Mit Menschenzung und Ton.

Nach dir, Maria, heben
Schon tausend Herzen sich
In diesem Schattenleben
Verlangten sie nur dich.
Sie hoffen zu genesen
Mit ahndungsvoller Lust
Drückst du sie, heilges Wesen
An deine treue Brust.

dir nach – in himmlischem Triumpf – Sie war die Erste in der neuen Heymath bey dir. Lange Zeiten entflossen seitdem, und in immer höherm Glanze regte deine neue Schöpfung sich – und tausende zogen aus Schmerzen und Qualen, voll Glauben und Sehnsucht und Treue dir nach – wallen mit dir und der himmlischen Jungfrau im Reiche der Liebe – dienen im Tempel des himmlischen Todes und sind in Ewigkeit dein.

Gehoben ist der Stein –
Die Menschheit ist erstanden –
Wir alle bleiben dein
Und fühlen keine Banden.
Der herbste Kummer fleucht
Vor deiner goldnen Schaale,
Wenn Erd und Leben weicht
Im letzten Abendmahle.

Zur Hochzeit ruft der Tod –
Die Lampen brennen helle –
Die Jungfraun sind zur Stelle –
Um Oel ist keine Noth –
Erklänge doch die Ferne
Von deinem Zuge schon,
Und ruften uns die Sterne
Mit Menschenzung' und Ton.

Nach dir, Maria, heben
Schon tausend Herzen sich.
In diesem Schattenleben
Verlangten sie nur dich.
Sie hoffen zu genesen
Mit ahndungsvoller Lust –
Drückst du sie, heilges Wesen,
An deine treue Brust.

So manche die sich glühend
In bittrer Qual verzehrt
Und dieser Welt entfliehend
Nur dir sich zugekehrt
Die hülfreich uns erschienen
In mancher Noth und Pein –
Wir kommen nun zu ihnen
Um ewig da zu seyn.

Nun weint an keinem Grabe
Für Schmerz, wer liebend glaubt.
Der Liebe süße Habe
Wird keinem nicht geraubt.
Von treuen Himmelskindern
Wird ihm sein Herz bewacht
Die Sehnsucht ihm zu lindern
Begeistert ihn die Nacht.

Getrost das Leben schreitet
Zum ewgen Leben hin
Von innrer Glut geweitet
Verklärt sich unser Sinn.
Die Sternwelt wird zerfließen
zum goldnen Lebens Wein
Wir werden sie genießen
Und lichte Sterne seyn.

Die Lieb' ist frey gegeben
Und keine Trennung mehr
Es wogt das volle Leben
Wie ein unendlich Meer –
Nur Eine Nacht der Wonne
Ein ewiges Gedicht –
Und unser aller Sonne
Ist Gottes Angesicht.

So manche, die sich glühend
In bittrer Qual verzehrt
Und dieser Welt entfliehend
Nach dir sich hingekehrt;
Die hülfreich uns erschienen
In mancher Noth und Pein –
Wir kommen nun zu ihnen
Um ewig da zu seyn.

Nun weint an keinem Grabe,
Für Schmerz, wer liebend glaubt.
Der Liebe süße Habe
Wird keinem nicht geraubt –
Die Sehnsucht ihm zu lindern,
Begeistert ihn die Nacht -
Von treuen Himmelskindern
Wird ihm sein Herz bewacht.

Getrost, das Leben schreitet
Zum ewgen Leben hin;
Von innrer Glut geweitet
Verklärt sich unser Sinn.
Die Sternwelt wird zerfließen
Zum goldnen Lebenswein,
Wir werden sie genießen
Und lichte Sterne seyn.

Die Lieb' ist frey gegeben,
Und keine Trennung mehr.
Es wogt das volle Leben
Wie ein unendlich Meer.
Nur Eine Nacht der Wonne –
Ein ewiges Gedicht –
Und unser aller Sonne
Ist Gottes Angesicht.

Hinunter in der Erde Schoos
Weg aus des Lichtes Reichen
Der Schmerzen Wuth und wilder Stoß
Ist froher Abfahrt Zeichen.
Wir kommen in dem engen Kahn
Geschwind am Himmelsufer an.

Gelobt sey uns die ewge Nacht,
Gelobt der ewge Schlummer,
Wohl hat der Tag uns warm gemacht
Und welck der lange Kummer.
Die Lust der Fremde gieng uns aus.
Zum Vater wollen wir nach Haus.

Was sollen wir auf dieser Welt
Mit unsrer Lieb' u[nd] Treue –
Das Alte wird hintangestellt,
Was kümmert uns das Neue.
O! einsam steht und tiefbetrübt
Wer heiß und fromm die Vorzeit liebt.

3

Die Vorzeit, wo in Jugendglut
Gott selbst sich kundgegeben
Und frühem Tod in Liebesmuth
Geweiht sein süßes Leben
Und Angst und Schmerz nicht von sich trieb
Damit er uns nur theuer blieb.

2

Die Vorzeit wo an Blüthen reich
Uralte Stämme prangten,
Und Kinder für das Himmelreich
Nach Tod u[nd] Qual verlangten
Und wenn auch Lust u[nd] Leben sprach
Doch manches Herz für Liebe brach.

6.

SEHNSUCHT NACH DEM TODE

Hinunter in der Erde Schooß,
Weg aus des Lichtes Reichen,
Der Schmerzen Wuth und wilder Stoß
Ist froher Abfahrt Zeichen.
Wir kommen in dem engen Kahn
Geschwind am Himmelsufer an.

Gelobt sey uns die ewge Nacht,
Gelobt der ewge Schlummer.
Wohl hat der Tag uns warm gemacht,
Und welk der lange Kummer.
Die Lust der Fremde ging uns aus,
Zum Vater wollen wir nach Haus.

Was sollen wir auf dieser Welt
Mit unsrer Lieb' und Treue.
Das Alte wird hintangestellt,
Was soll uns dann das Neue.
O! einsam steht und tiefbetrübt,
Wer heiß und fromm die Vorzeit liebt.

Die Vorzeit wo die Sinne licht
In hohen Flammen brannten,
Des Vaters Hand und Angesicht
Die Menschen noch erkannten.
Und hohen Sinns, einfältiglich
Noch mancher seinem Urbild glich.

Die Vorzeit, wo noch blüthenreich
Uralte Stämme prangten,
Und Kinder für das Himmelreich
Nach Quaal und Tod verlangten.
Und wenn auch Lust und Leben sprach,
Doch manches Herz für Liebe brach.

1

Die Vorzeit wo die Sinne licht
In hohen Flammen brannten,
Des Vaters Hand und Angesicht
Die Menschen noch erkannten,
Und hohen Sinns, einfältiglich
Noch mancher seinem Urbild glich.

Mit banger Sehnsucht sehn wir sie
In dunkle Nacht gehüllet
Und hier auf dieser Welt wird nie
Der heiße Durst gestillet.
Wir müssen nach der Heymath gehn
Um diese heilge Zeit zu sehn.

Was hält noch unsre Rückkehr auf –
Die Liebsten ruhn schon lange
Ihr Grab schließt unsern Lebenslauf
Nun wird uns weh und bange.
Zu suchen haben wir nichts mehr –
Das Herz ist satt, die Welt ist leer.

Unendlich und geheimnißvoll
Durchströmt uns süßer Schauer
Mir däucht aus tiefen Fernen scholl
Ein Echo unsrer Trauer
Die Lieben sehnen sich wol auch
Und sandten uns der Sehnsucht Hauch.

Hinunter zu der süßen Braut,
Zu Jesus dem Geliebten,
Getrost die Abenddämmrung graut
Den Liebenden Betrübten.
Ein Traum bricht unsre Banden los
Und senkt uns in des Vaters Schoos.

Die Vorzeit, wo in Jugendglut
Gott selbst sich kundgegeben
Und frühem Tod in Liebesmuth
Geweiht sein süßes Leben.
Und Angst und Schmerz nicht von sich trieb,
Damit er uns nur theuer blieb.

Mit banger Sehnsucht sehn wir sie
In dunkle Nacht gehüllet,
In dieser Zeitlichkeit wird nie
Der heiße Durst gestillet.
Wir müssen nach der Heymath gehn,
Um diese heilge Zeit zu sehn.

Was hält noch unsre Rückkehr auf,
Die Liebsten ruhn schon lange.
Ihr Grab schließt unsern Lebenslauf,
Nun wird uns weh und bange.
Zu suchen haben wir nichts mehr –
Das Herz ist satt – die Welt ist leer.

Unendlich und geheimnißvoll
Durchströmt uns süßer Schauer –
Mir däucht, aus tiefen Fernen scholl
Ein Echo unsrer Trauer.
Die Lieben sehnen sich wohl auch
Und sandten uns der Sehnsucht Hauch.

Hinunter zu der süßen Braut,
Zu Jesus, dem Geliebten –
Getrost, die Abenddämmrung graut
Den Liebenden, Betrübten.
Ein Traum bricht unsre Banden los
Und senkt uns in des Vaters Schooß.

GEISTLICHE LIEDER

1.

Was wär ich ohne dich gewesen?
Was würd' ich ohne dich nicht seyn?
Zu Furcht und Aengsten auserlesen,
Ständ' ich in weiter Welt allein.
Nichts wüßt' ich sicher, was ich liebte,
Die Zukunft wär ein dunkler Schlund;
Und wenn mein Herz sich tief betrübte,
Wem thät' ich meine Sorge kund?

Einsam verzehrt von Lieb' und Sehnen,
Erschien' mir nächtlich jeder Tag;
Ich folgte nur mit heißen Thränen
Dem wilden Lauf des Lebens nach.
Ich fände Unruh im Getümmel,
Und hoffnungslosen Gram zu Haus.
Wer hielte ohne Freund im Himmel,
Wer hielte da auf Erden aus?

Hat Christus sich mir kund gegeben,
Und bin ich seiner erst gewiß,
Wie schnell verzehrt ein lichtes Leben
Die bodenlose Finsterniß.
Mit ihm bin ich erst Mensch geworden;
Das Schicksal wird verklärt durch ihn,
Und Indien muß selbst in Norden
Um den Geliebten fröhlich blühn.

Das Leben wird zur Liebesstunde,
Die ganze Welt sprüht Lieb' und Lust.
Ein heilend Kraut wächst jeder Wunde,
Und frey und voll klopft jede Brust.
Für alle seine tausend Gaben
Bleib' ich sein demuthvolles Kind,
Gewiß ihn unter uns zu haben,
Wenn zwey auch nur versammelt sind.

O! geht hinaus auf allen Wegen,
Und holt die Irrenden herein,
Streckt jedem eure Hand entgegen,
Und ladet froh sie zu uns ein.
Der Himmel ist bey uns auf Erden,
Im Glauben schauen wir ihn an;
Die Eines Glaubens mit uns werden,
Auch denen ist er aufgethan.

Ein alter, schwerer Wahn von Sünde
War fest an unser Herz gebannt;
Wir irrten in der Nacht wie Blinde,
Von Reu und Lust zugleich entbrannt.
Ein jedes Werk schien uns Verbrechen,
Der Mensch ein Götterfeind zu seyn,
Und schien der Himmel uns zu sprechen,
So sprach er nur von Tod und Pein.

Das Herz, des Lebens reiche Quelle,
Ein böses Wesen wohnte drinn;
Und wards in unserm Geiste helle,
So war nur Unruh der Gewinn.
Ein eisern Band hielt an der Erde
Die bebenden Gefangnen fest;
Furcht vor des Todes Richterschwerdte
Verschlang der Hoffnung Ueberrest.

Da kam ein Heiland, ein Befreyer,
Ein Menschensohn, voll Lieb' und Macht;
Und hat ein allbelebend Feuer
In unserm Innern angefacht.
Nun sahn wir erst den Himmel offen
Als unser altes Vaterland,
Wir konnten glauben nun und hoffen,
Und fühlten uns mit Gott verwandt.

Seitdem verschwand bey uns die Sünde,
Und fröhlich wurde jeder Schritt;
Man gab zum schönsten Angebinde

Den Kindern diesen Glauben mit;
Durch ihn geheiligt zog das Leben
Vorüber, wie ein sel'ger Traum,
Und, ew'ger Lieb' und Lust ergeben,
Bemerkte man den Abschied kaum.

Noch steht in wunderbarem Glanze
Der heilige Geliebte hier,
Gerührt von seinem Dornenkranze
Und seiner Treue weinen wir.
Ein jeder Mensch ist uns willkommen,
Der seine Hand mit uns ergreift,
Und in sein Herz mit aufgenommen
Zur Frucht des Paradieses reift.

II.

Fern in Osten wird es helle,
Graue Zeiten werden jung;
Aus der lichten Farbenquelle,
Einen langen tiefen Trunk!
Alter Sehnsucht heilige Gewährung,
Süße Lieb' in göttlicher Verklärung.

Endlich kommt zur Erde nieder
Aller Himmel sel'ges Kind,
Schaffend im Gesang weht wieder
Um die Erde Lebenswind,
Weht zu neuen ewig lichten Flammen
Längst verstiebte Funken hier zusammen.

Ueberall entspringt aus Grüften
Neues Leben, neues Blut,
Ew'gen Frieden uns zu stiften,
Taucht er in die Lebensfluth;
Steht mit vollen Händen in der Mitte
Liebevoll gewärtig jeder Bitte.

Lasse seine milden Blicke
Tief in deine Seele gehn,
Und von seinem ewgen Glücke
Sollst du dich ergriffen sehn.
Alle Herzen, Geister und die Sinnen
Werden einen neuen Tanz beginnen.

Greife dreist nach seinen Händen,
Präge dir sein Antlitz ein,
Mußt dich immer nach ihm wenden,
Blüthe nach dem Sonnenschein;
Wirst du nur das ganze Herz ihm zeigen,
Bleibt er wie ein treues Weib dir eigen.

Unser ist sie nun geworden,
Gottheit, die uns oft erschreckt,
Hat im Süden und im Norden
Himmelskeime rasch geweckt,
Und so laßt im vollen Gottesgarten
Treu uns jede Knosp' und Blüthe warten.

III.

Wer einsam sitzt in seiner Kammer,
Und schwere, bittre Thränen weint,
Wem nur gefärbt von Noth und Jammer
Die Nachbarschaft umher erscheint;

Wer in das Bild vergangner Zeiten
Wie tief in einen Abgrund sieht,
In welchen ihn von allen Seiten
Ein süßes Weh hinunter zieht; –

Es ist, als lägen Wunderschätze
Da unten für ihn aufgehäuft,
Nach deren Schloß in wilder Hetze
Mit athemloser Brust er greift.

Die Zukunft liegt in öder Dürre
Entsetzlich lang und bang vor ihm –
Er schweift umher, allein und irre,
Und sucht sich selbst mit Ungestüm.

Ich fall' ihm weinend in die Arme:
Auch mir war einst, wie dir, zu Muth,
Doch ich genas von meinem Harme,
Und weiß nun, wo man ewig ruht.

Dich muß, wie mich ein Wesen trösten,
Das innig liebte, litt und starb;
Das selbst für die, die ihm am wehsten
Gethan, mit tausend Freuden starb.

Er starb, und dennoch alle Tage
Vernimmst du seine Lieb' und ihn,
Und kannst getrost in jeder Lage
Ihn zärtlich in die Arme ziehn.

Mit ihm kommt neues Blut und Leben
In dein erstorbenes Gebein –
Und wenn du ihm dein Herz gegeben,
So ist auch seines ewig dein.

Was du verlohrst, hat er gefunden;
Du triffst bey ihm, was du geliebt:
Und ewig bleibt mit dir verbunden,
Was seine Hand dir wiedergiebt.

IV.

Unter tausend frohen Stunden,
So im Leben ich gefunden,
Blieb nur eine mir getreu;
Eine, wo in tausend Schmerzen
Ich erfuhr in meinem Herzen,
Wer für uns gestorben sey.

Meine Welt war mir zerbrochen,
Wie von einem Wurm gestochen
Welkte Herz und Blüthe mir;
Meines Lebens ganze Habe,
Jeder Wunsch lag mir im Grabe,
Und zur Qual war ich noch hier.

Da ich so im stillen krankte,
Ewig weint' und wegverlangte,
Und nur blieb vor Angst und Wahn:
Ward mir plötzlich, wie von oben
Weg des Grabes Stein gehoben,
Und mein Innres aufgethan.

Wen ich sah, und wen an seiner
Hand erblickte, frage Keiner,
Ewig werd' ich dieß nur sehn;
Und von allen Lebensstunden
Wird nur die, wie meine Wunden
Ewig heiter, offen stehn.

V.

Wenn ich ihn nur habe,
Wenn er mein nur ist,
Wenn mein Herz bis hin zum Grabe
Seine Treue nie vergißt:
Weiß ich nichts von Leide,
Fühle nichts, als Andacht, Lieb' und Freude.

Wenn ich ihn nur habe
Lass' ich alles gern,
Folg' an meinem Wanderstabe
Treugesinnt nur meinem Herrn;
Lasse still die Andern
Breite, lichte, volle Straßen wandern.

Wenn ich ihn nur habe,
Schlaf' ich fröhlich ein,
Ewig wird zu süßer Labe
Seines Herzens Fluth mir seyn,
Die mit sanftem Zwingen
Alles wird erweichen und durchdringen.

Wenn ich ihn nur habe,
Hab' ich auch die Welt;
Selig, wie ein Himmelsknabe,
Der der Jungfrau Schleyer hält.
Hingesenkt im Schauen
Kann mir vor dem Irdischen nicht grauen.

Wo ich ihn nur habe,
Ist mein Vaterland;
Und es fällt mir jede Gabe
Wie ein Erbtheil in die Hand;
Längst vermißte Brüder
Find' ich nun in seinen Jüngern wieder.

VI.

Wenn alle untreu werden,
So bleib' ich dir doch treu;
Daß Dankbarkeit auf Erden
Nicht ausgestorben sey.
Für mich umfing dich Leiden,
Vergingst für mich in Schmerz;
Drum geb' ich dir mit Freuden
Auf ewig dieses Herz.

Oft muß ich bitter weinen,
Daß du gestorben bist,
Und mancher von den Deinen
Dich lebenslang vergißt.
Von Liebe nur durchdrungen

Hast du so viel gethan,
Und doch bist du verklungen,
Und keiner denkt daran.

Du stehst voll treuer Liebe
Noch immer jedem bey,
Und wenn dir keiner bliebe,
So bleibst du dennoch treu;
Die treuste Liebe sieget,
Am Ende fühlt man sie,
Weint bitterlich und schmieget
Sich kindlich an dein Knie.

Ich habe dich empfunden,
O! lasse nicht von mir;
Laß innig mich verbunden
Auf ewig seyn mit dir.
Einst schauen meine Brüder
Auch wieder himmelwärts,
Und sinken liebend nieder,
Und fallen dir ans Herz.

VII.

Hymne

Wenige wissen
Das Geheimniß der Liebe,
Fühlen Unersättlichkeit
Und ewigen Durst.
Des Abendmahls
Göttliche Bedeutung
Ist den irdischen Sinnen Räthsel;
Aber wer jemals
Von heißen, geliebten Lippen
Athem des Lebens sog,
Wem heilige Gluth

In zitternde Wellen das Herz schmolz,
Wem das Auge aufging,
Daß er des Himmels
Unergründliche Tiefe maß,
Wird essen von seinem Leibe
Und trinken von seinem Blute
Ewiglich.

Wer hat des irdischen Leibes
Hohen Sinn errathen?
Wer kann sagen,
Daß er das Blut versteht?
Einst ist alles Leib,
Ein Leib,
In himmlischem Blute
Schwimmt das selige Paar. –

O! daß das Weltmeer
Schon erröthete,
Und in duftiges Fleisch
Aufquölle der Fels!
Nie endet das süße Mahl,
Nie sättigt die Liebe sich.
Nicht innig, nicht eigen genug
Kann sie haben den Geliebten.
Von immer zärteren Lippen
Verwandelt wird das Genossene
Inniglicher und näher.
Heißere Wollust
Durchbebt die Seele.
Durstiger und hungriger
Wird das Herz:
Und so währet der Liebe Genuß
Von Ewigkeit zu Ewigkeit.
Hätten die Nüchternen
Einmal gekostet,
Alles verließen sie,
Und setzten sich zu uns

An den Tisch der Sehnsucht,
Der nie leer wird.
Sie erkennten der Liebe
Unendliche Fülle,
Und priesen die Nahrung
Von Leib und Blut.

VIII.

Weinen muß ich, immer weinen:
Möcht' er einmal nur erscheinen,
Einmal nur von Ferne mir.
Heilge Wehmuth! ewig währen
Meine Schmerzen, meine Zähren;
Gleich erstarren möcht' ich hier.

Ewig seh ich *ihn* nur leiden,
Ewig bittend ihn verscheiden.
O! daß dieses Herz nicht bricht,
Meine Augen sich nicht schließen,
Ganz in Thränen zu zerfließen,
Dieses Glück verdient' ich nicht.

Weint denn keiner nicht von allen?
Soll sein Nahme so verhallen?
Ist die Welt auf einmal todt?
Werd' ich nie aus seinen Augen
Wieder Lieb' und Leben saugen?
Ist er nun auf ewig todt?

Todt, – was kann, was soll das heißen?
O! so sagt mir doch ihr Weisen,
Sagt mir diese Deutung an.
Er ist stumm, und alle schweigen,
Keiner kann auf Erden zeigen,
Wo mein Herz ihn finden kann.

Nirgend kann ich hier auf Erden
Jemals wieder glücklich werden,
Alles ist ein düstrer Traum.
Ich bin auch mit ihm verschieden,
Läg' ich doch mit ihm in Frieden
Schon im unterirdschen Raum.

Du, sein Vater und der meine,
Sammle du doch mein Gebeine
Zu dem seinigen nur bald.
Grün wird bald sein Hügel stehen
Und der Wind darüber wehen,
Und verwesen die Gestalt.

Wenn sie seine Liebe wüsten,
Alle Menschen würden Christen,
Ließen alles andre stehn;
Liebten alle nur den Einen,
Würden alle mit mir weinen
Und in bitterm Weh vergehn.

IX.

Ich sag' es jedem, daß er lebt
Und auferstanden ist,
Daß er in unsrer Mitte schwebt
Und ewig bei uns ist.

Ich sag' es jedem, jeder sagt
Es seinen Freunden gleich,
Daß bald an allen Orten tagt
Das neue Himmelreich.

Jetzt scheint die Welt dem neuen Sinn
Erst wie ein Vaterland;
Ein neues Leben nimmt man hin
Entzückt aus seiner Hand.

Hinunter in das tiefe Meer
Versank des Todes Graun,
Und jeder kann nun leicht und hehr
In seine Zukunft schaun.

Der dunkle Weg, den er betrat,
Geht in den Himmel aus,
Und wer nur hört auf seinen Rath,
Kommt auch in Vaters Haus.

Nun weint auch keiner mehr allhie,
Wenn Eins die Augen schließt,
Vom Wiedersehn, spät oder früh,
Wird dieser Schmerz versüßt.

Es kann zu jeder guten That
Ein jeder frischer glühn,
Denn herrlich wird ihm diese Saat
In schönern Fluren blühn.

Er lebt, und wird nun bei uns seyn,
Wenn alles uns verläßt!
Und so soll dieser Tag uns seyn
Ein Weltverjüngungs-Fest.

X.

Es giebt so bange Zeiten,
Es giebt so trüben Muth,
Wo alles sich von weiten
Gespenstisch zeigen thut.

Es schleichen wilde Schrecken
So ängstlich leise her,
Und tiefe Nächte decken
Die Seele zentnerschwer.

Die sichern Stützen schwanken,
Kein Halt der Zuversicht;

Der Wirbel der Gedanken
Gehorcht dem Willen nicht.

Der Wahnsinn naht und locket
Unwiderstehlich hin.
Der Puls des Lebens stocket,
Und stumpf ist jeder Sinn.

Wer hat das Kreuz erhoben
Zum Schutz für jedes Herz?
Wer wohnt im Himmel droben,
Und hilft in Angst und Schmerz?

Geh zu dem Wunderstamme,
Gieb stiller Sehnsucht Raum,
Aus ihm geht eine Flamme
Und zehrt den schweren Traum.

Ein Engel zieht dich wieder
Gerettet auf den Strand,
Und schaust voll Freuden nieder
In das gelobte Land.

XI.

Ich weiß nicht, was ich suchen könnte,
Wär jenes liebe Wesen mein,
Wenn er mich seine Freude nennte,
Und bei mir wär', als wär' ich sein.

So Viele gehn umher und suchen
Mit wild verzerrtem Angesicht,
Sie heißen immer sich die Klugen,
Und kennen diesen Schatz doch nicht.

Der Eine denkt, er hat's ergriffen,
Und was er hat, ist nichts als Gold;
Der will die ganze Welt umschiffen,
Nichts als ein Nahme wird sein Sold.

Der läuft nach einem Siegerkranze
Und Der nach einem Lorbeerzweig,
Und so wird von verschiednem Glanze
Getäuscht ein jeder, keiner reich.

Hat er sich euch nicht kund gegeben?
Vergaßt ihr, wer für euch erblich?
Wer uns zu Lieb' aus diesem Leben
In bittrer Qual verachtet wich?

Habt ihr von ihm denn nichts gelesen,
Kein armes Wort von ihm gehört?
Wie himmlisch gut er uns gewesen,
Und welches Gut er uns bescheert?

Wie er vom Himmel hergekommen,
Der schönsten Mutter hohes Kind?
Welch Wort die Welt von ihm vernommen,
Wie viel durch ihn genesen sind?

Wie er von Liebe nur beweget
Sich ganz uns hingegeben hat,
Und in die Erde sich geleget
Zum Grundstein einer Gottesstadt?

Kann diese Bothschaft euch nicht rühren,
Ist so ein Mensch euch nicht genug,
Und öffnet ihr nicht eure Thüren
Dem, der den Abgrund zu euch schlug?

Laßt ihr nicht alles willig fahren,
Thut gern auf jeden Wunsch Verzicht,
Wollt euer Herz nur ihm bewahren
Wenn er euch seine Huld verspricht?

Nimm du mich hin, du Held der Liebe!
Du bist mein Leben, meine Welt,
Wenn nichts vom Irdischen mir bliebe,
So weiß ich, wer mich schadlos hält.

Du giebst mir meine Lieben wieder,
Du bleibst in Ewigkeit mir treu,
Anbetend sinkt der Himmel nieder,
Und dennoch wohnest du mir beÿ.

XII.

Wo bleibst du Trost der ganzen Welt?
Herberg' ist dir schon längst bestellt.
Verlangend sieht ein jedes dich,
Und öffnet deinem Segen sich.

Geuß, Vater, ihn gewaltig aus,
Gieb ihn aus deinem Arm heraus:
Nur Unschuld, Lieb' und süße Schaam
Hielt ihn, daß er nicht längst schon kam.

Treib ihn von dir in unsern Arm,
Daß er von deinem Hauch noch warm;
In schweren Wolken sammle ihn
Und laß ihn so hernieder ziehn.

In kühlen Strömen send' ihn her,
In Feuerflammen lodre er,
In Luft und Oel, in Klang und Thau
Durchdring' er unsrer Erde Bau.

So wird der heil'ge Kampf gekämpft,
So wird der Hölle Grimm gedämpft,
Und ewig blühend geht allhier
Das alte Paradies herfür.

Die Erde regt sich, grünt und lebt,
Des Geistes voll ein jedes strebt
Den Heiland lieblich zu empfahn
Und beut die vollen Brüst' ihm an.

Der Winter weicht, ein neues Jahr
Steht an der Krippe Hochaltar.

Es ist das erste Jahr der Welt,
Die sich dies Kind erst selbst bestellt.

Die Augen sehn den Heiland wohl,
Und doch sind sie des Heilands voll,
Von Blumen wird sein Haupt geschmückt,
Aus denen er selbst holdselig blickt.

Er ist der Stern, er ist die Sonn',
Er ist des ewgen Lebens Bronn,
Aus Kraut und Stein und Meer und Licht
Schimmert sein kindlich Angesicht.

In allen Dingen sein kindlich Thun.
Seine heiße Liebe wird nimmer ruhn,
Er schmiegt sich seiner unbewußt
Unendlich fest an jede Brust.

Ein Gott für uns, ein Kind für sich
Liebt er uns all' herzinniglich,
Wird unsre Speis' und unser Trank,
Treusinn ist ihm der liebste Dank.

Das Elend wächst je mehr und mehr,
Ein düstrer Gram bedrückt uns sehr,
Laß, Vater, den Geliebten gehn,
Mit uns wirst du ihn wieder sehn.

XIII.

Wenn in bangen trüben Stunden
Unser Herz beinah verzagt,
Wenn von Krankheit überwunden
Angst in unserm Innern nagt;
Wir der Treugeliebten denken,
Wie sie Gram und Kummer drückt,
Wolken unsern Blick beschränken,
Die kein Hoffnungsstrahl durchblickt:

O! dann neigt sich Gott herüber,
Seine Liebe kommt uns nah,
Sehnen wir uns dann hinüber
Steht sein Engel vor uns da,
Bringt den Kelch des frischen Lebens,
Lispelt Muth und Trost uns zu;
Und wir beten nicht vergebens
Auch für die Geliebten Ruh.

XIV.

Wer einmal, Mutter, dich erblickt,
Wird vom Verderben nie bestrickt,
Trennung von dir muß ihn betrüben,
Ewig wird er dich brünstig lieben
Und deiner Huld Erinnerung
Bleibt fortan seines Geistes höchster Schwung.

Ich mein' es herzlich gut mit dir,
Was mir gebricht, siehst du in mir.
Laß, süße Mutter, dich erweichen,
Einmal gieb mir ein frohes Zeichen.
Mein ganzes Daseyn ruht in dir,
Nur einen Augenblick sey du bey mir.

Oft, wenn ich träumte, sah ich dich
So schön, so herzensinniglich,
Der kleine Gott auf deinen Armen
Wollt' des Gespielen sich erbarmen;
Du aber hobst den hehren Blick
Und gingst in tiefe Wolkenpracht zurück;

Was hab' ich, Armer, dir gethan?
Noch bet' ich dich voll Sehnsucht an,
Sind deine heiligen Kapellen
Nicht meines Lebens Ruhestellen?
Gebenedeite Königinn
Nimm dieses Herz mit diesem Leben hin.

Du weißt, geliebte Königinn,
Wie ich so ganz dein eigen bin.
Hab' ich nicht schon seit langen Jahren
Im Stillen deine Huld erfahren?
Als ich kaum meiner noch bewußt,
Sog ich schon Milch aus deiner selgen Brust.

Unzähligmahl standst du bei mir,
Mit Kindeslust sah ich nach dir,
Dein Kindlein gab mir seine Hände,
Daß es dereinst mich wieder fände;
Du lächeltest voll Zärtlichkeit
Und küßtest mich, o himmelsüße Zeit!

Fern steht nun diese selge Welt,
Gram hat sich längst zu mir gesellt,
Betrübt bin ich umher gegangen,
Hab' ich mich denn so schwer vergangen?
Kindlich berühr' ich deinen Saum,
Erwecke mich aus diesem schweren Traum.

Darf nur ein Kind dein Antlitz schaun,
Und deinem Beistand fest vertraun,
So löse doch des Alters Binde,
Und mache mich zu deinem Kinde:
Die Kindeslieb' und Kindestreu
Wohnt mir von jener goldnen Zeit noch bei.

XV.

Ich sehe dich in tausend Bildern,
Maria, lieblich ausgedrückt,
Doch keins von allen kann dich schildern,
Wie meine Seele dich erblickt.

Ich weiß nur, daß der Welt Getümmel
Seitdem mir wie ein Traum verweht,
Und ein unnennbar süßer Himmel
Mir ewig im Gemüthe steht.

DIE LEHRLINGE ZU SAÏS

1.

Der Lehrling

Mannichfache Wege gehen die Menschen. Wer sie verfolgt und vergleicht, wird wunderliche Figuren entstehen sehn; Figuren, die zu jener großen Chiffernschrift zu gehören scheinen, die man überall, auf Flügeln, Eierschalen, in Wolken, im Schnee, in Krystallen und in Steinbildungen, auf gefrierenden Wassern, im Innern und Äußern der Gebirge, der Pflanzen, der Thiere, der Menschen, in den Lichtern des Himmels, auf berührten und gestrichenen Scheiben von Pech und Glas, in den Feilspänen um den Magnet her, und sonderbaren Conjuncturen des Zufalls, erblickt. In ihnen ahndet man den Schlüssel dieser Wunderschrift, die Sprachlehre derselben; allein die Ahndung will sich selbst in keine feste Formen fügen, und scheint kein höherer Schlüssel werden zu wollen. Ein Alcahest scheint über die Sinne der Menschen ausgegossen zu seyn. Nur augenblicklich scheinen ihre Wünsche, ihre Gedanken sich zu verdichten. So entstehen ihre Ahndungen, aber nach kurzen Zeiten schwimmt alles wieder, wie vorher, vor ihren Blicken.

Von weitem hört' ich sagen: die Unverständlichkeit sey Folge nur des Unverstandes; dieser suche, was er habe, und also niemals weiter finden könnte. Man verstehe die Sprache nicht, weil sich die Sprache selber nicht verstehe, nicht verstehen wolle; die ächte Sanscrit spräche, um zu sprechen, weil Sprechen ihre Lust und ihr Wesen sey.

Nicht lange darauf sprach einer: Keiner Erklärung bedarf die heilige Schrift. Wer wahrhaft spricht, ist des ewigen Lebens voll, und wunderbar verwandt mit ächten Geheimnissen dünkt uns seine Schrift, denn sie ist ein Accord aus des Weltalls Symphonie.

Von unserm Lehrer sprach gewiß die Stimme, denn er versteht die Züge zu versammeln, die überall zerstreut sind. Ein eignes Licht entzündet sich in seinen Blicken, wenn vor uns nun die hohe Rune liegt, und er in unsern Augen späht, ob auch in uns aufgegangen ist das Gestirn, das die Figur sichtbar und verständlich macht. Sieht er uns traurig, daß die Nacht nicht weicht, so tröstet er uns, und verheißt dem ämsigen, treuen Seher künftiges Glück. Oft hat er uns erzählt, wie ihm als Kind der Trieb die Sinne zu üben, zu beschäftigen und zu erfüllen, keine Ruhe ließ. Den Sternen sah er zu und ahmte ihre Züge, ihre Stellungen im Sande nach. In's Luftmeer sah er ohne Rast, und ward nicht müde seine Klarheit, seine Bewegungen, seine Wolken, seine Lichter zu betrachten. Er sammelte sich Steine, Blumen, Käfer aller Art, und legte sie auf mannichfache Weise sich in Reihen. Auf Menschen und auf Thiere gab er Acht, am Strand des Meeres saß er, suchte Muscheln. Auf sein Gemüth und seine Gedanken lauschte er sorgsam. Er wußte nicht, wohin ihn seine Sehnsucht trieb. Wie er größer ward, strich er umher, besah sich andre Länder, andre Meere, neue Lüfte, fremde Sterne, unbekannte Pflanzen, Thiere, Menschen, stieg in Höhlen, sah wie in Bänken und in bunten Schichten der Erde Bau vollführt war, und drückte Thon in sonderbare Felsenbilder. Nun fand er überall Bekanntes wieder, nur wunderlich gemischt, gepaart, und also ordneten sich selbst in ihm oft seltsame Dinge. Er merkte bald auf die Verbindungen in allem, auf Begegnungen, Zusammentreffungen. Nun sah er bald nichts mehr allein. – In große bunte Bilder drängten sich die Wahrnehmungen seiner Sinne: er hörte, sah, tastete und dachte zugleich. Er freute sich, Fremdlinge zusammen zu bringen. Bald waren ihm die Sterne Menschen, bald die Menschen Sterne, die Steine Thiere, die Wolken Pflanzen, er spielte mit den Kräften und Erscheinungen, er wußte wo und wie er dies und jenes finden, und erscheinen lassen konnte, und griff so selbst in den Saiten nach Tönen und Gängen umher.

Was nun seitdem aus ihm geworden ist, thut er nicht kund. Er sagt uns, daß wir selbst, von ihm und eigner Lust geführt, entdecken würden, was mit ihm vorgegangen sey. Mehrere von uns sind von ihm gewichen. Sie kehrten zu ihren Eltern zurück und lernten ein Gewerbe treiben. Einige sind von ihm ausgesendet worden, wir wissen nicht wohin; er suchte sie aus. Von ihnen waren einige nur kurze Zeit erst da, die Andern länger. Eins war ein Kind noch, es war kaum da, so wollte er ihm den Unterricht übergeben. Es hatte große dunkle Augen mit himmelblauem Grunde, wie Lilien glänzte seine Haut, und seine Locken wie lichte Wölkchen, wenn der Abend kommt. Die Stimme drang uns allen durch das Herz, wir hätten gern ihm unsere Blumen, Steine, Federn alles gern geschenkt. Es lächelte unendlich ernst, und uns ward seltsam wohl mit ihm zu Muthe. Einst wird es wiederkommen, sagte der Lehrer, und unter uns wohnen, dann hören die Lehrstunden auf. – Einen schickte er mit ihm fort, der hat uns oft gedauert. Immer traurig sah er aus, lange Jahre war er hier, ihm glückte nichts, er fand nicht leicht, wenn wir Krystalle suchten oder Blumen. In die Ferne sah er schlecht, bunte Reihen gut zu legen wußte er nicht. Er zerbrach alles so leicht. Doch hatte keiner einen solchen Trieb und solche Lust am Sehn und Hören. Seit einer Zeit, – vorher eh jenes Kind in unsern Kreis trat, – ward er auf einmal heiter und geschickt. Eines Tages war er traurig ausgegangen, er kam nicht wieder, und die Nacht brach ein. Wir waren seinetwegen sehr in Sorgen; auf einmal, wie des Morgens Dämmerung kam, hörten wir in einem nahen Haine seine Stimme. Er sang ein hohes, frohes Lied; wir wunderten uns alle; der Lehrer sah mit einem Blick nach Morgen, wie ich ihn wohl nie wieder sehen werde. In unsre Mitte trat er bald, und brachte, mit unaussprechlicher Seligkeit im Antlitz, ein unscheinbares Steinchen von seltsamer Gestalt. Der Lehrer nahm es in die Hand, und küßte ihn lange, dann sah er uns mit nassen Augen an und legte dieses Steinchen auf einen leeren Platz, der mitten unter andern Steinen lag, gerade wo wie Strahlen viele Reihen sich berührten.

Ich werde dieser Augenblicke nie fortan vergessen. Uns war, als hätten wir im Vorübergehn eine helle Ahndung dieser wunderbaren Welt in unsern Seelen gehabt.

Auch ich bin ungeschickter als die Andern, und minder gern scheinen sich die Schätze der Natur von mir finden zu lassen. Doch ist der Lehrer mir gewogen, und läßt mich in Gedanken sitzen, wenn die Andern suchen gehn. So wie dem Lehrer ist mir nie gewesen. Mich führt alles in mich selbst zurück. Was einmal die zweite Stimme sagte, habe ich wohl verstanden. Mich freuen die wunderlichen Haufen und Figuren in den Sälen, allein mir ist, als wären sie nur Bilder, Hüllen, Zierden, versammelt um ein göttlich Wunderbild, und dieses liegt mir immer in Gedanken. Sie such' ich nicht, in ihnen such' ich oft. Es ist, als sollten sie den Weg mir zeigen, wo in tiefem Schlaf die Jungfrau steht, nach der mein Geist sich sehnt. Mir hat der Lehrer nie davon gesagt, auch ich kann ihm nichts anvertrauen, ein unverbrüchliches Geheimniß dünkt es mir. Gern hätt ich jenes Kind gefragt, in seinen Zügen fand ich Verwandtschaft; auch schien in seiner Nähe mir alles heller innerlich zu werden. Wäre es länger geblieben, sicherlich hätte ich mehr in mir erfahren. Auch wäre mir am Ende vielleicht der Busen offen, die Zunge frey geworden. Gern wär' ich auch mit ihm gegangen. Es kam nicht so. Wie lang' ich hier noch bleibe, weiß ich nicht. Mir scheint es, als blieb' ich immer hier. Kaum wag' ich es mir selber zu gestehen, allein zu innig dringt sich mir der Glauben auf: einst find' ich hier, was mich beständig rührt; sie ist zugegen. Wenn ich mit diesem Glauben hier umher gehe, so tritt mir alles in ein höher Bild, in eine neue Ordnung mir zusammen, und alle sind nach Einer Gegend hin gerichtet. Mir wird dann jedes so bekannt, so lieb; und was mir seltsam noch erschien und fremd, wird nun auf einmal wie ein Hausgeräth.

Gerade diese Fremdheit ist mir fremd, und darum hat mich immer diese Sammlung zugleich entfernt und angezogen. Den Lehrer kann und mag ich nicht begreifen. Er ist mir just so unbegreiflich lieb. Ich weiß es, er versteht mich, er hat nie gegen mein Gefühl und meinen Wunsch gesprochen. Vielmehr will er, daß wir den eignen Weg verfolgen, weil jeder neue Weg durch neue Länder geht, und jeder endlich zu diesen Wohnungen, zu dieser heiligen Heimath wieder führet. Auch ich will also meine Figur beschreiben, und wenn kein Sterblicher, nach jener Inschrift dort, den Schleier hebt, so müssen wir Unsterbliche zu werden suchen; wer ihn nicht heben will, ist kein ächter Lehrling zu Sais.

2.

Die Natur

Es mag lange gedauert haben, ehe die Menschen darauf dachten, die mannichfachen Gegenstände ihrer Sinne mit einem gemeinschaftlichen Namen zu bezeichnen und sich entgegen zu setzen. Durch Uebung werden Entwickelungen befördert, und in allen Entwickelungen gehen Theilungen, Zergliederungen vor, die man bequem mit den Brechungen des Lichtstrahls vergleichen kann. So hat sich auch nur allmählich unser Innres in so mannichfaltige Kräfte zerspaltet, und mit fortdauernder Uebung wird auch diese Zerspaltung zunehmen. Vielleicht ist es nur krankhafte Anlage der späteren Menschen, wenn sie das Vermögen verlieren, diese zerstreuten Farben ihres Geistes wieder zu mischen und nach Belieben den alten einfachen Naturstand herzustellen, oder neue, mannigfaltige Verbindungen unter ihnen zu bewirken. Je vereinigter sie sind, desto vereinigter, desto vollständiger und persönlicher fließt jeder Naturkörper, jede Erscheinung in sie ein: denn der Natur des Sinnes entspricht die Natur des Eindrucks, und daher mußte jenen früheren Menschen alles menschlich, bekannt und gesellig vorkommen, die frischeste Eigenthümlichkeit mußte in ihren Ansichten sichtbar werden, jede ihrer Äußerungen war ein wahrer Naturzug, und ihre Vorstellungen mußten mit der sie umgebenden Welt übereinstimmen, und einen treuen Ausdruck derselben darstellen. Wir können daher die Gedanken unsrer Altväter von den Dingen in der Welt als ein nothwendiges Erzeugniß, als eine Selbstabbildung des damaligen Zustandes der irdischen Natur betrachten, und besonders an ihnen, als den schicklichsten Werkzeugen der Beobachtung des Weltalls, das Hauptverhältniß desselben, das damalige Verhältniß zu seinen *Bewohnern*, und seiner Bewohner zu ihm, bestimmt abnehmen. Wir finden, daß gerade die erhabensten Fragen zuerst ihre Aufmerksamkeit beschäftigten, und daß sie den Schlüssel dieses wundervollen Gebäudes bald in einer Hauptmasse der wirklichen Dinge, bald in dem erdichteten Gegenstande eines unbekannten Sinns aufsuchten. Bemerklich ist hier die gemeinschaftliche Ahndung desselben im Flüssigen, im Dünnen, Gestaltlosen. Es mochte wohl die Trägheit und Unbehülflichkeit der festen Körper den Glauben an ihre Abhängigkeit und Niedrigkeit nicht ohne Bedeutung veranlassen. Früh genug stieß jedoch ein grübelnder Kopf auf die Schwierigkeit der Gestalten-Erklärung aus jenen gestaltlosen Kräften und Meeren. Er versuchte den Knoten durch eine Art von Vereinigung zu lösen, indem er die ersten Anfänge zu festen, gestalteten Körperchen machte, die er jedoch über allen Begriff klein annahm, und nun aus diesem Staubmeere, aber freilich nicht ohne Beihülfe mitwirkender Gedankenwesen, anziehender und abstoßender Kräfte, den ungeheuern Bau vollführen zu können meynte. Noch früher findet man statt wissenschaftlicher Erklärungen, Mährchen und Gedichte voll merkwürdiger bildlicher Züge, Menschen, Götter und Thiere als gemeinschaftliche Werkmeister, und hört auf die natürlichste Art die Entstehung der Welt beschreiben. Man erfährt wenigstens die Gewißheit eines zufälligen, *werkzeuglichen* Ursprungs derselben, und auch für den Verächter der regellosen Erzeugnisse der Einbildungskraft ist diese Vorstellung bedeutend genug. Die Geschichte der Welt als Menschengeschichte zu behandeln, überall nur menschliche Begebenheiten und Verhältnisse zu finden, ist eine fortwandernde, in den verschiedensten Zeiten wieder mit neuer Bildung hervortretende Idee geworden, und scheint an wunderbarer Wirkung, und leichter Ueberzeugung beständig den Vorrang gehabt zu haben. Auch scheint die Zufälligkeit der Natur sich wie von selbst an die Idee menschlicher Persönlichkeit anzuschließen, und letztere am willigsten, als menschliches Wesen verständlich zu werden. Daher ist auch wohl die Dichtkunst das liebste Werkzeug der eigentlichen Naturfreunde gewesen, und am hellsten ist in Gedichten der Naturgeist erschienen. Wenn man ächte Gedichte liest und hört, so fühlt man einen innern Verstand der Natur sich bewegen, und schwebt, wie der himmlische Leib derselben, in ihr und über ihr zugleich. Naturforscher und Dichter haben durch Eine Sprache sich immer wie Ein Volk gezeigt. Was jene im Ganzen sammelten und in großen, geordneten Massen aufstellten, haben diese für menschliche Herzen zur täglichen Nahrung und Nothdurft verarbeitet, und jene unermeßliche Natur zu mannichfaltigen, kleinen, gefälligen Naturen zersplittert und gebildet. Wenn diese mehr das Flüssige und Flüchtige mit leichtem Sinn verfolgten, suchten jene mit scharfen Messerschnitten den innern Bau und die Verhältnisse der Glieder zu erforschen. Unter ihren Händen starb die freundliche Natur, und ließ nur todte, zuckende Reste zurück, dagegen sie vom Dichter, wie durch geistvollen Wein, noch mehr beseelt, die göttlichsten und muntersten Einfälle hören ließ, und über ihr Alltagsleben erhoben, zum Himmel stieg, tanzte und weißagte, jeden Gast willkommen hieß, und ihre Schätze frohen Muths verschwendete. So genoß sie himmlische Stunden mit dem Dichter, und lud den Naturforscher nur dann ein, wenn sie krank und gewissenhaft war. Dann gab sie ihm Bescheid auf jede Frage, und ehrte gern den ernsten, strengen Mann. Wer also ihr Gemüth recht kennen will, muß sie in der Gesellschaft der Dichter suchen, dort ist sie offen und ergießt ihr wundersames Herz. Wer sie aber nicht aus Herzensgrunde liebt, und dies und jenes nur an ihr bewundert, und zu erfahren strebt, muß ihre Krankenstube, ihr Beinhaus fleißig besuchen.

Man steht mit der Natur gerade in so unbegreiflich verschiedenen Verhältnissen, wie mit den Menschen; und wie sie sich dem Kinde kindisch zeigt, und sich gefällig seinem kindlichen Herzen anschmiegt, so zeigt sie sich dem Gotte göttlich, und stimmt zu dessen hohem Geiste. Man kann nicht sagen, daß es eine Natur gebe, ohne etwas überschwengliches zu sagen, und alles Bestreben nach Wahrheit in den Reden und Gesprächen von der Natur entfernt nur immer mehr von der Natürlichkeit. Es ist schon viel gewonnen, wenn das Streben, die Natur vollständig zu begreifen, zur Sehnsucht sich veredelt, zur zarten, bescheidnen Sehnsucht, die sich das fremde, kalte Wesen gern gefallen läßt, wenn sie nur einst auf vertrauteren Umgang rechnen kann. Es ist ein geheimnißvoller Zug nach allen Seiten in unserm Innern, aus einem unendlich tiefen Mittelpunkt sich rings verbreitend. Liegt nun die wundersame sinnliche und unsinnliche Natur rund um uns her, so glauben wir es sey jener Zug ein Anziehn der Natur, eine Äußerung unsrer Sympathie mit ihr: nur sucht der eine hinter diesen blauen, fernen Gestalten noch eine Heimath, die sie ihm verhüllen, eine Geliebte seiner Jugend, Eltern und Geschwister, alte Freunde, liebe Vergangenheiten; der Andre meynt, da jenseits warteten unbekannte Herrlichkeiten seiner, eine lebensvolle Zukunft glaubt er dahinter versteckt, und streckt verlangend seine Hände einer neuen Welt entgegen. Wenige bleiben bei dieser herrlichen Umgebung ruhig stehen, und suchen sie nur selbst in ihrer Fülle und ihrer Verkettung zu erfassen, vergessen über der Vereinzelung den blitzenden Faden nicht, der reihenweise die Glieder knüpft und den heiligen Kronleuchter bildet, und finden sich beseligt in der Beschauung dieses lebendigen, über nächtlichen Tiefen schwebenden Schmucks. So entstehn mannichfache Naturbetrachtungen, und wenn an einem Ende die Naturempfindung ein lustiger Einfall, eine Mahlzeit wird, so sieht man sie dort zur andächtigsten Religion verwandelt, einem ganzen Leben Richtung, Haltung und Bedeutung geben. Schon unter den kindlichen Völkern gabs solche ernste Gemüther, denen die Natur das Antlitz einer Gottheit war, indessen andre fröhliche Herzen sich nur auf sie zu Tische baten; die Luft war ihnen ein erquickender Trank, die Gestirne Lichter zum nächtlichen Tanz, und Pflanzen und Thiere nur köstliche Speisen, und so kam ihnen die Natur nicht wie ein stiller, wundervoller Tempel, sondern wie eine lustige Küche und Speisekammer vor. Dazwischen waren andre sinnigere Seelen, die in der gegenwärtigen Natur nur große, aber verwilderte Anlagen bemerkten, und Tag und Nacht beschäftiget waren, Vorbilder einer edleren Natur zu schaffen. – Sie theilten sich gesellig in das große Werk, die einen suchten die verstummten und verlohrnen Töne in Luft und Wäldern zu erwecken, andre legten ihre Ahndungen und Bilder schönerer Geschlechter in Erz und Steine nieder, bauten schönere Felsen zu Wohnungen wieder, brachten die verborgenen Schätze aus den Grüften der Erde wieder ans Licht; zähmten die ausgelassenen Ströme, bevölkerten das unwirthliche Meer, führten in öde Zonen alte, herrliche Pflanzen und Thiere zurück, hemmten die Waldüberschwemmungen, und pflegten die edleren Blumen und Kräuter, öffneten die Erde den belebenden Berührungen der zeugenden Luft und des zündenden Lichts, lehrten die Farben zu reitzenden Bildungen sich mischen und ordnen, und Wald und Wiese, Quellen und Felsen wieder zu lieblichen Gärten zusammen zu treten, hauchten in die lebendigen Glieder Töne, um sie zu entfalten, und in heitern Schwingungen zu bewegen, nahmen sich der armen, verlaßnen, für Menschensitte empfänglichen Thiere an, und säuberten die Wälder von den schädlichen Ungeheuern, diesen Mißgeburten einer entarteten Fantasie. Bald lernte die Natur wieder freundlichere Sitten, sie ward sanfter und erquicklicher, und ließ sich willig zur Beförderung der menschlichen Wünsche finden. Allmählich fing ihr Herz wieder an menschlich sich zu regen, ihre Fantasieen wurden heitrer, sie ward wieder umgänglich, und antwortete dem freundlichen Frager gern, und so scheint allmählich die alte goldne Zeit zurückzukommen, in der sie den Menschen Freundin, Trösterin, Priesterin und Wunderthäterin war, als sie unter ihnen wohnte und ein himmlischer Umgang die Menschen zu Unsterblichen machte. Dann werden die Gestirne die Erde wieder besuchen, der sie gram geworden waren in jenen Zeiten der Verfinsterung; dann legt die Sonne ihren strengen Zepter nieder, und wird wieder Stern unter Sternen, und alle Geschlechter der Welt kommen dann nach langer Trennung wieder zusammen. Dann finden sich die alten verwaisten Familien, und jeder Tag sieht neue Begrüßungen, neue Umarmungen; dann kommen die ehemaligen Bewohner der Erde zu ihr zurück, in jedem Hügel regt sich neu erglimmende Asche, überall lodern Flammen des Lebens empor, alte Wohnstätten werden neu erbaut, alte Zeiten erneuert, und die Geschichte wird zum Traum einer unendlichen, unabsehlichen Gegenwart.

Wer dieses Stammes und dieses Glaubens ist, und gern auch das seinige zu dieser Entwilderung der Natur beytragen will, geht in den Werkstätten der Künstler umher, belauscht überall die unvermuthet in allen Ständen hervorbrechende Dichtkunst, wird nimmer müde die Natur zu betrachten und mit ihr umzugehen, geht überall ihren Fingerzeigen nach, verschmäht keinen mühseligen Gang, wenn sie ihm winkt, und sollte er auch durch Modergrüfte gehen: er findet sicher unsägliche Schätze, das Grubenlichtchen steht am Ende still, und wer weiß, in welche himmlische Geheimnisse ihn dann eine reitzende Bewohnerinn des unterirdischen Reichs einweiht. Keiner irrt gewiß weiter ab vom Ziele, als wer sich selbst einbildet, er kenne schon das seltsame Reich, und wisse mit wenig Worten seine Verfassung zu ergründen und überall den rechten Weg zu finden. Von selbst geht keinem, der los sich riß und sich zur Insel machte, das Verständniß auf, auch ohne Mühe nicht. Nur Kindern, oder kindlichen Menschen, die nicht wissen, was sie thun, kann dies begegnen. Langer, unablässiger Umgang, freie und künstliche Betrachtung, Aufmerksamkeit auf leise Winke und Züge, ein inneres Dichterleben, geübte Sinne, ein einfaches und gottesfürchtiges Gemüth, das sind die wesentlichen Erfordernisse eines ächten Naturfreundes, ohne welche keinem sein Wunsch gedeihen wird. Nicht weise scheint es, eine Menschenwelt ohne volle aufgeblühte Menschheit begreifen und verstehn zu wollen. Kein Sinn muß schlummern, und wenn auch nicht alle gleich wach sind, so müssen sie doch alle angeregt und nicht unterdrückt und erschlafft seyn. So wie man einen künftigen Mahler in dem Knaben sieht, der alle Wände und jeden ebenen Sand mit Zeichnungen füllt, und Farben zu Figuren bunt verknüpft, so sieht man einen künftigen Weltweisen in jenem, der allen natürlichen Dingen ohne Rast nachspürt, nachfrägt, auf alles achtet, jedes merkwürdige zusammenträgt und froh ist, wenn er einer neuen Erscheinung, einer neuen Kraft und Kenntniß Meister und Besitzer geworden ist.

Nun dünkt es Einigen, es sey der Mühe gar nicht werth, den endlosen Zerspaltungen der Natur nachzugehn, und überdem ein gefährliches Unternehmen, ohne Frucht und Ausgang. So wie man nie das kleinst Korn der festen Körper, nie die einfachste Faser finden werde, weil alle Größe vor und rückwärts sich ins Unendliche verliert, so sey es auch mit den Arten der Körper und Kräfte; auch hier gerathe man auf neue Arten, neue Zusammensetzungen, neue Erscheinungen bis ins Unendliche. Sie schienen dann nur still zu stehn, wenn unser Fleiß ermatte, und so verschwende man die edle Zeit mit müßigen Betrachtungen und langweiligem Zählen, und werde dies zuletzt ein wahrer Wahnsinn, ein fester Schwindel an der entsetzlichen Tiefe. Auch bleibe die Natur, so weit man käme, immer eine furchtbare Mühle des

Todes: überall ungeheurer Umschwung, unauflösliche Wirbelkette, ein Reich der Gefräßigkeit, des tollsten Übermuths, eine unglücksschwangere Unermeßlichkeit; die wenigen lichten Punkte beleuchtet nur eine desto grausendere Nacht, und Schrecken aller Art müßten jeden Beobachter zur Gefühllosigkeit ängstigen. Wie ein Heiland stehe dem armen Menschengeschlechte der Tod zur Seite, denn ohne Tod wäre der Wahnsinnigste am glücklichsten. Gerade jenes Streben nach Ergründung dieses riesenmäßigen Triebwerks sey schon ein Zug in die Tiefe, ein beginnender Schwindel: denn jeder Reitz scheine ein wachsender Wirbel, der bald sich des Unglücklichen ganz bemächtige, und ihn dann durch eine schreckenvolle Nacht mit sich fortreiße. Hier sey die listige Fallgrube des menschlichen Verstandes, den die Natur überall als ihren größten Feind zu vernichten suche. Heil der kindlichen Unwissenheit und Schuldlosigkeit der Menschen, welche sie die entsetzlichen Gefahren nicht gewahr werden ließe, die überall wie furchtbare Wetterwolken um ihre friedlichen Wohnsitze herlägen, und jeden Augenblick über sie hereinzubrechen bereit wären. Nur innre Uneinigkeit der Naturkräfte habe die Menschen bis jetzo erhalten, indeß könne jener große Zeitpunkt nicht ausbleiben, wo sich die sämmtlichen Menschen durch einen großen gemeinschaftlichen Entschluß aus dieser peinlichen Lage, aus diesem furchtbaren Gefängnisse reißen und durch eine freiwillige Entsagung ihrer hiesigen Besitzthümer auf ewig ihr Geschlecht aus diesem Jammer erlösen, und in eine glücklichere Welt, zu ihrem alten Vater retten würden. So endeten sie doch ihrer würdig, und kämen ihrer nothwendigen, gewaltsamen Vertilgung, oder einer noch entsetzlicheren Ausartung in Thiere, durch stufenweise Zerstörung der Denkorgane, durch Wahnsinn, zuvor. Umgang mit Naturkräften, mit Thieren, Pflanzen, Felsen, Stürmen und Wogen müsse nothwendig die Menschen diesen Gegenständen verähnlichen, und diese Verähnlichung, Verwandlung und Auflösung des Göttlichen und Menschlichen in unbändige Kräfte sey der Geist der Natur, dieser fürchterlich verschlingenden Macht: und sey nicht alles, was man sehe, schon ein Raub des Himmels, eine große Ruine ehemaliger Herrlichkeiten, Ueberbleibsel eines schrecklichen Mahls?

Wohl, sagen Muthigere, laßt unser Geschlecht einen langsamen, wohldurchdachten Zerstörungskrieg mit dieser Natur führen. Mit schleichenden Giften müssen wir ihr beizukommen suchen. Der Naturforscher sey ein edler Held, der sich in den geöffneten Abgrund stürze, um seine Mitbürger zu erretten. Die Künstler haben ihr schon manchen geheimen Streich beygebracht, fahrt nur so fort, bemächtigt euch der heimlichen Fäden, und macht sie lüstern nach sich selbst. Benutzt jene Zwiste, um sie, wie jenen feuerspeienden Stier, nach eurer Willkühr lenken zu können. Euch unterthänig muß sie werden. Geduld und Glauben ziemt den Menschenkindern. Entfernte Brüder sind zu Einem Zweck mit uns vereint, das Sternenrad wird das Spinnrad unsers Lebens werden, und dann können wir durch unsere Sklaven ein neues Dschinnistan uns bauen. Mit innerm Triumph laßt uns ihren Verwüstungen, ihren Tumulten zusehn, sie soll an uns sich selbst verkaufen, und jede Gewaltthat soll ihr zur schweren Buße werden. In den begeisternden Gefühlen unsrer Freyheit laßt uns leben und sterben, hier quillt der Strom, der sie einst überschwemmen und zähmen wird, und in ihm laßt uns baden und mit neuem Muth zu Heldenthaten uns erfrischen. Bis hieher reicht die Wuth des Ungeheuers nicht, ein Tropfen Freyheit ist genug, sie auf immer zu lähmen und ihren Verheerungen Maaß und Ziel zu setzen.

Sie haben recht, sprechen Mehrere; hier oder nirgends liegt der Talisman. Am Quell der Freiheit sitzen wir und spähn; er ist der große Zauberspiegel, in dem rein und klar die ganze Schöpfung sich enthüllt, in ihm baden die zarten Geister und Abbilder aller Naturen, und alle Kammern sehn wir hier aufgeschlossen. Was brauchen wir die trübe Welt der sichtbaren Dinge mühsam zu durchwandern? Die reinere Welt liegt ja in uns, in diesem Quell. Hier offenbart sich der wahre Sinn des großen, bunten, verwirrten Schauspiels; und treten wir von diesen Blicken voll in die Natur, so ist uns alles wohlbekannt, und sicher kennen wir jede Gestalt. Wir brauchen nicht erst lange nachzuforschen, eine leichte Vergleichung, nur wenige Züge im Sande sind genug um uns zu verständigen. So ist uns alles eine große Schrift, wozu wir den Schlüssel haben, und nichts kommt uns unerwartet, weil wir voraus den Gang des großen Uhrwerks wissen. Nur wir genießen die Natur mit vollen Sinnen, weil sie uns nicht von Sinnen bringt, weil keine Fieberträume uns ängstigen und helle Besonnenheit uns zuversichtlich und ruhig macht.

Die Andern reden irre, sagt ein ernster Mann zu diesen. Erkennen sie in der Natur nicht den treuen Abdruck ihrer selbst? Sie selbst verzehren sich in wilder Gedankenlosigkeit. Sie wissen nicht, daß ihre Natur ein Gedankenspiel, eine wüste Fantasie ihres Traumes ist. Ja wohl ist sie ihnen ein entsetzliches Thier, eine seltsame abentheuerliche Larve ihrer Begierden. Der wachende Mensch sieht ohne Schaudern diese Brut seiner regellosen Einbildungskraft, denn er weiß, daß es nichtige Gespenster seiner Schwäche sind. Er fühlt sich Herr der Welt, sein Ich schwebt mächtig über diesem Abgrund, und wird in Ewigkeiten über diesem endlosen Wechsel erhaben schweben. Einklang strebt sein Inneres zu verkünden, zu verbreiten. Er wird in die Unendlichkeit hinaus stets einiger mit sich selbst und seiner Schöpfung um sich her seyn, und mit jedem Schritte die ewige Allwirksamkeit einer hohen sittlichen Weltordnung, der Veste seines Ichs, immer heller hervortreten sehn. Der Sinn der Welt ist die Vernunft: um derentwillen ist sie da, und wenn sie erst der Kampfplatz einer kindlichen, aufblühenden Vernunft ist, so wird sie einst zum göttlichen Bilde ihrer Thätigkeit, zum Schauplatz einer wahren Kirche werden. Bis dahin ehre sie der Mensch, als Sinnbild seines Gemüths, das sich mit ihm in unbestimmbare Stufen veredelt. Wer also zur Kenntniß der Natur gelangen will, übe seinen sittlichen Sinn, handle und bilde dem edlen Kerne seines Innern gemäß, und wie von selbst wird die Natur sich vor ihm öffnen. Sittliches Handeln ist jener große und einzige Versuch, in welchem alle Räthsel der mannichfaltigsten Erscheinungen sich lösen. Wer ihn versteht, und in strengen Gedankenfolgen ihn zu zerlegen weiß, ist ewiger Meister der Natur.

Der Lehrling hört mit Bangigkeit die sich kreutzenden Stimmen. Es scheint ihm jede Recht zu haben, und eine sonderbare Verwirrung bemächtigt sich seines Gemüths. Allmählig legt sich der innre Auruhr, und über die dunkeln sich an einander brechenden Wogen scheint ein Geist des Friedens heraufzuschweben, dessen Ankunft sich durch neuen Muth und überschauende Heiterkeit in der Seele des Jünglings ankündigt.

Ein muntrer Gespiele, dem Rosen und Winden die Schläfe zierten, kam herbeigesprungen, und sah ihn in sich gesenkt sitzen. Du Grübler, rief er, bist auf ganz verkehrtem Wege. So wirst du keine großen Fortschritte machen. Das Beste ist überall die Stimmung. Ist das wohl eine Stimmung der Natur? Du bist noch jung und fühlst du nicht das Gebot der Jugend in allen Adern? nicht Liebe und Sehnsucht deine Brust erfüllen? Wie kannst du nur in der Einsamkeit sitzen? Sitzt die Natur einsam? Den Einsamen flieht Freude und Verlangen: und ohne Verlangen, was nützt dir die Natur? Nur unter Menschen wird er einheimisch, der Geist, der sich mit tausend bunten Farben in all deine Sinne drängt, der wie eine unsichtbare Geliebte dich umgiebt. Bey unsern Festen löst sich seine Zunge, er sitzt oben an und stimmt Lieder des fröhlichsten Lebens an. Du hast noch nicht geliebt, du Armer; beim ersten Kuß wird eine neue Welt dir aufgethan, mit ihm fährt Leben in tausend Strahlen in dein entzücktes Herz. Ein Mährchen will ich dir erzählen, horche wohl.

Vor langen Zeiten lebte weit gegen Abend ein blutjunger Mensch. Er war sehr gut, aber auch über die Maaßen wunderlich. Er grämte sich unaufhörlich um nichts und wieder nichts, ging immer still für sich hin, setzte sich einsam, wenn die Andern spielten und fröhlich waren, und hing seltsamen Dingen nach. Höhlen und Wälder waren sein liebster Aufenthalt, und dann sprach er immer fort mit Thieren und Vögeln, mit Bäumen und Felsen, natürlich kein vernünftiges Wort, lauter närrisches Zeug zum Todtlachen. Er blieb aber immer mürrisch und ernsthaft, ungeachtet sich das Eichhörnchen, die Meerkatze, der Papagay und der Gimpel alle Mühe gaben ihn zu zerstreuen, und ihn auf den richtigen Weg zu weisen. Die Gans erzählte Mährchen, der Bach klimperte eine Ballade dazwischen, ein großer dicker Stein machte lächerliche Bockssprünge, die Rose schlich sich freundlich hinter ihm herum, kroch durch seine Locken, und der Epheu streichelte ihm die sorgenvolle Stirn. Allein der Mißmuth und Ernst waren hartnäckig. Seine Eltern waren sehr betrübt, sie wußten nicht, was sie anfangen sollten. Er war gesund und aß, nie hatten sie ihn beleidigt, er war auch bis vor wenigen Jahren fröhlich und lustig gewesen, wie keiner; bei allen Spielen voran, von allen Mädchen gern gesehn. Er war recht bildschön, sah aus wie gemahlt, tanzte wie ein Schatz. Unter den Mädchen war Eine, ein köstliches, bildschönes Kind, sah aus wie Wachs, Haare wie goldne Seide, kirschrothe Lippen, wie ein Püppchen gewachsen, brandrabenschwarze Augen. Wer sie sah, hätte mögen vergehn, so lieblich war sie. Damals war Rosenblüthe, so hieß sie, dem bildschönen Hyacinth, so hieß er, von Herzen gut, und er hatte sie lieb zum Sterben. Die andern Kinder wußtens nicht. Ein Veilchen hatte es ihnen zuerst gesagt, die Hauskätzchen hatten es wohl gemerkt, die Häuser ihrer Eltern lagen nahe beisammen. Wenn nun Hyacinth die Nacht an seinem Fenster stand und Rosenblüthe an ihrem, und die Kätzchen auf dem Mäusefang da vorbeyliefen, da sahen sie die Beiden stehn, und lachten und kickerten oft so laut, daß sie es hörten und böse wurden. Das Veilchen hatte es der Erdbeere im Vertrauen gesagt, die sagte es ihrer Freundinn der Stachelbeere, die ließ nun das Sticheln nicht, wenn Hyacinth gegangen kam; so erfuhrs denn bald der ganze Garten und der Wald, und wenn Hyacinth ausging, so riefs von allen Seiten: Rosenblüthchen ist mein Schätzchen! Nun ärgerte sich Hyacinth, und mußte doch auch wieder aus Herzensgrunde lachen, wenn das Eidexchen geschlüpft kam, sich auf einen warmen Stein setzte, mit dem Schwänzchen wedelte und sang:

Rosenblüthchen, das gute Kind,
Ist geworden auf einmal blind,
Denkt, die Mutter sey Hyacinth,
Fällt ihm um den Hals geschwind;
Merkt sie aber das fremde Gesicht,
Denkt nur an, da erschrickt sie nicht,
Fährt, als merkte sie kein Wort,
Immer nur mit Küssen fort.

Ach! wie bald war die Herrlichkeit vorbey. Es kam ein Mann aus fremden Landen gegangen, der war erstaunlich weit gereist, hatte einen langen Bart, tiefe Augen, entsetzliche Augenbrauen, ein wunderliches Kleid mit vielen Falten und seltsame Figuren hineingewebt. Er setzte sich vor das Haus, das Hyacinths Eltern gehörte. Nun war Hyacinth sehr neugierig, und setzte sich zu ihm und holte ihm Brod und Wein. Da that er seinen weißen Bart von einander und erzählte bis tief in die Nacht, und Hyacinth wich und wankte nicht, und wurde auch nicht müde zuzuhören. So viel man nachher vernahm, so hat er viel von fremden Ländern, unbekannten Gegenden, von erstaunlich wunderbaren Sachen erzählt, und ist drey Tage dageblieben, und mit Hyacinth in tiefe Schachten hinuntergekrochen. Rosenblüthchen hat genug den alten Hexenmeister verwünscht, denn Hyacinth ist ganz versessen auf seine Gespräche gewesen, und hat sich um nichts bekümmert; kaum daß er ein wenig Speise zu sich genommen. Endlich hat jener sich fortgemacht, doch dem Hyacinth ein Bündelchen dagelassen, das kein Mensch lesen konnte. Dieser hat ihm noch Früchte, Brod und Wein mitgegeben, und ihn weit weg begleitet. Und dann ist er tiefsinnig zurückgekommen, und hat einen ganz neuen Lebenswandel begonnen. Rosenblüthchen hat recht zum Erbarmen um ihn gethan, denn von der Zeit an hat er sich wenig aus ihr gemacht und ist immer für sich geblieben. Nun begab sichs, daß er einmal nach Hause kam und war wie neugeboren. Er fiel seinen Eltern um den Hals, und weinte. Ich muß fort in fremde Lande, sagte er, die alte wunderliche Frau im Walde hat mir erzählt, wie ich gesund werden müßte, das Buch hat sie ins Feuer geworfen, und hat mich getrieben, zu euch zu gehn und euch um euren Segen zu bitten. Vielleicht komme ich bald, vielleicht nie wieder. Grüßt Rosenblüthchen. Ich hätte sie gern gesprochen, ich weiß nicht, wie mir ist, es drängt mich fort; wenn ich an die alten Zeiten zurück denken will, so kommen gleich mächtigere Gedanken dazwischen, die Ruhe ist fort, Herz und Liebe mit, ich muß sie suchen gehn. Ich wollt' euch gern sagen, wohin, ich weiß selbst nicht, dahin wo die Mutter der Dinge wohnt, die verschleyerte Jungfrau. Nach der ist mein Gemüth entzündet. Lebt wohl. Er riß sich los und ging fort. Seine Eltern wehklagten und vergossen Thränen, Rosenblüthchen blieb in ihrer Kammer und weinte bitterlich. Hyacinth lief nun was er konnte, durch Thäler und Wildnisse, über Berge und

Ströme, dem geheimnißvollen Lande zu. Er fragte überall nach der heiligen Göttin (Isis) Menschen und Thiere, Felsen und Bäume. Manche lachten[,] manche schwiegen, nirgends erhielt er Bescheid. Im Anfange kam er durch rauhes, wildes Land, Nebel und Wolken warfen sich ihm in den Weg, es stürmte immerfort; dann fand er unabsehliche Sandwüsten, glühenden Staub, und wie er wandelte, so veränderte sich auch sein Gemüth, die Zeit wurde ihm lang und die innre Unruhe legte sich, er wurde sanfter und das gewaltige Treiben in ihm allgemach zu einem leisen, aber starken Zuge, in den sein ganzes Gemüth sich auflöste. Es lag wie viele Jahre hinter ihm. Nun wurde die Gegend auch wieder reicher und mannichfaltiger, die Luft lau und blau, der Weg ebener, grüne Büsche lockten ihn mit anmuthigem Schatten, aber er verstand ihre Sprache nicht, sie schienen auch nicht zu sprechen, und doch erfüllten sie auch sein Herz mit grünen Farben und kühlem, stillem Wesen. Immer höher wuchs jene süße Sehnsucht in ihm, und immer breiter und saftiger wurden die Blätter, immer lauter und lustiger die Vögel und Thiere, balsamischer die Früchte, dunkler der Himmel, wärmer die Luft, und heißer seine Liebe, die Zeit ging immer schneller, als sähe sie sich nahe am Ziele. Eines Tages begegnete er einem krystallnen Quell und einer Menge Blumen, die kamen in ein Thal herunter zwischen schwarzen himmelhohen Säulen. Sie grüßten ihn freundlich mit bekannten Worten. Liebe Landsleute, sagte er, wo find' ich wohl den geheiligten Wohnsitz der Isis? Hier herum muß er seyn, und ihr seid vielleicht hier bekannter, als ich. Wir gehn auch nur hier durch, antworteten die Blumen; eine Geisterfamilie ist auf der Reise und wir bereiten ihr Weg und Quartier, indeß sind wir vor kurzem durch eine Gegend gekommen, da hörten wir ihren Namen nennen. Gehe nur aufwärts, wo wir herkommen, so wirst du schon mehr erfahren. Die Blumen und die Quelle lächelten, wie sie das sagten, boten ihm einen frischen Trunk und gingen weiter. Hyacinth folgte ihrem Rath, frug und frug und kam endlich zu jener längst gesuchten Wohnung, die unter Palmen und anderen köstlichen Gewächsen versteckt lag. Sein Herz klopfte in unendlicher Sehnsucht, und die süßeste Bangigkeit durchdrang ihn in dieser Behausung der ewigen Jahreszeiten.

Unter himmlischen Wohlgedüften entschlummerte er, weil ihn nur der Traum in das Allerheiligste führen durfte. Wunderlich führte ihn der Traum durch unendliche Gemächer voll seltsamer Sachen auf lauter reitzenden Klängen und in abwechselnden Accorden. Es dünkte ihm alles so bekannt und doch in niegesehener Herrlichkeit, da schwand auch der letzte irdische Anflug, wie in Luft verzehrt, und er stand vor der himmlischen Jungfrau, da hob er den leichten, glänzenden Schleyer, und Rosenblüthchen sank in seine Arme. Eine ferne Musik umgab die Geheimnisse des liebenden Wiedersehns, die Ergießungen der Sehnsucht, und schloß alles Fremde von diesem entzückenden Orte aus. Hyacinth lebte nachher noch lange mit Rosenblüthchen unter seinen frohen Eltern und Gespielen, und unzählige Enkel dankten der alten wunderlichen Frau für ihren Rath und ihr Feuer; denn damals bekamen die Menschen so viele Kinder, als sie wollten. –

Die Lehrlinge umarmten sich und gingen fort. Die weiten hallenden Säle standen leer und hell da, und das wunderbare Gespräch in zahllosen Sprachen unter den tausendfaltigen Naturen, die in diesen Sälen zusammengebracht und in mannichfaltigen Ordnungen aufgestellt waren, dauerte fort. Ihre innern Kräfte spielten gegen einander. Sie strebten in ihre Freiheit, in ihre alten Verhältnisse zurück. Wenige standen auf ihrem eigentlichen Platze, und sahen in Ruhe dem mannichfaltigen Treiben um sich her zu. Die Übrigen klagten über entsetzliche Qualen und Schmerzen, und bejammerten das alte, herrliche Leben im Schooße der Natur, wo sie eine gemeinschaftliche Freiheit vereinigte, und jedes von selbst erhielt, was es bedurfte. O! daß der Mensch, sagten sie, die innre Musik der Natur verstände, und einen Sinn für äußere Harmonie hätte. Aber er weiß ja kaum, daß wir zusammen gehören, und keins ohne das andere bestehen kann. Er kann nichts liegen lassen, tyrannisch trennt er uns und greift in lauter Dissonanzen herum. Wie glücklich könnte er seyn, wenn er mit uns freundlich umginge, und auch in unsern großen Bund träte, wie ehemals in der goldnen Zeit, wie er sie mit Recht nennt. In jener Zeit verstand er uns, wie wir ihn verstanden. Seine Begierde, Gott zu werden, hat ihn von uns getrennt, er sucht, was wir nicht wissen und ahnden können, und seitdem ist er keine begleitende Stimme, keine Mitbewegung mehr. Er ahndet wohl die unendliche Wollust, den ewigen Genuß in uns, und darum hat er eine so wunderbare Liebe zu Einigen unter uns. Der Zauber des Goldes, die Geheimnisse der Farben, die Freuden des Wassers sind ihm nicht fremd, in den Antiken ahndet er die Wunderbarkeit der Steine, und dennoch fehlt ihm noch die süße Leidenschaft für das Weben der Natur, das Auge für unsre entzückenden Mysterien. Lernt er nur einmal fühlen? Diesen himmlischen, diesen natürlichsten aller Sinne kennt er noch wenig: durch das Gefühl würde die alte, ersehnte Zeit zurückkommen; das Element des Gefühls ist ein inneres Licht, was sich in schöner'n, kräftiger'n Farben bricht. Dann gingen die Gestirne in ihm auf, er lernte die ganze Welt fühlen, klärer und mannichfaltiger, als ihm das Auge jetzt Grenzen und Flächen zeigt. Er würde Meister eines unendlichen Spiels und vergäße alle thörichten Bestrebungen in einem ewigen, sich selbst nährenden und immer wachsenden Genusse. Das Denken ist nur ein Traum des Fühlens, ein erstorbenes Füh[l]en, ein blaßgraues, schwaches Leben.

Wie sie so sprachen, strahlte die Sonne durch die hohen Fenster, und in ein sanftes Säuseln verlor sich der Lärm des Gesprächs; eine unendliche Ahndung durchdrang alle Gestalten, die lieblichste Wärme verbreitete sich über alle, und der wunderbarste Naturgesang erhob sich aus der tiefsten Stille. Man hörte Menschenstimmen in der Nähe, die großen Flügelthüren nach dem Garten zu wurden geöffnet, und einige Reisende setzten sich auf die Stufen der breiten Treppe, in den Schatten des Gebäudes. Die reitzende Landschaft lag in schöner Erleuchtung vor ihnen, und im Hintergrunde verlor sich der Blick an blauen Gebirgen hinauf. Freundliche Kinder brachten mannichfaltige Speisen und Getränke, und bald begann ein lebhaftes Gespräch unter ihnen.

Auf alles, was der Mensch vornimmt, muß er seine *ungetheilte* Aufmerksamkeit oder sein Ich richten, sagte endlich der Eine, und wenn er dieses gethan hat, so entstehn bald Gedanken, oder eine neue Art von Wahrnehmungen, die nichts als zarte Bewegungen eines färbenden oder klappernden Stifts, oder wunderliche Zusammenziehungen und Figurationen einer elastischen Flüssigkeit zu seyn scheinen, auf eine wunderbare Weise in ihm. Sie verbreiten sich von dem Punkte, wo er den Eindruck fest stach, nach allen Seiten mit lebendiger Beweglichkeit, und nehmen sein Ich mit fort. Er kann dieses Spiel oft gleich wieder vernichten, indem er seine Aufmerksamkeit wieder theilt oder nach Willkühr herumschweifen läßt, denn sie scheinen nichts als Strahlen und Wirkungen, die jenes Ich nach allen Seiten zu in jenem elastischen Medium erregt, oder seine Brechungen in demselben, oder überhaupt ein seltsames Spiel der Wellen dieses Meers mit der starren Aufmerksamkeit zu seyn. Höchst merkwürdig ist es, daß der Mensch erst in diesem Spiele seine Eigenthümlichkeit, seine specifische Freiheit recht gewahr wird, und daß es ihm vorkommt, als erwache er aus einem tiefen Schlafe, als sey er nun erst in der Welt zu Hause, und verbreite jetzt erst das Licht des Tages sich über seine innere Welt. Er glaubt es am höchsten gebracht zu haben, wenn er, ohne jenes Spiel zu stören, zugleich die gewöhnlichen Geschäfte der Sinne vornehmen, und empfinden und denken zugleich kann. Dadurch gewinnen beide Wahrnehmungen: die Außenwelt wird durchsichtig, und die Innenwelt mannichfaltig und bedeutungsvoll, und so befindet sich der Mensch in einem innig lebendigen Zustande zwischen zwey Welten in der vollkommensten Freiheit und dem freudigsten Machtgefühl. Es ist natürlich, daß der Mensch diesen Zustand zu verewigen und ihn über die ganze Summe seiner Eindrücke zu verbreiten sucht; daß er nicht müde wird, diese Associationen beider Welten zu verfolgen, und ihren Gesetzen und ihren Sympathieen und Antipathieen nachzuspüren. Den Inbegriff dessen, was uns rührt, nennt man die Natur, und also steht die Natur in einer unmittelbaren Beziehung auf die Gliedmaßen unsers Körpers, die wir Sinne nennen. Unbekannte und geheimnißvolle Beziehungen unsers Körpers lassen unbekannte und geheimnißvolle Verhältnisse der Natur vermuthen, und so ist die Natur jene wunderbare Gemeinschaft, in die unser Körper uns einführt, und die wir nach dem Maaße seiner Einrichtungen und Fähigkeiten kennen lernen. Es frägt sich, ob wir die Natur der Naturen durch diese specielle Natur wahrhaft begreifen lernen können, und in wiefern unsre Gedanken und die Intensität unsrer Aufmerksamkeit durch dieselbe bestimmt werden, oder sie bestimmen, und dadurch von der Natur losreißen und vielleicht ihre zarte Nachgiebigkeit verderben. Man sieht wohl, daß diese innern Verhältnisse und Einrichtungen unsers Körpers vor allen Dingen erforscht werden müssen, ehe wir diese Frage zu beantworten und in die Natur der Dinge zu dringen hoffen können. Es ließe sich jedoch auch denken, daß wir überhaupt erst uns mannichfach im Denken müßten geübt haben, ehe wir uns an dem innern Zusammenhang unsers Körpers versuchen und seinen Verstand zum Verständniß der Natur gebrauchen könnten, und da wäre freylich nichts natürlicher, als alle mögliche Bewegungen des Denkens hervorzubringen und eine Fertigkeit in diesem Geschäft, so wie eine Leichtigkeit zu erwerben, von Einer zur Andern überzugehen und sie mannichfach zu verbinden und zu zerlegen. Zu dem Ende müßte man alle Eindrücke aufmerksam betrachten, das dadurch entstehende Gedankenspiel ebenfalls genau bemerken, und sollten dadurch abermals neue Gedanken entstehn, auch diesen zusehn, um so allmählich ihren Mechanismus zu erfahren und durch eine oftmalige Wiederholung die mit jedem Eindruck beständig verbundnen Bewegungen von den übrigen unterscheiden und behalten zu lernen. Hätte man dann nur erst einige Bewegungen, als Buchstaben der Natur, herausgebracht, so würde das Dechiffriren immer leichter von statten gehn, und die Macht über die Gedankenerzeugung und Bewegung den Beobachter in Stand setzen, auch ohne vorhergegangenen wirklichen Eindruck, Naturgedanken hervorzubringen und Naturcompositionen zu entwerfen, und dann wäre der Endzweck erreicht.

Es ist wohl viel gewagt, sagte ein Anderer, so aus den äußerlichen Kräften und Erscheinungen der Natur sie zusammen setzen zu wollen, und sie bald für ein ungeheures Feuer, bald für einen wunderbar gestalteten [B]all, für eine Zweyheit oder Dreyheit, oder für irgendeine andere seltsamliche Kraft auszugeben.

Es wäre denkbarer, daß sie das Erzeugniß eines unbegreiflichen Einverständnisses unendlich verschiedner Wesen wäre, das wunderbare Band der Geisterwelt, der Vereinigungs- und Berührungspunkt unzähliger Welten.

Laß es gewagt seyn, sprach ein Dritter; je willkührlicher das Netz gewebt ist, das der kühne Fischer auswirft, desto glücklicher ist der Fang. Man ermuntre nur jeden, seinen Gang so weit als möglich fortzusetzen, und jeder sey willkommen, der mit einer neuen Fantasie die Dinge überspinnt. Glaubst du nicht, daß es gerade die gut ausgeführten Systeme seyn werden, aus denen der künftige Geograph der Natur die Data zu seiner großen Naturkarte nimmt? Sie wird er vergleichen, und diese Vergleichung wird uns das sonderbare Land erst kennen lehren. Die Erkenntniß der Natur wird aber noch himmelweit von ihrer Auslegung verschieden seyn. Der eigentliche Chiffrirer wird vielleicht dahin kommen, mehrere Naturkräfte zugleich zu Hervorbringung herrlicher und nützlicher Erscheinungen in Bewegung zu setzen, er wird auf der Natur, wie auf einem großen Instrument fantasiren können, und doch wird er die Natur nicht verstehn. Dies ist die Gabe des Naturhistorikers, des Zeitensehers, der vertraut mit der Geschichte der Natur, und bekannt mit der Welt, diesem höheren Schauplatz der Naturgeschichte, ihre Bedeutungen wahrnimmt und weißagend verkündigt. Noch ist dieses Gebiet ein unbekanntes, ein heiliges Feld. Nur göttliche Gesandte haben einzelne Worte dieser höchsten Wissenschaft fallen lassen, und es ist nur zu verwundern, daß die ahndungsvollen Geister sich diese Ahndung haben entgehn lassen und die Natur zur einförmigen Maschine, ohne Vorzeit und Zukunft, erniedrigt haben. Alles Göttliche hat eine Geschichte und die Natur, dieses einzige Ganze, womit der Mensch sich vergleichen kann, sollte nicht so gut wie der Mensch in einer Geschichte begriffen seyn oder welches eins ist, einen Geist haben? die Natur wäre nicht die Natur, wenn sie keinen Geist hätte, nicht jenes einzige Gegenbild der Menschheit nicht die unentbehrliche Antwort dieser geheimnißvollen Frage, oder die Frage zu dieser unendlichen Antwort.

Nur die Dichter haben es gefühlt, was die Natur den Menschen seyn kann, begann ein schöner Jüngling, und man kann auch hier von ihnen sagen, daß sich die Menschheit in ihnen in der vollkommensten Auflösung befindet, und daher jeder Eindruck durch ihre Spiegelhelle und Beweglichkeit rein in allen seinen unendlichen Veränderungen nach allen Seiten fortgepflanzt wird. Alles finden sie in der Natur. Ihnen allein bleibt die Seele derselben nicht fremd, und sie suchen in ihrem Umgang alle Seligkeiten der goldnen Zeit nicht umsonst. Für sie hat die Natur alle Abwechselungen eines unendlichen Gemüths, und mehr als der geistvollste, lebendigste Mensch überrascht sie durch sinnreiche Wendungen und Einfälle, Begegnungen und Abweichungen, große Ideen und Bizarrerieen. Der unerschöpfliche Reichthum ihrer Fantasie läßt keinen vergebens ihren Umgang aufsuchen. Alles weiß sie zu verschönern, zu beleben, zu bestätigen, und wenn auch im Einzelnen ein bewußtloser, nichtsbedeutender Mechanismus allein zu herrschen scheint, so sieht doch das tiefer sehende Auge eine wunderbare Sympathie mit dem menschlichen Herzen im Zusammentreffen und in der Folge der einzelnen Zufälligkeiten. Der Wind ist eine Luftbewegung, die manche äußere Ursachen haben kann, aber ist er dem einsamen, sehnsuchtsvollen Herzen nicht mehr, wenn er vorübersaust, von geliebten Gegenden herweht und mit tausend dunkeln, wehmüthigen Lauten den stillen Schmerz in einen tiefen melodischen Seufzer der ganzen Natur aufzulösen scheint? Fühlt nicht so auch im jungen, bescheidnen Grün der Frühlingswiesen der junge Liebende seine ganze blumenschwangre Seele mit entzückender Wahrheit ausgesprochen, und ist je die Üppigkeit einer nach süßer Auflösung in goldnen Wein lüsternen Seele köstlicher und erwecklicher erschienen als in einer vollen, glänzenden Traube, die sich unter den breiten Blättern halb versteckt? Man beschuldigt die Dichter der Übertreibung, und hält ihnen ihre bildliche uneigentliche Sprache gleichsam nur zu gute, ja man begnügt sich ohne tiefere Untersuchung, ihrer Fantasie jene wunderliche Natur zuzuschreiben, die manches sieht und hört, was andere nicht hören und sehen, und die in einem lieblichen Wahnsinn mit der wirklichen Welt nach ihrem Belieben schaltet und waltet; aber mir scheinen die Dichter noch bei weitem nicht genug zu übertreiben, nur dunkel den Zauber jener Sprache zu ahnden und mit der Fantasie nur so zu spielen, wie ein Kind mit dem Zauberstabe seines Vaters spielt. Sie wissen nicht, welche Kräfte ihnen unterthan sind, welche Welten ihnen gehorchen müssen. Ist es denn nicht wahr, daß Steine und Wälder der Musik gehorchen und, von ihr gezähmt, sich jedem Willen wie Hausthiere fügen? – Blühen nicht wirklich die schönsten Blumen um die Geliebte und freuen sich sie zu schmücken? Wird für sie der Himmel nicht heiter und das Meer nicht eben? – Drückt nicht die ganze Natur so gut, wie das Gesicht, und die Geberden, der Puls und die Farben, den Zustand eines jeden der höheren, wunderbaren Wesen aus, die wir Menschen nennen? Wird nicht der Fels ein eigenthümliches Du, eben wenn ich ihn anrede? Und was bin ich anders, als der Strom, wenn ich wehmüthig in seine Wellen hinabschaue, und die Gedanken in seinem Gleiten verliere? Nur ein ruhiges, genußvolles Gemüth wird die Pflanzenwelt, nur ein lustiges Kind oder ein Wilder die Thiere verstehn. – Ob jemand die Steine und Gestirne schon verstand, weiß ich nicht, aber gewiß muß dieser ein erhabnes Wesen gewesen seyn. In jenen Statuen, die aus einer untergegangenen Zeit der Herrlichkeit des Menschengeschlechts übrig geblieben sind, leuchtet allein so ein tiefer Geist, so ein seltsames Verständniß der Steinwelt hervor, und überzieht den sinnvollen Betrachter mit einer Steinrinde, die nach innen zu wachsen scheint. Das Erhabne wirkt versteinernd, und so dürften wir uns nicht über das Erhabne der Natur und seine Wirkungen wundern, oder nicht wissen, wo es zu suchen sey. Könnte die Natur nicht über den Anblick Gottes zu Stein geworden seyn? Oder vor Schrecken über die Ankunft des Menschen?

Über diese Rede war der, welcher zuerst gesprochen hatte, in tiefe Betrachtung gesunken, die fernen Berge wurden buntgefärbt, und der Abend legte sich mit süßer Vertraulichkeit über die Gegend. Nach einer langen Stille hörte man ihn sagen: Um die Natur zu begreifen, muß man die Natur innerlich in ihrer ganzen Folge entstehen lassen. Bey dieser Unternehmung muß man sich bloß von der göttlichen Sehnsucht nach Wesen, die uns gleich sind, und den nothwendigen Bedingungen dieselben zu vernehmen, bestimmen lassen, denn wahrhaftig die ganze Natur ist nur als Werkzeug und Medium des Einverständnisses vernünftiger Wesen begreiflich. Der denkende Mensch kehrt zur ursprünglichen Function seines Daseyns, zur schaffenden Betrachtung, zu jenem Punkte zurück, wo Hervorbringen und Wissen in der wundervollsten Wechselverbindung standen, zu jenem schöpferischen Moment des eigentlichen Genusses, des innern Selbstempfängnisses. Wenn er nun ganz in die *Beschauung* dieser Urerscheinung versinkt, so entfaltet sich vor ihm in neu entstehenden Zeiten und Räumen, wie ein unermeßliches Schauspiel, die Erzeugungsgeschichte der Natur, und jeder feste Punkt, der sich in der unendlichen Flüssigkeit ansetzt, wird ihm eine neue Offenbarung des Genius der Liebe, ein neues Band des Du und des Ich. Die sorgfältige Beschreibung dieser innern Weltgeschichte ist die wahre Theorie der Natur; durch den Zusammenhang seiner Gedankenwelt in sich, und ihre Harmonie mit dem Universum, bildet sich von selbst ein Gedankensystem zur getreuen Abbildung und Formel des Universums. Aber die Kunst des ruhigen Beschauens, der schöpferischen Weltbetrachtung ist schwer, unaufhörliches ernstes Nachdenken und strenge Nüchternheit fordert die Ausführung, und die Belohnung wird kein Beifall der mühescheuenden Zeitgenossen, sondern nur eine Freude des Wissens und Wachens [Machens?], eine innigere Berührung des Universums seyn.

Ja, sagte der Zweite, nichts ist so bemerkenswerth, als das große Zugleich in der Natur. Ueberall scheint die Natur ganz gegenwärtig. In der Flamme eines Lichts sind alle Naturkräfte thätig, und so repräsentirt und verwandelt sie sich überall und unaufhörlich, treibt Blätter, Blüthen und Früchte zusammen, und ist mitten in der Zeit gegenwärtig, vergangen und zukünftig zugleich; und wer weiß, in welche eigne Art von Ferne sie ebenfalls wirkt und ob nicht dieses Natursystem nur eine Sonne ist im Universo, die durch Bande an dasselbe geknüpft ist, durch ein Licht und einen Zug und Einflüsse, die zunächst in unserm Geiste sich deutlicher vernehmen lassen, und aus ihm heraus den Geist des Universums über diese Natur ausgießen, und den Geist dieser Natur an andere Natursysteme vertheilen.

Wenn der Denker, sprach der Dritte, mit Recht als Künstler den thätigen Weg betritt, und durch eine geschickte Anwendung seiner geistigen Bewegungen das Weltall auf eine einfache, räthselhaft scheinende Figur zu reduciren sucht, ja man möchte sagen die Natur tanzt, und mit Worten die Linien der Bewegungen nachschreibt, so muß der Liebhaber der Natur dieses kühne Unternehmen bewundern, und sich auch über das Gedeihen dieser menschlichen Anlage freuen. Billig stellt der Künstler die Thätigkeit oben an, denn sein Wesen ist Thun und Hervorbringen mit Wissen und Willen, und seine Kunst ist, sein Werkzeug zu allem gebrauchen, die Welt auf seine Art nachbilden zu können, und darum wird das Princip seiner Welt Thätigkeit, und seine Welt seine Kunst. Auch hier wird die Natur in neuer Herrlichkeit sichtbar, und nur der gedankenlose Mensch wirft die unleserlichen, wunderlich gemischten Worte mit Verachtung weg. Dankbar legt der Priester diese neue, erhabene Meßkunst auf den Altar zu der magnetischen Nadel, die sich nie verirrt, und zahllose Schiffe auf dem pfadlosen Ozean zu bewohnten Küsten und den Häfen des Vaterlandes zurück führte. Außer dem Denker giebt es aber noch andre Freunde des Wissens, die dem Hervorbringen durch Denken nicht vorzüglich zugethan, und also ohne Beruf zu dieser Kunst, lieber Schüler der Natur werden, ihre Freude im Lernen, nicht im Lehren, im Erfahren, nicht im Machen, im Empfangen, nicht im Geben finden. Einige sind geschäftig und nehmen im Vertrauen auf die Allgegenwart und die innige Verwandtschaft der Natur, mithin auch im Voraus von der Unvollständigkeit und der Continuität alles Einzelnen überzeugt, irgendeine Erscheinung mit Sorgfalt auf, und halten den in tausend Gestalten sich verwandelnden Geist derselben mit stetem Blicke fest, und gehn dann an diesem Faden durch alle Schlupfwinkel der geheimen Werkstätte, um eine vollständige Verzeichnung dieser labyrinthischen Gänge entwerfen zu können. Sind sie mit dieser mühseligen Arbeit fertig, so ist auch unvermerkt ein höherer Geist über sie gekommen, und es wird ihnen dann leicht, über die vorliegende Karte zu reden und jedem Suchenden seinen Weg vorzuschreiben. Unermeßlicher Nutzen segnet ihre mühsame Arbeit, und der Grundriß ihrer Karte wird auf eine überraschende Weise mit dem Systeme des Denkers übereinstimmen, und sie werden diesem zum Trost gleichsam den lebendigen Beweis seiner abstrakten Sätze unwillkührlich geführt haben. Die Müßigsten unter ihnen erwarten kindlich von liebevoller Mittheilung höherer, von ihnen mit Inbrunst verehrter Wesen die ihnen nützliche Kenntniß der Natur. Sie mögen Zeit und Aufmerksamkeit in diesem kurzen Leben nicht Geschäften widmen, und dem Dienste der Liebe entziehn. Durch frommes Betragen suchen sie nur Liebe zu gewinnen, nur Liebe mitzutheilen, unbekümmert um das große Schauspiel der Kräfte, ruhig ihrem Schicksale in diesem Reiche der Macht ergeben, weil das innige Bewußtseyn ihrer Unzertrennlichkeit von den geliebten Wesen sie erfüllt, und die Natur sie nur als Abbild und Eigenthum derselben rührt. Was brauchen diese glücklichen Seelen zu wissen, die das beste Theil erwählt haben, und als reine Flammen der Liebe in dieser irdischen Welt nur auf den Spitzen der Tempel oder auf umhergetriebenen Schiffen, als Zeichen des überströmenden himmlischen Feuers lodern? Oft erfahren diese liebenden Kinder in seligen Stunden herrliche Dinge aus den Geheimnissen der Natur, und thun sie in unbewußter Einfalt kund. Ihren Tritten folgt der Forscher, um jedes Kleinod zu sammeln, was sie in ihrer Unschuld und Freude haben fallen lassen, ihrer Liebe huldigt der mitfühlende Dichter und sucht durch seine Gesänge diese Liebe, diesen Keim des goldnen Alters, in andre Zeiten und Länder zu verpflanzen.

Wem regt sich nicht, rief der Jüngling mit funkelndem Auge, das Herz in hüpfender Lust, wenn ihm das innerste Leben der Natur in seiner ganzen Fülle in das Gemüth kommt! wenn dann jenes mächtige Gefühl, wofür die Sprache keine andere Namen als Liebe und Wollust hat, sich in ihm ausdehnt, wie ein gewaltiger, alles auflösender Dunst, und er bebend in süßer Angst in den dunkeln lockenden Schooß der Natur versinkt, die arme Persönlichkeit in den überschlagenden Wogen der Lust sich verzehrt, und nichts als ein Brennpunkt der unermeßlichen Zeugungskraft, ein verschluckender Wirbel im großen Ozean übrig bleibt! Was ist die überall erscheinende Flamme? Eine innige Umarmung, deren süße Frucht in wollüstigen Tropfen herunterthaut.

Das Wasser, dieses erstgeborne Kind lustiger Verschmelzungen, kann seinen wollüstigen Ursprung nicht verläugnen und zeigt sich, als Element der Liebe und der Mischung mit himmlischer Allgewalt auf Erden. Nicht unwahr haben alte Weisen im Wasser den Ursprung der Dinge gesucht, und wahrlich sie haben von einem höhern Wasser, als dem Meer- und Quellwasser gesprochen. In jenem offenbaret sich nur das Urflüssige, wie es im flüssigen Metall zum Vorschein kommt, und darum mögen die Menschen es immer auch nur göttlich verehren. Wie wenige haben sich noch in die Geheimnisse des Flüssigen vertieft und manchem ist diese Ahndung des höchsten Genusses und Lebens wohl nie in der trunkenen Seele aufgegangen. Im Durste offenbaret sich diese Weltseele, diese gewaltige Sehnsucht nach dem Zerfließen. Die Berauschten fühlen nur zu gut diese überirdische Wonne des Flüssigen, und am Ende sind alle angenehme Empfindungen in uns mannichfache Zerfließungen, Regungen jener Urgewässer in uns. Selbst der Schlaf ist nichts als die Flut jenes unsichtbaren Weltmeers, und das Erwachen das Eintreten der Ebbe. Wie viele Menschen stehn an den berauschenden Flüssen und hören nicht das Wiegenlied dieser mütterlichen Gewässer, und genießen nicht das entzückende Spiel [ihrer] unendlichen Wellen! Wie diese Wellen, lebten wir in der goldnen Zeit; in buntfarbigen Wolken, diesen schwimmenden Meeren und Urquellen des Lebendigen auf Erden, liebten und erzeugten sich die Geschlechter der Menschen in ewigen Spielen; wurden besucht von den Kindern des Himmels und erst in jener großen Begebenheit, welche heilige Sagen die Sündflut nennen, ging diese blühende Welt unter; ein feindliches Wesen schlug die Erde nieder, und einige Menschen blieben geschwemmt auf die Klippen der neuen Gebirge in der fremden Welt zurück. Wie seltsam, daß gerade die heiligsten und reitzendsten Erscheinungen der Natur in den Händen so todter Menschen sind, als die Scheidekünstler zu seyn pflegen! sie, die den schöpferischen Sinn der Natur mit Macht erwecken, nur ein Geheimniß der Liebenden, Mysterien der höhern Menschheit seyn sollten, werden mit Schaamlosigkeit und sinnlos von rohen Geistern hervorgerufen, die nie wissen werden, welche Wunder ihre Gläser umschließen. Nur Dichter sollten mit dem Flüssigen umgehn, und von ihm der glühenden Jugend erzählen dürfen; die Werkstätten wären Tempel und mit neuer Liebe würden die Menschen ihre Flamme und ihre Flüsse verehren und sich ihrer rühmen. Wie glücklich würden die Städte sich wieder dünken, die das Meer oder ein großer Strom bespült, und jede Quelle würde wieder die Freistätte der Liebe und der Aufenthalt der erfahrnen und geistreichen Menschen. Darum lockt auch die Kinder nichts mehr als Feuer und Wasser, und jeder Strom verspricht ihnen, in die bunte Ferne, in schönere Gegenden sie zu führen. Es ist nicht blos Wiederschein, daß der Himmel im Wasser liegt, es ist eine zarte Befreundung, ein Zeichen der Nachbarschaft, und wenn der unerfüllte Trieb in die unermeßliche Höhe will, so versinkt die glückliche Liebe gern in die endlose Tiefe. Aber es ist umsonst, die Natur lehren und predigen zu wollen. Ein Blindgeborner lernt nicht sehen, und wenn man ihm noch so viel von Farben und Lichtern und fernen Gestalten erzählen wollte. So wird auch keiner die Natur begreifen, der kein Naturorgan, kein innres naturerzeugendes und absonderndes Werkzeug hat, der nicht, wie von selbst, überall die Natur an allem erkennt und unterscheidet und mit angeborner Zeugungslust, in inniger mannichfaltiger Verwandtschaft mit allen Körpern, durch das Medium der Empfindung, sich mit allen Naturwesen vermischt, sich gleichsam in sie hineinfühlt. Wer aber einen richtigen und geübten Natursinn hat, der genießt die Natur, indem er sie studirt, und freut sich ihrer unendlichen Mannichfaltigkeit, ihrer Unerschöpflichkeit im Genusse, und bedarf nicht, daß man ihn mit unnützen Worten in seinen Genüssen störe. Ihm dünkt vielmehr, daß man nicht heimlich genug mit der Natur umgehen, nicht zart genug von ihr reden, nicht ungestört und aufmerksam genug sie beschauen kann. Er fühlt sich in ihr, wie am Busen seiner züchtigen Braut und vertraut auch nur dieser seine erlangten Einsichten in süßen vertraulichen Stunden. Glücklich preis' ich diesen Sohn, diesen Liebling der Natur, dem sie verstattet sie in ihrer Zweyheit, als erzeugende und gebärende Macht, und in ihrer Einheit, als eine unendliche, ewigdauernde Ehe, zu betrachten. Sein Leben wird eine Fülle aller Genüsse, eine Kette der Wollust und seine Religion der eigentliche, ächte Naturalismus seyn.

Unter dieser Rede hatte sich der Lehrer mit seinen Lehrlingen der Gesellschaft genähert. Die Reisenden standen auf und begrüßten ihn ehrfurchtsvoll. Eine erfrischende Kühlung verbreitete sich aus den dunkeln Laubgängen über den Platz und die Stufen. Der Lehrer ließ einun jener seltnen leuchtenden Steine bringen, die man Karfunkel nennt, und ein hellrothes, kräftiges Licht goß sich über die verschiednen Gestalten und Kleidungen aus. Es entspann sich bald eine freundliche Mittheilung unter ihnen. Während eine Musik aus der Ferne sich hören ließ und eine kühlende Flamme aus Krystallschaalen in die Lippen der Sprechenden hineinloderte, erzählten die Fremden merkwürdige Erinnerungen ihrer weiten Reisen. Voll Sehnsucht und Wißbegierde hatten sie sich aufgemacht, um die Spuren jenes verloren gegangenen Urvolks zu suchen, dessen entartete und verwilderte Reste die heutige Menschheit zu seyn schiene, dessen hoher Bildung sie noch die wichtigsten und unentbehrlichsten Kenntnisse und Werkzeuge zu danken hat. Vorzüglich hatte sie jene heilige Sprache gelockt, die das glänzende Band jener königlichen Menschen mit überirdischen Gegenden und Bewohnern gewesen war, und von der einige Worte, nach dem Verlaut mannichfaltiger Sagen, noch im Besitz einiger glücklichen Weisen unter unsern Vorfahren gewesen seyn mögen. Ihre Aussprache war ein wunderbarer Gesang, dessen unwiderstehliche Töne tief in das Innere jeder Natur eindrangen und sie zerlegten. Jeder ihrer Namen schien das Loosungswort für die Seele jedes Naturkörpers. Mit schöpferischer Gewalt erregten diese Schwingungen alle Bilder der Welterscheinungen, und von ihnen konnte man mit Recht sagen, daß das Leben des Universums ein ewiges tausendstimmiges Gespräch sey; denn in ihrem Sprechen schienen alle Kräfte, alle Arten der Thätigkeit auf das Unbegreiflichste vereinigt zu seyn. Die Trümmer dieser Sprache, wenigstens alle Nachrichten von ihr, aufzusuchen, war ein Hauptzweck ihrer Reise gewesen, und der Ruf des Alterthums hatte sie auch nach Sais gezogen. Sie hofften hier von den erfahrnen Vorstehern des Tempelarchivs wichtige Nachrichten zu erhalten, und vielleicht in den großen Sammlungen aller Art selbst Aufschlüsse zu finden. Sie baten den Lehrer um die Erlaubniß, eine Nacht im

Tempel schlafen, und seinen Lehrstunden einige Tage beiwohnen zu dürfen. Sie erhielten was sie wünschten, und freuten sich innig, wie der Lehrer aus dem Schatze seiner Erfahrungen ihre Erzählungen mit mannichfaltigen Bemerkungen begleitete, und eine Reihe lehrreicher und anmuthiger Geschichten und Beschreibungen vor ihnen entwickelte. Endlich kam er auch auf das Geschäft seines Alters, den unterschiednen Natursinn in jungen Gemüthern zu erwecken, zu üben, zu schärfen, und ihn mit den andern Anlagen zu höheren Blüthen und Früchten zu verknüpfen.

Ein Verkündiger der Natur zu seyn, ist ein schönes und heiliges Amt, sagte der Lehrer. Nicht der bloße Umfang und Zusammenhang der Kenntnisse, nicht die Gabe, diese Kenntnisse leicht und rein an bekannte Begriffe und Erfahrungen anzuknüpfen, und die eigenthümlichen fremd klingenden Worte mit gewöhnlichen Ausdrücken zu vertauschen, selbst nicht die Geschicklichkeit einer reichen Einbildungskraft, die Naturerscheinungen in leicht faßliche und treffend beleuchtete Gemählde zu ordnen, die entweder durch den Reitz der Zusammenstellung und den Reichthum des Inhalts die Sinne spannen und befriedigen, oder den Geist durch eine tiefe Bedeutung entzücken, alles dies macht noch nicht das ächte Erforderniß eines Naturkündigers aus. Wem es um etwas anders zu thun ist, als um die Natur, dem ist es vielleicht genug, aber wer eine innige Sehnsucht nach der Natur spürt, wer in ihr alles sucht, und gleichsam ein empfindliches Werkzeug ihres geheimen Thuns ist, der wird nur den für seinen Lehrer und für den Vertrauten der Natur erkennen, der mit Andacht und Glauben von ihr spricht, dessen Reden die wunderbare, unnachahmliche Eindringlichkeit und Unzertrennlichkeit haben, durch die sich wahre Evangelia, wahre Eingebungen ankündigen. Die ursprünglich günstige Anlage eines solchen natürlichen Gemüths muß durch unablässigen Fleiß von Jugend auf, durch Einsamkeit und Stillschweigen, weil vieles Reden sich nicht mit der steten Aufmerksamkeit verträgt, die ein solcher anwenden muß, durch kindliches, bescheidnes Wesen und unermüdliche Geduld unterstützt und ausgebildet seyn. Die Zeit läßt sich nicht bestimmen, wie bald einer ihrer Geheimnisse theilhaftig wird. Manche Beglückte gelangten früher, manche erst im hohen Alter dazu. Ein wahrer Forscher wird nie alt, jeder ewige Trieb ist außer dem Gebiete der Lebenszeit, und je mehr die äußere Hülle verwittert, desto heller und glänzender und mächtiger wird der Kern. Auch haftet diese Gabe nicht an äußerer Schönheit, oder Kraft, oder Einsicht, oder irgend einem menschlichen Vorzug. In allen Ständen, unter jedem Alter und Geschlecht, in allen Zeitaltern und unter jedem Himmelsstriche hat es Menschen gegeben, die von der Natur zu ihren Lieblingen ausersehn und durch inneres Empfängniß beglückt waren. Oft schienen diese Menschen einfältiger und ungeschickter zu seyn, als Andere, und blieben ihr ganzes Leben hindurch in der Dunkelheit des großen Haufens. Es ist sogar als eine rechte Seltenheit zu achten, wenn man das wahre Naturverständniß bey großer Beredsamkeit, Klugheit, und einem prächtigen Betragen findet, da es gemeiniglich die einfachen Worte, den geraden Sinn, und ein schlichtes Wesen hervorbringt oder begleitet. In den Werkstätten der Handwerker und Künstler, und da, wo die Menschen in vielfältigem Umgang und Streit mit der Natur sind, als da ist beim Ackerbau, bey der Schiffahrt, bey der Viehzucht, bey den Erzgruben, und so bey vielen andern Gewerben, scheint die Entwickelung dieses Sinns am leichtesten und öftersten statt zu finden. Wenn jede Kunst in der Erkenntniß der Mittel, einen gesuchten Zweck zu erreichen, eine bestimmte Wirkung und Erscheinung hervorzubringen, und in der Fertigkeit, diese Mittel zu wählen und anzuwenden, besteht, so muß derjenige, der den innern Beruf fühlt, das Naturverständniß mehreren Menschen gemein zu machen, diese Anlage in den Menschen vorzüglich zu entwicklen, und zu pflegen, zuerst auf die natürlichen Anlässe dieser Entwicklung sorgfältig zu achten und die Grundzüge dieser Kunst der Natur abzulernen suchen. Mit Hülfe dieser erlangten Einsichten wird er sich ein System der Anwendung dieser Mittel bey jedem gegebenen Individuum, auf Versuche, Zergliederung und Vergleichung gegründet, bilden, sich dieses System bis zur andern Natur aneignen, und dann mit Enthusiasmus sein belohnendes Geschäft anfangen. Nur diesen wird man mit Recht einen Lehrer der Natur nennen können, da jeder andre bloße Naturalist nur zufällig und sympathetisch, wie ein Naturerzeugniß selbst, den Sinn für die Natur erwecken wird.

Materialien zu »Die Lehrlinge zu Saïs«

1.

Der Lehrling zu Saïs

Der geognostische Streit der Volkanisten und Neptunisten ist eigentlich der Streit: Ob die Erde sthenisch oder asthenisch debütirt habe.

[Anfang 1798]

2.

Einem gelang es – er hob den Schleyer der Göttin zu Saïs –
Aber was sah er? Er sah – Wunder des Wunders – Sich selbst.

[Mai 1798]

3.

Entwurf des Märchens von Hyacinth und Rosenblüth

Ein Günstling des Glücks sehnte sich die unaussprechliche Natur zu umfassen. Er suchte ›die geheimnißvolle Schlafkammer‹ den geheimnißvollen Aufenthalt der Isis. Sein Vaterland und seine Geliebten verließ er und achtete im Drange seiner Leidenschaft auf den Kummer seiner Braut nicht. Lange währte seine Reise. Die Mühseligkeiten waren groß. Endlich begegnete er einem Quell und Blumen, die einen Weg für eine ›Götterfamilie‹ Geisterfamilie bereiteten. Sie verriethen ihm den Weg zu dem Heiligthume. Entzückt von Freude ›gelangt‹ kam er an die Thüre. Er trat ein und sah – seine Braut, die ihn mit Lächeln empfieng. Wie er sich umsah, fand er sich in seiner Schlafkammer – und eine liebliche Nachtmusik tönte unter seinen Fenstern ›zur stillen Umarmung‹ ›sanftauflösenden Umarmung‹ ›rätsellösenden Kusse‹ zu der süßen Auflösung des Geheimnisses.

[Juli oder August 1798]

4.

Der Mensch hat immer symbolische Philosophie seines Wesens – in seinen Wercken und in seinem Thun und Lassen ausgedrückt – Er verkündigt sich und sein Evangelium der Natur. Er ist der Messias der Natur. [Spätsommer 1798]

5.

Der Naturstaat ist *Res privata* (Mystisch) und Res publica zugleich. / Mystizism d[er] Natur. Isis – Jungfrau – Schleyer – Geheimnißvolle Behand[lung] der N[atur] W[issenschaft]. /

[November 1798]

6.

Die Naturlehre

Doppelte Wege – vom Einzelnen – vom Ganzen – von innen – von außen. Naturgenie. Mathematik. *Göthe. Schelling. Ritter.* Die *pneumatische* Chemie. Das *Mittelalter. Naturromane. Vortrag der Physik. Werner. Experimentiren*

Ob der Naturlehre *eine wahre* Einheit zum Grunde liegt.

[Anfang 1799]

7.

Jesus der Held. Sehnsucht nach dem Heiligen Grabe. Kreutzlied. Nonnen und Mönchslied. Der Anachoret. Die Weinende. Der Suchende. Das Gebet. Sehnsucht nach der Jungfrau. Die ewge Lampe. Sein Leiden.

Jesus in Saïs.

Das Lied der Todten. [Herbst 1799]

8.

Verwandlung des Tempels zu Saïs.

Erscheinung der Isis.
Tod des Lehrers.
Träume im Tempel.
Werckstatt des Archaeus.
Ankunft der griechischen Götter.
Einweihung in die Geheimnisse.
Bilds[äule] des Memnons.
Reise zu den Pyramiden.
Das *Kind* und sein Johannes. Der Messias der Natur. *Neues Testament* – und neue Natur – als *neues Jerusalem.*

Cosmogenieen der Alten. Indische Gottheiten.

[Spätjahr 1799]

HEINRICH VON OFTERDINGEN

Ein nachgelassener Roman
von Novalis

Zwei Theile

ZUEIGNUNG.

Du hast in mir den edeln Trieb erregt
Tief ins Gemüth der weiten Welt zu schauen;
Mit deiner Hand ergriff mich ein Vertrauen,
Das sicher mich durch alle Stürme trägt.

Mit Ahndungen hast du das Kind gepflegt,
Und zogst mit ihm durch fabelhafte Auen;
Hast, als das Urbild zartgesinnter Frauen,
Des Jünglings Herz zum höchsten Schwung bewegt.

Was fesselt mich an irdische Beschwerden?
Ist nicht mein Herz und Leben ewig Dein?
Und schirmt mich Deine Liebe nicht auf Erden?

Ich darf für Dich der edlen Kunst mich weihn;
Denn Du, Geliebte, willst die Muse werden,
Und stiller Schutzgeist meiner Dichtung seyn.

In ewigen Verwandlungen begrüßt
Uns des Gesangs geheime Macht hienieden,
Dort segnet sie das Land als ew'ger Frieden,
Indeß sie hier als Jugend uns umfließt.

Sie ist's, die Licht in unsre Augen gießt,
Die uns den Sinn für jede Kunst beschieden,
Und die das Herz der Frohen und der Müden
In trunkner Andacht wunderbar genießt.

An ihrem vollen Busen trank ich Leben;
Ich ward durch sie zu allem, was ich bin,
Und durfte froh mein Angesicht erheben.

Noch schlummerte mein allerhöchster Sinn;
Da sah ich sie als Engel zu mir schweben,
Und flog, erwacht, in ihrem Arm dahin.

ERSTER THEIL

Die Erwartung

Erstes Kapitel

Die Eltern lagen schon und schliefen, die Wanduhr schlug ihren einförmigen Takt, vor den klappernden Fenstern sauste der Wind; abwechselnd wurde die Stube hell von dem Schimmer des Mondes. Der Jüngling lag unruhig auf seinem Lager, und gedachte des Fremden und seiner Erzählungen. Nicht die Schätze sind es, die ein so unaussprechliches Verlangen in mir geweckt haben, sagte er zu sich selbst; fern ab liegt mir alle Habsucht: aber die blaue Blume sehn' ich mich zu erblicken. Sie liegt mir unaufhörlich im Sinn, und ich kann nichts anders dichten und denken. So ist mir noch nie zu Muthe gewesen: es ist, als hätt' ich vorhin geträumt, oder ich wäre in eine andere Welt hinübergeschlummert; denn in der Welt, in der ich sonst lebte, wer hätte da sich um Blumen bekümmert, und gar von einer so seltsamen Leidenschaft für eine Blume hab' ich damals nie gehört. Wo eigentlich nur der Fremde herkam? Keiner von uns hat je einen ähnlichen Menschen gesehn; doch weiß ich nicht, warum nur ich von seinen Reden so ergriffen worden bin; die Andern haben ja das Nämliche gehört, und Keinem ist so etwas begegnet. Daß ich auch nicht einmal von meinem wunderlichen Zustande reden kann! Es ist mir oft so entzückend wohl, und nur dann, wenn ich die Blume nicht recht gegenwärtig habe, befällt mich so ein tiefes, inniges Treiben: das kann und wird Keiner verstehn. Ich glaubte, ich wäre wahnsinnig, wenn ich nicht so klar und hell sähe und dächte, mir ist seitdem alles viel bekannter. Ich hörte einst von alten Zeiten reden; wie da die Thiere und Bäume und Felsen mit den Menschen gesprochen hätten. Mir ist gerade so, als wollten sie allaugenblicklich anfangen, und als könnte ich es ihnen ansehen, was sie mir sagen wollten. Es muß noch viel Worte geben, die ich nicht weiß: wüßte ich mehr, so könnte ich viel besser alles begreifen. Sonst tanzte ich gern; jezt denke ich lieber nach der Musik. Der Jüngling verlohr sich allmählich in süßen Fantasien und entschlummerte. Da träumte ihm erst von unabsehlichen Fernen, und wilden, unbekannten Gegenden. Er wanderte über Meere mit unbegreiflicher Leichtigkeit; wunderliche Thiere sah er; er lebte mit mannichfaltigen Menschen, bald im Kriege, in wildem Getümmel, in stillen Hütten. Er gerieth in Gefangenschaft und die schmählichste Noth. Alle Empfindungen stiegen bis zu einer niegekannten Höhe in ihm. Er durchlebte ein unendlich buntes Leben; starb und kam wieder, liebte bis zur höchsten Leidenschaft, und war dann wieder auf ewig von seiner Geliebten getrennt. Endlich gegen Morgen, wie draußen die Dämmerung anbrach, wurde es stiller in seiner Seele, klarer und bleibender wurden die Bilder. Es kam ihm vor, als ginge er in einem dunkeln Walde allein. Nur selten schimmerte der Tag durch das grüne Netz. Bald kam er vor eine Felsenschlucht, die bergan stieg. Er mußte über bemooste Steine klettern, die ein ehemaliger Strom herunter gerissen hatte. Je höher er kam, desto lichter wurde der Wald. Endlich gelangte er zu einer kleinen Wiese, die am Hange des Berges lag. Hinter der Wiese erhob sich eine hohe Klippe, an deren Fuß er eine Oefnung erblickte, die der Anfang eines in den Felsen gehauenen Ganges zu seyn schien. Der Gang führte ihn gemächlich eine Zeitlang eben fort, bis zu einer großen Weitung, aus der ihm schon von fern ein helles Licht entgegen glänzte. Wie er hineintrat, ward er einen mächtigen Strahl gewahr, der wie aus einem Springquell bis an die Decke des Gewölbes stieg, und oben in unzählige Funken zerstäubte, die sich unten in einem großen Becken sammelten; der Strahl glänzte wie entzündetes Gold; nicht das mindeste Geräusch war zu hören, eine heilige Stille umgab das herrliche Schauspiel. Er näherte sich dem Becken, das mit unendlichen Farben wogte und zitterte. Die Wände der Höhle waren mit dieser Flüssigkeit überzogen, die nicht heiß, sondern kühl war, und an den Wänden nur ein mattes, bläuliches Licht von sich warf. Er tauchte seine Hand in das Becken und benetzte seine Lippen. Es war, als durchdränge ihn ein geistiger Hauch, und er fühlte sich innigst gestärkt und erfrischt. Ein unwiderstehliches Verlangen ergriff ihn sich zu baden, er entkleidete sich und stieg in das Becken. Es dünkte ihn, als umflösse ihn eine Wolke des Abendroths; eine himmlische Empfindung überströmte sein Inneres; mit inniger Wollust strebten unzählbare Gedanken in ihm sich zu vermischen; neue, niegesehene Bilder entstanden, die auch in einander flossen und zu sichtbaren Wesen um ihn wurden, und jede Welle des lieblichen Elements schmiegte sich wie ein zarter Busen an ihn. Die Flut schien eine Auflösung reizender Mädchen, die an dem Jünglinge sich augenblicklich verkörperten.

Berauscht von Entzücken und doch jedes Eindrucks bewußt, schwamm er gemach dem leuchtenden Strome nach, der aus dem Becken in den Felsen hineinfloß. Eine Art von süßem Schlummer befiel ihn, in welchem er unbeschreibliche Begebenheiten träumte, und woraus ihn eine andere Erleuchtung weckte. Er fand sich auf einem weichen Rasen am Rande einer Quelle, die in die Luft hinausquoll und sich darin zu verzehren schien. Dunkelblaue Felsen mit bunten Adern erhoben sich in einiger Entfernung; das Tageslicht das ihn umgab, war heller und milder als das gewöhnliche, der Himmel war schwarzblau und völlig rein. Was ihn aber mit voller Macht anzog, war eine hohe lichtblaue Blume, die zunächst an der Quelle stand, und ihn mit ihren breiten, glänzenden Blättern berührte. Rund um sie her standen unzählige Blumen von allen Farben, und der köstlichste Geruch erfüllte die Luft. Er sah nichts als die blaue Blume, und betrachtete sie lange mit unnennbarer Zärtlichkeit. Endlich wollte er sich ihr nähern, als sie auf einmal sich zu bewegen und zu verändern anfing; die Blätter wurden glänzender und schmiegten sich an den wachsenden Stengel, die Blume neigte sich nach ihm zu, und die Blüthenblätter zeigten einen blauen ausgebreiteten Kragen, in welchem ein zartes Gesicht schwebte. Sein süßes Staunen wuchs mit der sonderbaren Verwandlung, als ihn plötzlich die Stimme seiner Mutter weckte, und er sich in der elterlichen Stube fand, die schon die Morgensonne vergoldete. Er war zu entzückt, um unwillig über diese Störung zu seyn; vielmehr bot er seiner Mutter freundlich guten Morgen und erwiederte ihre herzliche Umarmung.

Du Langschläfer, sagte der Vater, wie lange sitze ich schon hier, und feile. Ich habe deinetwegen nichts hämmern dürfen; die Mutter wollte den lieben Sohn schlafen lassen. Aufs Frühstück habe ich auch warten müssen. Klüglich hast du den Lehrstand erwählt, für den wir wachen und arbeiten. Indeß ein tüchtiger Gelehrter, wie ich mir habe sagen lassen, muß auch Nächte zu Hülfe nehmen, um die großen Werke der weisen Vorfahren zu studiren. Lieber Vater, antwortete Heinrich, werdet nicht unwillig über meinen langen Schlaf, den ihr sonst nicht an mir gewohnt seid. Ich schlief erst spät ein, und habe viele unruhige Träume gehabt, bis zuletzt ein anmuthiger Traum mir erschien, den ich lange nicht vergessen werde, und von dem mich dünkt, als sey es mehr als bloßer Traum gewesen. Lieber Heinrich, sprach die Mutter, du hast dich gewiß auf den Rücken gelegt, oder beim Abendsegen fremde Gedanken gehabt. Du siehst auch noch ganz wunderlich aus. Iß und trink, daß du munter wirst.

Die Mutter ging hinaus, der Vater arbeitete emsig fort und sagte: Träume sind Schäume, mögen auch die hochgelahrten Herren davon denken, was sie wollen, und du thust wohl, wenn du dein Gemüth von dergleichen unnützen und schädlichen Betrachtungen abwendest. Die Zeiten sind nicht mehr, wo zu den Träumen göttliche Gesichte sich gesellten, und wir können und werden es nicht begreifen, wie es jenen auserwählten Männern, von denen die Bibel erzählt, zu Muthe gewesen ist. Damals muß es eine andere Beschaffenheit mit den Träumen gehabt haben, so wie mit den menschlichen Dingen.

In dem Alter der Welt, wo wir leben, findet der unmittelbare Verkehr mit dem Himmel nicht mehr Statt. Die alten Geschichten und Schriften sind jetzt die einzigen Quellen, durch die uns eine Kenntniß von der überirdischen Welt, so weit wir sie nöthig haben, zu Theil wird; und statt jener ausdrücklichen Offenbarungen redet jetzt der heilige Geist mittelbar durch den Verstand kluger und wohlgesinnter Männer und durch die Lebensweise und die Schicksale frommer Menschen zu uns. Unsre heutigen Wunderbilder haben mich nie sonderlich erbaut, und ich habe nie jene großen Thaten geglaubt, die unsre Geistlichen davon erzählen. Indeß mag sich daran erbauen, wer will, und ich hüte mich wohl jemanden in seinem Vertrauen irre zu machen. – Aber, lieber Vater, aus welchem Grunde seyd Ihr so den Träumen entgegen, deren seltsame Verwandlungen und leichte zarte Natur doch unser Nachdenken gewißlich rege machen müssen? Ist nicht jeder, auch der verworrenste Traum, eine sonderliche Erscheinung, die auch ohne noch an göttliche Schikkung dabey zu denken, ein bedeutsamer Riß in den geheimnißvollen Vorhang ist, der mit tausend Falten in unser Inneres hereinfällt? In den weisesten Büchern findet man unzählige Traumgeschichten von glaubhaften Menschen, und erinnert Euch nur noch des Traums, den uns neulich der ehrwürdige Hofkaplan erzählte, und der Euch selbst so merkwürdig vorkam.

Aber, auch ohne diese Geschichten, wenn Ihr zuerst in Eurem Leben einen Traum hättet, wie würdet Ihr nicht erstaunen, und Euch die Wunderbarkeit dieser uns nur alltäglich gewordenen Begebenheit gewiß nicht abstreiten lassen! Mich dünkt der Traum eine Schutzwehr gegen die Regelmäßigkeit und Gewöhnlichkeit des Lebens, eine freye Erholung der gebundenen Fantasie, wo sie alle Bilder des Lebens durcheinanderwirft, und die beständige Ernsthaftigkeit des erwachsenen Menschen durch ein fröhliches Kinderspiel unterbricht. Ohne die Träume würden wir gewiß früher alt, und so kann man den Traum, wenn auch nicht als unmittelbar von oben gegeben, doch als eine göttliche Mitgabe, einen freundlichen Begleiter auf der Wallfahrt zum heiligen Grabe betrachten. Gewiß ist der Traum, den ich heute Nacht träumte, kein unwirksamer Zufall in meinem Leben gewesen, denn ich fühle es, daß er in meine Seele wie ein weites Rad hineingreift, und sie in mächtigem Schwunge forttreibt.

Der Vater lächelte freundlich und sagte, indem er die Mutter, die eben hereintrat, ansah: Mutter, Heinrich kann die Stunde nicht verläugnen, durch die er in der Welt ist. In seinen Reden kocht der feurige wälsche Wein, den ich damals von Rom mitgebracht hatte, und der unsern Hochzeitabend verherrlichte. Damals war ich auch noch ein andrer Kerl. Die südliche Luft hatte mich aufgethaut, von Muth und Lust floß ich über, und du warst auch ein heißes köstliches Mädchen. Bey Deinem Vater gings damals herrlich zu; Spielleute und Sänger waren weit und breit herzugekommen, und lange war in *Augsburg* keine lustigere Hochzeit gefeyert worden.

Ihr spracht vorhin von Träumen, sagte die Mutter, weißt du wohl, daß du mir damals auch von einem Traume erzähltest, den du in Rom gehabt hattest, und der dich zuerst auf den Gedanken gebracht, zu uns nach Augsburg zu kommen, und um mich zu werben? Du erinnerst mich eben zur rechten Zeit, sagte der Alte; ich habe diesen seltsamen Traum ganz vergessen, der mich damals lange genug beschäftigte; aber eben er ist mir ein Beweis dessen, was ich von den Träumen gesagt habe. Es ist unmöglich einen geordneteren und helleren zu haben; noch jetzt entsinne ich mich jedes Umstandes ganz genau; und doch, was hat er bedeutet? Daß ich von dir träumte, und mich bald darauf von Sehnsucht ergriffen fühlte, dich zu besitzen, war ganz natürlich: denn ich kannte dich schon. Dein freundliches holdes Wesen hatte mich gleich anfangs lebhaft gerührt, und nur die Lust nach der Fremde hielt damals meinen Wunsch nach deinem Besitz noch zurück. Um die Zeit des Traums war meine Neugierde schon ziemlich gestillt, und nun konnte die Neigung leichter durchdringen.

Erzählt uns doch jenen seltsamen Traum, sagte der Sohn. Ich war eines Abends, fing der Vater an, umhergestreift. Der Himmel war rein, und der Mond bekleidete die alten Säulen und Mauern mit seinem bleichen schauerlichen Lichte. Meine Gesellen gingen den Mädchen nach, und mich trieb das Heimweh und die Liebe ins Freye. Endlich ward ich durstig und ging ins erste beste Landhaus hinein, um einen Trunk Wein oder Milch zu fordern. Ein alter Mann kam heraus, der mich wohl für einen verdächtigen Besuch halten mochte. Ich trug ihm mein Anliegen vor; und als er erfuhr, daß ich ein Ausländer und ein Deutscher sey, lud er mich freundlich in die Stube und brachte eine Flasche Wein. Er hieß mich niedersetzen, und fragte mich nach meinem Gewerbe. Die Stube war voll Bücher und Alterthümer. Wir geriethen in ein weitläuftiges Gespräch; er erzählte mir viel von alten Zeiten, von Mahlern, Bildhauern und Dichtern. Noch nie hatte ich so davon reden hören. Es war mir, als sey ich in einer neuen Welt ans Land gestiegen. Er wies mir Siegelsteine und andre alte Kunstarbeiten; dann las er mir mit lebendigem Feuer herrliche Gedichte vor, und so vergieng die Zeit, wie ein Augenblick. Noch jetzt heitert mein Herz sich auf, wenn ich mich des bunten Gewühls der wunderlichen Gedanken und Empfindungen erinnere, die mich in dieser Nacht erfüllten. In den heidnischen Zeiten war er wie zu Hause, und sehnte sich mit unglaublicher Inbrunst in dies graue Alterthum zurück. Endlich wies er mir eine Kammer an, wo ich den Rest der Nacht zubringen könnte, weil es schon zu spät sey, um noch zurückzukehren. Ich schlief bald, und da dünkte michs ich sey in meiner Vaterstadt und wanderte aus dem Thore. Es war, als müßte ich irgend wohin gehn, um etwas zu bestellen, doch wußte ich nicht wohin, und was ich verrichten solle. Ich ging nach dem Harze mit überaus schnellen Schritten, und wohl war mir, als sey es zur Hochzeit. Ich hielt mich nicht auf dem Wege, sondern immer feldein durch Thal und Wald, und bald kam ich an einen hohen Berg. Als ich oben war, sah ich die goldne Aue vor mir, und überschaute Thüringen weit und breit, also daß kein Berg in der Nähe umher mir die Aussicht wehrte. Gegenüber lag der Harz mit seinen dunklen Bergen, und ich sah unzählige Schlösser, Klöster und Ortschaften. Wie mir nun da recht wohl innerlich ward, fiel mir der alte Mann ein, bei dem ich schlief, und es gedäuchte mir, als sey das vor geraumer Zeit geschehn, daß ich bey ihm gewesen sey. Bald gewahrte ich eine Stiege, die in den Berg hinein ging, und ich machte mich hinunter. Nach langer Zeit kam ich in eine große Höhle, da saß ein Greis in einem langen Kleide vor einem eisernen Tische, und schaute unverwandt nach einem wunderschönen Mädchen, die in Marmor gehauen vor ihm stand. Sein Bart war durch den eisernen Tisch gewachsen und bedeckte seine Füße. Er sah ernst und freundlich aus, und gemahnte mich wie ein alter Kopf, den ich den Abend bey dem Manne gesehn hatte. Ein glänzendes Licht war in der Höhle verbreitet. Wie ich so stand und den Greis ansah, klopfte mir plötzlich mein Wirth auf die Schulter, nahm mich bei der Hand und führte mich durch lange Gänge mit sich fort. Nach einer Weile sah ich von weitem eine Dämmerung, als wollte das Tageslicht einbrechen. Ich eilte darauf zu; und befand mich bald auf einem grünen Plane; aber es schien mir alles ganz anders, als in Thüringen. Ungeheure Bäume mit großen glänzenden Blättern verbreiteten weit umher Schatten. Die Luft war sehr heiß und doch nicht drückend. Überall Quellen und Blumen und unter allen Blumen gefiel mir Eine ganz besonders, und es kam mir vor, als neigten sich die Andern gegen sie.

Ach! liebster Vater, sagt mir doch, welche Farbe sie hatte, rief der Sohn mit heftiger Bewegung.

Das entsinne ich mich nicht mehr, so genau ich mir auch sonst alles eingeprägt habe.

War sie nicht blau?

Es kann seyn, fuhr der Alte fort, ohne auf Heinrichs seltsame Heftigkeit Achtung zu geben. Soviel weiß ich nur noch, daß mir ganz unaussprechlich zu Muthe war, und ich mich lange nicht nach meinem Begleiter umsah. Wie ich mich endlich zu ihm wandte, bemerkte ich, daß er mich aufmerksam betrachtete und mir mit inniger Freude zulächelte. Auf welche Art ich von diesem Orte wegkam, erinnere ich mir nicht mehr. Ich war wieder oben auf dem Berge. Mein Begleiter stand bey mir, und sagte: du hast das Wunder der Welt gesehn. Es steht bey dir, das glücklichste Wesen auf der Welt und noch über das ein berühmter Mann zu werden. Nimm wohl in Acht, was ich dir sage: wenn du am Tage Johannis gegen Abend wieder hieher kommst, und Gott herzlich um das Verständniß dieses Traumes bittest, so wird dir das höchste irdische Loos zu Theil werden; dann gieb nur acht, auf ein blaues Blümchen, was du hier oben finden wirst, brich es ab, und überlaß dich dann demüthig der himmlischen Führung. Ich war darauf im Traume unter den herrlichsten Gestalten und Menschen, und unendliche Zeiten gaukelten mit mannichfaltigen Veränderungen vor meinen Augen vorüber. Wie gelöst war meine Zunge, und was ich sprach, klang wie Musik. Darauf ward alles wieder dunkel und eng und gewöhnlich; ich sah deine Mutter mit freundlichem, verschämten Blick vor mir; sie hielt ein glänzendes Kind in den Armen, und reichte mir es hin, als auf einmal das Kind zusehends wuchs, immer heller und glänzender ward, und sich endlich mit blendendweißen Flügeln über uns erhob, uns beyde in seinen Arm nahm, und so hoch mit uns flog, daß die Erde nur wie eine goldene Schüssel mit dem saubersten Schnitzwerk aussah. Dann erinnere ich mir nur, daß wieder jene Blume und der Berg und der Greis vorkamen; aber ich erwachte bald darauf und fühlte mich von heftiger Liebe bewegt. Ich nahm Abschied von meinem gastfreyen Wirth, der mich bat, ihn oft wieder zu besuchen, was ich ihm zusagte, und auch Wort gehalten haben würde, wenn ich nicht bald darauf Rom verlassen hätte, und ungestüm nach Augsburg gereist wäre.

Zweytes Kapitel

Johannis war vorbey, die Mutter hatte längst einmal nach Augsburg ins väterliche Haus kommen und dem Großvater den noch unbekannten lieben Enkel mitbringen sollen. Einige gute Freunde des alten Ofterdingen, ein paar Kaufleute, mußten in Handelsgeschäften dahin reisen. Da faßte die Mutter den Entschluß, bey dieser Gelegenheit jenen Wunsch auszuführen, und es lag ihr dieß um so mehr am Herzen, weil sie seit einiger Zeit merkte, daß Heinrich weit stiller und in sich gekehrter war, als sonst. Sie glaubte, er sey mißmüthig oder krank, und eine weite Reise, der Anblick neuer Menschen und Länder, und wie sie verstohlen ahndete, die Reize einer jungen Landsmännin würden die trübe Laune ihres Sohnes vertreiben, und wieder einen so theilnehmenden und lebensfrohen Menschen aus ihm machen, wie er sonst gewesen. Der Alte willigte in den Plan der Mutter, und Heinrich war über die Maßen erfreut, in ein Land zu kommen, was er schon lange, nach den Erzählungen seiner Mutter und mancher Reisenden, wie ein irdisches Paradies sich gedacht, und wohin er oft vergeblich sich gewünscht hatte.

Heinrich war eben zwanzig Jahr alt geworden. Er war nie über die umliegenden Gegenden seiner Vaterstadt hinausgekommen; die Welt war ihm nur aus Erzählungen bekannt. Wenig Bücher waren ihm zu Gesichte gekommen. Bey der Hofhaltung des Landgrafen ging es nach der Sitte der damaligen Zeiten einfach und still zu; und die Pracht und Bequemlichkeit des fürstlichen Lebens dürfte sich schwerlich mit den Annehmlichkeiten messen, die in spätern Zeiten ein bemittelter Privatmann sich und den Seinigen ohne Verschwendung verschaffen konnte. Dafür war aber der Sinn für die Geräthschaften und Habseeligkeiten, die der Mensch zum mannichfachen Dienst seines Lebens um sich her versammelt, desto zarter und tiefer. Sie waren den Menschen werther und merkwürdiger. Zog schon das Geheimniß der Natur und die Entstehung ihrer Körper den ahndenden Geist an: so erhöhte die seltnere Kunst ihrer Bearbeitung die romantische Ferne, aus der man sie erhielt, und die Heiligkeit ihres Alterthums, da sie sorgfältiger bewahrt, oft das Besitzthum mehrerer Nachkommenschaften wurden, die Neigung zu diesen stummen Gefährten des Lebens. Oft wurden sie zu dem Rang von geweihten Pfändern eines besonderen Segens und Schicksals erhoben, und das Wohl ganzer Reiche und weitverbreiteter Familien hing an ihrer Erhaltung. Eine *liebliche* Armuth schmückte diese Zeiten mit einer eigenthümlichen ernsten und unschuldigen Einfalt; und die sparsam vertheilten Kleinodien glänzten desto bedeutender in dieser Dämmerung, und erfüllten ein sinniges Gemüth mit wunderbaren Erwartungen. Wenn es wahr ist, daß erst eine geschickte Vertheilung von Licht, Farbe und Schatten die verborgene Herrlichkeit der sichtbaren Welt offenbart, und sich hier ein neues höheres Auge aufzuthun scheint: so war damals überall eine ähnliche Vertheilung und Wirthschaftlichkeit wahrzunehmen; da hingegen die neuere wohlhabendere Zeit das einförmige und unbedeutendere Bild eines allgemeinen Tages darbietet. In allen Übergängen scheint, wie in einem Zwischenreiche, eine höhere, geistliche Macht durchbrechen zu wollen; und wie auf der Oberfläche unseres Wohnplatzes, die an unterirdischen und überirdischen Schätzen reichsten Gegenden in der Mitte zwischen den wilden, unwirthlichen Urgebirgen und den unermeßlichen Ebenen liegen, so hat sich auch zwischen den rohen Zeiten der Barbarey und dem kunstreichen, vielwissenden und begüterten Weltalter eine tiefsinnige und romantische Zeit niedergelassen, die unter schlichtem Kleide eine höhere Gestalt verbirgt. Wer wandelt nicht gern im Zwielichte, wenn die Nacht am Lichte und das Licht an der Nacht in höhere Schatten und Farben zerbricht; und also vertiefen wir uns willig in die Jahre, wo Heinrich lebte und jetzt neuen Begebenheiten mit vollem Herzen entgegenging. Er nahm Abschied von seinen Gespielen und seinem Lehrer, dem alten weisen Hofkaplan, der Heinrichs fruchtbare Anlagen kannte, und ihn mit gerührtem Herzen und einem stillen Gebete entließ. Die Landgräfin war seine Pathin; er war oft auf der Wartburg bey ihr gewesen. Auch jetzt beurlaubte er sich bey seiner Beschützerin, die ihm gute Lehren und eine goldene Halskette verehrte, und mit freundlichen Äußerungen von ihm schied.

In wehmüthiger Stimmung verließ Heinrich seinen Vater und seine Geburtsstadt. Es ward ihm jetzt erst deutlich, was Trennung sey; die Vorstellungen von der Reise waren nicht von dem sonderbaren Gefühle begleitet gewesen, was er jetzt empfand, als zuerst seine bisherige Welt von ihm gerissen und er wie auf ein fremdes Ufer gespült ward. Unendlich ist die jugendliche Trauer bey dieser ersten Erfahrung der Vergänglichkeit der irdischen Dinge, die dem unerfahrnen Gemüth so nothwendig, und unentbehrlich, so fest verwachsen mit dem eigenthümlichsten Daseyn und so unveränderlich, wie dieses, vorkommen müssen. Eine erste Ankündigung des Todes, bleibt die erste Trennung unvergeßlich, und wird, nachdem sie lange wie ein nächtliches Gesicht den Menschen beängstigt hat, endlich bey abnehmender Freude an den Erscheinungen des Tages, und zunehmender Sehnsucht nach einer bleibenden sichern Welt, zu einem freundlichen Wegweiser und einer tröstenden Bekanntschaft. Die Nähe seiner Mutter tröstete den Jüngling sehr. Die alte Welt schien noch nicht ganz verlohren, und er umfaßte sie mit verdoppelter Innigkeit. Es war früh am Tage, als die Reisenden aus den Thoren von Eisenach fortritten, und die Dämmerung begünstigte Heinrichs gerührte Stimmung. Je heller es ward, desto bemerklicher wurden ihm die neuen unbekannten Gegenden; und als auf einer Anhöhe die verlassene Landschaft von der aufgehenden Sonne auf einmal erleuchtet wurde, so fielen dem überraschten Jüngling alte Melodien seines Innern in den trüben Wechsel seiner Gedanken ein. Er sah sich an der Schwelle der Ferne, in die er oft vergebens von den nahen Bergen geschaut, und die er sich mit sonderbaren Farben ausgemahlt hatte. Er war im Begriff, sich in ihre blaue Flut zu tauchen. Die Wunderblume stand vor ihm, und er sah nach Thüringen, welches er jetzt hinter sich ließ mit der seltsamen Ahndung hinüber, als werde er nach langen Wanderungen von der Weltgegend her, nach welcher sie jetzt reisten, in sein Vaterland zurückkommen, und als reise er daher diesem eigentlich zu. Die Gesellschaft, die anfänglich aus ähnlichen Ursachen still gewesen war, fing nach gerade an aufzuwachen, und sich mit allerhand Gesprächen und Erzählungen die Zeit zu verkürzen. Heinrichs Mutter glaubte ihren Sohn aus den Träumereien reißen zu müssen, in denen sie ihn versunken sah, und fing an ihm von ihrem Vaterlande zu erzählen, von dem Hause ihres Vaters und dem frölichen Leben in Schwaben. Die Kaufleute stimmten mit ein, und bekräftigten die mütterlichen Erzählungen, rühmten die Gastfreyheit des alten Schwaning, und konnten nicht aufhören, die schönen Landsmänninnen ihrer Reisegefährtin zu preisen. Ihr thut wohl, sagten sie, daß ihr euren Sohn dorthin führt. Die Sitten eures Vaterlandes sind milder und gefälliger. Die Menschen wissen das Nützliche zu befördern, ohne das Angenehme zu verachten. Jedermann sucht seine Bedürfnisse auf eine gesellige und reitzende Art zu befriedigen. Der Kaufmann befindet sich wohl dabey, und wird geehrt. Die Künste und Handwerke vermehren und veredeln sich, den Fleißigen dünkt die Arbeit leichter, weil sie ihm zu mannichfachen Annehmlichkeiten verhilft, und er, indem er eine einförmige Mühe übernimmt, sicher ist, die bunten Früchte mannichfacher und belohnender Beschäftigungen dafür mitzugenießen. Geld, Thätigkeit und Waaren erzeugen sich gegenseitig, und treiben sich in raschen Kreisen, und das Land und die Städte blühen auf. Je eifriger der Erwerbfleiß die Tage benutzt, desto ausschließlicher ist der Abend, den reitzenden Vergnügungen der schönen Künste und des geselligen Umgangs gewidmet. Das Gemüth sehnt sich nach Erholung und Abwechslung, und wo sollte es diese auf eine anständigere und reitzendere Art finden, als in der Beschäftigung mit den freyen Spielen und Erzeugnissen seiner edelsten Kraft, des bildenden Tiefsinns. Nirgends hört man so anmuthige Sänger, findet so herrliche Mahler, und nirgends sieht man auf den Tanzsälen leichtere Bewegungen und lieblichere Gestalten.

Die Nachbarschaft von Wälschland zeigt sich in dem ungezwungenen Betragen und den einnehmenden Gesprächen. Euer Geschlecht darf die Gesellschaften schmücken, und ohne Furcht vor Nachrede mit holdseligem Bezeigen einen lebhaften Wetteifer, seine Aufmerksamkeit zu fesseln, erregen. Die rauhe Ernsthaftigkeit und die wilde Ausgelassenheit der Männer macht einer milden Lebendigkeit und sanfter bescheidner Freude Platz, und die Liebe wird in tausendfachen Gestalten der leitende Geist der glücklichen Gesellschaften. Weit entfernt, daß Ausschweifungen und unziemende Grundsätze dadurch sollten herbeygelockt werden, scheint es, als flöhen die bösen Geister die Nähe der Anmuth, und gewiß sind in ganz Deutschland keine unbescholtenere Mädchen und keine treuere Frauen, als in Schwaben.

Ja junger Freund, in der klaren warmen Luft des südlichen Deutschlands werdet ihr eure ernste Schüchternheit wohl ablegen; die frölichen Mädchen werden euch wohl geschmeidig und gesprächig machen. Schon euer Name, als Fremder, und eure nahe Verwandtschaft mit dem alten Schwaning, der die Freude jeder frölichen Gesellschaft ist, werden die reitzenden Augen der Mädchen auf sich ziehn; und wenn ihr eurem Großvater folgt, so werdet ihr gewiß unsrer Vaterstadt eine ähnliche Zierde in einer holdseligen Frau mitbringen, wie euer Vater. Mit freundlichem Erröthen dankte Heinrichs Mutter für das schöne Lob ihres Vaterlandes, und die gute Meynung von ihren Landsmänninnen, und der gedankenvolle Heinrich hatte nicht umhin gekonnt, aufmerksam und mit innigem Wohlgefallen der Schilderung des Landes, dessen Anblick ihm bevorstand, zuzuhören. Wenn ihr auch, fuhren die Kaufleute fort, die Kunst eures Vaters nicht ergreifen, und lieber, wie wir gehört haben, euch mit gelehrten Dingen befassen wollt: so braucht ihr nicht Geistlicher zu werden, und Verzicht auf die schönsten Genüsse dieses Lebens zu leisten. Es ist eben schlimm genug, daß die Wissenschaften in den Händen eines so von dem weltlichen Leben abgesonderten Standes, und die Fürsten von so ungeselligen und wahrhaft unerfahrenen Männern berathen sind. In der Einsamkeit in welcher sie nicht selbst Theil an den Weltgeschäften nehmen, müssen ihre Gedanken eine unnütze Wendung erhalten, und können nicht auf die wirklichen Vorfälle passen. In Schwaben trefft ihr auch wahrhaft kluge und erfahrne Männer unter den Layen; und ihr mögt nun wählen, welchen Zweig menschlicher Kenntnisse ihr wollt: so wird es euch nicht an den besten Lehrern und Rathgebern fehlen. Nach einer Weile sagte Heinrich, dem bey dieser Rede sein Freund der Hofkaplan in den Sinn gekommen war: Wenn ich bey meiner Unkunde von der Beschaffenheit der Welt Euch auch eben nicht abfällig seyn kann, in dem was ihr von der Unfähigkeit der Geistlichen zu Führung und Beurtheilung weltlicher Angelegenheiten behauptet: so ist mirs doch wohl erlaubt, euch an unsern trefflichen Hofkaplan zu erinnern, der gewiß ein Muster eines weisen Mannes ist, und dessen Lehren und Rathschläge mir unvergessen seyn werden.

Wir ehren, erwiederten die Kaufleute, diesen trefflichen Mann von ganzem Herzen; aber dennoch können wir nur in sofern eurer Meinung Beyfall geben, daß er ein weiser Mann sey, wenn ihr von jener Weisheit sprecht, die einen Gott wohlgefälligen Lebenswandel angeht. Haltet ihr ihn für eben so weltklug, als er in den Sachen des Heils geübt und unterrichtet ist: so erlaubt uns, daß wir euch nicht beystimmen. Doch glauben wir, daß dadurch der heilige Mann nichts von seinem verdienten Lobe verliert; da er viel zu vertieft in der Kunde der überirdischen Welt ist, als daß er nach Einsicht und Ansehn in irdischen Dingen streben sollte.

Aber, sagte Heinrich, sollte nicht jene höhere Kunde ebenfalls geschickt machen, recht unpartheiisch den Zügel menschlicher Angelegenheiten zu führen? sollte nicht jene kindliche unbefangene Einfalt sicherer den richtigen Weg durch das Labyrinth der hiesigen Begebenheiten treffen, als die durch Rücksicht auf eigenen Vortheil irregeleitete und gehemmte, von der unerschöpflichen Zahl neuer Zufälle und Verwickelungen geblendete Klugheit? Ich weiß nicht, aber mich dünkt, ich sähe zwey Wege um zur Wissenschaft der menschlichen Geschichte zu gelangen. Der eine, mühsam und unabsehlich, mit unzähligen Krümmungen, der Weg der Erfahrung; der andere, fast Ein Sprung nur, der Weg der innern Betrachtung. Der Wanderer des ersten muß eins aus dem andern in einer langwierigen Rechnung finden, wenn der andere die Natur jeder Begebenheit und jeder Sache gleich unmittelbar anschaut, und sie in ihrem lebendigen, mannichfaltigen Zusammenhange betrachten, und leicht mit allen übrigen, wie Figuren auf einer Tafel, vergleichen kann. Ihr müßt verzeihen, wenn ich wie aus kindischen Träumen vor euch rede: nur das Zutrauen zu eurer Güte und das Andenken meines Lehrers, der den zweyten Weg mir als seinen eignen von weitem gezeigt hat, machte mich so dreist.

Wir gestehen Euch gern, sagten die gutmüthigen Kaufleute, daß wir eurem Gedankengange nicht zu folgen vermögen: doch freut es uns, daß ihr so warm euch des trefflichen Lehrers erinnert, und seinen Unterricht wohl gefaßt zu haben scheint.

Es dünkt uns, ihr habt Anlage zum Dichter. Ihr sprecht so geläufig von den Erscheinungen eures Gemüths, und es fehlt Euch nicht an gewählten Ausdrücken und passenden Vergleichungen. Auch neigt Ihr Euch zum Wunderbaren, als dem Elemente der Dichter.

Ich weiß nicht, sagte Heinrich, wie es kommt. Schon oft habe ich von Dichtern und Sängern sprechen gehört, und habe noch nie einen gesehn. Ja, ich kann mir nicht einmal einen Begriff von ihrer sonderbaren Kunst machen, und doch habe ich eine große Sehnsucht davon zu hören. Es ist mir, als würde ich manches besser verstehen, was jetzt nur dunkle Ahndung in mir ist. Von Gedichten ist oft erzählt worden, aber nie habe ich eins zu sehen bekommen, und mein Lehrer hat nie Gelegenheit gehabt Kenntnisse von dieser Kunst einzuziehn. Alles, was er mir davon gesagt, habe ich nicht deutlich begreifen können. Doch meynte er immer, es sey eine edle Kunst, der ich mich ganz ergeben würde, wenn ich sie einmal kennen lernte. In alten Zeiten sey sie weit gemeiner gewesen, und habe jedermann einige Wissenschaft davon gehabt, jedoch Einer vor dem Andern. Sie sey noch mit andern verlohrengegangenen herrlichen Künsten verschwistert gewesen. Die Sänger hätte göttliche Gunst hoch geehrt, so daß sie begeistert durch unsichtbaren Umgang, himmlische Weisheit auf Erden in lieblichen Tönen verkündigen können.

Die Kaufleute sagten darauf: Wir haben uns freylich nie um die Geheimnisse der Dichter bekümmert, wenn wir gleich mit Vergnügen ihrem Gesange zugehört. Es mag wohl wahr seyn, daß eine besondere Gestirnung dazu gehört, wenn ein Dichter zur Welt kommen soll; denn es ist gewiß eine recht wunderbare Sache mit dieser Kunst. Auch sind die andern Künste gar sehr davon unterschieden, und lassen sich weit eher begreifen. Bey den Mahlern und Tonkünstlern kann man leicht einsehn, wie es zugeht, und mit Fleiß und Geduld läßt sich beydes lernen. Die Töne liegen schon in den Saiten, und es gehört nur eine Fertigkeit dazu, diese zu bewegen um jene in einer reitzenden Folge aufzuwecken. Bey den Bildern ist die Natur die herrlichste Lehrmeisterin. Sie erzeugt unzählige schöne und wunderliche Figuren, giebt die Farben, das Licht und den Schatten, und so kann eine geübte Hand, ein richtiges Auge, und die Kenntniß von der Bereitung und Vermischung der Farben, die Natur auf das vollkommenste nachahmen. Wie natürlich ist daher auch die Wirkung dieser Künste, das Wohlgefallen an ihren Werken, zu begreifen. Der Gesang der Nachtigall, das Sausen des Windes, und die herrlichen Lichter, Farben und Gestalten gefallen uns, weil sie unsere Sinne angenehm beschäftigen; und da unsere Sinne dazu von der Natur, die auch jenes hervorbringt, so eingerichtet sind, so muß uns auch die künstliche Nachahmung der Natur gefallen. Die Natur will selbst auch einen Genuß von ihrer großen Künstlichkeit haben, und darum hat sie sich in Menschen verwandelt, wo sie nun selber sich über ihre Herrlichkeit freut, das Angenehme und Liebliche von den Dingen absondert, und es auf solche Art allein hervorbringt, daß sie es auf mannichfaltigere Weise, und zu allen Zeiten und allen Orten haben und genießen kann. Dagegen ist von der Dichtkunst sonst nirgends äußerlich etwas anzutreffen. Auch schafft sie nichts mit Werkzeugen und Händen; das Auge und das Ohr vernehmen nichts davon: denn das bloße Hören der Worte ist nicht die eigentliche Wirkung dieser geheimen Kunst. Es ist alles innerlich, und wie jene Künstler die äußern Sinne mit angenehmen Empfindungen erfüllen, so erfüllt der Dichter das inwendige Heiligthum des Gemüths mit neuen, wunderbaren und gefälligen Gedanken. Er weiß jene geheimen Kräfte in uns nach Belieben zu erregen, und giebt uns durch Worte eine unbekannte herrliche Welt zu vernehmen. Wie aus tiefen Höhlen steigen alte und künftige Zeiten, unzählige

Menschen, *wunderbare* Gegenden, und die seltsamsten Begebenheiten in uns herauf, und entreißen uns der bekannten Gegenwart. Man hört fremde Worte und weiß doch, was sie bedeuten sollen. Eine magische Gewalt üben die Sprüche des Dichters aus; auch die gewöhnlichen Worte kommen in reizenden Klängen vor, und berauschen die festgebannten Zuhörer.

Ihr verwandelt meine Neugierde in heiße Ungeduld, sagte Heinrich. Ich bitte euch, erzählt mir von allen Sängern, die ihr gehört habt. Ich kann nicht genug von diesen besonderen Menschen hören. Mir ist auf einmal, als hätte ich irgendwo schon davon in meiner tiefsten Jugend reden hören, doch kann ich mich schlechterdings nichts mehr davon entsinnen. Aber mir ist das, was ihr sagt, so klar, so bekannt, und ihr macht mir ein außerordentliches Vergnügen mit euren schönen Beschreibungen.

Wir erinnern uns selbst gern, fuhren die Kaufleute fort, mancher frohen Stunden, die wir in Welschland, Frankreich und Schwaben in der Gesellschaft von Sängern zugebracht haben, und freuen uns, daß ihr so lebhaften Antheil an unsern Reden nehmet. Wenn man so in Gebirgen reist, spricht es sich mit doppelter Annehmlichkeit, und die Zeit vergeht spielend. Vielleicht ergötzt es euch einige artige Geschichten von Dichtern zu hören, die wir auf unsern Reisen erfuhren. Von den Gesängen selbst, die wir gehört haben, können wir wenig sagen, da die Freude und der Rausch des Augenblicks das Gedächtniß hindert viel zu behalten, und die unaufhörlichen Handelsgeschäfte manches Andenken auch wieder verwischt haben.

In alten Zeiten muß die ganze Natur lebendiger und sinnvoller gewesen seyn, als heut zu Tage. Wirkungen, die jetzt kaum noch die Thiere zu bemerken scheinen, und die Menschen eigentlich allein noch empfinden und genießen, bewegten damals leblose Körper; und so war es möglich, daß kunstreiche Menschen allein Dinge möglich machten und Erscheinungen hervorbrachten, die uns jetzt völlig unglaublich und fabelhaft dünken. So sollen vor uralten Zeiten in den Ländern des jetzigen Griechischen Kaiserthums, wie uns Reisende berichtet, die diese Sagen noch dort unter dem gemeinen Volke angetroffen haben, Dichter gewesen seyn, die durch den seltsamen Klang wunderbarer Werkzeuge das geheime Leben der Wälder, die in den Stämmen verborgenen Geister aufgeweckt, in wüsten, verödeten Gegenden den todten Pflanzensaamen erregt, und blühende Gärten hervorgerufen, grausame Thiere gezähmt und verwilderte Menschen zu Ordnung und Sitte gewöhnt, sanfte Neigungen und Künste des Friedens in ihnen rege gemacht, reißende Flüsse in milde Gewässer verwandelt, und selbst die todtesten Steine in regelmäßige tanzende Bewegungen hingerissen haben. Sie sollen zugleich Wahrsager und Priester, Gesetzgeber und Ärzte gewesen seyn, indem selbst die höhern Wesen durch ihre zauberische Kunst herabgezogen worden sind, und sie in den Geheimnissen der Zukunft unterrichtet, das Ebenmaß und die natürliche Einrichtung aller Dinge, auch die innern Tugenden und Heilkräfte der Zahlen, Gewächse und aller Kreaturen, ihnen offenbart. Seitdem sollen, wie die Sage lautet, erst die mannichfaltigen Töne und die sonderbaren Sympathien und Ordnungen in die Natur gekommen seyn, indem vorher alles wild, unordentlich und feindselig gewesen ist. Seltsam ist nur hiebey, daß zwar diese schönen Spuren, zum Andenken der Gegenwart jener wohlthätigen Menschen, geblieben sind, aber entweder ihre Kunst, oder jene zarte Gefühligkeit der Natur verlohren gegangen ist. In diesen Zeiten hat es sich unter andern einmal zugetragen, daß einer jener sonderbaren Dichter oder mehr Tonkünstler – wiewohl die Musik und Poesie wohl ziemlich eins seyn mögen und vielleicht eben so zusammen gehören wie Mund und Ohr, da der erste nur ein bewegliches und antwortendes Ohr ist – daß also dieser Tonkünstler übers Meer in ein fremdes Land reisen wollte. Er war reich an schönen Kleinodien und köstlichen Dingen, die ihm aus Dankbarkeit verehrt worden waren. Er fand ein Schiff am Ufer, und die Leute darinn schienen bereitwillig, ihn für den verheißenen Lohn nach der verlangten Gegend zu fahren. Der Glanz und die Zierlichkeit seiner Schätze reizten aber bald ihre Habsucht so sehr, daß sie unter einander verabredeten, sich seiner zu bemächtigen, ihn ins Meer zu werfen und nachher seine Habe unter einander zu vertheilen. Wie sie also mitten im Meere waren, fielen sie über ihn her, und sagten ihm, daß er sterben müsse, weil sie beschlossen hätten, ihn ins Meer zu werfen. Er bat sie auf die rührendste

Weise um sein Leben, bot ihnen seine Schätze zum Lösegeld an, und prophezeyte ihnen großes Unglück, wenn sie ihren Vorsatz ausführen würden. Aber weder das eine, noch das andere konnte sie bewegen: denn sie fürchteten sich, daß er ihre bösliche That einmal verrathen möchte. Da er sie nun einmal so fest entschlossen sah, bat er sie ihm wenigstens zu erlauben, daß er noch vor seinem Ende seinen Schwanengesang spielen dürfe, dann wolle er mit seinem schlichten hölzernen Instrumente, vor ihren Augen freywillig ins Meer springen. Sie wußten recht wohl, daß wenn sie seinen Zaubergesang hörten, ihre Herzen erweicht, und sie von Reue ergriffen werden würden; daher nahmen sie sich vor, ihm zwar diese letzte Bitte zu gewähren, während des Gesanges aber sich die Ohren fest zu verstopfen, daß sie nichts davon vernähmen, und so bey ihrem Vorhaben bleiben könnten. Dies geschah. Der Sänger stimmte einen herrlichen, unendlich rührenden Gesang an. Das ganze Schiff tönte mit, die Wellen klangen, die Sonne und die Gestirne erschienen zugleich am Himmel, und aus den grünen Fluten tauchten tanzende Schaaren von Fischen und Meerungeheuern hervor. Die Schiffer standen feindselig allein mit festverstopften Ohren, und warteten voll Ungeduld auf das Ende des Liedes. Bald war es vorüber. Da sprang der Sänger mit heitrer Stirn in den dunkeln Abgrund hin, sein wunderthätiges Werkzeug im Arm. Er hatte kaum die glänzenden Wogen berührt, so hob sich der breite Rücken eines dankbaren Unthiers unter ihm hervor, und es schwamm schnell mit dem erstaunten Sänger davon. Nach kurzer Zeit hatte es mit ihm die Küste erreicht, nach der er hingewollt hatte, und setzte ihn sanft im Schilfe nieder. Der Dichter sang seinem Retter ein frohes Lied, und ging dankbar von dannen. Nach einiger Zeit ging er einmal am Ufer des Meers allein, und klagte in süßen Tönen über seine verlohrenen Kleinode, die ihm als Erinnerungen glücklicher Stunden und als Zeichen der Liebe und Dankbarkeit so werth gewesen waren. Indem er so sang, kam plözlich sein alter Freund im Meere fröhlich daher gerauscht, und ließ aus seinem Rachen die geraubten Schätze auf den Sand fallen. Die Schiffer hatten, nach des Sängers Sprunge, sich sogleich in seine Hinterlassenschaft zu theilen angefangen. Bey dieser Theilung war Streit unter ihnen entstanden, und hatte sich in einen mörderischen Kampf geendigt, der den Meisten das Leben gekostet; die wenigen, die übrig geblieben, hatten allein das Schiff nicht regieren können, und es war bald auf den Strand gerathen, wo es scheiterte und unterging. Sie brachten mit genauer Noth das Leben davon, und kamen mit leeren Händen und zerrissenen Kleidern ans Land, und so kehrten durch die Hülfe des dankbaren Meerthiers, das die Schätze im Meere aufsuchte, dieselben in die Hände ihres alten Besitzers zurück.

Drittes Kapitel

Eine andere Geschichte, fuhren die Kaufleute nach einer Pause fort, die freylich nicht so wunderbar und auch aus späteren Zeiten ist, wird euch vielleicht doch gefallen und euch mit den Wirkungen jener wunderbaren Kunst noch bekannter machen. Ein alter König hielt einen glänzenden Hof. Weit und breit strömten Menschen herzu, um Theil an der Herrlichkeit seines Lebens zu haben, und es gebrach weder den täglichen Festen an Überfluß köstlicher Waaren des Gaumes, noch an Musik, prächtigen Verzierungen und Trachten, und tausend abwechselnden Schauspielen und Zeitvertreiben, noch endlich an sinnreicher Anordnung, an klugen, gefälligen, und unterrichteten Männern zur Unterhaltung und Beseelung der Gespräche, und an schöner, anmuthiger Jugend von beyden Geschlechtern, die die eigentliche Seele reitzender Feste ausmachen. Der alte König, der sonst ein strenger und ernster Mann war, hatte zwey Neigungen, die der wahre Anlaß dieser prächtigen Hofhaltung waren, und denen sie ihre schöne Einrichtung zu danken hatte. Eine war die Zärtlichkeit für seine Tochter, die ihm als Andenken seiner früh verstorbenen Gemahlin und als ein unaussprechlich liebenswürdiges Mädchen unendlich theuer war, und für die er gern alle Schätze der Natur und alle Macht des menschlichen Geistes aufgeboten hätte, um ihr einen Himmel auf Erden zu verschaffen. Die Andere war eine wahre Leidenschaft für die Dichtkunst und ihre Meister. Er hatte von Jugend auf die Werke der Dichter mit innigem Vergnügen gelesen, an ihre Sammlung aus allen Sprachen großen Fleiß und große Summen gewendet, und von jeher den Umgang der Sänger über alles geschätzt. Von allen Enden zog er sie an seinen Hof und überhäufte sie mit Ehren. Er ward nicht müde ihren Gesängen zuzuhören, und vergaß oft die wichtigsten Angelegenheiten, ja die Bedürfnisse des Lebens über einem neuen, hinreißenden Gesange. Seine Tochter war unter Gesängen aufgewachsen, und ihre ganze Seele war ein zartes Lied geworden, ein einfacher Ausdruck der Wehmut und Sehnsucht. Der wohlthätige Einfluß der beschützten und geehrten Dichter zeigte sich im ganzen Lande, besonders aber am Hofe. Man genoß das Leben mit langsamen, kleinen Zügen wie einen köstlichen Trank, und mit desto reinerem Wohlbehagen, da alle widrige gehässige Leidenschaften, wie Mißtöne von der sanften harmonischen Stimmung verscheucht wurden, die in allen Gemüthern herrschend war. Frieden der Seele und innres seeliges Anschauen einer selbst geschaffenen, glücklichen Welt war das Eigenthum dieser wunderbaren Zeit geworden, und die Zwietracht erschien nur in den alten Sagen der Dichter, als eine ehmalige Feindinn der Menschen. Es schien, als hätten die Geister des Gesanges ihrem Beschützer kein lieblicheres Zeichen der Dankbarkeit geben können, als seine Tochter, die alles besaß, was die süßeste Einbildungskraft nur in der zarten Gestalt eines Mädchens vereinigen konnte. Wenn man sie an den schönen Festen unter einer Schaar reitzender Gespielen, im weißen glänzenden Gewande erblickte, wie sie den Wettgesängen der begeisterten Sänger mit tiefem Lauschen zuhörte, und erröthend einen duftenden Kranz auf die Locken des Glücklichen drückte, dessen Lied den Preis gewonnen hatte: so hielt man sie für die sichtbare Seele jener herrlichen Kunst, die jene Zaubersprüche beschworen hätten, und hörte auf sich über die Entzückungen und Melodien der Dichter zu wundern.

Mitten in diesem irdischen Paradiese schien jedoch ein geheimnißvolles Schicksal zu schweben. Die einzige Sorge der Bewohner dieser Gegenden betraf die Vermählung der aufblühenden Prinzessin, von der die Fortdauer dieser seligen Zeiten und das Verhängniß des ganzen Landes abhing. Der König ward immer älter. Ihm selbst schien diese Sorge lebhaft am Herzen zu liegen, und doch zeigte sich keine Aussicht zu einer Vermählung für sie, die allen Wünschen angemessen gewesen wäre. Die heilige Ehrfurcht für das königliche Haus erlaubte keinem Unterthan, an die Möglichkeit zu denken, die Prinzessin zu besitzen. Man betrachtete sie wie ein überirdisches Wesen, und alle Prinzen aus andern Ländern, die sich mit Ansprüchen auf sie am Hofe gezeigt hatten, schienen so tief unter ihr zu seyn, daß kein Mensch auf den Einfall kam, die Prinzessin oder der König werde die Augen auf einen unter ihnen richten. Das Gefühl des Abstandes hatte sie auch allmählich alle verscheucht, und das ausgesprengte Gerücht des ausschweifenden Stolzes dieser königlichen Familie schien Andern alle Lust zu benehmen, sich ebenfalls gedemüthigt zu sehn. Ganz unbegründet war auch dieses Gerücht nicht. Der König war bey aller Milde beynah unwillkührlich in ein Gefühl der Erhabenheit gerathen, was ihm jeden Gedanken an die Verbindung seiner Tochter mit einem Manne von niedrigerem Stande und dunklerer Herkunft unmöglich oder unerträglich machte. Ihr hoher, einziger Werth hatte jenes Gefühl in ihm immer mehr bestätigt. Er war aus einer uralten Morgenländischen Königsfamilie entsprossen. Seine Gemahlin war der letzte Zweig der Nachkommenschaft des berühmten Helden Rustan gewesen. Seine Dichter hatten ihm unaufhörlich von seiner Verwand[t]schaft mit den ehemaligen übermenschlichen Beherrschern der Welt vorgesungen, und in dem Zauberspiegel ihrer Kunst war ihm der Abstand seiner Herkunft von dem Ursprunge der andern Menschen, die Herrlichkeit seines Stammes noch heller erschienen, so daß es ihn dünkte, nur durch die edlere Klasse der Dichter mit dem übrigen Menschengeschlechte zusammenzuhängen. Vergebens sah er sich mit voller Sehnsucht nach einem zweyten Rustan um, indem er fühlte, daß das Herz seiner aufblühenden Tochter, der Zustand seines Reichs, und sein zunehmendes Alter ihre Vermählung in aller Absicht sehr wünschenswerth machten.

Nicht weit von der Hauptstadt lebte auf einem abgelegenen Landgute ein alter Mann, der sich ausschließlich mit der Erziehung seines einzigen Sohnes beschäftigte, und nebenher den

Landleuten in wichtigen Krankheiten Rath ertheilte. Der junge Mensch war ernst und ergab sich einzig der Wissenschaft der Natur, in welcher ihn sein Vater von Kindheit auf unterrichtete. Aus fernen Gegenden war der Alte vor mehreren Jahren in dies friedliche und blühende Land gezogen, und begnügte sich den wohlthätigen Frieden, den der König um sich verbreitete, in der Stille zu genießen. Er benutzte sie, die Kräfte der Natur zu erforschen, und diese hinreißenden Kenntnisse seinem Sohne mitzutheilen, der viel Sinn dafür verrieth und dessen tiefem Gemüth die Natur bereitwillig ihre Geheimnisse anvertraute. Die Gestalt des jungen Menschen schien gewöhnlich und unbedeutend, wenn man nicht einen höhern Sinn für die geheimere Bildung seines edlen Gesichts und die ungewöhnliche Klarheit seiner Augen mitbrachte. Je länger man ihn ansah, desto anziehender ward er, und man konnte sich kaum wieder von ihm trennen, wenn man seine sanfte, eindringende Stimme und seine anmuthige Gabe zu sprechen hörte. Eines Tages hatte die Prinzessin, deren Lustgärten an den Wald stießen, der das Landgut des Alten in einem kleinen Thale verbarg, sich allein zu Pferde in den Wald begeben, um desto ungestörter ihren Fantasien nachhängen und einige schöne Gesänge sich wiederhohlen zu können. Die Frische des hohen Waldes lockte sie immer tiefer in seine Schatten, und so kam sie endlich an das Landgut, wo der Alte mit seinem Sohne lebte. Es kam ihr die Lust an, Milch zu trinken, sie stieg ab, band ihr Pferd an einen Baum, und trat in das Haus, um sich einen Trunk Milch auszubitten. Der Sohn war gegenwärtig, und erschrak beynah über diese zauberhafte Erscheinung eines majestätischen weiblichen Wesens, das mit allen Reizen der Jugend und Schönheit geschmückt, und von einer unbeschreiblich anziehenden Durchsichtigkeit der zartesten, unschuldigsten und edelsten Seele beynah vergöttlicht wurde. Während er eilte ihre wie Geistergesang tönende Bitte zu erfüllen, trat ihr der Alte mit bescheidner Ehrfurcht entgegen, und lud sie ein, an dem einfachen Herde, der mitten im Hause stand, und auf welchem eine leichte blaue Flamme ohne Geräusche emporspielte, Platz zu nehmen. Es fiel ihr, gleich beym Eintritt, der mit tausend seltenen Sachen gezierte Hausraum, die Ordnung und

Reinlichkeit des Ganzen, und eine seltsame Heiligkeit des Ortes auf, deren Eindruck noch durch den schlicht gekleideten ehrwürdigen Greis und den bescheidnen Anstand des Sohnes erhöhet wurde. Der Alte hielt sie gleich für eine zum Hof gehörige Person, wozu ihre kostbare Tracht, und ihr edles Betragen ihm Anlaß genug gab. Während der Abwesenheit des Sohnes befragte sie ihn um einige Merkwürdigkeiten, die ihr vorzüglich in die Augen fielen, worunter besonders einige alte, sonderbare Bilder waren, die neben ihrem Sitze auf dem Heerde standen, und er war bereitwillig sie auf eine anmuthige Art damit bekannt zu machen. Der Sohn kam bald mit einem Kruge voll frischer Milch zurück, und reichte ihr denselben mit ungekünsteltem und ehrfurchtsvollem Wesen. Nach einigen anziehenden Gesprächen mit beyden, dankte sie auf die lieblichste Weise für die freundliche Bewirthung, bat erröthend den Alten um die Erlaubniß wieder kommen, und seine lehrreichen Gespräche über die vielen wunderbaren Sachen genießen zu dürfen, und ritt zurück, ohne ihren Stand verrathen zu haben, da sie merkte, daß Vater und Sohn sie nicht kannten. Ohnerachtet die Hauptstadt so nahe lag, hatten beyde, in ihre Forschungen vertieft, das Gewühl der Menschen zu vermeiden gesucht, und es war dem Jüngling nie eine Lust angekommen, den Festen des Hofes beyzuwohnen; besonders da er seinen Vater höchstens auf eine Stunde zu verlassen pflegte, um zuweilen im Walde nach Schmetterlingen, Käfern und Pflanzen umher zu gehn, und die Eingebungen des stillen Naturgeistes durch den Einfluß seiner mannichfaltigen äußeren Lieblichkeiten zu vernehmen. Dem Alten, der Prinzessin und dem Jüngling war die einfache Begebenheit des Tages gleich wichtig. Der Alte hatte leicht den neuen tiefen Eindruck bemerkt, den die Unbekannte auf seinen Sohn machte. Er kannte diesen genug, um zu wissen, daß jeder tiefe Eindruck bey ihm ein lebenslänglicher seyn würde. Seine Jugend und die Natur seines Herzens mußten die erste Empfindung dieser Art zur unüberwindlichen Neigung machen. Der Alte hatte lange eine solche Begebenheit herannahen sehen. Die hohe Liebenswürdigkeit der Erscheinung flößte ihm unwillkührlich eine innige Theilnahme ein, und sein zuversichtliches Gemüth entfernte alle Besorgnisse über die Entwickelung dieses sonderbaren Zufalls. Die Prinzessin hatte sich nie in einem ähnlichen Zustande befunden, wie der war, in welchem sie langsam nach Hause ritt. Es konnte vor der einzigen helldunklen wunderbar beweglichen Empfindung einer neuen Welt, kein eigentlicher Gedanke in ihr entstehen. Ein magischer Schleyer dehnte sich in weiten Falten um ihr klares Bewußtseyn. Es war ihr, als würde sie sich, wenn er aufgeschlagen würde, in einer überirdischen Welt befinden. Die Erinnerung an die Dichtkunst, die bisher ihre ganze Seele beschäftigt hatte, war zu einem fernen Gesange geworden, der ihren seltsam lieblichen Traum mit den ehemaligen Zeiten verband. Wie sie zurück in den Pallast kam, erschrak sie beynah über seine Pracht und sein buntes Leben, noch mehr aber bey der Bewillkommung ihres Vaters, dessen Gesicht zum erstenmale in ihrem Leben eine scheue Ehrfurcht in ihr erregte. Es schien ihr eine unabänderliche Nothwendigkeit, nichts von ihrem Abentheuer zu erwähnen. Man war ihre schwärmerische Ernsthaftigkeit, ihren in Fantasieen und tiefes Sinnen verlornen Blick schon zu gewohnt, um etwas Außerordentliches darin zu bemerken. Es war ihr jetzt nicht mehr so lieblich zu Muthe; sie schien sich unter lauter Fremden, und eine sonderbare Bänglichkeit begleitete sie bis an den Abend, wo das frohe Lied eines Dichters, der die Hoffnung pries, und von den Wundern des Glaubens an die Erfüllung unsrer Wünsche mit hinreißender Begeisterung sang, sie mit süßem Trost erfüllte und in die angenehmsten Träume wiegte. Der Jüngling hatte sich gleich nach ihrem Abschiede in den Wald verlohren. An der Seite des Weges war er in Gebüschen bis an die Pforten des Gartens ihr gefolgt, und dann auf dem Wege zurückgegangen. Wie er so ging, sah er vor seinen Füßen einen hellen Glanz. Er bückte sich danach und hob einen dunkelrothen Stein auf, der auf einer Seite außerordentlich funkelte, und auf der Andern eingegrabene unverständliche Chiffern zeigte. Er erkannte ihn für einen kostbaren Karfunkel, und glaubte ihn in der Mitte des Halsbandes an der Unbekannten bemerkt zu haben. Er eilte mit beflügelten Schritten nach Hause, als wäre sie noch dort, und brachte den Stein seinem Vater. Sie wurden einig, daß der Sohn den andern Morgen auf dem Weg zurückgehn und warten sollte, ob der Stein gesucht würde, wo er ihn dann zurückgeben könnte; sonst wollten sie ihn bis zu einem zweyten Besuche der Unbekannten aufheben, um ihr selbst ihn zu überreichen. Der Jüngling betrachtete fast die ganze Nacht den Karfunkel und fühlte gegen Morgen ein unwiderstehliches Verlangen einige Worte auf den Zettel zu schreiben, in welchen er den Stein einwickelte. Er wußte selbst nicht genau, was er sich bey den Worten dachte, die er hinschrieb.

Es ist dem Stein ein räthselhaftes Zeichen,
Tief eingegraben in sein glühend Blut,
Er ist mit einem Herzen zu vergleichen,
In dem das Bild der Unbekannten ruht.
Man sieht um jenen tausend Funken streichen,
Um dieses woget eine lichte Flut.
In jenem liegt des Glanzes Licht begraben,
Wird dieses auch das Herz des Herzens haben?

Kaum daß der Morgen anbrach, so begab er sich schon auf den Weg, und eilte der Pforte des Gartens zu.

Unterdessen hatte die Prinzessin Abends beym Auskleiden den theuren Stein in ihrem Halsbande vermißt, der ein Andenken ihrer Mutter und noch dazu ein Talisman war, dessen Besitz ihr die Freiheit ihrer Person sicherte, indem sie damit nie in fremde Gewalt ohne ihren Willen gerathen konnte.

Dieser Verlust befremdete sie mehr, als daß er sie erschreckt hätte. Sie erinnerte sich, ihn gestern bey dem Spazierritt noch gehabt zu haben, und glaubte fest, daß er entweder im Hause des Alten, oder auf dem Rückwege im Walde verloren gegangen seyn müsse; der Weg war ihr noch in frischem Andenken, und so beschloß sie gleich früh den Stein aufzusuchen, und ward bey diesem Gedanken so heiter, daß es fast das Ansehn gewann, als sey sie gar nicht unzufrieden mit dem Verluste, weil er Anlaß gäbe jenen Weg sogleich noch einmal zu machen. Mit dem Tage ging sie durch den Garten nach dem Walde, und weil sie eilfertiger ging als gewöhnlich, so fand sie es ganz natürlich, daß ihr das Herz lebhaft schlug, und ihr die Brust beklomm. Die Sonne fing eben an, die Wipfel der alten Bäume zu vergolden, die sich mit sanftem Flüstern bewegten, als wollten sie sich gegenseitig aus nächtlichen Gesichtern erwecken, um die Sonne gemeinschaftlich zu begrüßen, als die Prinzessin durch ein fernes Geräusch veranlaßt, den Weg hinunter und den Jüngling auf sich zueilen sah, der in demselben Augenblick ebenfalls sie bemerkte.

Wie angefesselt blieb er eine Weile stehn, und blickte unverwandt sie an, gleichsam um sich zu überzeugen, daß ihre Erscheinung wirklich und keine Täuschung sey. Sie begrüßten sich mit einem zurückgehaltenen Ausdruck von Freude, als hätten sie sich schon lange gekannt und geliebt. Noch ehe die Prinzessin die Ursache ihres frühen Spazierganges ihm entdecken konnte, überreichte er ihr mit Erröthen und Herzklopfen den Stein in dem beschriebenen Zettel. Es war, als ahndete die Prinzessin den Inhalt der Zeilen. Sie nahm ihn stillschweigend mit zitternder Hand und hing ihm zur Belohnung für seinen glücklichen Fund beynah unwillkührlich eine goldne Kette um, die sie um den Hals trug. Beschämt kniete er vor ihr und konnte, da sie sich nach seinem Vater erkundigte, einige Zeit keine Worte finden. Sie sagte ihm halbleise, und mit niedergeschlagenen Augen, daß sie bald wieder zu ihnen kommen, und die Zusage des Vaters sie mit seinen Seltenheiten bekannt zu machen, mit vieler Freude benutzen würde.

Sie dankte dem Jünglinge noch einmal mit ungewöhnlicher Innigkeit, und ging hierauf langsam, ohne sich umzusehen, zurück. Der Jüngling konnte kein Wort vorbringen. Er neigte sich ehrfurchtsvoll und sah ihr lange nach, bis sie hinter den Bäumen verschwand. Nach dieser Zeit vergingen wenig Tage bis zu ihrem zweyten Besuche, dem bald mehrere folgten. Der Jüngling ward unvermerkt ihr Begleiter bey diesen Spaziergängen. Er holte sie zu bestimmten Stunden am Garten ab, und brachte sie dahin zurück. Sie beobachtete ein unverbrüchliches Stillschweigen über ihren Stand, so zutraulich sie auch sonst gegen ihren Begleiter wurde, dem bald kein Gedanke in ihrer himmlischen Seele verborgen blieb. Es war, als flößte ihr die Erhabenheit ihrer Herkunft eine geheime Furcht ein. Der Jüngling gab ihr ebenfalls seine ganze Seele. Vater und Sohn hielten sie für ein vornehmes Mädchen vom Hofe. Sie hing an dem Alten mit der Zärtlichkeit einer Tochter. Ihre Liebkosungen gegen ihn waren die entzükkenden Vorboten ihrer Zärtlichkeit gegen den Jüngling. Sie ward bald einheimisch in dem wunderbaren Hause; und wenn sie dem Alten und dem Sohne, der zu ihren Füßen saß, auf ihrer Laute reitzende Lieder mit einer überirdischen Stimme vorsang, und letzteren in dieser lieblichen Kunst unterrichtete: so erfuhr sie dagegen von seinen begeisterten Lippen die Enträthselung der überall verbreiteten Naturgeheimnisse. Er lehrte ihr, wie durch wundervolle Sympathie die Welt entstanden sey, und die Gestirne sich zu melodischen Reigen vereinigt hätten. Die Geschichte der Vorwelt ging durch seine heiligen Erzählungen in ihrem Gemüth auf; und wie entzückt war sie, wenn ihr Schüler, in der Fülle seiner Eingebungen, die Laute ergriff und mit unglaublicher Gelehrigkeit in die wundervollsten Gesänge ausbrach. Eines Tages, wo ein besonders kühner Schwung sich seiner Seele in ihrer Gesellschaft bemächtigt hatte, und die mächtige Liebe auf dem Rückwege ihre jungfräuliche Zurückhaltung mehr als gewöhnlich überwand, so daß sie beyde ohne selbst zu wissen wie einander in die Arme sanken, und der erste glühende Kuß sie auf ewig zusammenschmelzte, fing mit einbrechender Dämmerung ein gewaltiger Sturm in den Gipfeln der Bäume plötzlich zu toben an. Drohende Wetterwolken zogen mit tiefem nächtlichen Dunkel über sie her. Er eilte sie in Sicherheit vor dem fürchterlichen Ungewitter und den brechenden Bäumen zu bringen: aber er verfehlte in der Nacht und voll Angst wegen seiner Geliebten den Weg, und gerieth immer tiefer in den Wald hinein. Seine Angst wuchs, wie er seinen Irrthum bemerkte. Die Prinzessin dachte an das Schrecken des Königs und des Hofes; eine unnennbare Ängstlichkeit fuhr zuweilen, wie ein zerstörender Strahl, durch ihre Seele, und nur die Stimme ihres Geliebten, der ihr unaufhörlich Trost zusprach, gab ihr Muth und Zutrauen zurück, und erleichterte ihre beklommne Brust. Der Sturm wüthete fort; alle Bemühungen den Weg zu finden waren vergeblich, und sie priesen sich beyde glücklich, bey der Erleuchtung eines Blitzes eine nahe Höhle an dem steilen Abhang eines waldigen Hügels zu entdecken, wo sie eine sichere Zuflucht gegen die Gefahren des Ungewitters zu finden hof[f]ten, und eine Ruhestätte für ihre erschöpften Kräfte. Das Glück begünstigte ihre Wünsche. Die Höhle war trocken und mit reinlichem Moose bewachsen. Der Jüngling zündete schnell ein Feuer von Reisern und Moos an, woran sie sich trocknen konnten, und die beyden Liebenden sahen sich nun auf eine wunderbare Weise von der Welt entfernt, aus einem gefahrvollen Zustande gerettet, und auf einem bequemen, warmen Lager allein nebeneinander.

Ein wilder Mandelstrauch hing mit Früchten beladen in die Höhle hinein, und ein nahes Rieseln ließ sie frisches Wasser zur Stillung ihres Durstes finden. Die Laute hatte der Jüngling mitgenommen, und sie gewährte ihnen jetzt eine aufheiternde und beruhigende Unterhaltung bey dem knisternden Feuer. Eine höhere Macht schien den Knoten schneller lösen zu wollen, und brachte sie unter sonderbaren Umständen in diese romantische Lage. Die Unschuld ihrer Herzen, die zauberhafte Stimmung ihrer Gemüther, und die verbundene unwiderstehliche Macht ihrer süßen Leidenschaft und ihrer Jugend ließ sie bald die Welt und ihre Verhältnisse vergessen, und wiegte sie unter dem Brautgesange des Sturms und den Hochzeitfackeln der Blitze in den süßesten Rausch ein, der je ein sterbliches Paar beseligt haben mag. Der Anbruch des lichten blauen Morgens war für sie das Erwachen in einer neuen seligen Welt. Ein Strom heißer Thränen, der jedoch bald aus den Augen der Prinzessin hervorbrach, verrieth ihrem Geliebten die erwachenden tausendfachen Bekümmernisse ihres Herzens. Er war in dieser Nacht um mehrere Jahre älter, aus einem Jünglinge zum Manne geworden. Mit überschwenglicher Begeisterung tröstete er seine Geliebte, erinnerte sie an die Heiligkeit der wahrhaften Liebe, und an den hohen Glauben, den sie einflöße, und bat sie, die heiterste Zukunft von dem Schutzgeist ihres Herzens mit Zuversicht zu erwarten. Die Prinzessin fühlte die Wahrheit seines Trostes, und entdeckte ihm, sie sey die Tochter des Königs, und nur bange wegen des Stolzes und der Bekümmernisse ihres Vaters. Nach langen reiflichen Überlegungen wurden sie über die zu fassende Entschließung einig, und der Jüngling machte sich sofort auf den Weg, um seinen Vater aufzusuchen, und diesen mit ihrem Plane bekannt zu machen. Er versprach in kurzem wieder bey ihr zu seyn, und verließ sie beruhigt und in süßen Vorstellungen der künftigen Entwickelung dieser Begebenheiten. Der Jüngling hatte bald seines Vaters Wohnung erreicht, und der Alte war sehr erfreut, ihn unverletzt ankommen zu sehen. Er erfuhr nun die Geschichte und den Plan der Liebenden, und bezeigte sich nach einigem Nachdenken bereitwillig ihn zu unterstützen. Sein Haus lag ziemlich versteckt, und hatte einige unterirdische Zimmer, die nicht leicht aufzufinden waren. Hier sollte die Wohnung der Prinzessin seyn. Sie ward also in der Dämmerung abgeholt, und mit tiefer Rührung von dem Alten empfangen. Sie weinte nachher oft in der Einsamkeit, wenn sie ihres traurigen Vaters gedachte: doch verbarg sie ihren Kummer vor ihrem Geliebten, und sagte es nur dem Alten, der sie freundlich tröstete, und ihr die nahe Rückkehr zu ihrem Vater vorstellte.

Unterdeß war man am Hofe in große Bestürzung gerathen, als Abends die Prinzessin vermißt wurde. Der König war ganz außer sich, und schickte überall Leute aus, sie zu suchen. Kein Mensch wußte sich ihr Verschwinden zu erklären. Keinem kam ein heimliches Liebesverständniß in die Gedanken, und so ahndete man keine Entführung, da ohnedies kein Mensch weiter fehlte. Auch nicht zu der entferntesten Vermuthung war Grund da. Die ausgeschickten Boten kamen unverrichteter Sache zurück, und der König fiel in tiefe Traurigkeit. Nur wenn Abends seine Sänger vor ihn kamen und schöne Lieder mitbrachten, war es, als ließe sich die alte Freude wieder vor ihm blicken; seine Tochter dünkte ihm nah, und er schöpfte Hofnung, sie bald wiederzusehen. War er aber wieder allein, so zerriß es ihm von neuem das Herz und er weinte laut. Dann gedachte er bey sich selbst: Was hilft mir nun alle die Herrlichkeit, und meine hohe Geburt. Nun bin ich doch elender als die andern Menschen. Meine Tochter kann mir nichts ersetzen. Ohne sie sind auch die Gesänge nichts, als leere Worte und Blendwerk. Sie war der Zauber, der ihnen Leben und Freude, Macht und Gestalt gab. Wollt' ich doch lieber, ich wäre der geringste meiner Diener. Dann hätte ich meine Tochter noch; auch wohl einen Eydam dazu und Enkel, die mir auf den Knieen säßen: dann wäre ich ein anderer König, als jetzt. Es ist nicht die Krone und das Reich, was einen König macht. Es ist jenes volle, überfließende Gefühl der Glückseligkeit, der Sättigung mit irdischen Gütern, jenes Gefühl der überschwänglichen Gnüge. So werd' ich nun für meinen Übermuth bestraft. Der Verlust meiner Gattin hat mich noch nicht genug erschüttert. Nun hab' ich auch ein grenzenloses Elend. So klagte der König in den Stunden der heißesten Sehnsucht. Zuweilen brach auch seine alte Strenge und sein Stolz wieder hervor. Er zürnte über seine Klagen; wie ein König wollte er dulden und schweigen. Er meinte dann, er leide mehr, als alle Anderen, und gehöre ein großer Schmerz zum Königthum; aber wenn es dann dämmerte, und er in die Zimmer seiner Tochter trat, und sah ihre Kleider hängen, und ihre kleinern Habseligkeiten stehn, als habe sie eben das Zimmer verlassen: so vergaß er seine Vorsätze, gebehrdete sich wie ein trübseliger Mensch, und rief seine geringsten Diener um Mitleid an. Die ganze Stadt und das ganze Land weinten und klagten von ganzem Herzen mit ihm. Sonderlich war es, daß eine Sage umherging, die Prinzessin lebe noch, und werde bald mit einem Gemahl wiederkommen. Kein Mensch wußte, woher die Sage kam: aber alles hing sich mit frohem Glauben daran, und sah mit ungeduldiger Erwartung ihrer baldigen Wiederkunft entgegen. So vergingen mehrere Monden, bis das Frühjahr wieder herankam. Was gilts, sagten einige in wunderlichem Muthe, nun kommt auch die Prinzessin wieder. Selbst der König ward heitrer und hoffnungsvoller. Die Sage dünkte ihm wie die Verheißung einer gütigen Macht. Die ehemaligen Feste fingen wieder an, und es schien zum völligen Aufblühen der alten Herrlichkeit nur noch die Prinzessin zu fehlen. Eines Abends, da es gerade jährig wurde, daß sie verschwand, war der ganze Hof im Garten versammelt. Die Luft war warm und heiter; ein leiser Wind tönte nur oben in den alten Wipfeln, wie die Ankündigung eines fernen fröhlichen Zuges. Ein mächtiger Springquell stieg zwischen den vielen Fackeln mit zahllosen Lichtern hinauf in die Dunkelheit der tönenden Wipfel, und begleitete mit melodischem Plätschern die mannichfaltigen Gesänge, die unter den Bäumen hervorklangen. Der König saß auf einem köstlichen Teppich, und um ihn her war der Hof in festlichen Kleidern versammelt. Eine zahlreiche Menge erfüllte den Garten, und umgab das prachtvolle Schauspiel. Der König saß eben in tiefen Gedanken. Das Bild seiner verlornen Tochter stand mit ungewöhnlicher Klarheit vor ihm; er gedachte der glücklichen Tage, die um diese Zeit im vergangenen Jahre ein plötzliches Ende nahmen. Eine heiße Sehnsucht übermannte ihn, und es flossen häufige Thränen von seinen ehrwürdigen Wangen; doch empfand er eine ungewöhnliche Heiterkeit. Es dünkte ihm das traurige Jahr nur ein schwerer Traum zu seyn, und er hob die Augen auf, gleichsam um ihre hohe, heilige, entzückende Gestalt unter den Menschen und den Bäumen aufzusuchen. Eben hatten die Dichter geendigt, und eine tiefe Stille schien das Zeichen der allgemeinen Rührung zu seyn, denn die Dichter hatten die Freuden des Wiedersehns, den Frühling und die Zukunft besungen, wie sie die Hoffnung zu schmücken pflegt.

Plötzlich wurde die Stille durch leise Laute einer unbekannten schönen Stimme unterbrochen, die von einer uralten Eiche herzukommen schienen. Alle Blicke richteten sich dahin, und man sah einen Jüngling in einfacher, aber fremder Tracht stehen, der eine Laute im Arm hielt, und ruhig in seinem Gesange fortfuhr, indem er jedoch, wie der König seinen Blick nach ihm wandte, eine tiefe Verbeugung machte. Die Stimme war außerordentlich schön, und der Gesang trug ein fremdes, wunderbares Gepräge. Er handelte von dem Ursprunge der Welt, von der Entstehung der Gestirne, der Pflanzen, Thiere und Menschen, von der allmächtigen Sympathie der Natur, von der uralten goldenen Zeit und ihren Beherrscherinnen, der Liebe und Poesie, von der Erscheinung des Hasses und der Barbarey und ihren Kämpfen mit jenen wohlthätigen Göttinnen, und endlich von dem zukünftigen Triumph der letztern, dem Ende der Trübsale, der Verjüngung der Natur und der Wiederkehr eines ewigen goldenen Zeitalters. Die alten Dichter traten selbst von Begeisterung hingerissen, während des Gesanges näher um den seltsamen Fremdling her. Ein niegefühltes Entzücken ergriff die Zuschauer, und der König selbst fühlte sich wie auf einem Strom des Himmels weggetragen. Ein solcher Gesang war nie vernommen worden, und Alle glaubten, ein himmlisches Wesen sey unter ihnen erschienen, besonders da der Jüngling unterm Singen immer schöner, immer herrlicher, und seine Stimme immer gewaltiger zu werden schien. Die Luft spielte mit seinen goldenen Locken. Die Laute schien sich unter seinen Händen zu beseelen, und sein Blick schien trunken in eine geheimere Welt hinüber zu schauen. Auch die Kinderunschuld und Einfalt seines Gesichts schien allen übernatürlich. Nun war der herrliche Gesang geendigt. Die bejahrten Dichter drückten den Jüngling mit Freudenthränen an ihre Brust. Ein stilles inniges Jauchzen ging durch die Versammlung. Der König kam gerührt auf ihn zu. Der Jüngling warf sich ihm bescheiden zu Füßen. Der König hob ihn auf, umarmte ihn herzlich, und hieß ihn sich eine Gabe ausbitten. Da bat er mit glühenden Wangen den König, noch ein Lied gnädig anzuhören, und dann über seine Bitte zu entscheiden. Der König trat einige Schritte zurück und der Fremdling fing an:

Der Sänger geht auf rauhen Pfaden,
Zerreißt in Dornen sein Gewand;
Er muß durch Fluß und Sümpfe baden,
Und keins reicht hülfreich ihm die Hand.
Einsam und pfadlos fließt in Klagen
Jetzt über sein ermattet Herz;
Er kann die Laute kaum noch tragen,
Ihn übermannt ein tiefer Schmerz.

Ein traurig Loos ward mir beschieden,
Ich irre ganz verlassen hier,
Ich brachte Allen Lust und Frieden,
Doch keiner theilte sie mit mir.
Es wird ein jeder seiner Habe
Und seines Lebens froh durch mich;
Doch weisen sie mit karger Gabe
Des Herzens Forderung von sich.

Man läßt mich ruhig Abschied nehmen,
Wie man den Frühling wandern sieht;
Es wird sich keiner um ihn grämen,
Wenn er betrübt von dannen zieht.
Verlangend sehn sie nach den Früchten,

Und wissen nicht, daß er sie sät;
Ich kann den Himmel für sie dichten,
Doch meiner denkt nicht Ein Gebet.

Ich fühle dankbar Zaubermächte
An diese Lippen festgebannt.
O! knüpfte nur an meine Rechte
Sich auch der Liebe Zauberband.
Es kümmert keine sich des Armen,
Der dürftig aus der Ferne kam;
Welch Herz wird Sein sich noch erbarmen
Und lösen seinen tiefen Gram?

Er sinkt im hohen Grase nieder,
Und schläft mit nassen Wangen ein;
Da schwebt der hohe Geist der Lieder
In die beklemmte Brust hinein:
Vergiß anjetzt, was du gelitten,
In Kurzem schwindet deine Last,
Was du umsonst gesucht in Hütten,
Das wirst du finden im Palast.

Du nahst dem höchsten Erdenlohne,
Bald endigt der verschlungne Lauf;
Der Myrthenkranz wird eine Krone,
Dir setzt die treuste Hand sie auf.
Ein Herz voll Einklang ist berufen
Zur Glorie um einen Thron;
Der Dichter steigt auf rauhen Stufen
Hinan, und wird des Königs Sohn.

So weit war er in seinem Gesange gekommen, und ein sonderbares Erstaunen hatte sich der Versammlung bemächtigt, als während dieser Strophen ein alter Mann mit einer verschleyerten weiblichen Gestalt von edlem Wuchse, die ein wunderschönes Kind auf dem Arme trug, das freundlich in der fremden Versammlung umhersah, und lächelnd nach dem blitzenden Diadem des Königs die kleinen Händchen streckte, zum Vorschein kamen, und sich hinter den Sänger stellten, aber das Staunen wuchs, als plötzlich aus den Gipfeln der alten Bäume, der Lieblingsadler des Königs, den er immer um sich hatte, mit einer goldenen Stirnbinde, die er aus seinen Zimmern entwandt haben mußte, herabflog, und sich auf das Haupt des Jünglings niederließ, so daß die Binde sich um seine Locken schlug. Der Fremdling erschrak einen Augenblick; der Adler flog an die Seite des Königs, und ließ die Binde zurück. Der Jüngling reichte sie dem Kinde, das darnach verlangte, ließ sich auf ein Knie gegen den König nieder, und fuhr in seinem Gesange mit bewegter Stimme fort:

Der Sänger fährt aus schönen Träumen
Mit froher Ungeduld empor;
Er wandelt unter hohen Bäumen
Zu des Pallastes ehrnem Thor.
Die Mauern sind wie Stahl geschliffen,
Doch sie erklimmt sein Lied geschwind,
Es steigt von Lieb' und Weh ergriffen
Zu ihm hinab des Königs Kind.

Die Liebe drückt sie fest zusammen
Der Klang der Panzer treibt sie fort;
Sie lodern auf in süßen Flammen,
Im nächtlich stillen Zufluchtsort.
Sie halten furchtsam sich verborgen,
Weil sie der Zorn des Königs schreckt;
Und werden nun von jedem Morgen
Zu Schmerz und Lust zugleich erweckt.

Der Sänger spricht mit sanften Klängen
Der neuen Mutter Hoffnung ein;
Da tritt, gelockt von den Gesängen
Der König in die Kluft hinein.
Die Tochter reicht in goldnen Locken
Den Enkel von der Brust ihm hin;
Sie sinken reuig und erschrocken,
Und mild zergeht sein strenger Sinn.

Der Liebe weicht und dem Gesange
Auch auf dem Thron ein Vaterherz,
Und wandelt bald in süßem Drange
Zu ewger Lust den tiefen Schmerz.
Die Liebe giebt, was sie entrissen,
Mit reichem Wucher bald zurück,
Und unter den Versöhnungsküssen
Entfaltet sich ein himmlisch Glück.

Geist des Gesangs, komm du hernieder,
Und steh auch jetzt der Liebe bey;
Bring die verlorne Tochter wieder,
Daß ihr der König Vater sey! –
Daß er mit Freuden sie umschließet,
Und seines Enkels sich erbarmt,
Und wenn das Herz ihm überfließet,
Den Sänger auch als Sohn umarmt.

Der Jüngling hob mit bebender Hand bey diesen Worten, die sanft in den dunklen Gängen verhallten, den Schleyer. Die Prinzessin fiel mit einem Strom von Thränen zu den Füßen des Königs, und hielt ihm das schöne Kind hin. Der Sänger kniete mit gebeugtem Haupte an ihrer Seite. Eine ängstliche Stille schien jeden Athem festzuhalten. Der König war einige Augenblicke sprachlos und ernst; dann zog er die Prinzessin an seine Brust, drückte sie lange fest an sich und weinte laut. Er hob nun auch den Jüngling zu sich auf, und umschloß ihn mit herzlicher Zärtlichkeit. Ein helles Jauchzen flog durch die Versammlung, die sich dicht zudrängte. Der König nahm das Kind und reichte es mit rührender Andacht gen Himmel; dann begrüßte er freundlich den Alten. Unendliche Freudenthränen flossen. In Gesänge brachen die Dichter aus, und der Abend ward ein heiliger Vorabend dem ganzen Lande, dessen Leben fortan nur Ein schönes Fest war. Kein Mensch weiß, wo das Land hingekommen ist. Nur in Sagen heißt es, daß Atlantis von mächtigen Fluten den Augen entzogen worden sey.

Viertes Kapitel

Einige Tagereisen waren ohne die mindeste Unterbrechung geendigt. Der Weg war fest und trocken, die Witterung erquickend und heiter, und die Gegenden, durch die sie kamen, fruchtbar, bewohnt und mannichfaltig. Der furchtbare Thüringer Wald lag im Rücken; die Kaufleute hatten den Weg öfterer gemacht, waren überall mit den Leuten bekannt, und erfuhren die gastfreyste Aufnahme. Sie vermieden die abgelegenen und durch Räubereien bekannten Gegenden, und nahmen, wenn sie ja gezwungen waren, solche zu durchreisen, ein hinlängliches Geleite mit. Einige Besitzer benachbarter Bergschlösser standen mit den Kaufleuten in gutem Vernehmen. Sie wurden besucht und bey ihnen nachgefragt, ob sie Bestellungen nach Augsburg zu machen hätten. Eine freundliche Bewirthung ward ihnen zu Theil, und die Frauen und Töchter drängten sich mit herzlicher Neugier um die Fremdlinge. Heinrichs Mutter gewann sie bald durch ihre guthmüthige Bereitwilligkeit und Theilnahme. Man war erfreut eine Frau aus der Residenzstadt zu sehn, die eben so willig die Neuigkeiten der Mode, als die Zubereitung einiger schmackhafter Schüsseln mittheilte. Der junge Ofterdingen ward von Rittern und Frauen wegen seiner Bescheidenheit und seines ungezwungenen milden Betragens gepriesen, und die letztern verweilten gern auf seiner einnehmenden Gestalt, die wie das einfache Wort eines Unbekannten war, das man fast überhört, bis längst nach seinem Abschiede es seine tiefe unscheinbare Knospe immer mehr aufthut, und endlich eine herrliche Blume in allem Farbenglanze dichtverschlungener Blätter zeigt, so daß man es nie vergißt, nicht müde wird es zu wiederholen, und einen unversieglichen immer gegenwärtigen Schatz daran hat. Man besinnt sich nun genauer auf den Unbekannten, und ahndet und ahndet, bis es auf einmal klar wird, daß es ein Bewohner der höhern Welt gewesen sey. – Die Kaufleute erhielten eine große Menge Bestellungen, und man trennte sich gegenseitig mit herzlichen Wünschen, einander bald wieder zu sehn. Auf einem dieser Schlösser, wo sie gegen Abend hinkamen, ging es frölich zu. Der Herr des Schlosses war ein alter Kriegsmann, der die Muße des Friedens, und die Einsamkeit seines Aufenthalts mit öftern Gelagen feyerte und unterbrach, und außer dem Kriegsgetümmel und der Jagd keinen andern Zeitvertreib kannte, als den gefüllten Becher.

Er empfing die Ankommenden mit brüderlicher Herzlichkeit, mitten unter lärmenden Genossen. Die Mutter ward zur Hausfrau geführt. Die Kaufleute und Heinrich mußten sich an die lustige Tafel setzen, wo der Becher tapfer umherging. Heinrichen ward auf vieles Bitten in Rücksicht seiner Jugend das jedesmalige Bescheidthun erlassen, dagegen die Kaufleute sich nicht faul finden, sondern sich den alten Frankenwein tapfer schmekken ließen. Das Gespräch lief über ehmalige Kriegsabentheuer hin. Heinrich hörte mit großer Aufmerksamkeit den neuen Erzählungen zu. Die Ritter sprachen vom heiligen Lande, von den Wundern des heiligen Grabes, von den Abentheuern ihres Zuges, und ihrer Seefahrt, von den Sarazenen, in deren Gewalt einige gerathen gewesen waren, und dem frölichen und wunderbaren Leben im Felde und im Lager. Sie äußerten mit großer Lebhaftigkeit ihren Unwillen, jene himmlische Geburtsstätte der Christenheit noch im frevelhaften Besitz der Ungläubigen zu wissen. Sie erhoben die großen Helden, die sich eine ewige Krone durch ihr tapfres, unermüdliches Bezeigen gegen dieses ruchlose Volk erworben hätten. Der Schloßherr zeigte das kostbare Schwerdt, was er einem Anführer derselben mit eigner Hand abgenommen, nachdem er sein Castell erobert, ihn getödtet, und seine Frau und Kinder zu Gefangenen gemacht, welches ihm der Kayser in seinem Wappen zu führen vergönnet hatte. Alle besahen das prächtige Schwerdt, auch Heinrich nahm es in seine Hand, und fühlte sich von einer kriegerischen Begeisterung ergriffen. Er küßte es mit inbrünstiger Andacht. Die Ritter freuten sich über seinen Antheil. Der Alte umarmte ihn, und munterte ihn auf, auch seine Hand auf ewig der Befreyung des heiligen Grabes zu widmen, und das wunderthätige Kreuz auf seine Schultern befestigen zu lassen. Er war überrascht, und seine Hand schien sich nicht von dem Schwerdte losmachen zu können. Besinne dich, mein Sohn, rief der alte Ritter. Ein neuer Kreuzzug ist vor der Thür. Der Kayser selbst wird unsere Schaaren in das Morgenland führen. Durch ganz Europa schallt von neuem der Ruf des Kreuzes, und heldenmüthige Andacht regt sich aller Orten. Wer weiß, ob wir nicht übers Jahr in der großen weltherrlichen Stadt Jerusalem als frohe Sieger bey einander sitzen, und uns bey vaterländischem Wein an unsere Heymath erinnern. Du kannst auch bey mir ein morgenländisches Mädgen sehn. Sie dünken uns Abendländern gar anmuthig, und wenn du das Schwerdt gut zu führen verstehst, so kann es dir an schönen Gefangenen nicht fehlen. Die Ritter sangen mit lauter Stimme den Kreuzgesang, der damals in ganz Europa gesungen wurde:

Das Grab steht unter wilden Heyden;
Das Grab, worinn der Heyland lag,
Muß Frevel und Verspottung leiden
Und wird entheiligt jeden Tag.
Es klagt heraus mit dumpfer Stimme:
Wer rettet mich von diesem Grimme!

Wo bleiben seine Heldenjünger?
Verschwunden ist die Christenheit!
Wer ist des Glaubens Wiederbringer?
Wer nimmt das Kreuz in dieser Zeit?
Wer bricht die schimpflichsten der Ketten,
Und wird das heil'ge Grab erretten?

Gewaltig geht auf Land und Meeren
In tiefer Nacht ein heil'ger Sturm;
Die trägen Schläfer aufzustören,
Umbraust er Lager, Stadt und Thurm,
Ein Klaggeschrey um alle Zinnen:
Auf, träge Christen, zieht von hinnen.

Es lassen Engel aller Orten
Mit ernstem Antlitz stumm sich sehn,
Und Pilger sieht man vor den Pforten
mit kummervollen Wangen stehn;
Sie klagen mit den bängsten Tönen
Die Grausamkeit der Sarazenen.

Es bricht ein Morgen, roth und trübe,
Im weiten Land der Christen an.

Der Schmerz der Wehmuth und der Liebe
Verkündet sich bey Jedermann.
Ein jedes greift nach Kreuz und Schwerdte
Und zieht entflammt von seinem Heerde.

Ein Feuereifer tobt im Heere,
Das Grab des Heylands zu befreyn.
Sie eilen frölich nach dem Meere,
Um bald auf heil'gem Grund zu seyn.
Auch Kinder kommen noch gelaufen
Und mehren den geweihten Haufen.

Hoch weht das Kreuz im Siegspaniere,
Und alte Helden stehn voran.
Des Paradieses sel'ge Thüre
Wird frommen Kriegern aufgethan;
Ein jeder will das Glück genießen
Sein Blut für Christus zu vergießen.

Zum Kampf ihr Christen! Gottes Schaaren
Ziehn mit in das gelobte Land.
Bald wird der Heyden Grimm erfahren
Des Christengottes Schreckenshand.
Wir waschen bald in frohem Muthe
Das heilige Grab mit Heydenblute.

Die heil'ge Jungfrau schwebt, getragen
Von Engeln, ob der wilden Schlacht,
Wo jeder, den das Schwerdt geschlagen,
In ihrem Mutterarm erwacht.
Sie neigt sich mit verklärter Wange
Herunter zu dem Waffenklange.

Hinüber zu der heilgen Stätte!
Des Grabes dumpfe Stimme tönt!
Bald wird mit Sieg und mit Gebete
Die Schuld der Christenheit versöhnt!
Das Reich der Heyden wird sich enden,
Ist erst das Grab in unsern Händen.

Heinrichs ganze Seele war in Aufruhr, das Grab kam ihm wie eine bleiche, edle, jugendliche Gestalt vor, die auf einem großen Stein mitten unter wildem Pöbel säße, und auf eine entsetzliche Weise gemißhandelt würde, als wenn sie mit kummervollen Gesichte nach einem Kreuze blicke, was im Hintergrunde mit lichten Zügen schimmerte, und sich in den bewegten Wellen eines Meeres unendlich vervielfältigte.

Seine Mutter schickte eben herüber, um ihn zu holen, und der Hausfrau des Ritters vorzustellen. Die Ritter waren in ihr Gelag und ihre Vorstellungen des bevorstehenden Zuges vertieft, und bemerkten nicht, daß Heinrich sich entfernte. Er fand seine Mutter in traulichem Gespräch mit der alten, gutmüthigen Frau des Schlosses, die ihn freundlich bewillkommte. Der Abend war heiter; die Sonne begann sich zu neigen, und Heinrich, der sich nach Einsamkeit sehnte, und von der goldenen Ferne gelockt wurde, die durch die engen, tiefen Bogenfenster in das düstre Gemach hineintrat, erhielt leicht die Erlaubniß, sich außerhalb des Schlosses besehen zu dürfen. Er eilte ins Freye, sein ganzes Gemüth war rege, er sah von der Höhe des alten Felsen zunächst in das waldige Thal, durch das ein Bach herunterstürzte und einige Mühlen trieb, deren Geräusch man kaum aus der gewaltigen Tiefe vernehmen konnte, und dann in eine unabsehliche Ferne von Bergen, Wäldern und Niederungen, und seine innere Unruhe wurde besänftigt. Das kriegerische Getümmel verlor sich, und es blieb nur eine klare bilderreiche Sehnsucht zurück. Er fühlte, daß ihm eine Laute mangelte, so wenig er auch wußte, wie sie eigentlich gebaut sey, und welche Wirkung sie hervorbringe. Das heitere Schauspiel des herrlichen Abends wiegte ihn in sanfte Fantasieen: die Blume seines Herzens ließ sich zuweilen, wie ein Wetterleuchten in ihm sehn. – Er schweifte durch das wilde Gebüsch und kletterte über bemooste Felsenstücke, als auf einmal aus einer nahen Tiefe ein zarter eindringender Gesang einer weiblichen Stimme von wunderbaren Tönen begleitet, erwachte. Es war ihm gewiß, daß es eine Laute sey; er blieb verwunderungsvoll stehen, und hörte in gebrochner deutscher Aussprache folgendes Lied:

Bricht das matte Herz noch immer
Unter fremdem Himmel nicht?
Kommt der Hoffnung bleicher Schimmer
Immer mir noch zu Gesicht?
Kann ich wohl noch Rückkehr wähnen?
Stromweis stürzen meine Thränen,
Bis mein Herz in Kummer bricht.

Könnt ich dir die Myrthen zeigen
Und der Zeder dunkles Haar!
Führen dich zum frohen Reigen
Der geschwisterlichen Schaar!
Sähst du im gestickten Kleide,
Stolz im köstlichen Geschmeide
Deine Freundinn, wie sie war.

Edle Jünglinge verneigen
Sich mit heißem Blick vor ihr;
Zärtliche Gesänge steigen
Mit dem Abendstern zu mir.
Dem Geliebten darf man trauen;
Ewge Lieb' und Treu den Frauen,
Ist der Männer Losung hier.

Hier, wo um krystallne Quellen
Liebend sich der Himmel legt,
Und mit heißen Balsamwellen
Um den Hayn zusammenschlägt,
Der in seinen Lustgebieten,
Unter Früchten, unter Blüthen
Tausend bunte Sänger hegt.

Fern sind jene Jugendträume!
Abwärts liegt das Vaterland!
Längst gefällt sind jene Bäume,
Und das alte Schloß verbrannt.
Fürchterlich, wie Meereswogen
Kam ein rauhes Heer gezogen,
Und das Paradies verschwand.

Fürchterliche Gluten flossen
In die blaue Luft empor,
Und es drang auf stolzen Rossen
Eine wilde Schaar ins Thor.
Säbel klirrten, unsre Brüder,
Unser Vater kam nicht wieder,
Und man riß uns wild hervor.

Meine Augen wurden trübe;
Fernes, mütterliches Land,
Ach! sie bleiben dir voll Liebe
Und voll Sehnsucht zugewandt!
Wäre nicht dies Kind vorhanden,
Längst hätt' ich des Lebens Banden
Aufgelöst mit kühner Hand.

Heinrich hörte das Schluchzen eines Kindes und eine tröstende Stimme. Er stieg tiefer durch das Gebüsch hinab, und fand ein bleiches, abgehärmtes Mädchen unter einer alten Eiche sitzen. Ein schönes Kind hing weinend an ihrem Halse, auch ihre Thränen flossen, und eine Laute lag neben ihr auf dem Rasen. Sie erschrack ein wenig, als sie den fremden Jüngling erblickte, der mit wehmüthigem Gesicht sich ihr näherte.

Ihr habt wohl meinen Gesang gehört, sagte sie freundlich. Euer Gesicht dünkt mir bekannt, laßt mich besinnen – Mein Gedächtniß ist schwach geworden, aber euer Anblick erweckt in mir eine sonderbare Erinnerung aus frohen Zeiten. O! mir ist, als glicht ihr einem meiner Brüder, der noch vor unserm Unglück von uns schied, und nach Persien zu einem berühmten Dichter zog. Vielleicht lebt er noch, und besingt traurig das Schicksal seiner Geschwister. Wüßt ich nur noch einige seiner herrlichen Lieder, die er uns hinterließ! Er war edel und zärtlich, und kannte kein größeres Glück als seine Laute. Das Kind war ein Mädchen von zehn bis zwölf Jahren, das den fremden Jüngling aufmerksam betrachtete und sich fest an den Busen der unglücklichen Zulima schmiegte. Heinrichs Herz war von Mitleid durchdrungen; er tröstete die Sängerin mit freundlichen Worten, und bat sie, ihm umständlicher ihre Geschichte zu erzählen. Sie schien es nicht ungern zu thun. Heinrich setzte sich ihr gegenüber und vernahm ihre von häufigen Thränen unterbrochne Erzählung. Vorzüglich hielt sie sich bei dem Lobe ihrer Landsleute und ihres Vaterlandes auf. Sie schilderte den Edelmuth derselben, und ihre reine starke Empfänglichkeit für die Poesie des Lebens und die wunderbare, geheimnißvolle Anmuth der Natur. Sie beschrieb die romantischen Schönheiten der fruchtbaren Arabischen Gegenden, die wie glückliche Inseln in unwegsamen Sandwüsteneien lägen, wie Zufluchtsstätte der Bedrängten und Ruhebedürftigen, wie Kolonien des Paradieses, voll frischer Quellen, die über dichten Rasen und funkelnde Steine durch alte, ehrwürdige Haine rieselten, voll bunter Vögel mit melodischen Kehlen und anziehend durch mannichfaltige Überbleibsel ehemaliger denkwürdiger Zeiten. Ihr würdet mit Verwunderung, sagte sie, die buntfarbigen, hellen, seltsamen Züge und Bilder auf den alten Steinplatten sehn. Sie scheinen so bekannt und nicht ohne Ursach so wohl erhalten zu seyn. Man sinnt und sinnt, einzelne Bedeutungen ahnet man, und wird um so begieriger, den tiefsinnigen Zusammenhang dieser uralten Schrift zu errathen. Der unbekannte Geist derselben erregt ein ungewöhnliches Nachdenken, und wenn man auch ohne den gewünschten Fund von dannen geht, so hat man doch tausend merkwürdige Entdeckungen in sich selbst gemacht, die dem Leben einen neuen Glanz und dem Gemüth eine lange, belohnende Beschäftigung geben. Das Leben auf einem längst bewohnten und ehemals schon durch Fleiß, Thätigkeit und Neigung verherrlichten Boden hat einen besondern Reiz. Die Natur scheint dort menschlicher und verständlicher geworden, eine dunkle Erinnerung unter der durchsichtigen Gegenwart wirft die Bilder der Welt mit scharfen Umrissen zurück, und so genießt man eine doppelte Welt, die eben dadurch das Schwere und Gewaltsame verliert und die zauberische Dichtung und Fabel unserer Sinne wird. Wer weiß, ob nicht auch ein unbegreiflicher Einfluß der ehemaligen, jetzt unsichtbaren Bewohner mit ins Spiel kommt, und vielleicht ist es dieser dunkle Zug, der die Menschen aus neuen Gegenden, sobald eine gewisse Zeit ihres Erwachens kömmt, mit so zerstörender Ungeduld nach der alten Heymath ihres Geschlechts treibt, und sie Gut und Blut an den Besitz dieser Länder zu wagen anregt. Nach einer Pause fuhr sie fort: Glaubt ja nicht, was man euch von den Grausamkeiten meiner Landsleute erzählt hat. Nirgends wurden Gefangene großmüthiger behandelt, und auch eure Pilger nach Jerusalem wurden mit Gastfreundschaft aufgenommen, nur daß sie selten derselben werth waren. Die Meisten waren nichtsnutzige, böse Menschen, die ihre Wallfahrten mit Bubenstücken bezeichneten, und dadurch freylich oft gerechter Rache in die Hände fielen. Wie ruhig hätten die Christen das heilige Grab besuchen können, ohne nöthig zu haben, einen fürchterlichen, unnützen Krieg anzufangen, der alles erbittert, unendliches Elend verbreitet, und auf immer das Morgenland von Europa getrennt hat. Was lag an dem Namen des Besitzers? Unsere Fürsten ehrten andachtsvoll das Grab eures Heiligen, den auch wir für einen göttlichen Profeten halten; und wie schön hätte sein heiliges Grab die Wiege eines glücklichen Einverständnisses, der Anlaß ewiger wohlthätiger Bündnisse werden können.

Der Abend war unter ihren Gesprächen herbeygekommen. Es fing an Nacht zu werden, und der Mond hob sich aus dem feuchten Walde mit beruhigendem Glanze herauf. Sie stiegen langsam nach dem Schlosse; Heinrich war voll Gedanken, die kriegerische Begeisterung war gänzlich verschwunden. Er merkte eine wunderliche Verwirrung in der Welt; der Mond zeigte ihm das Bild eines tröstenden Zuschauers und erhob ihn über die Unebenheiten der Erdoberfläche, die in der Höhe so unbeträchtlich erschienen, so wild und unersteiglich sie auch dem Wanderer vorkamen. Zulima ging still neben ihm her, und führte das Kind. Heinrich trug die Laute. Er suchte die sinkende Hoffnung seiner Begleiterinn, ihr Vaterland dereinst wieder zu sehn, zu beleben, indem er innerlich einen heftigen Beruf fühlte, ihr Retter zu seyn, ohne zu wissen, auf welche Art es geschehen könne. Eine besondere Kraft schien in seinen einfachen Worten zu liegen, denn Zulima empfand eine ungewohnte Beruhigung und dankte ihm für seine Zusprache auf die rührendste Weise. Die Ritter waren noch bey ihren Bechern und die Mutter in häuslichen Gesprächen. Heinrich hatte keine Lust in den lärmenden Saal zurückzugehn. Er fühlte sich müde, und begab sich bald mit seiner Mutter in das angewiesene Schlafgemach. Er erzählte ihr vor dem Schlafengehn, was ihm begegnet sey, und schlief bald zu unterhaltenden Träumen ein. Die Kaufleute hatten sich auch zeitig fortbegeben, und waren früh wieder munter. Die Ritter lagen in tiefer Ruhe, als sie abreisten; die Hausfrau aber nahm zärtlichen Abschied. Zulima hatte wenig geschlafen, eine innere Freude hatte sie wach erhalten; sie erschien beym Abschiede, und bediente die Reisenden demüthig und emsig. Als sie Abschied nahmen brachte sie mit vielen Thränen ihre Laute zu Heinrich, und bat mit rührender Stimme, sie zu Zulimas Andenken mitzunehmen. Es war meines Bruders Laute, sagte sie, der sie mir beym Abschied schenkte; es ist das einzige Besitzthum, was ich gerettet habe. Sie schien euch gestern zu gefallen, und ihr laßt mir ein unschätzbares Geschenk zurück, süße Hoffnung. Nehmt dieses geringe Zeichen meiner Dankbarkeit, und laßt es ein Pfand eures Andenkens an die arme Zulima seyn. Wir werden uns gewiß wiedersehn, und dann bin ich vielleicht glücklicher. Heinrich weinte; er weigerte sich, diese ihr so unentbehrliche Laute anzunehmen: gebt mir, sagte er, das goldene Band mit den unbekannten Buchstaben aus euren Haaren, wenn es nicht ein Andenken eurer Eltern oder Geschwister ist, und nehmt dagegen einen Schleyer an, den mir meine Mutter gern abtreten wird. Sie wich endlich seinem Zureden und gab ihm das Band, indem sie sagte: Es ist mein Name in den Buchstaben meiner Muttersprache, den ich in bessern Zeiten selbst in dieses Band gestickt habe. Betrachtet es gern, und denkt, daß es eine lange, kummervolle Zeit meine Haare festgehalten hat, und mit seiner Besitzerin verbleicht ist. Heinrichs Mutter zog den Schleyer heraus, und reichte ihr ihn hin, indem sie sie an sich zog und weinend umarmte. –

Fünftes Kapitel

Nach einigen Tagereisen kamen sie an ein Dorf, am Fuße einiger spitzen Hügel, die von tiefen Schluchten unterbrochen waren. Die Gegend war übrigens fruchtbar und angenehm, ohngeachtet die Rücken der Hügel ein todtes, abschreckendes Ansehn hatten. Das Wirthshaus war reinlich, die Leute bereitwillig, und eine Menge Menschen, theils Reisende, theils bloße Trinkgäste, saßen in der Stube, und unterhielten sich von allerhand Dingen.

Unsre Reisenden gesellten sich zu ihnen, und mischten sich in die Gespräche. Die Aufmerksamkeit der Gesellschaft war vorzüglich auf einen alten Mann gerichtet, der in fremder Tracht an einem Tische saß, und freundlich die neugierigen Fragen beantwortete, die an ihn geschahen. Er kam aus fremden Landen, hatte sich heute früh die Gegend umher genau betrachtet, und erzählte nun von seinem Gewerbe und seinen heutigen Entdeckungen. Die Leute nannten ihn einen Schatzgräber. Er sprach aber sehr bescheiden von seinen Kenntnissen und seiner Macht, doch trugen seine Erzählungen das Gepräge der Seltsamkeit und Neuheit. Er erzählte, daß er aus Böhmen gebürtig sey. Von Jugend auf habe er eine heftige Neugierde gehabt zu wissen, was in den Bergen verborgen seyn müsse, wo das Wasser in den Quellen herkomme, und wo das Gold und Silber und die köstlichen Steine gefunden würden, die den Menschen so unwiderstehlich an sich zögen. Er habe in der nahen Klosterkirche oft diese festen Lichter an den Bildern und Reliquien betrachtet, und nur gewünscht, daß sie zu ihm reden könnten, um ihm von ihrer geheimnißvollen Herkunft zu erzählen. Er habe wohl zuweilen gehört, daß sie aus weit entlegenen Ländern kämen; doch habe er immer gedacht, warum es nicht auch in diesen Gegenden solche Schätze und Kleinodien geben könne. Die Berge seyen doch nicht umsonst so weit im Umfange und erhaben und so fest verwahrt; auch habe es ihm verdünkt, wie wenn er zuweilen auf den Gebirgen glänzende und flimmernde Steine gefunden hätte. Er sey fleißig in den Felsenritzen und Höhlen umhergeklettert, und habe sich mit unaussprechlichem Vergnügen in diesen uralten Hallen und Gewölben umgesehn. – Endlich sey ihm einmal ein Reisender begegnet, der zu ihm gesagt, er müsse ein Bergmann werden, da könne er die Befriedigung seiner Neugier finden. In Böhmen gäbe es Bergwerke. Er solle nur immer an dem Flusse hinuntergehn, nach zehn bis zwölf Tagen werde er in Eula seyn, und dort dürfe er nur sprechen, daß er gern ein

Bergmann werden wolle. Er habe sich dies nicht zweymal sagen lassen, und sich gleich den andern Tag auf den Weg gemacht. Nach einem beschwerlichen Gange von mehreren Tagen, fuhr er fort, kam ich nach Eula. Ich kann euch nicht sagen, wie herrlich mir zu Muthe ward, als ich von einem Hügel die Haufen von Steinen erblickte, die mit grünen Gebüschen durchwachsen waren, auf denen breterne Hütten standen, und als ich aus dem Thal unten die Rauchwolken über den Wald heraufziehn sah. Ein fernes Getöse vermehrte meine Erwartungen, und mit unglaublicher Neugierde und voll stiller Andacht stand ich bald auf einem solchen Haufen, den man Halde nennt, vor den dunklen Tiefen, die im Innern der Hütten steil in den Berg hineinführten. Ich eilte nach dem Thale und begegnete bald einigen schwarzgekleideten Männern mit Lampen, die ich nicht mit Unrecht für Bergleute hielt, und mit schüchterner Ängstlichkeit ihnen mein Anliegen vortrug. Sie hörten mich freundlich an, und sagten mir, daß ich nur hinunter nach den Schmelzhütten gehn und nach dem Steiger fragen sollte, welcher den Anführer und Meister unter ihnen vorstellt; dieser werde mir Bescheid geben, ob ich angenommen werden möge. Sie meynten, daß ich meinen Wunsch wohl erreichen würde, und lehrten mich den üblichen Gruß »Glück auf« womit ich den Steiger anreden sollte. Voll fröhlicher Erwartungen setzte ich meinen Weg fort, und konnte nicht aufhören, den neuen bedeutungsvollen Gruß mir beständig zu wiederholen. Ich fand einen alten, ehrwürdigen Mann, der mich mit vieler Freundlichkeit empfing, und nachdem ich ihm meine Geschichte erzählt, und ihm meine große Lust, seine seltne, geheimnißvolle Kunst zu erlernen, bezeugt hatte, bereitwillig versprach, mir meinen Wunsch zu gewähren. Ich schien ihm zu gefallen, und er behielt mich in seinem Hause. Den Augenblick konnte ich kaum erwarten, wo ich in die Grube fahren und mich in der reitzenden Tracht sehn würde. Noch denselben Abend brachte er mir ein Grubenkleid, und erklärte mir den Gebrauch einiger Werkzeuge, die in einer Kammer aufbewahrt waren.

Abends kamen Bergleute zu ihm, und ich verfehlte kein Wort von ihren Gesprächen, so unverständlich und fremd mir sowohl die Sprache, als der größte Theil des Inhalts ihrer Erzählungen vorkam. Das wenige jedoch, was ich zu begreifen glaubte, erhöhte die Lebhaftigkeit meiner Neugierde, und beschäftigte mich des Nachts in seltsamen Träumen. Ich erwachte bey Zeiten und fand mich bey meinem neuen Wirthe ein, bey dem sich allmählich die Bergleute versammelten, um seine Verordnungen zu vernehmen. Eine Nebenstube war zu einer kleinen Kapelle vorgerichtet. Ein Mönch erschien und las eine Messe, nachher sprach er ein feyerliches Gebet, worinn er den Himmel anrief, die Bergleute in seine heilige Obhut zu nehmen, sie bey ihren gefährlichen Arbeiten zu unterstützen, vor Anfechtungen und Tücken böser Geister sie zu schützen, und ihnen reiche Anbrüche zu bescheeren. Ich hatte nie mit mehr Inbrunst gebetet, und nie die hohe Bedeutung der Messe lebhafter empfunden. Meine künftigen Genossen kamen mir wie unterirdische Helden vor, die tausend Gefahren zu überwinden hätten, aber auch ein beneidenswerthes Glück an ihren wunderbaren Kenntnissen besäßen, und in dem ernsten, stillen Umgange mit den uralten Felsensöhnen der Natur, in ihren dunklen, wunderbaren Kammern, zum Empfängniß himmlischer Gaben und zur freudigen Erhebung über die Welt und ihre Bedrängnisse ausgerüstet würden. Der Steiger gab mir nach geendigtem Gottesdienst eine Lampe und ein kleines hölzernes Krucifix, und ging mit mir nach dem Schachte, wie wir die schroffen Eingänge in die unterirdischen Gebäude zu nennen pflegen. Er lehrte mich die Art des Hinabsteigens, machte mich mit den nothwendigen Vorsichtigkeitsregeln, so wie mit den Namen der mannichfaltigen Gegenstände und Theile bekannt. Er fuhr voraus, und schurrte auf den runden Balken hinunter, indem er sich mit der einen Hand an einem Seil anhielt, das in einem Knoten an einer Seitenstange fortglitschte, und mit der andern die brennende Lampe trug; ich folgte seinem Beispiel, und wir gelangten so mit ziemlicher Schnelle bald in eine beträchtliche Tiefe. Mir war seltsam feyerlich zu Muthe, und das vordere Licht funkelte wie ein glücklicher Stern, der mir den Weg zu den verborgenen Schatzkammern der Natur zeigte. Wir kamen unten in einen Irrgarten von Gängen, und mein freundlicher Meister ward nicht müde meine neugierigen Fragen zu beantworten, und mich über seine Kunst zu unterrichten. Das

Rauschen des Wassers, die Entfernung von der bewohnten Oberfläche, die Dunkelheit und Verschlungenheit der Gänge, und das entfernte Geräusch der arbeitenden Bergleute ergötzte mich ungemein, und ich fühlte nun mit Freuden mich im vollen Besitz dessen, was von jeher mein sehnlichster Wunsch gewesen war. Es läßt sich auch diese volle Befriedigung eines angebornen Wunsches, diese wundersame Freude an Dingen, die ein näheres Verhältniß zu unserm geheimen Daseyn haben mögen, zu Beschäftigungen, für die man von der Wiege an bestimmt und ausgerüstet ist, nicht erklären und beschreiben. Vielleicht daß sie jedem Andern gemein, unbedeutend und abschreckend vorgekommen wären; aber mir schienen sie so unentbehrlich zu seyn, wie die Luft der Brust und die Speise dem Magen. Mein alter Meister freute sich über meine innige Lust, und verhieß mir, daß ich bey diesem Fleiße und dieser Aufmerksamkeit es weit bringen, und ein tüchtiger Bergmann werden würde. Mit welcher Andacht sah ich zum erstenmal in meinem Leben am sechzehnten März, vor nunmehr fünf und vierzig Jahren, den König der Metalle in zarten Blättchen zwischen den Spalten des Gesteins. Es kam mir vor, als sey er hier wie in festen Gefängnissen eingesperrt und glänze freundlich dem Bergmann entgegen, der mit soviel Gefahren und Mühseligkeiten sich den Weg zu ihm durch die starken Mauern gebrochen, um ihn an das Licht des Tages zu fördern, damit er an königlichen Kronen und Gefäßen und an heiligen Reliquien zu Ehren gelangen, und in geachteten und wohlverwahrten Münzen, mit Bildnissen geziert, die Welt beherrschen und leiten möge. Von der Zeit an blieb ich in Eula, und stieg allmählich bis zum Häuer, welches der eigentliche Bergmann ist, der die Arbeiten auf dem Gestein betreibt, nachdem ich anfänglich bey der Ausförderung der losgehauenen Stufen in Körben angestellt gewesen war.

Der alte Bergmann ruhte ein wenig von seiner Erzählung aus, und trank, indem ihm seine aufmerksamen Zuhörer ein fröliches Glück auf zubrachten. Heinrichen erfreuten die Reden des alten Mannes ungemein, und er war sehr geneigt noch mehr von ihm zu hören.

Die Zuhörer unterhielten sich von den Gefahren und Seltsamkeiten des Bergbaus, und erzählten wunderbare Sagen, über die der Alte oft lächelte, und freundlich ihre sonderbaren Vorstellungen zu berichtigen bemüht war.

Nach einer Weile sagte Heinrich: Ihr mögt seitdem viel seltsame Dinge gesehn und erfahren haben; hoffentlich hat euch nie eure gewählte Lebensart gereut? Wärt ihr nicht so gefällig und erzähltet uns, wie es euch seit dem ergangen, und auf welcher Reise ihr jetzt beegriffen seyd? Es scheint, als hättet ihr euch weiter in der Welt umgesehn, und gewiß darf ich vermuthen, daß ihr jetzt mehr als einen gemeinen Bergmann vorstellt. Es ist mir selber lieb, sagte der Alte, mich der verflossenen Zeiten zu erinnern, in denen ich Anläße finde, mich der göttlichen Barmherzigkeit und Güte zu erfreun. Das Geschick hat mich durch ein frohes und heitres Leben geführt, und es ist kein Tag vorübergegangen, an welchem ich mich nicht mit dankbarem Herzen zur Ruhe gelegt hätte. Ich bin immer glücklich in meinen Verrichtungen gewesen, und unser aller Vater im Himmel hat mich vor dem Bösen behütet, und in Ehren grau werden lassen. Nächst ihm habe ich alles meinem alten Meister zu verdanken, der nun lange zu seinen Vätern versammelt ist, und an den ich nie ohne Thränen denken kann. Er war ein Mann aus der alten Zeit nach dem Herzen Gottes. Mit tiefen Einsichten war er begabt, und doch kindlich und demüthig in seinem Thun. Durch ihn ist das Bergwerk in großen Flor gekommen, und hat dem Herzoge von Böhmen zu ungeheuren Schätzen verholfen. Die ganze Gegend ist dadurch bevölkert und wohlhabend, und ein blühendes Land geworden. Alle Bergleute verehrten ihren Vater in ihm, und solange Eula steht, wird auch sein Name mit Rührung und Dankbarkeit genannt werden. Er war seiner Geburt nach ein Lausitzer und hieß Werner. Seine einzige Tochter war noch ein Kind, wie ich zu ihm ins Haus kam. Meine Ämsigkeit, meine Treue, und meine leidenschaftliche Anhänglichkeit an ihn, gewannen mir seine Liebe mit jedem Tage mehr. Er gab mir seinen Namen und machte mich zu seinem Sohne. Das kleine Mädchen ward nach gerade ein wackres, muntres Geschöpf, deren Gesicht so freundlich glatt und weiß war, wie ihr Gemüth. Der Alte sagte mir oft, wenn er sah, daß sie mir zugethan war, daß ich gern mit ihr schäkerte, und kein Auge von den ihrigen verwandte, die so blau und offen, wie der Himmel waren, und wie die Krystalle glänzten: wenn ich ein rechtlicher Bergmann werden würde, wolle er sie mir nicht versagen; und er hielt Wort. – Den Tag, wie ich Häuer wurde, legte er seine Hände auf uns und segnete uns als Braut und Bräutigam ein, und wenig Wochen darauf führte ich sie als meine Frau auf meine Kammer. Denselben Tag hieb ich in der Frühschicht noch als Lehrhäuer, eben wie die Sonne oben aufging, eine reiche Ader an. Der Herzog schickte mir eine goldene Kette mit seinem Bildniß auf einer großen Münze, und versprach mir den Dienst meines Schwiegervaters. Wie glücklich war ich, als ich sie am Hochzeitstage meiner Braut um den Hals hängen konnte, und Aller Augen auf sie gerichtet waren. Unser alte[r] Vater erlebte noch einige muntre Enkel, und die Anbrüche seines Herbstes waren reicher, als er gedacht hatte. Er konnte mit Freudigkeit seine Schicht beschließen, und aus der dunklen Grube dieser Welt fahren, um in Frieden auszuruhen, und den großen Lohntag zu erwarten.

Herr, sagte der Alte, indem er sich zu Heinrichen wandte, und einige Thränen aus den Augen trocknete, der Bergbau muß von Gott gesegnet werden! denn es giebt keine Kunst, die ihre Theilhaber glücklicher und edler machte, die mehr den Glauben an eine himmlische Weisheit und Fügung erweckte, und die Unschuld und Kindlichkeit des Herzens reiner erhielte, als der Bergbau. Arm wird der Bergmann geboren, und arm gehet er wieder dahin. Er begnügt sich zu wissen, wo die metallischen Mächte gefunden werden, und sie zu Tage zu fördern; aber ihr blendender Glanz vermag nichts über sein lautres Herz. Unentzündet von gefährlichem Wahnsinn, freut er sich mehr über ihre wunderlichen Bildungen, und die Seltsamkeiten ihrer Herkunft und ihrer Wohnungen, als über ihren alles verheißenden Besitz. Sie haben für ihn keinen Reiz mehr, wenn sie Waaren geworden sind, und er sucht sie lieber unter tausend Gefahren und Mühseligkeiten in den Vesten der Erde, als daß er ihrem Rufe in die Welt folgen, und auf der Oberfläche des Bodens durch täuschende, hinterlistige Künste nach ihnen trachten sollte. Jene Mühseeligkeiten erhalten sein Herz frisch und seinen Sinn wacker; er genießt seinen kärglichen Lohn mit inniglichem Danke, und steigt jeden Tag mit verjüngter Lebensfreude aus den dunklen Grüften seines Berufs. Nur Er kennt die Reize des Lichts und der Ruhe, die Wohlthätigkeit der freyen Luft und Aussicht um sich her; nur ihm schmeckt Trank und Speise recht erquicklich und andächtig, wie der Leib des Herrn; und mit welchem liebevollen und empfänglichen Gemüth tritt er nicht unter seines Gleichen, oder herzt seine Frau und Kinder, und ergötzt sich dankbar an der schönen Gabe des traulichen Gesprächs!

Sein einsames Geschäft sondert ihn vom Tage und dem Umgange mit Menschen einen großen Theil seines Lebens ab. Er gewöhnt sich nicht zu einer stumpfen Gleichgültigkeit gegen diese überirdischen tiefsinnigen Dinge und behält die kindliche Stimmung, in der ihm alles mit seinem eigenthümlichsten Geiste und in seiner ursprünglichen bunten Wunderbarkeit erscheint. Die Natur will nicht der ausschließliche Besitz eines Einzigen seyn. Als Eigenthum verwandelt sie sich in ein böses Gift, was die Ruhe verscheucht, und die verderbliche Lust, alles in diesen Kreis des Besitzers zu ziehn, mit einem Gefolge von unendlichen Sorgen und wilden Leidenschaften herbeylockt. So untergräbt sie heimlich den Grund des Eigenthümers, und begräbt ihn bald in den einbrechenden Abgrund, um aus Hand in Hand zu gehen, und so ihre Neigung, Allen anzugehören, allmählich zu befriedigen.

Wie ruhig arbeitet dagegen der arme genügsame Bergmann in seinen tiefen Einöden, entfernt von dem unruhigen Tumult des Tages, und einzig von Wißbegier und Liebe zur Eintracht beseelt. Er gedenkt in seiner Einsamkeit mit inniger Herzlichkeit seiner Genossen und seiner Familie, und fühlt immer erneuert die gegenseitige Unentbehrlichkeit und Blutsverwandtschaft der Menschen. Sein Beruf lehrt ihn unermüdliche Geduld, und läßt nicht zu, daß sich seine Aufmerksamkeit in unnütze Gedanken zerstreue. Er hat mit einer wunderlichen harten und unbiegsamen Macht zu thun, die nur durch hartnäckigen Fleiß und beständige Wachsamkeit zu überwinden ist. Aber welches köstliche Gewächs blüht ihm auch in diesen schauerlichen Tiefen, das wahrhafte Vertrauen zu seinem himmlischen Vater, dessen Hand und Vorsorge ihm alle Tage in unverkennbaren Zeichen sichtbar wird. Wie unzähliche mal habe ich nicht vor Ort gesessen, und bey dem Schein meiner Lampe das schlichte Krucifix mit der innigsten Andacht betrachtet! da habe ich erst den heiligen Sinn dieses räthselhaften Bildnisses recht gefaßt, und den edelsten Gang meines Herzens erschürft, der mir eine ewige Ausbeute gewährt hat.

Der Alte fuhr nach einer Weile fort und sagte: Wahrhaftig, das muß ein göttlicher Mann gewesen seyn, der den Menschen zuerst die edle Kunst des Bergbaus gelehrt, und in dem Schooße der Felsen dieses ernste Sinnbild des menschlichen Lebens verborgen hat. Hier ist der Gang mächtig und gebräch, aber arm, dort drückt ihn der Felsen in eine armselige, unbedeutende Kluft zusammen, und gerade hier brechen die edelsten Geschicke ein. Andre Gänge verunedlen ihn, bis sich ein verwandter Gang freundlich mit ihm schaart, und seinen Werth unendlich erhöht. Oft zerschlägt er sich vor dem Bergmann in tausend Trümmern: aber der Geduldige läßt sich nicht schrecken, er verfolgt ruhig seinen Weg, und sieht seinen Eifer belohnt, indem er ihn bald wieder in neuer Mächtigkeit und Höflichkeit ausrichtet. Oft lockt ihn ein betrügliches Trum aus der wahren Richtung; aber bald erkennt er den falschen Weg, und bricht mit Gewalt querfeldein, bis er den wahren erzführenden Gang wiedergefunden hat. Wie bekannt wird hier nicht der Bergmann mit allen Launen des Zufalls, wie sicher aber auch, daß Eifer und Beständigkeit die einzigen untrüglichen Mittel sind, sie zu bemeistern, und die von ihnen hartnäckig vertheidigten Schätze zu heben.

Es fehlt euch gewiß nicht, sagte Heinrich, an ermunternden Liedern. Ich sollte meinen, daß Euch euer Beruf unwillkührlich zu Gesängen begeistern und die Musik eine willkommene Begleiterin der Bergleute seyn müßte.

Da habt ihr wahr gesprochen, erwiederte der Alte; Gesang und Zitherspiel gehört zum Leben des Bergmanns, und kein Stand kann mit mehr Vergnügen die Reize derselben genießen, als der unsrige. Musik und Tanz sind eigentliche Freuden des Bergmanns; sie sind wie ein fröliches Gebet, und die Erinnerungen und Hofnungen desselben helfen die mühsame Arbeit erleichtern und die lange Einsamkeit verkürzen.

Wenn es euch gefällt, so will ich euch gleich einen Gesang zum Besten geben, der fleißig in meiner Jugend gesungen wurde.

Der ist der Herr der Erde,
Wer ihre Tiefen mißt,
Und jeglicher Beschwerde
In ihrem Schooß vergißt.

Wer ihrer Felsenglieder
Geheimen Bau versteht,
Und unverdrossen nieder
Zu ihrer Werkstatt geht.

Er ist mit ihr verbündet,
Und inniglich vertraut,
Und wird von ihr entzündet,
Als wär' sie seine Braut.

Er sieht ihr alle Tage
Mit neuer Liebe zu
Und scheut nicht Fleiß und Plage,
Sie läßt ihm keine Ruh.

Die mächtigen Geschichten
Der längst verfloßnen Zeit,
Ist sie ihm zu berichten
Mit Freundlichkeit bereit.

Der Vorwelt heilge Lüfte
Umwehn sein Angesicht,
Und in die Nacht der Klüfte
Strahlt ihm ein ewges Licht.

Er trift auf allen Wegen
Ein wohlbekanntes Land,
Und gern kommt sie entgegen
Den Werken seiner Hand.

Ihm folgen die Gewässer
Hülfreich den Berg hinauf;

Und alle Felsenschlösser,
Thun ihre Schätz' ihm auf.

Er führt des Goldes Ströme
In seines Königs Haus,
Und schmückt die Diademe
Mit edlen Steinen aus.

Zwar reicht er treu dem König
Den glückbegabten Arm,
Doch frägt er nach ihm wenig
Und bleibt mit Freuden arm.

Sie mögen sich erwürgen
Am Fuß um Gut und Geld;
Er bleibt auf den Gebirgen
Der frohe Herr der Welt.

Heinrichen gefiel das Lied ungemein, und er bat den Alten, ihm noch eins mitzutheilen. Der Alte war auch gleich bereit und sagte: Ich weiß noch ein wunderliches Lied, was wir selbst nicht wissen, wo es her ist.

Es brachte es ein reisender Bergmann mit, der weit herkam, und ein sonderlicher Ruthengänger war. Das Lied fand großen Beyfall, weil es so seltsamlich klang, beynah so dunkel und unverständlich, wie die Musik selbst, aber eben darum auch so unbegreiflich anzog, und im wachsenden Zustande wie ein Traum unterhielt.

Ich kenne wo ein festes Schloß
Ein stiller König wohnt darinnen,
Mit einem wunderlichen Troß;
Doch steigt er nie auf seine Zinnen.
Verborgen ist sein Lustgemach
Und unsichtbare Wächter lauschen;
Nur wohlbekannte Quellen rauschen
Zu ihm herab vom bunten Dach.

Was ihre hellen Augen sahn
In der Gestirne weiten Sälen,

Das sagen sie ihm treulich an
Und können sich nicht satt erzählen.
Er badet sich in ihrer Flut,
Wäscht sauber seine zarten Glieder
Und seine Stralen blinken wieder
Aus seiner Mutter weißem Blut.

Sein Schloß ist alt und wunderbar,
Es sank herab aus tiefen Meeren
Stand fest, und steht noch immerdar,
Die Flucht zum Himmel zu verwehren.
Von innen schlingt ein heimlich Band
Sich um des Reiches Unterthanen,
Und Wolken wehn wie Siegesfahnen
Herunter von der Felsenwand.

Ein unermeßliches Geschlecht
Umgiebt die festverschlossenen Pforten,
Ein jeder spielt den treuen Knecht
Und ruft den Herrn mit süßen Worten.
Sie fühlen sich durch ihn beglückt,
Und ahnden nicht, daß sie gefangen;
Berauscht von trüglichem Verlangen
Weiß keiner, wo der Schuh ihn drückt.

Nur Wenige sind schlau und wach,
Und dürsten nicht nach seinen Gaben;
Sie trachten unablässig nach,
Das alte Schloß zu untergraben.
Der Heimlichkeit urmächtgen Bann,
Kann nur die Hand der Einsicht lösen;
Gelingt's das Innere zu entblößen
So bricht der Tag der Freyheit an.

Dem Fleiß ist keine Wand zu fest,
Dem Muth kein Abgrund unzugänglich;
Wer sich auf Herz und Hand verläßt
Spürt nach dem König unbedenklich.
Aus seinen Kammern holt er ihn,

Vertreibt die Geister durch die Geister,
Macht sich der wilden Fluten Meister,
Und heißt sie selbst heraus sich ziehn.

Je mehr er nun zum Vorschein kömmt
Und wild umher sich treibt auf Erden:
Je mehr wird seine Macht gedämmt,
Je mehr die Zahl der Freyen werden.
Am Ende wird von Banden los
Das Meer die leere Burg durchdringen
Und trägt auf weichen grünen Schwingen
Zurück uns in der Heymath Schooß.

Es dünkte Heinrichen, wie der Alte geendigt hatte, als habe er das Lied schon irgend wo gehört. Er ließ es sich wiederholen und schrieb es sich auf. Der Alte ging nachher hinaus und die Kaufleute sprachen unterdessen mit den andern Gästen über die Vortheile des Bergbaues und seine Mühseligkeiten. Einer sagte: der Alte ist gewiß nicht umsonst hier. Er ist heute zwischen den Hügeln umhergeklettert und hat gewiß gute Anzeichen gefunden. Wir wollen ihn doch fragen, wenn er wieder herein kömmt. Wißt ihr wohl, sagte ein Andrer, daß wir ihn bitten könnten, eine Quelle für unser Dorf zu suchen? Das Wasser ist weit, und ein guter Brunnen wäre uns sehr willkommen. Mir fällt ein, sagte ein dritter, daß ich ihn fragen möchte, ob er einen von meinen Söhnen mit sich nehmen will, der mir schon das ganze Haus voll Steine getragen hat. Der Junge wird gewiß ein tüchtiger Bergmann, und der Alte scheint ein guter Mann zu seyn, der wird schon was Rechtes aus ihm ziehn. Die Kaufleute redeten, ob sie vielleicht durch den Bergmann ein vortheilhaftes Verkehr mit Böhmen anspinnen und Metalle daher zu guten Preisen erhalten möchten. Der Alte trat wieder in die Stube, und alle wünschten seine Bekanntschaft zu benutzen. Er fing an und sagte: Wie dumpf und ängstlich ist es doch hier in der engen Stube. Der Mond steht draußen in voller Herrlichkeit, und ich hätte große Lust noch einen Spaziergang zu machen. Ich habe heute bey Tage einige merkwürdige Höhlen hier in der Nähe gesehn. Vielleicht entschließen sich Einige mitzugehn; und wenn wir nur Licht mitnehmen, so werden wir ohne Schwierigkeiten uns darinn umsehn können.

Den Leuten aus dem Dorfe waren diese Höhlen schon bekannt: aber bis jetzt hatte keiner gewagt hineinzusteigen; vielmehr trugen sie sich mit fürchterlichen Sagen von Drachen und andern Unthieren, die darinn hausen sollten. Einige wollten sie selbst gesehn haben, und behaupteten, daß man Knochen an ihrem Eingange von geraubten und verzehrten Menschen und Thieren fände. Einige andre vermeinten, daß ein Geist dieselben bewohne, wie sie denn einigemal aus der Ferne eine seltsame menschliche Gestalt gesehn, auch zur Nachtzeit Gesänge da herüber gehört haben wollten.

Der Alte schien ihnen keinen großen Glauben beyzumessen, und versicherte lachend, daß sie unter dem Schutze eines Bergmanns getrost mitgehn könnten, indem die Ungeheuer sich vor ihm scheuen müßten, ein singender Geist aber gewiß ein wohlthätiges Wesen sey. Die Neugier machte viele beherzt genug, seinen Vorschlag einzugehn; auch Heinrich wünschte ihn zu begleiten, und seine Mutter gab endlich auf das Zureden und Versprechen des Alten, genaue Acht auf Heinrichs Sicherheit zu haben, seinen Bitten nach. Die Kaufleute waren eben so entschlossen. Es wurden lange Kienspäne zu Fackeln zusammengeholt; ein Theil der Gesellschaft versah sich noch zum Überfluß mit Leitern, Stangen, Stricken und allerhand Vertheidigungswerkzeugen, und so begann endlich die Wallfahrt nach den nahen Hügeln. Der Alte ging mit Heinrich und den Kaufleuten voran. Jener Bauer hatte seinen wißbegierigen Sohn herbeygeholt, der voller Freude sich einer Fackel bemächtigte, und den Weg zu den Höhlen zeigte. Der Abend war heiter und warm. Der Mond stand in mildem Glanze über den Hügeln, und ließ wunderliche Träume in allen Kreaturen aufsteigen. Selbst wie ein Traum der Sonne, lag er über der in sich gekehrten Traumwelt, und führte die in unzählige Grenzen getheilte Natur in jene fabelhafte Urzeit zurück, wo jeder Keim noch für sich schlummerte, und einsam und unberührt sich vergeblich sehnte, die dunkle Fülle seines unermeßlichen Daseyns zu entfalten. In Heinrichs Gemüth spiegelte sich das Mährchen des Abends. Es war ihm, als ruhte die Welt aufgeschlossen in ihm, und zeigte ihm, wie einem Gastfreunde, alle ihre Schätze und verborgenen Lieblichkeiten. Ihm dünkte die große einfache Erscheinung um ihn so verständlich. Die Natur schien ihm nur deswegen so unbegreiflich, weil sie das Nächste und Traulichste mit einer solchen Verschwendung von mannichfachen Ausdrücken um den Menschen her thürmte. Die Worte des Alten hatten eine versteckte Tapetenthür in ihm geöffnet. Er sah sein kleines Wohnzimmer dicht an einen erhabenen Münster gebaut, aus dessen steinernem Boden die ernste Vorwelt emporstieg, während von der Kuppel die klare fröliche Zukunft in goldnen Engelskindern ihr singend entgegenschwebte. Gewaltige Klänge bebten in den silbernen Gesang, und zu den weiten Thoren traten alle Creaturen herein, von denen jede ihre innere Natur in einer einfachen Bitte und in einer eigenthümlichen Mundart vernehmlich aussprach. Wie wunderte er sich, daß ihm diese klare, seinem Daseyn schon unentbehrliche Ansicht so lange fremd geblieben war. Nun übersah er auf einmal alle seine Verhältnisse mit der weiten Welt um ihn her; fühlte was er durch sie geworden und was sie ihm werden würde, und begrif alle die seltsamen Vorstellungen und Anregungen, die er schon oft in ihrem Anschauen gespürt hatte. Die Erzählung der Kaufleute von dem Jünglinge, der die Natur so emsig betrachtete, und der Eydam des Königs wurde, kam ihm wieder zu Gedanken, und tausend andere Erinnerungen seines Lebens knüpften sich von selbst an einen zauberischen Faden. Während der Zeit, daß Heinrich seinen Betrachtungen nachhing, hatte sich die Gesellschaft der Höhle genähert. Der Eingang war niedrig, und der Alte nahm eine Fackel und kletterte über einige Steine zuerst hinein. Ein ziemlich fühlbarer Luftstrom kam ihm entgegen, und der Alte versicherte, daß sie getrost folgen könnten. Die Furchtsamsten gingen zuletzt, und hielten ihre Waffen in Bereitschaft. Heinrich und die Kaufleute waren hinter dem Alten und der Knabe wanderte munter an seiner Seite. Der Weg lief anfänglich in einem ziemlich schmalen Gange, welcher sich aber bald in eine sehr weite und hohe Höhle endigte, die der Fackelglanz nicht völlig zu erleuchten vermochte; doch sah man im Hintergrunde einige Öffnungen sich in die

Felsenwand verlieren. Der Boden war weich und ziemlich eben; die Wände so wie die Decke waren ebenfalls nicht rauh und unregelmäßig; aber was die Aufmerksamkeit Aller vorzüglich beschäftigte, war die unzählige Menge von Knochen und Zähnen, die den Boden bedeckten. Viele waren völlig erhalten, an andern sah man Spuren der Verwesung, und die, welche aus den Wänden hin und wieder hervorragten, schienen steinartig geworden zu seyn. Die Meisten waren von ungewöhnlicher Größe und Stärke. Der Alte freute sich über diese Überbleibsel einer uralten Zeit; nur den Bauern war nicht wohl dabey zu Muthe, denn sie hielten sie für deutliche Spuren naher Raubthiere, so überzeugend ihnen auch der Alte die Zeichen eines undenklichen Alterthums daran aufwies, und sie fragte, ob sie je etwas von Verwüstungen unter ihren Heerden und vom Raube benachbarter Menschen gespürt hätten, und ob sie jene Knochen für Knochen bekannter Thiere oder Menschen halten könnten? Der Alte wollte nun weiter in den Berg, aber die Bauern fanden für rathsam sich vor die Höhle zurückzuziehn, und dort seine Rückkunft abzuwarten. Heinrich, die Kaufleute und der Knabe blieben bey dem Alten, und versahen sich mit Stricken und Fackeln. Sie gelangten bald in eine zweyte Höhle, wobey der Alte nicht vergaß, den Gang aus dem sie hereingekommen waren, durch eine Figur von Knochen, die er davor hinlegte, zu bezeichnen. Die Höhle glich der vorigen und war eben so reich an thierischen Resten. Heinrichen war schauerlich und wunderbar zu Muthe; es gemahnte ihn, als wandle er durch die Vorhöfe des innern Erdenpalastes. Himmel und Leben lag ihm auf einmal weit entfernt, und diese dunkeln weiten Hallen schienen zu einem unterirdischen seltsamen Reiche zu gehören. Wie, dachte er bey sich selbst, wäre es möglich, daß unter unsern Füßen eine eigene Welt in einem ungeheuern Leben sich bewegte? daß unerhörte Geburten in den Vesten der Erde ihr Wesen trieben, die das innere Feuer des dunkeln Schooßes zu riesenmäßigen und geistesgewaltigen Gestalten auftriebe? Könnten dereinst diese schauerlichen Fremden, von der eindringenden Kälte hervorgetrieben, unter uns erscheinen, während vielleicht zu gleicher Zeit himmlische Gäste, lebendige, redende Kräfte der Gestirne über unsern

Häuptern sichtbar würden? Sind diese Knochen Überreste ihrer Wanderungen nach der Oberfläche, oder Zeichen einer Flucht in die Tiefe?

Auf einmal rief der Alte die Andern herbey, und zeigte ihnen eine ziemlich frische Menschenspur auf dem Boden. Mehrere konnten sie nicht finden, und so glaubte der Alte, ohne fürchten zu müssen, auf Räuber zu stoßen, der Spur nachgehen zu können. Sie waren eben im Begriff dies auszuführen, als auf einmal, wie unter ihren Füßen, aus einer fernen Tiefe ein ziemlich vernehmlicher Gesang anfing. Sie erstaunten nicht wenig, doch horchten sie genau auf:

Gern verweil' ich noch im Thale
Lächelnd in der tiefen Nacht,
Denn der Liebe volle Schaale
Wird mir täglich dargebracht.

Ihre heilgen Tropfen heben
Meine Seele hoch empor,
Und ich steh in diesem Leben
Trunken an des Himmels Thor.

Eingewiegt in seelges Schauen
Ängstigt mein Gemüth kein Schmerz.
O! die Königinn der Frauen
Giebt mir ihr getreues Herz.

Bangverweinte Jahre haben
Diesen schlechten Thon verklärt,
Und ein Bild ihm eingegraben,
Das ihm Ewigkeit gewährt.

Jene lange Zahl von Tagen
Dünkt mir nur ein Augenblick;
Werd ich einst von hier getragen
Schau ich dankbar noch zurück.

Alle waren auf das angenehmste überrascht, und wünschten sehnlichst den Sänger zu entdecken.

Nach einigem Suchen trafen sie in einem Winkel der rechten

Seitenwand, einen abwärts gesenkten Gang, in welchen die Fuß-[s]tapfen zu führen schienen. Bald dünkte es ihnen, eine Hellung zu bemerken, die stärker wurde, je näher sie kamen. Es that sich ein neues Gewölbe von noch größerm Umfange, als die vorherigen, auf, in dessen Hintergrunde sie bey einer Lampe eine menschliche Gestalt sitzen sahen, die vor sich auf einer steinernen Platte ein großes Buch liegen hatte, in welchem sie zu lesen schien.

Sie drehte sich nach ihnen zu, stand auf und ging ihnen entgegen. Es war ein Mann, dessen Alter man nicht errathen konnte. Er sah weder alt noch jung aus, keine Spuren der Zeit bemerkte man an ihm, als schlichte silberne Haare, die auf der Stirn gescheitelt waren. In seinen Augen lag eine unaussprechliche Heiterkeit, als sähe er von einem hellen Berge in einen unendlichen Frühling hinein. Er hatte Sohlen an die Füße gebunden, und schien keine andere Kleidung zu haben, als einen weiten Mantel, der um ihn hergeschlungen war, und seine edle große Gestalt noch mehr heraus hob. Über ihre unvermuthete Ankunft schien er nicht im mindesten verwundert; wie ein Bekannter begrüßte er sie. Es war, als empfing er erwartete Gäste in seinem Wohnhause. Es ist doch schön, daß ihr mich besucht, sagte er; ihr seyd die ersten Freunde, die ich hier sehe, so lange ich auch schon hier wohne. Scheint es doch, als finge man an, unser großes wunderbares Haus genauer zu betrachten. Der Alte erwiederte: Wir haben nicht vermuthet, einen so freundlichen Wirth hier zu finden. Von wilden Thieren und Geistern war uns erzählt, und nun sehen wir uns auf das anmuthigste getäuscht. Wenn wir euch in eurer Andacht und in euren tiefsinnigen Betrachtungen gestört haben, so verzeiht es unserer Neugierde. – Könnte eine Betrachtung erfreulicher seyn, sagte der Unbekannte, als die froher uns zusagender Menschengesichter? Haltet mich nicht für einen Menschenfeind, weil ihr mich in dieser Einöde trefft. Ich habe die Welt nicht geflohen, sondern ich habe nur eine Ruhestätte gesucht, wo ich ungestört meinen Betrachtungen nachhängen könnte. – Hat euch euer Entschluß nie gereut, und kommen nicht zuweilen Stunden, wo euch bange wird und euer Herz nach einer Menschenstimme verlangt? – Jetzt nicht mehr. Es war eine

Zeit in meiner Jugend, wo eine heiße Schwärmerey mich veranlaßte, Einsiedler zu werden. Dunkle Ahndungen beschäftigten meine jugendliche Fantasie. Ich hoffte volle Nahrung meines Herzens in der Einsamkeit zu finden. Unerschöpflich dünkte mir die Quelle meines innern Lebens. Aber ich merkte bald, daß man eine Fülle von Erfahrungen dahin mitbringen muß, daß ein junges Herz nicht allein seyn kann, ja daß der Mensch erst durch vielfachen Umgang mit seinem Geschlecht eine gewisse Selbstständigkeit erlangt.

Ich glaube selbst, erwiederte der Alte, daß es einen gewissen natürlichen Beruf zu jeder Lebensart giebt, und vielleicht, daß die Erfahrungen eines zunehmenden Alters von selbst auf eine Zurückziehung aus der menschlichen Gesellschaft führen. Scheint es doch, als sey dieselbe der Thätigkeit, sowohl zum Gewinnst als zur Erhaltung gewidmet. Eine große Hoffnung, ein gemeinschaftlicher Zweck treibt sie mit Macht; und Kinder und Alte scheinen nicht dazu zu gehören. Unbehülflichkeit und Unwissenheit schließen die Ersten davon aus, während die letztern jene Hoffnung erfüllt, jenen Zweck erreicht sehen, und nun nicht mehr von ihnen in den Kreis jener Gesellschaft verflochten, in sich selbst zurückkehren, und genug zu thun finden, sich auf eine höhere Gemeinschaft würdig vorzubereiten. Indeß scheinen bey euch noch besondere Ursachen statt gefunden zu haben, euch so gänzlich von den Menschen abzusondern und Verzicht auf alle Bequemlichkeiten der Gesellschaft zu leisten. Mich dünkt, daß die Spannung eures Gemüths doch oft nachlassen und euch dann unbehaglich zu Muthe werden müßte.

Ich fühlte das wohl, indeß habe ich es glücklich durch eine strenge Regelmäßigkeit meines Lebens zu vermeiden gewußt. Dabey suche ich mich durch Bewegung gesund zu erhalten, und dann hat es keine Noth. Jeden Tag gehe ich mehrere Stunden herum, und genieße den Tag und die Luft soviel ich kann. Sonst halte ich mich in diesen Hallen auf, und beschäftige mich zu gewissen Stunden mit Korbflechten und Schnitzen. Für meine Waaren tausche ich mir in entlegenen Ortschaften Lebensmittel ein, Bücher hab ich mir mitgebracht, und so vergeht die Zeit, wie ein Augenblick. In jenen Gegenden habe ich einige Bekannte, die um meinen Aufenthalt wissen, und von denen ich erfahre, was in der Welt geschieht. Diese werden mich begraben, wenn ich todt bin und meine Bücher zu sich nehmen.

Er führte sie näher an seinen Sitz, der nahe an der Höhlenwand war. Sie sahen mehrere Bücher auf der Erde liegen, auch eine Zither, und an der Wand hing eine völlige Rüstung, die ziemlich kostbar zu seyn schien. Der Tisch bestand aus fünf großen steinernen Platten, die wie ein Kasten zusammengesetzt waren. Auf der obersten lagen eine männliche und weibliche Figur in Lebensgröße eingehauen, die einen Kranz von Lilien und Rosen angefaßt hatten; an den Seiten stand:

Friedrich und Marie von Hohenzollern
kehrten auf dieser Stelle in ihr Vaterland zurück.

Der Einsiedler fragte seine Gäste nach ihrem Vaterlande, und wie sie in diese Gegenden gekommen wären. Er war sehr freundlich und offen, und verrieth eine große Bekanntschaft mit der Welt. Der Alte sagte: Ich sehe, ihr seyd ein Kriegsmann gewesen, die Rüstung verräth euch. – Die Gefahren und Wechsel des Krieges, der hohe poetische Geist, der ein Kriegsheer begleitet, rissen mich aus meiner jugendlichen Einsamkeit und bestimmten die Schicksale meines Lebens. Vielleicht, daß das lange Getümmel, die unzähligen Begebenheiten, denen ich beywohnte, mir den Sinn für die Einsamkeit noch mehr geöffnet haben: die zahllosen Erinnerungen sind eine unterhaltende Gesellschaft, und dies um so mehr, je veränderter der Blick ist, mit dem wir sie überschauen, und der nun erst ihren wahren Zusammenhang, den Tiefsinn ihrer Folge, und die Bedeutung ihrer Erscheinungen entdeckt. Der eigentliche Sinn für die Geschichten der Menschen entwikkelt sich erst spät, und mehr unter den stillen Einflüssen der Erinnerung, als unter den gewaltsameren Eindrücken der Gegenwart. Die nächsten Ereignisse scheinen nur locker verknüpft, aber sie sympathisiren desto wunderbarer mit entfernteren; und nur dann, wenn man im Stande ist, eine lange Reihe zu übersehn und weder alles buchstäblich zu nehmen, noch auch mit muthwilligen Träumen die eigentliche Ordnung zu verwirren, bemerkt man die geheime Verkettung des Ehemaligen und Künftigen, und lernt die Geschichte aus Hoffnung und Erinnerung zusammensetzen. Indeß nur dem, welchem die ganze Vorzeit gegenwärtig ist, mag es gelingen, die einfache Regel der Geschichte zu entdecken. Wir kommen nur zu unvollständigen und beschwerlichen Formeln, und können froh seyn, nur für uns selbst eine brauchbare Vorschrift zu finden, die uns hinlängliche Aufschlüsse über unser eigenes kurzes Leben verschafft. Ich darf aber wohl sagen, daß jede sorgfältige Betrachtung der Schicksale des Lebens einen tiefen, unerschöpflichen Genuß gewährt, und unter allen Gedanken uns am meisten über die irdischen Übel erhebt. Die Jugend liest die Geschichte nur aus Neugier, wie ein unterhaltendes Mährchen; dem reiferen Alter wird sie eine himmlische tröstende und erbauende Freundinn, die ihn durch ihre weisen Gespräche sanft zu einer höheren, umfassenderen Laufbahn vorbereitet, und mit der unbekannten Welt ihn in faßlichen Bildern bekannt macht. Die Kirche ist das Wohnhaus der Geschichte, und der stille Hof ihr sinnbildlicher Blumengarten. Von der Geschichte sollten nur alte, gottesfürchtige Leute schreiben, deren Geschichte selbst zu Ende ist, und die nichts mehr zu hoffen haben, als die Verpflanzung in den Garten. Nicht finster und trübe wird ihre Beschreibung seyn; vielmehr wird ein Strahl aus der Kuppel alles in der richtigsten und schönsten Erleuchtung zeigen, und heiliger Geist wird über diesen seltsam bewegten Gewässern schweben.

Wie wahr und einleuchtend ist eure Rede, setzte der Alte hinzu. Man sollte gewiß mehr Fleiß darauf wenden, das Wissenswürdige seiner Zeit treulich aufzuzeichnen, und es als ein andächtiges Vermächtniß den künftigen Menschen zu hinterlassen. Es giebt tausend entferntere Dinge, denen Sorgfalt und Mühe gewidmet wird, und gerade um das Nächste und Wichtigste, um die Schicksale unsers eigenen Lebens, unserer Angehörigen, unsers Geschlechts, deren leise Planmäßigkeit wir in den Gedanken einer Vorsehung aufgefaßt haben, bekümmern wir uns so wenig, und lassen sorglos alle Spuren in unserm Gedächtnisse verwischen. Wie Heiligthümer wird eine weisere Nachkommenschaft jede Nachricht, die von den Begebenheiten der Vergangenheit handelt, aufsuchen, und selbst das Leben eines Einzelnen unbedeutenden Mannes wird ihr nicht gleichgültig seyn, da gewiß sich das große Leben seiner Zeitgenossenschaft darinn mehr oder weniger spiegelt.

Es ist nur so schlimm, sagte der Graf von Hohenzollern, daß selbst die Wenigen, die sich der Aufzeichnung der Thaten und Vorfälle ihrer Zeit unterzogen, nicht über ihr Geschäft nachdachten, und ihren Beobachtungen keine Vollständigkeit und Ordnung zu geben suchten, sondern nur aufs Gerathewohl bey der Auswahl und Sammlung ihrer Nachrichten verfuhren. Ein jeder wird leicht an sich bemerken, daß er nur dasjenige deutlich und vollkommen beschreiben kann, was er genau kennt, dessen Theile, dessen Entstehung und Folge, dessen Zweck und Gebrauch ihm gegenwärtig sind: denn sonst wird keine Beschreibung, sondern ein verwirrtes Gemisch von unvollständigen Bemerkungen entstehn. Man lasse ein Kind eine Maschine, einen Landmann ein Schiff beschreiben, und gewiß wird kein Mensch aus ihren Worten einigen Nutzen und Unterricht schöpfen können, und so ist es mit den meisten Geschichtsschreibern, die vielleicht fertig genug im Erzählen und bis zum Überdruß weitschweifig sind, aber doch gerade das Wissenswürdigste vergessen, dasjenige, was erst die Geschichte zur Geschichte macht, und die mancherley Zufälle zu einem angenehmen und lehrreichen Ganzen verbindet. Wenn ich das alles recht bedenke, so scheint es mir, als wenn ein Geschichtschreiber nothwendig auch ein Dichter seyn müßte, denn nur die Dichter mögen sich auf jene Kunst, Begebenheiten schicklich zu verknüpfen, verstehn. In ihren Erzählungen und Fabeln habe ich mit stillem Vergnügen ihr zartes Gefühl für den geheimnißvollen Geist des Lebens bemerkt. Es ist mehr Wahrheit in ihren Mährchen, als in gelehrten Chroniken. Sind auch ihre Personen und deren Schicksale erfunden: so ist doch der Sinn, in dem sie erfunden sind, wahrhaft und natürlich. Es ist für unsern Genuß und unsere Belehrung gewissermaßen einerley, ob die Personen, in deren Schicksalen wir den unsrigen nachspüren, wirklich einmal lebten, oder nicht. Wir verlangen nach der Anschauung der großen einfachen Seele der Zeiterscheinungen, und finden wir diesen Wunsch gewährt, so kümmern wir uns nicht um die zufällige Existenz ihrer äußern Figuren.

Auch ich bin den Dichtern, sagte der Alte, von jeher deshalb zugethan gewesen. Das Leben und die Welt ist mir klarer und anschaulicher durch sie geworden. Es dünkte mich, sie müßten befreundet mit den scharfen Geistern des Lichtes seyn, die alle Naturen durchdringen und sondern, und einen eigenthümlichen, zartgefärbten Schleyer über jede verbreiten. Meine eigene Natur fühlte ich bey ihren Liedern leicht entfaltet, und es war, als könnte sie sich nun freyer bewegen, ihrer Geselligkeit und ihres Verlangens froh werden, mit stiller Lust ihre Glieder gegen einander schwingen, und tausenderley anmuthige Wirkungen hervorrufen.

Wart ihr so glücklich, in eurer Gegend einige Dichter zu haben? fragte der Einsiedler.

Es haben sich wohl zuweilen einige bey uns eingefunden, aber sie schienen Gefallen am Reisen zu finden, und so hielten sie sich meist nicht lange auf. Indeß habe ich auf meinen Wanderungen nach Illyrien, nach Sachsen und Schwedenland nicht selten welche gefunden, deren Andenken mich immer erfreuen wird.

So seyd ihr ja weit umhergekommen, und müßt viele denkwürdige Dinge erlebt haben.

Unsere Kunst macht es fast nöthig, daß man sich weit auf dem Erdboden umsieht, und es ist als triebe den Bergmann ein unterirdisches Feuer umher. Ein Berg schickt ihn dem andern. Er wird nie mit Sehen fertig, und hat seine ganze Lebenszeit an jener wunderlichen Baukunst zu lernen, die unsern Fußboden so seltsam gegründet und ausgetäfelt hat. Unsere Kunst ist uralt und weit verbreitet. Sie mag wohl aus Morgen, mit der Sonne, wie unser Geschlecht, nach Abend gewandert seyn, und von der Mitte nach den Enden zu. Sie hat überall mit andern Schwierigkeiten zu kämpfen gehabt, und da immer das Bedürfniß den menschlichen Geist zu klugen Erfindungen gereitzt, so kann der Bergmann überall seine Einsichten und seine Geschicklichkeit vermehren und mit nützlichen Erfahrungen seine Heymat bereichern.

Ihr seyd beynah verkehrte Astrologen, sagte der Einsiedler.

Wenn diese den Himmel unverwandt betrachten und seine unermeßlichen Räume durchirren: so wendet ihr euren Blick auf den Erdboden, und erforscht seinen Bau. Jene studieren die Kräfte und Einflüsse der Gestirne, und ihr untersucht die Kräfte der Felsen und Berge, und die mannichfaltigen Wirkungen der Erd- und Steinschichten. Jenen ist der Himmel das Buch der Zukunft, während euch die Erde Denkmale der Urwelt zeigt.

Es ist dieser Zusammenhang nicht ohne Bedeutung, sagte der Alte lächelnd. Die leuchtenden Profeten spielen vielleicht eine Hauptrolle in jener alten Geschichte des wunderlichen Erdbaus. Man wird vielleicht sie aus ihren Werken, und ihre Werke aus ihnen mit der Zeit besser kennen und erklären lernen. Vielleicht zeigen die großen Gebirgsketten die Spuren ihrer ehemaligen Straßen, und hatten selbst Lust, sich auf ihre eigene Hand zu nähren und ihren eigenen Gang am Himmel zu gehn. Manche hoben sich kühn genug, um auch Sterne zu werden, und müssen nun dafür die schöne grüne Bekleidung der niedrigern Gegenden entbehren. Sie haben dafür nichts erhalten, als daß sie ihren Vätern das Wetter machen helfen, und Profeten für das tiefere Land sind, das sie bald schützen bald mit Ungewittern überschwemmen.

Seitdem ich in dieser Höhle wohne, fuhr der Einsiedler fort, habe ich mehr über die alte Zeit nachdenken gelernt. Es ist unbeschreiblich, was diese Betrachtung anzieht, und ich kann mir die Liebe vorstellen, die ein Bergmann für sein Handwerk hegen muß. Wenn ich die seltsamen alten Knochen ansehe, die hier in so gewaltiger Menge versammelt sind; wenn ich mir die wilde Zeit denke, wo diese fremdartigen, ungeheuren Thiere in dichten Schaaren sich in diese Höhlen hereindrängten, von Furcht und Angst vielleicht getrieben, und hier ihren Tod fanden; wenn ich dann wieder bis zu den Zeiten hinaufsteige, wo diese Höhlen zusammenwuchsen und ungeheure Fluten das Land bedeckten: so komme ich mir selbst wie ein Traum der Zukunft, wie ein Kind des ewigen Friedens vor. Wie ruhig und friedfertig, wie mild und klar ist gegen diese gewaltsamen, riesenmäßigen Zeiten, die heutige Natur! und das furchtbarste Gewitter, das entsetzlichste Erdbeben in unsern Tagen ist nur ein schwacher Nachhall jener grausenvollen Geburtswehen. Vielleicht daß auch die Pflanzen- und Thierwelt, ja die damaligen Menschen selbst, wenn es auf einzelnen Eylanden in diesem Ozean welche gab, eine andere festere und rauhere Bauart hatten, – wenigstens dürfte man die alten Sagen von einem Riesenvolke dann keiner Erdichtungen zeihen.

Es ist erfreulich, sagte der Alte, jene allmählige Beruhigung der Natur zu bemerken. Ein immer innigeres Einverständniß, eine friedlichere Gemeinschaft, eine gegenseitige Unterstützung und Belebung, scheint sich allmählich gebildet zu haben, und wir können immer besseren Zeiten entgegensehn. Es wäre vielleicht möglich, daß hin und wieder noch alter Sauerteig gährte, und noch einige heftige Erschütterungen erfolgten; indeß sieht man doch das allmächtige Streben nach freyer, einträchtiger Verfassung, und in diesem Geiste wird jede Erschütterung vorübergehen und dem großen Ziele näher führen. Mag es seyn, daß die Natur nicht mehr so fruchtbar ist, daß heut zu Tage keine Metalle und Edelsteine, keine Felsen und Berge mehr entstehn, daß Pflanzen und Thiere nicht mehr zu so erstaunlichen Größen und Kräften aufquellen; je mehr sich ihre erzeugende Kraft erschöpft hat, desto mehr haben ihre bildenden, veredelnden und geselligen Kräfte zugenommen, ihr Gemüth ist empfänglicher und zarter, ihre Fantasie mannichfaltiger und sinnbildlicher. ihre Hand leichter und kunstreicher geworden. Sie nähert sich dem Menschen, und wenn sie ehmals ein wildgebährender Fels war, so ist sie jetzt eine stille, treibende Pflanze, eine stumme menschliche Künstlerinn. Wozu wäre auch eine Vermehrung jener Schätze nöthig, deren Überfluß auf undenkliche Zeiten ausreicht. Wie klein ist der Raum, den ich durchwandert bin, und welche mächtige Vorräthe habe ich nicht gleich auf den ersten Blick gefunden, deren Benutzung der Nachwelt überlassen bleibt. Welche Reichthümer verschließen nicht die Gebirge nach Norden, welche günstige Anzeigen fand ich nicht in meinem Vaterlande überall, in Ungarn, am Fuße der Carpathischen Gebirge, und in den Felsenthälern von Tyrol, Östreich und Bayern. Ich könnte ein reicher Mann seyn, wenn ich das hätte mit mir nehmen können, was ich nur aufzuheben, nur abzuschlagen brauchte. An manchen Orten sah ich mich, wie in einem Zaubergarten. Was ich ansah, war von köstlichen Metallen und auf das kunstreichste gebildet. In den zierlichen Locken und Ästen des Silbers hingen glänzende, rubinrothe, durchsichtige Früchte, und die schweren Bäumchen standen auf krystallenem Grunde, der ganz unnachahmlich ausgearbeitet war. Man traute kaum seinen Sinnen an diesen wunderbaren Orten, und ward nicht müde diese reizenden Wildnisse zu durchstreifen und sich an ihren Kleinodien zu ergötzen. Auch auf meiner jetzigen Reise habe ich viele Merkwürdigkeiten gesehn, und gewiß ist in andern Ländern die Erde eben so ergiebig und verschwenderisch.

Wenn man, sagte der Unbekannte, die Schätze bedenkt, die im Orient zu Hause sind, so ist daran kein Zweifel, und ist das ferne Indien, Afrika und Spanien nicht schon im Alterthum durch Reichthümer seines Bodens bekannt gewesen? Als Kriegsmann giebt man freylich nicht so genau auf die Adern und Klüfte der Berge acht, indeß habe ich doch zuweilen meine Betrachtungen über diese glänzenden Streifen gehabt, die wie seltsame Knospen auf eine unerwartete Blüthe und Frucht deuten. Wie hätte ich damals denken können, wenn ich froh über das Licht des Tages an diesen dunkeln Behausungen vorbeyzog, daß ich noch im Schooße eines Berges mein Leben beschließen würde. Meine Liebe trug mich stolz über den Erdboden, und in ihrer Umarmung hoffte ich in späten Jahren zu entschlafen. Der Krieg endigte, und ich zog nach Hause, voll froher Erwartungen eines erquicklichen Herbstes. Aber der Geist des Krieges schien der Geist meines Glücks zu seyn. Meine Marie hatte mir zwey Kinder im Orient geboren. Sie waren die Freude unsers Lebens. Die Seefahrt und die rauhere Abendländische Luft störte ihre Blüthe. Ich begrub sie wenige Tage nach meiner Ankunft in Europa. Kummervoll führte ich meine trostlose Gattin nach meiner Heymath. Ein stiller Gram mochte den Faden ihres Lebens mürbe gemacht haben. Auf einer Reise, die ich bald darauf unternehmen mußte, auf der sie mich wie immer begleitete, verschied sie sanft und plötzlich in meinen Armen. Es war hier nahe bey, wo unsere irdische Wallfahrt zu Ende ging. Mein Entschluß war im Augenblicke reif. Ich fand, was ich nie erwartet hatte; eine göttliche Erleuchtung kam über mich, und seit dem Tage, da ich sie hier selbst begrub, nahm eine himmlische Hand allen Kummer von meinem Herzen. Das Grabmal habe ich nachher errichten lassen. Oft scheint eine Begebenheit sich zu endigen, wenn sie erst eigentlich beginnt, und dies hat bey meinem Leben statt gefunden. Gott verleihe euch allen ein seliges Alter, und ein so ruhiges Gemüth wie mir.

Heinrich und die Kaufleute hatten aufmerksam dem Gespräche zugehört, und der Erstere fühlte besonders neue Entwickelungen seines ahndungsvollen Innern. Manche Worte, manche Gedanken fielen wie belebender Fruchtstaub, in seinen Schooß, und rückten ihn schnell aus dem engen Kreise seiner Jugend auf die Höhe der Welt. Wie lange Jahre lagen die eben vergangenen Stunden hinter ihm, und er glaubte nie anders gedacht und empfunden zu haben.

Der Einsiedler zeigte ihnen seine Bücher. Es waren alte Historien und Gedichte. Heinrich blätterte in den großen schöngemahlten Schriften; die kurzen Zeilen der Verse, die Überschriften, einzelne Stellen, und die sauberen Bilder, die hier und da, wie verkörperte Worte, zum Vorschein kamen, um die Einbildungskraft des Lesers zu unterstützen, reizten mächtig seine Neugierde. Der Einsiedler bemerkte seine innere Lust, und erklärte ihm die sonderbaren Vorstellungen. Die mannichfaltigsten Lebensscenen waren abgebildet. Kämpfe, Leichenbegängnisse, Hochzeitfeyerlichkeiten, Schiffbrüche, Höhlen und Paläste; Könige, Helden, Priester, alte und junge Leute, Menschen in fremden Trachten, und seltsame Thiere, kamen in verschiedenen Abwechselungen und Verbindungen vor. Heinrich konnte sich nicht satt sehen, und hätte nichts mehr gewünscht, als bey dem Einsiedler, der ihn unwiderstehlich anzog, zu bleiben, und von ihm über diese Bücher unterrichtet zu werden. Der Alte fragte unterdeß, ob es noch mehr Höhlen gäbe, und der Einsiedler sagte ihm, daß noch einige sehr große in der Nähe lägen, wohin er ihn begleiten wollte. Der Alte war dazu bereit, und der Einsiedler, der die Freude bemerkte, die Heinrich an seinen Büchern hatte, veranlaßte ihn, zurückzubleiben, und sich während dieser Zeit weiter unter denselben umzusehn. Heinrich blieb mit Freuden bey den Büchern, und dankte ihm innig für seine Erlaubniß. Er blätterte mit unendlicher Lust umher. Endlich fiel ihm ein Buch in die Hände, das in einer fremden Sprache geschrieben war, die ihm einige Ähnlichkeit mit der Lateinischen und Italienischen zu haben schien. Er hätte sehnlichst gewünscht, die Sprache zu kennen, denn das Buch gefiel ihm vorzüglich ohne daß er eine Sylbe davon verstand. Es hatte keinen Titel, doch fand er noch beym Suchen einige Bilder. Sie dünkten ihm ganz wunderbar bekannt, und wie er recht zusah, entdeckte er seine eigene Gestalt ziemlich kenntlich unter den Figuren. Er erschrack und glaubte zu träumen, aber beym wiederhohlten Ansehn konnte er nicht mehr an der vollkommenen Ähnlichkeit zweifeln. Er traute kaum seinen Sinnen, als er bald auf einem Bilde die Höhle, den Einsiedler und den Alten neben sich entdeckte. Allmählich fand er auf den andern Bildern die Morgenländerinn, seine Eltern, den Landgrafen und die Landgräfinn von Thüringen, seinen Freund den Hofkaplan, und manche Andere seiner Bekannten; doch waren ihre Kleidungen verändert und schienen aus einer andern Zeit zu seyn. Eine große Menge Figuren wußte er nicht zu nennen, doch däuchten sie ihm bekannt. Er sah sein Ebenbild in verschiedenen Lagen. Gegen das Ende kam er sich größer und edler vor. Die Guitarre ruhte in seinen Armen, und die Landgräfinn reichte ihm einen Kranz. Er sah sich am kayserlichen Hofe, zu Schiffe, in trauter Umarmung mit einem schlanken lieblichen Mädchen, in einem Kampfe mit wildaussehenden Männern, und in freundlichen Gesprächen mit Sarazenen und Mohren. Ein Mann von ernstem Ansehn kam häufig in seiner Gesellschaft vor. Er fühlte tiefe Ehrfurcht vor dieser hohen Gestalt, und war froh sich Arm in Arm mit ihm zu sehn. Die letzten Bilder waren dunkel und unverständlich; doch überraschten ihn einige Gestalten seines Traumes mit dem innigsten Entzücken; der Schluß des Buches schien zu fehlen. Heinrich war sehr bekümmert, und wünschte nichts sehnlicher, als das Buch lesen zu können, und vollständig zu besitzen. Er betrachtete die Bilder zu wiederholten Malen und war bestürzt, wie er die Gesellschaft zurückkommen hörte. Eine wunderliche Schaam befiel ihn. Er getraute sich nicht, seine Entdeckung merken zu lassen, machte das Buch zu, und fragte den Einsiedler nur obenhin nach dem Titel und der Sprache desselben, wo er denn erfuhr, daß es in provenzalischer Sprache geschrieben sey. Es ist lange, daß ich es gelesen habe, sagte der Einsiedler. Ich kann mich nicht genau mehr des Inhalts entsinnen. Soviel ich weiß, ist es ein Roman von den wunderbaren Schicksalen eines Dichters, worinn die Dichtkunst in ihren mannichfachen Verhältnissen dargestellt und gepriesen wird. Der Schluß fehlt an dieser Handschrift, die ich aus Jerusalem mitgebracht habe, wo ich sie in der Verlassenschaft eines Freundes fand, und zu seinem Andenken aufhob.

Sie nahmen nun von einander Abschied, und Heinrich war bis zu Thränen gerührt. Die Höhle war ihm so merkwürdig, der Einsiedler so lieb geworden.

Alle umarmten diesen herzlich, und er selbst schien sie lieb gewonnen zu haben. Heinrich glaubte zu bemerken, daß er ihn mit einem freundlichen durchdringenden Blick ansehe. Seine Abschiedsworte gegen ihn waren sonderbar bedeutend. Er schien von seiner Entdeckung zu wissen und darauf anzuspielen. Bis zum Eingang der Höhlen begleitete er sie, nachdem er sie und besonders den Knaben gebeten hatte, nichts von ihm gegen die Bauern zu erwähnen, weil er sonst ihren Zudringlichkeiten ausgesetzt seyn würde.

Sie versprachen es alle. Wie sie von ihm schieden und sich seinem Gebet empfahlen, sagte er: Wie lange wird es währen, so sehn wir uns wieder, und werden über unsere heutigen Reden lächeln. Ein himmlischer Tag wird uns umgeben, und wir werden uns freuen, daß wir einander in diesen Thälern der Prüfung freundlich begrüßten, und von gleichen Gesinnungen und Ahndungen beseelt waren. Sie sind die Engel, die uns hier sicher geleiten. Wenn euer Auge fest am Himmel haftet, so werdet ihr nie den Weg zu eurer Heymath verlieren. – Sie trennten sich mit stiller Andacht, fanden bald ihre zaghaften Gefährten, und erreichten unter allerlei Erzählungen in Kurzem das Dorf, wo Heinrichs Mutter, die in Sorgen gewesen war, sie mit tausend Freuden empfing.

Sechstes Kapitel

Menschen, die zum Handeln, zur Geschäftigkeit geboren sind, können nicht früh genug alles selbst betrachten und beleben. Sie müssen überall selbst Hand anlegen und viele Verhältnisse durchlaufen, ihr Gemüth gegen die Eindrücke einer neuen Lage, gegen die Zerstreuungen vieler und mannichfaltiger Gegenstände gewissermaßen abhärten, und sich gewöhnen, selbst im Drange großer Begebenheiten den Faden ihres Zwecks festzuhalten, und ihn gewandt hindurchzuführen. Sie dürfen nicht den Einladungen einer stillen Betrachtung nachgeben. Ihre Seele darf keine in sich gekehrte Zuschauerin, sie muß unablässig nach außen gerichtet, und eine emsige, schnell entscheidende Dienerinn des Verstandes seyn. Sie sind Helden, und um sie her drängen sich die Begebenheiten, die geleitet und gelöst seyn wollen. Alle Zufälle werden zu Geschichten unter ihrem Einfluß, und ihr Leben ist eine ununterbrochene Kette merkwürdiger und glänzender, verwickelter und seltsamer Ereignisse.

Anders ist es mit jenen ruhigen, unbekannten Menschen, deren Welt ihr Gemüth, deren Thätigkeit die Betrachtung, deren Leben ein leises Bilden ihrer innern Kräfte ist. Keine Unruhe treibt sie nach außen. Ein stiller Besitz genügt ihnen und das unermeßliche Schauspiel außer ihnen reitzt sie nicht, selbst darinn aufzutreten, sondern kommt ihnen bedeutend und wunderbar genug vor, um seiner Betrachtung ihre Muße zu widmen. Verlangen nach dem Geiste desselben hält sie in der Ferne, und er ist es, der sie zu der geheimnißvollen Rolle des Gemüths in dieser menschlichen Welt bestimmte, während jene die äußere[n] Gliedmaßen und Sinne und die ausgehenden Kräfte derselben vorstellen.

Große und vielfache Begebenheiten würden sie stören. Ein einfaches Leben ist ihr Loos, und nur aus Erzählungen und Schriften müssen sie mit dem reichen Inhalt, und den zahllosen Erscheinungen der Welt bekannt werden. Nur selten darf im Verlauf ihres Lebens ein Vorfall sie auf einige Zeit in seine raschen Wirbel mit hereinziehn, um durch einige Erfahrungen sie von der Lage und dem Character der handelnden Menschen genauer zu unterrichten. Dagegen wird ihr empfindlicher Sinn schon genug von nahen unbedeutenden Erscheinungen beschäftigt, die ihm jene große Welt verjüngt darstellen, und sie werden keinen Schritt thun, ohne die überraschendsten Entdeckungen in sich selbst über das Wesen und die Bedeutung derselben zu machen. Es sind die Dichter, diese seltenen Zugmenschen, die zuweilen durch unsere Wohnsitze wandeln, und überall den alten ehrwürdigen Dienst der Menschheit und ihrer ersten Götter, der Gestirne, des Frühlings, der Liebe, des Glücks, der Fruchtbarkeit, der Gesundheit, und des Frohsinns erneuern; sie, die schon hier im Besitz der himmlischen Ruhe sind, und von keinen thörichten Begierden umhergetrieben, nur den Duft der irdischen Früchte einathmen, ohne sie zu verzehren und dann unwiderruflich an die Unterwelt gekettet zu seyn. Freye Gäste sind sie, deren goldener Fuß nur leise auftritt, und deren Gegenwart in Allen unwillkührlich die Flügel ausbreitet. Ein Dichter läßt sich wie ein guter König, frohen und klaren Gesichtern nach aufsuchen, und er ist es, der allein den Namen eines Weisen mit Recht führt. Wenn man ihn mit dem Helden vergleicht, so findet man, daß die Gesänge der Dichter nicht selten den Heldenmuth in jugendlichen Herzen erweckt, Heldenthaten aber wohl nie den Geist der Poesie in ein neues Gemüth gerufen haben.

Heinrich war von Natur zum Dichter geboren. Mannichfaltige Zufälle schienen sich zu seiner Bildung zu vereinigen, und noch hatte nichts seine innere Regsamkeit gestört. Alles was er sah und hörte schien nur neue Riegel in ihm wegzuschieben, und neue Fenster ihm zu öffnen. Er sah die Welt in ihren großen und abwechselnden Verhältnissen vor sich liegen. Noch war sie aber stumm, und ihre Seele, das Gespräch, noch nicht erwacht. Schon nahte sich ein Dichter, ein liebliches Mädchen an der Hand, um durch Laute der Muttersprache und durch Berührung eines süßen zärtlichen Mundes, die blöden Lippen aufzuschließen, und den einfachen Accord in unendliche Melodien zu entfalten.

Diese Reise war nun geendigt. Es war gegen Abend, als unsere Reisenden wohlbehalten und frölich in der weltberühmten Stadt Augsburg anlangten, und voller Erwartung durch die hohen Gassen nach dem ansehnlichen Hause des alten Schwaning ritten.

Heinrichen war schon die Gegend sehr reitzend vorgekommen. Das lebhafte Getümmel der Stadt und die großen, steinernen Häuser befremdeten ihn angenehm. Er freute sich inniglich über seinen künftigen Aufenthalt. Seine Mutter war sehr vergnügt nach der langen, mühseligen Reise sich hier in ihrer geliebten Vaterstadt zu sehen, bald ihren Vater und ihre alten Bekannten wieder zu umarmen, ihren Heinrich ihnen vorstellen, und einmal alle Sorgen des Hauswesens bey den traulichen Erinnerungen ihrer Jugend, ruhig vergessen zu können. Die Kaufleute hofften sich bey den dortigen Lustbarkeiten für die Unbequemlichkeiten des Weges zu entschädigen, und einträgliche Geschäfte zu machen.

Das Haus des alten Schwaning fanden sie erleuchtet, und eine lustige Musik tönte ihnen entgegen. Was gilt's, sagten die Kaufleute, euer Großvater giebt ein fröhliches Fest. Wir kommen wie gerufen. Wie wird er über die ungeladenen Gäste erstaunen. Er läßt es sich wohl nicht träumen, daß das wahre Fest nun erst angehn wird. Heinrich fühlte sich verlegen, und seine Mutter war nur wegen ihres Anzugs in Sorgen. Sie stiegen ab, die Kaufleute blieben bey den Pferden, und Heinrich und seine Mutter traten in das prächtige Haus. Unten war kein Hausgenosse zu sehen. Sie mußten die breite Wendeltreppe hinauf. Einige Diener liefen vorüber, die sie baten, dem alten Schwaning die Ankunft einiger Fremden anzusagen, die ihn zu sprechen wünschten. Die Diener machten anfangs einige Schwierigkeiten; die Reisenden sahen nicht zum Besten aus; doch meldeten sie es dem Herrn des Hauses. Der alte Schwaning kam heraus. Er kannte sie nicht gleich, und fragte nach ihrem Namen und Anliegen. Heinrichs Mutter weinte, und fiel ihm um den Hals. Kennt ihr eure Tochter nicht mehr? rief sie weinend. Ich bringe euch meinen Sohn. Der alte Vater war äußerst gerührt. Er drückte sie lange an seine Brust; Heinrich sank auf ein Knie, und küßte ihm zärtlich die Hand. Er hob ihn zu sich, und hielt Mutter und Sohn umarmt. Geschwind herein, sagte Schwaning, ich habe lauter Freunde und Bekannte bey mir, die sich herzlich mit mir freuen werden. Heinrichs Mutter schien einige Zweifel zu haben. Sie hatte keine Zeit sich zu besinnen. Der Vater führte beyde in den hohen, erleuchteten Saal. Da bringe ich meine Tochter und meinen Enkel aus Eisenach, rief Schwaning in das frohe Getümmel glänzend gekleideter Menschen. Alle Augen kehrten sich nach der Thür; alles lief herzu, die Musik schwieg, und die beyden Reisenden standen verwirrt und geblendet in ihren staubigen Kleidern, mitten in der bunten Schaar. Tausend freudige Ausrufungen gingen von Mund zu Mund. Alte Bekannte drängten sich um die Mutter. Es gab unzählige Fragen. Jedes wollte zuerst gekannt und bewillkommet seyn. Während der ältere Theil der Gesellschaft sich mit der Mutter beschäftigte, heftete sich die Aufmerksamkeit des jüngeren Theils auf den fremden Jüngling, der mit gesenktem Blick da stand, und nicht das Herz hatte, die unbekannten Gesichter wieder zu betrachten. Sein Großvater machte ihn mit der Gesellschaft bekannt, und erkundigte sich nach seinem Vater und den Vorfällen ihrer Reise.

Die Mutter gedachte der Kaufleute, die unten aus Gefälligkeit bey den Pferden geblieben waren. Sie sagte es ihrem Vater, welcher sogleich hinunter schickte, und sie einladen ließ heraufzukommen. Die Pferde wurden in die Ställe gebracht, und die Kaufleute erschienen.

Schwaning dankte ihnen herzlich für die freundschaftliche Geleitung seiner Tochter. Sie waren mit vielen Anwesenden bekannt, und begrüßten sich freundlich mit ihnen. Die Mutter wünschte sich reinlich ankleiden zu dürfen. Schwaning nahm sie auf sein Zimmer, und Heinrich folgte ihnen in gleicher Absicht.

Unter der Gesellschaft war Heinrichen ein Mann aufgefallen, den er in jenem Buche oft an seiner Seite gesehn zu haben glaubte. Sein edles Ansehn zeichnete ihn vor allen aus. Ein heitrer Ernst war der Geist seines Gesichts; eine offene schön gewölbte Stirn, große, schwarze, durchdringende und feste Augen, ein schalkhafter Zug um den frölichen Mund und durchaus klare, männliche Verhältnisse machten es bedeutend und anziehend. Er war stark gebaut, seine Bewegungen waren ruhig und ausdrucksvoll, und wo er stand, schien er ewig stehen zu wollen. Heinrich fragte seinen Großvater nach ihm. Es ist mir lieb, sagte der Alte, daß du ihn gleich bemerkt hast. Es ist mein trefflicher Freund Klingsohr, der Dichter. Auf seine Bekanntschaft und Freundschaft kannst du stolzer seyn, als auf die des Kaysers. Aber wie stehts mit deinem Herzen? Er hat eine schöne Tochter; vielleicht daß sie den Vater bey dir aussticht. Es sollte mich wundern, wenn du sie nicht gesehn hättest. Heinrich erröthete. Ich war zerstreut, lieber Großvater. Die Gesellschaft war zahlreich, und ich betrachtete nur euren Freund. Man merkt es, daß du aus Norden kömmst, erwiederte Schwaning. Wir wollen dich hier schon aufthauen. Du sollst schon lernen nach hübschen Augen sehn.

Sie waren nun fertig und begaben sich zurück in den Saal, wo indeß die Zurüstungen zum Abendessen gemacht worden waren. Der alte Schwaning führte Heinrichen auf Klingsohr zu, und erzählte ihm, daß Heinrich ihn gleich bemerkt und den lebhaftesten Wunsch habe mit ihm bekannt zu seyn.

Heinrich war beschämt. Klingsohr redete freundlich zu ihm von seinem Vaterlande und seiner Reise. Es lag soviel Zutrauliches in seiner Stimme, daß Heinrich bald ein Herz faßte und sich freymüthig mit ihm unterhielt. Nach einiger Zeit kam Schwaning wieder zu ihnen und brachte die schöne Mathilde. Nehmt euch meines schüchternen Enkels freundlich an, und verzeiht es ihm, daß er eher euren Vater als euch gesehn hat. Eure glänzenden Augen werden schon die schlummernde Jugend in ihm wecken. In seinem Vaterlande kommt der Frühling spät.

Heinrich und Mathilde wurden roth. Sie sahen sich einander mit Verwunderung an. Sie fragte ihn mit kaum hörbaren leisen Worten: Ob er gern tanze. Eben als er die Frage bejahte, fing eine fröliche Tanzmusik an. Er bot ihr schweigend seine Hand; sie gab ihm die ihrige, und sie mischten sich in die Reihe der walzenden Paare. Schwaning und Klingsohr sahen zu. Die Mutter und die Kaufleute freuten sich über Heinrichs Behendigkeit und seine liebliche Tänzerinn. Die Mutter hatte genug mit ihren Jugendfreundinnen zu sprechen, die ihr zu einem so wohlgebildeten und so hoffnungsvollen Sohn Glück wünschten. Klingsohr sagte zu Schwaning: Euer Enkel hat ein anziehendes Gesicht. Es zeigt ein klares und umfassendes Gemüth, und seine Stimme kommt tief aus dem Herzen. Ich hoffe, erwiederte Schwaning, daß er euer gelehriger Schüler seyn wird. Mich däucht er ist zum Dichter geboren. Euer Geist komme über ihn. Er sieht seinem Vater ähnlich; nur scheint er weniger heftig und eigensinnig. Jener war in seiner Jugend voll glücklicher Anlagen. Eine gewisse Freysinnigkeit fehlte ihm. Es hätte mehr aus ihm werden können, als ein fleißiger und fertiger Künstler. – Heinrich wünschte den Tanz nie zu endigen. Mit innigem Wohlbehagen ruhte sein Auge auf den Rosen seiner Tänzerin. Ihr unschuldiges Auge vermied ihn nicht. Sie schien der Geist ihres Vaters in der lieblichsten Verkleidung. Aus ihren großen ruhigen Augen sprach ewige Jugend. Auf einem lichthimmelblauen Grunde lag der milde Glanz der braunen Sterne. Stirn und Nase senkten sich zierlich um sie her. Eine nach der aufgehenden Sonne geneigte Lilie war ihr Gesicht, und von dem schlanken, weißen Halse schlängelten sich blaue Adern in reizenden Windungen um die zarten Wangen. Ihre Stimme war wie ein fernes Echo, und das braune lockige Köpfchen schien über der leichten Gestalt nur zu schweben.

Die Schüsseln kamen herein, und der Tanz war aus. Die älteren Leute setzten sich auf die Eine Seite, und die jüngern nahmen die Andere ein.

Heinrich blieb bey Mathilden. Eine junge Verwandte setzte sich zu seiner Linken, und Klingsohr saß ihm gerade gegenüber. So wenig Mathilde sprach, so gesprächig war Veronika, seine andere Nachbarin. Sie that gleich mit ihm vertraut und machte ihn in kurzem mit allen Anwesenden bekannt. Heinrich verhörte manches. Er war noch bey seiner Tänzerin, und hätte sich gern öfters rechts gewandt. Klingsohr machte ihrem Plaudern ein Ende. Er fragte ihn nach dem Bande mit sonderbaren Figuren, was Heinrich an seinem Leibrocke befestigt hatte. Heinrich erzählte von der Morgenländerin mit vieler Rührung. Mathilde weinte, und Heinrich konnte nun seine Thränen kaum verbergen. Er gerieth darüber mit ihr ins Gespräch. Alle unterhielten sich; Veronika lachte und scherzte mit ihren Bekannten. Mathilde erzählte ihm von Ungarn, wo ihr Vater sich oft aufhielt, und von dem Leben in Augsburg. Alle waren vergnügt. Die Musik verscheuchte die Zurückhaltung und reizte alle Neigungen zu einem muntern Spiel. Blumenkörbe dufteten in voller Pracht auf dem Tische, und der Wein schlich zwischen den Schüsseln und Blumen umher, schüttelte seine goldnen Flügel und stellte bunte

Tapeten zwischen die Welt und die Gäste. Heinrich begriff erst jetzt, was ein Fest sey. Tausend frohe Geister schienen ihm um den Tisch zu gaukeln, und in stiller Sympathie mit den frölichen Menschen von ihren Freuden zu leben und mit ihren Genüssen sich zu berauschen. Der Lebensgenuß stand wie ein klingender Baum voll goldener Früchte vor ihm. Das Übel ließ sich nicht sehen, und es dünkte ihm unmöglich, daß je die menschliche Neigung von diesem Baume zu der gefährlichen Frucht des Erkenntnisses, zu dem Baume des Krieges sich gewendet haben sollte. Er verstand nun den Wein und die Speisen. Sie schmeckten ihm überaus köstlich. Ein himmlisches Öl würzte sie ihm, und aus dem Becher funkelte die Herrlichkeit des irdischen Lebens. Einige Mädchen brachten dem alten Schwaning einen frischen Kranz. Er setzte ihn auf, küßte sie, und sagte: Auch unserm Freund Klingsohr müßt ihr einen bringen, wir wollen beyde zum Dank euch ein paar neue Lieder lehren. Das meinige sollt ihr gleich haben. Er gab der Musik ein Zeichen, und sang mit lauter Stimme:

Sind wir nicht geplagte Wesen?
Ist nicht unser Loos betrübt?
Nur zu Zwang und Noth erlesen
In Verstellung nur geübt,
Dürfen selbst nicht unsre Klagen
Sich aus unserm Busen wagen.

Allem was die Eltern sprechen,
Widerspricht das volle Herz.
Die verbotne Frucht zu brechen
Fühlen wir der Sehnsucht Schmerz;
Möchten gern die süßen Knaben
Fest an unserm Herzen haben.

Wäre dies zu denken Sünde?
Zollfrey sind Gedanken doch.
Was bleibt einem armen Kinde
Außer süßen Träumen noch?
Will man sie auch gern verbannen,
Nimmer ziehen sie von dannen.

Wenn wir auch des Abends beten,
Schreckt uns doch die Einsamkeit,
Und zu unsern Küssen treten
Sehnsucht und Gefälligkeit.
Könnten wir wohl widerstreben
Alles, Alles hinzugeben?

Unsere Reize zu verhüllen,
Schreibt die strenge Mutter vor.
Ach! was hilft der gute Willen,
Quellen sie nicht selbst empor?
Bey der Sehnsucht innrem Beben
Muß das beste Band sich geben.

Jede Neigung zu verschließen,
Hart und kalt zu seyn, wie Stein,
Schöne Augen nicht zu grüßen,
Fleißig und allein zu seyn,
Keiner Bitte nachzugeben:
Heißt das wohl ein Jugendleben?

Groß sind eines Mädchens Plagen,
Ihre Brust ist krank und wund,
Und zum Lohn für stille Klagen
Küßt sie noch ein welker Mund.
Wird denn nie das Blatt sich wenden,
Und das Reich der Alten enden?

Die alten Leute und die Jünglinge lachten. Die Mädchen errötheten und lächelten abwärts. Unter tausend Neckereyen wurde ein zweiter Kranz geholt, und Klingsohren aufgesetzt. Sie baten aber inständigst um keinen so leichtfertigen Gesang. Nein, sagte Klingsohr, ich werde mich wohl hüten so frevelhaft von euren Geheimnissen zu reden. Sagt selbst, was ihr für ein Lied haben wollt. Nur nichts von Liebe, riefen die Mädchen, ein Weinlied, wenn es euch ansteht. Klingsohr sang:

Auf grünen Bergen wird geboren,
Der Gott, der uns den Himmel bringt.

Die Sonne hat ihn sich erkohren,
Daß sie mit Flammen ihn durchdringt.

Er wird im Lenz mit Lust empfangen,
Der zarte Schoß quillt still empor,
Und wenn des Herbstes Früchte prangen
Springt auch das goldne Kind hervor.

Sie legen ihn in enge Wiegen
In's unterirdische Geschoß.
Er träumt von Festen und von Siegen
Und baut sich manches luft'ge Schloß.

Es nahe keiner seiner Kammer,
Wenn er sich ungeduldig drängt,
Und jedes Band und jede Klammer
Mit jugendlichen Kräften sprengt.

Denn unsichtbare Wächter stellen
So lang er träumt sich um ihn her;
Und wer betritt die heil'gen Schwellen,
Den trift ihr luftumwundner Speer.

So wie die Schwingen sich entfalten,
Läßt er die lichten Augen sehn,
Läßt ruhig seine Priester schalten
Und kommt heraus wenn sie ihm flehn.

Aus seiner Wiege dunklem Schooße,
Erscheint er in Krystallgewand;
Verschwiegener Eintracht volle Rose
Trägt er bedeutend in der Hand.

Und überall um ihn versammeln
Sich seine Jünger hocherfreut;
Und tausend frohe Zungen stammeln,
Ihm ihre Lieb' und Dankbarkeit.

Er sprützt in ungezählten Strahlen
Sein innres Leben in die Welt,
Die Liebe nippt aus seinen Schalen
Und bleibt ihm ewig zugesellt.

Er nahm als Geist der goldnen Zeiten
Von jeher sich des Dichters an,
Der immer seine Lieblichkeiten
In trunknen Liedern aufgethan.

Er gab ihm, seine Treu zu ehren,
Ein Recht auf jeden hübschen Mund,
Und daß es keine darf ihm wehren,
Macht Gott durch ihn es allen kund.

Ein schöner Profet! riefen die Mädchen. Schwaning freute sich herzlich. Sie machten noch einige Einwendungen, aber es half nichts. Sie mußten ihm die süßen Lippen hinreichen. Heinrich schämte sich nur vor seiner ernsten Nachbarin, sonst hätte er sich laut über das Vorrecht der Dichter gefreut. Veronika war unter den Kranzträgerinnen. Sie kam frölich zurück und sagte zu Heinrich: Nicht wahr, es ist hübsch, wenn man ein Dichter ist? Heinrich getraute sich nicht, diese Frage zu benutzen. Der Übermuth der Freude und der Ernst der ersten Liebe kämpften in seinem Gemüth. Die reizende Veronika scherzte mit den Andern, und so gewann er Zeit, den ersten etwas zu dämpfen. Mathilde erzählte ihm, daß sie die Guitarre spiele. Ach! sagte Heinrich, von euch möchte ich sie lernen. Ich habe mich lange darnach gesehnt. – Mein Vater hat mich unterrichtet. Er spielt sie unvergleichlich, sagte sie erröthend. – Ich glaube doch, erwiederte Heinrich, daß ich sie schneller bey euch lerne. Wie freue ich mich euren Gesang zu hören. – Stellt euch nur nicht zu viel vor. – O! sagte Heinrich, was sollte ich nicht erwarten können, da eure bloße Rede schon Gesang ist, und eure Gestalt eine himmlische Musik verkündigt.

Mathilde schwieg. Ihr Vater fing ein Gespräch mit ihm an, in welchem Heinrich mit der lebhaftesten Begeisterung sprach. Die Nächsten wunderten sich über des Jünglings Beredsamkeit, über die Fülle seiner bildlichen Gedanken. Mathilde sah ihn mit stiller Aufmerksamkeit an. Sie schien sich über seine Reden zu freuen, die sein Gesicht mit den sprechendsten Mienen noch mehr erklärte. Seine Augen glänzten ungewöhnlich. Er sah sich zuweilen nach Mathilden um, die über den Ausdruck seines Gesichts erstaunte. Im Feuer des Gesprächs ergriff er unvermerkt ihre Hand, und sie konnte nicht umhin, manches was er sagte, mit einem leisen Druck zu bestätigen. Klingsohr wußte seinen Enthusiasmus zu unterhalten, und lockte allmählich seine ganze Seele auf die Lippen. Endlich stand alles auf. Alles schwärmte durch einander. Heinrich war an Mathildens Seite geblieben. Sie standen unbemerkt abwärts. Er hielt ihre Hand und küßte sie zärtlich. Sie ließ sie ihm, und blickte ihn mit unbeschreiblicher Freundlichkeit an. Er konnte sich nicht halten, neigte sich zu ihr und küßte ihre Lippen. Sie war überrascht, und erwiederte unwillkührlich seinen heißen Kuß. Gute Mathilde, lieber Heinrich das war alles, was sie einander sagen konnten. Sie drückte seine Hand, und ging unter die Andern. Heinrich stand, wie im Himmel. Seine Mutter kam auf ihn zu. Er ließ seine ganze Zärtlichkeit an ihr aus. Sie sagte: Ist es nicht gut, daß wir nach Augsburg gereist sind? Nicht wahr, es gefällt dir? Liebe Mutter, sagte Heinrich, so habe ich mir es doch nicht vorgestellt. Es ist ganz herrlich.

Der Rest des Abends verging in unendlicher Fröhlichkeit. Die Alten spielten, plauderten, und sahen den Tänzen zu. Die Musik wogte wie ein Lustmeer im Saale, und hob die berauschte Jugend.

Heinrich fühlte die entzückenden Weissagungen der ersten Lust und Liebe zugleich. Auch Mathilde ließ sich willig von den schmeichelnden Wellen tragen, und verbarg ihr zärtliches Zutrauen, ihre aufkeimende Neigung zu ihm nur hinter einem leichten Flor. Der alte Schwaning bemerkte das kommende Verständniß, und neckte beyde.

Klingsohr hatte Heinrichen lieb gewonnen, und freute sich seiner Zärtlichkeit. Die andern Jünglinge und Mädchen hatten es bald bemerkt. Sie zogen die ernste Mathilde mit dem jungen Thüringer auf, und verhehlten nicht, daß es ihnen lieb sey, Mathildens Aufmerksamkeit nicht mehr bey ihren Herzensgeschäften scheuen zu dürfen.

Es war tief in der Nacht, als die Gesellschaft auseinanderging. Das erste und einzige Fest meines Lebens, sagte Heinrich zu sich selbst, als er allein war, und seine Mutter sich ermüdet zur Ruhe gelegt hatte. Ist mir nicht zu Muthe, wie in jenem Traume, beym Anblick der blauen Blume? Welcher sonderbare Zusammenhang ist zwischen Mathilden und dieser Blume? Jenes Gesicht, das aus dem Kelche sich mir entgegenneigte, es war Mathildens himmlisches Gesicht, und nun erinnere ich mich auch, es in jenem Buche gesehn zu haben. Aber warum hat es dort mein Herz nicht so bewegt? O! sie ist der sichtbare Geist des Gesanges, eine würdige Tochter ihres Vaters. Sie wird mich in Musik auflösen. Sie wird meine innerste Seele, die Hüterin meines heiligen Feuers seyn. Welche Ewigkeit von Treue fühle ich in mir! Ich ward nur geboren, um sie zu verehren, um ihr ewig zu dienen, um sie zu denken und zu empfinden. Gehört nicht ein eigenes ungetheiltes Daseyn zu ihrer Anschauung und Anbetung? und bin ich der Glückliche, dessen Wesen das Echo, der Spiegel des ihrigen seyn darf? Es war kein Zufall, daß ich sie am Ende meiner Reise sah, daß ein seliges Fest den höchsten Augenblick meines Lebens umgab. Es konnte nicht anders seyn; macht ihre Gegenwart nicht alles festlich?

Er trat ans Fenster. Das Chor der Gestirne stand am dunkeln Himmel, und im Morgen kündigte ein weißer Schein den kommenden Tag an.

Mit vollem Entzücken rief Heinrich aus: Euch, ihr ewigen Gestirne, ihr stillen Wandrer, euch rufe ich zu Zeugen meines heiligen Schwurs an. Für Mathilden will ich leben, und ewige Treue soll mein Herz an das ihrige knüpfen. Auch mir bricht der Morgen eines ewigen Tages an. Die Nacht ist vorüber. Ich zünde der aufgehenden Sonne mich selbst zum nieverglühenden Opfer an.

Heinrich war erhitzt, und nur spät gegen Morgen schlief er ein. In wunderliche Träume flossen die Gedanken seiner Seele zusammen. Ein tiefer blauer Strom schimmerte aus der grünen Ebene herauf. Auf der glatten Fläche schwamm ein Kahn. Mathilde saß und ruderte. Sie war mit Kränzen geschmückt, sang ein einfaches Lied, und sah nach ihm mit süßer Wehmuth herüber. Seine Brust war beklommen. Er wußte nicht warum. Der Himmel war heiter, die Flut ruhig. Ihr himmlisches Gesicht spiegelte sich in den Wellen. Auf einmal fing der Kahn an sich umzudrehen. Er rief ihr ängstlich zu. Sie lächelte und legte das Ruder in den Kahn, der sich immerwährend drehte. Eine ungeheure Bangigkeit ergriff ihn. Er stürzte sich in den Strom; aber er konnte nicht fort, das Wasser trug ihn. Sie winkte, sie schien ihm etwas sagen zu wollen, der Kahn schöpfte schon Wasser; doch lächelte sie mit einer unsäglichen Innigkeit, und sah heiter in den Wirbel hinein. Auf einmal zog es sie hinunter. Eine leise Luft strich über den Strom, der eben so ruhig und glänzend floß, wie vorher. Die entsetzliche Angst raubte ihm das Bewußtseyn. Das Herz schlug nicht mehr. Er kam erst zu sich, als er sich auf trocknem Boden fühlte. Er mochte weit geschwommen seyn. Es war eine fremde Gegend. Er wußte nicht wie ihm geschehen war. Sein Gemüth war verschwunden. Gedankenlos ging er tiefer ins Land. Entsetzlich matt fühlte er sich. Eine kleine Quelle kam aus einem Hügel, sie tönte wie lauter Glocken. Mit der Hand schöpfte er einige Tropfen und netzte seine dürren Lippen. Wie ein banger Traum lag die schreckliche Begebenheit hinter ihm. Immer weiter und weiter ging er, Blumen und Bäume redeten ihn an. Ihm wurde so wohl und heymathlich zu Sinne. Da hörte er jenes einfache Lied wieder. Er lief den Tönen nach. Auf einmal hielt ihn jemand am Gewande zurück. Lieber Heinrich, rief eine bekannte Stimme. Er sah sich um, und Mathilde schloß ihn in ihre Arme. Warum liefst du vor mir, liebes Herz? sagte sie tiefathmend. Kaum konnte ich dich einholen. Heinrich weinte. Er drückte sie an sich. – Wo ist der Strom? rief er mit Thränen. – Siehst du nicht seine blauen Wellen über uns? Er sah hinauf, und der blaue Strom floß leise über ihrem Haupte. Wo sind wir, liebe Mathilde? Bey unsern Eltern. Bleiben wir zusammen? Ewig, versetzte sie, indem sie ihre Lippen an die seinigen drückte, und ihn so umschloß, daß sie nicht wieder von ihm konnte. Sie sagte ihm ein wunderbares geheimes Wort in den Mund, was sein ganzes Wesen durchklang. Er wollte es wiederholen, als sein Großvater rief, und er aufwachte. Er hätte sein Leben darum geben mögen, das Wort noch zu wissen.

Siebentes Kapitel

Klingsohr stand vor seinem Bette, und bot ihm freundlich guten Morgen. Er ward munter und fiel Klingsohr um den Hals. Das gilt euch nicht, sagte Schwaning. Heinrich lächelte und verbarg sein Erröthen an den Wangen seiner Mutter.

Habt ihr Lust mit mit vor der Stadt auf einer schönen Anhöhe zu frühstücken? sagte Klingsohr. Der herrliche Morgen wird euch erfrischen. Kleidet euch an. Mathilde wartet schon auf uns.

Heinrich dankte mit tausend Freuden für diese willkommene Einladung. In einem Augenblick war er fertig, und küßte Klingsohr mit vieler Inbrunst die Hand.

Sie gingen zu Mathilden, die in ihrem einfachen Morgenkleide wunderlieblich aussah und ihn freundlich grüßte. Sie hatte schon das Frühstück in ein Körbchen gepackt, das sie an den Einen Arm hing, und die andere Hand unbefangen Heinrichen reichte. Klingsohr folgte ihnen, und so wandelten sie durch die Stadt, die schon voller Lebendigkeit war, nach einem kleinen Hügel am Flusse, wo sich unter einigen hohen Bäumen eine weite und volle Aussicht öffnete.

Habe ich doch schon oft, rief Heinrich aus, mich an dem Aufgang der bunten Natur, an der friedlichen Nachbarschaft ihres mannichfaltigen Eigenthums ergötzt; aber eine so schöpferische und gediegene Heiterkeit hat mich noch nie erfüllt wie heute. Jene Fernen sind mir so nah, und die reiche Landschaft ist mir wie eine innere Fantasie. Wie veränderlich ist die Natur, so unwandelbar auch ihre Oberfläche zu seyn scheint. Wie anders ist sie, wenn ein Engel, wenn ein kräftigerer Geist neben uns ist, als wenn ein Nothleidender vor uns klagt, oder ein Bauer uns erzählt, wie ungünstig die Witterung ihm sey, und wie nöthig er düstre Regentage für seine Saat brauche. Euch, theuerster Meister, bin ich dieses Vergnügen schuldig; ja dieses Vergnügen, denn es giebt kein anderes Wort, was wahrhafter den Zustand meines Herzens ausdrückte. Freude, Lust und Entzücken sind nur die Glieder des Vergnügens, das sie zu einem höhern Leben verknüpft. Er drückte Mathildens Hand an sein Herz, und versank mit einem feurigen Blick in ihr mildes, empfängliches Auge.

Die Natur, versetzte Klingsohr, ist für unser Gemüth, was ein Körper für das Licht ist. Er hält es zurück; er bricht es in eigenthümliche Farben; er zündet auf seiner Oberfläche oder in seinem Innern ein Licht an, das, wenn es seiner Dunkelheit gleich kommt, ihn klar und durchsichtig macht, wenn es sie überwiegt, von ihm ausgeht, um andere Körper zu erleuchten. Aber selbst der dunkelste Körper kann durch Wasser, Feuer und Luft dahin gebracht werden, daß er hell und glänzend wird.

Ich verstehe euch, lieber Meister. Die Menschen sind Krystalle für unser Gemüth. Sie sind die durchsichtige Natur. Liebe Mathilde, ich möchte euch einen köstlichen lautern Sapphir nennen. Ihr seyd klar und durchsichtig wie der Himmel, ihr erleuchtet mit dem mildesten Lichte. Aber sagt mir, lieber Meister, ob ich recht habe: mich dünkt, daß man gerade wenn man am innigsten mit der Natur vertraut ist am wenigsten von ihr sagen könnte und möchte.

Wie man das nimmt, versetzte Klingsohr; ein anderes ist es mit der Natur für unsern Genuß und unser Gemüth, ein anderes mit der Natur für unsern Verstand, für das leitende Vermögen unserer Weltkräfte. Man muß sich wohl hüten, nicht eins über das andere zu vergessen. Es giebt viele, die nur die Eine Seite kennen und die andere geringschätzen. Aber beyde kann man vereinigen, und man wird sich wohl dabey befinden. Schade, daß so wenige darauf denken, sich in ihrem Innern frey und geschickt bewegen zu können, und durch eine gehörige Trennung sich den zweckmäßigsten und natürlichsten Gebrauch ihrer Gemüthskräfte zu sichern. Gewöhnlich hindert eine die andere, und so entsteht allmälich eine unbehülfliche Trägheit, daß wenn nun solche Menschen einmal mit gesammten Kräften aufstehen wollen, eine gewaltige Verwirrung und Streit beginnt, und alles übereinander ungeschickt herstolpert. Ich kann euch nicht genug anrühmen, euren Verstand, euren natürlichen Trieb zu wissen, wie alles sich begiebt und untereinander nach Gesetzen der Folge zusammenhängt, mit Fleiß und Mühe zu unterstützen. Nichts ist dem Dichter unentbehrlicher, als Einsicht in die Natur jedes Geschäfts, Bekanntschaft mit den Mitteln jeden Zweck zu erreichen, und Gegenwart des Geistes, nach Zeit und Umständen, die schicklichsten zu wählen. Begeisterung ohne Verstand ist unnütz und gefährlich, und der Dichter wird wenig Wunder thun können, wenn er selbst über Wunder erstaunt.

Ist aber dem Dichter nicht ein inniger Glaube an die menschliche Regierung des Schicksals unentbehrlich?

Unentbehrlich allerdings, weil er sich das Schicksal nicht anders vorstellen kann, wenn er reiflich darüber nachdenkt; aber wie entfernt ist diese heitere Gewißheit, von jener ängstlichen Ungewißheit, von jener blinden Furcht des Aberglaubens. Und so ist auch die kühle, belebende Wärme eines dichterischen Gemüths gerade das Widerspiel von jener wilden Hitze eines kränklichen Herzens. Diese ist arm, betäubend und vorübergehend; jene sondert alle Gestalten rein ab, begünstigt die Ausbildung der mannigfaltigsten Verhältnisse, und ist ewig durch sich selbst. Der junge Dichter kann nicht kühl, nicht besonnen genug seyn. Zur wahren, melodischen Gesprächigkeit gehört ein weiter, aufmerksamer und ruhiger Sinn. Es wird ein verworrnes Geschwätz, wenn ein reißender Sturm in der Brust tobt, und die Aufmerksamkeit in eine zitternde Gedankenlosigkeit auflöst. Nochmals wiederhole ich, das ächte Gemüth ist wie das Licht, eben so ruhig und empfindlich, eben so elastisch und durchdringlich, eben so mächtig und eben so unmerklich wirksam als dieses köstliche Element, das auf alle Gegenstände sich mit feiner Abgemessenheit vertheilt, und sie alle in reizender Mannichfaltigkeit erscheinen läßt. Der Dichter ist reiner Stahl, eben so empfindlich, wie ein zerbrechlicher Glasfaden, und eben so hart, wie ein ungeschmeidiger Kiesel.

Ich habe das schon zuweilen gefühlt, sagte Heinrich, daß ich in den innigsten Minuten weniger lebendig war, als zu andern Zeiten, wo ich frey umhergehn und alle Beschäftigungen mit Lust treiben konnte. Ein geistiges scharfes Wesen durchdrang mich dann, und ich durfte jeden Sinn nach Gefallen brauchen, jeden Gedanken, wie einen wirklichen Körper, umwenden und von allen Seiten betrachten. Ich stand mit stillem Antheil an der Werkstatt meines Vaters, und freute mich, wenn ich ihm helfen und etwas geschickt zu Stande bringen konnte. Geschicklichkeit hat einen ganz besondern stärkenden Reiz, und es ist wahr, ihr

Bewußtseyn verschafft einen dauerhafteren und deutlicheren Genuß, als jenes überfließende Gefühl einer unbegreiflichen, überschwenglichen Herrlichkeit.

Glaubt nicht, sagte Klingsohr, daß ich das letztere tadle; aber es muß von selbst kommen, und nicht gesucht werden. Seine sparsame Erscheinung ist wohlthätig; öfterer wird sie ermüdend und schwächend. Man kann nicht schnell genug sich aus der süßen Betäubung reißen, die es hinterläßt, und zu einer regelmäßigen und mühsamen Beschäftigung zurückkehren. Es ist wie mit dem anmuthigen Morgenträumen, aus deren einschläferndem Wirbel man nur mit Gewalt sich herausziehen kann, wenn man nicht in immer drückendere Müdigkeit gerathen, und so in krankhafter Erschöpfung nachher den ganzen Tag hinschleppen will.

Die Poesie will vorzüglich, fuhr Klingsohr fort, als strenge Kunst getrieben werden. Als bloßer Genuß hört sie auf Poesie zu seyn. Ein Dichter muß nicht den ganzen Tag müßig umherlaufen, und auf Bilder und Gefühle Jagd machen. Das ist ganz der verkehrte Weg. Ein reines offenes Gemüth, Gewand[t]heit im Nachdenken und Betrachten, und Geschicklichkeit alle seine Fähigkeiten in eine gegenseitig belebende Thätigkeit zu versetzen und darin zu erhalten, das sind die Erfordernisse unserer Kunst. Wenn ihr euch mir überlassen wollt, so soll kein Tag euch vergehn, wo ihr nicht eure Kenntnisse bereichert, und einige nützliche Einsichten erlangt habt. Die Stadt ist reich an Künstlern aller Art. Es giebt einige erfahrne Staatsmänner, einige gebildete Kaufleute hier. Man kann ohne große Umstände mit allen Ständen, mit allen Gewerben, mit allen Verhältnissen und Erfordernissen der menschlichen Gesellschaft sich bekannt machen. Ich will euch mit Freuden in dem Handwerksmäßigen unserer Kunst unterrichten, und die merkwürdigsten Schriften mit euch lesen. Ihr könnt Mathildens Lehrstunden theilen, und sie wird euch gern die Guitarre spielen lehren. Jede Beschäftigung wird die übrigen vorbereiten, und wenn ihr so euren Tag gut angelegt habt, so werden euch das Gespräch und die Freuden des gesellschaftlichen Abends, und die Ansichten der schönen Landschaft umher mit den heitersten Genüssen immer wieder überraschen.

Welches herrliche Leben schließt ihr mir auf, liebster Meister. Unter eurer Leitung werde ich erst merken, welches edle Ziel vor mir steht, und wie ich es nur durch euren Rath zu erreichen hoffen darf.

Klingsohr umarmte ihn zärtlich. Mathilde brachte ihnen das Frühstück, und Heinrich fragte sie mit zärtlicher Stimme, ob sie ihn gern zum Begleiter ihres Unterrichts und zum Schüler annehmen wollte. Ich werde wohl ewig euer Schüler bleiben, sagte er, indem sich Klingsohr nach einer anderen Seite wandte. Sie neigte sich unmerklich zu ihm hin. Er umschlang sie und küßte den weichen Mund des erröthenden Mädchens. Nur sanft bog sie sich von ihm weg, doch reichte sie ihm mit der kindlichsten Anmuth eine Rose, die sie am Busen trug. Sie machte sich mit ihrem Körbchen zu thun. Heinrich sah ihr mit stillem Entzücken nach, küßte die Rose, heftete sie an seine Brust, und ging an Klingsohrs Seite, der nach der Stadt hinüber sah.

Wo seyd ihr hergekommen? fragte Klingsohr. Über jenen Hügel herunter, erwiederte Heinrich. In jene Ferne verliert sich unser Weg. – Ihr müßt schöne Gegenden gesehn haben. – Fast ununterbrochen sind wir durch reizende Landschaften gereiset. – Auch eure Vaterstadt hat wohl eine anmuthige Lage? – Die Gegend ist abwechselnd genug; doch ist sie noch wild, und ein großer Fluß fehlt ihr. Die Ströme sind die Augen einer Landschaft. – Die Erzählung eurer Reise, sagte Klingsohr, hat mir gestern abend eine angenehme Unterhaltung gewährt. Ich habe wohl gemerkt, daß der Geist der Dichtkunst euer freundlicher Begleiter ist. Eure Gefährten sind unbemerkt seine Stimmen geworden. In der Nähe des Dichters bricht die Poesie überall aus. Das Land der Poesie, das romantische Morgenland, hat euch mit seiner süßen Wehmuth begrüßt; der Krieg hat euch in seiner wilden Herrlichkeit angeredet, und die Natur und Geschichte sind euch unter der Gestalt eines Bergmanns und eines Einsiedlers begegnet.

Ihr vergeßt das Beste, lieber Meister, die himmlische Erscheinung der Liebe. Es hängt nur von euch ab, diese Erscheinung mir auf ewig festzuhalten. Was meynst du, rief Klingsohr, indem er sich zu Mathilden wandte, die eben auf ihn zukam. Hast du Lust

Heinrichs unzertrennliche Gefährtinn zu seyn? Wo du bleibst, bleibe ich auch. Mathilde erschrak, sie flog in die Arme ihres Vaters. Heinrich zitterte in unendlicher Freude. Wird er mich denn ewig geleiten wollen, lieber Vater? Frage ihn selbst, sagte Klingsohr gerührt. Sie sah Heinrichen mit der innigsten Zärtlichkeit an. Meine Ewigkeit ist ja dein Werk, rief Heinrich, indem ihm die Thränen über die blühenden Wangen stürzten. Sie umschlangen sich zugleich. Klingsohr faßte sie in seine Arme. Meine Kinder, rief er, seyd einander treu bis in den Tod! Liebe und Treue werden euer Leben zur ewigen Poesie machen.

Achtes Kapitel

Nachmittags führte Klingsohr seinen neuen Sohn, an dessen Glück seine Mutter und Großvater den zärtlichsten Antheil nahmen, und Mathilden wie seinen Schutzgeist verehrten, in seine Stube, und machte ihn mit den Büchern bekannt. Sie sprachen nachher von Poesie.

Ich weiß nicht, sagte Klingsohr, warum man es für Poesie nach gemeiner Weise hält, wenn man die Natur für einen Poeten ausgiebt. Sie ist es nicht zu allen Zeiten. Es ist in ihr, wie in dem Menschen, ein entgegengesetztes Wesen, die dumpfe Begierde und die stumpfe Gefühllosigkeit und Trägheit, die einen rastlosen Streit mit der Poesie führen. Er wäre ein schöner Stoff zu einem Gedicht, dieser gewaltige Kampf. Manche Länder und Zeiten scheinen, wie die meisten Menschen, ganz unter der Botmäßigkeit dieser Feindinn der Poesie zu stehen, dagegen in andern die Poesie einheimisch und überall sichtbar ist. Für den Geschichtschreiber sind die Zeiten dieses Kampfes äußerst merkwürdig, ihre Darstellung ein reizendes und belohnendes Geschäft. Es sind gewöhnlich die Geburtszeiten der Dichter. Der Widersacherinn ist nichts unangenehmer, als daß sie der Poesie gegenüber selbst zu einer poetischen Person wird, und nicht selten in der Hitze die Waffen mit ihr tauscht, und von ihrem eigenen heimtückischen Geschosse heftig getroffen wird, dahingegen die Wunden der Poesie, die sie von ihren eigenen

Waffen erhält, leicht heilen und sie nur noch reitzender und gewaltiger machen.

Der Krieg überhaupt, sagte Heinrich, scheint mir eine poetische Wirkung. Die Leute glauben sich für irgend einen armseligen Besitz schlagen zu müssen, und merken nicht, daß sie der romantische Geist aufregt, um die unnützen Schlechtigkeiten durch sich selbst zu vernichten. Sie führen die Waffen für die Sache der Poesie, und beyde Heere folgen Einer unsichtbaren Fahne.

Im Kriege, versetzte Klingsohr, regt sich das Urgewässer. Neue Welttheile sollen entstehen, neue Geschlechter sollen aus der großen Auflösung anschießen. Der wahre Krieg ist der Religionskrieg; der geht gerade zu auf Untergang, und der Wahnsinn der Menschen erscheint in seiner völligen Gestalt. Viele Kriege, besonders die vom Nationalhaß entspringen, gehören in diese Klasse mit, und sie sind ächte Dichtungen. Hier sind die wahren Helden zu Hause, die das edelste Gegenbild der Dichter, nichts anders, als unwillkührlich von Poesie durchdrungene Weltkräfte sind. Ein Dichter, der zugleich Held wäre, ist schon ein göttlicher Gesandter, aber seiner Darstellung ist unsere Poesie nicht gewachsen.

Wie versteht ihr das, lieber Vater? sagte Heinrich. Kann ein Gegenstand zu überschwänglich für die Poesie sein?

Allerdings. Nur kann man im Grunde nicht sagen, für die Poesie, sondern nur für unsere irdischen Mittel und Werkzeuge. Wenn es schon für einen einzelnen Dichter nur ein eigenthümliches Gebiet giebt, innerhalb dessen er bleiben muß, um nicht alle Haltung und den Athem zu verlieren: so giebt es auch für die ganze Summe menschlicher Kräfte eine bestimmte Grenze der Darstellbarkeit, über welche hinaus die Darstellung die nöthige Dichtigkeit und Gestaltung nicht behalten kann, und in ein leeres täuschendes Unding sich verliert. Besonders als Lehrling kann man nicht genug sich vor diesen Ausschweifungen hüten, da eine lebhafte Fantasie nur gar zu gern nach den Grenzen sich begiebt, und übermüthig das Unsinnliche, Übermäßige zu ergreifen und auszusprechen sucht. Reifere Erfahrung lehrt erst, jene Unverhältnißmäßigkeit der Gegenstände zu vermeiden, und die Aufspürung des Einfachsten und Höchsten der Weltweisheit zu überlassen. Der ältere Dichter steigt nicht höher, als er es gerade nöthig hat, um seinen mannichfaltigen Vorrath in eine leichtfaßliche Ordnung zu stellen, und hütet sich wohl, die Mannichfaltigkeit zu verlassen, die ihm Stoff genug und auch die nöthigen Vergleichungspunkte darbietet. Ich möchte fast sagen, das Chaos muß in jeder Dichtung durch den regelmäßigen Flor der Ordnung schimmern. Den Reichthum der Erfindung macht nur eine leichte Zusammenstellung faßlich und anmuthig, dagegen auch das bloße Ebenmaaß die unangenehme Dürre einer Zahlenfigur hat. Die beste Poesie liegt uns ganz nahe, und ein gewöhnlicher Gegenstand ist nicht selten ihr liebster Stoff. Für den Dichter ist die Poesie an beschränkte Werkzeuge gebunden, und eben dadurch wird sie zur Kunst. Die Sprache überhaupt hat ihren bestimmten Kreis. Noch enger ist der Umfang einer besondern Volkssprache. Durch Übung und Nachdenken lernt der Dichter seine Sprache kennen. Er weiß, was er mit ihr leisten kann, genau, und wird keinen thörichten Versuch machen, sie über ihre Kräfte anzuspannen. Nur selten wird er alle ihre Kräfte in Einen Punkt zusammen drängen, denn sonst wird er ermüdend, und vernichtet selbst die kostbare Wirkung einer gutangebrachten Kraftäußerung. Auf seltsame Sprünge richtet sie nur ein Gaukler, kein Dichter ab. Überhaupt können die Dichter nicht genug von den Musikern und Mahlern lernen. In diesen Künsten wird es recht auffallend, wie nöthig es ist, wirthschaftlich mit den Hülfsmitteln der Kunst umzugehn, und wie viel auf geschickte Verhältnisse ankommt. Dagegen könnten freylich jene Künstler auch von uns die poetische Unabhängigkeit und den innern Geist jeder Dichtung und Erfindung, jedes ächten Kunstwerks überhaupt, dankbar annehmen. Sie sollten poetischer und wir musikalischer und mahlerischer seyn – beydes nach der Art und Weise unserer Kunst. Der Stoff ist nicht der Zweck der Kunst, aber die Ausführung ist es. Du wirst selbst sehen, welche Gesänge dir am besten gerathen, gewiß die, deren Gegenstände dir am geläufigsten und gegenwärtigsten sind. Daher kann man sagen, daß die Poesie ganz auf Erfahrung beruht. Ich weiß selbst, daß mir in jungen Jahren ein Gegenstand nicht leicht zu entfernt und zu unbekannt seyn konnte, den ich nicht am liebsten besungen hätte. Was wurde es? ein leeres, armseliges Wortgeräusch, ohne einen Funken wahrer Poesie. Daher ist auch ein Mährchen eine sehr schwierige Aufgabe, und selten wird ein junger Dichter sie gut lösen.

Ich möchte gern eins von Dir hören, sagte Heinrich. Die wenigen, die ich gehört habe, haben mich unbeschreiblich ergötzt, so unbedeutend sie auch seyn mochten.

Ich will heute abend deinen Wunsch befriedigen. Es ist mir Eins erinnerlich, was ich noch in ziemlich jungen Jahren machte, wovon es auch noch deutliche Spuren an sich trägt, indeß wird es dich vielleicht desto lehrreicher unterhalten, und dich an manches erinnern, was ich dir gesagt habe.

Die Sprache, sagte Heinrich, ist wirklich eine kleine Welt in Zeichen und Tönen. Wie der Mensch sie beherrscht, so möchte er gern die große Welt beherrschen, und sich frey darinn ausdrükken können. Und eben in dieser Freude, das, was außer der Welt ist, in ihr zu offenbaren, das thun zu können, was eigentlich der ursprüngliche Trieb unsers Daseyns ist, liegt der Ursprung der Poesie.

Es ist recht übel, sagte Klingsohr, daß die Poesie einen besondern Namen hat, und die Dichter eine besondere Zunft ausmachen. Es ist gar nichts besonderes. Es ist die eigenthümliche Handlungsweise des menschlichen Geistes. Dichtet und trachtet nicht jeder Mensch in jeder Minute? – Eben trat Mathilde in's Zimmer, als Klingsohr noch sagte: Man betrachte nur die Liebe. Nirgends wird wohl die Nothwendigkeit der Poesie zum Bestand der Menschheit so klar, als in ihr. Die Liebe ist stumm, nur die Poesie kann für sie sprechen. Oder die Liebe ist selbst nichts, als die höchste Naturpoesie. Doch ich will dir nicht Dinge sagen, die du besser weißt, als ich.

Du bist ja der Vater der Liebe, sagte Heinrich, indem er Mathilden umschlang, und beyde seine Hand küßten.

Klingsohr umarmte sie und ging hinaus. Liebe Mathilde, sagte Heinrich nach einem langen Kusse, es ist mir wie ein Traum, daß du mein bist, aber noch wunderbarer ist mir es, daß du es nicht immer gewesen bist. Mich dünkt, sagte Mathilde, ich kennte dich seit undenklichen Zeiten. – Kannst du mich denn lieben? – Ich weiß nicht, was Liebe ist, aber das kann ich dir sagen, daß mir ist, als finge ich erst jetzt zu leben an, und daß ich dir so gut bin, daß ich gleich für dich sterben wollte. – Meine Mathilde, erst jetzt fühle ich, was es heißt unsterblich zu seyn. – Lieber Heinrich, wie unendlich gut bist du, welcher herrliche Geist spricht aus dir. Ich bin ein armes, unbedeutendes Mädchen. – Wie du mich tief beschämst! bin ich doch nur durch dich, was ich bin. Ohne dich wäre ich nichts. Was ist ein Geist ohne Himmel, und du bist der Himmel, der mich trägt und erhält. – Welches selige Geschöpf wäre ich, wenn du so treu wärst, wie mein Vater. Meine Mutter starb kurz nach meiner Geburt; Mein Vater weint fast alle Tage noch um sie. – Ich verdiene es nicht, aber möchte ich glücklicher seyn, als er. – Ich lebte gern recht lange an deiner Seite, lieber Heinrich. Ich werde durch dich gewiß viel besser. – Ach! Mathilde, auch der Tod wird uns nicht trennen. – Nein Heinrich, wo ich bin, wirst du seyn. – Ja wo du bist, Mathilde, werd' ich ewig seyn. – Ich begreife nichts von der Ewigkeit, aber ich dächte, das müßte die Ewigkeit seyn, was ich empfinde, wenn ich an dich denke. – Ja Mathilde, wir sind ewig weil wir uns lieben. – Du glaubst nicht Lieber, wie inbrünstig ich heute früh, wie wir nach Hause kamen, vor dem Bilde der himmlischen Mutter niederkniete, wie unsäglich ich zu ihr gebetet habe. Ich glaubte in Thränen zu zerfließen. Es kam mir vor, als lächelte sie mir zu. Nun weiß ich erst was Dankbarkeit ist. – O Geliebte, der Himmel hat dich mir zur Verehrung gegeben. Ich bete dich an. Du bist die Heilige, die meine Wünsche zu Gott bringt, durch die er sich mir offenbart, durch die er mir die Fülle seiner Liebe kund thut. Was ist die Religion, als ein unendliches Einverständniß, eine ewige Vereinigung liebender Herzen? Wo zwey versammelt sind, ist er ja unter ihnen. Ich habe ewig an dir zu athmen; meine Brust wird nie aufhören dich in sich zu ziehn. Du bist die göttliche Herrlichkeit, das ewige Leben in der lieblichsten Hülle. – Ach! Heinrich, du weißt das Schicksal der Rosen; wirst du auch die welken Lippen, die bleichen Wangen mit Zärtlichkeit an deine Lippen drücken? Werden die Spuren des Alters nicht die Spuren der vorübergegangenen Liebe seyn? – O! könntest du durch meine Augen in mein Gemüth sehn! aber du liebst mich und so glaubst du mir auch. Ich begreife das nicht, was man von der Vergänglichkeit der Reitze sagt. O! sie sind unverwelklich. Was mich so unzertrennlich zu dir zieht, was ein ewiges Verlangen in mir geweckt hat, das ist nicht aus dieser Zeit. Könntest du nur sehn, wie du mir erscheinst, welches wunderbare Bild deine Gestalt durchdringt und mir überall entgegen leuchtet, du würdest kein Alter fürchten. Deine irdische Gestalt ist nur ein Schatten dieses Bildes. Die irdischen Kräfte ringen und quellen um es festzuhalten, aber die Natur ist noch unreif; das Bild ist ein ewiges Urbild, ein Theil der unbekannten heiligen Welt. – Ich verstehe dich, lieber Heinrich, denn ich sehe etwas Ähnliches, wenn ich dich anschaue. – Ja Mathilde, die höhere Welt ist uns näher, als wir gewöhnlich denken. Schon hier leben wir in ihr, und wir erblikken sie auf das Innigste mit der irdischen Natur verwebt. – Du wirst mir noch viel herrliche Sachen offenbaren, Geliebtester. – O! Mathilde, von dir allein kommt mir die Gabe der Weißagung. Alles ist ja dein, was ich habe; deine Liebe wird mich in die Heiligthümer des Lebens, in das Allerheiligste des Gemüths führen; du wirst mich zu den höchsten Anschauungen begeistern. Wer weiß, ob unsre Liebe nicht dereinst noch zu Flammenfittichen wird, die uns aufheben, und uns in unsre himmlische Heimath tragen, ehe das Alter und der Tod uns erreichen. Ist es nicht schon ein Wunder, daß du mein bist, daß ich dich in meinen Armen halte, daß du mich liebst und ewig mein seyn willst? – Auch mir ist jetzt alles glaublich, und ich fühle ja so deutlich eine stille Flamme in mir lodern; wer weiß ob sie uns nicht verklärt, und die irdischen Banden allmählich auflöst. Sage mir nur, Heinrich, ob du auch schon das grenzenlose Vertrauen zu mir hast, was ich zu dir habe. Noch nie hab' ich so etwas gefühlt, selbst nicht gegen meinen Vater, den ich doch so unendlich liebe. – Liebe Mathilde, es peinigt mich ordentlich, daß ich dir nicht alles auf einmal sagen, daß ich dir nicht gleich mein ganzes Herz auf einmal hingeben kann. Es ist auch zum erstenmal in meinem Leben, daß ich ganz offen bin. Keinen Gedanken, keine Empfindung kann ich vor dir mehr geheim haben; du mußt alles wissen. Mein ganzes Wesen soll sich mit dem deinigen vermischen. Nur die grenzenloseste Hingebung kann meiner Liebe genügen. In ihr besteht sie ja. Sie ist ja ein geheimnißvolles Zusammenfließen unsers geheimsten und eigenthümlichsten Daseyns. – Heinrich, so können sich noch nie zwey Menschen geliebt haben. – Ich kanns nicht glauben. Es gab ja noch keine Mathilde. – Auch keinen Heinrich. – Ach! schwör es mir noch einmal, daß du ewig mein bist; die Liebe ist eine endlose Wiederholung. – Ja, Heinrich, ich schwöre ewig dein zu seyn, bey der unsichtbaren Gegenwart meiner guten Mutter. – Ich schwöre ewig dein zu seyn, Mathilde, so wahr die Liebe die Gegenwart Gottes bey uns ist. Eine lange Umarmung, unzählige Küsse besiegelten den ewigen Bund des seligen Paars.

Neuntes Kapitel

Abends waren einige Gäste da; der Großvater trank die Gesundheit des jungen Brautpaars, und versprach bald ein schönes Hochzeitfest auszurichten. Was hilft das lange Zaudern, sagte der Alte. Frühe Hochzeiten, lange Liebe. Ich habe immer gesehn, daß Ehen, die früh geschlossen wurden, am glücklichsten waren. In spätern Jahren ist gar keine solche Andacht mehr im Ehestande, als in der Jugend. Eine gemeinschaftlich genoßne Jugend ist ein unzerreißliches Band. Die Erinnerung ist der sicherste Grund der Liebe. Nach Tische kamen mehrere. Heinrich bat seinen neuen Vater um die Erfüllung seines Versprechens. Klingsohr sagte zu der Gesellschaft: Ich habe heute Heinrichen versprochen ein Mährchen zu erzählen. Wenn ihr es zufrieden seyd, so bin ich bereit. Das ist ein kluger Einfall von Heinrich, sagte Schwaning. Ihr habt lange nichts von euch hören lassen. Alle setzten sich um das lodernde Feuer im Kamin. Heinrich saß dicht bey Mathilden, und schlang seinen Arm um sie. Klingsohr begann:

Die lange Nacht war eben angegangen. Der alte Held schlug an seinen Schild, daß es weit umher in den öden Gassen der Stadt erklang. Er wiederholte das Zeichen dreymal. Da fingen die hohen bunten Fenster des Pallastes an von innen heraus helle zu werden, und ihre Figuren bewegten sich. Sie bewegten sich lebhafter, je stärker das röthliche Licht ward, das die Gassen zu erleuchten begann. Auch sah man allmählich die gewaltigen Säulen und Mauern selbst sich erhellen; Endlich standen sie im reinsten, milchblauen Schimmer, und spielten mit den sanftesten Farben. Die ganze Gegend ward nun sichtbar, und der Wiederschein der Figuren, das Getümmel der Spieße, der Schwerdter, der Schilder, und der Helme, die sich nach hier und da erscheinenden Kronen, von allen Seiten neigten, und endlich wie diese verschwanden, und einem schlichten, grünen Kranze Plaz machten, um diesen her einen weiten Kreis schlossen: alles dies spiegelte sich in dem starren Meere, das den Berg umgab, auf dem die Stadt lag, und auch der ferne hohe Berggürtel, der sich rund um das Meer herzog, ward bis in die Mitte mit einem milden Abglanz überzogen. Man konnte nichts deutlich unterscheiden; doch hörte man ein wunderliches Getöse herüber, wie aus einer fernen ungeheuren Werkstatt. Die Stadt erschien dagegen hell und klar. Ihre glatten, durchsichtigen Mauern warfen die schönen Strahlen zurück, und das vortreffliche Ebenmaaß, der edle Styl aller Gebäude, und ihre schöne Zusammenordnung kam zum Vorschein. Vor allen Fenstern standen zierliche Gefäße von Thon, voll der mannichfaltigsten Eis- und Schneeblumen, die auf das anmuthigste funkelten.

Am herrlichsten nahm sich auf dem großen Platze vor dem Pallaste der Garten aus, der aus Metallbäumen und Krystallpflanzen bestand, und mit bunten Edelsteinblüthen und Früchten übersäet war. Die Mannichfaltigkeit und Zierlichkeit der Gestalten, und die Lebhaftigkeit der Lichter und Farben gewährten das herrlichste Schauspiel, dessen Pracht durch einen hohen Springquell in der Mitte des Gartens, der zu Eis erstarrt war, vollendet wurde. Der alte Held ging vor den Thoren des Pallastes langsam vorüber. Eine Stimme rief seinen Namen im Innern. Er lehnte sich an das Thor, das mit einem sanften Klange sich öffnete, und trat in den Saal. Seinen Schild hielt er vor die Augen. Hast du noch nichts entdeckt? sagte die schöne Tochter Arcturs, mit klagender Stimme. Sie lag an seidnen Polstern auf einem Throne, der von einem großen Schwefelkrystall künstlich erbaut war, und einige Mädchen rieben ämsig ihre zarten Glieder, die wie aus Milch und Purpur zusammengeflossen schienen. Nach allen Seiten strömte unter den Händen der Mädchen das reizende Licht von ihr aus, was den Pallast so wundersam erleuchtete. Ein duftender Wind wehte im Saale. Der Held schwieg. Laß mich deinen Schild berühren, sagte sie sanft. Er näherte sich dem Throne und betrat den köstlichen Teppich. Sie ergriff seine Hand, drückte sie mit Zärtlichkeit an ihren himmlischen Busen und rührte seinen Schild an. Seine Rüstung klang, und eine durchdringende Kraft beseelte seinen Körper. Seine Augen blitzten und das Herz pochte hörbar an den Panzer. Die schöne Freya schien heiterer, und das Licht ward brennender, das von ihr ausströmte. Der König kommt, rief ein prächtiger Vogel, der im Hintergrunde des Thrones saß. Die Dienerinnen legten eine himmelblaue Decke über die Prinzessin, die sie bis über den Busen bedeckte. Der Held senkte seinen Schild und sah nach der Kuppel hinauf, zu welcher zwey breite Treppen von beyden Seiten des Saals sich hinauf schlangen. Eine leise Musik ging dem Könige voran, der bald mit einem zahlreichen Gefolge in der Kuppel erschien und herunter kam.

Der schöne Vogel entfaltete seine glänzenden Schwingen, bewegte sie sanft und sang, wie mit tausend Stimmen, dem Könige entgegen:

Nicht lange wird der schöne Fremde säumen.
Die Wärme naht, die Ewigkeit beginnt.
Die Königin erwacht aus langen Träumen,
Wenn Meer und Land in Liebesglut zerrinnt.
Die kalte Nacht wird diese Stätte räumen,
Wenn Fabel erst das alte Recht gewinnt.
In Freyas Schooß wird sich die Welt entzünden
Und jede Sehnsucht ihre Sehnsucht finden.

Der König umarmte seine Tochter mit Zärtlichkeit. Die Geister der Gestirne stellten sich um den Thron, und der Held nahm in der Reihe seinen Platz ein. Eine unzählige Menge Sterne füllten den Saal in zierlichen Gruppen. Die Dienerinnen brachten einen Tisch und ein Kästchen, worin eine Menge Blätter lagen, auf denen heilige tiefsinnige Zeichen standen, die aus lauter Sternbildern zusammengesetzt waren. Der König küßte ehrfurchtsvoll diese Blätter, mischte sie sorgfältig untereinander, und reichte seiner Tochter einige zu. Die andern behielt er für sich. Die Prinzessin zog sie nach der Reihe heraus und legte sie auf den Tisch, dann betrachtete der König die seinigen genau, und wählte mit vielem Nachdenken, ehe er eins dazu hinlegte. Zuweilen schien er gezwungen zu seyn, dies oder jenes Blatt zu wählen. Oft aber sah man ihm die Freude an, wenn er durch ein gutgetroffenes Blatt eine schöne Harmonie der Zeichen und Figuren legen konnte. Wie das Spiel anfing, sah man an allen Umstehenden Zeichen der lebhaftesten Theilnahme, und die sonderbarsten Mienen und Gebehrden, gleichsam als hätte jeder ein unsichtbares Werkzeug in Händen, womit er eifrig arbeite. Zugleich ließ sich eine sanfte, aber tief bewegende Musik in der Luft hören, die von den im Saale sich wunderlich durcheinander schlingenden Sternen, und den übrigen sonderbaren Bewegungen zu entstehen schien. Die Sterne schwangen sich, bald langsam bald schnell, in beständig veränderten Linien umher, und bildeten, nach dem Gange der Musik, die Figuren der Blätter auf das kunstreichste nach. Die Musik wechselte, wie die Bilder auf dem Tische, unaufhörlich, und so wunderlich und hart auch die Übergänge nicht selten waren, so schien doch nur Ein einfaches Thema das Ganze zu verbinden. Mit einer unglaublichen Leichtigkeit flogen die Sterne den Bildern nach. Sie waren bald alle in Einer großen Verschlingung, bald wieder in einzelne Haufen schön geordnet, bald zerstäubte der lange Zug, wie ein Strahl, in unzählige Funken, bald kam durch immer wachsende kleinere Kreise und Muster wieder Eine große, überraschende Figur zum Vorschein. Die bunten Gestalten in den Fenstern blieben während dieser Zeit ruhig stehen. Der Vogel bewegte unaufhörlich die Hülle seiner kostbaren Federn auf die mannichfaltigste Weise. Der alte Held hatte bisher auch sein unsichtbares Geschäft ämsig betrieben, als auf einmal der König voll Freuden ausrief: Es wird alles gut. Eisen, wirf du dein Schwerdt in die Welt, daß sie erfahren, wo der Friede ruht. Der Held riß das Schwerdt von der Hüfte, stellte es mit der Spitze gen Himmel, dann ergriff er es und warf es aus dem geöffneten Fenster über die Stadt und das Eismeer. Wie ein Komet flog es durch die Luft, und schien an dem Berggürtel mit hellem Klange zu zersplittern, denn es fiel in lauter Funken herunter.

Zu der Zeit lag der schöne Knabe Eros in seiner Wiege und schlummerte sanft, während Ginnistan seine Amme die Wiege schaukelte und seiner Milchschwester Fabel die Brust reichte. Ihr buntes Halstuch hatte sie über die Wiege ausgebreitet, daß die hellbrennende Lampe, die der Schreiber vor sich stehen hatte, das Kind mit ihrem Scheine nicht beunruhigen möchte. Der Schreiber schrieb unverdrossen, sah sich nur zuweilen mürrisch nach den Kindern um, und schnitt der Amme finstere Gesichter, die ihn gutmüthig anlächelte und schwieg.

Der Vater der Kinder ging immer ein und aus, indem er jedesmal die Kinder betrachtete und Ginnistan freundlich begrüßte. Er hatte unaufhörlich dem Schreiber etwas zu sagen. Dieser vernahm ihn genau, und wenn er es aufgezeichnet hatte, reichte er die Blätter einer edlen, göttergleichen Frau hin, die sich an einen Altar lehnte, auf welchem eine dunkle Schaale mit klarem Wasser stand, in welches sie mit heiterm Lächeln blickte. Sie tauchte die Blätter jedesmal hinein, und wenn sie bey'm Herausziehn gewahr wurde, daß einige Schrift stehen geblieben und glänzend geworden war, so gab sie das Blatt dem Schreiber zurück, der es in ein großes Buch heftete, und oft verdrießlich zu seyn schien, wenn seine Mühe vergeblich gewesen und alles ausgelöscht war. Die Frau wandte sich zu Zeiten gegen Ginnistan und die Kinder, tauchte den Finger in die Schaale, und sprützte einige Tropfen auf sie hin, die, sobald sie die Amme, das Kind, oder die Wiege berührten, in einen blauen Dunst zerrannen, der tausend seltsame Bilder zeigte, und beständig um sie herzog und sich veränderte. Traf einer davon zufällig auf den Schreiber, so fielen eine Menge Zahlen und geometrische Figuren nieder, die er mit vieler Ämsigkeit auf einen Faden zog, und sich zum Zierrath um den mageren Hals hing. Die Mutter des Knaben, die wie die Anmuth und Lieblichkeit selbst aussah, kam oft herein. Sie schien beständig beschäftigt, und trug immer irgend ein Stück Hausgeräthe mit sich hinaus: bemerkte es der argwöhnische und mit spähenden Blicken sie verfolgende Schreiber, so begann er eine lange Strafrede, auf die aber kein Mensch achtete. Alle schienen seiner unnützen Widerreden gewohnt. Die Mutter gab auf einige Augenblicke der kleinen Fabel die Brust; aber bald ward sie wieder abgerufen, und dann nahm Ginnistan das Kind zurück, das an ihr lieber zu trinken schien. Auf einmal brachte der Vater ein zartes eisernes Stäbchen herein, das er im Hofe gefunden hatte. Der Schreiber besah es und drehte es mit vieler Lebhaftigkeit herum, und brachte bald heraus, daß es sich von selbst, in der Mitte an einem Faden aufgehängt, nach Norden drehe. Ginnistan nahm es auch in die Hand, bog es, drückte es, hauchte es an, und hatte ihm bald die Gestalt einer Schlange gegeben, die sich nun plötzlich in den Schwanz biß. Der Schreiber war bald des Betrachtens überdrüßig. Er schrieb alles genau auf, und war sehr weitläuftig über den Nutzen, den dieser Fund gewähren könne. Wie ärgerlich war er aber, als sein ganzes Schreibwerk die Probe nicht bestand, und das Papier weiß aus der Schaale hervorkam. Die Amme spielte fort. Zuweilen berührte sie die Wiege damit, da fing der Knabe an wach zu werden, schlug die Decke zurück, hielt die eine Hand gegen das Licht, und langte mit der Andern nach der Schlange. Wie er sie erhielt, sprang er rüstig, daß Ginnistan erschrak, und der Schreiber beynah vor Entsetzen vom Stuhle fiel, aus der Wiege, stand, nur von seinen langen goldenen Haaren bedeckt, im Zimmer, und betrachtete mit unaussprechlicher Freude das Kleinod, das sich in seinen Händen nach Norden ausstreckte, und ihn heftig im Innern zu bewegen schien. Zusehends wuchs er.

Sophie, sagte er mit rührender Stimme zu der Frau, laß mich aus der Schaale trinken. Sie reichte sie ihm ohne Anstand, und er konnte nicht aufhören zu trinken, indem die Schaale sich immer voll zu erhalten schien. Endlich gab er sie zurück, indem er die edle Frau innig umarmte. Er herzte Ginnistan, und bat sie um das bunte Tuch, das er sich anständig um die Hüften band. Die kleine Fabel nahm er auf den Arm. Sie schien endloses Wohlgefallen an ihm zu haben, und fing zu plaudern an. Ginnistan machte sich viel um ihn zu schaffen. Sie sah äußerst reizend und leichtfertig aus, und drückte ihn mit der Innigkeit einer Braut an sich. Sie zog ihn mit heimlichen Worten nach der Kammerthür, aber Sophie winkte ernsthaft und deutete nach der Schlange; da kam die Mutter herein, auf die er zugleich zuflog und sie mit heißen Thränen bewillkommte. Der Schreiber war ingrimmig fortgegangen. Der Vater trat herein, und wie er Mutter und Sohn in stiller Umarmung sah, trat er hinter ihren Rücken zur reitzenden Ginnistan, und liebkoste ihr. Sophie stieg die Treppe hinauf. Die kleine Fabel nahm die Feder des Schreibers und fing zu schreiben an. Mutter und Sohn vertieften sich in ein leises Gespräch, und der Vater schlich sich mit Ginnistan in die Kammer, um sich von den Geschäften des Tages in ihren Armen zu erholen. Nach geraumer Zeit kam Sophie zurück. Der Schreiber trat herein. Der Vater kam aus der Kammer und ging an seine Geschäfte. Ginnistan kam mit glühenden Wangen zurück. Der Schreiber jagte die kleine Fabel mit vielen Schmähungen von seinem Sitze, und hatte einige Zeit nöthig seine Sachen in Ordnung zu bringen. Er reichte Sophien die von Fabel vollgeschriebenen Blätter, um sie rein zurück zu erhalten, gerieth aber bald in den äußersten Unwillen, wie Sophie die Schrift völlig glänzend und unversehrt aus der Schaale zog und sie ihm hinlegte. Fabel schmiegte sich an ihre Mutter, die sie an die Brust nahm, und das Zimmer aufputzte, die Fenster öffnete, frische Luft hereinließ und Zubereitungen zu einem köstlichen Mahle machte. Man sah durch die Fenster die herrlichsten Aussichten und einen heitern Himmel über die Erde gespannt. Auf dem Hofe war der Vater in voller Thätigkeit. Wenn er müde war, sah er hinauf ans Fenster, wo Ginnistan stand, und ihm allerhand Näschereien herunterwarf. Die Mutter und der Sohn gingen hinaus, um überall zu helfen und den gefaßten Entschluß vorzubereiten. Der Schreiber rührte die Feder, und machte immer eine Fratze, wenn er genöthigt war, Ginnistan etwas zu fragen, die ein sehr gutes Gedächtniß hatte, und alles behielt, was sich zutrug. Eros kam bald in schöner Rüstung, um die das bunte Tuch wie eine Schärpe gebunden war, zurück, und bat Sophie um Rath, wann und wie er seine Reise antreten solle. Der Schreiber war vorlaut, und wollte gleich mit einem ausführlichen Reiseplan dienen, aber seine Vorschläge wurden überhört. Du kannst sogleich reisen; Ginnistan mag dich begleiten, sagte Sophie; sie weiß mit den Wegen Bescheid, und ist überall gut bekannt. Sie wird die Gestalt deiner Mutter annehmen, um dich nicht in Versuchung zu führen. Findest du den König, so denke an mich; dann komme ich um dir zu helfen.

Ginnistan tauschte ihre Gestalt mit der Mutter, worüber der Vater sehr vergnügt zu seyn schien; der Schreiber freute sich, daß die beiden fortgingen; besonders da ihm Ginnistan ihr Taschenbuch zum Abschiede schenkte, worin die Chronik des Hauses umständlich aufgezeichnet war; nur blieb ihm die kleine Fabel ein Dorn im Auge, und er hätte, um seiner Ruhe und Zufriedenheit willen, nichts mehr gewünscht, als daß auch sie unter der Zahl der Abreisenden seyn möchte. Sophie segnete die Niederknieenden ein, und gab ihnen ein Gefäß voll Wasser aus der Schaale mit; die Mutter war sehr bekümmert. Die kleine Fabel wäre gern mitgegangen, und der Vater war zu sehr außer dem Hause beschäftigt, als daß er lebhaften Antheil hätte nehmen sollen. Es war Nacht, wie sie abreisten, und der Mond stand hoch am Himmel. Lieber Eros, sagte Ginnistan, wir müssen eilen, daß wir zu meinem Vater kommen, der mich lange nicht gesehn und so sehnsuchtsvoll mich überall auf der Erde gesucht hat. Siehst du wohl sein bleiches abgehärmtes Gesicht? Dein Zeugniß wird mich ihm in der fremden Gestalt kenntlich machen.

Die Liebe ging auf dunkler Bahn
Vom Monde nur erblickt,
Das Schattenreich war aufgethan
Und seltsam aufgeschmückt.

Ein blauer Dunst umschwebte sie
Mit einem goldnen Rand,
Und eilig zog die Fantasie
Sie über Strom und Land.

Es hob sich ihre volle Brust
In wunderbarem Muth;
Ein Vorgefühl der künft'gen Lust
Besprach die wilde Glut.

Die Sehnsucht klagt' und wußt' es nicht,
Daß Liebe näher kam,
Und tiefer grub in ihr Gesicht
Sich hoffnungsloser Gram.

Die kleine Schlange blieb getreu:
Sie wies nach Norden hin,
Und beyde folgten sorgenfrey
Der schönen Führerin.

Die Liebe ging durch Wüsteneyn
Und durch der Wolken Land,
Trat in den Hof des Mondes ein
Die Tochter an der Hand.

Er saß auf seinem Silberthron,
Allein mit seinem Harm;
Da hört' er seines Kindes Ton,
Und sank in ihren Arm.

Eros stand gerührt bey den zärtlichen Umarmungen. Endlich sammelte sich der alte erschütterte Mann, und bewillkommte seinen Gast. Er ergriff sein großes Horn und stieß mit voller Macht hinein. Ein gewaltiger Ruf dröhnte durch die uralte Burg. Die spitzen Thürme mit ihren glänzenden Knöpfen und die tiefen schwarzen Dächer schwankten. Die Burg stand still, denn sie war auf das Gebirge jenseits des Meers gekommen. Von allen Seiten strömten seine Diener herzu, deren seltsame Gestalten und Trachten Ginnistan unendlich ergötzten, und den tapferen Eros nicht erschreckten. Erstere grüßte ihre alten Bekannten, und alle erschienen vor ihr mit neuer Stärke und in der ganzen Herrlichkeit ihrer Naturen. Der ungestüme Geist der Flut folgte der sanften Ebbe. Die alten Orkane legten sich an die klopfende Brust der heißen leidenschaftlichen Erdbeben. Die zärtlichen Regenschauer sahen sich nach dem bunten Bogen um, der von der Sonne, die ihn mehr anzieht, entfernt, bleich da stand. Der rauhe Donner schalt über die Thorheiten der Blitze, hinter den unzähligen Wolken hervor, die mit tausend Reizen dastanden und die feurigen Jünglinge lockten. Die beyden lieblichen

Schwestern, Morgen und Abend, freuten sich vorzüglich über die beyden Ankömmlinge. Sie weinten sanfte Thränen in ihren Umarmungen. Unbeschreiblich war der Anblick dieses wunderlichen Hofstaats. Der alte König konnte sich an seiner Tochter nicht satt sehen. Sie fühlte sich zehnfach glücklich in ihrer väterlichen Burg, und ward nicht müde die bekannten Wunder und Seltenheiten zu beschauen. Ihre Freude war ganz unbeschreiblich, als ihr der König den Schlüssel zur Schatzkammer und die Erlaubniß gab, ein Schauspiel für Eros darin zu veranstalten, das ihn so lange unterhalten könnte, bis das Zeichen des Aufbruchs gegeben würde. Die Schatzkammer war ein großer Garten, dessen Mannichfaltigkeit und Reichthum alle Beschreibung übertraf. Zwischen den ungeheuren Wetterbäumen lagen unzählige Luftschlösser von überraschender Bauart, eins immer köstlicher, als das Andere. Große Heerden von Schäfchen, mit silberweißer, goldner und rosenfarbner Wolle irrten umher, und die sonderbarsten Thiere belebten den Hayn. Merkwürdige Bilder standen hie und da, und die festlichen Aufzüge, die seltsamen Wagen, die überall zum Vorschein kamen, beschäftigten die Aufmerksamkeit unaufhörlich. Die Beete standen voll der buntesten Blumen. Die Gebäude waren gehäuft voll von Waffen aller Art, voll der schönsten Teppiche, Tapeten, Vorhänge, Trinkgeschirre und aller Arten von Geräthen und Werkzeugen, in unübersehlichen Reihen. Auf einer Anhöhe erblickten sie ein romantisches Land, das mit Städten und Burgen, mit Tempeln und Begräbnissen übersäet war, und alle Anmuth bewohnter Ebenen mit den furchtbaren Reizen der Einöde und schroffer Felsengegenden vereinigte. Die schönsten Farben waren in den glücklichsten Mischungen. Die Bergspitzen glänzten wie Lustfeuer in ihren Eis- und Schneehüllen. Die Ebene lachte im frischesten Grün. Die Ferne schmückte sich mit allen Veränderungen von Blau, und aus der Dunkelheit des Meeres wehten unzählige bunte Wimpel von zahlreichen Flotten. Hier sah man einen Schiffbruch im Hintergrunde, und vorne ein ländliches fröliches Mahl von Landleuten; dort den schrecklich schönen Ausbruch eines Vulkans, die Verwüstungen des Erdbebens, und im Vordergrunde ein liebendes Paar unter schattenden Bäumen in den süßesten

Liebkosungen. Abwärts eine fürchterliche Schlacht, und unter ihr ein Theater voll der lächerlichsten Masken. Nach einer anderen Seite im Vordergrunde einen jugendlichen Leichnam auf der Baare, die ein trostloser Geliebter festhielt, und die weinenden Eltern daneben; im Hintergrunde eine liebliche Mutter mit dem Kinde an der Brust und Engel sitzend zu ihren Füßen, und aus den Zweigen über ihrem Haupte herunterblickend. Die Szenen verwandelten sich unaufhörlich, und flossen endlich in eine große geheimnißvolle Vorstellung zusammen. Himmel und Erde waren in vollem Aufruhr. Alle Schrecken waren losgebrochen. Eine gewaltige Stimme rief zu den Waffen. Ein entsetzliches Heer von Todtengerippen, mit schwarzen Fahnen, kam wie ein Sturm von dunkeln Bergen herunter, und griff das Leben an, das mit seinen jugendlichen Schaaren in der hellen Ebene in muntern Festen begriffen war, und sich keines Angriffs versah. Es entstand ein entsetzliches Getümmel, die Erde zitterte; der Sturm brauste, und die Nacht ward von fürchterlichen Meteoren erleuchtet. Mit unerhörten Grausamkeiten zerriß das Heer der Gespenster die zarten Glieder der Lebendigen. Ein Scheiterhaufen thürmte sich empor, und unter dem grausenvollsten Geheul wurden die Kinder des Lebens von den Flammen verzehrt. Plötzlich brach aus dem dunklen Aschenhaufen ein milchblauer Strom nach allen Seiten aus. Die Gespenster wollten die Flucht ergreifen, aber die Flut wuchs zusehends, und verschlang die scheusliche Brut. Bald waren alle Schrecken vertilgt. Himmel und Erde flossen in süße Musik zusammen. Eine wunderschöne Blume schwamm glänzend auf den sanften Wogen. Ein glänzender Bogen schloß sich über die Flut auf welchem göttliche Gestalten auf prächtigen Thronen, nach beyden Seiten herunter, saßen. Sophie saß zu oberst, die Schaale in der Hand, neben einem herrlichen Manne, mit einem Eichenkranze um die Lokken, und einer Friedenspalme statt des Szepters in der Rechten. Ein Lilienblatt bog sich über den Kelch der schwimmenden Blume; die kleine Fabel saß auf demselben, und sang zur Harfe die süßesten Lieder. In dem Kelche lag Eros selbst, über ein schönes schlummerndes Mädchen hergebeugt, die ihn fest umschlungen hielt. Eine kleinere Blüthe schloß sich um beyde her, so daß sie von den Hüften an in Eine Blume verwandelt zu seyn schienen.

Eros dankte Ginnistan mit tausend Entzücken. Er umarmte sie zärtlich, und sie erwiederte seine Liebkosungen. Ermüdet von der Beschwerde des Weges und den mannichfaltigen Gegenständen, die er gesehen hatte, sehnte er sich nach Bequemlichkeit und Ruhe. Ginnistan, die sich von dem schönen Jüngling lebhaft angezogen fühlte, hütete sich wohl des Trankes zu erwähnen, den Sophie ihm mitgegeben hatte. Sie führte ihn zu einem abgelegenen Bade, zog ihm die Rüstung aus, und zog selbst ein Nachtkleid an, in welchem sie fremd und verführerisch aussah. Eros tauchte sich in die gefährlichen Wellen, und stieg berauscht wieder heraus. Ginnistan trocknete ihn, und rieb seine starken, von Jugendkraft gespannten Glieder. Er gedachte mit glühender Sehnsucht seiner Geliebten, und umfaßte in süßem Wahne die reitzende Ginnistan. Unbesorgt überließ er sich seiner ungestümen Zärtlichkeit, und schlummerte endlich nach den wollüstigsten Genüssen an dem reizenden Busen seiner Begleiterin ein.

Unterdessen war zu Hause eine traurige Veränderung vorgegangen. Der Schreiber hatte das Gesinde in eine gefährliche Verschwörung verwickelt. Sein feindseliges Gemüth hatte längst Gelegenheit gesucht, sich des Hausregiments zu bemächtigen, und sein Joch abzuschütteln. Er hatte sie gefunden. Zuerst bemächtigte sich sein Anhang der Mutter, die in eiserne Bande gelegt wurde. Der Vater ward bey Wasser und Brot ebenfalls hingesetzt. Die kleine Fabel hörte den Lärm im Zimmer. Sie verkroch sich hinter dem Altare, und wie sie bemerkte, daß eine Thür an seiner Rückseite verborgen war, so öffnete sie dieselbe mit vieler Behendigkeit, und fand, daß eine Treppe in ihm hinunterging. Sie zog die Thür nach sich, und stieg im Dunkeln die Treppe hinunter. Der Schreiber stürzte sich mit Ungestüm herein, um sich an der kleinen Fabel zu rächen, und Sophien gefangen zu nehmen. Beyde waren nicht zu finden. Die Schaale fehlte auch, und in seinem Grimme zerschlug er den Altar in tausend Stücke, ohne jedoch die heimliche Treppe zu entdecken.

Die kleine Fabel stieg geraume Zeit. Endlich kam sie auf einen freyen Platz hinaus, der rund herum mit einer prächtigen Colonnade geziert, und durch ein großes Thor geschlossen war. Alle Figuren waren hier dunkel. Die Luft war wie ein ungeheurer Schatten; am Himmel stand ein schwarzer strahlender Körper. Man konnte alles auf das deutlichste unterscheiden, weil jede Figur einen anderen Anstrich von Schwarz zeigte, und einen lichten Schein hinter sich, warf; Licht und Schatten schienen hier ihre Rollen vertauscht zu haben. Fabel freute sich in einer neuen Welt zu seyn. Sie besah alles mit kindlicher Neugierde. Endlich kam sie an das Thor, vor welchem auf einem massiven Postument eine schöne Sphinx lag.

Was suchst du? sagte die Sphinx. mein Eigenthum, erwiederte Fabel. – Wo kommst du her? – Aus alten Zeiten. – Du bist noch ein Kind – Und werde ewig ein Kind seyn. – Wer wird dir beystehn? – Ich stehe für mich. Wo sind die Schwestern, fragte Fabel? – Überall und nirgends, gab die Sphinx zur Antwort. – Kennst du mich? – noch nicht. – Wo ist die Liebe? – In der Einbildung. – Und Sophie? – Die Sphinx murmelte unvernehmlich vor sich hin, und rauschte mit den Flügeln. Sophie und Liebe, rief triumphirend Fabel, und ging durch das Thor. Sie trat in die ungeheure Höhle, und ging frölich auf die alten Schwestern zu, die bey der kärglichen Nacht einer schwarzbrennenden Lampe ihr wunderliches Geschäft trieben. Sie thaten nicht, als ob sie den kleinen Gast bemerkten, der mit artigen Liebkosungen sich geschäftig um sie erzeigte. Endlich krächzte die eine mit rauhen Worten und scheelem Gesicht: Was willst du hier, Müßiggängerin? wer hat dich eingelassen? Dein kindisches Hüpfen bewegt die stille Flamme. Das Öl verbrennt unnützer Weise. Kannst du dich nicht hinsetzen und etwas vornehmen? – Schöne Base, sagte Fabel, am Müßiggehn ist mir nichts gelegen. Ich mußte recht über eure Thürhüterin lachen. Sie hätte mich gern an die Brust genommen, aber sie mußte zu viel gegessen haben, sie konnte nicht aufstehn. Laßt mich vor der Thür sitzen, und gebt mir etwas zu spinnen; denn hier kann ich nicht gut sehen, und wenn ich spinne, muß ich singen und plaudern dürfen, und das könnte euch in euren ernsthaften Gedanken stören. – Hinaus sollst du nicht, aber in der Nebenkammer bricht ein Strahl der Oberwelt durch die Felsritzen, da magst du spinnen, wenn du so geschickt bist; hier liegen ungeheure Haufen von alten Enden, die drehe zusammen; aber hüte dich: wenn du saumselig spinnst, oder der Faden reißt, so schlingen sich die Fäden um dich her und ersticken dich. – Die Alte lachte hämisch, und spann. Fabel raffte einen Arm voll Fäden zusammen, nahm Wocken und Spindel, und hüpfte singend in die Kammer. Sie sah durch die Öffnung hinaus, und erblickte das Sternbild des Phönixes. Froh über das glückliche Zeichen fing sie an lustig zu spinnen, ließ die Kammerthür ein wenig offen, und sang halbleise:

Erwacht in euren Zellen,
Ihr Kinder alter Zeit;
Laßt eure Ruhestellen,
Der Morgen ist nicht weit.

Ich spinne eure Fäden
In Einen Faden ein;
Aus ist die Zeit der Fehden.
Ein Leben sollt' ihr seyn.

Ein jeder lebt in Allen,
Und All' in Jedem auch.
Ein Herz wird in euch wallen,
Von Einem Lebenshauch.

Noch seyd ihr nichts als Seele,
Nur Traum und Zauberey.
Geht furchtbar in die Höhle
Und neckt die heil'ge Drey.

Die Spindel schwang sich mit unglaublicher Behendigkeit zwischen den kleinen Füßen; während sie mit beyden Händen den zarten Faden drehte. Unter dem Liede wurden unzählige Lichterchen sichtbar, die aus der Thürspalte schlüpften und durch die Höhle in scheuslichen Larven sich verbreiteten. Die Alten hatten während der Zeit immer mürrisch fortgesponnen, und auf das Jammergeschrey der kleinen Fabel gewartet, aber wie entsetzten sie sich, als auf einmal eine erschreckliche Nase über ihre Schultern guckte, und wie sie sich umsahen, die ganze Höhle voll der gräßlichsten Figuren war, die tausenderley Unfug trieben. Sie fuhren in einander, heulten mit fürchterlicher Stimme, und wären vor Schrecken zu Stein geworden, wenn nicht in diesem Augenblicke der Schreiber in die Höhle getreten wäre, und eine Alraunwurzel bey sich gehabt hätte. Die Lichterchen verkrochen sich in die Felsklüfte und die Höhle wurde ganz hell, weil die schwarze Lampe in der Verwirrung umgefallen und ausgelöscht war. Die Alten waren froh, wie sie den Schreiber kommen hörten, aber voll Ingrimms gegen die kleine Fabel. Sie riefen sie heraus, schnarchten sie fürchterlich an und verboten ihr fortzuspinnen. Der Schreiber schmunzelte höhnisch, weil er die kleine Fabel nun in seiner Gewalt zu haben glaubte und sagte: Es ist gut, daß du hier bist und zur Arbeit angehalten werden kannst. Ich hoffe daß es an Züchtigungen nicht fehlen soll. Dein guter Geist hat dich hergeführt. Ich wünsche dir langes Leben und viel Vergnügen. Ich danke dir für deinen guten Willen, sagte Fabel; man sieht dir jetzt die gute Zeit an; dir fehlt nur noch das Stundenglas und die Hippe, so siehst du ganz wie der Bruder meiner schönen Basen aus. Wenn du Gänsespulen brauchst, so zupfe ihnen nur eine Handvoll zarten Pflaum aus den Wangen. Der Schreiber schien Miene zu machen, über sie herzufallen. Sie lächelte und sagte: Wenn dir dein schöner Haarwuchs und dein geistreiches Auge lieb sind, so nimm dich in Acht; bedenke meine Nägel, du hast nicht viel mehr zu verlieren. Er wandte sich mit verbißner Wuth zu den Alten, die sich die Augen wischten, und nach ihren Wocken umhertappten. Sie konnten nichts finden, da die Lampe ausgelöscht war, und ergossen sich in Schimpfreden gegen Fabel. Laßt sie doch gehn, sprach er tückisch, daß sie euch Taranteln fange, zur Bereitung eures Öls. Ich wollte euch zu eurem Troste sagen, daß Eros ohne Rast umherfliegt, und eure Scheere fleißig beschäftigen wird. Seine Mutter, die euch so oft zwang, die Fäden länger zu spinnen, wird morgen ein Raub der Flammen. Er kitzelte sich, um zu lachen, wie er sah, daß Fabel einige Thränen bey dieser Nachricht vergoß, gab ein Stück von der Wurzel der Alten, und ging naserümpfend von dannen. Die Schwestern hießen der Fabel mit zorniger Stimme Taranteln suchen, ohngeachtet sie noch Öl vorräthig hatten, und

Fabel eilte fort. Sie that, als öffne sie das Thor, warf es ungestüm wieder zu, und schlich sich leise nach dem Hintergrunde der Höhle, wo eine Leiter herunter hing. Sie kletterte schnell hinauf, und kam bald vor eine Fallthür, die sich in Arcturs Gemach öffnete.

Der König saß umringt von seinen Räthen, als Fabel erschien. Die nördliche Krone zierte sein Haupt. Die Lilie hielt er mit der Linken, die Wage in der Rechten. Der Adler und Löwe saßen zu seinen Füßen. Monarch, sagte die Fabel, indem sie sich ehrfurchtsvoll vor ihm neigte; Heil deinem festgegründeten Throne! frohe Bothschaft deinem verwundeten Herzen! baldige Rückkehr der Weisheit! Ewiges Erwachen dem Frieden! Ruhe der rastlosen Liebe! Verklärung des Herzens! Leben dem Alterthum und Gestalt der Zukunft! Der König berührte ihre offene Stirn mit der Lilie: Was du bittest, sey dir gewährt. – Dreymal werde ich bitten, wenn ich zum viertenmale komme, so ist die Liebe vor der Thür. Jetzt gieb mir die Leyer. – Eridanus! bringe sie her, rief der König. Rauschend strömte Eridanus von der Decke, und Fabel zog die Leyer aus seinen blinkenden Fluten.

Fabel that einige weißagende Griffe; der König ließ ihr den Becher reichen, aus dem sie nippte und mit vielen Danksagungen hinweg eilte. Sie glitt in reizenden Bogenschwüngen über das Eismeer, indem sie fröliche Musik aus den Saiten lockte.
Das Eis gab unter ihren Tritten die herrlichsten Töne von sich. Der Felsen der Trauer hielt sie für Stimmen seiner suchenden rückkehrenden Kinder, und antwortete in einem tausendfachen Echo.

Fabel hatte bald das Gestade erreicht. Sie begegnete ihrer Mutter, die abgezehrt und bleich aussah, schlank und ernst geworden war, und in edlen Zügen die Spuren eines hoffnungslosen Grams, und rührender Treue verrieth.

Was ist aus dir geworden, liebe Mutter? sagte Fabel, du scheinst mir gänzlich verändert; ohne inneres Anzeichen hätt' ich dich nicht erkannt. Ich hoffte mich an deiner Brust einmal wieder zu erquicken; ich habe lange nach dir geschmachtet. Ginnistan liebkoste sie zärtlich, und sah heiter und freundlich aus. Ich dachte es gleich, sagte sie, daß dich der Schreiber nicht würde gefangen haben. Dein Anblick erfrischt mich. Es geht mir schlimm und knapp genug, aber ich tröste mich bald. Vielleicht habe ich einen Augenblick Ruhe. Eros ist in der Nähe, und wenn er dich sieht, und du ihm vorplauderst, verweilt er vielleicht einige Zeit. Indeß kannst du dich an meine Brust legen; ich will dir geben, was ich habe. Sie nahm die Kleine auf den Schooß, reichte ihr die Brust, und fuhr fort, indem sie lächelnd auf die Kleine hinuntersah, die es sich gut schmecken ließ. Ich bin selbst Ursach, daß Eros so wild und unbeständig geworden ist. Aber mich reut es dennoch nicht, denn jene Stunden, die ich in seinen Armen zubrachte, haben mich zur Unsterblichen gemacht. Ich glaubte unter seinen feurigen Liebkosungen zu zerschmelzen. Wie ein himmlischer Räuber schien er mich grausam vernichten und stolz über sein bebendes Opfer triumphiren zu wollen. Wir erwachten spät aus dem verbotenen Rausche, in einem sonderbar vertauschten Zustande. Lange silberweiße Flügel bedeckten seine weißen Schultern, und die reitzende Fülle und Biegung seiner Gestalt. Die Kraft, die ihn so plötzlich aus einem Knaben zum Jünglinge quellend getrieben, schien sich ganz in die glänzenden Schwingen gezogen zu haben, und er war wieder zum Knaben geworden. Die stille Glut seines Gesichts war in das tändelnde Feuer eines Irrlichts, der heilige Ernst in verstellte Schalkheit, die bedeutende Ruhe in kindische Unstätigkeit, der edle Anstand in drollige Beweglichkeit verwandelt. Ich fühlte mich von einer ernsthaften Leidenschaft unwiderstehlich zu dem muthwilligen Knaben gezogen, und empfand schmerzlich seinen lächelnden Hohn, und seine Gleichgültigkeit gegen meine rührendsten Bitten. Ich sah meine Gestalt verändert. Meine sorglose Heiterkeit war verschwunden, und hatte einer traurigen Bekümmerniß, einer zärtlichen Schüchternheit Platz gemacht. Ich hätte mich mit Eros vor allen Augen verbergen mögen. Ich hatte nicht das Herz in seine beleidigenden Augen zu sehn, und fühlte mich entsetzlich beschämt und erniedrigt. Ich hatte keinen andern Gedanken, als ihn, und hätte mein Leben hingegeben, um ihn von seinen Unarten zu befreyen. Ich mußte ihn anbeten, so tief er auch alle meine Empfindungen kränkte.

Seit der Zeit, wo er sich aufmachte und mir entfloh, so rührend ich auch mit den heißesten Thränen ihn beschwor, bey mir zu bleiben, bin ich ihm überall gefolgt. Er scheint es ordentlich darauf anzulegen, mich zu necken. Kaum habe ich ihn erreicht, so fliegt er tückisch weiter. Sein Bogen richtet überall Verwüstungen an. Ich habe nichts zu thun, als die Unglücklichen zu trösten, und habe doch selbst Trost nöthig. Ihre Stimmen, die mich rufen, zeigen mir seinen Weg, und ihre wehmüthigen Klagen, wenn ich sie wieder verlassen muß, gehen mir tief zu Herzen. Der Schreiber verfolgt uns mit entsetzlicher Wuth, und rächt sich an den armen Getroffenen. Die Frucht jener geheimnißvollen Nacht, waren eine zahlreiche Menge wunderlicher Kinder, die ihrem Großvater ähnlich sehn, und nach ihm genannt sind. Geflügelt wie ihr Vater begleiten sie ihn beständig, und plagen die Armen, die sein Pfeil trifft. Doch da kömmt der fröliche Zug. Ich muß fort; lebe wohl, süßes Kind. Sei[ne] Nähe erregt meine Leidenschaft. Sey glücklich in deinem Vorhaben. – Eros zog weiter, ohne Ginnistan, die auf ihn zueilte, einen zärtlichen Blick zu gönnen. Aber zu Fabel wandte er sich freundlich, und seine kleinen Begleiter tanzten fröhlich um sie her. Fabel freute sich, ihren Milchbruder wieder zu sehn, und sang zu ihrer Leyer ein munteres Lied. Eros schien sich besinnen zu wollen und ließ den Bogen fallen. Die Kleinen entschliefen auf dem Rasen. Ginnistan konnte ihn fassen, und er litt ihre zärtlichen Liebkosungen. Endlich fing Eros auch an zu nicken, schmiegte sich an Ginnistans Schooß, und schlummerte ein, indem er seine Flügel über sie ausbreitete. Unendlich froh war die müde Ginnistan, und verwandte kein Auge von dem holden Schläfer. Während des Gesanges waren von allen Seiten Taranteln zum Vorschein gekommen, die über die Grashalme ein glänzendes Netz zogen, und lebhaft nach dem Takte sich an ihren Fäden bewegten. Fabel tröstete nun ihre Mutter, und versprach ihr baldige Hülfe. Vom Felsen tönte der sanfte Wiederhall der Musik, und wiegte die Schläfer ein. Ginnistan sprengte aus dem wohlverwahrten Gefäß einige Tropfen in die Luft, und die anmuthigsten Träume fielen auf sie nieder. Fabel nahm das Gefäß mit und setzte ihre Reise fort. Ihre Saiten ruhten nicht, und die Taranteln folgten auf schnellgesponnenen Fäden den bezaubernden Tönen.

Sie sah bald von weitem die hohe Flamme des Scheiterhaufens, die über den grünen Wald emporstieg. Traurig sah sie gen Himmel, und freute sich, wie sie Sophieens blauen Schleyer erblickte, der wallend über der Erde schwebte, und auf ewig die ungeheure Gruft bedeckte. Die Sonne stand feuerroth vor Zorn am Himmel, die gewaltige Flamme sog an ihrem geraubten Lichte, und so heftig sie es auch an sich zu halten schien, so ward sie doch immer bleicher und fleckiger. Die Flamme ward weißer und mächtiger, je fahler die Sonne ward. Sie sog das Licht immer stärker in sich und bald war die Glorie um das Gestirn des Tages verzehrt und nur als eine matte, glänzende Scheibe stand es noch da, indem jede neue Regung des Neides und der Wuth den Ausbruch der entfliehenden Lichtwellen vermehrte. Endlich war nichts von der Sonne mehr übrig, als eine schwarze ausgebrannte Schlacke, die herunter ins Meer fiel. Die Flamme war über allen Ausdruck glänzend geworden. Der Scheiterhaufen war verzehrt. Sie hob sich langsam in die Höhe und zog nach Norden. Fabel trat in den Hof, der verödet aussah; das Haus war unterdeß verfallen. Dornsträuche wuchsen in den Ritzen der Fenstergesimse und Ungeziefer aller Art kribbelte auf den zerbrochenen Stiegen. Sie hörte im Zimmer einen entsetzlichen Lärm; der Schreiber und seine Gesellen hatten sich an dem Flammentode der Mutter geweidet, waren aber gewaltig erschrocken, wie sie den Untergang der Sonne wahrgenommen hatten.

Sie hatten sich vergeblich angestrengt, die Flamme zu löschen, und waren bey dieser Gelegenheit nicht ohne Beschädigungen geblieben. Der Schmerz und die Angst preßte ihnen entsetzliche Verwünschungen und Klagen aus. Sie erschraken noch mehr, als Fabel ins Zimmer trat, und stürmten mit wüthendem Geschrey auf sie ein, um an ihr den Grimm auszulassen. Fabel schlüpfte hinter die Wiege, und ihre Verfolger traten ungestüm in das Gewebe der Taranteln, die sich durch unzählige Bisse an ihnen rächten. Der ganze Haufen fing nun toll an zu tanzen, wozu Fabel ein lustiges Lied spielte. Mit vielem Lachen über ihre possierlichen Fratzen ging sie auf die Trümmer des Altars zu, und räumte sie weg, um die verborgene Treppe zu finden, auf der sie mit ihrem Tarantelgefolge hinunter stieg. Die Sphinx fragte:

Was kommt plötzlicher, als der Blitz? – Die Rache, sagte Fabel. – Was ist am vergänglichsten? – Ungerechter Besitz. – Wer kennt die Welt? – Wer sich selbst kennt. – Was ist das ewige Geheimniß? – Die Liebe. – Bei wem ruht es? – Bei Sophieen. Die Sphinx krümmte sich kläglich, und Fabel trat in die Höhle.

Hier bringe ich euch Taranteln, sagte sie zu den Alten, die ihre Lampe wieder angezündet hatten und sehr ämsig arbeiteten. Sie erschraken, und die eine lief mit der Scheere auf sie zu, um sie zu erstechen. Unversehens trat sie auf eine Tarantel, und diese stach sie in den Fuß. Sie schrie erbärmlich. Die andern wollten ihr zu Hülfe kommen und wurden ebenfalls von den erzürnten Taranteln gestochen. Sie konnten sich nun nicht an Fabel vergreifen, und sprangen wild umher. Spinn uns gleich, riefen sie grimmig der Kleinen zu, leichte Tanzkleider. Wir können uns in den steifen Röcken nicht rühren, und vergehn fast vor Hitze, aber mit Spinnensaft mußt du den Faden einweichen, daß er nicht reißt, und wirke Blumen hinein, die im Feuer gewachsen sind, sonst bist du des Todes. Recht gern, sagte Fabel und ging in die Nebenkammer.

Ich will euch drey tüchtige Fliegen verschaffen, sagte sie zu den Kreuzspinnen, die ihre luftigen Gewebe rund um an der Decke und den Wänden angeheftet hatten, aber ihr müßt mir gleich drey hübsche, leichte Kleider spinnen. Die Blumen, die hinein gewirkt werden sollen, will ich auch gleich bringen. Die Kreuzspinnen waren bereit und fingen rasch zu weben an. Fabel schlich sich zur Leiter und begab sich zu Arctur. Monarch, sagte sie, die Bösen tanzen, die Guten ruhn. Ist die Flamme angekommen? Sie ist angekommen sagte der König. Die Nacht ist vorbey und das Eis schmilzt. Meine Gattin zeigt sich von weitem. Meine Feindinn ist versenkt. Alles fängt zu leben an. Noch darf ich mich nicht sehn lassen, denn allein bin ich nicht König. Bitte was du willst. – Ich brauche, sagte Fabel, Blumen, die im Feuer gewachsen sind. Ich weiß, du hast einen geschickten Gärtner, der sie zu ziehen versteht. – Zink, rief der König, gieb uns Blumen. Der Blumengärtner trat aus der Reihe, holte einen Topf voll Feuer, und säete glänzenden Samenstaub hinein. Es währte nicht lange, so flogen die Blumen empor. Fabel sammelte sie in ihre Schürze, und machte sich auf den Rückweg. Die Spinnen waren fleißig gewesen, und es fehlte nichts mehr, als das Anheften der Blumen, welches sie sogleich mit vielem Geschmack und Behendigkeit begannen. Fabel hütete sich wohl die Enden abzureißen, die noch an den Weberinnen hingen.

Sie trug die Kleider den ermüdeten Tänzerinnen hin, die triefend von Schweiß umgesunken waren, und sich einige Augenblicke von der ungewohnten Anstrengung erholten. Mit vieler Geschicklichkeit entkleidete sie die hagern Schönheiten, die es an Schmähungen der kleinen Dienerinn nicht fehlen ließen, und zog ihnen die neuen Kleider an, die sehr niedlich gemacht waren und vortrefflich paßten. Sie pries während dieses Geschäftes die Reize und den liebenswürdigen Charakter ihrer Gebieterinnen, und die Alten schienen ordentlich erfreut über die Schmeicheleyen und die Zierlichkeit des Anzuges. Sie hatten sich unterdeß erholt, und fingen von neuer Tanzlust beseelt wieder an, sich munter umherzudrehen, indem sie heimtückisch der Kleinen langes Leben und große Belohnungen versprachen. Fabel ging in die Kammer zurück, und sagte zu den Kreuzspinnen: Ihr könnt nun die Fliegen getrost verzehren, die ich in eure Weben gebracht habe. Die Spinnen waren so schon ungeduldig über das hin- und herreißen, da die Enden noch in ihnen waren und die Alten so toll umhersprangen; sie rannten also hinaus, und fielen über die Tänzerinnen her; diese wollten sich mit der Scheere vertheidigen, aber Fabel hatte sie in aller Stille mitgenommen. Sie unterlagen also ihren hungrigen Handwerksgenossen, die lange keine so köstlichen Bissen geschmeckt hatten, und sie bis auf das Mark aussaugten. Fabel sah durch die Felsenkluft hinaus, und erblickte den Perseus mit dem großen eisernen Schilde. Die Scheere flog von selbst dem Schilde zu, und Fabel bat ihn, Eros Flügel damit zu verschneiden, und dann mit seinem Schilde die Schwestern zu verewigen, und das große Werk zu vollenden.

Sie verließ nun das unterirdische Reich, und stieg frölich zu Arcturs Pallaste.

Der Flachs ist versponnen. Das Leblose ist wieder entseelt. Das Lebendige wird regieren, und das Leblose bilden und gebrauchen. Das Innere wird offenbart, und das Äußere verborgen.

Der Vorhang wird sich bald heben, und das Schauspiel seinen Anfang nehmen. Noch einmal bitte ich, dann spinne ich Tage der Ewigkeit. – Glückliches Kind, sagte der gerührte Monarch, du bist unsre Befreyerin. – Ich bin nichts als Sophiens Pathe, sagte die Kleine. Erlaube daß Turmalin, der Blumengärtner, und Gold mich begleiten. Die Asche meiner Pflegemutter muß ich sammeln, und der alte Träger muß wieder aufstehn, daß die Erde wieder schwebe und nicht auf dem Chaos liege.

Der König rief allen Dreyen, und befahl ihnen, die Kleine zu begleiten. Die Stadt war hell, und auf den Straßen war ein lebhaftes Verkehr. Das Meer brach sich brausend an der hohlen Klippe, und Fabel fuhr auf des Königs Wagen mit ihren Begleitern hinüber. Turmalin sammelte sorgfältig die auffliegende Asche. Sie gingen rund um die Erde, bis sie an den alten Riesen kamen, an dessen Schultern sie hinunter klimmten. Er schien vom Schlage gelähmt, und konnte kein Glied rühren. Gold legte ihm eine Münze in den Mund, und der Blumengärtner schob eine Schüssel unter seine Lenden. Fabel berührte ihm die Augen, und goß das Gefäß auf seiner Stirn aus. So wie das Wasser über das Auge in den Mund und herunter über ihn in die Schüssel floß, zuckte ein Blitz des Lebens ihm in allen Muskeln. Er schlug die Augen auf und hob sich rüstig empor. Fabel sprang zu ihren Begleitern auf die steigende Erde, und bot ihm freundlich guten Morgen. Bist du wieder da, liebliches Kind? sagte der Alte; habe ich doch immer von dir geträumt. Ich dachte immer, du würdest erscheinen, ehe mir die Erde und die Augen zu schwer würden. Ich habe wohl lange geschlafen. Die Erde ist wieder leicht, wie sie es immer den Guten war, sagte Fabel. Die alten Zeiten kehren zurück. In Kurzem bist du wieder unter alten Bekannten. Ich will dir fröliche Tage spinnen, und an einem Gehülfen soll es auch nicht fehlen, damit du zuweilen an unsern Freuden Theil nehmen, und im Arm einer Freundinn Jugend und Stärke einathmen kannst. Wo sind unsere alten Gastfreundinnen, die Hesperiden? – An Sophiens Seite. Bald wird ihr Garten wieder blühen, und die goldne Frucht duften. Sie gehen umher und sammeln die schmachtenden Pflanzen.

Fabel entfernte sich, und eilte dem Hause zu. Es war zu

völligen Ruinen geworden. Epheu umzog die Mauern. Hohe Büsche beschatteten den ehemaligen Hof, und weiches Moos polsterte die alten Stiegen. Sie trat ins Zimmer. Sophie stand am Altar, der wieder aufgebaut war. Eros lag zu ihren Füßen in voller Rüstung, ernster und edler als jemals. Ein prächtiger Kronleuchter hing von der Decke. Mit bunten Steinen war der Fußboden ausgelegt, und zeigte einen großen Kreis um den Altar her, der aus lauter edlen bedeutungsvollen Figuren bestand. Ginnistan bog sich über ein Ruhebett, worauf der Vater in tiefem Schlummer zu liegen schien, und weinte. Ihre blühende Anmuth war durch einen Zug von Andacht und Liebe unendlich erhöht. Fabel reichte die Urne, worin die Asche gesammelt war, der heiligen Sophie, die sie zärtlich umarmte.

Liebliches Kind, sagte sie, dein Eifer und deine Treue haben dir einen Platz unter den ewigen Sternen erworben. Du hast das Unsterbliche in dir gewählt. Der Phönix gehört dir. Du wirst die Seele unsers Lebens seyn. Jetzt wecke den Bräutigam auf. Der Herold ruft, und Eros soll Freya suchen und aufwecken.

Fabel freute sich unbeschreiblich bey diesen Worten. Sie rief ihren Begleitern Gold und Zink, und nahte sich dem Ruhebette. Ginnistan sah erwartungsvoll ihrem Beginnen zu. Gold schmolz die Münze und füllte das Behältniß, worin der Vater lag, mit einer glänzenden Flut. Zink schlang um Ginnistans Busen eine Kette. Der Körper schwamm auf den zitternden Wellen. Bücke dich, liebe Mutter, sagte Fabel, und lege die Hand auf das Herz des Geliebten.

Ginnistan bückte sich. Sie sah ihr vielfaches Bild. Die Kette berührte die Flut, ihre Hand sein Herz; er erwachte und zog die entzückte Braut an seine Brust. Das Metall gerann, und ward ein heller Spiegel. Der Vater erhob sich, seine Augen blitzten, und so schön und bedeutend auch seine Gestalt war, so schien doch sein ganzer Körper eine feine unendlich bewegliche Flüssigkeit zu seyn, die jeden Eindruck in den mannichfaltigsten und reitzendsten Bewegungen verrieth.

Das glückliche Paar näherte sich Sophien, die Worte der Weihe über sie aussprach, und sie ermahnte, den Spiegel fleißig zu Rathe zu ziehn, der alles in seiner wahren Gestalt zurückwerfe, jedes

Blendwerk vernichte, und ewig das ursprüngliche Bild festhalte. Sie ergriff nun die Urne und schüttete die Asche in die Schaale auf dem Altar. Ein sanftes Brausen verkündigte die Auflösung, und ein leiser Wind wehte in den Gewändern und Locken der Umstehenden.

Sophie reichte die Schaale dem Eros und dieser den Andern. Alle kosteten den göttlichen Trank, und vernahmen die freundliche Begrüßung der Mutter in ihrem Innern, mit unsäglicher Freude. Sie war jedem gegenwärtig, und ihre geheimnißvolle Anwesenheit schien alle zu verklären.

Die Erwartung war erfüllt und übertroffen. Alle merkten, was ihnen gefehlt habe, und das Zimmer war ein Aufenthalt der Seligen geworden. Sophie sagte: das große Geheimniß ist allen offenbart, und bleibt ewig unergründlich. Aus Schmerzen wird die neue Welt geboren, und in Thränen wird die Asche zum Trank des ewigen Lebens aufgelöst. In jedem wohnt die himmlische Mutter, um jedes Kind ewig zu gebären. Fühlt ihr die süße Geburt im Klopfen eurer Brust?

Sie goß in den Altar den Rest aus der Schaale hinunter. Die Erde bebte in ihren Tiefen. Sophie sagte: Eros, eile mit deiner Schwester zu deiner Geliebten. Bald seht ihr mich wieder.

Fabel und Eros gingen mit ihrer Begleitung schnell hinweg. Es war ein mächtiger Frühling über die Erde verbreitet. Alles hob und regte sich. Die Erde schwebte näher unter dem Schleyer. Der Mond und die Wolken zogen mit frölichem Getümmel nach Norden. Die Königsburg strahlte mit herrlichem Glanze über das Meer, und auf ihren Zinnen stand der König in voller Pracht mit seinem Gefolge. Überall erblickten sie Staubwirbel, in denen sich bekannte Gestalten zu bilden schienen. Sie begegneten zahlreichen Schaaren von Jünglingen und Mädchen, die nach der Burg strömten, und sie mit Jauchzen bewillkommten. Auf manchen Hügeln saß ein glückliches eben erwachtes Paar in lang entbehrter Umarmung, hielt die neue Welt für einen Traum, und konnte nicht aufhören, sich von der schönen Wahrheit zu überzeugen.

Die Blumen und Bäume wuchsen und grünten mit Macht. Alles schien beseelt. Alles sprach und sang. Fabel grüßte überall alte Bekannte. Die Thiere nahten sich mit freundlichen Grüßen den erwachten Menschen. Die Pflanzen bewirtheten sie mit Früchten und Düften, und schmückten sie auf das Zierlichste. Kein Stein lag mehr auf einer Menschenbrust, und alle Lasten waren in sich selbst zu einem festen Fußboden zusammengesunken. Sie kamen an das Meer. Ein Fahrzeug von geschliffenem Stahl lag am Ufer festgebunden. Sie traten hinein und lösten das Tau. Die Spitze richtete sich nach Norden, und das Fahrzeug durchschnitt, wie im Fluge, die buhlenden Wellen. Lispelndes Schilf hielt seinen Ungestüm auf, und es stieß leise an das Ufer. Sie eilten die breiten Treppen hinan. Die Liebe wunderte sich über die königliche Stadt und ihre Reichthümer. Im Hofe sprang der lebendiggewordne Quell, der Hain bewegte sich mit den süßesten Tönen, und ein wunderbares Leben schien in seinen heißen Stämmen und Blättern, in seinen funkelnden Blumen und Früchten zu quellen und zu treiben. Der alte Held empfing sie an den Thoren des Pallastes. Ehrwürdiger Alter, sagte Fabel, Eros bedarf dein Schwerdt. Gold hat ihm eine Kette gegeben, die mit einem Ende in das Meer hinunter reicht, und mit dem andern um seine Brust geschlungen ist. Fasse sie mit mir an, und führe uns in den Saal, wo die Prinzessin ruht. Eros nahm aus der Hand des Alten das Schwerdt, setzte den Knopf auf seine Brust, und neigte die Spitze vorwärts. Die Flügelthüren des Saals flogen auf, und Eros nahte sich entzückt der schlummernden Freya. Plötzlich geschah ein gewaltiger Schlag. Ein heller Funken fuhr von der Prinzessin nach dem Schwerdte; das Schwerdt und die Kette leuchteten, der Held hielt die kleine Fabel, die beynah umgesunken wäre. Eros Helmbusch wallte empor, Wirf das Schwerdt weg, rief Fabel, und erwecke deine Geliebte. Eros ließ das Schwerdt fallen, flog auf die Prinzessin zu, und küßte feurig ihre süßen Lippen. Sie schlug ihre großen dunkeln Augen auf, und erkannte den Geliebten. Ein langer Kuß versiegelte den ewigen Bund.

Von der Kuppel herunter kam der König mit Sophien an der Hand. Die Gestirne und die Geister der Natur folgten in glänzenden Reihen. Ein unaussprechlich heitrer Tag erfüllte den Saal, den Pallast, die Stadt, und den Himmel. Eine zahllose Menge ergoß sich in den weiten königlichen Saal, und sah mit stiller Andacht die Liebenden vor dem König und der Königinn knieen, die sie feyerlich segneten. Der König nahm sein Diadem vom Haupte, und band es um Eros goldene Locken. Der alte Held zog ihm die Rüstung ab, und der König warf seinen Mantel um ihn her. Dann gab er ihm die Lilie in die linke Hand, und Sophie knüpfte ein köstliches Armband um die verschlungenen Hände der Liebenden, indem sie zugleich ihre Krone auf Freyas braune Haare setzte.

Heil unsern alten Beherrschern, rief das Volk. Sie haben immer unter uns gewohnt, und wir haben sie nicht erkannt! Heil uns! Sie werden uns ewig beherrschen! Segnet uns auch! Sophie sagte zu der neuen Königinn: Wirf du das Armband eures Bundes in die Luft, daß das Volk und die Welt euch verbunden bleiben. Das Armband zerfloß in der Luft, und bald sah man lichte Ringe um jedes Haupt, und ein glänzendes Band zog sich über die Stadt und das Meer und die Erde, die ein ewiges Fest des Frühlings feyerte. Perseus trat herein, und trug eine Spindel und ein Körbchen. Er brachte dem neuen Könige das Körbchen. Hier, sagte er, sind die Reste deiner Feinde. Eine steinerne Platte mit schwarzen und weißen Feldern lag darin, und daneben eine Menge Figuren von Alabaster und schwarzem Marmor. Es ist ein Schachspiel, sagte Sophie; aller Krieg ist auf diese Platte und in diese Figuren gebannt. Es ist ein Denkmal der alten trüben Zeit. Perseus wandte sich zu Fabel, und gab ihr die Spindel. In deinen Händen wird diese Spindel uns ewig erfreuen, und aus dir selbst wirst du uns einen goldnen unzerreißlichen Faden spinnen. Der Phönix flog mit melodischem Geräusch zu ihren Füßen, spreizte seine Fittiche vor ihr aus, auf die sie sich setzte, und schwebte mit ihr über den Thron, ohne sich wieder niederzulassen. Sie sang ein himmlisches Lied, und fing zu spinnen an, indem der Faden aus ihrer Brust sich hervorzuwinden schien. Das Volk gerieth in neues Entzücken, und aller Augen hingen an dem lieblichen Kinde. Ein neues Jauchzen kam von der Thür her. Der alte Mond kam mit seinem wunderlichen Hofstaat herein, und hinter ihm trug das Volk Ginnistan und ihren Bräutigam, wie im Triumph, einher.

Sie waren mit Blumenkränzen umwunden; die königliche Familie empfing sie mit der herzlichsten Zärtlichkeit, und das neue Königspaar rief sie zu seinen Statthaltern auf Erden aus.

Gönnet mir, sagte der Mond, das Reich der Parzen, dessen seltsame Gebäude eben auf dem Hofe des Pallastes aus der Erde gestiegen sind. Ich will euch mit Schauspielen darin ergötzen, wozu die kleine Fabel mir behülflich seyn wird.

Der König willigte in die Bitte, die kleine Fabel nickte freundlich, und das Volk freute sich auf den seltsamen unterhaltenden Zeitvertreib. Die Hesperiden ließen zur Thronbesteigung Glück wünschen, und um Schutz in ihren Gärten bitten. Der König ließ sie bewillkommen, und so folgten sich unzählige fröliche Bothschaften. Unterdessen hatte sich unmerklich der Thron verwandelt, und war ein prächtiges Hochzeitbett geworden, über dessen Himmel der Phönix mit der kleinen Fabel schwebte. Drey Karyatiden aus dunkelm Porphyr trugen es hinten, und vorn ruhte dasselbe auf einer Sphinx aus Basalt. Der König umarmte seine erröthende Geliebte, und das Volk folgte dem Beyspiel des Königs, und liebkoste sich unter einander. Man hörte nichts, als zärtliche Namen und ein Kußgeflüster. Endlich sagte Sophie: Die Mutter ist unter uns, ihre Gegenwart wird uns ewig beglükken. Folgt uns in unsere Wohnung, in dem Tempel dort werden wir ewig wohnen, und das Geheimniß der Welt bewahren. Die Fabel spann ämsig und sang mit lauter Stimme:

Gegründet ist das Reich der Ewigkeit,
In Lieb' und Frieden endigt sich der Streit,
Vorüber ging der lange Traum der Schmerzen,
Sophie ist ewig Priesterin der Herzen.

ZWEITER THEIL.

Die Erfüllung.

Das Kloster, oder der Vorhof.

Astralis.

An einem Sommermorgen ward ich jung
Da fühlt ich meines eignen Lebens Puls
Zum erstenmal – und wie die Liebe sich
In tiefere Entzückungen verlohr,
Erwacht' ich immer mehr, und das Verlangen
Nach innigerer, gänzlicher Vermischung
Ward dringender mit jedem Augenblick.
Wollust ist meines Daseyns Zeugungskraft.
Ich bin der Mittelpunkt, der heilge Quell,
Aus welchem jede Sehnsucht stürmisch fließt
Wohin sich jede Sehnsucht mannichfach
Gebrochen wieder still zusammen zieht.
Ihr kennt mich nicht und saht mich werden –
Wart ihr nicht Zeugen, wie ich noch
Nachtwandler mich zum erstenmale traf
An jenem frohen Abend? Flog euch nicht
Ein süßer Schauer der Entzündung an? –
Versunken lag ich ganz in Honigkelchen.
Ich duftete, die Blume schwankte still
In goldner Morgenluft. Ein innres Quellen
War ich, ein sanftes Ringen, alles floß
Durch mich und über mich und hob mich leise.
Da sank das erste Stäubchen in die Narbe,
Denkt an den Kuß nach aufgehobnen Tisch.
Ich quoll in meine eigne Flut zurück –
Es war ein Blitz – nun konnt ich schon mich regen,

Die zarten Fäden und den Kelch bewegen.
Schnell schossen, wie ich selber mich begann,
Zu irrdschen Sinnen die Gedanken an.
Noch war ich blind, doch schwankten lichte Sterne
Durch meines Wesens wunderbare Ferne,
Nichts war noch nah, ich fand mich nur von weiten,
Ein Anklang alter, so wie künftger Zeiten.
Aus Wehmuth, Lieb' und Ahndungen entsprungen
War der Besinnung Wachsthum nur ein Flug,
Und wie die Wollust Flammen in mir schlug,
Ward ich zugleich vom höchsten Weh durchdrungen.
Die Welt lag blühend um den hellen Hügel,
Die Worte des Profeten wurden Flügel,
Nicht einzeln mehr nur Heinrich und Mathilde
Vereinten Beide sich zu Einem Bilde. –
Ich hob mich nun gen Himmel neugebohren,
Vollendet war das irrdische Geschick
Im seligen Verklärungsaugenblick,
Es hatte nun die Zeit ihr Recht verlohren
Und forderte, was sie geliehn, zurück.

Es bricht die neue Welt herein
Und verdunkelt den hellsten Sonnenschein[,]
Man sieht nun aus bemooßten Trümmern
Eine wunderseltsame Zukunft schimmern
Und was vordem alltäglich war
Scheint jetzo fremd und wunderbar.
<Eins in allem und alles im Einen
Gottes Bild auf Kräutern und Steinen
Gottes Geist in Menschen und Thieren,
Dies muß man sich zu Gemüthe führen.
Keine Ordnung mehr nach Raum und Zeit
Hier Zukunft in der Vergangenheit[.]>
Der Liebe Reich ist aufgethan
Die Fabel fängt zu spinnen an.
Das Urspiel jeder Natur beginnt
Auf kräftige Worte jedes sinnt

Und so das große Weltgemüth
Überall sich regt und unendlich blüht.
Alles muß in einander greifen
Eins durch das Andre gedeihn und reifen;
Jedes in Allen dar sich stellt
Indem es sich mit ihnen vermischet
Und gierig in ihre Tiefen fällt
Sein eigenthümliches Wesen erfrischet
Und tausend neue Gedanken erhält.
Die Welt wird Traum, der Traum wird Welt
Und was man geglaubt, es sey geschehn
Kann man von weiten erst kommen sehn.
Frey soll die Fantasie erst schalten,
Nach ihrem Gefallen die Fäden verweben
Hier manches verschleyern, dort manches entfalten,
Und endlich in magischen Dunst verschweben.
Wehmuth und Wollust, Tod und Leben
Sind hier in innigster Sympathie –
Wer sich der höchsten Lieb' ergeben,
Genest von ihren Wunden nie.
Schmerzhaft muß jenes Band zerreißen,
Was sich ums innre Auge zieht,
Einmal das treuste Herz verwaisen,
Eh es der trüben Welt entflieht.
Der Leib wird aufgelöst in Thränen,
Zum weiten Grabe wird die Welt,
In das, verzehrt von bangen Sehnen,
Das Herz, als Asche, niederfällt.

Auf dem schmalen Fußsteige, der ins Gebürg hinauflief, gieng ein Pilgrimm in tiefen Gedanken. Mittag war vorbey. Ein starker Wind sauste durch die blaue Luft. Seine dumpfen, mannichfaltigen Stimmen verloren sich, wie sie kamen. War er vielleicht durch die Gegenden der Kindheit geflogen? Oder durch andre redende Länder? Es waren Stimmen, deren Echo nach im Innersten klang und dennoch schien sie der Pilgrimm nicht zu kennen. Er hatte nun das Gebürg erreicht, wo er das Ziel seiner Reise zu finden hoffte – hoffte? – Er hoffte gar nichts mehr. Die entsetzliche Angst und dann die trockne Kälte der gleichgültigsten Verzweiflung trieben ihn die wilden Schrecknisse des Gebürgs aufzusuchen. Der mühselige Gang beruhigte das zerstörende Spiel der innern Gewalten. Er war matt aber still. Noch sah er nichts was um ihn her sich allmälich gehäuft hatte, als er sich auf einen Stein setzte, und den Blick rückwärts wandte. Es dünkte ihm, als träume er jezt oder habe er geträumt. Eine unübersehliche Herrlichkeit schien sich vor ihm aufzuthun. Bald flossen seine Thränen, indem sein Innres plötzlich brach. Er wollte sich in die Ferne verweinen, daß auch keine Spur seines Daseyns übrig bliebe. Unter dem heftigen Schluchzen schien er zu sich selbst zu kommen; die weiche, heitre Luft durchdrang ihn, seinen Sinnen ward die Welt wieder gegenwärtig und alte Gedanken fiengen tröstlich zu reden an.

Dort lag Augsburg mit seinen Thürmen. Fern am Gesichtskreis blinkte der Spiegel des furchtbaren, geheimnißvollen Stroms. Der ungeheure Wald bog sich mit tröstlichen Ernst zu dem Wanderer – das gezackte Gebürg ruhte so bedeutend über der Ebene und beyde schienen zu sagen: Eile nur, Strom, du entfliehst uns nicht – Ich will dir folgen mit geflügelten Schiffen. Ich will dich brechen und halten und dich verschlucken in meinen Schooß. Vertraue du uns Pilgrimm, es ist auch unser Feind, den wir selbst erzeugten – Laß ihn eilen mit seinem Raub, er entflieht uns nicht.

Der arme Pilgrimm gedachte der alten Zeiten, und ihrer unsäglichen Entzückungen – Aber wie matt gingen diese köstlichen

Errinnerungen vorüber. Der breite Hut verdeckte ein jugendliches Gesicht. Es war bleich, wie eine Nachtblume. In Thränen hatte sich der Balsamsaft des jungen Lebens, in tiefe Seufzer sein schwellender Hauch verwandelt. In ein fahles Aschgrau waren alle seine Farben verschossen.

Seitwärts am Gehänge schien ihm ein Mönch unter einem alten Eichbaum zu knieen. Sollte das der alte Hofkaplan seyn? so dacht er bey sich ohne große Verwunderung. Der Mönch kam ihm größer und ungestalter vor, je näher er zu ihm trat. Er bemerkte nun seinen Irrthum, denn es war ein einzelner Felsen, über den sich der Baum herbog. Stillgerührt faßte er den Stein in seine Arme, und drückte ihn lautweinend an seine Brust: Ach, daß doch jezt deine Reden sich bewährten und die heilge Mutter ein Zeichen an mir thäte. Bin ich doch so ganz elend und verlassen. Wohnt in meiner Wüste kein Heiliger, der mir sein Gebet liehe? Bete du, theurer Vater, jezt in diesem Augenblick für mich.

Wie er so bey sich dachte fieng der Baum an zu zittern. Dumpf dröhnte der Felsen und wie aus tiefer, unterirrdischer Ferne erhoben sich einige klare Stimmchen und sangen:

Ihr Herz war voller Freuden
Von Freuden sie nur wußt
Sie wußt von keinem Leiden
Druckts Kindelein an ihr' Brust.
Sie küßt ihm seine Wangen
Sie küßt es mannichfalt,
Mit Liebe ward sie umfangen
Durch Kindleins schöne Gestalt.

Die Stimmchen schienen mit unendlicher Lust zu singen. Sie wiederholten den Vers einigemal. Es ward alles wieder ruhig und nun hörte der erstaunte Pilger, daß jemand aus dem Baume sagte:

Wenn du ein Lied zu meinen Ehren auf deiner Laute spielen wirst, so wird ein armes Mädchen herfürkommen. Nimm sie mit und laß sie nicht von dir. Gedenke meiner, wenn du zum Kayser kommst. Ich habe mir diese Stätte ausersehn um mit meinem Kindlein hier zu wohnen. Laß mir ein starkes, warmes Haus hier bauen. Mein Kindlein hat den Tod überwunden. Härme dich nicht – Ich bin bey dir. Du wirst noch eine Weile auf Erden bleiben, aber das Mädchen wird dich trösten, bis du auch stirbst und zu unsern Freuden eingehst. Es ist Mathildens Stimme, rief der Pilger, und fiel auf seine Kniee, um zu beten. Da drang durch die Aeste ein langer Strahl zu seinen Augen und er sah durch den Strahl in eine ferne, kleine, wundersame Herrlichkeit hinein, welche nicht zu beschreiben, noch kunstreich mit Farben nachzubilden möglich gewesen wäre. Es waren überaus feine Figuren und die innigste Lust und Freude, ja eine himmlische Glückseligkeit war darinn überall zu schauen, sogar daß die leblosen Gefäße, das Säulwerk, die Teppiche, Zierrathen, kurzum alles was zu sehn war nicht gemacht, sondern, wie ein vollsaftiges Kraut, aus eigner Lustbegierde also gewachsen und zusammengekommen zu seyn schien. Es waren die schönsten menschlichen Gestalten, die dazwischen umhergiengen und sich über die Maaßen freundlich und holdselig gegeneinander erzeigten. Ganz vorn stand die Geliebte des Pilgers und hatt' es das Ansehn, als wolle sie mit ihm sprechen. Doch war nichts zu hören und betrachtete der Pilger nur mit tiefer Sehnsucht ihre anmuthigen Züge und wie sie so freundlich und lächelnd ihm zuwinkte, und die Hand auf ihre linke Brust legte. Der Anblick war unendlich tröstend und erquickend und der Pilger lag noch lang in seliger Entzückung, als die Erscheinung wieder hinweggenommen war. Der heilige Strahl hatte alle Schmerzen und Bekümmernisse aus seinem Herzen gesogen, so daß sein Gemüth wieder rein und leicht und sein Geist wieder frey und fröhlich war, wie vordem. Nichts war übriggeblieben, als ein stilles inniges Sehnen und ein wehmüthiger Klang im Aller Innersten. Aber die wilden Qualen der Einsamkeit, die herbe Pein eines unsäglichen Verlustes, die trübe, entsezliche Leere, die irrdische Ohnmacht war gewichen, und der Pilgrimm sah sich wieder in einer vollen, bedeutsamen Welt. Stimme und Sprache waren wieder lebendig bey ihm geworden und es dünkte ihm nunmehr alles viel bekannter und weissagender, als ehemals, so daß ihm der Tod, wie eine höhere Offenbarung des Lebens, erschien, und er sein eignes, schnellvorübergehendes Daseyn mit kindlicher, heitrer Rührung betrachtete. Zukunft und Vergangenheit hatten sich in ihm berührt und einen innigen Verein geschlossen. Er stand weit außer der Gegenwart und die Welt ward ihm erst theuer, wie er sie verlohren hatte, und sich nur als Fremdling in ihr fand, der ihre weiten, bunten Säle noch eine kurze Weile durchwandern sollte. Es war Abend geworden, und die Erde lag vor ihm, wie ein altes, liebes Wohnhaus, was er nach langer Entfernung verlassen wiederfände. Tausend Errinnerungen wurden ihm gegenwärtig. Jeder Stein, jeder Baum, jede Anhöhe wollte wiedergekannt seyn. Jedes war das Merkmal einer alten Geschichte.

Der Pilger ergriff seine Laute und sang:

1

Liebeszähren, Liebesflammen
Fließt zusammen;
Heiligt diese Wunderstätten,
Wo der Himmel mir erschienen,
Schwärmt um diesen Baum wie Bienen
In unzähligen Gebeten.

2

Er hat froh sie aufgenommen
Als sie kommen,
Sie geschüzt vor Ungewittern;
Sie wird einst in ihrem Garten
Ihn begießen und ihn warten,
Wunder thun mit seinen Splittern.

3

Auch der Felsen ist gesunken
Freudentrunken
Zu der selgen Mutter Füßen.
Ist die Andacht auch in Steinen
Sollte da der Mensch nicht weinen
Und sein Blut für sie vergießen?

4

Die Bedrängten müssen ziehen
Und hier knieen,
Alle werden hier genesen.

Keiner wird fortan noch klagen
Alle werden fröhlich sagen:
Einst sind wir betrübt gewesen.

5

Ernste Mauern werden stehen
Auf den Höhen.
In den Thälern wird man rufen
Wenn die schwersten Zeiten kommen,
Keinem sey das Herz beklommen,
Nur hinan zu jenen Stufen.

6

Gottes Mutter und Geliebte
Der Betrübte
Wandelt nun verklärt von hinnen.
Ewge Güte, ewge Milde,
O! ich weiß du bist Mathilde
Und das Ziel von meinen Sinnen.

7

Ohne mein verwegnes Fragen
Wirst mir sagen,
Wenn ich zu dir soll gelangen.
Gern will ich in tausend Weisen
Noch der Erde Wunder preisen,
Bis du kommst mich zu umfangen.

8

Alte Wunder, künftige Zeiten
Seltsamkeiten,
Weichet nie aus meinem Herzen.
Unvergeßlich sey die Stelle,
Wo des Lichtes heilge Quelle
Weggespült den Traum der Schmerzen.

Unter seinem Gesang war er nichts gewahr worden. Wie er aber aufsah, stand ein junges Mädchen nah bey ihm am Felsen, die ihn freundlich, wie einen alten Bekannten, grüßte und ihn einlud mit zu ihrer Wohnung zu gehn, wo sie ihm schon ein Abendessen zubereitet habe. Er schloß sie zärtlich in seinen Arm. Ihr ganzes Wesen und Thun war ihm befreundet. Sie bat ihn noch einige Augenblicke zu verziehn, trat unter den Baum, sah mit einem unaussprechlichen Lächeln hinauf und schüttete aus ihrer Schürze viele Rosen auf das Gras. Sie kniete still daneben, stand aber bald wieder auf und führte den Pilger fort. Wer hat dir von mir gesagt, frug der Pilgrimm. Unsre Mutter. Wer ist deine Mutter? Die Mutter Gottes. Seit wann bist du hier? Seitdem ich aus dem Grabe gekommen bin? Warst du schon einmal gestorben? Wie könnt' ich denn leben? Lebst du hier ganz allein? Ein alter Mann ist zu Hause, doch kenn ich noch viele die gelebt haben. Hast du Lust bey mir zu bleiben? Ich habe dich ja lieb. Woher kennst du mich? O! von alten Zeiten; auch erzählte mir meine ehmalige Mutter zeither immer von dir? Hast du noch eine Mutter? Ja, aber es ist eigentlich dieselbe. Wie hieß sie? Maria. Wer war dein Vater? Der Graf von Hohenzollern. Den kenn' ich auch. Wohl mußt du ihn kennen, denn er ist auch dein Vater. Ich habe ja meinen Vater in Eysenach? Du hast mehr Eltern. Wo gehn wir denn hin? Immer nach Hause.

Sie waren jezt auf einen geräumigen Platz im Holze gekommen, auf welchen einige verfallne Thürme hinter tiefen Gräben standen. Junges Gebüsch schlang sich um die alten Mauern, wie ein jugendlicher Kranz um das Silberhaupt eines Greises. Man sah in die Unermeßlichkeit der Zeiten, und erblickte die weitesten Geschichten in kleine glänzende Minuten zusammengezogen, wenn man die grauen Steine, die blitzähnlichen Risse, und die hohen, schaurigen Gestalten betrachtete. So zeigt uns der Himmel unendliche Räume in dunkles Blau gekleidet und wie milchfarbne Schimmer, so unschuldig, wie die Wangen eines Kindes, die fernsten Heere seiner schweren, ungeheuren Welten. Sie giengen durch ein altes Thorweg und der Pilger war nicht wenig erstaunt, als er sich nun von lauter seltenen Gewächsen umringt und die Reitze des anmuthigsten Gartens unter diesen Trümmern versteckt sah. Ein kleines steinernes Häuschen von neuer Bauart mit großen hellen Fenstern lag dahinter. Dort stand ein alter Mann hinter den breitblättrigen Stauden und band die schwanken Zweige an Stäbchen. Den Pilgrimm führte seine Begleiterinn zu ihm und sagte: Hier ist Heinrich nach den du mich oft gefragt hast. Wie sich der Alte zu ihm wandte, glaubte Heinrich den Bergmann vor sich zu sehn. Du siehst den Arzt Sylvester, sagte das Mädchen. Sylvester freute sich ihn zu sehn, und sprach: Es ist eine geraume Zeit her, daß ich deinen Vater eben so jung bey mir sah. Ich ließ es mir damals angelegen seyn, ihn mit den Schätzen der Vorwelt, mit der kostbaren Hinterlassenschaft einer zu früh abgeschiedenen Welt bekannt zu machen. Ich bemerkte in ihm die Anzeichen eines großen Bildkünstlers. Sein Auge regte sich voll Lust ein wahres Auge, ein schaffendes Werkzeug zu werden. Sein Gesicht zeugte von innrer Festigkeit und ausdauernden Fleis. Aber die gegenwärtige Welt hatte zu tiefe Wurzeln schon bey ihm geschlagen. Er wollte nicht Achtung geben auf den Ruf seiner eigensten Natur. Die trübe Strenge seines vaterländischen Himmels hatte die zarten Spitzen der edelsten Pflanze in ihn verdorben. Er ward ein geschickter Handwerker und die Begeisterung ist ihm zur Thorheit geworden.

Wohl, versezte Heinrich, hab ich in ihm oft mit Schmerzen einen stillen Mißmuth bemerkt. Er arbeitet unaufhörlich aus Gewohnheit und nicht aus innrer Lust. Es scheint ihm etwas zu fehlen, was die friedliche Stille seines Lebens, die Bequemlichkeiten seines Auskommens, die Freude sich geehrt und geliebt von seinen Mitbürgern zu sehn und in allen Stadtangelegenheiten zu Rathe gezogen zu werden, ihm nicht ersetzen kann. Seine Bekannten halten ihn für sehr glücklich, aber sie wissen nicht, wie lebenssatt er ist, wie leer ihm oft die Welt vorkommt, wie sehnlich er sich hinwegwünscht, und wie er nicht aus Erwerblust, sondern um diese Stimmung zu verscheuchen, so fleißig arbeitet.

Was mich am Meisten wundert, versezte Sylvester, daß er eure Erziehung ganz in den Händen eurer Mutter gelassen hat und sorgfältig sich gehütet in eure Entwicklung sich zu mischen oder euch zu irgend einem bestimmten Stande anzuhalten. Ihr habt von Glück zu sagen, daß ihr habt aufwachsen dürfen, ohne von euren Eltern die mindeste Beschränkung zu leiden, denn die Meisten Menschen sind nur Überbleibsel eines vollen Gastmahls, das Menschen von verschiednen Appetit und Geschmack geplündert haben.

Ich weis selbst nicht, erwiederte Heinrich, was Erziehung heißt, wenn es nicht das Leben und die Sinnesweise meiner Eltern ist, oder der Unterricht meines Lehrers des Hofkaplans. Mein Vater scheint mir, bey aller seiner kühlen und durchaus festen Denkungsart, die ihn alle Verhältnisse, wie ein Stück Metall und eine künstliche Arbeit ansehn läßt, doch unwillkührlich und ohne es daher selbst zu wissen, eine stille Ehrfurcht und Gottesfurcht vor allen unbegreiflichen und höhern Erscheinungen zu haben, und daher das Aufblühen eines Kindes mit demüthiger Selbstverleugnung zu betrachten. Ein Geist ist hier geschäftig, der frisch aus der unendlichen Quelle kommt und dieses Gefühl der Überlegenheit eines Kindes in den allerhöchsten Dingen[,] der unwiderstehliche Gedanke einer nähern Führung dieses unschuldigen Wesens, das jezt im Begriff steht eine so bedenkliche Laufbahn anzutreten, bey seinen nähern Schritten, das Gepräge einer wunderbaren Welt, was noch keine irrdische Flut unkenntlich gemacht hat, und endlich die Sympathie der SelbstErrinnerung jener fabelhaften Zeiten, wo die Welt uns heller, freundlicher und seltsamer dünkte und der Geist der Weissagung fast sichtbar uns begleitete, alles dies hat meinem Vater gewiß zu der andächtigsten und bescheidensten Behandlung vermocht.

Laß uns hieher auf die Rasenbank unter die Blumen setzen, unterbrach ihn der Alte. Zyane wird uns rufen, wenn unser Abendessen bereit ist, und wenn ich euch bitten darf, so fahrt fort mir von eurem frühern Leben etwas zu erzählen. Wir Alten hören am liebsten von den Kinderjahren reden, und es dünkt mich, als ließt ihr mich den Duft einer Blume einziehn, den ich seit meiner Kindheit nicht wieder eingeathmet hätte. Nur sagt mir noch vorher, wie euch meine Einsiedeley und mein Garten gefällt, denn diese Blumen sind meine Freundinnen. Mein Herz ist in diesen Garten. Ihr seht nichts, was mich nicht liebt, und von mir nicht zärtlich geliebt wird. Ich bin hier mitten unter meinen Kindern und komme mir vor, wie ein alter Baum, aus dessen Wurzeln diese muntre Jugend ausgeschlagen sey.

Glücklicher Vater, sagte Heinrich, euer Garten ist die Welt. Ruinen sind die Mütter dieser blühenden Kinder. Die bunte, lebendige Schöpfung zieht ihre Nahrung aus den Trümmern vergangner Zeiten. Aber mußte die Mutter sterben, daß die Kinder gedeihen können, und bleibt der Vater zu ewigen Thränen allein an ihrem Grabe sitzen?

Sylvester reichte dem schluchzenden Jünglinge die Hand, und stand auf, um ihm ein eben aufgeblühtes Vergißmeinnicht zu holen, das er an einen Zypressenzweig band und ihm brachte. Wunderlich rührte der Abendwind die Wipfel der Kiefern, die jenseits den Ruinen standen. Ihr dumpfes Brausen tönte herüber. Heinrich verbarg sein Gesicht in Thränen an dem Halse des guten Sylvester, und wie er sich wieder erhob, trat eben der Abendstern in voller Glorie über den Wald herüber.

Nach einiger Stille fieng Sylvester an: Ich möcht euch wohl in Eysenach unter euren Gespielen gesehn haben. Eure Eltern, die vortreffliche Landgräfin, die biedern Nachbarn eures Vaters, und der alte Hofkaplan machen eine schöne Gesellschaft aus. Ihre Gespräche müssen frühzeitig auf euch gewürkt haben, besonders da ihr das einzige Kind wart. Auch stell ich mir die Gegend äußerst anmuthig und bedeutsam vor.

Ich lerne, versezte Heinrich, meine Gegend erst recht kennen, seit ich weg bin und viele andre Gegenden gesehn habe. Jede Pflanze, jeder Baum, jeder Hügel und Berg hat seinen besondern Gesichtskreis, seine eigenthümliche Gegend. Sie gehört zu ihm und sein Bau, seine ganze Beschaffenheit wird durch sie erklärt. Nur das Thier und der Mensch können zu allen Gegenden kommen; Alle Gegenden sind die Ihrigen. So machen alle zusammen eine große Weltgegend, einen unendlichen Gesichtskreis aus, dessen Einfluß auf den Menschen und das Thier eben so sichtbar ist, wie der Einfluß der engern Umgebung auf die Pflanze. Daher Menschen, die viel gereist sind, Zugvögel und Raubthiere, unter den Übrigen sich durch besondern Verstand und andre wunderbare Gaben und Arten auszeichnen. Doch giebt es auch gewiß mehr oder weniger Fähigkeit unter ihnen, von diesen Weltkreisen und ihrem mannichfaltigen Inhalt und Ordnung gerührt, und gebildet zu werden. Auch fehlt bey den Menschen wohl manchen die nöthige Aufmercksamkeit und Gelassenheit, um den Wechsel der Gegenstände und ihre Zusammenstellung erst gehörig zu betrachten, und dann darüber nachzudenken und die nöthigen Vergleichungen anzustellen. Oft fühl ich jezt, wie mein Vaterland meine frühsten Gedanken mit unvergänglichen Farben angehaucht hat, und sein Bild eine seltsame Andeutung meines Gemüths geworden ist, die ich immer mehr errathe, je tiefer ich einsehe, daß Schicksal und Gemüth Namen Eines Begriffs sind. Auf mich, sagte Sylvester, hat freylich die lebendige Natur, die regsame Überkleidung der Gegend immer am meisten gewirkt. Ich bin nicht müde geworden, besonders die verschiedene Pflanzennatur auf das sorgfältigste zu betrachten. Die Gewächse sind so die unmittelbarste Sprache des Bodens; Jedes neue Blatt, jede sonderbare Blume ist irgend ein Geheimniß, was sich hervordrängt und das, weil es sich vor Liebe und Lust nicht bewegen und nicht zu Worten kommen kann, eine stumme, ruhige Pflanze wird. Findet man in der Einsamkeit eine solche Blume, ist es da nicht, als wäre alles umher verklärt und hielten sich die kleinen befiederten Töne am liebsten in ihrer Nähe auf. Man möchte für Freuden weinen, und abgesondert von der Welt nur seine Hände und Füße in die Erde stecken, um Wurzeln zu treiben und nie diese glückliche Nachbarschaft zu verlassen. Über die ganze trockne Welt ist dieser grüne, geheimnißvolle Teppich der Liebe gezogen. Mit jedem Frühjahr wird er erneuert und seine seltsame Schrift ist nur dem Geliebten lesbar wie der Blumenstraus des Orients. Ewig wird er lesen und sich nicht satt lesen und täglich neue Bedeutungen, neue entzückendere Offenbarungen der liebenden Natur gewahr werden. Dieser unendliche Genuß ist der geheime Reitz, den die Begehung der Erdfläche für mich hat, indem mir jede Gegend andre Räthsel löst, und mich immer mehr errathen läßt, woher der Weg komme und wohin er gehe.

Ja, sagte Heinrich, wir haben von Kinderjahren angefangen zu reden, und von der Erziehung, weil wir in euren Garten waren und die eigentliche Offenbarung der Kindheit, die unschuldige Blumenwelt, unmercklich in unser Gedächtniß und auf unsre Lippen die Errinnerung der alten Blumenschaft brachte. Mein

Vater ist auch ein großer Freund des Gartenlebens und die glücklichsten Stunden seines Lebens bringt er unter den Blumen zu. Dies hat auch gewiß seinen Sinn für die Kinder so offen erhalten, da Blumen die Ebenbilder der Kinder sind. Den vollen Reichthum des unendlichen Lebens, die gewaltigen Mächte der spätern Zeit, die Herrlichkeit des Weltendes und die goldne Zukunft aller Dinge sehn wir hier noch innig in einander geschlungen, aber doch auf das deutlichste und klarste in zarter Verjüngung. Schon treibt die allmächtige Liebe, aber sie zündet noch nicht. Es ist keine verzehrende Flamme; es ist ein zerrinnender Duft und so innig die Vereinigung der zärtlichen Seelen auch ist, so ist sie doch von keiner Heftigen Bewegung und [k]einer fressenden Wuth begleitet, wie bey den Thieren. So ist die Kindheit in der Tiefe zunächst an der Erde, da hingegen die Wolken vielleicht die Erscheinungen der zweyten, höhern Kindheit, des wiedergefundnen Paradieses sind, und darum so wohlthätig auf die Erstere herunterthauen.

Es ist gewiß etwas sehr geheimnißvolles in den Wolken, sagte Sylvester und eine gewisse Bewölkung hat oft einen ganz wunderbaren Einfluß auf uns. Sie ziehn und wollen uns mit ihrem kühlen Schatten auf und davon nehmen und wenn ihre Bildung lieblich und bunt, wie ein ausgehauchter Wunsch unsers Innern ist, so ist auch ihre Klarheit, das herrliche Licht, was dann auf Erden herrscht, wie die Vorbedeutung einer unbekannten, unsäglichen Herrlichkeit. Aber es giebt auch düstre und ernste und entsezliche Umwölkungen, in denen alle Schrekken der alten Nacht zu drohen scheinen. Nie scheint sich der Himmel wieder aufheitern zu wollen, das heitre Blau ist vertilgt und ein fahles Kupferroth auf schwarzgrauen Grunde weckt Grauen und Angst in jeder Brust. Wenn dann die verderblichen Strahlen herunterzucken und mit höhnischen Gelächter die schmetternden Donnerschläge hinterdrein fallen, so werden wir bis ins Innerste beängstigt, und wenn in uns dann nicht das erhabne Gefühl unsrer sittlichen Obermacht entsteht, so glauben wir den Schrecknissen der Hölle, der Gewalt böser Geister überliefert zu seyn.

Es sind Nachhalle der alten unmenschlichen Natur, aber auch

weckende Stimmen der höhern Natur, des himmlischen Gewissens in uns. Das Sterbliche dröhnt in seinen Grundvesten, aber das Unsterbliche fängt heller zu leuchten an und erkennt sich selbst.

Wann wird es doch, sagte Heinrich, gar keiner Schrecken, keiner Schmerzen, keiner Noth und keines Übels mehr im Weltall bedürfen?

Wenn es nur Eine Kraft giebt – die Kraft des Gewissens – Wenn die Natur züchtig und sittlich geworden ist. Es giebt nur Eine Ursache des Übels – die allgemeine *Schwäche,* und diese Schwäche ist nichts, als geringe sittliche Empfänglichkeit, und Mangel an Reitz der Freyheit.

Macht mir doch die Natur des Gewissens begreiflich.

Wenn ich das könnte, so wär ich Gott, denn indem man das Gewissen begreift, entsteht es. Könnt ihr mir das Wesen der Dichtkunst begreiflich machen?

Etwas Persönliches läßt sich nicht bestimmt abfragen.

Wie viel weniger also das Geheimniß der höchsten Untheilbarkeit. Läßt sich Musik dem Tauben erklären?

Also wäre der Sinn ein Antheil an der neuen durch ihn eröffneten Welt selbst? Man verstünde die Sache nur, wenn man sie hätte?

Das Weltall zerfällt in unendliche, immer von größern Welten wieder befaßte Welten. Alle Sinne sind am Ende Ein Sinn. Ein Sinn führt wie Eine Welt allmälich zu allen Welten. Aber alles hat seine Zeit, und seine Weise. Nur die Person des Weltalls vermag das Verhältniß unsrer Welt einzusehn. Es ist schwer zu sagen, ob wir innerhalb der sinnlichen Schranken unsers Körpers wirklich unsre Welt mit neuen Welten, unsre Sinne mit neuen Sinnen vermehren können, oder ob jeder Zuwachs unsrer Erkenntniß, jede neu erworbene Fähigkeit nur zur Ausbildung unsers gegenwärtigen Weltsinns zu rechnen ist.

Vielleicht ist beydes Eins, sagte Heinrich. Ich weiß nur so viel, daß für mich die Fabel Gesamtwerckzeug meiner gegenwärtigen Welt ist. Selbst das Gewissen, diese Sinn und Weltenerzeugende Macht, dieser Keim aller Persönlichkeit, erscheint mir, wie der Geist des Weltgedichts, wie der Zufall der ewigen romantischen Zusammenkunft, des unendlich veränderlichen Gesamtlebens.

Werther Pilger, versezte Sylvester, das Gewissen erscheint in jeder ernsten Vollendung, in jeder gebildeten Wahrheit. Jede durch Nachdenken zu einem Weltbild umgearbeitete Neigung und Fertigkeit wird zu einer Erscheinung, zu einer Verwandlung des Gewissens. Alle Bildung führt zu dem, was man nicht anders, wie Freyheit nennen kann, ohnerachtet damit nicht ein bloßer Begrif, sondern der schaffende Grund alles Daseyns bezeichnet werden soll. Diese Freyheit ist Meisterschaft. Der Meister übt freye Gewalt nach Absicht und in bestimmter und überdachter Folge aus. Die Gegenstände seiner Kunst sind sein, und stehn in seinem Belieben und er wird von ihnen nicht gefesselt oder gehemmt. Und gerade diese allumfassende Freyheit, Meisterschaft oder Herrschaft ist das Wesen, der Trieb des Gewissens. In ihm offenbart sich die heilige Eigenthümlichkeit, das unmittelbare Schaffen der Persönlichkeit, und jede Handlung des Meisters ist zugleich Kundwerdung der hohen, einfachen, unverwickelten Welt – Gottes Wort.

Also ist auch das was ehemals, wie mich däucht, Tugendlehre genannt wurde, nur die Religion, als Wissenschaft, die sogenannte Theologie im eigentlichsten Sinn? Nur eine Gesetzordnung, die sich zur Gottesverehrung verhält, wie die Natur zu Gott? Ein Wortbau, eine Gedankenfolge, die die Oberwelt bezeichnet, vorstellt und sie auf einer gewissen Stufe der Bildung vertritt? Die Religion für das Vermögen der Einsicht und des Urtheils?, der Richtspruch das Gesetz der Auflösung und Bestimmung aller möglichen Verhältnisse eines persönlichen Wesens?

Allerdings ist das Gewissen, sagte Sylvester, der eingeborne Mittler jedes Menschen. Es vertritt die Stelle Gottes auf Erden, und ist daher so Vielen das höchste und lezte. Aber wie entfernt war die bisherige Wissenschaft, die man Tugend oder Sittenlehre nannte, von der reinen Gestalt dieses erhabenen, weitumfassenden persönlichen Gedankens. Das Gewissen ist der Menschen eigenstes Wesen in voller Verklärung, der himmlische Urmensch. Es ist nicht dies und jenes, es gebietet nicht in allgemeinen Sprüchen, es besteht nicht aus einzelnen Tugenden. Es giebt nur Eine Tugend – den reinen, ernsten Willen, der im Augenblick der Entscheidung unmittelbar sich entschließt und wählt. In lebendiger, eigenthümlicher Untheilbarkeit bewohnt es und beseelt es das zärtliche Sinnbild des menschlichen Körpers, und vermag alle geistigen Gliedmaaßen in die wahrhafteste Thätigkeit zu versetzen.

O! trefflicher Vater, unterbrach ihn Heinrich, mit welcher Freude erfüllt mich das Licht, was aus euren Worten ausgeht. Also ist der wahre Geist der Fabel eine freundliche Verkleidung des Geistes der Tugend, und der eigentliche Zweck der untergeordneten Dichtkunst, die Regsamkeit des höchsten, eigenthümlichsten Daseyns. Eine überraschende Selbstheit ist zwischen einem wahrhaften Liede und einer edeln Handlung. Das müßige Gewissen in einer glatten nicht widerstehenden Welt wird zum fesselnden Gespräch[,] zur alleserzählenden Fabel. In den Fluren und Hallen dieser Urwelt lebt der Dichter, und die Tugend ist der Geist seiner irrdischen Bewegungen und Einflüsse. Sowie diese die unmittelbar wirkende Gottheit unter den Menschen und das wunderbare Widerlicht der höhern Welt ist, so ist es auch die Fabel. Wie sicher kann nun der Dichter den Eingebungen seiner Begeisterung oder wenn auch er einen höhern überirrdischen Sinn hat, höherer Wesen folgen und sich seinem Berufe mit kindlicher Demuth überlassen. Auch in ihm redet die höhere Stimme des Weltalls und ruft mit bezaubernden Sprüchen in erfreulichere, bekanntere Welten. Wie sich die Religion zur Tugend verhält, so die Begeisterung zur Fabellehre, und wenn in heiligen Schriften die Geschichten der Offenbarung aufbehalten sind, so bildet in den Fabellehren das Leben einer höhern Welt sich in wunderbarentstandnen Dichtungen auf mannichfache Weise ab. Fabel und Geschichte begleiten sich in den innigsten Beziehungen auf den verschlungensten Pfaden und in den seltsamsten Verkleidungen, und die Bibel und die Fabellehre sind SternBilder Eines Umlaufs.

Ihr redet völlig wahr, sagte Sylvester, und nun wird es euch wohl begreiflich seyn, daß die ganze Natur nur durch den Geist der Tugend besteht und immer beständiger werden soll. Er ist das allzündende, allbelebende Licht innerhalb der irrdischen

Umfassung. Vom Sternhimmel, diesem erhabenen Dom des Steinreichs, bis zu dem krausen Teppich einer bunten Wiese wird alles durch ihn erhalten, durch ihn mit uns verknüpft, und uns verständlich gemacht, und durch ihn die unbekannte Bahn der unendlichen Naturgeschichte bis zur Verklärung fortgeleitet.

Ja und ihr habt vorher so schön für mich die Tugend an die Religion angeschlossen. Alles was die Erfahrung und die irrdische Wircksamkeit begreift macht den Bezirk des Gewissens aus, welches diese Welt mit höhern Welten verbindet. Bey höhern Sinnen entsteht Religion und was vorher unbegreifliche Nothwendigkeit unserer innersten Natur schien, ein Allgesetz ohne bestimmten Inhalt, wird nun zu einer wunderbaren, einheimischen unendlich mannichfaltigen und durchaus befriedigenden Welt, zu einer unbegreiflich innigen Gemeinschaft aller Seligen in Gott, und zur vernehmlichen, vergötternden Gegenwart des allerpersönlichsten Wesens, oder seines Willens, seiner Liebe in unserm tiefsten Selbst.

Die Unschuld eures Herzens macht euch zum Profeten, erwiederte Sylvester. Euch wird alles verständlich werden, und die Welt und ihre Geschichte verwandelt sich euch in die heilige Schrift, sowie ihr an der heiligen Schrift das große Beyspiel habt, wie in einfachen Worten und Geschichten das Weltall offenbart werden kann; wenn auch nicht gerade zu, doch mittelbar durch Anregung und Erweckung höherer Sinne.

Mich hat die Beschäftigung mit der Natur dahin geführt, wohin euch die Lust und Begeisterung der Sprache gebracht hat. Kunst und Geschichte hat mich die Natur kennen gelehrt. Meine Eltern wohnten in Sizilien unweit dem weltberühmten Berge Aetna. Ein bequemes Haus von vormaliger Bauart, welches verdeckt von uralten Kastanienbäumen dicht an den felsigen Ufern des Meers, die Zierde eines mit mannichfaltigen Gewächsen besezten Gartens ausmachte, war ihre Wohnung. In der Nähe lagen viele Hütten, in denen sich Fischer[,] Hirten, und Winzer aufhielten. Unsre Kammern und Keller waren mit allem, was das Leben erhält und erhöht, reichlich versehn und unser Hausgeräthe ward durch wohlerdachte Arbeit auch den verborgenen Sinnen angenehm. Es fehlte auch sonst nicht an mannichfaltigen

Gegenständen, deren Betrachtung und Gebrauch das Gemüth über das gewöhnliche Leben und seine Bedürfnisse erhoben und es zu einem angemessenern Zustande vorzubereiten, ihm den lautern Genuß seiner vollen eigenthümlichen Natur zu versprechen und zu gewähren schienen. Man sah steinerne Menschen Bilder, mit Geschichten bemahlte Gefäße, kleinere Steine mit den deutlichsten Figuren, und andre Geräthschaften mehr, die aus andern und erfreulicheren Zeiten zurückgeblieben seyn mochten. Auch lagen in Fächern übereinander viele Pergamentrollen, auf denen in langen Reihen Buchstaben die Kenntnisse und Gesinnungen, die Geschichten und Gedichte jener Vergangenheit in anmuthigen und künstlichen Ausdrücken bewahrt standen. Der Ruf meines Vaters, den er sich als ein geschickter Sterndeuter zuwege brachte, zog ihm zahlreiche Anfragen, und Besuche, selbst aus entlegenern Ländern, zu, und da das Vorwissen der Zukunft den Menschen eine sehr seltne und köstliche Gabe dünkt, so glaubten sie ihre Mittheilungen gut belohnen zu müssen, so daß mein Vater durch die erhaltnen Geschenke in den Stand gesezt wurde, die Kosten seiner bequemen und genußreichen Lebensart hinreichend bestreiten zu können.

Materialien zum »Heinrich von Ofterdingen«

[1.]

[Vorarbeiten zum Roman]

[Januar 1800]

(a)

Poësie ist wahrhafter Idealismus - Betrachtung der Welt, wie Betrachtung eines *großen Gemüths* – Selbstbewußtseyn des Universums.

Glanz, Duft, Farben, und Trockenheit – Ordnung – Köstliche Seltenheiten – Reitzende Figuren – und Mannichfaltigkeit – Schnelle Bedienung – Eigenheiten des prachtvollen Lebens.
Der Kayserliche Hof. Gesinnungen eines Fürsten.

Karacteristische Züge des Kriegs – des Seelebens.

Kreutzzüge.

Tausendfache Gestalten der Liebe – der Religion. Religioese Nothwendigkeit des Teufels.

Die alten Zeiten. Astrologie. Arzeneykunst. Alchymie. Das Gedächtniß. Von der *Nothwendigkeit* in der Welt*hast* eine Krone zu erwerben etc.
Die Musik, das Reich der Todten. Der Geitzige. Kinder spielen immer mit Geistern.
Die Dichtungsarten.

Man kann die Poësie nicht gering genug schätzen.

Dem Dichter ist ein ruhiger, aufmercksamer Sinn – Ideen oder Neigungen, die ihn von irrdischer Geschäftigkeit und kleinlichen Angelegenheiten abhalten, eine sorgenfreye Lage – Reisen – Bekanntschaft mit vielartigen Menschen – mannichfache Anschauungen – *Leichtsinn* – Gedächtniß – Gabe zu sprechen – keine

Anheftung an Einen Gegenstand, keine Leidenschaft im vollen Sinne – eine vielseitige Empfänglichkeit nöthig.

Heinrichs Großvater ist ein tiefer Mann – Er trift Clingsohr bey ihm. Abendgespräche.

Briefe eines Frauenzimmers aus dem 15ten Jahrhundert.

Poësie der Armuth – des Zerstörten und Verheerten.

Gedichte der Minnesinger. Hans Sachsens etc.

Chevalerie. Sitten der alten Zeit. Indien, Sina und Schweden im 12ten Jahrhundert.

Deutsche Masken.

(b)

2

Ein junger Mensch verliebt sich in eine Prinzessin – flieht mit ihr – der Vater, ein Dichterfreund, versöhnt sich mit ihm durch eine schöne Romanze.

3

Einige Söhne eines Zauberers wählen Gaben. Der jüngste wählt die Gabe der Poësie – erhält alles dadurch was seine Brüder suchen, und rettet sie aus großen Gefahren. (Der Glücklichste soll eine Prinzessin haben – das Orakel erklärt den Dichter dafür.)

4

Auflösung eines Dichters in Gesang – er soll geopfert werden unter wilden Völkern.

5

Legende – der Dichter in *der Hölle* – holt seinen Herrn heraus.

6

Ein Dichter verliert seine Geliebte im Bade – grämt sich und wird ein alter Mann – bald nach ihrem Tode hatte ihm ein wunderlicher Mann einen Schlüssel gegeben – und gesagt daß er den

Schlüssel zum Kayser bringen sollte, der würde ihm sagen, was zu thun sey. Eine Nacht singt vor seinem Bette eine alte treue Magd seiner Geliebten ein Lied – darinn kommt eine Stelle vom tiefen Wasser vor etc. kurz eine Andeutung, wo der Schlüssel läge, – den ihm ein Rabe im Schlaf geraubt hat. Er findet den Schlüssel auf der Stelle, wo seine Geliebte wegkam – geht zum Kayser – der ist hocherfreut – gibt ihm eine alte Urkunde, wo steht, der Mann der ihm einst von ohngefähr ein goldnes Schlüsselchen von der Figur bringen würde, dem solle er diese Urkunde zu lesen geben – der würde in einem verborgenen Orte, der mit jenem Verse bezeichnet ist – ein altes talismanisches Kleinod des kayserlichen Hauses, einen Karfunkel zur Krone finden, zu dem die Stelle noch leer gelassen sey – er findet nach der Beschreibung den Ort, welches derselbe ist, wo die Geliebte wegkam – findet die Geliebte schlafend – erweckt sie indem er den Karfunkel, wegnimmt der im Kelche einer Blume an ihrem Busen verborgen liegt – ein überirrdisches kleines Mädchen findet er an ihrem Sarge sitzen, die ihm den Carfunkel zeigt und ihn mit ihrem Athem verjüngt.

Märchen.

Das Meer. Das Reich der Sterne – Zerstreute Tropfen – Das Nordlicht – Das Land der Wolken. Das Echo. Der verwandelte Münster – verwandelt sich in einen Garten. Der Phönix. Die Sfinx. Die Träume – und

(Anspielungen auf Elektricität, Magnetism u. Galvanism.)

die Wiege. Dunkle Beziehungen auf den Kampf der Vernunft – des Verstandes – der Fantasie, des Gedächtnisses und des Herzens. Ein Mädchen stirbt einen schmerzhaften Tod.

[2.]

[Studien zu Klingsohrs Märchen]

[Februar 1800]

⟨Die Liebe in der Wiege – die Träume.⟩

⟨Vernunft – Fantasie. Verstand. Gedächtniß. Herz.⟩

⟨Der Held zersplittert sein Schwerdt und wirft es übers Meer.⟩

⟨Sprache durch Metallleitungen.⟩

⟨Verwandlung der Erde in das Land der Wolken.⟩

⟨Das Land der Parzen – die schwarze Sonne. Die Sfinx vor der Grotte der Parzen.⟩

⟨Die Fabel, die Schwester der Liebe.⟩

⟨Die Fabel geht durch das Land der Wolken nach der Pole Wohnung⟩

⟨Ende. Das Land der Wolken – und der Mond bilden einen Ring um die neue Erde.⟩

Der Raum verschwindet – als ein banger Traum.

Die lockre StaubErde wird wieder beseelt.

⟨Die Liebe entzieht der Sonne alle Wärme, und alles Licht – die Sonne zergeht⟩

⟨Der Mond ist der König im Lande der Wolken.⟩

⟨Die Fabel geht übers Meer – das tönt wie eine Harmonika.⟩

⟨(Ihre Wohnung – das menschliche Gemüth.)⟩

⟨Der Verstand ist feindselig – wird verwandelt.)⟩

Sofie ist Arcturs Frau.

⟨Fabel steigt durch den Altar ins Land der Parzen.⟩

Viel Gespräche noch.

⟨Die Liebe⟩ Das Herz wird auf einen Scheiterhaufen gelegt –

Die Asche lößt Sofie auf in dem Wasser

Der Phönix kommt auf das Spinnrad der Fabel.

⟨Die Sonne wird von der Glut der Liebe verzehrt.⟩

Das

Der Liebe wachsen in der Nacht bey Ginnistan Flügel. Sie muß unaufhörlich umherfliegen

⟨und das Herz trinkt sie.⟩

⟨die Liebe wird neugeboren.⟩

Das Wasser erhebt sich und löscht die Sonne aus und wird ein Ring um die Erde.

Auferstehung durch die Fabel. Allgemeines Widersehn.

Das Zimmer wird Arcturs Pallast.

Der Schreiber und die Parzen –? die leztern zu Caryatiden am Thron.

Der Schreiber in einen Webstuhl.

Die Nadel richtet sich nicht mehr nach Norden.

⟨Die Fabel muß ein Räthsel lösen.⟩

Asche sammeln – durch den Turmalin.

⟨Alle Winkel der Welt durchlaufen⟩

⟨Feuer in der Hand unterm Meere weg tragen – Stahl und Stein.

Jemanden mit Wasser todtschlagen – d[urch] Elektricit[ät].⟩

Blumen bringen die im Feuer gewachsen sind – Zink.

Die Prinzessin zu erwecken bey Tage – durch einen Galvanischen Bogen.

Der Mond wird Theater Director.

Aufrichtung Atlas durch Galv[anischen] Reitz.

Der Liebe eine Kette – Ein Kuß der Liebe weckt sie.
Sie macht sich einen Ableiter an – ⟨und berührt den Helden, mit einer Hand, mit der Anderen die Prinzessin mit einer Kohle v[on] d[er] verbrannten L[iebe].⟩

[3.]

[Aus den Aufzeichnungen des Jahres 1800]

1. Einheiten des Romans.
Kampf der Poësie und Unpoësie.
Der alten und neuen Welt.
Die Bedeutung der Geschichte.
Die Geschichte des *Romans* selbst.
Verschwendung etc.
Passive Natur des Romanhelden. Er ist das Organ des Dichters im Roman. Ruhe und Oeconomie des Styls. poëtische Ausführung und Betracht[ung] aller Begebnisse des Lebens.

Die Poësie muß nie der Hauptstoff, immer nur das Wunderbare seyn.
Man sollte nichts *darstellen,* was man nicht völlig übersähe, deutlich vernähme, und ganz Meister desselben wäre – z.B. bey *Darstellungen des Übersinnlichen.*

[Januar 1800]

2. Im Heinrich ist zuletzt eine ausführliche Beschreibung der innern Verklärung des Gemüths. Er kommt in Sofieens Land – in die Natur, wie sie seyn könnte – in ein allegorisches Land.
Der kayserliche Hof muß eine große Erscheinung werden. Das Weltbeste versammelt. Dunkle Reden von America und Ostindien etc. Gespräch mit dem Kayser über Regierung, Kaysersthum etc.
Poëtischer Zusammenhang und Anordnung von Heinrich.

[Mai 1800]

[4.]

[Erster Entwurf des Anfangs des Zweiten Teils]

Heinrich von Afterdingen.

Ein Roman
von
Novalis.

2ter Theil.
Die Erfüllung.

Das Gesicht.

Beschreibung einer Gegend. Heinrichs Wallfahrt. Lied was er singt. Hirtenmädchen. begleitet ihn nun beständig.

Das Land erhob sich immer mehr, und ward uneben und mannichfach. In allen Richtungen kreuzten sich Bergrücken – Die Schluchten wurden tiefer und schroffer. Felsen ›wurden‹ blickten schon überall ›sichtbar‹ durch, und über den dunklen Wäldern ragten steile Kuppen hervor, die nur mit wenigen Gebüsch bewachsen zu seyn schienen. Der Weg lief an einem Abhange fort, und hob sich nur unmercklich in die Höhe. Wenn auch das Grün der Ebene hier mercklich verdunkelt war, so ›stellten‹ zeigten dafür verschiedne Bergpflanzen die buntesten Blumen, deren schöner Bau und erquickender Geruch den angenehmsten Eindruck machte. ›Eine große Einsamkeit‹ Die Gegend schien ganz einsam und nur von weiten ›tönten‹ glaubte man die Glöckchen einer ›Vieh‹ Heerde zu vernehmen. In den Abgründen rauschten Bäche. Der Wald war in mannichfaltigen Haufen am Gebürge gelagert, und reizte das Auge ›durch seine Veränderungen von Laub und Nadelholz sich in seine duftige kühle Tiefe zu verlieren. Einzelne Raubvögel schwebten um die Spitzen der uralten Tannen. ›Sie waren die einzigen Bewohner dieser Einöden‹ Der Himmel war dunkel und durchsichtig – Nur leichte, glänzende Wölkchen streiften langsam durch sein blaues Feld. Auf dem schmalen Fußsteige kam langsam ein Pilger herauf aus der Ebene. Mittag war vorbey. ›Doch die Hitze war nicht drükkend.‹ Ein ziemlich starker Wind ließ sich in der Luft verspüren und seine dumpfe, ›verschwebende‹ wunderliche Musik verlor sich in ungewisse Fernen. Sie wurde lauter und vernehmlicher in den Wipfeln der Bäume – so daß zuweilen die Endsylben und einzelne Worte einer ›unbekannten‹ menschlichen Sprache hervorzutönen schienen. Durch die Bewegungen der Luft schien auch das Sonnenlicht sich zu bewegen, und zu schwanken. Es hatten alle Gegenstände einen ungewissen Schein. ›Doch lag Ein Sinn in allem und auch die Wärme schien sich mit auf und ab zu schwingen.‹ Der Pilgrimm gieng in tiefen Gedanken. ›Auf der Höhe‹ Nach einiger Zeit sezzte er sich auf einen großen Stein unter einen alten Baum, der nur unten noch grün, und oben dürr und abgebrochen war.

Gespräch mit sich selbst.
Er geht nachher weiter,
findet die Ruine – verlassne Hütten –
Eine scheint noch bewohnt. Rührende Habseligkeiten.

[5.]

[Die Berliner Papiere]

[August 1800]

[I.]

Ein Kloster. höchst wunderbar, wie ein Eingang ins Paradies.
1tes Kap[itel] ein Adagio.
⟨Heinrich von Af[terdingen] mischt sich in der Schweiz in bürgerliche Händel.⟩
⟨Ruinen von Vindonissa.⟩
Italiänische Händel. Hier wird H[einrich] Feldherr. Beschr[eibung] eines Gefechts etc.
Meer. ⟨Erzählung⟩
Nach Griechenland verschlagen.
Tunis.

Rückreise über Rom.
Kayserlicher Hof.
Wartburg. Innrer Streit der Poësie. Mystizism dieses Streites.
Formlose – förmliche Poësie.
Kyffhäuser.
Erzählung des Mädchens, der blauen Blume.
Offenbarung der Poesie auf Erden lebendige Weissagung. Afterdingens Apotheose: Fest des Gemüths. Höchst wunderbares Drama in Versen, wie Sakontala.

Eingangs und Schlußgedichte und Überschriften jedes Capitels.
Zwischen jedem Capitel spricht die Poësie.
Der Dichter aus der Erzählung – König der Poësie. Die Fabel erscheint. Mutter und Vater blühn auf.
Kein rechter historischer Übergang ⟨aus⟩ nach dem 2ten Theile – dunkel – trüb – verworren.
Die Vermählung der Jahreszeiten.
Blumengespräche. Thiere.
Heinrich von Afterd[ingen] wird Blume – Thier – Stein – Stern.
Noch Jacob Böhm am Schluß des Buchs.

Die Dichter wetten aus Enthusiasmus und bacchischer Trunkenheit um den Tod.
Gespräch mit dem Kayser über Regierung etc. Mystischer Kayser.
Buch de Tribus Impostoribus.
Geburt des siderischen Menschen mit der ersten Umarmung Math[ildens] und Heinrichs. Dieses Wesen spricht nun immer zwischen den Kapiteln. Die Wunderwelt ist nun aufgethan.
Mystizism mit dem kayserlichen Hause. Urkayserfamilie.

Sofie ist das Heilige, Unbekannte. Das Licht und Schattenreich leben durcheinander. Fabel ist mit Fleiß irrdisch. Heinrich kommt in die Gärten der Hesperiden.
Der Schluß ist Übergang aus der wirklichen Welt in die Geheime – Tod – lezter Traum und Erwachen.
Ueberall muß hier schon das Ueberirrdische durchschimmern – das Mährchenhafte.
Die blaue Blume richtet sich noch nach den Jahreszeiten. Hein-

rich vernichtet diesen Zauber – zerstört das Sonnenreich. Klingsohr ist der König von Atlantis. Heinrichs Mutter ist Fantasie. Der Vater ist der Sinn.
Schwaning ist der Mond, und der
                    Antiquar ist der
Der Bergmann ⟨war das Eisen⟩
auch das Eisen.
Der Graf von Hohenzollern und die Kaufleute kommen auch wieder.
Nur nicht sehr streng allegorisch. Kayser Fridrich ist Arctur.

Die Morgenländerinn ist auch die Poësie.
Dreyeiniges Mädchen.
Heinrich muß erst von Blumen für die blaue Blume empfänglich gemacht werden. Geheimnißvolle Verwandl[ung.] Uebergang in die höhere Natur.
Schmerzen versteinern etc.
Die Erzählung vom Dichter kann gar wohl Heinrichs Schicksal werden.
Metempsychose.
Kloster – wie eine mystische, magische Loge – Priester des heiligen Feuers in jungen Gemüthern. Ferner Gesang der Brüder. Vision in der Kirche. Gespräch über Tod – Magie etc. Heinr[ichs] Ahndungen des Todes. Stein der Weisen.
(Individueller Geist jedes Buchs.
auch meines Heinrichs.)
Garten am Kloster.
(Pathol[ogischer] Einfluß der Schönheit auf ein freyeres, leichteres Spiel der Gemüthskräfte.)
⟨Heinrichs Kampf mit einem Wolfe rettet einen Klosterbruder.
Lamm mit einem goldnen Felle.⟩
Allerhand Wissenschaften poëtisirt, auch die Mathematik, im Wettstreit.
Ostindianische Pflanzen – etwas indische Mythologie.
Sakontala.
Gespräche der Blumen und Thiere über Menschen, Religion, Natur und Wissenschaften.

Klingsohr – Poësie der Wissenschaften.
(Leichtigkeit zu Dialogiren. Aufgegebne Tendenz die Natur zu copiren – etc.)
Die Welt – ehmalige Freyheit.
(Der Tod macht das gemeine Leben so poëtisch.)
Das Hirtenmädchen ist die Tochter des Grafen von Hohenzollern.
Die Kinder sind nicht gestorben.
Ihre Errinnerung ans Morgenland.
Ihr wunderliches Leben in den Gebürgen – Erziehung durch ihre verstorbene Mutter.
Ihre wunderliche Errettung aus dem Grabgewölbe durch einen alten Arzt.
Das Mädchen hat ihren Bruder verlohren. Sie ist heiter und freundlich – Mit dem Wunderbaren so bekannt. Sie erzählt ihm seine eigne Geschichte – als hätt' ihr ihre Mutter einmal davon erzählt.
Die Mönche im Kloster scheinen eine Art von Geistercolonie.
Erinnerung ans Feenmährchen von Nadir und Nadine. Viele Errinnerungen an Mährchen. Heinrichs Gespräche mit dem Mädchen. Wunderliche Mythologie. Die Mährchenwelt muß jezt recht oft durchscheinen. Die wirckl[iche] Welt selbst wie ein Mährchen angesehn.
Heinrich kommt nach Loretto.

Das Gesicht.
Heldenzeit.
Das Alterthum.
Das Morgenland.
⟨Der Streit der Sänger.⟩
Der Kayser.
Der Streit der Sänger.
Die Verklärung.

Skitze der Verklärung.
Anfang in Stanzen. Heinrich.

Auch zukünftige Menschen in der Verklärung.

Gegen das Gleichniß mit der Sonne ist Heinrich bey mir.
Der Streit der Sänger ist schon der erste Act auf Erden.

Heinrich wird im Wahnsinn Stein – ⟨Blume⟩ klingender Baum – goldner Widder –
Heinrich erräth den Sinn der Welt. Sein freywilliger Wahnsinn. Es ist das Räthsel, was ihm aufgegeben wird. Die Hesperiden sind *Fremdlinge* – ewige Fremden – die Geheimnisse.
Die *Erzählung* von mir ⟨nur wie⟩ von dem Dichter, der seine Geliebte verlohren hat, muß nur auf Heinrichen angewandt werden.

Wenn nicht mehr Zahlen und Figuren
Sind Schlüssel aller Kreaturen
Wenn die so singen, oder küssen,
Mehr als die Tiefgelehrten wissen,
Wenn sich die Welt ins freye Leben
Und in die ⟨freye⟩ Welt wird zurück begeben,
Wenn dann sich wieder Licht und Schatten
Zu ächter Klarheit wieder gatten,
Und man in Mährchen und Gedichten
Erkennt die ⟨alten⟩ wahren Weltgeschichten,
Dann fliegt vor Einem geheimen Wort
Das ganze verkehrte Wesen fort.

[II.]

Heinrich könnte vor ein *Theater* kommen.
Das Fest kann aus lauter Allegorischen Szenen zur Verherrlichung der Poësie bestehn.
Heinrich geräth unter Bacchantinnen – Sie tödten ihn – der Hebrus tönt von der schwimmenden Leyer. Umgekehrtes Märchen.
Mathilde steigt in die Unterwelt und holt ihn.
Poëtische Parodie auf Amphion.

Die ganze erste Hälfte des 2ten Theils muß recht leicht, dreist, sorglos und nur mit einigen scharfen Strichen bemerkt werden. Die Poësie der verschiednen Nationen und Zeiten. *Ossian. Edda.*

Morgenländische Poësie. Wilde. Französische – spanische, griechische, deutsche etc. Druiden. Minnesinger.
Das Buch schließt just umgekehrt wie das Märchen – *mit einer einfachen Familie.*
Es wird stiller einfacher und menschlicher nach dem Ende zu.
Züge aus Heinrichs Jugend. Erzählung seiner Mutter.
Heinrich und Mathildens wunderbares Kind.
Es ist die Urwelt, die goldne Zeit am Ende.

Saturn = Arctur.

Die Szenen im Feste sind Schauspiele.
Die entferntesten und verschiedenartigsten Sagen und Begebenheiten verknüpft. Dies ist eine Erfindung von mir.
(Elysium und Tartarus sind wie Fieber und Schlaf beysammen.)
Sollte es nicht gut seyn, hinten die Familie sich in eine wunderliche mystische Versamlung von Antiken ⟨sich vers[ammeln]⟩ verwandeln zu lassen?
Farbencharacter. Alles blau in meinem Buche.
Hinten Farbenspiel – Individualität jeder Farbe.
(Das Auge ist allein *räumlich* – die andern Sinne alle zeitlich.)
(Vertheilung Einer Individualitaet auf mehrere Personen.)
(Naturpoët. Kunstpoët.)
Metra müssen *begeistern.* Eigentliche Poësie.

Hinten wunderbare Mythologie.

Ein altes Muttergottesbild in einem hohlen Baume über ihn. Es läßt sich eine Stimme hören – Er soll eine Capelle bauen lassen. Das hat das Hirtenmädchen in seinem Schutz, und erzieht es mit Gesichten. Es schickt ihn zu *den Todten* – die Klosterherrn sind Todte.

Die epische Periode muß ein historisches Schauspiel werden, wenn auch durch Erz[ählung] die Szenen verbunden sind.
Rede Heinrichs in Jamben. Liebe ⟨des⟩ einen jungen vornehmen Pisaners zu einer Florentinerinn.
Heinrich überfällt mit einem flüchtigen Haufen die feindliche Stadt.
Alle Elemente des Kriegs in poëtischen Farben.

(Ein großer Krieg, wie ein Zweykampf – durchaus *generoes* – philosophisch – human. Geist der alten Chevalerie. Ritterspiel. Geist der *bacchischen* Wehmuth.[)]

Die Menschen müssen sich selbst untereinander tödten – das ist edler, als durchs Schicksal fallen. Sie suchen den Tod.

Ehre, Ruhm etc. ist des Kriegers Lust, und Leben

Im Tode und als Schatten lebt der Krieger.

Todeslust ist Kriegergeist. Romantisches Leben des Kriegers.

Auf Erden ist der *Krieg* zu Hause – Krieg muß auf Erden seyn.

Kriegslieder. Orientalische Gedichte. Lied zu Loretto. Streit der Sänger[.] Verklärung.

Heinrich kommt nicht nach Tunis. Er kommt nach Jerusalem. *Wunderliche* Gespräche mit den Todten. Gespräche mit dem alten Mann über Physik etc. besonders Arzeneyk[unde]. Physiognomik Medicinische Ansicht der Welt. Theophrast Paracels[.] Philosophie, Magie. etc. Geographie. Astrologie.

Er ist der höhere Bergmann.

Erzählung des Hirtenmädchens – ⟨Zölestine⟩ *Cyane.*

Über den Streit auf der Wartburg und die ⟨lezte⟩ Verklärung noch reichlich nachgedacht.

(An Unger geschrieben. Von Karl – Leben des Nadir Shach.)

(Wer recht poëtisch ist, dem ist die ganze Welt, ein fortlaufendes *Drama.*)

Mit dem Griechen Gespräche über Moral etc. Auf dieser Tour, in dem Cap[itel] Alterthum, kommt er auch in ein ⟨e⟩ Arsenal.)

Keinen Streit auf der Wartburg. Mehrere Szenen an Kayser Fridrichs Hofe.

Hinten ein ordentliches Märchen in Szenen, fast nach Gozzi – nur viel romantischer. Hinten die Poëtisirung der Welt – Herstellung der Märchenwelt. Aussöhnung der kristlichen Relig[ion] mit der heydnischen[.] Die Geschichte des Orpheus – der Psyche etc.

Der Fremde von der ersten Seite.

Das ganze Menschengeschlecht wird am Ende poëtisch. Neue goldne Zeit.

Poëtisirter Idealism.

Menschen, Thiere, Pflanzen, Steine und Gestirne, Flammen, Töne, Farben müssen hinten zusammen, wie Eine Familie ⟨handeln⟩ oder Gesellsch[aft] wie Ein Geschlecht handeln und sprechen.

Mystizism der Geschichte. Das Hirtenmädchen, oder Cyane opfert sich für ihn auf.

Heinrich spricht mit Klingsohr über allerhand sonderbare Zeichen. Er hört die Nacht ein Lied, was er ehmals gemacht. Sehsucht nach dem Kyfhäuser.

Er sagt Klingsohr davon.

Goldner Schlüssel. Urkunde etc.

Der führt ihn auf seinen Mantel nach dem Kyfhäuser.

(Klingsohr, ewiger Dichter, stirbt nicht, bleibt in der Welt. Natürlicher Sohn von Fridrich den 2ten – das hohenstaufische Haus – das künftige Kayserhaus. Der fehlende Stein in der Krone. Schon in Pisa findet er des Kaysers Sohn. Ihre Freundschaft.)

Johannes kommt und führt ihn in den Berg. Gespräch über die Offenbarung[.] Das Hirtenmädchen folgt ihm treulich nach.

⟨Erzähl[ung]. Der alte Mann erwacht. Das schöne Mädchen. Er kommt in die Höhle, wo Mathilde schläft – das kleine Mädchen. Der Stein im Bouquet. Cyane trägt den Stein zum Kayser.⟩

⟨Er findet den goldnen Schlüssel im Bassin. Zyane trägt den Schlüssel.⟩

Kommt in die Höhle, wo Mathilde schläft. ⟨Man⟩ Meine erfundne Erzählung.

Nur erwacht die Geliebte nicht gleich. Gespr[äch] mit dem kleinen Mädchen, das ist Sein und Mathild[ens] Kind.

Er soll die Blaue Blume pflücken und herbringen – ⟨Das Hirtenmädchen pflückt sie für ihn und⟩

Zyane trägt den Stein weg.

Er ⟨holt⟩ pflückt die blaue Blume – und wird ⟨zum klingenden Baume⟩

ein Stein.

⟨Mathilde kommt und macht ihn durch seine eignen Lieder⟩ ⟨Edda, die eigentliche blaue Blume⟩ Die Morgenländerinn ⟨ist⟩ opfert sich an seinem Steine, er wird ein klingender Baum. Das Hirtenmädchen haut den Baum um und er verbrennt sich mit ihm.

Er wird ein goldner Widder.

⟨Mathilde⟩ Edda oder Mathilde muß ihn opfern. Er wird ein Mensch. Während dieser Verwandlungen hat er allerley wunderliche Gespräche.

[6.]

[»Das Lied der Toten«]

[Urfassung]

— ◡ — ◡ — ◡ — ◡ +
— ◡ — ◡ — ◡ — ◡ ++
— ◡ — ◡ — ◡ — ◡ +++
— ◡ — ◡ — ⌓
— ◡ — ◡ — ◡ — ◡ +
— ◡ — ◡ — ◡ — ◡ ++
— ◡ — ◡ — ◡ — ◡ +++
— ◡ — ◡ — ⌓
— ◡ — ◡ — ◡ — ◡ — ◡ +

Selig sind allein die Todten.

/ alte Kleinodien in Gräbern. Gespenster. Freyheit. Verbrennen. Begraben. *Frieden.* Freundliches Gesicht. Frohes Leben – Liebe. Gottesdienst. Vergangenheit. Was sie bey den Lebenden noch thun. Der Tod ist des Lebens höchstes Ziel.

1.

Lobt doch unsre stillen Feste,
Unsre Gärten, unsre Zimmer
Das bequeme Hausgeräthe,
Unsrer Hab' und Gut.

Täglich kommen neue Gäste
Diese früh, die andern späte
Auf den weiten Heerden immer
Lodert frische Lebens Glut.

⟨3⟩ 4.

Keiner wird sich je beschweren
Keiner wünschen fortzugehen,
Wer an unsern vollen Tischen
Einmal fröhlich saß.
Klagen sind nicht mehr zu hören
Keine Wunden mehr zu sehen
Keine Thränen abzuwischen;
Ewig läuft das Stundenglas.

⟨4⟩ 5.

Tief gerührt von heilger Güte
Und versenkt in selges Schauen
Steht der Himmel im Gemüthe,
Wolkenloses Blau,
Lange fliegende Gewande
Tragen uns durch Frühlingsauen,
Und es weht in diesem Lande
Nie ein Lüftchen kalt und rauh.

⟨5⟩ 6.

Süßer Reitz der Mitternächte,
Stiller Kreis geheimer Mächte,
Wollust räthselhafter Spiele,
Wir nur kennen euch.
Wir nur sind am hohen Ziele
Bald in Strom uns zu ergießen
Dann in Tropfen zu zerfließen
Und zu nippen auch zugleich.

⟨6⟩ 7.

Uns ward erst die Liebe, Leben,
Innig wie die Elemente
Mischen wir des Daseyns Fluten,

Brausend Herz mit Herz
Lüstern scheiden sich die Fluten
Denn der Kampf der Elemente
Ist der Liebe höchstes Leben
Und des Herzens eignes Herz.

⟨7⟩ 8.

Alles was wir nur berühren
Wird zu heißen Balsamfrüchten
Wird zu weichen zarten Brüsten,
Opfer kühner Lust.

1.

Leiser Wünsche süßes Plaudern
Hören wir allein, und schauen
Immerdar in selge Augen
Schmecken nichts als Mund und Kuß

⟨8⟩ 9.

Immer wächst und blüht Verlangen
Am Geliebten festzuhangen
Ihn im Innern zu empfangen,
Eins mit ihm zu seyn,
Seinem Durste nicht zu wehren
Sich im Wechsel zu verzehren,
Von einander sich zu nähren
Von einander nur allein.

13.

Schüttelt eure goldnen Ketten
Mit Schmaragden u[nd] Rubinen,
Und die blanken saubern Spangen
Blitz u[nd] Klang zugleich.
Aus des feuchten Abgrunds Betten
Aus den Gräbern u[nd] Ruinen
Himmelsrosen auf den Wangen
Schwebt ins bunte Fabelreich.

3.

Kinder der Vergangenheiten,
Helden aus den ⟨alten⟩ grauen Zeiten,
Der Gestirne Riesen geister
Wunderlich gesellt,
Holde Frauen, ernste Meister,
Kinder, und verlebte Greise
Sitzen hier in Einem Kreise
Wohnen in der alten Welt.

⟨9⟩ 10.

So in Lieb und hoher Wollust
Sind wir immerdar versunken
Seit der wilde trübe Funken
Jener Welt erlosch,
Seit der Hügel sich geschlossen
Und der Scheiterhaufen sprühte
Und dem schauernden Gemüthe
Nun das Erdgesicht zerfloß.

2.

Tausend zierliche Gefässe
Einst bethaut mit tausend Thränen,
Goldne Ringe, Sporen, Schwerdter
Sind in unserm Schatz.
Viel Kleinodien und Juwelen
Wissen wir in dunkeln Höhlen
Keiner kann den Reichthum zählen
Zählt er auch ohn' Unterlaß

11.

Zauber der Errinnerungen,
Heilger Wehmuth süße Schauer
Haben innig uns durchklungen
Kühlen unsre Glut.
Wunden giebts, die ewig schmerzen
Eine göttlich tiefe Trauer
Wohnt in unser aller Herzen
Lößt uns auf in Eine Flut.

12.

Und in dieser Flut ergießen
Wir uns auf geheime Weise
In den Ozean des Lebens
Tief in Gott hinein.

⟨12⟩

Und aus seinem Herzen fließen
Wir zurück zu unserm Kreise
Und der Geist des höchsten Strebens
Taucht in unsre Wirbel ein.

14.

Könnten doch die Menschen wissen
Unsre künftigen Genossen
Daß bey allen ihren Freuden
Wir geschäftig sind,
Jauchzend würden sie verscheiden
Gern das bleiche Daseyn missen –
O! die Zeit ist bald verflossen
Kommt Geliebte doch geschwind.

15.

Helft uns nur den Erdgeist binden
Lernt den Sinn des Todes fassen
Und das Wort des Lebens finden;
Einmal kehrt euch um.
Deine Macht muß bald verschwinden,
Dein erborgtes Licht verblassen,
Werden dich in kurzen binden,
Erdgeist, deine Zeit ist um.

7.

Die Vermählung der Jahreszeiten

Tief in Gedanken stand der neue Monarch. Er gedachte
Jezt des nächtlichen Traums, und der Erzählungen auch,
Als er zu erst von der himmlischen Blume gehört und getroffen
Still von der Weißagung, mächtige Liebe gefühlt.
Noch dünkt ihm, er höre die tiefeindringende Stimme,
Eben verließe der Gast erst den geselligen Kreis
Flüchtige Schimmer des Mondes erhellten die klappernden
Und in des Jünglings Brust tobe verzehrende Glut. [Fenster
⟨Seltsame Zeiten verflossen indeß, sie schienen verworren
Wie ein entwichener Traum⟩
Edda, sagte der König, was ist des liebenden Herzens
Innigster Wunsch? was ist ihm der unsäglichste Schmerz?
Sag es, wir wollen ihm helfen, die Macht ist unser, und herrlich
Werde die Zeit, nun du wieder den Himmel beglückst.
Wären die Zeiten nicht so ungesellig, verbände
Zukunft mit Gegenwart und mit Vergangenheit sich,
Schlösse Frühling sich an Herbst, und Sommer an Winter,
Wäre zu spielenden Ernst Jugend mit Alter gepaart:
Dann mein süßer Gemahl versiegte die Quelle der Schmerzen,
Aller Empfindungen Wunsch wäre dem Herzen gewährt.
Also die Königinn; freudig umschlang sie der schöne Geliebte;
Ausgesprochen hast du warlich ein himmlisches Wort,
Was schon längst auf den Lippen der tiefer Fühlenden schwebte,
Aber den deinigen erst rein und gedeyhlich entklang.
Führe man schnell den Wagen herbey, wir holen sie selber
Erstlich die Zeiten des Jahrs, dann auch des Menschen-
[geschlechts.

Erst zur Sonne, holen den Tag. Dann zur Nacht. Dann nach Norden. Winter. nach Süden. Sommer. Osten – ›Herbst‹ Frühling. Westen. Herbst. Dann zur Jugend. zum Alter Zur Vergangenheit Zur Zukunft.

[8.]

[Tiecks Bericht über die Fortsetzung. 1802]

[an S. 383 anschließend]

Weiter ist der Verfasser nicht in Ausarbeitung dieses zweiten Theils gekommen. Diesen nannte er die Erfüllung, so wie den ersten Erwartung, weil hier alles aufgelöst, und erfüllt werden sollte, was jener hatte ahnden lassen. Es war die Absicht des Dichters, nach Vollendung des Ofterdingen noch sechs Romane zu schreiben, in denen er seine Ansichten der Physik, des bürgerlichen Lebens, der Handlung, der Geschichte, der Politik und der Liebe, so wie im Ofterdingen der Poesie niederlegen wollte. Ohne mein Erinnern wird der unterrichtete Leser sehn, daß der Verfasser sich in diesem Gedichte nicht genau an die Zeit, oder an die Person jenes bekannten Minnesängers gebunden hat, obgleich alles an ihn und sein Zeitalter erinnern soll. Nicht nur für die Freunde des Verfassers, sondern für die Kunst selbst, ist es ein unersetzlicher Verlust, daß er diesen Roman nicht hat beendigen können, dessen Originalität und große Absicht sich im zweiten Theile noch mehr als im ersten würde gezeigt haben. Denn es war ihm nicht darum zu thun, diese oder jene Begebenheit darzustellen, eine Seite der Poesie aufzufassen, und sie durch Figuren und Geschichten zu erklären, sondern er wollte, wie auch schon im letzten Kapitel des ersten Theils bestimmt angedeutet ist, das eigentliche Wesen der Poesie aussprechen und ihre innerste Absicht erklären. Darum verwandelt sich Natur, Historie, der Krieg und das bürgerliche Leben mit seinen gewöhnlichsten Vorfällen in Poesie, weil diese der Geist ist, der alle Dinge belebt.

Ich will den Versuch machen, so viel es mir aus Gesprächen mit meinem Freunde erinnerlich ist, und so viel ich aus seinen hinterlassenen Papieren ersehen kann, dem Leser einen Begriff von dem Plan und dem Inhalte des zweiten Theiles dieses Werkes zu verschaffen.

Dem Dichter, welcher das Wesen seiner Kunst im Mittelpunkt ergriffen hat, erscheint nichts wiedersprechend und fremd, ihm sind die Räthsel gelöst, durch die Magie der Fantasie kann er alle Zeitalter und Welten verknüpfen, die Wunder verschwinden und alles verwandelt sich in Wunder: so ist dieses Buch gedichtet, und besonders findet der Leser in dem Mährchen, welches den ersten Theil beschließt, die kühnsten Verknüpfungen; hier sind alle Unterschiede aufgehoben, durch welche Zeitalter von einander getrennt erscheinen, und eine Welt der andern als feindselig begegnet. Durch dieses Mährchen wollte sich der Dichter hauptsächlich den Übergang zum zweiten Theile machen, in welchem die Geschichte unaufhörlich aus dem Gewöhnlichsten in das Wundervollste überschweift, und sich beides gegenseitig erklärt und ergänzt; der Geist, welcher den Prolog in Versen hält, sollte nach jedem Kapitel wiederkehren, und diese Stimmung, diese wunderbare Ansicht der Dinge fortsetzen. Durch dieses Mittel blieb die unsichtbare Welt mit dieser sichtbaren in ewiger Verknüpfung. Dieser sprechende Geist ist die Poesie selber, aber zugleich der siderische Mensch, der mit der Umarmung Heinrichs und Mathildens gebohren ist. In folgendem Gedichte, welches seine Stelle im Ofterdingen finden sollte, hat der Verfasser auf die leichteste Weise den innern Geist seiner Bücher ausgedrückt:

Wenn nicht mehr Zahlen und Figuren
Sind Schlüssel aller Kreaturen,
Wenn die, so singen oder küssen,
Mehr als die Tiefgelehrten wissen,
Wenn sich die Welt in's freie Leben,
Und in die Welt wird zurück begeben,
Wenn dann sich wieder Licht und Schatten
Zu ächter Klarheit werden gatten,
Und man in Mährchen und Gedichten
Erkennt die ewgen Weltgeschichten,
Dann fliegt vor Einem geheimen Wort
Das ganze verkehrte Wesen sofort.

Der Gärtner, welchen Heinrich spricht, ist derselbe alte Mann, der schon einmal Ofterdingens Vater aufgenommen hatte, das junge Mädchen, welche Cyane heißt, ist nicht sein Kind, sondern die Tochter des Grafen von Hohenzollern, sie ist aus dem Morgenlande gekommen, zwar früh, aber doch kann sie sich ihrer Heimath erinnern, sie hat lange in Gebirgen, in welchen sie von ihrer verstorbenen Mutter erzogen ist, ein wunderliches Leben geführt: einen Bruder hat sie früh verlohren, einmal ist sie selbst in einem Grabgewölbe dem Tode sehr nahe gewesen, aber hier hat sie ein alter Arzt auf eine seltsame Weise vom Tode errettet. Sie ist heiter und freundlich und mit dem Wunderbaren sehr vertraut. Sie erzählt dem Dichter seine eigene Geschichte, als wenn sie dieselbe einst von ihrer Mutter so gehört hätte. – Sie schickt ihn nach einem entlegenen Kloster, dessen Mönche als eine Art von Geisterkolonie erscheinen, alles ist hier wie eine mystische, magische Loge. Sie sind die Priester des heiligen Feuers in jungen Gemüthern. Er hört den fernen Gesang der Brüder; in der Kirche selbst hat er eine Vision. Mit einem alten Mönch spricht

Heinrich über Tod und Magie, er hat Ahndungen vom Tode und dem Stein der Weisen; er besucht den Klostergarten und den Kirchhof; über den leztern findet sich folgendes Gedicht:

Lobt doch unsre stillen Feste,
Unsre Gärten, unsre Zimmer,
Das bequeme Haugeräthe,
Unser Hab' und Gut.
Täglich kommen neue Gäste,
Diese früh, die andern späte,
Auf den weiten Heerden immer
Lodert neue Lebens-Glut.

Tausend zierliche Gefäße
Einst bethaut mit tausend Thränen,
Goldne Ringe, Sporen, Schwerdter,
Sind in unserm Schatz:
Viel Kleinodien und Juwelen
Wissen wir in dunklen Hölen,
Keiner kann den Reichthum zählen,
Zählt' er auch ohn' Unterlaß.

Kinder der Vergangenheiten,
Helden aus den grauen Zeiten,
Der Gestirne Riesengeister,
Wunderlich gesellt,
Holde Frauen, ernste Meister,
Kinder und verlebte Greise
Sitzen hier in Einem Kreise,
Wohnen in der alten Welt.

Keiner wird sich je beschweren,
Keiner wünschen fort zu gehen,
Wer an unsern vollen Tischen
Einmal fröhlich saß.
Klagen sind nicht mehr zu hören,
Keine Wunden mehr zu sehen,
Keine Thränen abzuwischen;
Ewig läuft das Stundenglas.

Tiefgerührt von heilger Güte
Und versenkt in selges Schauen
Steht der Himmel im Gemüthe,

Wolkenloses Blau;
Lange fliegende Gewande
Tragen uns durch Frühlingsauen,
Und es weht in diesem Lande
Nie ein Lüftchen kalt und rauh.

Süßer Reitz der Mitternächte,
Stiller Kreis geheimer Mächte,
Wollust räthselhafter Spiele,
Wir nur kennen euch.
Wir nur sind am hohen Ziele,
Bald in Strom uns zu ergießen
Dann in Tropfen zu zerfließen
Und zu nippen auch zugleich.

Uns ward erst die Liebe, Leben;
Innig wie die Elemente
Mischen wir des Daseyns Fluten,
Brausend Herz mit Herz.
Lüstern scheiden sich die Fluten,
Denn der Kampf der Elemente
Ist der Liebe höchstes Leben,
Und des Herzens eignes Herz.

Leiser Wünsche süßes Plaudern
Hören wir allein, und schauen
Immerdar in selge Augen,
Schmecken nichts als Mund und Kuß.
Alles was wir nur berühren
Wird zu heißen Balsamfrüchten,
Wird zu weichen zarten Brüsten,
Opfer kühner Lust.

Immer wächst und blüht Verlangen
Am Geliebten festzuhangen,
Ihn im Innern zu empfangen,
Eins mit ihm zu seyn,
Seinem Durste nicht zu wehren,
Sich im Wechsel zu verzehren,
Von einander sich zu nähren,
Von einander nur allein.

So in Lieb' und hoher Wollust
Sind wir immerdar versunken,
Seit der wilde trübe Funken
Jener Welt erlosch;
Seit der Hügel sich geschlossen,
Und der Scheiterhaufen sprühte,
Und dem schauernden Gemüthe
Nun das Erdgesicht zerfloß.

Zauber der Erinnerungen,
Heilger Wehmuth süße Schauer
Haben innig uns durchklungen,
Kühlen unsre Gluth.
Wunden giebt's, die ewig schmerzen,
Eine göttlich tiefe Trauer
Wohnt in unser aller Herzen,
Löst uns auf in Eine Flut.

Und in dieser Flut ergießen
Wir uns auf geheime Weise
In den Ozean des Lebens
Tief in Gott hinein;
Und aus seinem Herzen fließen
Wir zurück zu unserm Kreise,
Und der Geist des höchsten Strebens
Taucht in unsre Wirbel ein.

Schüttelt eure goldnen Ketten
Mit Smaragden und Rubinen,
Und die blanken saubern Spangen,
Blitz und Klang zugleich.
Aus des feuchten Abgrunds Betten,
Aus den Gräbern und Ruinen,
Himmelsrosen auf den Wangen
Schwebt in's bunte Fabelreich.

Könnten doch die Menschen wissen,
Unsre künftigen Genossen,
Daß bei allen ihren Freuden
Wir geschäftig sind:
Jauchzend würden sie verscheiden,
Gern das bleiche Daseyn missen, –

O! die Zeit ist bald verflossen,
Kommt Geliebte doch geschwind!

Helft uns nur den Erdgeist binden,
Lernt den Sinn des Todes fassen
Und das Wort des Lebens finden;
Einmal kehrt euch um.
Deine Macht muß bald verschwinden,
Dein erborgtes Licht verblassen,
Werden dich in kurzem binden,
Erdgeist, deine Zeit ist um.

[Urfassung S. 399–403

Dieses Gedicht war vielleicht wiederum ein Prolog zu einem zweiten Kapitel. Jetzt sollte sich eine ganz neue Periode des Werkes eröffnen, aus dem stillsten Tode sollte sich das höchste Leben hervorthun; er hat unter Todten gelebt und selbst mit ihnen gesprochen, das Buch sollte fast dramatisch werden, und der epische Ton gleichsam nur die einzelnen Szenen verknüpfen und leicht erklären. Heinrich befindet sich plötzlich in dem unruhigen Italien, das von Kriegen zerrüttet wird, er sieht sich als Feldherr an der Spitze eines Heeres. Alle Elemente des Krieges spielen in poetischen Farben; er überfällt mit einem flüchtigen Haufen eine feindliche Stadt, hier erscheint als Episode die Liebe eines vornehmen Pisaners zu einem Florentinischen Mädchen. Kriegslieder. »Ein großer Krieg, wie ein Zweikampf, durchaus edel, philosophisch, human. Geist der alten Chevalerie. Ritterspiel. Geist der bacchischen Wehmuth. – Die Menschen müssen sich selbst untereinander tödten, das ist edler als durch das Schicksal fallen. Sie suchen den Tod. – Ehre, Ruhm ist des Kriegers Lust und Leben. Im Tode und als Schatten lebt der Krieger. Todeslust ist Kriegergeist. – Auf Erden ist der Krieg zu Hause. Krieg muß auf Erden seyn.« – In Pisa findet Heinrich den Sohn des Kaisers Friedrich des Zweiten, der sein vertrauter Freund wird. Auch nach Loretto kömmt er. Mehrere Lieder sollten hier folgen.

Von einem Sturm wird der Dichter nach Griechenland verschlagen. Die alte Welt mit ihren Helden und Kunstschätzen erfüllt sein Gemüth. Er spricht mit einem Griechen über die Moral. Alles wird ihm aus jener Zeit gegenwärtig, er lernt die alten Bilder und die alte Geschichte verstehn. Gespräche über die griechischen Staatsverfassungen; über Mythologie.

Nachdem Heinrich die Heldenzeit und das Alterthum hat verstehen lernen, kommt er nach dem Morgenlande, nach welchem sich von Kindheit auf seine Sehnsucht gerichtet hatte. Er besucht Jerusalem; er lernt orientalische Gedichte kennen. Seltsame Begebenheiten mit den Ungläubigen halten ihn in einsamen Gegenden zurück, er findet die Familie des morgenländischen Mädchens (s. den I. Th.); die dortige Lebensweise einiger nomadischen Stämme. Persische Mährchen. Erinnerungen aus der ältesten Welt. Immer sollte das Buch unter den verschiedensten Begebenheiten denselben Farben-Charakter behalten, und an die blaue Blume erinnern: durchaus sollten zugleich die entferntesten und verschiedenartigsten Sagen verknüpft werden, Griechische, orientalische, biblische und christliche, mit Erinnerungen und Andeutungen der Indischen wie der nordischen Mythologie. Die Kreuzzüge. Das Seeleben. Heinrich geht nach Rom. Die Zeit der Römischen Geschichte.

Mit Erfahrungen gesättigt kehrt Heinrich nach Deutschland zurück. Er findet seinen Großvater, einen tiefsinnigen Charakter, Klingsohr ist in seiner Gesellschaft. Abendgespräche mit den beiden.

Heinrich begiebt sich an den Hof Friedrichs, er lernt den Kaiser persönlich kennen. Der Hof sollte eine sehr würdige Erscheinung machen, die Darstellung der besten, größten und wunderbarsten Menschen aus der ganzen Welt versammelt, deren Mittelpunkt der Kaiser selbst ist. Hier erscheint die größte Pracht, und die wahre große Welt. Deutscher Charakter und Deutsche Geschichte werden deutlich gemacht. Heinrich spricht mit dem Kaiser über Regierung, über Kaiserthum, dunkle Reden von Amerika und Ost-Indien. Die Gesinnungen eines Fürsten. Mystischer Kaiser. Das Buch *de tribus impostoribus*.

Nachdem nun Heinrich auf eine neue und größere Weise als im ersten Theile, in der *Erwartung*, wiederum die Natur, Leben und Tod, Krieg, Morgenland, Geschichte der Poesie erlebt und erfahren hat, kehrt er wie in eine alte Heimath in sein Gemüth zurück. Aus dem Verständniß der Welt und seiner selbst entsteht der Trieb zur Verklärung: die wunderbarste Mährchenwelt tritt nun ganz nahe, weil das Herz ihrem Verständniß völlig geöffnet ist.

In der Manessischen Sammlung der Minnesinger finden wir einen ziemlich unverständlichen Wettgesang des Heinrich von Ofterdingen und Klingsohr mit andern Dichtern: statt dieses Kampfspieles wollte der Verfasser einen andern seltsamen poetischen Streit darstellen, den Kampf des guten und bösen Prinzips in Gesängen der Religion und Irreligion, die unsichtbare Welt der sichtbaren entgegen gestellt. »In bacchischer Trunkenheit wetten die Dichter aus Enthusiasmus um den Tod.« Wissenschaften werden poetisirt, auch die Mathematik streitet mit. Indianische Pflanzen werden besungen: Indische Mythologie in neuer Verklärung.

Dieses ist der lezte Akt Heinrichs auf Erden, der Übergang zu seiner eignen Verklärung. Dieses ist die Auflösung des ganzen Werks, die *Erfüllung* des Mährchens, welches den ersten Theil beschließt. Auf die übernatürlichste und zugleich natürlichste Weise wird alles erklärt und vollendet, die Scheidewand zwischen Fabel und Wahrheit, zwischen Vergangenheit und Gegenwart ist eingefallen: Glauben, Fantasie, Poesie schließen die innerste Welt auf.

Heinrich kommt in Sophieens Land, in eine Natur, wie sie seyn könnte, in eine allegorische, nachdem er mit Klingsohr über einige sonderbare Zeichen und Ahndungen gesprochen hat. Diese erwachen hauptsächlich bei einem alten Liede, welches er zufällig singen hört, in welchem ein tiefes Wasser an einer verborgenen Stelle beschrieben wird. Durch diesen Gesang erwachen längstvergeßene Erinnerungen, er geht nach dem Wasser und findet einen kleinen goldenen Schlüssel, welchen ihm vor Zeiten ein Rabe geraubt hatte, und den er niemals hatte wiederfinden können. Diesen Schlüssel hatte ihm bald nach Mathildens Tode ein alter Mann gegeben, mit dem Bedeuten, er solle ihn zum Kaiser bringen, der würde ihm sagen, was damit zu thun sei. Heinrich geht zum Kaiser, welcher hocherfreut ist, und ihm eine alte Urkunde giebt, in welcher geschrieben steht, daß der Kaiser sie einem Manne zu lesen geben sollte, welcher ihm einst einen goldenen Schlüssel zufällig bringen würde, dieser Mann würde an einem verborgenen Orte ein altes talismanisches Kleinod, einen Karfunkel zur Krone finden, zu welchem die Stelle noch leer gelassen sei. Der Ort selbst ist auch im Pergament beschrieben. – Nach dieser Beschreibung macht sich Heinrich auf den Weg nach einem Berge, er trifft unterwegs den Fremden, der ihm und seinen Eltern zuerst von der blauen Blume erzählt hatte, er spricht mit ihm über die Offenbarung. Er geht in den Berg hinein und Cyane folgt ihm treulich nach.

Bald kommt er in jenes wunderbare Land, in welchem Luft und Wasser, Blumen und Thiere von ganz verschiedener Art sind, als in unsrer irdischen Natur. Zugleich verwandelt sich das Gedicht stellenweise in ein Schauspiel. »Menschen, Thiere, Pflanzen, Steine und Gestirne, Elemente, Töne, Farben, kommen zusammen wie Eine Familie, handeln und sprechen wie Ein Geschlecht.« – »Blumen und Thiere sprechen über den Menschen.« – »Die Mährchenwelt wird ganz sichtbar, die wirkliche Welt selbst wird wie ein Mährchen angesehn.« Er findet die blaue Blume, es ist Mathilde, die schläft und den Karfunkel hat, ein kleines Mädchen, sein und Mathildens Kind, sitzt bei einem Sarge, und verjüngt ihn.

– »Dieses Kind ist die Urwelt, die goldne Zeit am Ende.« – »Hier ist die christliche Religion mit der heidnischen ausgesöhnt, die Geschichte des Orpheus, der Psyche, und andere werden besungen.« –

Heinrich pflückt die blaue Blume, und erlöst Mathilden von ihrem Zauber, aber sie geht ihm wieder verlohren, er erstarrt im Schmerz und wird ein Stein. »Edda (die blaue Blume, die Morgenländerinn, Mathilde) opfert sich an dem Steine, er verwandelt sich in einen klingenden Baum. Cyane haut den Baum um, und verbrennt sich mit ihm, er wird ein goldner Widder. Edda, Mathilde muß ihn opfern, er wird wieder ein Mensch. Während dieser Verwandlungen hat er allerlei wunderliche Gespräche.«

Er ist glücklich mit Mathilden, die zugleich die Morgenländerinn und Cyane ist. Das froheste Fest des Gemüths wird gefeyert. Alles vorhergehende war Tod. Letzter Traum und Erwachen. »Klingsohr kömmt wieder als König von Atlantis. Heinrichs Mutter ist Fantasie, der Vater ist der Sinn, Schwaning ist der Mond, der Bergmann ist der Antiquar, auch zugleich das Eisen. Kaiser Friedrich ist Arktur. Auch der Graf von Hohenzollern und die Kaufleute kommen wieder.« Alles fließt in eine Allegorie zusammen. Cyane bringt dem Kaiser den Stein, aber Heinrich ist nun selbst der Dichter aus jenem Mährchen, welches ihm vordem die Kaufleute erzählten.

Das selige Land leidet nur noch von einer Bezauberung, indem es dem Wechsel der Jahreszeiten unterworfen ist, Heinrich zerstört das Sonnenreich. Mit einem großen Gedicht, wovon nur der Anfang aufgeschrieben ist, sollte das ganze Werk beschlossen werden [es folgt das Gedicht *Die Vermählung der Jahreszeiten* S. 403 f.].

Sie fahren zur Sonne, und hohlen zuerst den Tag, dann zur Nacht, dann nach Norden, um den Winter, alsdann nach Süden, um den Sommer zu finden, von Osten bringen sie den Frühling, von Westen den Herbst. Dann eilen sie zur Jugend, dann zum Alter, zur Vergangenheit, wie zur Zukunft. –

Dieses ist, was ich dem Leser aus meinen Erinnerungen, und aus einzelnen Worten und Winken in den Papieren meines Freundes habe geben können. Die Ausarbeitung dieser großen Aufgabe würde ein bleibendes Denkmal einer neuen Poesie gewesen seyn. Ich habe in dieser Anzeige lieber trocken und kurz seyn wollen, als in die Gefahr geraten, von meiner Fantasie etwas hinzuzusetzen. Vielleicht rührt manchen Leser das Fragmentarische dieser Verse und Worte so wie mich, der nicht mit einer andächtigern Wehmuth ein Stückchen von einem zertrümmerten Bilde des Raphael oder Correggio betrachten würde. L. T.

DREI NOVELLENENTWÜRFE

[1.]

Novelle. Ein Mann hat seine Geliebte gefunden – unruhig wagt er eine neue Schiffarth – er sucht Religion ohne es zu wissen – Seine Geliebte stirbt – Sie erscheint ihm im Geiste nun, als die Gesuchte – Er findet zu Haus ein Kind von ihr und wird ein Gärtner. / Schifferleben – Fremde Länder – Meer – Himmel – Wetter – Sterne. Gärtnerleben.

[2.]

Novelle

Ein Gelehrter hat eine Frau, auf deren wissenschaftliche und künstliche Bildung er sich viel zu gute thut, und sie für sehr treu aus poëtischen Enthusiasmus für treue Liebe hält; über deren nachherige Untreue er in große Betrübniß verfällt; worauf er um sich wieder zu erholen seine Zuflucht zu einem Dienstmädchen nimmt, die er durch die Kraft seiner Bildung leicht zu überreden hofft, aber von ihrem Bräutigam, der sich statt ihrer ins Bette legt, übel empfangen und mit Schlägen wohl zugerichtet wird, also daß er zu seinem Schüler mit vieler Traurigkeit sagt: Wollte Gott, daß es umgekehrt gewesen wäre, und meine Frau die Bildung der Magd, die Magd aber die Bildung der Frau gehabt hätte, so würde ich kein Hahnrey seyn und mir den Buckel schmieren lassen müssen, denn ich sehe wohl, daß bey einem Frauenzimmer je ordentlicher und behender die Gedanken werden, desto unordentlicher und unbiegsamer werden die Begierden, und könnt ihr, werthester Freund euch meines Exempels zur heilsamen Lehre bedienen.

[3.]

Novelle

Ein junger Officier will gern heyrathen und spricht darüber mit seinem Bruder, welcher ihm sein Vorhaben auszureden sucht. Er bleibt aber bey seinem Entschlusse und verliebt sich erstlich in ein reiches Mädchen, was er nicht gesehn hat; alsdann da ihn diese ausschlägt und er sich sehr darüber betrübt, in ein anderes artiges Frauenzimmer, ohne Vermögen, dann in eine reiche ältere Person, die ihn aus Gewissenszweifeln ausschlägt und Herr[n]-hutherinn wird. So gelangt er nach dreyfacher Betrübniß zur Ruhe und Zufriedenheit mit seinem Stande und wird ein großer Dichter.

DICHTERISCHE UND SCHRIFTSTELLERISCHE PLÄNE BIS 1800

[AB = Allgemeines Brouillon; FS = Fragmente und Studien 1799–1800. Die Ziffern bezeichnen die Textnummern. Vollständiger Abdruck beider Komplexe sowie der Fichte-Studien (= FSt.) in Band 2 dieser Ausgabe.]

[Frühjahr 1796]

[1.] Der Sänger, der Poët, der Hörer und der Leser. 2 Dialog.
Der Hörer soll Humanus heißen.
Der Leser besteht aus einem Mädchen, einem Studenten und 2 alten, einem Professor und einem Landedelmann.
[FSt. 433]

[2.] Plan und Sinn und Ausführung eines Kunstwerkes, wie ein Roman, eine Comoedie und andere Werke dieser Art.
[FSt. Anfang von Nr. 434]

[3.] Die Poesie ist für den Menschen, was das Chor dem griechischen Schauspiele ist – Handlungsweise der schönen, rythmischen Seele – begleitende Stimme unsers bildenden Selbst – Gang im Lande der Schönheit – überall leise Spur des Fingers der Humanitaet – freye Regel – Sieg über die rohe Natur in jedem Worte – ihr Witz ist Ausdruck freyer, selbstständiger Thätigkeit – Flug – Humanisierung. Aufklärung – Rythmus – Kunst
[FSt. 435]

[1798-1800]

[1.] ⟨Das Alterth[um], Bruchstück aus Novalis Geschichte. Contact mit dem Geist der Geschichte⟩ [AB 171]

[2.] ⟨Mährchen, wie Tiecks Lieder – romantische Fantasieen, aus dem täglichen Leben. / Jean Pauls *Naturszenen.* Die Natur wirkt auf den Gleichniß Sinn. /⟩ [AB 345].

[3.] ⟨In Mährchen glaube ich am besten meine Gemüthsstimmung ausdrücken zu können.⟩ (POËTIK. *Alles* ist ein *Mährchen.*) [Ab 620]

[4.] Ein Mährchen sollt ich warlich schreiben – Gesetze des M[ährchens]. [AB 954]

[5.] Religiöse Fantasieen – Erbauungs Buch. Geistliche Lieder. Gebete für J[ulie]. *Das heilige Leben* oder die bessre Welt, eine Geschichte. Loosungen. [FS 5]

[6.] Über die Sfäre der Frauen – die Kinderstube – die Küche – der Garten – der Keller – das Speisegewölbe – die Schlafkammer – die Wohnstube – das Gastzimmer – der Boden oder die Rumpelkammer. [FS 6]

[7.] (Historische) Romane – z. B. aus den Zeiten der *Reformation* – des Theophrast Paracels[us] – Niederländischen Kriegs – der Entdekkung von America – der ersten xlichen Zeiten – den Zeiten der Kreutzzüge – Zu *Jesus* Zeiten – Mahomets Zeiten – Constantinopels Zerstörung.
Sehr viel Gespräch im Romane. [FS 59]

[8.] Poëtische *Fantasien* über den Sinnengenuß.
Herders Paramythieen – ähnliche aus der Bibel. – v[on] Jesus etc. – nur allegorischer und poëtischer. [FS 81]

[9.] *Proclamation* an die *Herrnhuter* [FS 96]

[10.] Erzählungen, ohne Zusammenhang, jedoch mit Association, wie *Träume*. Gedichte – blos *wohlklingend* und voll schöner Worte – aber auch ohne allen Sinn und Zusammenhang – höchstens einzelne Strofen verständlich – sie müssen, wie lauter Bruchstücke aus den verschiedenartigsten Dingen [seyn]. Höchstens kann wahre Poësie einen *allegorischen* Sinn im Großen haben und eine indirecte Wirckung wie Musik etc. thun – Die Natur ist daher rein *poëtisch* – und so die Stube eines Zauberers – eines Physikers – eine Kinderstube – eine Polter und Vorrathskammer. [FS 113]

[11.] *Literairische Pläne:*
Gozzische Schauspiele. Shakespearsche. Historische. Lustspiele *Romane*. Fantasieen – Predigten – Abhandlungen – Historische Aufsätze. [FS 201]

[12.] Reisen ins Land der Romane. Lauter *bekannte* Personen. [FS 203]

[13.] *[Roman-Studien]*

Menschen in Hölen –

Geizhälse.	– Auf dem Meere.	Lächerliche Menschen
Verschwender.	auf Thronen.	dumme –
Lebeleute.	auf Reisen.	poëtische –
Phlegmatiker.	In Hütten.	Intriguante –
Schmarotzer.	Gärten.	weise –
Bauchpfaffen.	Städten.	tapfre –
	Einsiedeleyen.	Gute –
	Inseln.	wunderbare –
	Wäldern.	leidenschaftliche –

Bergen.	ruhige –
Thälern.	trübsinnige –
Bey menschen.	Kranke –
allein.	vergnügte –
unter Thieren.	junge –
In Gräbern.	alte –
Ruinen.	Erfahrne
Stürmen.	unerfahrne
warmen Gegenden	beschäftigte –
romantischen –	Ehmalige –
Kalten –	Zukünftige –
Wunderbaren –	Böse –
in der Stube.	unbedeutende –
– der Werckstatt.	Natürliche –
im Tempel.	künstliche –
im Bade.	wunderliche –
In Gefahren.	bequeme –
Bemerckt.	unterrichtete –
Unbemerckt.	unwissende –
Im Alterthum.	religiöse –
Im Kriege.	Irreligiöse.
Kloster.	weibliche.
Loge.	Karakteristische.
Auf einem alten	Caracterlose.
Ritterschloß.	Männliche.
	langsame.
	Schnelle.
	Vielseitige.
	Beschränkte.
	Unbeschränkte.
	reiche.
	Arme.

Liebe und Ehrfurcht.	[Liebe und] Religion	[Liebe und] Kranckheit.
und Rache.	– Demuth	– Grobheit.
und Haß.	– Freude.	– Empfindlichkeit.
und Furcht.	– Trübsinn.	– Zwang.
und Wahnsinn.	– Größe.	lange Liebe.
und Alter.	– Philisterey.	verkehrte Liebe.
und Kindheit.	– Leichtsinn.	treue –
und Schönheit.	– Ernst.	leidenschaftliche

und Häßlichkeit.	– Thätigkeit.	ruhige –
und Stolz.	– Müßiggang.	sinnliche –
	– Wunderkraft.	unsinnliche Liebe
		ehmalige
		künftige –
		zerstörende –
		schaffende –
		poëtische –

Sonderbar vermischte Situationen.
Häufung mehrerer Rollen und Zustände auf Eine Person zu Einer Zeit.

Hülfsmittel zu Romanen.

Übung in Erzählung wircklicher Szenen.
Idiotika – und alte Bücher.
Aufmercksamkeit auf die sonderbaren Wirckungen von Menschen auf einander – in verschiedenen Zuständen.

Eltern. Kinder. Verwandte. Handwercker. Halbkinder. Halb Männer. Männer. Greise. Frauen. *Mütter.* Mägde. Knechte. alte Diener. Mädchen. Fürsten. *H e l d e n* (nicht blos als Soldaten) Lustigmacher. Geistliche. Schauspieler. Gelehrte. Künstler. *Geschäftsleute.* Hofmeister. *Gärtner.* Ärzte. Missionarien. Abentheurer. Kaufleute. Soldaten. Bergleute. Landleute. Bettler. Räuber. Advocaten. Falsche Münzer. Gesellschafter. Maitressen. Kinder der Liebe. *Unbekannte.* Edelleute. Alte Rathgeber. Schriftsteller. Diplomatiker. Hofleute. Weltleute. Spieler. Meistersänger. Schulleute. Reisende. *Religiöse Handwercker.* Menschen die mit ihrem Metier contrastiren, die sich nicht dazu passen. (Mannichfaltige Nüanzen jeder Rolle)
Revolutionairs. Cafféehäusler. Die reichen Müßiggänger. Bauer. Tagelöhner. Schäfer oder Hirt. *Nomade. Schiffer.* Colonist. *Anachoreten.* Klosterfrauen. Fürstentöchter. Mädchen. Apostel. *Nationalkaractere* [Geschwi]ster. Liebende. Freunde. Feinde. Menschen unter und nach verschiednen Schicksalen.

Hochzeiten.
Kindtaufen.
Gefechte.
Begegnungen.
Trennungen.
Sterbebetten.

Begräbnisse.
Tänze.
Spatziergänge.
Reisen.
Spiele.
Lebensarten.
Mahlzeiten.
Gemeinschaftliche Arbeiten.
Feste.
Gottesdienst.
Verlobungen.
Mannichfaches Leben bey Hofe.
zu Schiffe.
im Lager
auf der Reise.
in Gesellschaften.

Gespräche.
Wunderliche Zeiten
Alterthum
Ausland. [FS 204–209]

[14.] historische *Gemälde* der *Revolution.* [FS 215]

[15.] Historische *Schauspiele* – die ganze Nationen und die *Weltgesch[ichte]* begreifen.
Neue Art von Predigten.
Originelle Naturansichten.
Über die Handl[ung] Ich.
Collectaneen aus der Geschichte.
Kleine Trauerspiele aus dem ganz gemeinen Leben – höchstpoëtisch und tragisch.
Naturalien. Indische Mährchen [FS 222]

[16.] Episches Gedicht – die franz[ösische] Exped[ition] nach *Aegypten.* Ein Ver[uch]. [FS 225]

[17.] Xliche Lieder – Predigten – Auszüge aus alten frommen Schriften – Inhalt eines religioesen Journals.
Ankündigung. [FS 226]

[18.] Lehrjahre eines *Xsten* – (Werther) Er muß vorher nie etwas von der xlichen Religion gehört haben. [FS 227]

[19.] *Einfalt. Herzlichkeit. Große Welt. Wehmuth.* Muth und Glauben. Sprüche. Legenden. Unterricht. Wahre Aufklärung. *Enthusiasmus.* höhere Ansicht des gemeinen Lebens – des Landlebens. des *Baurenstandes.*

Reden eines Landpredigers.

Antrittspredigt.
Leichenpredigt eines Kindes.
eines Mädchens.
einer jungen Frau.
eines Selbstmörders.
eines alten Manns.
Von dem Gebrauch der Bibel.
Taufsermon.
Hochzeitrede.
Passionspredigten.
Auferstehung.
Advent.
Politische Predigten.
etc.
Vom Umgang miteinander.
Vom Gesange und Gesangb[uch].
V[on] der Feyer des Gottesdienstes – v[om] täglichen Gottesdienst.

[FS 230–231]

[20.] *Xliche Dythiramben und Lieder.*

Der Tod.
Die Verlobte Xsti.
Das wiedergefundene Paradies.
Die xstliche Semele.
Die Wahnsinnige. (religioeser Wahnsinn)

Jo.

Wenn sich (Beschr[eibung] sinnlicher Glut und innigen Verlangens)
dann steht der Himmel vor mir offen
Und Gottes Geist senkt sich auf mich.
Die Taufe.
Die Vision. (Alle Arten v[on] Religions Verwandlungen –)
Leda – das göttliche Thier.
Die Auferstehung.
Die Offenbarung Gottes in der Menschegestalt.
Gott in der Natur oder der Mensch in der Natur.
Wer Gott einmal suchen will, der findet ihn überall.

Legenden.

Nessir und Zulima.

Zadig.

Die Fabel vom Ringe.

Die mannichfaltigen biblischen Morgenländischen Parabeln – Allegorieen und Erzählungen – religiösen Inhalts.

Die Geschichte von *Baucis* und *Philemon.* Aehnlichkeit der Geschichte v[on] Amor und Psyche und Adam und Eva.

Die Geschichte der beyden frommen Söhne in Griechenland, die einschliefen. Niobe.

Die *Profeten,* als *Prediger.*

Paramythieen.

Die Früchte des Paradieses.
(der Busen)

Die Entstehung der Geschlechter.

Der Streit der 4 Elemente.

Die Entstehung des Magnets.

Frucht und Blüthe.

Die Entstehung der Flüsse.

Die 4 Jahrszeiten.

Das Licht.

Die Sterne.

Die Wolken.

Die Entstehung der Welt, eine Mysterie der Liebe.

Naturmärchen, oder *Allegorische Naturmythen.*

Sage von der Zeit, wo alles sprach. Ursach des Verstummens.

[FS 239–240]

[21.] Briefe an Julien – *Fantasieen der Liebe.*

Ungeschicklichkeit der Liebe	Ämsigkeit [der Liebe]
Blödigkeit –	Glauben –
Ängstlichkeit –	Poësie –
Unschuld –	Leben –
Einfalt –	Wehmuth –
Großmuth –	Freude –
Haß –	Genuß –
Grausamkeit –	Geschichte –
Veränderlichkeit –	Bedeutung –
Verstand –	Stufen –
Fantasie –	Abänderungen –
Gedächtniß –	Verwandtschaften –
Witz –	Kennzeichen –

Gesprächigkeit –	Eitelkeit –
Stummheit –	Mystizism –
Religiositaet –	Philosophie –
Faulheit –	Mittel –

Geschichten an J[ulie]. Was ich gelesen habe. Reflexionen über die Menschen – den *Weltlauf* – die politischen Geschichten – unsre künftige Einrichtung – meinen Wunderglauben an Sie. Ihre Gewohnheiten. Fränzchen, Caroline etc. Die Liebe in jedem Zeitalter. Eintheilung des Tags – über Geschäfte – der Morgen, der Abend – der *Kreis* einer Frau – ihre Beschäftigungen. Kleine Kriege zwischen Mann und Frau. Kinder. Poésie des Lebens.

(Ersparnisse in der Kochkunst – an Butter[,] Eyern. Gebrauch des Oels.) [FS 312–313]

[22.] Die Guitarre oder Reliquien der romantischen Zeit. Eine Sammlung von Romanzen von Novalis. [FS 318]

[23.] Abh[andlung] über Jac[ob] Boehme – Seinen Werth als Dichter. Über dichterische Ansichten der Natur überhaupt. [FS 319]

[24.] Meine Versuche in Reden, und meine Ideen über Moral in einen Roman verwebt. [FS 324]

[25.] *Geschichte meines Lebens.*
Dramatische Logik einer eingreifenden Rede – ohne viel Epitheta – ganz dialogisch. [FS 329]

[26.] Lobrede aufs Militair. Muß sie nicht polemisch seyn? [FS 330]

[27.] Aufsatz über Wilhelm Meister. Meine Ideen darüber in den bürgerlichen Roman gebracht. [FS 332]

[28.] In dem bürgerlichen Roman: über den Umgang mit Menschen, über Betragen in Krankheiten, über das Schuldenwesen junger Leute, über das vornehme Leben, über Kleidungsart, Lebensart, Vergnügungen, Wirkungssfäre einer Frau, Ehe etc. über den Wahlspruch: Hier ist America etc. [FS 334]

[29.] PflanzenAehnlichkeit der Weiber. Dichtungen auf diese Idee. (Blumen sind Gefäße) [FS 348]

[30.] Fantasien, wie mein Mährchen, über die wunderlichsten Gegenstände. [FS 349]

[31.] Sonderbare Natur meines *politischen Romans.* Sichtbarer Naturstand – unsichtbare Monarchie. [FS 350]

[32.] Project zu einem Roman, beynah wie Werther. 2 Liebende, die sich aus Überdruß des Lebens und der Menschen selbst tödten. Character – tiefe *Wehmuth.* [FS 359]

[33.] *Allerhand poëtische Pläne.*

Die Jahrszeiten.
  Ein romantisches Buch.
Begebenheiten eines Tags.
  Ein dialogirter Roman.
Prometheus. / Die Elemente.
Saturns Enthronung.
Empedokles.
Sappho.
Aëtius.
Constantin.
Julian.
Das jüngste Gericht.
Geschichte des Xstenthumes in einem Roman.
Tempelherrn und Jesuiten.
Die Zonen.
Die Weltgeschichte. / Romane oder Schauspiele.
Die Zerstörung Jerusalems. [FS, 649]

[34.] *Stimmen aus Palaestina.* Eine Sammlung kristlicher Lieder. [FS 412]

TAGEBÜCHER

[1.]

[Tagebuchblatt]

[Weißenfels 1790]

Von unsrer Wiege an verfolgen uns Vorurtheile, Schwachheiten, und Mängel, die uns das Drückende des Lebens in seiner ganzen Schwere fühlen lassen. Alle unsre Wünsche bleiben unerfüllt, unsre Pläne scheitern [,] unsre schönsten Hoffnungen, unsre blühendsten Aussichten verschwinden. Oft schein ich mir allein in der Welt zu seyn und um mich herum und in mir selbst scheinen mir nur Plaggöttinnen zu hausen, die mir das Vergnügen, das mir oft so herrlich, so wonnevoll meine Fantasie bildet, verscheuchen. Die traurigste Lage ist es gewiß, und ich weiß es aus einer leider jugendlichen Erfahrung: sich unterdrückt, mißhandelt und von Eigensinn und Laune gefesselt zu sehn, ohne Freund in dem Labyrinth trauriger Ideen und Gegenstände herum zu irren, seine Wisbegierde, das Drängen und Streben nach Ruhm und Belohnung gehemmt und gehindert und in elende, drückende menschliche, bürgerliche Verhältnisse sich gespannt zu sehn – Scepticismus an Allen, trauriger Menschenhaß muß unmittelbar daraus entstehen. --- Die schönsten Jahre der Menschheit, die herrliche Jugend, wo nur Grazien und Blumen sich an unsre Fantasie drängen, wo ein gewisses, unaussprechbares Gefühl von Unsterblichkeit, ewiger Dauer uns vergöttert, können sie in dieser Lage genossen und gefühlt werden. Unglücklicher, dem dies Schicksal zu Theil ward – bin ich der Unglückliche? – Höhere Jugend, höhere Freuden – Himlische Luft, Freyheit, Freiheit – die Welt hienieden ist ein Gefängniß.

[2.]

[Notiz]

[Jena 1791]

Theater: Schiller, Göthe, Lessing, originell.
Philosophie: Schiller, Herder, Lessing, Ich selbst, Kant.
Jurisprudenz: Pütter.
Staatsmann: Herzberg.
Dichter: Wieland, Ossian, Klopstock, Göthe, Schiller, Bürger.
Geschichte: Schiller, Tacitus, Ich.
Roman: originell: Wieland, Ardinghello.

Griechische und lateinische Lektüre.
Jurisprudenz.
Philosophie und viel philosophische Lektüre.
Französisch – Englisch – Italienisch.
Geschichte.
Hefte aus andern Kollegia.
Schöne Litteraturlektüre.
Eigne Arbeiten.

[3.]

[Reisejournal]

[Montag 15.–Freitag 19. April 1793]

Gutes Muths entfloh ich am 15t. April früh um 8 Uhr mit meinem Hofmeister, Herrn *Zachariä,* und dem Bedienten David, unserm dumpfen Musensitz in einer leichten Chaise mit zwey Pferden Extrapost. Unser sämtliches Reisegeräth schloß ein Mantelsack in sich, den der Bediente nach Gelegenheit mit aufs Pferd nehmen sollte, eine Unmöglichkeit, die wir erst zu spät einsahen, indem für jeden von uns ein vollkommner Parade-Anzug und deß[gleichen] m[ehr] die Last ziemlich beträchtlich machte. Um 11 waren wir in dem angenehmen **Wörlitz,** dessen

Garten auch jetzt, da noch kein grünender Baum seine mit Blättern und Blüthen bekleideten Zweige in den blauen Wasserspiegel tauchte, durch seine in- und ausländischen todten Hölzer melancholisch schöne Spatziergänge bildete. Wir benuzten diese interressanten Gartenparthieen und besahen die nunmehr großentheils fertige Anlage und den *Stein,* eine sich aus dem See erhebende Felsmasse, die aus ungeheuren Sächsischen und Anhältischen Feldsteinen zusammengesetzt ist, und die verschiedenartigsten Dinge in sich vereinigt, als z. B. mehrere irreguläre über den See gesprengte finstere Gewölbe (vielleicht eine Nachahmung der Fingals Höhle); die Ruinen eines Amphiteaters; eine Bergspitze, deren Erleuchtung sie als einen feuerspeyenden Berg darstellt; einen Wasserfall; mehrere im Felsen angebrachte Zimmer; und auf einem besonderen Felsen, an einen zerfallenen Thurm gelehnt, ein in Römischem Geschmack gebautes und meublirtes Haus. Die ganze Idee ist originell und unstreitig etwas bizarr, und läßt sich vielleicht am besten als die Ausführung eines von Wieland in einem seiner Gedichte erfundenen Feenschlosses erklären; eine Muthmaßung, die ich von einem guten Freund habe. Nachdem wir im neuen Gasthof ganz gut zu Mittag gespeist hatten, fuhren wir auf der schönen Chaussee, die durch kleine Eichenwäldchen, Wiesen, Dörfer und Felder in angenehmer Abwechselung hinläuft, nach **Dessau,** wo wir im Ring abtraten. In Gesellschaft mit noch einem früher angekommenen Wittenberger gingen wir bey dem schönsten Sommer, der den Winter des Vormittags abgelöst hatte, auf den *Gottes-Acker,* der vor dem Köthner Thor, und das Georgium, das vor dem Aakner Thor liegt. Ersteren ist statt des ängstlichen und düstern, welches diesen Plätzen sonst so oft eigen ist, ein Gepräge heiterer Ruhe gegeben worden, welches für Fremde, die sich für dies stille Plätzchen ein Stündchen abmüßigten, so gut als für einheimische, die vielleicht mit sanfterer Wehmuth hier einen entschlafenen Freund betrauren, äußerst wohlthätig ist. Ein in edlem, einfachem Stil gebautes Portal, in dessen Nischen Genien ihre Fackeln auslöschen, führt auf einen geräumigen Platz, auf dem vier grüne Felder durch breite Sand Wege abgetheilt werden, welche sich in der Mitte zu einem runden Platz vereinigen, den Akazien und andere untermischte Bäume umschließen, die auch die einzeln[en] Abtheilungen hie und da begrenzen. Diese Grasplätze bedecken die Gräber ärmerer Leute, über welchen ein länglichter Grashügel grünt, und das ganze Viereck umschließt eine etwa 5½ F[uß] hohe Mauer von Ziegelsteinen, welche die vordere Seite der Reihen von Gewölben ausmacht, die rings um den Platz hinlaufen und deren jedes nur für einen, doch manche auch für zwey Särge der reicheren Bewohner Dessaus Raum hat. Die Eingänge sind niedrige viereckige Öffnungen, welche dicht aneinander stehn, und wenn ein Gewölbe besezt ist, zugemauert werden. – Das *Georgium* ist eine englische Garten-Anlage, die dem Prinz Hans Georg, Bruder des Fürsten, gehört, dessen Sommer-Wohnung in einem anmuthigen Theil des Gartens zwischen wilden Parthien und frischen Grasplätzen steht, und so wie mehrere im Garten zerstreut liegende Häuschen, einfach und doch architektonisch schön gebaut, geschmackvoll meublirt und mit feinen Kupferstichen ausgehängt. Der Garten ist groß und erstreckt sich bis nach der eine Stunde von Dessau fließenden Elbe hin, die Natur ist in den einzelnen Parthien zuweilen noch glücklicher als in Wörlitz nachgeahmt und das ganze gewinnt besonders durch einen mit hinein gezogenen Eichenwald: unter die Verzierungen gehört besonders eine kolossalische Statue des Fürsten; eine Diana, ein steinerner auf 8 (korinthischen) Säulen ruhender Tempel, ein über die durch den Garten laufende Straße gebautes Portal und einige nachgemachte Ruinen, besonders die an ein Wasser anstoßenden. Als wir wieder in die Stadt kamen, besahen wir auf der Cavalier-Straße die Parforce-Hunde, der Wärter ließ einige 70 aus einem der Ställe in den Hof, wo sie uns mit einem gräßlichen Hunger-Geheul begrüßten. Es sind hier lauter Hatz-Hunde, stark, aber doch schlanck gebaut; ein jeder hat seinen eignen Namen: vor kurzem waren sie durch einige 80 von Bernburg verstärkt worden, wo der Fürst die kostspielige Parforce-Jagd abgeschaft hat. Die großen Jagdhunde sind, so wie ich mich erinnere, auf die Dessauischen Dörfer vertheilt. Unser Gesellschafter ritt nun nach Hause, und wir gingen mit einem andern Wittenberger, der eigentl[ich] hier zu Hause ist, in die Reit- und JagdStälle, welche rechts vom alten fürst[lichen]

Schloß vor einem großen grünen Platz zwey Façaden bilden, die sich nicht als Ställe ankündigen und zwischen denen der Eingang zu einem geräumigen Hof ist, den die Bahn und die Ställe einschließen – einen Theil der Außen-Seite dieser Ställe deckt eine wilde Parthie, die seitwärts am Rasenplatz hinläuft und ein anderer Theil liegt an einer Gasse der Stadt. Die Ställe sind hoch und nicht zu hell und die Stände geräumig; die Zahl der Pferde ist einige 80, von denen der größere Theil Parforce-Pferde sind, die freylich meistens mehr leicht als schön gebaut sind, unter den fürst[lichen] Reit-Pferden sind einige schöne Thiere, und 3 Beschäler zeichnen sich sehr aus. Die Bahn ist geräumig, aber nicht sehr hoch und eben nicht besonders hell, die Verschaalung ist hoch und die Logen für Damens der Thür gegenüber gut angebracht: zwischen den Fenstern ist rings herum in großen Hautreliefs die Geschichte der Reitkunst von ihrer ersten Kindheit an vorgestellt. Ich ging noch alleine mit unserm Gesellschafter etwas in der Stadt herum und dann speisten wir in unserm Gasthof in einer ganz angenehmen und ziemlich ansehnlichen Gesellschaft. An dem bekannten Ober-Amtmann Fromm aus Fehrbelin machte ich hier eine interessante Bekanntschaft, da er mit vielem Scharfsinn und Kenntnissen Witz und Laune verbindet: viel Vergnügen machte mir die Beobachtung eines preußischen Kriegs- (oder Stall-) Raths, Herrn Landvoß, einer Kreatur von Lindenau, der von Berlin an den Rhein zur Armee ging und uns hier mit großer Autoritaet, zum Abdrucken schön, vorpolitisirte, so gut wie nur Ehren-Schirach nach Beendigung der politischen Begebenheiten dieselben der Welt vorprophezeyen kann. Eine Posse muß ich hier erzählen, weil sie einen Zug von diesem Weltmann verräth, wofür er sich hielt und wie man sie oft findet. Herr Fromm hatte absichtlich bey Tische erzählt, wie er die Leipziger Meß-Kaufleute, wenn sie von ihren großen Gewinnen im Spiel pralen, damit abführe, daß er von seinen Gewinsten von 10 bis 20000 Thalern spreche; nach Tische ward eine Parthie Billard vorgeschlagen. Herr Landvoß den man aufforderte, entschuldigte sich er habe zwey Jahre nicht gespielt, wolle aber versuchen, Herr Fromm sagte, ich habe 20 Jahre nicht gespielt und spielte nicht: mein Kriegsrath merkte nichts, ging hin und verlor, so viel ich mich erinnere sein Geldchen; Fromm und ich sahen zu und zuletzt spielt dieser noch eine Parthie, wobey seine Geschicklichkeit uns alle in Verwunderung setzte, ob er gleich die Parthie endlich verlor. Ich freute mich, an einigen Dessauern in der Gesellschaft die erneute Bemerkung machen zu können, wie zufrieden sie mit ihrem Fürsten sind. Das Dessausche Ländchen ist unter ihm in der That eines der glücklichsten; er sucht auf alle Weise das Glück und den Wohlstand seiner Unterthanen zu befördern und versteht die Kunst, durch gut angebrachte Freygebigkeit oder Veranlassung zum Verdienst für den gemeinen Mann, wie für den Handwerker, Künstler und Handelsmann zu ihrem allgemeinen und Privat-Wohl in der That beförderlich zu seyn, eine Sache, die in seinem kleinen Lande wol angeht: dies zeigen seine kleinen Landhäuser; dies zeigen seine Gärten, von denen der Wörlitzer in der theuren Zeit angelegt ward und mit denen er sein Land noch immer fort verschönert; seine neue Anlage in Wörlitz, seine Chausséen, Pappel- und Obst-Alleen, die überall die Wege angenehm machen und noch so vieles andere, was ihm zu gleicher Zeit Beschäftigung und Vergnügen giebt. Ueberall führt er selbst die Oberaufsicht, wozu er viel Anlage hat, und dabey ist er gütig gegen jedermann: auch Fremde machen davon häufige Erfahrung, und wer einmal praesentirt ist, braucht sich an keine strenge Etiquette zu binden, wie man sonst an kleinen Höfen findet. Die Einkünfte seines Landes verthut er nicht unnütz, denn sein Hof ist eben nicht groß, und Festins, auf denen in einem Abend oft viel Geld versplittert wird, kommen selten vor: er liebt mehr ländliche Feste: sein Militaire kostet ihn auch wenig, vermuthlich weniger als alle andern Anhaltschen Häuser, die ganze Compagnien halten, wo er nur wenige Jäger hat, die wenigstens von öffentlichen Posten nur die beyden vor der Mühle und vor dem Schloß zu besetzen haben, und in ihren grün und rothen Röckchen und langen weißtuchenen Beinkleidern recht artig aussehn. Nur die Parforce-Jagd macht, in Absicht auf die Piqueurs, die vielen Pferde u.s.w. eine unnütze Ausgabe und nimmt dem Fürsten viel Zeit weg: indeß gibt sie doch mehreren Menschen Brodt und dem Landmann Gelegenheit Haber und Heu abzusetzen, wenn das fürstliche nicht reicht.

Ueber Wildschaden habe ich auch nie sehr klagen hören; der Bauer darf seine Felder schützen und in der Schonzeit werden von Dessau aus Jäger in die Gegend um Wörlitz kommandirt, welche das Wild vom Getreide verjagen. Die Ökonomie ist hier überall sehr gut beschaffen, man sieht nichts als reiche Felder und Wiesen, viel Rocken und besonders Rübsen und eine Menge Obst. Die Brache ist im Dessauischen ganz abgeschafft, da der gute Boden jährlich des Landmanns Mühn mit Wucher belohnen kann. Zuweilen muntert der Fürst durch Austheilung von Grundstücken zum Landbau auf, dies that er z. B. dies Jahr in Wörlitz, unter der Bedingung, daß jeder sein neues Feld mit Hecken von einem gewissen Gesträuch einfassen solte; auch ein paar Juden wurden hier mit bedacht. – Was die Landes-Collegia betrifft, so bin ich nicht hinlänglich unterrichtet: meines Wissens sitzen aber dieselben Personen in den beyden Collegien, welche die wichtigsten Sachen besorgen: der Kammer für das Finanzwesen, und der Regierung, für die Justiz; diese versammeln sich in einem artigen Gebäude an dem Markt in Dessau.

Den 16t. (♂) früh um 5 Uhr fuhren wir mit Preußischer Extrapost von Dessau ab und blieben bis hinter Stift Mosigkau auf der Köthner Chaussee, die in einer Allee von Kirsch- und Pflaumen-Bäumen durch schön bestellte Felder aber auch einige Sand-Ebenen hinläuft. Mosigkau ist ein ansehnliches Dessauisches Dorf mit einem ganz gut gebauten fürstlichen Schloß, welches zu einer Stifts-Wohnung für einige Fräuleins eingerichtet ist. Wir passierten noch einige Köthnische Dörfer, in deren einem wir etwas anhielten: es war ganz ansehnlich, hatte eine gut gebaute, massive Kirche, und ich freute mich zu hören, wie zufrieden die Leute mit ihrem Fürsten und den geringen zu entrichtenden Abgaben waren. Der ganze Strich, den wir im Köthenschen und bis nach Bernburg bereisten, bestand aus ganz gut bestellten Feldern, deren Boden aber um ein gut Theil zu fest und lehmicht ist, so daß weder Pflug noch Egge die Erdklöße zu bändigen vermag. Rocken wird viel gebaut; Wiesewachs fanden wir sehr wenig. Bey Bernburg fiel mir der Rapsbau auf, der einen sehr festen Boden zu erfodern scheint. Der Raps ist eine Art Rübsen mit breiten Blättern, sein Saamen gibt ein gutes Öl; hier schien er gut zu gedeihen. Um ½11 waren wir in *Bernburg*, wo eben Markttag war: wir gingen auf den eben nicht beträchtlichen Markt in der Altstadt auf dem Schloßberg, unter dem jungen Frauenzimmer fielen mir viele edle Profile auf. Dieser Theil der Stadt wird durch die ziemlich breite Saale, auf der ein schönes Wehr und eine gut angelegte große Mühle angebracht ist, von der Neustadt getrennt und ist schlechter als diese gebaut; man findet in Bernburg mit unter gute Gebäude, zwischen denen aber auch viel schlechte Häuser stehn: die Regierung an dem Thor, das nach München–Nienburg führt, zeichnet sich vortheilhaft aus. Eine Kirche auf dem Schloßberg ist simpel, modern und gut gebaut, aber schlecht unterhalten; die Haupt-Kirche in dem jenseitigen Theil der Stadt ist ein in seiner Art schönes gothisches Gebäude und hat ganz gute Glas-Mahlerey: das Rathaus ist garnicht auszeichnend. Ueber die Saale führt eine feste Brücke von Holz, die aber auf Pfeilern von Quaderstücken ruht, und zu der von der einen Seite eine Art von Thor oder Thriumph-Bogen führt, der sich von weitem ganz gut praesentirt, dessen architektonische Verzierungen und Statuen aber eben keine Meisterstükke sind. In diesem Gebäude liegt eine Wache, und man giebt hier Brück[en]geld ab. Das Bernburgsche Militaire besteht nur aus 30 Mann, die aber fast lauter schlanke, gut dressirte und auf preußischem Fuß sehr nett montirte Leute sind, sie zeichnen sich vor allen Anhältschen Soldaten vortheilhaft aus, denn die Zerbster sind meist klein und ganz schlecht dressirt und die Köthner zwar meist schöne Leute, die aber sich nicht recht reinlich halten. Zu Blankenburg, wo der Fürst von Bernburg residirt, hält er noch eine Kompagnie Dragoner, deren Zustand mir unbekannt ist. Das Bernburger Schloß, auf der Spitze des Schloßberges ist ein äußerst weitläuftiges, unregelmäßiges gothisches Gebäude, das einen weiten Hof einschließt und auf der einen Seite von einem breiten und tiefen Graben umgeben ist, auf der andern Seite fließt in schauderhafter Tiefe die breite und reißende Saale. Zwischen den Schloßmauern und diesem Abgrund ist ein wilder Spatziergang angelegt, von dessen Höhe man Stadt und Land, eine schöne, fruchtbare Ebene, die sich in hundert Krümmungen daher windende Saale und an ihren Ufern die schönsten Wälder fernhin übersieht. Die vielen Zimmer des Schlosses, die wir diesmal nicht besahen, sind zum Theil kostbar aber sehr altmodisch meublirt, und sind meist unbequem angelegt, Pracht und etwas gar zu große Simplicität wechseln zuweilen sonderbar; so hat z.B. die junge Prinzessin ein kostbares Visiten-Zimmer und weit davon entlegen eine ordinaire, schmale, weiß getünchte Schlafkammer mit einem Fenster mit runden Scheiben, und in einem der großen Zimmer steht ein alter, geschmacklos gearbeiteter aber kostbarer Schrank, der auf 30000 rt geschätzt wird; er ward mir vor einigen Jahren als eine Rarität gezeigt, brauchbar ist er eigentlich nicht. Die Aussichten aus den Zimmern sind überaus schön: hinter dem Schloß ist ein weitläuftiger französischer Garten und an dessen Ende ein einiger maßen modernes Sommerhaus, dessen erstes Geschoß der Orangerie-Saal ausmacht, dessen Außen-Seite mit Säulen verziert ist. Am Eingang des Schlosses ist die Hauptwache; der Posten hier vor'm Gewehr und an der Brücke sind die einzigen Schildwachen: die kleine Wacht-Parade ist auf dem großen Schloß-Platz, wo der Feldwebel seine Mannschaft, die ganz gut einexercirt ist, lange genug herum kommandirt. Nachdem wir uns die Stadt etwas angesehn und auf der Post selbst das nöthige bestellt hatten, speisten wir ganz gut in der goldnen Kugel in der großen Billard-Stube, wo wir die einzigen waren: der Gasthof ist mittelmäßig gut. Von 1 bis 4 Uhr fuhren wir durch schön bestelltes und gutes nicht mehr so übermäßig festes Land nach *Aschersleben*, besahen uns diese große, fast durchgängig schlecht gebaute, aber bevölkerte und nahrhafte Landstadt, und den großen grünen Schützenplatz mit einigen passablen Häusern vor der Stadt und tranken dann bey der Postmeisterin, deren Tochter höchst gesprächig war, Kaffee. Die hiesigen Fries-Fabrikanten setzen viele Leute in Nahrung, und das schöne Weimarsche Kürassier-Regiment, das fast ganz oder großentheils hier liegt, giebt auch zu vielem Erwerb Anlaß; jetzt steht es am Rhein gegen die Franzosen und selbst sein Depot hat nachkommen müssen, da es wegen seiner Bravur überall gebraucht wird: man sahe keinen einzigen Mann davon in der Stadt. Der Herzog von Weimar wendet viel auf dies Regiment, und man wird bey der Reiterey auch wenige Feld-Regimenter finden, die durchgängig an Officiers und Gemeinen so schöne und große Leute hätten, ich sahe sie mit Verwunderung, als das Regiment vor einigen Jahren in meiner Nachbarschaft in Quartier lag. Selbst das Leib-Kürassier-Regiment darf sich in Betreff der Leute mit ihm nicht messen, wenn gleich seine Pferde und seine Fertigkeit im Maneuvriren vielleicht vorzüglicher ist. Ich freute mich hier und späterhin in noch mehreren Preußischen Städten beym gemeinen Mann so viel Liebe zu ihren Garnisonen und so viel Theilnahme an ihrem Schicksal zu finden, da wir Sachsen gewöhnlich die preußischen Unterthanen wegen ihrer starken Garnisonen bedauern, da sie ihm doch Nahrung verschaffen und einen gewissen männlichen Geist mittheilen. – Die hiesigen Häuser sind großentheils von Fachwerk und bey großen Gebäuden ragen ein, zwey Obergeschosse auf die Balkenköpfe gestützt, über die unteren hervor; dies sieht gefährlich aus und würde es auch seyn, wenn wir mit unserm schwachen Holz nachahmen wollten, was unsre Vorfahren mit den stärksten Stämmen bauten; die Gassen sind unreinlich; die Hauptkirche ist groß, in gothischer Bauart und fest gebaut. Eine alte hohe Mauer mit massiven viereckigen Thürmen mit langen pyramidalischen Schieferdächern, die auch über die Thore gebaut sind, laufen um die Stadt her. Diese Art der Befestigung ist hinlänglich für die alte Art des Angriffs mit Steinwerfen aus großen Maschinen, und zum Schießen mit Bolzen sind die Thürme und die Brustwehren, die den Schützen vor dem feindlichen Geschoß sichern, recht brauchbar, aber jetzt wäre es wol der Frage werth, ob man nicht wenigstens die Höhe um die Hälfte verringern könnte um die schönen Steine zu benutzen; denn nur leichte Truppen werden von diesen Mauern abgehalten, wogegen ein Bataillon reguläre Truppen mit ein Paar Zwölf-Pfündern in die wankenden Mauern bald eine brêche schösse und den Ort besetzte, wenn man ihm die Thore verschließen wolte. Alle Städte in diesen flachen Gegenden, große und kleine, sind auf diese Art befestigt und bekommen dadurch ein sehr rauhes Ansehen. – Man baut jetzt hier zum Theil mit kleinen Ziegeln, welche die armen Leute selbst zu streichen scheinen und sie dann auf der Gasse u.s.w. blos an der Luft und Sonne trocknen. – Die Sprache des gemeinen Mannes ist hier schon platt, klingt aber fein und angenehm.

Von ½6 bis 11 Uhr fuhren wir in einer Courier-Kalesche auf dem Stroh hingestreckt nach *Halberstadt;* bey wüthendem Sturm, der Ströme von Staub über uns und in die Felder in der Gegend hergoß, und dann in Regen und endlich, als es ganz finster ward, einem heftigen Schneegestöber. Wir hielten in Hoym, einem schönen Schaumburgschen Flecken, und dann, als wir die angeschwollne Bode passirt waren, in Dittfurt, einem gleichfalls Schaumburgschen Ort an. Dittfurt liegt sehr romantisch, dahinter drängt sich der Weg durch eine lange Schlucht. Uebrigens giengs das Land allmählig aufwärts, der Boden war gut, auch die Feldbestellung. In Halberstadt traten wir im König von Polen ab und bekamen eine kleine Stube hinten hinaus, wo ich, nachdem ich einen Expressen mit einem Brief nach Wernigerode abgefertigt hatte, vortrefflich schlief. – Wir hatten in 18 Stunden 12 Meilen gemacht: in dem ganzen, Strich, den wir passirt waren, hat man Winterung, Sömmerung und Braache.

(D[en] 17ten ♀) Erst um 8 Uhr standen wir am folgenden Morgen auf, bezogen eine große tapezirte Stube vorne heraus, und gingen dann auf die Spiegelberge, eine halb englische, halb französische Anlage auf einem Berg der sich mitten in schönen Fruchtfeldern erhebt und auf einer Seite mit mehreren Hügeln zusammenhängt. Einige wilde Parthien, leider noch ohne alles Grün; ein nachgeahmter Felsen, der zugleich einen Pavillon auf der Bergspitze formirte von dem man auf die Ebene, die Stadt und die Ortschaften umher eine schöne Aussicht hatte; eine unterirdische Einsiedeley die aus mehreren gewölbten Grotten bestand, und das große, 1800 Oxhoft haltende Faß in einem Kreutzgewölbe waren die hiesigen Merkwürdigkeiten. Ein Tannenwäldchen, in dem eine feyerliche Stille herrschte, muß in heißen Tagen, seiner Kühlung wegen sehr angenehm seyn; dicht dabey steht ein offner Pavillon, in welchem der Körper des Dom-Dechants v. Spiegel, der diesen Garten anlegte, in einem hölzernen Sarge aufbewahrt wird: er verlangte einen schwarzmarmornen Sarg, sein Sohn hat es aber bisher dabey bewenden lassen. Dieser wendet wenig auf diese für Halberstadt wohlthätige Anlage, welche daher in Verfall kommt; er selbst hält sich auf seinen etwas entlegenen Gütern auf. – Die Kluse, zwey nicht weit von eben erwähntem Garten entlegene Sandstein-Felsen, die sich auf zwey pyramidalisch in die Höhe steigenden Hügeln erhebt, hat ihren Namen von einer in den oberen Theil des einen Felsens gearbeiteten Grotte, die sehr geräumig ist, und mehrere Hölen hat, auch aus ihren Öffnungen eine ganz artige Aussicht auf die Ebene gewährt, die man auch von der platte forme auf dem Felsen hat. Es sind außerdem mehrere kleine Grotten in den beträchtlich großen Felsen, die in horizontalen Schichten auf einander liegen: die Hügel liegen in einer Kette von mehreren Sandbergen, die aber alle nicht mit Gesträuch, sondern mit Gras und Heidekraut bewachsen oder kahle Sandberge sind, auf denen hie und da seitwärts eine Felsen-Ecke hervorsieht. Zwischen den Hügeln bildet sich ein krummes Thal, in welches von dem größten Felsen herab ein Sturz von Felsstücken in einer Unordnung da liegt, als hätte sie ein Erdbeben daher geschüttet. Auf dem Rückweg nach der Stadt bedeckte uns ein Schloßenwetter mit Eis; wir trockneten uns in der großen Wirthsstube, aaßen ganz gut zu Mittag und besahen den Dom, der zwar gothisch aber mit einer Simplicität und einem so edlen Styl gebaut ist, wie ich noch in keiner gothischen Kirche fand; daher hätte ich gern das Jahrhundert erfahren, in welchem sie gebaut ist. Die Werkstücken sind von einem gelblichen Sandstein, der fast wie polirt aussieht: Das Kolossalische des Magdeburger Doms ist freylich hier nicht, aber die Höhe der Wölbung mag doch auch 50 bis 60 Ellen betragen; wie gewöhnlich stehn an der einen Giebel-Seite zwey große viereckigte Thürme, die hier aber sehr gut und einfach verziert sind; inwendig theilen zwey Reihen auf gothische Art zusammengebundener Säulen die Kirche in das eigentliche Schiff und zwey breite Seitengänge, und tragen nebst den Kirchwänden die dreyfache Wölbung. Nach hinten zu ist das nach allen Seiten zugebaute und nur oben offne Chor zum Absingen der Horen. Die Glasmahlerey ist ganz merkwürdig. Ein Gang nach dem reichen Dominicanessen-Kloster St. Burchardi, das vor der Stadt mitten in einem schönen und weitläuftigen Wirthschaftshof liegt, war vergeblich. Das Barfüßer oder Franziskaner-Kloster in der

Stadt zeigte uns ein freundlicher alter Vater, von dem wir zugleich manches merkwürdige über ihre Verfassung erfuhren, z. B. von den Seminarien, wo ein Theil der fratrum, der nochmals ordinirt wird, Theologie studirt, eine Einrichtung, die auch in diesem Kloster war, und ferner von den Missionarien, welche aus den ansehnlichen Klöstern in partes infidelium geschickt werden und dort (in bürgerlicher Kleidung) Proselyten zu machen suchen. Er ließ uns dies zwar nur halb merken und sprach eigentlich nur von denen, die im Stillen ihren Glaubensgenossen die sacra administriren, ich habe aber zur Bestätigung dieser Nachricht à la Nicolai späterhin manches gehört. – Das hiesige Kloster, ein schönes Gebäude en quarré von schönen Werckstücken, die ziemlich einfache und helle gothische Kirche, deren innres blos die schlechten Statuen der Apostel u. dgl. m. verunstalten, liegt seitwärts an. Der Kreutzgang an dem die Zellen liegen, ist breit und hell, und der Gang, der im untern Geschoß um den viereckichten Hof herumgeht, ist so gut als vier Säle. In Zellen kamen wir nicht, weil eben Gebet in der Kirche, und also keiner von den 26 Mönchen in seiner Wohnung war; so viel ich weiß, macht ein Strohlager, ein Stuhl und ein Tischgen die ganze Meublirung aus, wer nicht zum Seminario gehört, muß von einer tödtlichen Langeweile gedrückt werden. – Es sind in Halberstadt 7 Klöster, 4 Mönchs- und 3 Nonnenklöster, die Zahl der Kirchen von verschiedenen Religions-Verwandten ist beträchtlich. Die Stadt ist groß genug, hat aber mit recht artigen Gebäuden auch sehr alte untermischt; auf dem Domplatz findet man unter den Kurien der Domherrn ganz gute Häuser, z. B. die des Dom-Dechanten Graf von Wernigerode. Das hiesige Volk hat etwas kurzes und determinirtes. – Das Vorfahren unserer Extra-Post verhinderte uns um 5 Uhr zum 70jährigen Domherrn Gleim zu gehn, der jeden Besuchenden gern sieht und mit Höflichkeit aufnimmt. Wir fuhren bey ziemlicher Kälte und durch schon hüglichte Gegenden, auf denen man zuerst wieder Holz sieht, welches in dem ganzen Strich von Dessau bis hieher mangelt, nach **Wernigerode,** wo wir um 8 ankamen. Meine Tanten empfingen uns sehr liebreich in ihrer ganz artig meublirten Wohnung auf dem Schloßberg, die aus fünf Zimmern und 3–4 Kammern besteht, hatten ein feines Abend-Essen für uns anrichten lassen und wiesen uns ein Logis von zwey Zimmern und einer Kammer an, vor deren Fenstern das Gebirge sich in einiger Ferne amphiteatralisch erhob. Da wir uns hier gewissermaßen häuslich niedergelassen hatten, schliefen wir noch einmal so gut als sonst: Meine Tanten, die mir ungemein viel Liebe bezeigten, hatten uns herrlich besorgt.

Am 18ten (♃) verging der Vormittag mit Journal-Schreiben, Frisieren und Anziehen: an Ausgehn war wegen heftigem Schnee und Regen nicht zu denken. Gegen 12 fuhren wir mit meinen Tanten aufs Schloß, wohin wir, da der Graf verreist war, von der Gräfin zur Tafel geladen waren, die aus 20 Couverts bestand: der Saal war ganz artig und die Tafel gut servirt. Nach Tische blieben wir bis gegen Abend bey der gräf[lichen] Familie, welche aus der Gräfin, ihrer Schwester, 4 beynahe erwachsenen Comtessen, noch 2 Damens und den zwey noch unerwachsenen Söhnen besteht, die aber keinmal in diesem Zirkel erschienen: Eine gewisse Herzlichkeit und ein äußerst zuvorkommendes Wesen machte diese Gesellschaft überaus angenehm und liebenswürdig und das Betragen, welches gegen einander beobachtet wurde, gab mir, besonders als in den folgenden Tagen auch der Graf in diesem Kreis war, das Ideal einer glücklichen und zufriedenen Familie. Das Schloß, das auf einem hohen und steilen Berg liegt, wird durch die Aussichten aus seinen Zimmern, die heitere Luft, welche daselbst herrscht und den es zum Theil umgebenden Lustwald ein anmuthiger Wohnort; denn um dieser Schönheiten willen kann man wohl die Unbequemlichkeiten des Herauf- und Herunterfahrens oder Gehens und die Rauhheit der Luft vergessen. Man mag sich stellen an welches Fenster man will, die in den Hof abgerechnet, so findet man fast immer eine reitzende und romantische Aussicht vor sich. Auf der einen Seite breitet sich das friedliche Wernigerode am Fuß des Schloßbergs aus, und hinter demselben laufen aufwärts nach dem Gebirge einige sich bald verengende, bald erweiternde Thäler hin, in deren Mitte die Renne, wie ein nachlässig auf einen Tisch gelegter Silberfaden sich daher schlängelt. Im schönsten Grün zerstreute Ortschaften wechseln mit dunkelm Schwarzholz und frischen Saatfeldern in diesen schönen Thälern, an deren Seiten sich anfangs ein fruchtbares Land fernhin erstreckt bis sie sich endlich in waldichten Hügeln verlieren, hinter denen sich immer höher und in immer schwächerem, erbleichtem Blau das Harzgebirge erhebt. Auf einer andern Seite sieht man tief unter sich in den Kessel eines unregelmäßigen Thales, das dennoch durch das sanfteste Grün, welches seinen Boden überzieht und durch einen mit Laubholz aller Art bewachsenen Berg, dessen Seiten sich bald senkrecht an dem Abgrund erheben, bald in allmähligem Abhang sich in das Thal verlieren, einen anmuthigen Anblick gewährt. Zwischen schroffen Felswänden drängt sich auf einer andern Seite ein Thal aus den Gebirgen hervor, während ganz nah ihm zur Seite ein anderes, mit einem Grund von wollüstigen Kräutern auf denen üppiges Gesträuch in die Höhe wuchert, sich in schön gerundeten Krümmungen durch angenehm belaubte Hügel daher windet. Immer rauher und immer wilder werden hinter dieser Scene die Vorgebirge des Harzes, welche finstrer Kiefernwald deckt; bis endlich eine sich amphiteatralisch erhebende Bergkette den Schauplatz umschließt und in ihrer Mitte aus ferner Bläue der Brocken sein weißes Haupt kolossalisch gen Himmel streckt. Nächst diesen schönen Aussichten müssen die artig geordneten, geschmackvoll meublirten und mit Landschafts-Zeichnungen und Kupfern ausgehängten Zimmer und eine Bibliothek von etwa 40000 Bänden den Aufenthalt auf diesem alten, unregelmäßig gebauten Schloß, das sich in der Ferne wie eine rauhe aufgethürmte Fels-Masse praesentirt, sehr angenehm machen. Die Bibliothek ist gut geordnet und hat einen eignen Bibliothekar an Herrn Bentzler, einem arbeitsamen Mann, 200 rt die jährlich zur Vermehrung derselben ausgesetzt sind, langen freylich bey weitem nicht hin um in allen gelehrten Fächern das nöthige anzuschaffen. Für Theologie sind viele schöne, alte Wercke, viel für Kirchen- und für Staaten-Geschichte, auch manche juristische Fächer sind gut besetzt, aber für allgemeine Weltgeschichte ist wenig da. Ein paar schöne Ausgaben von Voltaire und Rousseau, ein Koran, ein Hans Sachs, die Alterthümer von Pompeji und Lavaters Physiognomik, die ich mir in mein Logis geben ließ, schienen die Merkwürdigkeiten zu seyn, auf die man die Fremden am meisten aufmerksam macht. Es ist wohlthätig vom Grafen, daß er in die Stadt und besonders die Stadtschule, die ganz gut eingerichtet seyn soll, Bücher zu verborgen erlaubt hat. Merkwürdig ist die Maschine, welche die nach dem Alphabet geordneten Folianten des Bücher-Catalogs trägt; sie könnte in großen Bibliotheken mit Nutzen nachgeahmt werden: sie besteht in folgendem Mechanismus – Eine eiserne horizontale Welle mit einem Drilling liegt an beyden Enden auf einem Gestelle auf und macht den Mittelpunct von zwey nahe bey einander angebrachten vertikalen eisernen Kreutzen aus, die eine Höhe von etwa 5 Schuhen im Diameter haben und deren jedes von einem eisernen Reifen umgeben wird: Der Drilling greift in 6 vertikale in der Rundung um ihn angebrachte eiserne Stirnräder. In einer Entfernung von etwa 6 Schuhen ist ein ähnlicher Mechanismus angebracht und beyde Räderwerke sind durch 6 horizontale Breter verbunden, die an den schmalen Enden in Zapfen ausgehn, welche in das Centrum der 6 Stirnräder so eingelegt sind, daß sie beweglich bleiben: auf diesen Bretern nun liegen die aufgeschlagenen Folianten. Der Nutzen besteht darinn, daß, so wie man an einem von den Reifen dreht, der an der Welle des Kreutzes angebrachte Drilling gleichfalls gedreht wird und durch seine mittelst einer eisernen Stange bewirkte Verbindung mit dem Drilling des andern Räderwerks bey dieser ein gleiches veranlaßt. Beyde Drillinge setzen nun die sie umgebenden 6 Stirnräder in Bewegung, wodurch denn auch die in dem centro dieser Räder ruhenden Breter im Kreis herumbewegt werden und die Peripherie des Cirkels beschreiben an welchem die Centra der Stirnräder Punkte sind; so daß man das Bret vor sich bekommt, auf welchem der Foliant liegt, den man sucht. Die Breter bleiben dabey vermöge ihrer Schwere und vermöge der Schwere der Bücher, horizontal, weil sie in dem centro der Stirnräder beweglich sind. – Auf der hiesigen Bibliothek sind zwey solche Maschinen.

Abends aaßen wir wieder mit meinen Tanten alleine, bey denen wir ganz als Haus-Einwohner und mit einer Liebe behandelt wurden, die mir den hiesigen Aufenthalt überaus versüßte und mir meine Tanten, die ich vorher wenig gekannt hatte, erst recht lieb machte. Den 19ten früh ging ich zum regierenden Herrn, der eben aus Halberstadt angekommen war, aufs Schloß und fand an ihm einen sehr leutseligen Mann, der bey vieler Würde äußerst freundschaftlich gegen mich war. Wir gingen dann mit meiner zweyten Tante in die Orangerie, einen großen hohen Saal, dessen Orangen-Bäume verkauft worden sind; an den Seiten stehn in Gewächshäusern manche merkwürdige Pflanzen, und zugleich ist hier eine sehr einfache Einrichtung um den Tannen-Saamen aus den Tann-Zapfen zu gewinnen. In einiger Erhöhung von der Erde sind auf einem Gerüste Leisten, etwa zwey Zoll jede von der andern, genagelt; auf diese schüttet man die Tannzapfen, und läßt sie ruhn bis die Hitze des Gewächs-Hauses sie zum Aufspringen gebracht hat, wobey sie auch sehr mürbe werden, dann arbeitet man sie mit einem Rechen durcheinander, wodurch veranlaßt wird, daß die Saamen mit ihren blätterartigen Flügeln zwischen den Leisten hindurch auf den flachen Boden fallen. – Mittags speisten wir in Gesellschaft einer verwittweten Frau von Aderkaß und ihrer Nièce, zwey Bewohnerinnen des nemlichen Garten-Hauses, bey meinen Tanten, und dann ritten wir auf herrschaftlichen Pferden mit einem Reitknecht des Grafen nach Ilseburg, eine Meile von Wernigerode. Mir hatte der Graf sein Leibpferd Mylord, einen großen und schönen Braunen gegeben. Auf dem Weg nach *Ilseburg* kamen wir durch viel fruchtbaren doch etwas zu lehmichten Boden und eine Fläche, die seitwärts an den waldigen Vorgebirgen des Harzes hinläuft, in welche sich zuweilen ganz artige Aussichten eröffnen. Vor Ilseburg kommt man durch einen schönen Eichenwald und passirt die Ilse, deren klares Wasser sich reißend zwischen buschichten Ufern, durch deren helles Grün hie und da ein Bauerhof durchscheint, und zwischen Felsenstücken hindurch drängt. Der Ort selbst ist beträchtlich groß und war für mich wegen seiner Eisenwerke merkwürdig. Ein höflicher und wie es schien wegen seiner Kenntnisse geschätzter Mann führte uns herum in Gesellschaft dreyer Forst-Junker: v. Landwüst, den ich schon nebst s[einem] Vater dem hiesigen Oberforstmeister auf dem Wernigeroder Schloß hatte kennen lernen, v. Malorti aus dem Hannöverschen und v. Löwenklau. Wir besahen die Rösthaufen, die sämtlich frey liegen und mit Holz angezündet werden; das *Puchen* unter dem großen Hammer; die *Schlieche,* die nach Beschaffenheit des Eisensteins mit viel oder wenig Kalck und Schlacken beschickt in Vorrath lag, und die beyden *hohen Öfen,* die meist nur wechselsweise gehn. Sie bekommen ihr Wasser von einem Arm der Ilse, und wenn dieser nicht hinreicht aus einem großen und schönen Hammerteich, an dessen Ufern man ganz artige Aussichten antrifft: An dem Arm der Ilse war eine doppelte *Schlackenwäsche,* deren jede aus einem Wasserrad und Daumenwelle besteht, die 3 oder 4 Stampfer hebt, welche in einem Kasten die durch einen Hüttenjungen untergeschobenen Schlacken zerstampfen; worauf das Wasser, das man in Rennen stark oder schwach vom Wasserrad auf den Kasten laufen läßt, die leichteren Theile wegnimmt, während die schwereren sich setzen und mit Schaufeln herausgehoben werden. Merkwürdig war mir das *Formenmachen* für den hohen Ofen, weil ich es zum erstenmale sah: Ein besonders angestellter Formenmacher arbeitete alleweile noch an den Formen zu den Eisenröhren u.s.w. bey der Feuermaschine, welche in's künftige statt der Windmühlen das Wasser auf die preußischen Gradierwerke bey Halle pumpen wird. Die Form wird von Lehm gemacht und besteht aus dem *Kern* oder dem Körper, welcher den inneren Raum des zu gießenden Gefäßes pp. füllen soll, und dem *Mantel* oder der äußeren Lehmwand, welche aus zwey Stücken besteht und den zu gießenden Körper von außen umgeben soll: zwischen beyden bleibt der leere Raum in welchen, durch ein in dem oberen Theil des Mantels angebrachtes Loch das in Fluß gebrachte Eisen gegossen wird. Die Hüttenwerke bestehn aus 3 Frischfeuern, 2 Zaynhämmern und 1 Drahthütte. In dem Stab- und dem Zayn-Hammer, den wir besahen, fiel mir nichts besonders auf, als daß das Schmied Eisen sehr geschmeidig war, wodurch es sehr geschickt wird in der Drahthütte gezogen zu werden[.]

[4.]

[Tagebuchnotizen aus der Zeit der Fichte-Studien]

[März–April 1796]

Gleichmuth – selbst bey den hoffnungslosesten Zufällen. z. B. b[ey] S[ophie].

Hüte dich über die Mittel nicht den Zweck zu verlieren – den reinen Charakter der Menschheit – schlichtes, verständiges humanes Betragen.

Official und Familiengelegenheiten – Französisch – Briefe – Arbeit für mich – Schöne Wissenschaften – Conduite.

Uebe dich in der Langsamkeit.

Tagebuch – ohne Reflexionen – simple Relation.
Nach d[en] Blattern – Brief an A[uguste]. Den Tag verreißt. Durch Z[edtwitz?] übergeben lassen und sie früh unbestimmt zur Theilnahme aufgefordert.

Dictirübungen – Stunden an meine Geschwister. Unser Archiv.

[Frühsommer 1796]

Ich bin zu sehr an der Oberfläche – nicht stilles, innres Leben – Kern – Von innen aus einem Mittelpunct heraus wirkend – sondern an der Oberfläche – im Zickzack-horizontal-unstät und ohne Karacter – Spiel – Zufall – nicht gesezliche Wirkung – Spur der Selbstständigkeit – Äußerung *Eines* Wesens.

Man muß alle seine Kräfte üben und regelmäßig ausbilden – die Einbildungskraft – wie den Verstand – die Urtheilskraft etc. Die Vernunft baue ich jezt an und die verdient es auch am ersten – denn sie lehrt uns den Weg finden.

Religion – Jesus etc.

Jezt kann ich nichts bessers thun, als die [Fichte] Studien vollenden, und Französisch langsam treiben. 2–3 Stunden alle

Tage müssen auf die Länge etwas fruchten. Vor Vollendung der Studien kann ich auch nicht gut an andre Wissenschaften denken, oder selbst Occupationen vornehmen. Mein Geist wird sehr durch das Studium der französischen Sprache gewinnen – denn ich werde besonnener, *gewandter* und reicher an Wendungen. Je *ruhiger* und *freyer* ich arbeiten werde, desto fester und egaler muß mein Styl werden.
Studien – Französisch – Schöne Wissensch[aften] – Briefe – Officialia – Officiallectüre.

Warum muß ich alles nur *peinlich* treiben – nichts ruhig – mit Muße – gelassen –

[Sommer 1796]

Sollte der Fehler, warum ich nicht weiter komme, etwa darinn liegen – daß ich nicht ein Gantzes fassen und festhalten kann?

[5.]

Klarisse

[Weißenfels, August oder September 1796]

Ihre Frühreife. Sie wünscht allen zu gefallen. Ihr Gehorsam und ihre Furcht vor dem Vater. Ihre Decenz und doch ihre unschuldige Treuherzigkeit. Ihr Steifsinn und ihre Schmiegsamkeit gegen Leute, die sie einmal schäzt, oder die sie fürchtet. Ihr Betragen in der Kranckheit. Ihre Launen. Wovon spricht sie gern. Artigkeit gegen Fremde. Wolthätigkeit. Hang zum kindischen Spiel. Anhänglichkeit an Weiber. Ihre Urtheile. Gesinnungen. Anzug. Tanz. Geschäftigkeit im Hause. Liebe zu ihren Geschwistern. Musikalisches Gehör. Ihre Lieblinge. Geschmack. Religiosität. Freyer Lebensgenuß. Ließt sie gern. Hang zu weiblichen Arbeiten. / Sie *will nichts seyn* – Sie *ist* etwas. / Ihr Gesicht – ihre Figur – ihr *Leben.* ihre Gesundheit – ihre politische Lage. / Ihre Bewegungen. Ihre Sprache. Ihre Hand. Sie macht nicht viel aus Poësie. Ihr Betragen gegen andre, gegen mich. Offenheit.

/ Sie scheint noch nicht z[u] eigentlichen reflectiren gekommen zu seyn – Kam ich doch auch erst in einer gewissen Periode dazu. / Mit wem ist Sie zeitlebens umgegangen. Wo ist Sie gewesen? Was ißt Sie gern. *Ihr Betragen gegen mich.* Ihr Schreck für der Ehe. / Ich muß Sie recht nach Ihren Eigenheiten fragen – So auch die M[andelsloh]. / Ihre Art sich zu freuen – zu betrüben. Was ihr am meisten von Menschen und Sachen gefallen. Ist ihr Temperament erwacht? Was Sie zur Justen gesagt hat. Ihr Tabaksrauchen. Ihre Anhänglichkeit an die Mutter, als Kind. Die Anekdote mit Selmniz – von *Bretern.* Ihre Dreistigkeit gegen den Vater. Ihre Confirmation. Sie hat v[on] d[er] Machére Einmal Schläge gekriegt. *Je reviens.* Ihre Gespensterfurcht. Ihre Wirthschaftlichkeit. Heynemann. Drey Reuter ritten ums Thor herum. Wie sie den Dieb hat halten wollen. Gesicht bey Zoten. Talent nachzumachen. Ihre Wolthätigkeit. Urtheile über Sie. Sie ist mäßig – wolthätig. Sie ist irritabel – sensibel. Ihr Hang Gebildet zu seyn – Ihr Abscheu für dem Vexiren, dem Geträtsche; Ihre Achtsamkeit auf fremde Urtheile. Ihr Beobachtungsgeist. Kinderliebe. Ordnungsgeist. Herrschsucht. Ihre Sorgfalt und Passion für das *Schickliche* – Sie will haben, daß ich überall gefalle. Sie hats übel genommen, daß ich mich zu früh an die Eltern gewandt habe, und es mir zu bald und zu allgemein merken lassen. Sie hört gern erzählen. Sie will sich nicht durch meine Liebe geniren lassen. Meine Liebe drückt sie oft. Sie ist *kalt* durchgehends.

/ Ungeheure Verstellungsgabe, Verbergungsgabe der Weiber überhaupt. Ihr feiner Bemerkungsgeist. Ihr richtiger Takt. /

/ Alle Weiber haben das, was Schlegel an d[er] schönen Seele tadelt /

/ Sie sind vollendeter, als wir. *Freyer,* als wir. Gewöhnlich sind wir besser. Sie *erkennen* besser, als wir – Ihre Natur scheint unsre Kunst – unsre Natur ihre Kunst zu seyn. Sie sind geborne Künstlerinnen. / / Sie individualisiren, wir universalisiren. / Sie glaubt an kein künftiges Leben – aber an die Seelenwanderung. Schlegel interressirt sie. Sie kann zu grosse Aufmercksamkeit nicht leiden und nimmt doch Vernachlässigung übel. Sie fürchtet sich so für Spinnen und Mäusen. Sie will mich immer vergnügt. Die Wunde soll ich nicht sehn. Sie läßt sich nicht dutzen. Ihr H auf der

Wange. Lieblingsessen – Kräutersuppe – Rindfleisch und Bohnen – Aal. Sie trinckt gern Wein. Sieht gern etwas – liebt d[ie] Komoedie. Sie denkt mehr über andre, als über sich nach.

[6.]

[Kalendereintragungen]

[Januar und März/April 1797]

			Januarius 1797	Rt.	gr.	
☉	So.	1.	+ Gramma[tik] Phil[osophisches] Organ. Schellings Antikrit[ik]. Langermann. [Friedrich] Schlegel	2	16	
☽	Mo.	2.	Nach Barnstedt gereist			
♂	Die.	3.	Vollends bis Artern und den Nachmittag nach Heldrungen			
☿	Mittw.	4.	Früh den Finger gebrochen Dann nach Gr[üningen] gefahren dort traf ich Langermann	1	8	Briefgeld
					5	den Boten
					16	den Kutscher
♃	Don.	5.	In Grüningen. Nichts wie Schmerzen.			
♀	Fr.	6.	In Gr[üningen]. Nachmittags verloren sich die Schmerzen.	2	16	Buchgeld
♄	Sa.	7.	Nach Artern zurück.		16	den Kutscher
☉	So.	8.	Nachmittag nach Gleina		6	Spiritus
					16	Balbier in Heldrungen
☽	Mo.	9.	Früh nach Weißenfels Brief v[on] [Heinrich] Cotta wegen Erasm[us]. Karl war da. Brief v[on] [George Hartmann von] Witzleben. beant[wortet] sogl[eich].			
☿	Mittw.	11.	*Math[ematik]. Phil[osophie]* / Erzählung / Deutschland 10tes St[ück]			

Brief v[on] [Friedrich] Schlegel. Sogl[eich] beant[wortet]

♃ Do. 12. *Math[ematik].* Phil[osophie] / Erz[ählung] / Aufgabe. Hearnes Reise nach [dem] Kupferfluß.
Brief v[om] Kreisamtmann

♀ Fr. 13. Math[ematik]. Phil[osophie].
Agnes v[on] Lilien Forts[etzung].
Semler assign[irt]
Interessen an [J. L. L.] Kessler
Brief an Rockenthien

♄ Sa. 14. Math[ematik]. Phil[osophie] / Pensées /
Rapport üb[ers] Jahr 1796 v[om] Inspek[tor] [Senf] gelesen und nachgerechnet.

☉ So. 15.

☽ Mo. 16. Dürrenberg

♂ Die. 17. Merseburg

☿ Mittw. 18. Retour. [Friedrich] Schlegel getroffen
Brief von Erasmus

♃ Do. 19.

♀ Fr. 20. Brief v[on] Rockenthien.

♄ Sa. 21. Kösen. Schlegel weg.
Br[iefe] an Justen. Erasm[us]. Sophie.

☉ So. 22. Semler weg.

1	8	Mütze f[ür] Sophie
14	–	Zinsen an K[reis] A[mtmann]
8	–	Kragen

Martius 1797

☿ Mi. 1. Aschermittwoch
Heute kam ich nach Grüningen und fand Sofien sehr übel.

☉ So. 5. Nach Langensalza

☽ Mo. 6. Nach Gr[üningen zurück

♃ Do. 9. Sofie ward tödlich krank

♀ Fr. 10. Heute früh sah ich Sie *zum*

leztenmale. Ich fuhr nach Weißenfels zurück.

☿ Mittw. 15. Mein Verlobungstag.

♀ Fr. 17. Heute Abend kam Francke mit untröstlichen Nachrichten zurück. Es war just ihr Geburtstag.

☉ So. 19. Heute früh halb 10 Uhr ist *Sie gestorben* – 15 Jahr und 2 Tage alt – geb. 1784 [1782]

♂ Die. 21. Mit einem Boten von Anton erhielt ich heute die Nachricht.

Aprilis 1797

♀ Fr. 14. Erasmus Tod war Karfreitag

* * *

[7.]

[JOURNAL]

[18. April bis 6. Juli 1797]

Tennstedt. Den 18ten April. Den 31ten †.

18. 31. Dienstag. 3ten Osterfeyertag.

Früh sinnliche Regungen. Mancherley Gedanken über *Sie* und über mich. Phil[osophie] ziemlich heiter, und leicht. Der Zielgedanke stand ziemlich fest – Gefühl von Schwäche – aber Extension und Progression. Moritz. Bey Tisch und nachher heiter und gesprächig. Just spielte das Lied: Sing o! Lied und Zitterspiel. Im Wilh[elm] Meister fiel mir eine passende Stelle aus dem 4ten Buche – ein Selbstgespräch Meisters – auf. Nachher gieng ich herauf und schrieb an den Errinnerungen. Recht aufgelegt zum Denken und Arbeiten war ich nicht; schein es überhaupt Nachmittags nicht zu seyn – vielleicht hindert mich auch die Gesellschaft – Alle Gesellsch[aft] wo ich nur gebe, bekömmt mir nicht.

19. [April] 32.

Früh mancherley wegen des Entschlusses – Gewanckt und geschwanckt – dann Phil[osophie]. Mittags heiter – um 2 hinauf – Phil[osophie]. Nachher meine ältern Bemerkungen durchgegangen – dann spatzieren – Abends noch die älteren B[emerkungen] absolvirt. Ein Brief v[on] Karolinen – ein wenig gerührt – ein Gedicht von Landvoigt – Trauerbr[ief] nach Gr[üningen] – Ich zeigte d[er] Kreisamtmännin S[ophiens] Portrait. Wir sprachen viel von ihr. Im Ganzen den Tag heiter und ruhig.

20. [April] 33.

Heute viel an S[ophie] gedacht. Früh nicht recht aufgelegt – gegen Mittag besser. Nachmittag wieder so – nicht recht heiter – aber gefühlvoller, als sonst. Con amore hab ich jedoch an den Errinnerungen geschrieben. Abends las ich ältere Briefe von mir an die Justen. Spät ward ich aufgeräumt, doch befand ich mich nicht wohl. Im Ganzen hab ich jedoch heute manch Gutes gedacht. Früh schrieb ich an den Hauptmann und gratulirte Carolinchen in Gr[üningen] zu ihrem Geburtstage.

21. [April] 34.

Früh sinnliche Fantasieen. Dann ziemlich philosophisch, Rokkenthiens kamen. In einer gleichgültigen, mithin für die Gesellsch[aft] ziemlich aufgelegten Stimmung blieb ich den ganzen Tag. Ich fühlte mich zuweilen nicht ganz wohl. Im Meister las ich Nachmittags unten einiges, wobey mir manches Interressante über meine bisherige Bildung einfiel. An S[ophie] hab ich oft – aber nicht mit Innigkeit gedacht – an Er[asmus] kalt. Auch heute habe ich zuviel gegessen.

22. [April] 35. Vacat.

23. [April] 36. [Sonntag]

Heute früh viel vernünftiger, als gestern. Viel gutes niedergeschrieben. Nachtisch Kaffee im Garten, recht windstill einmal in mir. Oft an S[ophie] und den Entschluß gedacht. Abends in Youngs Nachtgedanken geblättert – viel über Meister nachgedacht – Sonst in der gewöhnlichen Gesellschaftsstimmung.

Im Ganzen bin ich heute viel besser mit mir zufrieden, als gestern.

24. [April] 37.

Der Kopf war mir zwar nicht recht heiter – aber doch hatt ich früh eine *selige* Stunde. Meine Fantasie war zwar zu weilen ein wenig lüstern – doch war ich heute ziemlich gut. Nachmittags war der Kopf hell. Meister beschäftigte mich den ganzen Tag. Meine Liebe zu Sofieen erschien mir in einem neuen Lichte. Abends sprach ich wieder viel freylich – doch dachte ich einmal dazwischen an meine Vorsätze darüber. Der Entschluß stand recht muthig.

Sophiee wirds immer besser geben. Ich muß nur immer noch mehr in ihr leben. Nur in ihrem Andenken ist mir wahrhaft wohl.

25. [April] 38.

Heute männlich und wohl. Früh nichts, als Meister; viel an S[ophie] gedacht – muthig und frey. Unten zwar viel gesprochen – aber doch einige mal besonnen.

Abends einen lebhaften Eindruck ihres Todes. Im Ganzen kann ich heute ziemlich zufrieden seyn. Mein Kopf war hell und ich fühlte mich vorzüglich fest und männlich.

26. [April] 39.

Früh einiges über Meister. Nachher excerpirt. Nachmittags im Amte gearbeitet. Im Ganzen kann ich zufrieden seyn – ich habe zwar mit Rührung nicht an Sie gedacht – ich bin fast lustig gewesen – aber doch gewissermaaßen ihrer nicht unwerth – ich habe zuweilen männlich an Sie gedacht. Den Morgen hatt ich die fatale, drückende, bängliche Empfindung des eintretenden Schnupfens. Der Entschluß stand fest. Mit der Mäßigkeit und der Geschwätzigkeit hinkte es.

27. [April] 40.

Früh Meister – Hell und besonders poëtisch einmal gedacht. Nachmittags Acten gelesen – dann zum Doctor – eine lange Conversation über meine Gesundheit, meine Zwecke, meine Ansicht des Lebens – er wollte mich bekehren – den Abend munter – viel von Politik geschwazt. Der Gedanke an meine S[ophie] und Erasmus ward einmal recht lebendig. Übrigens wars heute recht gut. Ich muß immer noch männlicher mit mir umgehn – mir was zutrauen – nicht kindisch zagen und weich thun und mich verziehn. Schmerz und Weh muß ich besser ertragen lernen.

28. [April] 41.

Heute früh lebhafte Sehnsucht. Nachher Meister. Nachmitt[ags] Bericht. Brief von Karl. Gut und männlich – lebhafte Errinnerungen. Meistern muß ich vollenden. Vollenden muß ich noch lernen – Mit Einer Sache aufs reine kommen.

29. [April] 42.

Meister. Ältere Bemerkungen. Nach Tisch alte alchymistische Papiere durchgeblättert. Dann kam Anton. Wir giengen in den neugekauften Garten. Bis Abends sehr munter – Ein Gedicht auf den Gartenkauf. Sonst recht gut. Abends etwas zu lebhaft gestritten während des Essens. Herzliche Errinnerungen zuweilen.

30–43–4ten May. 47.

Sonntag [30. April] war ich recht gut. Bericht und Meister. Nach Tisch kriegt ich Briefe von Hause – von Zillbach, Hubertsburg und Manteuffeln. Ich bat den Herrn Kreisamtmann mir das Geld zu verschaffen – dann gieng ich nach Gr[üningen] – Unterwegs war ich heiter und gedankenvoll. Ich traf blos die Danscour – Sie kamen aber bald von Klingen. Die Nacht schlief ich unruhig. Den folgenden Tag regnete es beständig. Früh weint ich sehr – Nach Tisch wieder. Den ganzen Tag war ich ganz ihrem Andenken heilig. Den 2ten May schenkten mir die guten Eltern die Tasse, den Beutel und das Flacon, was Söphchen ihren lezten Geburtstag erhielt. Ich war sehr gerührt – dann gieng ich zu ihrem Grabe und steckte die Blumen darauf, die ich Tags vorher von der guten Kreisamtmännin erhalten hatte. Mittags hatten sie eine große Bretzel backen lassen.

Nach Tisch ritt ich nach Tennstedt. Der Tag blieb gut und eingedenck. Gestern, den 3ten May that ich nicht viel – Nachmittags schrieb ich 4 Briefe – an Schlegel – Woltmann, Manteuf[f]el und Slevoigt nach Zillbach. Die beyden ersten schickte ich nach Jena mit einem Boten, den ich Abends abfertigte. Abends erhielt ich einen Brief v[on] Kommerstedt. Spät sprach ich sehr lustig mit d[er] K[reis] A[mtmännin] – weshalb ich auch Abends meine Lieblingsbilder nur in der Ferne sah und meine Lieblingsideen nicht mit Wärme fassen konnte.

Heute früh lebhaft an S[ophie] gedacht – der Entschluß ward etwas düster angesehn. Dann Meister. Dann den Brief an Slevoigt auf die Post getragen – Bey Tisch einmal mit Ruhe und Besonnenheit geredet – dann oben Varia und üb[er] Meister geschrieben – auf dem Spatziergange viel gesprochen üb[er] Berichte – Geschäftsgang bey den Salinen – Miltiz und seine Geschichte. Nachher wieder oben gearbeitet. Dann kam Rüling und ich erhielt Briefe v[on] Vater und Carolinen. Bey Tisch sehr heiter. Rüling mußte von Stolberg erzählen. Gustchen Brandes, zu der wir nachher gehen wollte[n], war nicht zu Hause – ich hatte viel gegessen. Dann sprach ich einiges mit Zedtwiz. Nachher allg[emeines] Gespräch – bis ich hinauf gieng. Jezt schein ich ebenfalls kalt und *zu sehr in der Stimmung des Alltagslebens zu seyn.* Die Gesellschaft will mir noch gar nicht bekommen. Strebe nur nach der höhern, permanenten Reflexion und ihrer Stimmung. O! daß ich sowenig in der Höhe bleiben kann.

5. [May] 48.

Früh, wie gewöhnlich, an Sie gedacht. Nachher über Kritik. Dann Meister. Nach Tisch *heftig* gekannegießert. Meister. Spatzierengegangen – heiter und vernünftig unterwegs gedacht bes[onders] über die Göthesche Bemerckung, daß man so selten die rechten Mittel zu seinen Zwecken kennt und wählt, so selten den rechten Weg einschlägt. Ich scheine jezt fester und gründlicher werden zu wollen. Abends *viel* gegessen – mit der Frau Kr[eisamtmännin] über Carolinchen gesprochen. Spät recht lebhaft Söffchens Bild vor mir gehabt – *En Profil*, neben mir auf dem Kanapee – im grünen Halstuch – in Karacteristischen Situationen in Kleidern fällt sie mir am leichtesten ein. Abends überh[aupt] *recht innig an Sie gedacht*. Ich habe Ursach heute mit allem zufrieden zu seyn. Gott hat mich bisher *liebevoll* geführt – er wirds gewiß auch ferner thun.

6. [May] 49.

Meister. Nachmittags heitres Denken. Briefe an Vater und Karoline. Briefe von Woltmann und Schlegel nebst Büchern. Abends vorgelesen aus dem Journal Deutschland – sehr hell und frey gestimmt.

Ich kann mit meiner Treue, mit meinem Andenken zufrieden seyn. So vergnügt, wie gestern Abend legt ich mich aber nicht zu Bette – ich war unruhiger.

7. [May] 50. [Sonntag]

Heute früh las ich in den Novitaeten. Dann excerpirte ich aus Meister und schrieb einiges gedachte auf. Ich gieng Nachmittags in die Kirche. Nachher disputirte ich mit dem Kreisamtmann über seine und meine Religion – heftig, aber doch kalt, besonnen und genau. Mosel kam. Ich gieng spatzieren – dachte viel und präcis. Schrieb es zu Hause auf und gieng zu Gustchen – Da ward mir recht wohl – Sie bezeigte sich ganz zutraulich gegen mich. Wir klagten einander – ich suchte sie etwas zu beruhigen – Es ist eine Freude jemanden ganz offen gegen sich zu sehn. Das Unglück bringt die Menschen einander immer näher. Viel an Sofie hab ich heute nicht gedacht – doch einige mal, besonders in der Kirche mit wahrer Andacht. Früh war ich etwas sinnlich – auch fand ich eine besondere Furcht in mir vor dem Gefährlichkrank werden – Sie schien wenigstens da zu seyn. Ich muß mich noch immer nicht ganz an meinen Entschluß gewöhnen können. So fest er zu seyn scheint, so macht mich doch das zuweilen argwöhnlich, daß er in so unerreichbarer Ferne vor mir liegt, mir *so fremd* vorkömmt.

8–9–10. [May] 53. Grüningen.

Von Vorgestern weis ich nicht viel – Es war aber, wie gewöhnlich. Gestern früh fuhr ich mit K[reis] A[mtmann] hieher. Nachmittags that ich etwas – ich übersezte aus Horaz – sehr lebhaft war meine Errinnerung nicht. Heute nahm ich abzuführen ein – früh nichts gethan, als übersezt. Mir war recht wohl. Nach Tisch hatt ich noch einen schönen Spatziergang im Garten – das Wetter war herrlich – eine lebhafte Errinnerung an sie – dann arbeitete ich noch ein wenig – gieng spatzieren – pflückte Blumen und hin an Ihr Grab. Mir war sehr wohl – ich war zwar kalt – aber doch weinte ich – Der Abend war sehr schön – Ich saß eine Zeit auf ihrem Grabe – Sie läuteten Feyerabend – Ich gieng nachher zurück – schrieb oben einige Reflexionen auf – es gieng zu Tisch – Nach Tisch ward ich wieder sehr bewegt – ich weinte heftig auf dem Platze; ich sprach mit der Ma Chere. Abends mit dem Hauptmann über dis und jenes.

Früh war der Entsch[luß] sehr fern – Abends desto näher.

11. [May] 54.

Früh Philosophica. Es war ein schöner Morgen – Nach Tisch schlief ich – Gewitter standen am Himmel – es ward trübe und stürmisch – Ich sprach wieder mit der Machere – gerührt, wie gestern. Nachher hellte sich der Himmel wieder auf – ich schrieb an Meisters Kritik – Gieng mit Gedanken an Meister und verwandte Gegenstände im schönsten Wetter spatzieren – pflückte Blumen – streute sie aufs Grab – ich war innig mit ihr – diese halbe Stunde war ich sehr glücklich, sehr ruhig – sehr von ihrem Andenken belebt. Abends war ich recht heiter und genoß den schönen Abend lange auf dem Platz in Gesellschaft.

12. [May] 55.

Die Lüsternheit war von früh bis Nachmittags rege. Ich schrieb mancherley auf – las einige Briefe von der Thümmeln – fieng eine Antwort auf eine darinn befindliche Stelle an – schlief nach Tisch – gieng zum Kaffee, wie gewöhnlich hinunter – dann hinauf – und bald spatzieren. Das Wetter war herrlich und mein Kopf sehr gut gestimmt. Wie ich nach Haus kam – erfuhr ich, daß

Selmnitzens vor dem Dorfe wären – ich gieng zu ihnen hinaus – Nachher an mein liebes Grab – wo ich bis um 7 blieb – und recht innig für mich war, ohne iedoch zu weinen. Zu Haus Abends hatt ich in einem Gespräch mit der Machere einige Rührungen. Dann kam der Vater – wir aßen und giengen zu Bett.

13. [May] 56.

Früh um 5 Uhr stand ich auf. Es war sehr schön Wetter. Der Morgen vergieng; ohne, daß ich viel that. Der Hauptmann Rokkenthien und seine Schwägerin und Kinder kamen. Ich kriegte einen Brief von Schlegel mit dem 1sten Theil der neuen Shakespereschen Übersetzungen. Nach Tisch gieng ich spatzieren – dann Kaffee – das Wetter trübte sich – erst Gewitter dann wolkig und stürmisch – sehr lüstern – ich fieng an in Shakesp[eare] zu lesen – ich las mich recht hinein. Abends gieng ich zu Sophieen. Dort war ich unbeschreiblich freudig – aufblitzende Enthusiasmus Momente – Das Grab blies ich wie Staub, vor mir hin – Jahrhunderte waren wie Momente – ihre Nähe war fühlbar – ich glaubte sie solle immer vortreten – Wie ich nach Hause kam – hatte ich einige Rührungen im Gespräch mit Machere. Sonst war ich den ganzen Tag sehr vergnügt. Niebekker war Nachmittags da. Abends hatte ich noch einige gute Ideen. Shakespeare gab mir viel zu dencken.

14–15. [May] 57–58. [Sonntag–Montag]

Beyde Tage stand ich sehr früh auf. Gethan hab ich fast nichts. Viel Lüsternheit. Den ersten Tag kam die Mandelsloh früh – ich gieng in die Kirche – dort war mir sehr wohl. Nachmittags kamen mehrere Officiers. Abends konnt ich nur spät zu meiner Ruhestätte kommen – Es giengen soviel Leute hin. Anton kam auch und blieb bis gestern Abend da. Gestern früh gieng ich nach Ottenhausen – sprach mit Römer. Nachmittags mit Anton. Nach Tisch sprach ich wieder mit der Machere mit der gewöhnlichen Rührung. Es war beyde Tage viel Lärm und Getümmel im Haus. Gestern Abend war ich am Grabe und hatte einige wilde Freudenmomente. Mandelsloh kam Abends – ritt aber bald wieder weg. Wir saßen in der großen Stube in uns gekehrt – wir sangen leise die Melodie – Wie sie so sanft ruhn. Abends gieng alles bald zu Bett und ich unterhielt mich noch mit der Mandelsloh allein von S[ophie] und von mir. Der Entschluß kam diese Tage oft zur Sprache. Meine Mutter, Vater, und die Methode machen mir noch zu schaffen. An S[ophie] ist oft gedacht worden; doch fehlt es noch immer nicht an leichtsinnigen Gedanken.

16. [May] 59.

Heute früh gieng die Mandelsloh weg. Sie, ihn, Anton und Römer seh ich nun wohl nicht wieder. Alles fuhr nach Günstädt – der Tag war schön – Früh schwazt ich mit dem Vater und seinem Bruder. Um 12 Uhr fuhren diese weg. Ich dämmerte einen Moment. Nachher las ich im Shakespeare – tranck Kaffee – dann gieng ich in die liebe Bilderkammer – schloß den Schrank auf – *besah die Sachen meiner S[ophie]* las meine Briefe und ihren Briefvorrath überhaupt – Nachher war ich ganz bey ihr. Ich gieng in den Garten spatzieren – holte Milch – fand Fergusons Moralphilosophie – las auf dem Kirchhof, wo ich auch meine Milch tranck – dann gieng ich wieder spatzieren – dann zum Grabe zurück – Nun kam der Vater – ich zog mich an – die Princess v[on] Sondershausen kam – mit den übrigen von Günstädt zurück – ich war bey Tisch sehr lustig und aufgeräumt –

Der Tag war sehr schön – der
Abend nicht nach meinem Kopf –

Der Entschluß erhielt aber neues Leben – neue Festigkeit.

17. 18. [May] 60. 61.

Gestern hab ich nichts gethan. Die Princess blieb bis Nachmittags. Niebekkers und die Larischen kamen. Den Tag über in freyer Luft. Abends spatzieren und am gewöhnlichen Platze. Der Mittag war vorzüglich schön. Unter den Linden wurde gegessen bey Musik und Nachtigallschlag. Ich war sehr vergnügt bis gegen Abend. Des Entschlusses ward freudig gedacht – S[ophiens] sehr oft. Auf dem Grabe ziemlich innig. Ich habe ein wenig zu viel raisonnirt, so auch heute – besonders nach alter Sitte auf gewisse Leute losgezogen. Heute war ich mehr als gewöhnlich, ängstlich beym Gedanken an S[ophie] – den ganzen

Tag sehr warm – und schläfrig. Ich wollte viel thun – es gieng aber nicht. Rockenthien Sen. reiste früh weg. Der Kopf war mit alledem heiter – nur gegen Abend, wie gestern, Kopfschmerzen. Gegen Abend dachte ich auf dem Spatziergange und vorher, auf der Stube, einiges Gute. Am Grabe war ich nicht gerührt – der Entschluß war lebhaft.

Ich muß nur immermehr *um Ihret Willen leben – für Sie* bin ich nur – für mich und für keinen Andern nicht. Sie ist das Höchste – das Einzige. *Wenn ich nur in jedem Augenblicke ihrer werth seyn könnte* – Meine Hauptaufgabe sollte seyn – Alles in Beziehung auf ihre Idee zu bringen.

19. [May] 62.

Heute früh etwas Kolick. Früh that ich wenig. Ich störte mit dem Hauptmann in alten Acten. Ich fand mich sehr schläfrig. Nach Tisch sprach ich mit der Thümmeln – dann gedämmert – drüben in der Kinderstube beym Kaffee über divinatorische Anlagen mit der Thümmeln geschwazt. Selmnitzens kamen – ich schrieb oben einiges auf. Auf dem Spatziergange faßte ich einige deutliche Ideen. Am Grabe war ich nachdenkend – aber meistens ungerührt. Seit einigen Tagen *ängstigen* mich diese Errinnerungen wieder – ich fühle mich unaussprechlich einsam in gewissen Momenten – so entsezlichen Jammer in dem, was mir begegnet ist. Beym Grabe fiel mir ein – daß ich durch meinen Tod der Menschheit eine solche Treue bis in den Tod vorführe – Ich mache ihr gleichsam eine solche Liebe möglich.

20. [May] 63.

Der Vater fuhr heute mit der Dümmeln [Thümmel] nach Sondershausen. Ich that wenig – war viel schläfrig. Früh sprach ich lange an dem mit Rosenbepflanzten Grabe mit Karolinchen. Romeo las ich noch einmal –

Grüningen
20. [May] 63.

Die Aufsätze im Niethammerschen Journal las ich mit Nachdenken. Nachmittags vermochte ich auch hell zu denken. Es war sehr heiß, wie gestern. Auf dem Grabe dachte ich manches, ohne eigentlich gerührt zu seyn – Aber ich habe diesen Abend, so wie den ganzen Tag, wieder die Bangigkeit ihres Todes – das Einsame meiner Lage – das Entsezliche ihres Verlustes gefühlt.

Ohne Sie ist für mich *nichts* in der Welt – Eigentlich sollt ich auf nichts mehr einen Werth legen.

21. [May] 64. [Sonntag]

Früh etwas aus Fichte extrahirt – ein wenig weit die Lüsternheit getrieben. Nachmittags fuhr die Mutter zur Kindtaufe mit Carolinchen nach Weißensee. Friderieke Niebekker war da. Ich war innerlich thätig – gieng sehr lange den Gang vor meiner Thür auf und ab – schrieb auf – die Mamsell kam – ich sprach weitläufig mit ihr von mir. Dann gieng ich zum Grabe – wo ich viel nachdachte und unbeschreibliche Ruhe empfand. Der Entschluß ward sehr beraisonnirt. Abends waren wir recht heiter – Günther belustigte uns – dann gieng ich ein wenig allein spatzieren und sang, ganz in S[ophiens] Andenken verloren.

Tennstedt. 22. [May] 65.

Früh packt ich ein – gieng noch einmal zum guten Grabe – und fuhr nachher mit den Rockenthienschen Kindern, die nach Langensalze giengen, nach Tennstedt. Ich fand dort viele Neuigkeiten – erhielt einen Brief von meiner Schwester. Die Leischingen war eben auch angekommen. Nach Tisch las ich Litteraturzeitungen – litterairischen Anzeiger mit vielem Interesse. Wir giengen in recht hübschem Wetter spatzieren. Ich sprach unterwegs mancherley mit dem Kreisamtmann über litterairische Gegenstände – Mein Kopf war sehr gut gestimmt – ich sprach besser, als gewöhnlich und that helle Blicke. Abends sprachen wir noch viel. bes[onders] v[on] meinem Vater. Spät fühlt ich mich S[ophiens] wegen unruhig – Doch schlief ich bald ein. Je mehr der sinnliche Schmerz nachläßt, desto mehr wächst die geistige Trauer, desto höher steigt eine Art von ruhiger Verzweiflung. Die Welt wird immer fremder – die Dinge um mich her immer gleichgültiger. Desto *heller* wird es jezt *um* mich und *in* mir –

Bey meinem Entschluß darf ich nur nicht zu vernünfteln anfangen – Jeder Vernunftgrund, Jede Vorspiegelung des Herzens ist schon Zweifel, Schwanken und *Untreue.*

23. [May] 66.

Heute früh war ich fleißig – dann gieng ich spatzieren – nach Tisch las ich Einiges – Dann gieng ich mit den beyden Mädchen nach Kutzleben – Es war herrliches Wetter – kühl – himmelblau – krystallhell. Ich war sehr fröhlicher Laune. Auf dem Rückwege dacht ich viel über Meister nach – Zu Hause schrieb ich, wie gewöhnlich, in Hast und Ungeduld, 2 Briefe, an Vater und Caroline; Abends gieng ich müde zu Bett. Früh holt ich ein Dispensatorium.

Über den Entschluß muß ich nicht mehr raisonniren – und wie ich mich zum bestimmten Denken nöthige, durch Streben und gewisse Mittel auch bestimmte Stimmungen nach Willkür in mir zu erregen suchen. So muß ich arbeiten können, wenn ich will – so muß ich mich, mit anfänglicher Anstrengung, in einen gewissen Zustand zu versetzen lernen.

24. [May] 67.

Gestern früh war ich sehr fleißig – dann gieng ich spatzieren. Nach Tisch schlief ich – dann gieng ich spatzieren. – Der Pachter Jäger kam und unterhielt uns ein Stündchen – dann schrieb ich Briefe – nach Jena – aber nicht mit Glück. Abends war ich vergnügt. Rührungen fielen gar nicht vor – doch hab ich, wie gewöhnlich viel an Sie gedacht.

25. [May] 68.

Etwas träge stand ich auf – nachher aber war ich sehr aufgelegt zum Denken – ich durchlas Hülsen, der mir außerordentlich gefiel – D[er] K[reis] Amt[mann] kam herauf – ich sagte ihm von meinen Betrachtungen über den franz[ösischen] Krieg – wie gewöhnlich hastig und verworren. Wir giengen spatzieren. Der Tag war ungemein schön wieder. Nachmittags las ich im Asmus, wo mir manches gefiel – gieng träg spatzieren – schlief zu Hause – *überließ mich gänzlich der Lüsternheit* – schrieb Briefe ohne

Geist und befand mich in einem Zustand von Unzufriedenheit und Zweifelsucht.

Ich muß schlechterdings suchen Mein bessres Selbst im Wechsel der Lebensszenen, in den Veränderungen des Gemüths behaupten zu lernen. *Unaufhörliches Denken an mich selbst,* und *das, was ich erfahre und thue.*

Ich gieng noch einmal spatzieren, dachte mich unterwegs durch meine Grillen durch, fand zu Hause einen Brieff von meinem Vater und war im Kränzchen Abends recht vernünftig und munter.

26. [May] 69.

Früh Fichtes Naturrecht – Dann einen Bericht gemacht – Den Boten nach Jena abgefertigt. Nach Mittagsruh wieder Fichte – Zu Gustchen – Spatzieren – viel Gutes gedacht. Zu Hause traf ich Carolinchen kranck. Sie besserte sich bald – ich schwazte Abends viel v[on] Chymie und Mathemat[ik] durcheinander. An S[ophie] hab ich fleißig gedacht – besonders ist mir lebhaft geworden, daß mich die schönsten wissenschaftlichen und andern Aussichten nicht auf der Welt zurückhalten müssen. Mein Tod soll Beweis meines Gefühls für das Höchste seyn – ächte Aufopferung – nicht Flucht – nicht Nothmittel. Auch hab ich bemerckt, daß es offenbar meine Bestimmung ist – ich soll hier nichts erreichen – ich soll mich in der Blüthe von allem trennen – Erst zuletzt das Beste im Wolbekannten kennen lernen – So auch mich selbst. Ich lerne mich jezt erst kennen und genießen – eben darum soll ich fort.

27. [May] 70.

Heute früh hab ich recht meine Freude an Hülsen gehabt, den ich gelesen und extrahirt. Es war mir unbeschreiblich wohl mit ihm und durch ihn. Nachmittags hab ich in der Laube gesessen und in Fichtes Nat[ur]R[echt] gelesen. Ich habe sehr viel gutes dabey gedacht – besonders über Moral. Dann gieng ich wieder mit dem Kr[eis]A[mtmann] spatzieren – und Abends nach Tisch noch einmal. Ich habe heute einigemal an Sie gedacht – aber von weitem – nicht wie gewöhnlich.

28. [May] 71. [Sonntag]

Der ganze Tag war sehr glücklich. Es war der lezte Tag in Tennstedt. Ich war den ganzen Tag heiter, gegen Abend sehr heiter und früh sehr geschäftig und ergiebig – auch ohne Begierde – kalt und leidenschaftslos – dennoch voll treuen Andenkens an meine Auserwählte.

29. 30. [May] 72–73.

Gestern früh reiste der Kreisamtmann nach Stolberg. Ich arbeitete einige Stunden – packte ein – erhielt einen Brief von Schlegel und Woltmann – dann gieng ich hinunter, las in der römischen Geschichte – und schied Nachmittags um ¼4 Uhr v[on] Tennstedt. Ich gieng in Gedanken herüber. Zwischen dem Schlagbaum und Grüningen hatte ich die Freude den eigentlichen Begriff vom Fichtischen Ich zu finden. Den Tag über war ich sehr lüstern – Eine Stimmung die mich auch bis heute verfolgte. Den heutigen Morgen verbrachte ich ziemlich schläfrig – doch konnte ich Einiges denken und im Hülsen lesen.

Mittags erhielt ich einen Boten und Brief von meinem Vater – ich sezte meine Abreise auf den Donnerstag fest. Zugleich kam ein älterer Brief nebst dem 3ten Hefte v[on] Nieth[ammers] Journ[al] v[on] Schlegel. Nachmittags giengs mit dem Schreiben und Denken besser – auch war die Begierde weg. Abends, wie ich zur geliebten Ruhestatt gieng – war das Denken drückend geworden. Dis zerstreute mich auch und verhinderte mich am stillen, traurigen Genuß ihres Todes. Der Entschluß stand fest – Von Ende sprach mit mir heute über die Schwierigkeit der Untersuchung, ob jemand an Pflanzengiften gestorben sey. Unfruchtbar war der Tag nicht – aber empfindungslos.

[Wiederstedt]

31. [May] 1ster Junius. 2ter J[unius] 74. 75. 76.

Den lezten Tag in Gr[üningen] war ich früh fleißig. Der Hauptmann kam herauf – wir sprachen von Allerhand – Nachmittags gieng ich, nach einigen Studien, bald spatzieren. Das Wetter war schön und ich heiter. Ich begegnete dem Magister, mit dem ich bis Topfstedt gieng. Auf dem Rückwege fand ich Leute bey dem

Grabe. Ich gieng also nach Hause – packte ein – sprach nach Tisch noch mit der Machere und Carolinchen von der Ewig-Guten. Nachher gieng ich ins stille Land. Da bin ich noch Einmal, ohnerachtet es sich im Anfang nicht so anließ – recht gerührt, recht innig bey ihr gewesen. Ich habe meinen Entschluß noch Einmal beschworen – dann gieng ich weg und zu Bett. Früh, gestern, fuhr der Hauptmann bis Artern mit mir – ich war recht aufgeräumt im schönen Wetter. In Sachsenburg begegneten wir Leuten, die einen ersoffenen Mann getragen brachten. In Artern aßen wir bey Semlers. Ich führte den Hauptmann herum und dann trennten wir uns. Unterwegs hab ich viel gedacht. In Eisleben sah ich Mindermann einen Augenblick – auch George und Wilke. In Widerstedt fand ich alle munter und wohl – und vergnügt. Mit Innigem Gebet an S[ophien] schlief ich ein. Heute stand ich sehr früh auf – mein Vater fuhr nach Klosterrode. Die Comtesse war sehr kranck. Ich war früh sehr fleißig. Dann schwazte ich einige Stunden mit der Mutter und den Schwestern – zog mich an – las ein Paquet Acten vom Vater durch – gieng in die Gärten mit Carolinen spatzieren – und schwazte erst mit der Mutter, dann mit Landvoigt bis zu Tisch. Die beyden Officiers, die ich heute erwartete, kamen nicht. Nach der Sieste las ich – gieng nachher mit Landvoigt zum Pastor – wo wir einige Stunden recht ruhig und angenehm zubrachten. Der Vater kam – die Comtesse befand sich besser. Mit dem Vater blieb ich den Rest des Abends in mannichfaltigen Gesprächen zusammen. Von Karl und dem alten Brachmann fand ich Briefe.

Im Ganzen hab ich die frohe Hoffnung in meiner Seele – daß ich leichter abkommen werde, als ich denke. Die Menschen scheinen einander unentbehrlicher, als sie sind. Meine M[utter] genießt mich wenig – so auch mein Vater. Meine Geschwister, nemlich die beyden Ältern, werden mich vermissen lernen. Kurz mein Verschwinden wird keinen solchen Eindruck machen, als ich befürchtete.

3.4.5. [Junius] 77.78.79. [Sonnabend–Montag]

Früh fuhr mein Vater weg – dann war ich fleißig – Bek und Karoline verschwazten mir einige Stunden – dann gieng ich ein wenig spatzieren und bis zu Tisch mit Bek in der Wirtschaft herum. Nach Tisch kam Elten ein wenig – ich gieng herum – las, schrieb, und Abends mit Landvoigt spatzieren – Gestern wollte mirs den ganzen Tag nicht recht gelingen. Ich war fast den ganzen Vormittag in freyer Luft. Der Nachmittag gieng auch in vergeblichen Anstrengungen hin – Ich fieng an zu zweifeln, zu zweifeln ohne Ende. Abends gieng ich mit Karolinen ein wenig zum Pastor. Heute früh hatt ich Kopfschmerzen. Die Zweifel dauerten fort – ich that sehr wenig – war sehr begehrlich. Heute Nachmittag ist es etwas besser.

Das Wetter ist seit gestern Nachm[ittag] kalt und feucht – einige mal hab ich mich mit Landvoigt im Gespräch vergessen; *Sonst bin ich fast immer ruhig und gelassen im Äußern gewesen.* An S[ophien] hab ich oft gewöhnlich gedacht. Der Entschluß steht fest. Heute gegen Abend und nach dem Essen hab ich mich ganz ruhig verhalten und gelassen und besonnen dem Pastor zugehört, und mit ihm gesprochen.

6. [Junius] 80.

Heute früh war der Inspector Senf da; fuhr aber gleich wieder weg. Ich bin den ganzen Tag fleißig und aufgelegt gewesen. Abends hatt ich im Garten eine süße, heitre, höchstlebhafte Errinnerungsstunde.

Wer den Schmerz flieht, will nicht mehr lieben. Der Liebende muß die Lücke ewig fühlen, die Wunde stets offen erhalten. Gott erhalte mir immer diesen unbeschreiblichen lieben Schmerz – die wehmüthige Errinnerung – diese muthige Sehnsucht – den männlichen Entschluß und den felsen *vesten Glauben.* Ohne meine Sophie bin ich gar nichts – Mit Ihr Alles.

Abends war ich bey Beks – ruhig und vergnügt.

7. [Junius] 81.

Heute war ich mit meinen ältern Papieren beschäftigt – mein Kopf war hell – Nach Tisch kamen die Eltern und Sidonie von Gnadau zurück. Nachher gieng ich ein wenig spatzieren – Abends war ich beym Vater und ganz spät gieng ich, nachdem ich vorher eine sehr enthusiastische Viertelstunde der Errinnerung und Sehnsucht zugebracht, zu dem Pastor ein wenig hin. An Erasmus dacht ich mit *Rührung*, wie der Vater von ihm erzählte.

8. [Junius] 82.

Heute früh anticipirte ich die Errinnerungsstunde – Gelesen und geschrieben hab ich wenig – An Karlen schickt ich einen Brief. Den ganzen Tag bin ich mit dem Vater herumgegangen. Mein Entschluß hat recht fest gestanden. Er wird nur noch zuweilen beraisonnirt.

9. [Junius] 83.

Der ganze Tag ist heute im Holze und auf dem Felde zugebracht worden. Die lüsterne Fantasie des Morgens veranlaßte Nachmittags eine Explosion. Ich hatte Vormittags Kopfschmerzen, Nachmittags war ich desto munterer – auch Abends sehr zum Denken aufgelegt. Bey Tisch schwazt und erzählt ich einmal sehr viel – *more consueto*. Das Einzige Gute fand ich heute – die Idee der unaussprechlichen Einsamkeit, die mich seit S[ophiens] Tode umgiebt – *mit ihr ist für mich die ganze Welt ausgestorben* – Ich gehöre seitdem nicht mehr hieher.

10. [Junius] 84.

Früh in Eisleben – heiter und hell – Wir kamen zu Tisch wieder. Unterwegs hab ich meinem Vater *viel* von den Grüningischen *erzählt*. Nachmittags war ich sehr gutgestimmt – sehr *ruhig* und geistig. Ich schrieb manches auf und blieb bey meinen ältern Papieren bis Abends. Nach Tisch war ich beym Vater. Der Republicanismus ist wieder recht lebendig in mir erwacht. An meine S[ophie] hab ich nur flüchtig gedacht.

11. [Junius] 85. [Sonntag]

Mindermann war heute von Eisleben hier. Bek war den ganzen Morgen auf meiner Stube. Nur früh und Nachmittags beym Kaffee hab ich etwas geschrieben und gelesen.

Abends hab ich einige lebhafte Errinnerungen gehabt. Auf den Herbst freu ich mich ungeduldig. Gegen Aengstlichkeit, i. e.

gegen willkührliche Wahnbegriffe muß ich auf meiner Hut seyn. Frölich, wie ein junger Dichter, will ich sterben.

12. 13. [Junius] 86. 87.

Gestern war Rimrodt da. Beyde Tage hab ich nichts gethan und wenig gedacht. Ich bin beständig mit dem Vater gewesen. Recht lebhaft hab ich beyde Tage mich nach Einsamkeit und baldigem Fortkommen gesehnt.

Sie ist gestorben – so sterb ich auch – die Welt ist öde.

Selbst meine philosophischen Studien sollen mich nicht mehr stören. In tiefer, heitrer Ruh will ich den Augenblick erwarten, der mich ruft.

14. [Junius] 88.

Wer Sie ausschließt, schließt mich aus. Das Engagement war nicht fuer diese Welt. Ich soll hier nicht vollendet werden – Alle Anlagen sollen nur berührt und rege seyn.

Der ganze Tag vergieng mit Nichtsthun – Ich fühle mich entsetzlich träg und zu nichts nütze. Indisposition des Körpers – Veränderliches Wetter – Lebensart – Gesellschaft – Müßiggang – Zu wenig Beschäftigung mit Ihr – das sind die Ursachen meiner Unlust.

15. [Junius] 89.

Auch heute fühl ich diese Trägheit und Unlust – mein Vater fuhr heute früh weg – Nur nachdem ich vor Tisch wieder geschlafen hatte, fühlt ich mich einmal wieder in meinen alten Empfindungen und Errinnerungen lebendig.

Ohne Sie, was ich habe? Nie mag ich den Augenblick vergessen, wo ich früh um 9 Uhr den 21sten März Antons Brief las und die entsezlichen Worte – unsre verewigte Sofie – und nachher im Briefe des Kreisamtmanns – unsre verklärte Freundinn. Gott im Himmel – wie kann ich nur oft lau und kalt seyn.

Tagebuch.

Vom 16ten bis zum 29sten Junius. [*Weißenfels*]

Den 16ten [Freitag] fühlt ich mich entsezlich träge und unlustig

– so auch den 17ten früh – hier erwachte jedoch plözlich, nach einer Befriedigung meiner fantastischen Lust, Vis et Robur. Ich beschloß künftig häufige körperliche Anstrengungen und Hut für Trägheit. Dem zufolge gieng ich noch denselben Tag Nachmittags im stürmisch-heitern Wetter mit Landvoigt nach Ballenstedt. Wir besuchten Rimrodt – unterwegs sprach ich viel mit Landvoigt über Schlegel und über mich selbst. Den andern Morgen um ½5 Uhr giengen wir mit schon ziemlich müden Beinen unter Sonnenschein nach Thale. Der schöne Weg ward mir ziemlich sauer. Nach einer kurzen Ruh und Erquickung bestiegen wir den herrlichen Rosstrapp. Der Herunterweg machte mich fertig. Nach dem Mittagsmahl fuhren wir nach Ballenstedt zurück und brachten einen prächtigen Abend im Garten zu. Den andern Tag giengen wir nach Wiederstedt zurück. Wir sprachen viel von Philosophie – ich wußte gut mir zu helfen und sprach recht leidlich. Von Quenstedt – wo der Pastor und seine Frau zu uns stießen, ward mir das Gehn sehr schwer und der Hals that mir von vielem Reden weh. Nachmittags hatt ich mich aber in Wiederstedt wieder so erholt, daß ich denselben recht angenehm gesellig im Garten zubrachte.

Den Dienstag [20. Juni] giengen die Kinder mit Landvoigt weg. Dienstag und Mittwoch hab ich müßig und ohne viel zu denken hingebracht. Ich habe nichts gethan, als die Endorfschen Acten gelesen. Mit Elten hab ich mich viel unterhalten und bin überhaupt sehr aufgeräumt gewesen und habe die Gesellschaft belustigt. So auch auf der ganzen Retourreise. Mittwoch Nachmittag hab ich ein Stündchen mit Elten über meine Situation gesprochen. Donnerstag Nachmittag sind wir in schönem Wetter nach Köthen gereißt – wo ich mir von dem dortigen Buchhändler das Kampaner Thal und den Mückenalmanach holte. Freytag früh kamen wir im Regenwetter nach Dessau. Nachmittags hellte sich aber der Himmel auf und wir fuhren am köstlichsten Abend in Wörlitz ein. Auch der Sonnabend war schön – Den Tag vollendeten wir die den ersten Abend gleich angefangene Ansicht des Gartens. Der Fürst fuhr mit Gesellschaft und Musik Nachmittags auf den Gondeln. Sonntags sahen wir das Schloß, das Gothische Haus und fuhren Abends im himmlischen Wetter mit dem Kriegsrath v. Viereck und seiner Frau auf der Gondel. Karoline war die ganzen Tage über krank. Ich las das Kampanerthal mit vieler Freude dieser Tage. Poland hatte mir von Weißenfels einen Brief von Schl[egel] mitgebracht, der wieder meine philosophirende Kraft in Thätigkeit sezte. Den Montag, wo wir nach Halle fuhren, und unterwegs in Dessau [das] Georgium besahen, hatt ich zuweilen einen hellen Gedanken. Dienstag [27. Juni] Mittag kamen wir wieder hier wohlbehalten an. Das Kanapee, worauf mein seeliger Bruder soviel gelitten hat, afficirte mich sehr. Den Nachmittag kramte ich auf und fand mich Abend hell, denkend. Gestern [28. Juni] früh schrieb ich philosophische Gedanken von Werth auf – las in Schellings Briefen über Dogm[atismus] und Kritic[ismus], fuhr mit meinem Vater nach Kösen – schrieb Nachmittags an Karl – gieng zu Severin und Abends mit Hamlett zu Bette. Heute früh las ich in Schellings Ich – in Schlegels Griechen, und machte die Rechnung für den Vater. Nach Tisch las ich wieder in den Griechen – gieng spatzieren und fantasirte mir, was wohl beginnen würde, wenn ich Churfürst v[on] Sachsen wäre. Zu Hause machte ich mich an den Meßkatalog – versuchte eine Übersicht desselben. Müde von dieser Beschäftigung gieng ich abermals aus – das Wetter war herrlich – und machte litterairische Plaene. Besonders gefiel mir die Idee eines Journals, unter dem Titel:

Beyträge zur wissenschaftlichen Geschichte der Menschheit. Historisch philosophische *Übersichten*, wie z. B. mein Plan der Bearbeitung des Meßkatalogs, reizen mich sehr und düncken mir sehr nüzlich. Mein Kopf war diesen Abend sehr hell. Ich fühle mich überhaupt um manchen Schritt vorgerückt. Auch mein Gedächtniß, meine Beobachtungsgabe und mein Ausdruck gewinnt. *Meine Besonnenheit* muß aber noch sehr steigen. Es giebt noch unendliche Lacunen. Mein Entschluß steht ganz unwandelbar. Seit der Reise nach d[em] Rosstrapp bin ich wieder ziemlich mit mir zufrieden – Es muß aber immer besser werden – *Besonnenheit* und Ruhe ist die Hauptsache. Laß vorzüglich auch die Aufmercksamkeit auf gefälliges und vorsichtiges Betragen gegen den Vater nicht aus der Acht – hüte dich im Umgang mit Schlegeln – übe dich unaufhörlich in besonnener Wirksamkeit – *habe*

Söffchen stets vor Augen – vergiß nicht die Kürze von 3 Monaten – übernimm dich nicht – *Sey mäßig* – und überlaß dich nicht zu sehr deinem Hange zu vexiren und zu belustigen – Jezt schikt es sich doch nicht mehr recht für dich – wenigstens sehr mit Maas.

Xstus und *Sophie*.

30sten Junius. 104.

Gestern Abend im Bett errinnerte ich mich lebhaft an Sofie. Heute fuhren wir nach Dürrenberg. Nachmittags blättert ich in Schellings Ich und gieng nachher spatzieren – kam mit vielen Gedanken nach Hause – schrieb auf – und verplauderte den Rest des Abends mit den Eltern auf Carolinens Stube.

1sten Julius. 105. [Sonnabend]

Ich las früh in Schelling. Dann schrieb ich mit ziemlich stumpfen Sinnen an den K[reis] A[mtmann]. Nach Tisch vollendete ich den Brief und Einen nach Grüningen. Dann gieng ich spatzieren – der Abend war Einer der Schönsten, die es giebt. Ich hatte einige Ideen über Aestethik, nur war mein Kopf zu stumpf Sie auszudenken. Abends schrieb ich an Schlegel. An S[ophie] denk ich recht oft – Selten gerührt – aber doch innig. Es scheint mir aber, als sollt ich meinen Errinnerungen doch mehr Zeit und Nachdenken widmen und mehr äußerlich in Ihrem Andenken leben.

Zuviel gegessen hab ich heute wieder. O! ohne Sitten werd ich meines bessern Selbsts nicht gewiß.

2ten Julius 106.–6ten J[ulius] 110.

Sonntag früh Schelling. Dann Rechnung für den Vater. Nachmittags nach Mertendorf – Abends Bösen getroffen – Schellings Ideen erhalten – Montag [3. Juli] früh nach Dürrenberg – Nachmittags kam Boese zu mir – dann kamen Schlegel und Langermann. Seitdem ist viel geschwazt – polemisirt – gescherzt und radotirt worden, bis auf den heutigen Tag – Mich ruinirt diese Lebensart gänzlich. Mittw[och] [5. Juli] hätt ich recht für mich genießen können, als den Tag der ersten Operation. Dienstag hat mir Langermann viel Gutes vom Kirschlorbeerwasser erzählt.

Heute früh ein ernsthaftes Gespräch über den Selbstmord mit Langermann. Nachmittags nach Gosek gefahren.

Ich will nach Kösen, um allein zu seyn. Sie bleibt immer mein einziges Gut. Menschen passen sich nicht mehr für mich, so wie ich nicht mehr unter die Menschen passe.

[8.]

[Tagebuchnotizen aus der Freiberger Studienzeit]

[Juni 1798]

Ich bin ein ganz *unjuristischer* Mensch – ohne Sinn und Bedürfnis für Recht.

⟨Ich habe sehr viel Willen – aber *wenig ächte Reitzbarkeit.* / *Incitabilitas indirecta,* spuria. /⟩

[September 1798]

⟨Meine Hauptbeschäftigungen sollen jezt 1. Die Encyclopaedistik. 2. ein Roman. 3. der Brief an Schlegel seyn. Im leztern werde ich ein Bruchstück aus 1. so romantisch, als möglich, vortragen. (Soll es eine Recherche (oder Essai), eine Sammlung Fragmente, ein Lichtenbergischer Commentar, ein Bericht, ein Gutachten, eine Geschichte, eine Abhandlung, eine Recension, eine Rede, ein *Monolog* oder *Bruchstücke eines Dialogs)* etc. werden?)⟩

⟨Gravitationslehre – und Arythmetika universalis will ich zuerst durchgehn. Jener soll Eine Stunde, dieser 2 Stunden gewidmet werden. Was mir nebenher einfällt, wird in das *allg[emeine] Brouillon* mit hineingeschrieben. Die übrige Zeit wird theils dem Roman, theils vermischter Lektüre gewidmet – und d[er] Chymie u[nd] Encyclopaedistik überhaupt.

Das Cabinet v[on] Heynitz und Hofmann wird erst nach geendigten praeparativen Theil d[er] Oryktognosie betrachtet.

Der Gravitationslehre folgt die Mechanik.⟩

⟨1 Stunde ist den *chymischen Bereitungen* gewidmet. (B[ereitungen] v[on] Processen, von Leben aller Art.) 1. chymische Bereitungen chymischer etc. Kräfte – d[es] Feuers, d[es] Lichts – der Kälte, der Gährung, der Detonation etc. der Electr[izität], d[es] Magnet[ism].

(B[ereitung] v[on] Proc[ess] *Organen* – von Organen aller Art) 2. Bereitungen chemischer Stoffe.⟩

⟨1 Stunde der Encyclopaedistik überhaupt. Diese enthält wissensch[aftliche] Algeber – *Gleichungen.* Verhältnisse – Aehnlichkeiten – Gleichheiten – Wirckungen der Wissenschaften auf einander.

Früh v[on] 6–12 folgen sich diese Stunden. Nachmittag ist, wenn früh keine St[unde] verlohren gegangen ist, Roman und Lektüre. Briefe unterbrechen alle St[unden]. Die übrige St[unde] früh kann der Motion und d[en] Pausen gewidmet seyn. V[on] 9–10 z.B. wird spatzieren geritten oder v[on] 11–12. Wird *früh* v[on] *6–7 etwa gelesen* so wird *Nachmit[tags]* eingeholt.⟩

[Oktober 1798]

⟨Die Revision d[es] Wernerschen Systems und die Kritik meines Unternehmens muß nun die erste Arbeit seyn.

(Bearbeitung der Logik – der Algéber etc. – gehört dann zur Tagesordnung.)

(Die Briefe *an d[ie] Schlegeln.*) (*Ordnung meiner* Papiere.))

⟨Könnt ich nicht hier [in Freiberg] vielleicht noch Vorlesungen halten.⟩

[Oktober–November 1798]

Indem ich glaube, daß Söffchen um mich ist, und erscheinen kann, und diesem Glauben gemäß handle, so ist sie auch *um mich* – und erscheint mir endlich gewiß – gerade da, wo ich nicht *vermuthe* – In mir, als meine Seele vielleicht etc. . . . und gerade dadurch wahrhaft *außer mir* – denn das Wahrhaft Äußre kann nur durch mich – in mir – auf mich wirken – und im entzückendsten Verhältnisse.

[November 1798]

Sollt ich krank werden, so sind Erbauungsschriften, Romane etc. – *chymische Experimente, Zeichen* – Musik treiben, Guitarre – *Abschreiben* od[er] Excerpiren – *Kochen* – *Tafeln besehn* – Handwercker besuchen – *Drechseln,* Schnitzen etc. – Kabinetter besehn – Beobachtung d[er] Kranckh[eit] – acustische Versuche – Fossilienbeschreibungen – Wetterbeobachtungen etc. – Besuche – Motion – Ruhe – Gymnastik – und (Sprachenerlernung) *Geduld,* an der Tagesordnung.

(Moral und Relig[ion] in der Kranckheit – und möglichste *Thätigkeit* aller Art.)

(Auch der Blinde, und taube hat noch eine große Sfäre von Beschäftigungen.)

Sollt ich jezt Kranck werden – so kann ich diese Stunden, außer einigen möglichen, obangeführten *wissenschaftlichen* und *technischen* Benutzungen, *vorzüglich* zur Ausbildung meiner Sittlichkeit und Religiositaet ascetisch mor[alisch] und rel[igiös] benutzen. Gehts ohne Hoffnung oder sonst zu übel, so bleibt mir B[itter] M[andel] W[asser] und Op[ium].

Meine *Gesundheit* kann ich *vorzügl[ich]* wiss[enschaftlich] und technisch benutzen.

Reisen – Gesellschaft und Unterbrechungen aller Art muß ich auch, theils zur *Erholung,* theils mor[alisch] und rel[igiös], theils wiss[enschaftlich] und techn[isch], benutzen lernen.

Ein Lehrbuch der Zoologie fehlt mir noch.

[9.]

[TAGEBUCHNOTIZEN WEISSENFELS 1799]

[Juni 1799]

(a)

Brief an die Kreisamtm[ännin] wegen meiner Anstellung etc.

Sie soll an die Mant[euffeln] schreiben.

Brief an *Werner* – Honigsteine – Schwefel.
(Brief v[om] Vater an ihn)
Brief an [August] Herder – dichter Fluß – Kupferglas von Eisleben.
Boraziten – Honigsteine – ged[iegener] Schwefel.
Brief an *Wagner* –
Brief an J[ulie] – nebst Beylage an R[einhard]
Brief an Vater – Carolinen auf den Nothfall mitzugeben.
(Brief an Miltitz – mein Pferd.)

Meine Arbeiten.
Risse von vielen Dingen auf d[en] Salinen.
Erdkohlenbericht.
Pyrotechnik.
Erkundigungen bey Scherer.
Oeconomische Studien. (Paupie.)
Studium des Hauswesens. / Die Semlern. Die Kreisamtmännin.
Die Charpentier.
Reiseplan auf Salinen.
Salinistik. (Semlers Sammlung.)
Maschinenwesen auf den Salinen.
Aufsatz üb[er] die Sonnens[alz] Fabric[ation].
Meterorologische Studien.
Gärtnerey und *Botanik.*
Medizinische Studien. (Apotheke kaufen.)
Schriftstellerische Plaene.

Herder. Werner. Kreisamtm[ann]. *Schlegels.* Ernsten. Carolinchen. Wagner. Reinhard. Miltitz. Die alte Miltitz. Bücher von Leipzig. Bücher und M[anu]s[kri]pte an die Condukteurs und Kirchner. Mineralien.

(b)

Brauwesen.
Zuckersiederey.
Talg und Oelverbesserungen.
Feuerstättenverbess[erungen].
Salpetersiederey.

Weinfabrick.

Botanischer Garten.

Bau nüzlicher pharmazeutischer Kräuter.

Beschreibung der Salinen, und ihrer *Maschinen.*

Maschinenverbesserung auf den Salinen.

Zersetzung des *Kochsalzes.*

Salmiakfabrik.

Beschreibung von Oeconomieen.

(Forstwesen.)

Kenntniß und Beschreibung von Werckstätten und *technologischen Maschinen.*

Hausapotheke.

FeuermaterialienErsparung auf den Salinen.

Studium der Viehzucht.

Analyse v[on] Erdarten.

Meteorologische Instrumente.

Modellirarbeiten.

Gährungsversuche.

Zeichnungsentwürfe zu Maschinen etc.

Übungen in *Anschlägen* aller Art.

Geognostische Geographie v[on] Thüringen.

Mechanische und chemische und Aufbereitungsversuche.

Vers[uche] und Beobachtungen üb[er] d[ie] Erzeugung der Pflanzen und *Insekten* – z.B. üb[er] d[en] *Schimmel* etc.

(c)

Bemerckungen über Englands Finanzsystem – Sein Gebrauch fürs gemeine Leben – für *Corporationen.*

Fabrikunternehmungen

(Erfragung eines gründlichen Kaufmanns.)

Bleiche. künstlicher Kaffée. Zuckerraffinerie. Pfeifenfabrick zu Artern. Weinfabrik. Lichterfabrik. Oelverbesserungen. Baumschule. Bau pharmazeutischer Kräuter. *Erdkohlenwercke.* Salpetersiederey. Fabrication von Min[eral] Alc[ali], Bleyweis und Bleyzuckerfabr[ikation]. *Färberey.* Brauerey.

Pläne zu gemeinnützigen Gesellschaften.
Über den Zustand und die möglichen Verbesserungen der Provinz Thüringen.

[Sommer 1799]

(An Schelling die Erz[ählung] v[on] d[er] Keuschb[erger] Schlacht. Honigst[ein] an Göthe. Böhme v[on] Weimar. Astronom[ische] Ideen an Schlegel.)

Beschäftigungen in Artern. Bücher aus Weimar und Leipzig.

Correspondenz mit Oppeln.

Ich bin überzeugt, daß man durch kalten, technischen Verstand, und ruhigen, moralischen Sinn eher zu *wahren Offenbarungen* gelangt, als durch Fantasie, die uns blos ins Gespensterreich, diesem Antipoden des wahren Himmels, zu leiten scheint.

[August 1799]

Ernsten – Pillnitz. Oppel. Wagner. Reinhardts.
Galerie. Antiken. Jakob Böhm. Schleiermacher
Burgsdorff. *Tante* [Miltitz]. Mag[ister] Otto.
Einsiedel. Körners. Selmnitz. *Funk.*

[Oktober 1799]

Jacob Boehme.
Zeichenbuch.
Insektologie – Entomologie.
Reden über Religion.
William Lovell.
Physiologie v[on] Haller.
Petrische und Bakkenbergische Karte.
(Spaniol. Reißkohle. Andrada.
Buntes Tuch. Manchesterne Hosen.
Grüner Rock. Pelzjacke.)
Zeichenpapier.

Butter.
Eyer.
Brodt.
Weizenmehl.
Holz.
Logis.
Löhne.
Fleisch. Fische. Obst. Salz.
Kleidungsstücke.
(Tuch. *Baumwollne* Waaren. *Seidne – leinene.* Band.)
Galanteriewaare.
Räucherpulver.
Gewürze. (Zucker. Pfeffer. Senf. Ingwer. Zimmt. Nelken. Vanille.)
Grütze. *Graupen.*
Nudeln. Reis.
Gemüse. / Erbsen – Linsen. Milch.
(Besen. Töpfe. Geschirr[.] Reparaturen an Möbeln.)
Blechwaare. Küchengeräthe.
Rauchfang und Ofenkehrer.
Seife.
Tagelohn.
Zwirn. Nadeln. Nähnadeln.
Sand und Sägespäne.
Glaswaare.
Beyträge zum Armenwesen.
(Geistlichkeit – Apotheke.)
Seile. (zur Wäsche.)
(Tische. Stühle. Schränke.)
Canapée. Commoden. Bettsponden. (Speynäpfe.) Spiegel.
Überzüge. *Leinewand.* Vorhänge. *Schuster. Schneider.* Hutmacher. Postgeld.
(Lesegeld.) Calender.
Papier. Dinte. Siegellack. Federn. *(Balbier)*
Bürsten. Feuerzeug. Stiefelknecht. Leuchter. Scheere. *Messer.*
Gabeln. Löffel. *Körbe. Siebe.*
Schachteln.

Wixe. *Licht.*
Cafféezeug.
Wein. Bier. (Bouteillen. Fässer. Heber)

Entwurf einer Rede zur Hochzeit der Schwester Karoline am 10. November 1799

Viele Tage gehn vorüber ohne eine Spur hinter sich zu lassen. Nur wenige bleiben als feste Puncte des Lebens stehn. Keiner verdient wohl fester gehalten zu werden, als der Hochzeittag. Was ist der Hochzeittag? Wir feyren heute einen solchen Tag – laßt ihn uns ewig im Andenken behalten. Die Älteste führt auch hier billig den Reigen – Die meisten Hochzeittage werden Tage der trüben Errinnerung – dieser wird es nicht seyn. Der Tag sey uns allen ein Tag des festern Bundes – ein ächter Familientag. Der Kranz soll ihr bleiben. Jezt soll er erst blühen. Der Hochzeittag der Eltern.

[10.]

[Tagebuchnotizen Weissenfels 1800]

[Juli–August 1800]

Johann Heinrich Helke aus Teuditz wünscht Vorschuß zum Abbau seines Gartens zu haben, der rechter Hand von der Kauerschen Straße am Dorfe Teuditz, zunächst dem Anger liegt. Er will Kohlen liefern und hat 300 Sch[effel] circa schon ausgefördert.

169 Ellen lang – 69 Ellen breit.
120 Ellen circa Kohle.

18ten Jul[ius 1800]

1. Klagen der Meister über die Dürrenberger F[orm] K[ohlen] – sollen feucht seyn.
2. Probe mit Sehestener Kohle.
3. Torf – Seine schlechte Beschaffenh[eit]. Sein ungebührliches Vermessen und Abladen.

4. Knauts Sache ist übergeben worden.

Hauptmann Rockenthien. Brachmann.

Schwarz seiden tuch. Unterbindtücher. Berlinerblauen Manchester. Westen. Eine graue Hose.

1 p[aar] Schuhe. 2 paar Halbstiefeln.
Schnallen.
(Weißseidne Strümpfe.)
Ein paar Pelzstiefeln.
Einen dicken Matin.

Dresden.
Racknitz Kabinet.
Tägliche Besuche. Oppel. Witzleb[en]. Reinhardts. Brachmann
Grünes Gewölbe.
Rüstkammer.
Bibliothek. altdeutsche Litteratur. Geschichte. Botanische Bücher.
Bildergallerie. Antiken.
Privatarbeiten.
Specimen.
Musik.
Steinkohlengruben.
KupferstichSammlung.
Rafaels Tapeten.
Hofgärtner Seidel.
Flaxmanns Umrisse.
Bekanntschaften mit vielen Geschäftsleuten.

Gegenden von Pirna etc.

* *
*

[11.]

[Tagebuch]

[Weißenfels, 15. April bis 6. September 1800]

[Dienstag] Den 15ten April. 1800.

Süße Wehmuth ist der eigentliche Character einer ächten Liebe – das Element der Sehnsucht und Vereinigung.

Es giebt so manche Blumen auf dieser Welt, die überirrdischen Ursprungs sind, die in diesem Klima nicht gedeihen und eigentlich Herolde, rufende Boten eines bessern Daseyns sind. Unter diese Blumen gehört vorzüglich Religion und Liebe.

Das höchste Glück ist seine Geliebten gut und tugendhaft zu wissen. Die höchste Sorge ist die Sorge für ihren Edelsinn.

Aufmercksamkeit auf Gott, und Achtsamkeit auf jene Momente, wo der Strahl einer himmlischen Überzeugung und Beruhigung in unsre Seelen einbricht, ist das Wolthätigste, was man für sich und seine Lieben haben kann.

Den 16ten April.

Die Fröhlichkeit lößt allmälich alle Bande. Daher schickt sie sich nicht für die Jahre und Stände, wo die Erhaltung und Bevestigung jener Bande eine heilige, höhere Pflicht wird. Eheleute dürfen nicht mehr jenen jugendlichen Festen beywohnen. Ein milder Ernst ist ihre nöthige Stimmung und eine klare Besonnenheit, eine Hütung ewiger Verhältnisse ihr Beruf.

Wem es einmal klar geworden ist, das die Welt *Gottes Reich* ist, wen einmal diese große Überzeugung mit unendlicher Fülle durchdrang, der geht getrost des Lebens dunkeln Pfad, und sieht mit tiefer, göttlicher Ruhe in die Stürme und Gefahren desselben hinein.

Den 17ten Apr[il].

Ein schuldloses Herz, und das Bewußtseyn eines guten Willens und einer lobenswerthen Thätigkeit steht unter allen beruhigenden Mitteln oben an.

[Mittwoch] Den 23sten April.

Wo schläft ein Kind wohl sicherer, als in der Kammer seines Vaters.

[Mittwoch] Den 25sten Junius 1800.

Heftige Gewitter und andre Unterbrechungen des bürgerlichen Lebens sind poëtische Irruptionen, und Heilkräfte des einschlummernden Lebensgenusses.

[Montag] Den 22sten Julius.

Es giebt unendlich viel unbekanntes Unglück, aber es giebt auch gewiß unendlich viel unbekannte Wolthaten Gottes.

Die äußern Umstände machen schlechterdings nicht unser eigentliches Glück oder Unglück aus, sondern sie sind nur die willkührlichen Sprachzeichen eines unbekannten innern Geistes, dessen Daseyn, oder Entfernung jene Nüançen bestimmt. Der wahre glückliche oder unglückliche Zustand ist schlechthin unbestimmbar, und *individuell.*

Jede Stunde, wo man von Unglück reden hört, ist eine Erbauungsstunde.

[Sonnabend] Den 27sten Julius.

Ich will nicht klagen mehr, ich will mich froh erheben
Und wohl zufrieden seyn mit meinem Lebenslauf.
Ein einzger Augenblick, wo Gott sich mir gegeben,
Wiegt Jahrelange Leiden auf.

Wenn man recht fleißig an die unendliche Unsicherheit der menschlichen Glücksgüter denkt, so muß man endlich gleichgültig und muthig werden.

Alle *Ängstlichkeit* kommt vom *Teufel.* Der *Muth* und die *Freudigkeit* ist von *Gott.*

Was ist eine ängstliche Stunde, eine peinvolle Nacht, ein trüber Monat gegen die lange, glückliche Ewigkeit.

Ist denn J[ulie] glücklicher und sichrer mit mir, als mit Gott?

Nur Glauben, Herr und Zuversicht
So fürcht' ich mich für mich und die Geliebte nicht.

Die Zukunft ist nicht für den Kranken – nur der Blick des Gesunden kann sich dreist in ihre wunderlichen Wogen verlieren. Unglück ist der Beruf zu Gott. Heilig kann man nur durch Unglück werden, daher sich auch die alten Heiligen selbst im Unglück stürzten.

Wo Sofie und Erasmus wachen, kann ich wohl ruhig seyn.

Laß uns unsern Herrn im Himmel loben,
Glauben kommt und Heiterkeit von oben.

Alles was wir Zufall nennen, ist von Gott.

Mußte nicht Xstus seine Mutter auch unendlich leiden sehn. O! er weiß, wie einem zu Muthe ist, wenn man seine Geliebten leiden sieht, weil wir leiden.

Du hast so viele Lieben um dich und genießest so wenig ihre Liebe.

Die Liebe sollte eigentlich der wahre Trost und Lebensgenuß eines ächten Xsten seyn.

Wenn nur körperliche Unruhe nicht immer Seelenunruhe würde. Auf den Körper läßt sich nicht immer würken, aber in der Seele sollte man sich die Herrschaft mit Gottes Hülfe, zu erwerben suchen, um recht ruhig zu seyn.

Ist die Seele ruhig, so wird auch der Körper bald beruhigt.

Man sollte sich schämen, wenn man es nicht mit den Gedanken dahin bringen könnte zu denken, was man wollte. Bitte Gott um seinen Beystand, daß er dir die ängstlichen Gedanken verjagen helfe. Lerne nur erst einen ängstlichen Gedanken auch gleich als solchen kennen. Mit innigen Gebet und festen Vorsatz ist vieles möglich. Sobald du ängstlich wirst und traurige, bängliche Vorstellungen sich dir aufdringen, fange an recht herzlich zu beten. Gelingts die erstenmale nicht, so gelingts gewiß mit der Zeit.

Hat man Gott im Herzen, so grübelt man nicht. Man hat nur Eine große, erhebende Empfindung in seiner Seele. Aus dem göttlichen Gesichtspunkte giebts keine Wolken – da ist nur Ein Glanz, Eine Herrlichkeit. Der Mann ist anders als das Kind. Mannseyn kommt von Gott. Die Alten waren immer fröhlich. Was nicht gleich helfen will, hilft nach gerade. Nur nicht den Muth und den Glauben verloren. Stelle dir vor, du seyst ein Fremder und müssest dich trösten – Würdest du da nicht oft sagen – Herr, seyn sie kein Kind. Die Bänglichkeit geht vorüber – Ein Mann und Xst muß auch Bangigkeit geduldig ertragen. Heißt das Xstenthum, so kleinmüthig zu seyn. Habt ihr denn nicht einen Funken Stolz, und Schaam in eurem Herzen. Schämt euch, großer Mensch, vor euch selbst. Hat euch darum der liebe Gott so harte Prüfungen zugeschickt, daß ihr gleich verzagen müßt. Es wird besser, und statt kindlich dankbar zu seyn, bangt ihr, wie ein Weib.

Wer eine reitzbare Seele hat, bey dem wekt ganz natürlich die

Gegenwart Eines Unglücks die ganze Schaar des andern Unglücks auf und nun gehts im Sturm und Zittern alles bunt durcheinander, ohne Verstand und Überlegung.

[Sonntag] Den 1sten Sept[ember].

Heute hatte ich einen äußerst gesegneten Tag. Nur früh einige leise Anwandlungen von Ängstlichkeit. Nachher den ganzen Tag unaussprechlich ruhig, stark, muthig, frey und gelassen. Ich habe Gott recht herzlich gedankt. Ach! um meiner guten Julie willen; auch wegen meiner andern Lieben. Ich sehe schon tausend Früchte dieser trüben Stunden. Die Liebe der Meinigen und andrer guter Menschen, die Pflichten gegen Kranke und Nothleidende, das hohe Glück der innern Gesundheit und Ruhe, die innigere Anhänglichkeit an Gott und Jesus, der Trost eines unbescholtenen Lebenswandels, und eines sanften, gutmüthigen Bezeugens gegen Andre Menschen – alles ist mir klarer, deutlicher und kräftiger geworden. Auch über die Natur der Angst und die Mittel sie wenigstens zu mäßigen habe ich einige wolthätige Erfahrungen gemacht. Sobald eine *bestimmte* Empfindung kommt ist die Angst weg. Die Angst ist ein Schwanken, eine Ungewisheit, meist körperlich. Der Gesunde ist immer ruhig, selbst unter den schlimmsten Umständen.

[Freitag] Am 6sten Sept[ember].

Wenn man sich nur immer recht lebhaft sagen könnte, daß die Angst meist körperlich ist. Mein Magen hat mir lediglich vorgestern und gestern die trüben und unruhigen Stunden verursacht. Heute früh währte es nur eine Weile. Sobald ich den Magen gestärkt, ward ich unbeschreiblich ruhig und heiter, und habe so bis jezt zugebracht. Die Welt wird dann in einem Augenblick anders. Selbst das Traurigste erscheint mild und man findet wieder an allem Behagen – an Arbeiten, Gehn, Sitzen, Gesellschaft etc. Alle Hoffnungen erwachen; der Nebel verschwindet und der innigste Dank gegen Gott erfüllt uns auf das Wolthätigste. Ruhe ist der wahre Zustand des Menschen. Für den Ruhigen ist jede äußre Lage erträglich, und selbst angenehm. Es ist nicht das fatale Treiben zu spüren und selbst Langeweile erträgt sich leicht. Dem Ruhigen ist alles leicht und bequem. Alle Vorstellungen, alle Gedanken an Religion werden kräftig und erfreulich und die wahrhaft himmlische *Lust der Thätigkeit* erwacht mit Kraft.

Ich kann noch lange Blut auswerfen – aber wird das helfen, daß ich mich jedesmal von neuen ängstige. Angst schadet – Muth stärkt. So ein Zufall verliert sich nicht gleich. Des Herrn *Wille* geschehe – nicht der Meinige. Ich muß darauf gefaßt seyn und denken, es wird sich schon nach gerade verlieren. Hat es der Rektor doch 2 Jahre gehabt. Geduld und Ergebung in den *Willen* Gottes sind die besten Hülfsmittel. Auch diese Läuterung soll ich empfahen. Gott weiß die Zeit der Kranckheit, denn jegliche Kranckheit hat ihre Zeit. Fein kindlich, das ist das Beste. Es ist nichts schwerer, als mit sich selbst Geduld haben – seine eigne Schwachheit zu tragen. Gott hilft zu allem.

[12.]

Lehrjahre der höhern Lebenskunst; Studien der Gemüthsbildung.

[Weißenfels-Siebeneichen, 8. bis 16. Oktober 1800]

[Mittwoch] Den 8ten Oct[ober]. 1800.

Der Unruhe und Angst zu widerstehn, dazu gehört die höchste Geduld. Es ist aber auch das beste Hülfsmittel dagegen.

Allemal folgt die höchste Ruhe auf unruhige Momente. Nachgiebigkeit gegen ängstliche Wünsche vermehrt die Disposition. Trotz und absichtliche Hingebung sind sehr heilsam.

Heute war ich sehr heiter und behaglich. Ich habe mit Lust und gut garbeitet. Es entstand geistige Wärme und die männlichste Entschlossenheit erfüllte mich.

Ganz spät Abends drohte ein Anfall. Ich ward sehr ängstlich.

Den 9ten Okt[ober].

Heute früh war ich zwar etwas ängstlich. Indeß hab ich doch fleißig gearbeitet und mich nicht stören lassen. Morgen kann wieder das Blut in Ruhe und die alte Behaglichkeit hergestellt seyn. Ich will mich möglichst immer weniger stören lassen in meinen Geschäften – geduldig auf bessre Zeiten warten und die kränklichen Schwachheiten und Ängstlichkeiten abschaffen z.B. die Angst nach Gesellschaft.

O! daß ich Märtyrersinn hätte?

Wähl' ich nicht alle meine Schicksale seit Ewigkeiten selbst?

Jeder trübe Gedanke ist ein irrdischer, *vorübergehender* Gedanken der Angst.

Jede trübe Stimmung ist *Illusion.*

Die Ängstlichkeit dauerte bis Abends um 5 Uhr. Nachher ward ich äußerst heiter, wozu besonders der genehmigte Plan kam, gleich nach 7 Eichen reisen zu dürfen, der mich sehr belebte. Ganz spät kam eine Beängstigung, wahrscheinlich von Blähungen, die bald abgiengen und ich vermochte durch innige religiöse Vorstellungen das fatale Erschrecken zu vermeiden. Die Stunden nach dem Aufstehn und die nach Tische sind vorzüglich Ängstlichkeiten günstig.

[Siebeneichen? Donnerstag] Den 16ten Oktob[er].

Seither hab ich mich sehr wohl befunden und keinen Anfall von Ängstlichkeit gehabt. Dies beweist deutlich, daß alle Ängstlichkeit ganz unabhängig von äußern Umständen ist.

Am besten ist es, wenn man den Sinn hat alles *Geschehene* mit freudigen Herzen wie eine Wolthat Gottes hinzunehmen. Durch Gebet erlangt man alles. Gebet ist eine universale Arzeney.

Jezt vor der Hand hab' ich auf 2 Fälle zu denken,

1. Auf den Fall, daß ich heyrathe.
2. ——— daß ich nicht heyrathe.

Ich werde, wenn ich erst mit Weigel gesprochen habe, umständlich an *Röschlaub* schreiben, Opium und Mandelwasser anschaffen.

ad 1. giebt sich alles von selbst. Dann hab ich nur um Entschlossenheit und Pflichtgefühl zu bitten, und auf Arbeit und Zerstreuung zu denken.

ad 2. Muß ich mich mit Lektüre versehn. Als

1. Script[ores]] rer[um] Germ[anicarum].
2. Sächsische Geschichte.

3. Gibbon
4. Thucydides.
5. Livius.
6. Tacitus. Sallust.
7. Schmidts Geschichte der Deutschen.

Bey unserm Hofmeister les ich die lat[einischen] Geschichtsbücher, und er kann mir Gesellsch[aft] leisten und vorlesen. Bodé aus Humens franz[ösischer] Gesch[ichte] von Engl[and] die in Schlöben ist, oder sonst Französische Bücher. Ich mache mich mit dem Superintendenten und d[em] neuen Director bekannt – sehe mehrere Leute, als Bösen, Zentschen, Schaufuß, Schlegels, in Burgw[erben], Wirker etc. Wird es schlimmer, so verreis' ich nach Leipzig, Bamberg oder Jena. Sonst reis' ich viel mit dem Vater, und bin fleißig in der Mathem[atik] etc. Wenn ich nicht heyrathe, will ich nach Reichenhall und Klagenfurt.

BRIEFE VON NOVALIS

1. Novalis an Frau Landkammerrat Johanna Dorothea Sidonie von Dieskau, geb. von Hardenberg in Gera

[Schlöben, den 1. Januar 1785. Sonnabend]

An die gnädige Tante von Gera

Von Dank gerührt singt diese Lieder
Ein Herz, das Ihre Liebe kennt;
Und an dem jungen Jahre wieder
Sie noch die beste Tante nennt;
O! Lassen Sie mich künftig noch genießen
Ihr Herz, das mich stets glücklich macht.
Ihr Leben müsse froh verfließen
Gleich einer heitern Sommernacht.

Schlöben, am 1. Januar 1785.

Unterthäniger Neveu
Fridrich von Hardenberg

2. Novalis an seinen Onkel Friedrich Wilhelm von Hardenberg in Lucklum (Entwurf)

Weißenfels, am 2. November 1786 [Donnerstag]

Mein lieber Onkel.

Undankbarkeit würde es von mir seyn, wenn ich Dir nicht nochmals für Deine in Wiederstedt mir erwiesene Gnade danken wollte und für Deine wiederholten Erinnerungen, die ich auf alle Art zu befolgen mich bestreben will. Da ich weiß, daß Du allen meinen Sachen Deinen großen Antheil schenkst, so kann ich nicht umhin, Dir zu sagen, daß ich gestern vor acht Tagen bey Coyen bey einem kleinen Mädchen nebst meiner Schwester und einem gewissen Fräulein Posen [Boser] zu Gevattern gestanden habe. Deine Bücher schicke ich Dir sämtlich den nächsten Posttag. Die L'histoire de Thou habe ich von Schlöben seit kurzen erhalten, und mein künftiger Brief wird davon enthalten was ich gelesen habe. Schenke mir Deine Gnade, so lange ich mich derselben würdig mache, und daß Du mich so lange lieb behältst, als ich mit kindlichem Respect verharre

als Dein unterhäniger Neveu
Fridrich von Hardenberg

3. Novalis an den Gerichtsverwalter Steinbrecher in Schlöben

[Weißenfels, den 6. August 1788. Mittwoch]

Mein lieber Herr Steinbrecher

Dürft ich Sie nicht bitten mir aus der Schrankbibliothek die Italiänischen Bücher aufzuschreiben und zuzusehn ob überhaupt nicht eine italiänische Grammatik vohanden ist, sollte eine da seyn so bitte ich Sie mir dieselbe zu schicken und zugleich den Katalog der italiänischen Bücher und zwar lieber gleich mit der Post. Ich empfehle mich gehorsamst und verharre mit der größten Hochachtung

Weißenfels
am 6ten August
1788.

Ihr
gehorsamer Diener
Fridrich von Hardenberg

N.

Auch ein Lexicon wird vielleicht da seyn. Dis schicken Sie mir auch mit.

4. Novalis an Frau Sophie Reinhold, geb. Wieland in Jena

[Weißenfels, 1788?]

An Sophie Wieland

Dem Süßen Mädchen, welches hier
Dis kleine Blättchen sieht,
Und das sonst so gewogen mir
Nicht meine Verschen flieht

Dem schicke ich sechs Lieder hier
Die mir Thalia lieh,
O! spielst Du sie an dem Klavier
Mit Deiner Harmonie

So bin ich froh wie Scherasmin
Wie er den Ritter fand
Mir wird die Wiese doppeltgrün
Auf der dis Blümchen stand.

5. Novalis an Gottfried August Bürger in Langendorf (Entwurf)

[Weißenfels, c. 10. Mai 1789.]

Verehrungswürdigster Herr Amtmann.

Mit Recht werden Sie sich wundern, daß sich ein Ihnen völlig Unbekannter und dazu noch ein unbärtiger Jüngling die Freyheit nimmt Ihnen zu schreiben. Doch Sie wissen gewiß, daß eine ganze Menge deutscher Jünglinge die nur etwas warmes Gefühl haben, Ihre unbekannten Freunde sind und Sie durch Ihre Schriftlein so innig verehren und lieben, als ob sie jahrelang Sie gesehen hätten und unter Ihrer Anzahl bin ich. Wenn Sie mir meine Bitte gewähren, daß ich Sie in dieser Woche zu Langendorf besuchen darf, so werde ich Gelegenheit haben, Ihnen meine Hochachtung deutlicher zu erkennen zu geben. Ich verharre mit der größten Hochachtung

Dero gehorsamer Diener
Fridrich von Hardenberg.

6. Novalis an Gottfried August Bürger in Langendorf

[Weißenfels, 27. Mai 1789. Mittwoch]

Wolgeborner Herr
Hochgeehrtester Herr Professor.

Sehn sie, troz ihrer Bitte und Warnung für Nachahmung habe ich es doch gewagt mich leicht in die Fesseln eines Sonnets hineinzuschmiegen, und überschicke Ihnen hier 2 Proben. Ob sie unglücklich ausgefallen sind kann ich nicht entscheiden, und überlasse Ihnen völlig das Urtheil und die Entscheidung, ob sie ins Schofelarchiv oder unter die mittelmäßigen Producte gehören; und sollte ich vielleicht die Ehre haben Sie noch einmal vor Ihrer Abreise zu sehn, so würde ich mich sehr freuen, wenn Sie ganz aufrichtig mir Ihre Meynung sagten, ob ich es künftig mit einiger

Hoffnung auf Beyfall noch wagen sollte die Schwierigkeiten eines guten Sonnets zu überwinden oder es ganz zu unterlassen.

Ich verharre mit der größten Hochachtung

Weißenfels
am 27. May
1789.

Dero
gehorsamer Diener
Fridrich von Hardenberg.

7. Novalis an den Buchhändler und Verleger Friedrich Severin in Weißenfels

[Weißenfels, 1789?]

An Friedrich Severin
Jüngst wolltest du von mir Gedichte,
Denn daß ich Reimte, wußtest du,
Da holt ich aus der trägen Ruh
Worinn sie schummerten, für dich der Muße Früchte
Und schicke, Freund, sie dir hier zu.
Durchfliege sie, doch nicht mit kritischen Gesichte
Das auch den kleinsten Mackel sieht
Und nachsichtsvoll nicht gern, dem Fehl vorüberflieht.
In unserm lieben deutschen Vaterlande
Ist nun die Mode einmal so,
Daß jeder Jüngling reimt, bald traurig und bald froh,
Bald schlummert an der Aganippe Rande,
Bald an des Oceanes Strande
Von Wellen eingelullt, auch schrecklich tosend reimt,
Sich in die graue Vorzeit träumt,
Nur rauhe Bardenlieder singet
Und voll Begeistrung schäumt,
Und bald Cytheren Opfer bringet
Oft einen Faun für einen Amor nimmt
Und seine Leyer nur für trunkne Satyrs stimmt;
Doch Wieland wünscht mit Venus und den Musen
(Denn was sie rufen sind doch nur Empusen)

Recht sehr viel Schlaf den Dichterlingen
Und heilt nichts ihre Phrenesie
Die Kunst in sich hinein zu singen,
Und doch ein wenig mehr Genie;
Doch halt–gehör ich nicht auch mit zu dieser Zunft
Gut, gut, so wünsch ich mir ein wenig mehr Vernunft
So kann vielleicht einst mich ein Myrtenkranz
[umschlingen
Und mich berechtigen zur Musengunst
Dann soll dir mehr Gefühl als Kunst,
Noch eine bessere Epistel singen.
Jezt nimm vorlieb mit dem Vergißmeinnicht
Das meine schwache Hand dir am Parnassus bricht–
Wer ruft mich–Nimm den guten Willen,–
Leb wohl,–solidre Kost soll meinen Magen füllen–
Man rufet mich zu Tisch–ich wünsche gute Nacht–

8. Novalis an einen Verleger

[Weißenfels, 1789?]

Hochedelgebohrner Herr,

Es ist das erstemal daß ich die Ehre habe an einen Mann von Gelehrsamkeit zu schreiben, Sie werden mir also gewiß mit nachsichtsvollem Blicke verzeihen wenn ich kurz und ohne Komplimente mich in Geschäften eines Freundes an Sie wende, da ich sehr viel von Ihrer Güte gehört habe und Sie gern selbst nun erfahren will. Ich schicke Ihnen eine Sammlung Gedichte, deren die Mehrsten nach meinem Layenurtheile nicht schlecht sind, um Sie Ihnen für einen Freund zum Verlag anzubieten. Er erwartet das Honorarium ganz von Ihrer Großmuth, nur will ich Sie in meinem Namen bitten, es ihm, wenn Sie die Gedichte ihres Verlags werth halten, bald zu überschicken, da er zu einer Reise wohl etwas nöthig hätte, denn ihn trift das Schicksal der meisten Schriftsteller, er ist arm. Wegen vieler Geschäfte hat er mir die Besorgung des Drucks derselben aufgetragen, die ich selbst in müßigen Stunden abgeschrieben habe; freilich damals dachte ich noch nicht an den Druck derselben, sonst würde das Manuscript, das ich nicht jezt abschreiben kann, nicht zuweilen so unleserlich, ausgestrichen, corrigirt und zerrissen und unzusammenhängend seyn, weswegen ich Sie auch im voraus um Vergebung bitten muß. Vielleicht würde er, wenn Sie diese Gedichte im Verlag nähmen Ihnen bald Trauerspiele, romantische Gedichte, und andre vermischte Gedichte und Aufsätze nebst einigen Reisebeschreibungen anbieten, die noch nicht ganz zum Drucke fertig sind. Wenn Sie so gütig sind und mir antworten, so adressiren Sie mir Ihren Brief an den Secretair Semler im Hardenbergischen Hause zu Weißenfels, der ihn mir zustellen wird. Ich freue mich sehr, daß ich durch meinen Freund Gelegenheit habe mit einem so verdienstvollen Manne wie Sie sind in Bekanntschaft zu kommen und mit der größten Hochachtung zu verharren

Dero
gehorsamer Diener
Fähndrich von Hanstein.

9. An Christian David Jani in Eisleben (Entwurf)

[Eisleben 1790]

An den Herrn Rector Jani
bey Ueberschickung einiger Uebersetzungen
aus Theocrit.

Oft trieb mich in den einsamen Stunden der heiligen Frühe,
Wenn balsamischer Thau lachende Thäler umschlang,
Oder wenn Hespers Stralen vom falben Silbergewölke
Glitten, Begeisterung hin zum Aganippischen Quell;
Lechzend erlabt ich die Seele mir dann in amystischen Zuge
Bis ich von mächtiger Glut sanft in Gesänge zerfloß,
O! dann sah ich die Musen, vernahm der Unsterblichen Lieder,
Ewiglieblich und jung saßen die dort in den Hayn.
Um sie gaukelte Amor mit Schaaren lächelnder Götter,
Aber mitten im Kreis saßen die Grazien drinn.
Und sie sangen die Weisen des alten, sicilischen Hirten,
Welchen die Nymphen mit Thau oder mit Honig genährt;
Siehe! ich lispelte sie mit rauher, germanischer Zunge

Nach und sende sie dir; welchem Horazischer Geist
Und die lachende Laune die jüngste der Musen verliehen,
Welchem der Hirtengesang oft schon die Seele entzückt;
Dem . . .

10. Novalis an den Amtmann Büttner in Eisleben (Entwurf)

[Jena, Oktober (?) 1790]

Nie war ich auf etwas stolzer, nichts wünschte ich in den heißesten Stunden der Begeisterung mehr, als die Freundschaft edler, geistreicher Männer. An ihnen hieng ich mit vollem Enthusiasmus sie waren meine Modelle, meine Ideale, sie zu erreichen der stolzeste Wunsch meiner Seele. Schon eine Schrift eines solchen Mannes konnte mir die feurigste Liebe zu ihm einflößen. Seine persönliche Bekanntschaft stellte ich mir als das höchste und reinste Glück hinieden vor.

Ihre Bekanntschaft, E.H. Amtmann, realisirte meine Ideen, und währte sie gleich kurz, und sah und hörte ich sie gleich nur wenige Augenblicke, so waren sie doch hinreichend, mit unauslöschlichen Zügen sich in meine Seele zu graben. Ihre herzliche Theilnahme an jugendliche Freuden des Menschenlebens, Ihre horazische Bonhommie, Ihr Entferntseyn von stolzer Zurückhaltung, bezauberten mich, auch ohne den deutschen Geist, der doch so anspruchslos jedes Wort von Ihnen charakterisirte und Ihnen gleich Zutrauen und Hochachtung gewann. Nehmen Sie dies Alles für innigen Erguß meiner Empfindung die mich überwältigt.

Äußerst ungern verließ ich Eisleben und schied aus unsrer persönlichen, eben erst erblühenden Freundschaft, und nur die Hoffnung sie einst mit mehr reellen Ansprüchen von meiner Seite wieder zu erneuern, erheitert mir die Aussicht auf die Zukunft. Soviel kann ich Ihnen mit Wahrheit versichern, daß ich mich herzlich freue Sie vielleicht bald wieder zu sehen und daß die Erlaubniß die Sie mir gaben, Ihnen zu schreiben, die Saite meines freudigsten Wunsches berührte. Schreiben Sie mir doch bald wenn Sie Sich ¼stündchen abmüßigen können, wie es geht, und wo Sie in Leipzig die Messe logiren, daß ich Sie dort aufsuchen kann.

Ich habe mir die Freiheit genommen mich schriftlich Ihrer l[ieben] Gattin zu empfehlen und ihr für die freundschaftliche Güte zu danken, für die ich auch Ihnen verbindlichsten Dank abstatte, die Sie mir noch zuletzt noch in Eisleben erwiesen.

11. Novalis an die Mutter in Weißenfels

[Jena, den 9. März 1791. Mittwoch]

Meine liebe Mutter,

Endlich ergreif ich die Feder um Dir nur einige schwache Äußerungen meines dank und liebevollen Herzens zu zeigen. Wie viel bin ich Dir nicht schuldig, wie viel thatest, littest Du nicht für mich? Jede Handlung meines Lebens sollte Dir danken und doch, wie schwach sind wir, reißt uns oft eine blendende jugendliche Täuschung fern weg von dem Wege der Pflicht und nur die Thränen der zärtlichen Mutter verfolgen uns. Wär immer die Vorstellung der mütterlichen Zärtlichkeit vollkommen gegenwärtig und lebendig in jedes unbesonnenen Jünlings Herzen, säh er immer vor jeder raschgewagten Thorheit den Kummer, die Sorgen, die Thränen der geliebten Mutter, gewiß wir würden in kurzen zu den wärmsten Freunden der Tugend gehören. Ja, Geduld muß das Loos jedes Jugenderziehers, jeder Mutter seyn; denn ohne dieselbe was würde aus uns, die der geringste Windstoß in Ihren Grundsätzen erschüttert und wankend macht. Lehren aus dem Munde einer klugen und mit der Menschheit bekannten Mutter fließen durch das Herz in den Kopf: Wer geht nicht gern alle Wege an einer so geliebten Hand? Welcher Unterricht auf Erden überwiegt die holden, bittenden Lehren einer Mutter von erhabener Denkart, tiefem Blick und sanften, liebevollen Herzen: Wer mit menschlichem Gefühl bestände nicht freudig selbst den schwersten Kampf, den Kampf mit sich selbst, wenn Sie ihm winkt, die ihm auf Erden alles ist, die Zuflucht in Bedrängnissen ist, die einzige Seele oft die ihn ohne Interresse sich selbst aufopfert. Ich kann mich hier nicht enthalten, beste Mutter eine so schöne Stelle aus Iselin hier abzuschreiben, die mir wie aus dem Herzen genommen ist: Wir halten es für unstreitig, sagt er, wenn man die Geschichte aller Männer genau wüßte, die sich durch Rechtschaffenheit und durch Tugend ausgezeichnet haben, daß man unter zehnen immer neun finden würde, welche diesen Vortheil ihren Müttern schuldig wären. Es ist noch nicht genug anerkannt, wie wichtig eine unschuldig und untadelhaft zugebrachte Jugend für das ganze Leben eines Menschen ist, wie fast alle, die diesen Vortheil genossen haben ihn niemand schuldig gewesen sind, als ihren Müttern und wie sehr überhaupt die Vollkommenheit und das Glück der Menschheit sich auf Weiberverstand und Weibertugend gründet. Ja, beste Mutter, wenn auch ich einst mich mit Recht dieses Vortheils rühme, so bin ich es Dir und meinem vortrefflichen Vater gewiß schuldig. Aber wozu verliere ich noch soviel Worte, wo mein Herz am lautesten mich errinnert, in meinen Handlungen es zu beweisen, wie tief und wahr ich alles dieses fühle, und wie selbst der wärmste Dank in Worten, dem mütterlichen Herzen nicht soviel Freude macht, als eine tadellose Aufführung. Ich [empfeh]le mich Dir unterhänig und meine kindliche Liebe kennt keinen stolzern Titel, als ....

Jena
am 9ten Mä[rz]
1791.

[unte]rthänigen Sohn
[Fridrich] von Hardenberg.

12. Novalis an J. B. Erhard in Jena

[Jena Ende April 1791.]

Bester Erhard,

Ich hätte Sie gern hier erwartet um Ihnen ein Lebewol zu sagen, da wir einander wol so bald nicht wiedersehn werden. Aber mich ruft ein unerbittliches Verhängniß. Mit äußerst freudigen Herzen würd ich es thun, wenn ich versichert wäre, daß wir uns als zwey neue Cookes, von denen der eine nach Westen, der andre nach Osten ausgesegelt wäre, triumphirend mit neuen Entdekkungen und verehrt von unkultivirtern Menschen als Stifter ihrer Cultur und Aufklärung wie Könige des Ozeans auf unsrer Weltumseglung begegneten, traulich einander die Hände böten und den Bund ewiger Freundschaft erneuerten: aber leider ist diese Aussicht mir vielleicht von meinem Genius und der Göttin des

Uebermaßes versagt, da sie hingegen ihnen die Genien der Kraft und Weisheit eröffnen:

Du knüpfest zwischen Nationen
Aus noch getrennten, fernen Zonen
Ein heiliges, geweihtes Band,
Und in des Schicksals hoher Weihe
Wird in der kleinen Lieblings Reihe
Dein Name einstens mitgenannt.

Verschmähe dann doch an dem Ziele
Wo Himmelsruh und Frühlingskühle
Dir dein errungner Lorbeer beut
Nicht jenen kleinen Kranz von Myrten
Den aus dem Kreise froher Hirten
Ein Sänger und dein Freund dir weiht.

Sie verzeihn; eine kleine poëtische Wuth riß mich hin dies Ihnen in Versen zu sagen. Erhöhtes warmes Gefühl wird in solchen Reimfixen Seelen leicht zum Gedicht. Aber ich radotire Ihnen hier vor, wo ich einfach Abschied nehmen sollte. Doch Sie kennen das leichte Völkchen zu dem ich mich so gern rechnen möchte und sind großmüthig. Leben Sie wol, reisen Sie glücklich und wollen Sie einmal wieder lachen (vide Horatius epist 4.) so besuchen Sie in mir den langbeinichten, schmalen Sybariten Fridrich von Hardenberg de grege musarum.

13. Novalis an die Mutter in Weißenfels

[Jena, Sommer 1791]

Beste Mutter

Endlich folge ich einmal dem Drange meines Gefühls und überwinde meine Trägheit zum Briefschreiben. Ich weiß, daß Du es so gern siehst, wenn ich an Dich schreibe, ob ich Dich gleich versichre, daß auch gewiß sonst die Errinnerung an Dich mir die glücklichsten meiner Stunden macht, wenn meine Fantasie schwelgt und Dein Bild lebendig mir vorschwebt. Wenn alle die schönen Szenen der Vorzeit und Zukunft, die ich mit Dir erlebte und erleben werde vor mir stehn und jeder Zug in ihnen beseelt ist: Wenn gar der blaue Schleyer der Zukunft sich hebt und ich Dich als Schöpferinn aller jener kühnen Entwürfe sehe, die eine allzukühne Zuversicht in meine Kräfte wagte. Denn wem dankten alle Männer beynah, die etwas großes für die Menschheit wagten, Ihre Kräfte; Keinem als ihren Müttern. Du trugst beynah alles zur Entwicklung meiner Kräfte bey, und alles was ich einst gutes wage und thue, ist Dein Werk und der schönste Dank, den ich Dir bringen kann. Wie befindest Du Dich denn izt, doch so, wie ich hoffe und wünsche, daß Du Dich noch eine lange Reihe Jahre befinden magst um uns allen nicht die höchste Zufriedenheit zu rauben, die an Dich geknüpft ist. Mein guter Vater ist wol wieder bey euch. Komm ja herüber und besuche mich: Die Tante und ich freun uns unaussprechlich darauf. Neulich war hier ein großes Hagelgewitter, daß der Tante die Fenster einschlug und dicht neben ihrem Garten einen kalten Schlag that. Sie war erschrocken, aber wurde doch nicht krank. Ich empfehle mich Deiner Gnade und Liebe unterthänig und verharre mit dem tiefsten Gefühl von Ehrfurcht und Liebe

Dein

unterthäniger Sohn

Fridrich von Hardenberg.

14. Novalis an Friedrich Schiller in Erfurt

[Jena, den 22. September 1791. Donnerstag]

Bester Herr Hofrat,

Mein widerwärtiges Schicksal verhindert diesmal meine so lang ersehnte Reise nach Erfurt. Es ist hier in ganz Jena für heute kein Wagen und noch viel weniger ein Pferd zu bekommen. Meine angestrengteste Mühe gieng verloren und es bleibt mir nichts übrig, als meiner Fantasie so lebendig, als möglich, die Darstellung des auf mich wartenden Vergnügens vollenden zu lassen. Wie gern hätt' ich Sie nicht gesehn, wie gern an Ihrer Seite so glühend und froh den Dichter des Don Karlos und die gelungensten Augenblicke der Kunst in der Vorstellung genossen und verschlungen; wie freute ich mich nicht zugleich auf die persönliche Bekanntschaft mit dem guten, seelenvollen Dalberg, der leider nur noch fast einzig unter den Fürsten Deutschlands steht, und den ich schon deswegen hochschätzen würde, wenn er sich nur für meinen lieben Schiller recht warm und innig interressirte: aber nun ist dis alles vereitelt, und ich muß mich resigniren; welches ich auch desto leichter kann, da mir wenigstens die Hoffnung nicht benommen ist doch Sie noch während dieser Ferien einmal zu sehn. Offenherzig war Ihre persönliche Bekanntschaft und Ihr freundschaftlicher Umgang auch das Einzige, was ich höchst ungern in Jena verlasse und was ich in Leipzig nicht aufhören werde zu vermissen. Ein Wort von Ihnen wirkte mehr auf mich als die wiederholtesten Ermahnungen und Belehrungen Anderer. Es entzündete tausend andre Funken in mir und ward mir nüzlicher und hülfreicher zu meiner Bildung und Denkungsart als die gründlichsten Deductionen und Beweisgründe. Unendlich viel hätte ich in diesen Winter von Ihnen gewonnen und spielend gewonnen, was des angewandtesten Fleißes, des willigsten Bestrebens ohngeachtet mir vielleicht erst in Jahren erreichbar wird. Und selbst dis abgerechnet, so wäre Ihr freundschaftliches Herz, Ihre ganze Individualitaet, der ich so nah mich wußte, genug gewesen um Jena mir angenehm und unvergeßlich zu machen. Und doch werde ich Alles leichter ertragen, wenn mich nur das Bewußtseyn begleitet, daß ich Ihnen ein bischen lieb bleibe, und daß ich. wenn ich Sie wiedersehe noch immer die alte Stelle in Ihrem Herzen offen finde. Denn wen sollte nicht das überschwänglich selige Gefühl sich von Ihnen wärmer umfaßt zu wissen für alles und selbst den persönlichen Umgang mit Ihnen entschädigen. Ihnen größestentheils werde ich es zuschreiben, wenn diesen Winter mein eifrigster Wille meine Kräfte unterstüzt, um die gefährlichste Klippe eines jungen, lebendigen Kopfs die sauren und anhaltenden Vorarbeiten zu einem künftigen, bestimmten Beruf glücklich zu übersteigen, denn Sie machten mich auf den mehr als alltäglichen Zweck aufmercksam, den ein gesunder Kopf sich hier wählen könne und müsse und gaben mir damit den lezten, entscheidenden Stoß, der wenigstens meinen Willen sogleich festbestimmte und meiner herumirrenden Thätigkeit eine zu allen meinen Verhältnissen leichtbezogne und passende Richtung gab. Ich kann Ihnen zwar nicht verheelen, daß ich fest glaube, daß meine Neigung zu den süßen Künsten der Musen nie erlöschen und meine liebe, freundliche Begleiterinn durchs Leben seyn wird, daß immer die Werke der Lieblinge Apolls einen unnennbaren Zauber für meine Seele behalten werden, und ich nie ungeneigt seyn werde dem Wunsche des Königs von Preußen beyzupflichten, wenn gleich auf eine ganz verschiedne Art, der die Zaÿre Voltairs lieber gemacht haben wollte als Sieger in so vielen Schlachten gewesen zu seyn; daß ich endlich selbst in manchen süßen, heimlichen Augenblicken Funken vom heiligen Altar der Kunst zu entwenden mir nicht entbrechen werde und selbst an der Seite der strengen Göttin, zu deren Priester ich mich an Kopf und Herzen combabisiren lassen soll, noch manchen verstohlnen Blick und manchen liebeathmenden Seufzer den glücklicheren Lieblingen der Grazien und Musen und ihren Schutzgöttinnen zuzuwerfen, aber demohngeachtet hoffe ich auch zu Gunsten meines bessern aber vielleicht kleinsten Selbsts, der Vernunft meinem gefaßten Vorsatz und dem mir am fernen Ziel winkenden Genius der höhern Pflicht treu zu bleiben und dem Rufe des Schicksals gehorsam zu seyn, das aus meinen Verhältnissen unverkennbar deutlich zu mir spricht. Aber zuseufzen werde ich Ihnen doch noch wol zuweilen: ora pro nobis. Der Frau Hofräthin bitte ich Sie mich unterthänig zu empfehlen und Sie, bester Herr Hofrath, wünsche ich bald gesunder als jemals und im vollen Gefühl erneuter Jugendkraft und Munterkeit zu umarmen und Ihnen mündlich wärmer und inniger sagen zu können, mit welchen tiefen Empfindungen von Liebe und Hochachtung ich nie aufhören werde mich zu nennen

Ihren

Jena, am 22sten September 1791.

gehorsamen Diener
Fridrich von Hardenberg.

15. Novalis an Professor Karl Leonhard Reinhold in Jena

Gosek: am 5ten Oktober. 1791. [Mittwoch]

Ermüdet von tausend Genüssen, die Natur und Kunst mir heute gaben, und gestimmt zu einer wunderbaren Heiterkeit sitze ich hier in einem hohen, gewölbten, gothischen Gemach des alten Bergschlosses Gosek, wohin mich die Freundschaft des Besitzers rief und blicke gerührt nach der Gegend zurück, die ich vor kurzen auf immer verließ: Ich blicke nach meinen Freunden zurück und sehe Sie nicht mehr. Aber noch umtönt mich das freundliche Lebewohl, das auch Sie mir gewiß aus vollen Herzen bey unsrer Trennung zuriefen. Tausend Szenen schweben um meinen innern Sinn, denen die Fantasie und die Errinnerung Leben verleiht, die in der magischesten Beleuchtung, in romantischen Massen eine zehnfach verstärkte Wirkung thun und eine unendliche Menge Empfindungen[,] Gefühle und Ideen leise erwecken. Alles verschmilzt in das unnennbare und untheilbare Ganze einer lieblichen Dämmrung, wo nur die äußersten Umrisse, die schönsten Contoure noch sichtbar sind und schon allmälich in den Nebel der Vergangenheit zerrinnen: Aber den Zauber der Aussicht, wer vermag den zu beschreiben, da ihn die Seele mit Mühe faßt. O! bester Herr Rath, jezt verschwindet der Schleyer, den Vorurtheile, Thorheiten, eingeschränkter Sinn und Verwirrung um meine Augen legten; Ich sehe in einem Moment der glücklichsten Vergeistigung das bunte Jahrmarktsgewühl meines bisherigen Lebens vor mir; Was die Natur und Gegenwart auseinander zieht, wird in der Errinnerung der Ordnung leichtgefaßtes Glied, wie mein lieber Schiller nur auf eine andre Art sagt: Ich sehe mich in allen den lächerlichen, sonderbaren, abentheuerlichen und unnatürlichen Masken, mit welchen mich eine herrenlose Fantasie und die Grille des Augenblicks bekleidete und bedaure nur die geduldigen Freunde des pfadlosen Irrlings: aber meine gutmüthige, leicht zu gewinnende Einbildungskraft läßt mir doch auch so manchen Augenblick vorbeygehn, in welchem zwangloser Frohsinn, jugendliche Schwärmerey und so manche andre Begleiter meines Lebens mich in lieblichen Träumen entzückten, und in welchem Freunde der Wahrheit und der sittlichen Schönheit eine Herrschaft über mein Herz behaupteten, die mir unvergeßlich bleiben wird, und mich in das süße Gefühl einwiegte, von Männern *der* Aufmerksamkeit gewürdigt worden zu seyn, die leicht in ein zärtlicheres Gefühl übergeht. Es bemächtigen sich Hoffnungen und Erwartungen meiner Seele und beseligendere Gefühle verdrängen die unangenehmeren des Unwillens und Mitleidens mit sich selbst; die ich schon in Jena oft empfand, und daher ein gewaltsames Mittel ergriff um mich loszureißen von den Thorheiten und Verirrungen, die mich in Jena zu verfolgen schienen, und zu Gewohnheiten wurden. Wie weh that es mir nicht so vieles zu verlassen, was meiner Seele heimisch geworden war, Männer zu verlassen, deren bereitwillige Freundschaft, deren seelenvoller Umgang mir Früchte zu versprechen schien, die mir vielleicht nie wieder so reifen. Aber ich mußte mich resigniren und dem mir nicht undeutlichen Winke des Schicksals folgen. Ich breche ab: schon zu lange sprach ich von mir: ich wende mich zu einem Gegenstande, der meine ganze Seele füllt.

Von Schillern will ich mit Ihnen sprechen; denn kein Gegenstand der Unterhaltung ist Ihnen gewiß angenehmer und für mich interressanter. Sie haben ihn wiedergesehn, wenn Sie diesen Brief erhalten: Gewiß ist er munter, heiter, im vollen, entzückenden Gefühl seiner wiedergekehrten Gesundheit. Sie sehn ihn nun oft. Sie tauschen Ihre beyden Seelen oft an traulichen Abenden gegeneinander um, und ich, der ich so heiß darnach dürstete, kann kein stiller, lauschender, nichts verlierender, alles tiefverschlingender Zeuge dieses herrlichen Schauspiels seyn. Ach! wenn ich nur Schillern nenne, welches Heer von Empfindungen lebt in mir auf; wie mannichfaltige und reiche Züge versammeln sich zu dem einzigen, entzückenden Bilde Schillers und wetteifern, wie zaubernde Geister an der Vollendung des blendendsten Gemähldes: und stört mich dann in diesem Zaubermal meiner Fantasie der nagende Gedanke, daß dieser Mann der Vernichtung nahe war, Schiller, der mehr ist, als Millionen Alltags Menschen, der den begierdelosen Wesen, die wir Geister nennen, den Wunsch abnöthigen könnte, Sterbliche zu werden, dessen Seele die Natur con amore gebildet zu haben scheint, dessen sittliche Größe und Schönheit allein eine Welt, deren Bewohner er wäre, vom verdienten Untergange retten könnte; Schiller, der so eine entzückende Form mit so viel Stoff, So viel Natürlichkeit mit so viel Natur, So viel Individualitaet mit so viel Allgemeinheit, so viel Herzensgüte mit so viel Herzensstärke, so viel Einfachheit mit so viel Reichthum, So viel System mit so viel Art, So viel Caracter mit so viel Sinn, so viel Schema mit so viel Anwendung, so viel Transcendentale Einbildungskraft und so viel Methode in der Transcendenten, so viel Größe mit so viel Würde, so viel Liebenswürdigkeit mit so viel Liebe, so viel Grazie mit so viel Ernst vereinigt, in dessen Natur so viel Kunst, und in dessen Kunst so viel Natur ist, der so viel Gesichtspunkte und doch nur einen hat und endlich, der einer der seltnen Menschen ist, denen die Götter das hohe Geheimniß von Angesicht zu Angesicht offenbarten, daß die Schönheit und Wahrheit eine und ebendieselbe Göttin sey, und daß die Vernunft der einzige Name und das einzige Heil sey, das den Menschen auf Erden gegeben worden, das einzig ächte, wahre Logos das von Gott ausgegangen ist und zu ihm zurückkehrt: wenn sag ich, dieser Gedanke mich stört, so bebe ich unfreywillig vor meiner eignen Existenz zurück, und es drängt sich ein Seufzer zwischen meine Lippen, in welchen aller Glaube an eine höhere Hand, die den Faden lenkt und die ganze Liebe und das Mitleid gegen eine Menschheit gepreßt ist.

Aber er lebt und bleibt vielleicht leben. Stolzer schlägt mein Herz, denn dieser Mann ist ein Deutscher; ich kannte ihn und er war mein Freund. Wie lebendig wird mir das Andenken an die Stunden, da ich ihn sah; besonders an die, da ich ihn zum erstenmal sah, ihn, das Traumbild der seligsten Stunden meines Knabenalters, da die höhere Macht der Musen und Grazien den ersten, herrlichen, bleibenden Eindruck auf meine junge Seele machte, und ich mit meinem Ideal in der Fantasie vor Schiller trat und mein Ideal weit übertroffen erblickte. Sein Blick warf mich nieder in den Staub und richtete mich wieder auf. Das volleste, uneingeschränkteste Zutraun schenkte ich ihm in den ersten Minuten und nie ahndete mir nur, daß meine Schenkung zu übereilt gewesen sey. Hätt er nie mit mir gesprochen, nie Theil an mir genommen, mich nicht bemerkt, mein Herz wär ihm unveränderlich geblieben; denn ich erkannte in ihm den höhern Genius, der über Jahrhunderte, waltet, und schmiegte mich willig und gern unter dem Befehle des Schicksals. Ihm zu gefallen, ihm zu dienen, nur ein kleines Interresse für mich bey ihm zu erregen war mein Dichten und Sinnen bey Tage und der lezte Gedanke, mit welchem mein Bewußtseyn Abends erlosch. Eine Geliebte hätte ich für ihn weinend aus dem Herzen gerissen, wenn die Vorsehung ein so hartes Opfer verlangt hätte, meinem liebsten Jahrelang gehegten Wunsche am Rande seiner Erfüllung entsagt, denn das Leben ist nicht das stärkste Opfer, was Enthusiasmus und Liebe ihrem angebeteten Gegenstande bringen können, denn wir fühlen nicht seinen Verlust. Sein Wort hätte Funken zu Heldenthaten in mir geschla[gen,] die keine Noth, kein Hinderniß hätten ersticken können, und vielleicht ist selbst das Gute und Schöne, dessen Spuren meine Seele trägt und tragen wird, schon durch sein Beyspiel, größestentheils mit sein Werk. Brächte ich einst Werke hervor, die einen innern Werth unabhängig in sich trügen, thät ich etwas, das einen edlern Ursprung, eine schönere Quelle verrieth so ist es auch größestentheils Schiller, dem ich die Anlage, den Entwurf zur vollendeteren Form verdanke. Er zog in meine Seele die sanften, weichen Linien des Schönen und des Guten, die meine männlichere Vernunft nur tiefer zu ziehn nur um die scharfen Ecken zu weben und zu schwingen braucht um mein Glück und meine Ruhe auf Ewigkeiten zu gründen. Er bietet mir vom Port der himmlischen Vaterwelt die Hände um die gesunkene Psyche heraufzuheben.

Könnte ihn jemand besser zeichnen, jemand besser die wahrnehmbaren Umrisse seines intellectuellen Wesens, die die gewagtesten, reinsten, gelungensten und feinsten sind, in irgend einer menschlichen Sprache entwerfen, als er selbst im Bilde seines Posa gethan hat; Nichts hat er vergessen, als die Anwendung und die mindere Anmaaßung, die seinen Character noch menschlicher, liebenswürdiger und umfassender macht. Eben diese stille Größe und sittliche Erhabenheit, eben dieses Weltbürger Herz, das für mehr als Menschheiten schlägt und doch diese idealische Liebe auf reine Seele[n] um sich überträgt, und nicht den Einzelnen entgelten läßt, was die Natur minder für sie als fürs ganze Geschlecht that, eben dis nicht auf Erden Heimische und doch

Zufriedene nicht Klagende, Heilige, Resignirende, was die gereifteste Frucht der Humanitaet ist, das Resultat der Höchsten Philosophie des Sterblichen, und einst in jenen traurigen Tagen mit den Griechen verblühte. Ihm gab das Schicksal die göttliche Gabe, alles, was er berührt in das reinste Gold des geläutertsten Menschensinns, in das Eigenthum und Erbtheil der sittlichen Grazie zu verwandeln. Wissenschaften werden im längern Laufe seines Lebens unter seinem wolthätigen Fluge aufblühn und um kurz ein Gemälde vorüberzugehn, das der scharfsichtige Blick des Künstlers selbst vielleicht noch nicht übersehn kann; er wird nebst einem Manne, den mir die Bescheidenheit zu nennen verbietet, der Erzieher des künftigen Jahrhunderts werden. Die Nachwelt zeigt ihm seinen Plaz unter den Kraftvollen Männern, die zur treffendsten, bittersten Karakteristik unserer Zeiten beynah vergessen sind oder doch vernachlässigt unter ihrer Würde. Welcher Edle stimmt mir nicht bey, wenn ich Franklin, Linnee, Haller, Newton, van Swieten, Baco, Luther, Hutten, Galilaei, Lessing, Leibniz Spinotza, Michel Angelo, Alembert und Macchiavell nenne.

Oft wenn in schwärmerischen Stunden das Bild der Vorzeit in uns erwacht, wenn die Bonmots der Natur, unsre Voltaire, Helvetius und andre Modephilosophen und Modehelden unsers Jahrhunderts vor den alten herrlichen Söhnen der Natur verschwinden, wie ein künstliches Feuerrad beym Morgenstern oder ein witziger Einfall vor dem Erguß, vor der Äußerung einer edlen, ungezwungnen, wahren Empfindung, wenn uns unsre Zeiten unsre moralische Krüppel und Zwitter mit allen ihren Gebrechen und Scheusalen anekeln, und wir, wie Hiob, der Stunde unsrer Geburt zürnen, dann versöhnt uns oft ein Blick auf diese unsre Zeit und Periodengenossen mit allem und die mürrische Klage erstirbt auf den Lippen in ein Lispeln des Danks und in die abgebrochnen, glühenden Laute der Liebe und Bewunderung.

Mein Morgen und Abendgebet ist um Gesundheit: um die glänzendsten Lebensperioden Schillers mit genießen zu können, um von ihm begeistert auch höhern Zwecken nachzustreben; giebt mir diese die Vorsehung, was will ich weiter? Beschäftigung und Freudigkeit zu handeln hab ich dann auf Ewigkeiten:

(Erlauben Sie mir, daß ich noch einmal Baggesen, diesem göttlichen Menschen freylich mit sehr ungleichen Kräften auf eine gewisse Art nachahme: Ich kenne keine Manier, die fähiger wäre feinere Nüanzen auszudrücken als diese.) Wenn noch einst meine Bewegung zur Thätigkeit, meine Reizbarkeit zu ächtem Gefühl, meine Natürlichkeit zur Natur, meine Funken zur Wärme, meine Genialitaet zu Genie, mein Entwurf zur Ausführung, meine Vorstellung der Empfindung zur Empfindung, meine Mäßigkeit in Mäßigung, mein Sinn zu Character, meine Anlage zur Ordnung, meine Vielseitigkeit zur Mannigfaltigkeit, und meine Vielheit zur Einheit, meine Ahndungen zu System verschmelzen und meine Vernunft das entscheidende Uebergewicht über Sinnlichkeit und Fantasie erhält und Natur und Einfachheit meine Hausgottheiten werden meine Liebe und mein Enthusiasmus für so viele Dinge eine bestimmtere, festere Richtung, eine ebenso leichte als glückliche Anwendung erhalten; dann verdank ich wenigstens Ihnen, Schillern und Schmidten die dazu so nöthige Aufmerksamkeit und Beobachtung meiner selbst, ohne die alle Kämpfe fruchtlos, alle Mühen vergeblich sind. Empfangen Sie hier meinen glühendsten Dank aus dem gerührtesten Herzen für alles was sie mittelbar oder unmittelbar für mich thaten, für die Aufmunterungen, die Sie mir gaben, für die Geduld, die Sie mit meinen Schwächen, Thorheiten und Rhapsodieen hatten, und glauben Sie, daß schon der Wunsch nicht undankbar zu seyn mich zur höchsten Anstrengung meiner Kräfte bewegen könnte um Ihnen durch Handlungen und Selbstbildung zu zeigen, daß ihre angewandten Bemühungen und der Reiz Ihres Beyspiels nicht umsonst waren.

Ich werde in 3 Wochen nach Leipzig abgehn, und nach einer gänzlich veränderten Lebensordnung zu leben dort anfangen. Jurisprudenz, Mathematik und Philosophie sollen die 3 Wissenschaften seyn, denen ich diesen Winter mich mit Leib und Seele ergeben will und im strengsten Sinne ergeben. Ich muß mehr Festigkeit, mehr Bestimmtheit, mehr Plan, mehr Zweck mir zu erringen suchen und dis kann ich am leichtesten durch ein strenges Studium dieser 3 Wissenschaften erlangen. Seelenfasten in Absicht der schönen Wissenschaften und gewissenhafte Enthaltsamkeit von allem zweckwidrigen hab ich mir zum strengsten Gesez gemacht *Γνωϑι σεαυτον* soll mein Memento mori seyn, und *λαϑε βιωσασ* der Wahlspruch meines practischen Lebens. Schiller zeigte mir höhere, reizendere Zwecke in dem Studium dieser ernsteren Wissenschaften, für die jeder nur einigermaaßen an Kopf und Herzen gesunde und unverdorbne Mensch sich feurig und lebhaft interressiren muß. Er lehrte mich den Wink meines Schicksals belauschen und ihm gehorsam seyn: Er zeigte mir, daß man könne, was man solle und daß wahre Größe des Geistes und ächte sittliche Schönheit des Karakters mit eingeschränkten Zwecken, wenn man zu höhern Beruf hätte, unverträglich sey. Ich brauche mich auch deswegen, wie ich neulich an Schiller schrieb, nicht an Kopf und Herz von meiner Brodwissenschaft Abälardisiren zu lassen. Musen und Grazien können immer die vertrauten und nüzlichen Gespielen meiner Nebenstunden bleiben, Lieblingen derselben immer wärmer und inniger mein Herz entgegenschlagen, Ihre Werke immer einen unaussprechlichen, Sinn und Geist hinreißenden über alles erhabenen Zauber, für mich behalten und im heiligen Selbstgefühl der Unschuld und Sittlichkeit alle meine Gedanken und Empfindungen mit dem Siegel der Begeisterung und Hoheit bezeichnen: Denn das Entzücken, welches hieraus entspringt verlöscht nur mit dem lezten Auseinanderdrange meiner Fibern, mit der Bebung, die mein Innerstes gewaltsam auflöst, mit dem Athemzuge, der den Gott in mir befreyt. Empfehlen Sie mich der Frau Räthin, dem Nachbild von Schillers Elisabeth, meinem lieben, großen Schiller und denken Sie zuweilen an

Ihren
innig Sie liebenden Freund und Verehrer
Fridrich Leopold von Hardenberg

16. Novalis an Friedrich Schiller in Jena

Weißenfels: am 7ten Oktober. 1791. [Freitag]

Ich hoffe, daß mein Brief Sie schon wieder in Jena trifft. Wie gern hätt ich mir nicht selbst das Vergnügen Sie zu überraschen gegönnt, wenn es irgend möglich gewesen wäre. Auf Weihnachten geschieht es gewiß. Von Ihrer Gesundheit hoffe und wünsche ich alles mögliche Gute aus vollem Herzen. Wie selig wär ich, wenn ich Ihnen die Hälfte meines jetzigen Wolbefindens abtreten könnte; meine eigne Heiterkeit würde gewinnen. Ich leb' und webe in der frischen Herbstluft, und neue Ströme von Lebenslust fließen in mich mit jedem Athemzuge. Die schöne Gegend, und eine gutmüthige Harmlosigkeit, in die ich aufgelöst bin, zaubern mich in die blühenden Reiche der Fantasie hinüber, die ein ebensomagischer, dünner Nebel umschwimmt, als die ferne Landschaft unter meinen Füßen: Ich freue mich mit dem lezten Lächeln des scheidenden Lebens der Natur und dem milden Sonnenblick des erkaltenden Himmels. Die fruchtbare Reife beginnt in Verwesung überzugehn, und mir ist der Anblick der langsam hinsterbenden Natur beynah reicher und größer als ihr Aufblühn und Lebendigwerden im Frühling. Ich fühle mich mehr zu edeln und erhabenen Empfindungen jezt gestimmt als im Frühjahr, wo die Seele im unthätigen, wollüstigen Empfangen und Genießen schwimmt und anstatt sich in sich selbst zurückzuziehn, von jedem anziehenden Gegenstande angezogen und zerstreut wird. Schon das Loßreißen von so viel schönen, lieben Gegenständen macht die Empfindungen zusammengesezter und interressanter. Daher fühl ich mich auch nie so reingestimmt und empfänglich für alle Eindrücke der höhern, heiligern Muse als im Herbst. Ich habe jezt die Odyssee und den Don Karlos gelesen; auf einem Weinberge gelesen, mitten zwischen hochaufgeschossen vollen Rebenbüschen, und beyde waren wieder für mich neu: So unterschieden sich die dadurch in mir erregten Empfindungen zu andern Zeiten und in dieser romantischen Lage von einander. Ich habe den Homer wieder so liebgewonnen in seiner heiligen, einfachen, Häuslichen, gutmüthigen Sinn und Denkart, daß ich Kronen darum gegeben hätte, wenn ich den biedern Alten um den Hals fallen und mein erröthendes Gesicht in seinem dichten, ehrwürdigen Barte verbergen könnte. So, dachte ich mir, gieng er, so sprach er, so trug er sich. Jung und alt umhüpfte den heiligen Greis und baten ihn um ein Lied von ihren Heroenvätern vor Troja: und dann sang er es Ihnen in der simpelsten, faßlichsten, melodischten Volksart und Weise kunstlos aber tieferschütternd, anschmiegend an jedes Herz und Sinn, und die himmlische Grazie schwebte leise und ihm nur sichtbar um seine Lippen und Natur und Einfalt lehnten sich über seine Schultern. Wenn ich mich in diesen entzückenden Augenblicken des freysten Geistesgenusses hätte ärgern können, so wärs gewiß geschehn über alle die Schulfüchse und moralischen Krüppel und Zwerge, die aus seinem einfachen, schlichten Wanderstabe bald einen Pariser Badin, bald eine Krücke für seine seynwollenden Nachfolger und Schüler werwahrlost an Herz und Kopf, schnizten, und bald mit Lob bald mit Frechheit und Aberwiz die um sein Grabmal schwebenden Geister beleidigten, die moralische Grazie und die gerechte Nemesis. Jeder paßte seinen ästhetischen oder moralischen Leisten mit hohen, zermalmenden Schulwiz dem ehrlichen Alten an und gab dann nach einer angestellten elenden, sinnlosen Vergleichung sein Decisum streng und unerbittlich, wem er seinen demüthigenden Beyfall gnädig zuwinken wollte und wem sein Tadel in den Staub niederwürfe. Genossen und empfunden will Homer seyn von seinen Zeitgenossen und wer sich nicht zu seinen Zeitgenossen erheben kann und will, der bleibe von fern stehn, schlage an seine Brust, und sage: Gott sey mir Sünder gnädig. Ossian und Homer, Milton und Ariost, Virgil und Klopstock, jeder ist, was er wollte und konnte: aber keiner wollte je ein infallibler, einziger Codex der Gesetze der Schönheit und Wahrheit seyn und ein Idol für alle Zeiten und Völker abgeben; gewiß, lieber Herr Hofrath, geben Sie mir hierinn recht, und verzeihen allenfalls meinen jugendlichen Eifer: Aber ein Fehler ganzer Generationen auf Unkosten des gemeinen, reinen Menschensinns, der die Entweihung unsrer Lieblinge angeht, könnte einen zu dem Feuereifer eines Elias berechtigen, der die Baalspfaffen auf gut jüdisch am Bache Kidron schlachten ließ. Mir ist alles lieb im Homer, wie mir in der Natur alles auch lieb und werth ist und so muß es mit jedem großen Menschen seyn, dessen Geist eine runde, vollendete Form hat, wenn sie gleich von der andern himmelweit unterschieden ist. So finde ich auch im Ariost, im Ossian, im Werther, im Don Karlos mehr Homerisches, mehr ächte Homerheit als im Apollonius Rhodius und andern Nachahmern Homers, in deren Händen der Göttliche eine Anthropomorphose ausstehn muß. Aber ich breche hiervon ab; besonders da ich es gewagt habe vertieft und verloren in diese Betrach[tungen] einen längern Aufsaz über Homer, seinen Karakter, seine Sinnesart, seine Beurtheilung und den Geist seines Zeitalters im allgemeinen betreffend, anzufangen, den ich Ihnen vielleicht zur Prüfung nach seiner Vollendung mitzutheilen wagen werde.

Bey Gelegenheit der Lektüre des Don Karlos habe ich noch einmal die Rezension von Bürgers Gedichten gelesen und sie ist mir beynah in der Stimmung, worein Sie mich versezt hatten, noch zu gelind vorgekommen; Da wenigstens der Maaßstab, den Sie darinn nicht, wie viele gethan haben, von der Erfahrung mehrerer Jahrhunderte abstrahirten, sondern ihn a priori aus einem den Gesetzen der Sittlichkeit correspondirenden Gesetze aufstellten und dadurch der Wissenschaft zu einem einzigen Gesichtspunkt verhalfen, der ihr bis dahin mangelte, ihr eine Anwendung und Grenze zeigten, wodurch unfehlbar alles dazu nicht gehörende und falsch angemaaßte getrennt und ihr ein Ziel gesezt wird, das im innersten Heiligthume der Schönheit und Wahrheit steht und unendliche Sonnenwege dem forschenden Auge des Genius eröffnet, und dadurch so viel für sie thaten, wie Prometheus der Lichträuber, für die Sterblichen, da wenigstens der Maaßstab, sag ich, sich zu den meisten von Bürgers Gedichten nicht harmonisch verhält. O! ich lerne immer mehr einsehn, daß nur moralische Schönheit, je absichtsloser sie bewürkt zu seyn scheint, den einzig unabhängig, wahren Werth eines jedweden Werks des dichterischen Genies ausmacht: daß nur sie denselben den Stempel der Unsterblichkeit aufdrücken kann und sie mit dem Siegel der Klassizitaet bezeichnet. Eine einzige, erhabene, moralische Stelle im Don Karlos ist mehr werth als Voltairs Candide und mehr werth vielleicht im Auge der Nemesis der schönen Künste als seine Werke zusammengenommen. Ein witziger Gedanke verzischt, wie eine Raquete; der Erguß einer veredelten reinen Empfindung ist ewig, wie die Welt und jedem Edeln ein nie zu erschöpfender, nie zu verlierender Schatz. Jeder ist ein Erbtheil und Eigenthum der Menschheit, das selbst die Zeit nie veräußern kann. Hätte Idris tausendmal schönere Stanzen noch als Oberon, so würde er doch an Werth diesem untergeordnet bleiben. Nur gehört freylich viel zur vollendeten Schönheit, was nicht eingeschränkt genug gewähnten Nutzen aufgeopfert werden darf, ohne Verletzung der wesentlichsten Formen; das Utile muß nicht Zweck werden, sonst sinken wir zu moralischen Predigern und Schlendrianisten herab.

Eine ächt erhabene Stelle, im größesten Sinne dieses Worts kann nur moralisch seyn. Sie ergreift die Seele in ihren mächtigsten Tiefen und bewegt den ganzen Ozean der Empfindungen; Sie erhebt uns über uns selbst und täuscht selbst den Lasterhaften mit einer augenblicklichen sittlichen Existenz. Sie sezt alle Kräfte in Bewegung und läßt uns höher denken und empfinden. Sie bleibt das unzerstörbare Monument der ewigen Schönheit der Seele, in der sie entstand. O! wie viel verdankt ich Ihnen nicht, wenn ich Ihnen auch nur diese einzige Ueberzeugung verdankte. Sie könnte mich allein zu Werken begeistern, die einen höhern Ursprung verriethen, und was noch mehr ist, nur ein Quell des heitersten Bewußtseyns, der himmlischten Empfindungen werden.

Könnte ich doch diese Liebe zur sittlichen Grazie zur moralischen Schönheit zur reinsten, edelsten Leidenschaft entflammen, die je einen sterblichen Busen durchglühte. Zwar unterbricht sie den ruhigen Strom des Nachdenkens, aber sie läßt uns auch schnell die Größe eines Gedankens erhaschen, der zwar längstgeahndet, doch dem stilleren Herzen unerreichbar noch lange geblieben wäre: Sie giebt unsern Empfindungen, unsern Gefühlen einen Schwung, dessen Schnellkraft auch gegen verdoppelte Hindernisse und die dicke Atmosphäre der Sinnlichkeit aushält. Der Entschluß tritt dem Entwurfe in die Fußtapfe. Tagtäglich such ich den Grazien meine Seele würdiger zu machen und an jede Stunde einen kleinen Sieg über meine befangne Seele anzuknüpfen. Die vorüberfließenden Eindrücke und Typen des

Schönen halte ich fest und entlasse sie nicht eher, als bis sie sich auf manchem zerstreuten Blatte meiner Seele verewigten. Vielleicht daß einst das mißgestimmte Instrument rein und voll tönt, und Natur und Einfalt ihren verlornen Sohn wiederfinden; daß Künstler erneuern, was Pfuscher verdarben, und was Künsteley verstümperte, die Kunst wieder adelt. Vielleicht daß auch die Linie, die hier sich um die Schönheit windet dort auch an das Gute sich schmiegt und auf ihrem sanftgeschwungnen Pfade sich Schönheit und Wahrheit findet und Herz und Geist mit den zartesten Faden und im reichsten Bunde vereinigt. Jünglinge, die ihr mit mir einem gleichen Wege nachspürt, bey den Grazien, folget dieser Spur, die uns unser Lehrer, unser angebeteter Schiller zeigte. Ihr werdet glücklich seyn. Verzeihn Sie mir, bester Herr Hofrath, diesen wortreichen Erguß des herrschenden Enthusiasmus meiner Seele; ich war zu voll davon und konnte ich wol mich besser ausschütten als in den Busen eines zärtlichgeliebten, duldsamen Freundes, denn Sie unter dieser Beziehung zu denken wird immer der Stolz seyn

Ihres

Sie innig liebenden Verehrers

Fridrich Leopold von Hardenberg.

17. Novalis an Fräulein Philippina Büttner in Eisleben

[Leipzig, 1792?]

Mademoiselle,

Einige der glücklichsten Tage meiner Jugend verlebte ich in Eisleben: Sie werden mir unvergeßlich seyn: die reitzendsten schuf mir Ihre Freundschaft, die mir leider erst in der letzten Periode meines dortigen Aufenthalts aufzublühn begann: Wie gern hätte ich Trennung und Abschied vermieden, wie seelenvergnügt noch, von Jugend und Freundschaft beglückt, dort mich verweilt: Aber mein Weg führte mich allzubald wieder hinweg, weg von dem Orte, wo mir eben erst die Morgenröthe ächtes Glück zu dämmern anfieng: Nur von fern höre ich noch das Rieseln der melodischen Quelle und wandre auf gut Glück auf einem neuen Wege fort, den vielleicht ein jugendlicherer Schimmer, aber nur eine Aftersonne erhellt: Selig, wer wie Sie den Port des Lebens erreichte, und dem Getümmel des Weltmeers so ruhig zusehn kann, aber wenige verdienen auch diese Seligkeit in höherem Maaß, als Sie; der die Natur Herzensmilde und deutschen Geist und Sinn vor tausend andern Ihres liebenswürdigen Geschlechts verlieh. Etwas zur Versüßung einer Ihrer einsamen Stunden beyzutragen, ist der brennendste Wunsch meines Herzens; leider! daß oft das Schicksal ihm Gewährung versagt. Ich habe einen Versuch gemacht, der mir hoffentlich gelingen wird, indem ich Ihnen hier einen kleinen, sehr interressant geschriebenen Roman zuzuschicken wage, von dem ich mit vieler Wahrscheinlichkeit voraussagen kann, daß er Ihnen gefallen wird. Um eins wag ich Sie zu bitten: daß Sie mir doch kund und zu wissen thun ließen, wie das Hôtel heißt, worinn Ihre Frau Mutter und Demoiselle Schwester in Leipzig logiren werden: Da ich, ohne unhöflich zu seyn, Sie nicht bitten kann, Sich selbst eines Viertelstündchens dazu zu berauben, das Sie weit angenehmeren Beschäftigungen widmen können, so wag ich es, Sie zu ersuchen, es nur Schlözern zu sagen, der mir es dann schreiben kann. Zulezt bitte ich Sie, mich dem Herrn Vater und Ihrer ganzen liebenswürdigen Familie gehorsamst zu empfehlen, und ich selbst werde die Zeit unter die entzückendsten meines Lebens rechnen, da Sie mir erlaubt hatten, mich mit dem innigsten Gefühl von Hochachtung zu nennen Ihren gehorsamen Diener

Fridrich von Hardenberg.

18. Novalis an den Vater in Weißenfels

Leipzig: den 9ten Februar. 1793. [Sonnabend]

Voll Zutraun nah ich mich Deinem Herzen. So lang ich denken kann hast Du mir mehr versprochen Freund als strenger Vater zu seyn. Jezt appellire ich an dis Versprechen, jezt ist die Zeit, da Du Dein Interresse vergessen und nur für das Meinige sorgen kannst. Ich hatte nie mehr Bedürfniß ein erfahrnes Herz zu finden, das mich zutraulich aufnähme, als jezt. Vorwürfe, bester Vater, und gerechter Tadel sind überflüssig, denn ich habe mir hundertmal alles lebendig vorgestellt, was Du und die strenge Stimme meines eignen Bewußtseyns mir sagen können. Du weißt schon, was ich wünsche, wornach ich ein heißes Verlangen trage. Soldat zu werden ist jezt die äußerste Gränze des Horizonts meiner Wünsche. Die Erfüllung dieser Hoffnung wird die fieberhafte Unruhe stillen, die jezt meine ganze Seele bewegt. Du, bester Vater, bist die größeste und fast einzige Schwierigkeit, die ich zu überwinden habe. Hab ich den Weg zu Deinem Herzen gefunden, löscht dieser schnelle, jugendliche Entschluß nicht alle Funken einer zärtlichen Liebe zu mir darinn aus, die schon zwanzig Jahr alt ist, und mehr aus dem innren Fond Deines Characters als aus der Natur entstanden ist, so glaub ich auch diese überwunden zu haben, so glaub ich, daß nichts mehr der Ausführung meines Vorhabens entgegensteht. Eh ich meinen Entschluß fest faßte so hab ich freylich innerlich sehr mit der Vorstellung gekämpft, daß ich im höchsten Grade undankbar gegen euch beste Eltern sey, daß ich euch liebe Hoffnungen zerstöre und euer Herz an der verwundbarsten Seite angreife; aber als ich nachher bedachte, daß nicht der gegenwärtige Augenblick gerade, sondern die Aussicht des ganzen Lebens mich bestimmen müßte, daß das Glück und die Ruhe von meinem Leben und ein großer Theil des Eurigen an diesem Entschluß hinge, indem ich von ihm mir den vortheilhaftesten Einfluß auf die Bildung und Consistenz meines Characters verspreche, daß denn doch bald Zeiten kommen würden, wo euch das alles klar und kräftig einleuchten würde, und ihr mit der Wendung meines Schicksals gewiß zufrieden seyn, als ich dis alles bedachte, so war auch mein Entschluß da mit der freudigen Hoffnung, daß ihr mir auch zutrauensvoll die Hand biethen würdet und mein ohnedem schon verwirrtes Herz durch eine Härte und Kälte, durch einen Mangel an freyem Zutraun und herzlicher Theilnahme, der euch sonst so fremd war, nicht noch mehr niederdrücken. Diesem innerlichen Kampfe mußt Du es auch zuschreiben, daß Du nicht der erste warst, dem ich mein volles, bedrängtes Herz ausschüttete; ich konnte mich nicht erst überwinden eine Schüchternheit und Zurückhaltung gegen Dich fahren zu lassen, die Dein strenger Sinn vielleicht seit langer Zeit schon als einen festen Eindruck zurückgelassen hat. So freundschaftlich und warm Du zuweilen bist, so eine hinreißende Güte

Du so oft äußerst, so hast Du doch auch sehr viel Augenblicke, wo man sich Dir nur mit schüchterner Furchtsamkeit nähern kann und wo Dein feuriger Character Dich zu einer Theilnahme treibt, die zwar Ehrfurcht aber nicht freyes, unbefangnes Zutraun gebietet. Nicht gerade Deine Hitze mein ich sondern auch jene tiefe, erschütternde Empfindung, die Dich ergreift, wenn Du auch in einer anscheinenden Ruhe und Kälte bist. Und dis fürcht ich am meisten. Nichts ist mir unerträglicher, und peinlicher als Dich kalt und verschlossen zu sehn, ach! ich habe auch zu oft Dich so im höchsten Grade wolthätig, offen, zutraulich, herzlich und die Güte selbst gekannt, wo jedes Deiner Worte Liebe einflößte und die sanfteste Ueberzeugung sich in jedem Herzen erwärmte. Wenn ich wüßte, daß Du immer so gegen mich wärst, so wäre kein glücklicherer Mensch, als ich, so sollte auch kein Wort sich für Dich in meinem Herzen verstecken. Doch ich breche hier ab um mich zu meinem Entschluß zu wenden und über ihn Dir alles zu sagen, was ich zu sagen habe.

Vor allen Dingen muß ich Dir ein Mißtrauen benehmen, als ob ich schon lange mit diesem Vorsatze umgegangen sey. Ich kann Dir aufs heiligste versichern, daß er erst seit Weihnachten mich ergriffen hat. Vorher hab ich nie daran gedacht, sondern mich mehr dafür als einer Maasregel gefürchtet, die ihr ergreifen würdet, wenn mein Fleiß nicht euren Erwartungen entsprechen würde. Die Entstehungsgründe sind kurz diese. Bis Weihnachten war ich fleißig gewesen, das kann ich freyherzig gestehen. Als ich nach Weihnachten zurückkam, so war ich ein paar Tage krank, mismüthig und unzufrieden mit mir selber. Ich war 20 Jahr alt und hatte noch nichts in der Welt gethan. Mein bisheriger Fleiß erschien mir selbst in einem sehr verächtlichen Lichte und ich fieng mich an nach Ressourcen umzusehn. Da schoß mir zuerst, wie ein fliegender Gedanke, der Wunsch durch den Kopf Soldat zu werden. Es blieb aber jezt nur alles noch im tiefsten Hintergrunde stehn. Dann hatte mein Bruder [Erasmus] wieder einen Anfall von Hypochondrie. Ich redete ihm zu. Er sprach vom Soldaten. Ich redete ihm diese Sache so ziemlich aus, aber mir noch tiefer ein. Dieser Wunsch trat immer heller und lebendiger hervor und fieng an mich zu beunruhigen. Jezt wars, daß ich, verzeihe ja voll Nachsicht meiner Juvenilitaet, mich in ein Mädchen verliebte. Die erste Zeit gieng noch alles recht gut, aber diese Leidenschaft wuchs so schnell empor, daß sie in kurzer Zeit sich meiner ganz bemächtigt hatte. Mich verließ die Kraft zu wiederstehn. Ich gab mich ganz hin. Ueberdem wars die erste Leidenschaft meines Lebens. Vielleicht ist Dir dis nicht so fremd und analoger als ich glaube, da Du doch ein äußerst empfindliches und heftiges Temperament hast: aber Du bist von früh an schon vertrauter und inniger mit der Idee von Pflicht gewesen und meine Fantasie ist vielleicht viel ungebändigter, als die Deinige war. Genug ich gerieht in einen Zustand, in den ich noch nie war. Eine Unruhe geißelte mich überall, deren Peinlichkeit und Heftigkeit ich Dir nicht anschaulich zu machen vermag. Hin und wieder gabs doch eine kühlere Minute, wo mir das Gefühl von Pflicht, von meiner Bestimmung, die Errinnerung an euch einfiel und meine innre Pein um die Hälfte vermehrte, weil ich zu gut sah, daß ich nicht so seyn sollte, und doch Mangel an Kraft fühlte mich herauszureißen, weil ich zu unzertrennlich mit der Empfindung der Liebe verbunden war, weil ich gern beyde verknüpft hätte und doch keine Möglichkeit vor mir sah. 14 Tage habe ich fast nicht ordentlich geschlafen, und selbst diesen kurzen Schlaf machten mir die lebhaftesten Träume peinlich. Hier kam der Entschluß zu reife. In dieser Epoche sah ich Dich. Deine kurze Gegenwart machte meine innre Situation verwirrter. Damals schrieb ich zuerst alles an meinen Onkel. Nachgerade legte sich dieses Seelenfieber, aber mein Entschluß blieb. Meine Leidenschaft ist ganz verloschen und Du kannst jezt vor allen Rezidiven derselben Leidenschaft sicher seyn. Sie hob sich selber auf als sie auf einen Grad gestiegen war, von dem Du Dir keine Vorstellung machen kannst. Einige Wunden hat sie noch zurückgelassen, die nur die Zeit vernarben kann. Aber es bleibt mir ewig eine der merckwürdigsten Zeiten meines Lebens. Daß ich in dieser ganzen Zeit nichts that kannst Du Dir leicht vorstellen und Du wirst gewiß darüber nicht unwilliger werden, als über die ganze Geschichte. Ich könnte hierüber noch eine ganze Menge Bemerkungen machen aber Dein Herz, Dein Selbstgefühl, Deine Güte, Erfahrung und Menschenkenntniß macht sie mir überflüssig.

Mein Entschluß selbst soll mich nun ganz allein beschäftigen. Die Entstehung desselben hast Du nun gesehn und aus ihr ergeben sich leicht die meisten Motive. So aufmercksam ich auch seit langer Zeit schon auf mich bin, so gut ich vorher glaubte mich ganz zu kennen, so hat mir doch diese Begebenheit erst die Augen geöffnet. Von meiner Leidenschaftlichkeit wußte ich wenig. Ich glaubte nie, daß mich etwas so allgewaltig in so kurzer Zeit unmercklich ergreifen, mich so in meiner innersten Seele gefangen nehmen könne. Ich habe nun die Erfahrung gemacht. Bin ich sicher, daß heut oder morgen mich nicht wieder so ein Unfall trifft?, als Soldat bin ich gezwungen durch strenge Disziplin, meine Pflichten gewissenhaft zu thun und überdem sind es größestentheils mechanische Pflichten, die meinem Kopf und Herzen alle mögliche Freyheit verstatten, hingegen als Zivillist, Gott im Himmel, wie würde das mit meinen Geschäfften aussehn, wenn solche Pausen von gänzlicher Kopfabwesenheit kämen. Ich würde euch, mich selbst und meine Pflichten täuschen, obendrein unglücklich seyn und keinen Trost haben. Meine leidenschaftliche Unruhe und Hefftigkeit würde sich auf alles erstrecken und leider würden die trocknen Geistesarbeiten davon den wenigsten Nutzen haben. Ich muß noch erzogen werden, vielleicht muß ich mich bis an mein Ende erziehn. Im Zivilstande werde ich verweichlicht, Mein Character leidet zu wenig hefftige Stöße und nur diese können ihn bilden und fest machen. Schon diese hefftige Leidenschaft hat auf meinen Character und meine Einsicht einen, wie ich mir schmeichle vortheilhaften Einfluß gehabt. So ein Character, wie der Meinige, bildet sich nur im Strom der Welt. Einem engen Kreise kann ich nicht meine Bildung danken. Vaterland und Welt muß auf mich wirken: Ruhm und Tadel muß ich ertragen lernen. Mich und andere werd ich gezwungen recht zu kennen, denn nur durch andre und mit andern komm ich fort. Die Einsamkeit darf mich nicht mehr schmeichelnd einwiegen. Es will der Feind, es darf der Freund dann nicht schonen. Dann fang ich erst an meine Kräfte zu üben und männlich zu werden. Männlichkeit ist das Ziel meines Bestreben. Nur sie macht edel und vortrefflich, und wo könnt ich sie eher für mich finden als in einem Stande, wo strenge Ordnung, Pedantische Unbedeutendheit und Ein Geist zu einem großen Ziele führt, wo das Leben immer nur als Medium erscheint und das Prinzip der Ehre das Selbstgefühl schärft, die Empfindungen veredelt, den Wetteifer erhöht und den Eigennutz aufhebt, wo man fast immer mit seiner lezten Minute umgeht. Wenn man da nicht geweckt wird zum Ernst, zur Männlichkeit, zum klugen Gebrauch seiner Kraft und seiner Zeit, wenn da nicht der Charakter consistenz und Bildung und Größe erhält, so müßte man auf der untersten Stufe der menschlichen Würde, der moralischen Natur stehn. Ich hoffe, daß Du jezt schon einsehn wirst, daß nicht eine kindische Vorstellung vom Soldaten mein Hauptbewegungsgrund gewesen. Ich weiß zu gut, was ich aufopfre und was ich erhalte, wozu ich mich entschließe und was ich verlasse. Ich weiß, daß der Soldatenstand kein Rosengarten ist, aber was gerade andre dran scheuen, das zieht mich an, und läßt mich den heilsamsten Einfluß auf meine Bildung davon hoffen. Vorher will ich noch einiges über Bestimmung überhaupt errinnren, wovon ich fest überzeugt bin, daß es mit Deiner Denkungsart nicht contrastirt. Du weißt zu gut, wie lange man sich über seine eigne Bestimmung täuschen kann, und wirst mir daher keinen wesentlichen Vorwurf machen, daß ich nicht eher auf diesen Entschluß fiel. Man ist so lange unbestimmt, und daher gleichgültig in der Wahl seines Gegenstandes, bis man durch sich selbst, durch sein individuelles Bedürfniß seine Richtung erhält. Manche, und die Meisten eigentlich, haben überhaupt so wenig Sinn für eigentliches Bedürfniß, daß sie sich gutwillig vom ersten, besten, äußern Gegenstande bestimmen lassen, ohne sich selbst zu fragen, ob diese Leitung ihnen auch angemessen ist oder vielmehr ob sie zu dieser Bestimmung passen. Die Edlen unter ihnen werden durch diese verfehlte Wahl unglücklich; die minderedlen lassen sichs freylich nicht zu Herzen gehn, sehn es hundertmal nicht ein und verderben den Plaz auf dem sie stehn, und verkürzen die Linie, die ihnen ihre falschgewählte Bestimmung vorschreibt. Erlaube mir doch daher, daß ich jezt dem Rufe folgen kann den ich aus meinem Herzen und aus den Gegenständen um mich her höre. Hör ich zur Unzeit nun so kann ich mir doch selbst Vorwürfe machen und habe nicht nöthig unwillig auf einen andern zu seyn; Du denkst zu hell ferner, als daß Du nicht überzeugt seyn solltest, daß der Zivilstand nicht um ein Haar eigentlich vorzüglicher sey als der Soldatenstand, sondern daß der Mann den Stand mache; ich gehe also schnell über diesen Vorwurf weg. Das thätige Leben, in das ich nun trete wird meinem brausenden Kopfe und meinem unruhigen Herzen höchst willkommen seyn. Meine Grundsätze und Ideen werden geprüfter, schärfer gedacht, tiefer empfunden werden. Die wilde, leidenschaftliche Hitze wird sich legen und nur eine sanfte, gemäßigte Wärme zurückbleiben. Der üppigere Gedankenstrom wird sich verlieren, aber er wird desto reichhaltiger werden. Die Erfahrung wird ihre Hand an meine Bildung legen und in ihrem hellen Lichte wird manche romantische Jugendidee verschwinden und nur der stillen, zarten Wahrheit, dem einleuchtenden Sinn des Sittlichguten, Schönen und Bleibenden den Plaz überlassen. Mein Sinn wird Character, meine Erkenntnisse werden Grundsätze meine Fantasie wird Empfindung, meine Leidenschaftlichkeit, woltätige Wärme, meine Ahndungen werden Wahrheit, meine Einfalt Einfachheit, meine Anlage wird Verstand, meine Ideen werden Vernunft. Sieh, bester Vater, das ist der Zweck, den ich habe, mißbilligen kannst Du ihn unmöglich, und das gewählte Mittel scheint mir das zweckmäßigste zu seyn. Ich glaube mit allem diesem schon alle jene Einwürfe entkräftet zu haben, die Du mir etwa in Rücksicht des Verhältnisses meines Characters zum Soldatenstande machen könntest. Mir wird die Subordination, die Ordnung, die Einförmigkeit, die Geistlosigkeit des Militairs sehr dienlich seyn. Hier wird meine Fantasie das Kindische, Jugendliche verlieren, was ihr anhängt und gezwungen seyn sich nach den festen Regeln eines Systems zu richten. Der Romantische Schwung wird in dem alltäglichen, sehr unromantischen Gange meines Lebens viel von seinem schädlichen Einfluß auf meine Handlungen verlieren und nichts wird mir übrigbleiben, als ein dauerhafter, schlichter bonsens, der für unsre modernen Zeiten den angemessensten, natürlichsten Gesichtspunkt darbietet. Was die Strapazen betrifft, so weiß ich, daß ich sie ausdauern werde, wenn ich sie ausdauern soll und so fürcht ich mich nicht dafür. Was Todesfurcht anbetrifft, so müßt in mir kein Tropfen von Deinem Blute fließen, wenn sie mich zurückhalten sollte. Bey mir kommt auch noch aus gewissen individuellen Hinsichten, die Du auf keinen Fall mit mir theilen kannst, eine Gleichgültigkeit gegen das Leben hinzu, die Dir paradox vorkommen wird, weil Du mich nicht ganz kennst. Ich bin fest überzeugt, daß man in der Welt mehr verlieren kann, als das Leben, und daß das Leben nur von uns seinen Reiz erhält, daß es immer nur Mittel und fast nie Zweck seyn darf, und daß man oft wenig verliert, wenn man aus diesem Sterne abtritt. Meine Handlungen hoff ich sollen Dir zeigen, daß hierinn mehr als Tirade ist. Was das Zerschießen und das Zerhauen angeht so bleibt mir auch in diesem Falle noch immer die Zuflucht zu den Wissenschaften, die das Glück meines Lebens ausmachten bisher, und gewiß jezt nicht aufhören werden. Von Ihnen und von dem sorgfältigen Studium meines Handwerks verspreche ich mir die Ausfüllung der vielen Stunden, die mir mein Dienst übrig läßt, und dis wird allein schon genug seyn die Langeweile und den Müßiggang zu verbannen, der die Geißel der meisten Offiziere ist. Mein Geist und seine Bildung ist ohnedem mein heiligster Zweck; äußere Veränderungen und körperliche Unfälle werden also diesem nie entgegenstehn, wenn sie nicht mittelbar seine Entwicklung und die Freyheit seiner Bewegungen hemmen. Ich habe sonst noch viel überdacht ob jemand reellen Schaden von meinem Entschlusse haben könnte, aber ich habe nichts gefunden. Euch wirds in Anfang schmerzen meinen angefangenen Lauf unterbrochen zu sehn, mich, den ihr so zärtlich liebt, dem ungewissen Kriegsglück anvertraut zu wissen, 2 Jahre Hoffnungen und Depensen umsonst gehabt zu haben; aber hängt nicht die ganze Lebenszeit des Menschen an unsichtbaren Fäden zusammen, kann euch beym festen Glauben an die Vorsehung das 2te wahre Unruhe machen und vergeßt ihr nicht gern das lezte, wenn ihr mich nun endlich auf einer festen Bahn seht und mein Glück und meinen Character geborgen, und eure Hoffnungen gegründet; und jeder gelungne Schritt euch der beste Dank wird. Ach! dann werden Zeiten kommen, wo wir uns mit gerührterem Herzen umarmen werden, und froh seyn über das Vergangne und heiter entgegensehn den kommenden Stunden, wo Du einsehn wirst, daß meine innre Stimme recht hatte, und daß mich mein schützender Engel so führte. Erleichtre mir also, bester Vater, meinen jetzigen Entschluß und mache mir das Herz nicht mit Deinem innren, verhaltnen Kummer schwer, das ohnedem Hoffnung und Kraft und Muth bedarf, denn die bisherige unthätige Ruhe hat es verzärtelt. Es wird Dir nicht gereuen mir entweder meinen lezten, oder meinen ersten männlichen Weg verkürzt zu haben und erleichtert. Komm ich nicht wieder so hab ich doch meinem Schicksal gefolgt, das mir kein längeres Leben gönnte, und auch dann wirst Du der Vorsicht Plan still verehren: Seh ich euch wieder, so hoff ich, Du sollst mir noch einmal Dein ganzes Vertraun wieder schenken und wir wollen gewiß noch manchen frölichen Tag dann verleben. Ich habe jezt die erste Aussicht noch mir selber das Nothdürftigste verdienen zu können und meinen Geschwistern so am wenigsten im Wege zu stehn, und vielleicht am ersten eure Unterstützung, in sofern sie euch zur Last fällt, entbehren zu können, wenn mir nur das Glück ein wenig mit dem Avançement wohl will. Mein Onkel ist von allem diesem schon unterrichtet; seine Antwort drauf hat mich entzückt, wegen der Wärme und Theilnahme, mit der er zu mir sprach. Er glaubte es sey Grille und nicht fester Entschluß. Die Gründe, warum er mir es wiederrieth, waren die, die ich auch von Dir vermuthete, und auf die ich ihm eben so detaillirt antwortete, als ich Dir jezt schrieb. Ich erwarte seine 2te Antwort stündlich. Sieh, bester, liebster Vater, das ist nun alles. Ich hoffe, Du lässest mir die wenige Gerechtigkeit wiederfahren, die mir zukommt und erkennst in mir zwar den leidenschaftlichen, unbesonnenen, jungen Menschen, aber auch das freye, offne Herz, das es nicht gern mit andern, aber auch nicht gern mit sich selbst verdürbe, und so gern besser, weiser und glücklicher seyn und machen möchte. Ich habe das uneingeschränkteste Zutraun in die Güte Deines Herzens und in Deine Zärtlichkeit für mich. Laß mich in Dir ganz den Vater und den Freund finden und verbanne jeden aufsteigenden Unwillen gegen mich sogleich aus Deiner Brust. Lege auch für mich ein gutes Wort bey meiner Mutter und bey meinem Onkel ein und verzeihe allen meinen Thorheiten und den Licenzen meiner Jugend. Ich schließe voll der freudigsten Hoffnung und bitte Dich nur schließlich mit mir je eher je lieber Abrede zu nehmen wegen meines Placirens, wozu ich schon einige Pläne im Kopf habe. Ich habe meinem Onkel etwas davon geschrieben. Mündlich mehr. Nur je eher je lieber von Leipzig weg und zu meiner Bestimmung. Fridrich v. Hardenberg.

19. Novalis an den Bruder Erasmus in Lucklum

Weißenfels am 16ten März. 1793. [Sonnabend]

Deinen Brief erhielt ich gestern. Es war mir ein lieber Beweis, daß Du so warm und freundschaftlich für mich denkst, als ich es kaum verdiene. Ich habe in aller Rücksicht sehr wenig Verdienst um Dich und wenn Dein Herz nicht so im höchsten Grade empfänglich für Freundschaft wäre, und seine Ansprüche so duldsam und bescheiden, so müßte Dir mein Egoïsmus oft unerträglich gewesen seyn. Keiner fühlts inniger als Ich, wie sehr ich an diesem Fehler krank liege, der freylich allen Leuten meines Sinns sehr natürlich ist und fast sich aus ihrer eigensten Natur entwickelt. Ich bin daher den Leuten um mich vielen, wahren Dank schuldig, wenn sie über diesen Splitter hinwegsehn und sich nicht stören lassen mir von ganzen Herzen doch gut zu seyn, weil sie sehn, daß er eine sehr natürliche Folge der Entwicklung eines solchen Characters ist, und mit der Zeit, je consistenter und ausgebildeter jener wird, aufhört seine Unerträglichkeit zu verlieren und in edlere, männlichere Bescheidenheit übergeht; überdem auch zur schnellern Ausbildung nicht wenig beyträgt. Ich werde auch mit jedem Tage aufmercksamer auf diese Auswüchse des an und vor sich edlen Selbstgefühls, das allemal mehr als gewöhnliche Anlagen begleitet, und ich hoffe, daß diese strenge Selbstcritik das liebe Ich immer mehr beschränken und in seine ächte, Natürliche Form zurückweisen wird. Verzeihe, daß ich so viel von mir selbst rede in dem Augenblicke, wo ich gegen diese Selbstsucht mein wahres Gefühl äußre, aber ich war Dir es schuldig, der aus Freundschaft für mich so oft und gern sein Selbst vergißt. Was Du mir vom Onkel schreibst kam mir nicht unerwartet. Der Vater hat es mir schon gesagt. Mindermann hab ich selbst gesprochen, denn ich bin in Eisleben gewesen. Die Erzählung dieser Reise gibt mir die beste Gelegenheit Dich von allem zu unterrichten, was jezt geschehen ist. Gestern vor 8 Tagen kam um Mittag ein 2ter Brief von Hardenberg, worinn er schrieb, daß ich gleich kommen sollte, um Fahnjunker zu werden, freylich mit den besten Aussichten zum baldigen Avançement. Ich sezte mich gleich zu Pferde und ritt nach Eisleben. Den Rentmeister traf ich in einer sehr vernünftigen Laune, so daß ich mit ihm mich recht angenehm unterhielt. Er gab mir Aufschlüsse über unser Vermögen, die mir völlig neu waren. Ich hatte mir unterwegs schöne spanische Schlösser gebaut. Die Erbschaft der Tante hatte mir Muth gemacht an die Cavallerie zu denken. Diese sanken nun gleich. Sonntag früh um 6 Uhr wollte mein Vater nach Artern; Jezt fieng er erst an mit mir zu reden. Das erste Wort, das ich von Churfürst Cuirassier fallen ließ wurde gleich wegen der Kosten ad acta gelegt und die Perspektive des Fahnjunkers blieb allein. Er schickte gleich alles an den Onkel und entließ mich mit sorgenbelasteten Herzen. Ich war kaum auf meinem Rosse so fiel mir alles zentnerschwer auf die Seele. Mit Geld ists überall gut seyn, selbst Fahnjunker, aber ohne Geld da ists ein armseelig Ding zu leben. Tausend Projecte liefen durch meine Seele, die endlich bey 2en stehn blieb. Das Eine war von Miltiz 500 Th. zur Equipage zu leihn; das 2te fortzustudiren. Um alles gehörig überlegen zu können ritt ich den Sonntag [10. März] noch nach Leipzig. Von dort aus schrieb ich an Miltiz. Montag Nachmittag kam ich nach Weißenfels. Um Dich nicht zu ermüden überlaß ichs Deinem Scharfsinn und Deiner Kenntniß meines Characters die Gründe auszumitteln, die mich bestimmten fortzustudiren; freylich nicht in Leipzig oder Wittenberg. Einer der Hauptgründe war, daß ich zu gut sah, wie langsam und eingeschlossen meine militairische Laufbahn troz alles Glücks bey unsern mittelmäßigen Vermögensumständen seyn würde, und wie ich meinen *Hauptzweck* doch noch eher beym Studiren erreichen würde, besonders da die Leidenschaft des Ehrgeizes, die in mir jezt noch nicht sehr hell brennt, sich mit gewissen Jahren erst entzündet und dann zur unerträglichen Peinigerinn wird; und dann auch, daß mir noch vieles an äußerlicher und innerlicher Bildung abgeht um *eine freye Rolle* blos durch Verstand in der Welt spielen zu können, was doch selbst bey der Ergreifung des Militairs im Anfang meine Lieblingsidee war, die ich aber nicht recht durchgedacht hatte. Meine Mutter ergriff mit beyden Händen meinen abgeänderten Entschluß; Mein Vater kam; und einige Vorwürfe abgerechnet, die Du auswendig wissen kannst und die höchst natürlich sind, hatt ich Ursache mit seiner Humanitaet zufrieden zu seyn. Du wirst schon durch den Onkel eher als durch meinen Brief es erfahren haben; vielleicht ein wenig entstellt; Hier ist lautre Wahrheit. Weiter weiß ich noch nichts. An Miltiz hab ich geschrieben und meine Bitte zurückgenommen. Wenns der Onkel erlaubt, so komm ich nach Lucklum; Mein Vater hats ihm, wie ich vermuthe, geschrieben. Mündlich will ich Dir noch detaillirter manches sagen. Ueber Deinen Streit mit den beyden altmodigen Köpfen will ich Dir nur eins sagen; nemlich, daß es mit allen solchen controversen ein mislich Ding ist und man zweyerley Gefahr dabey läuft. Einmal *einseitig* zu urtheilen und sich hartnäckig zu machen und dann jenen Unrecht wircklich zu thun und gar nichts dabey von ihrer Seite zu gewinnen. Daß jede Sache zwey Seiten hat ist ein abgedroschner Gemeinplaz, der aber gleich Leben und Neuheit gewinnt, wenn man mit ihm jeden Schritt im alltäglichen Leben mißt und seine Anschaulichkeit bis zu einer Art von Instinkt der Urtheilskraft erhöht. Stilles Zurücktreten in sich selbst, leise Abwägung der mancherley Verhältnisse des menschlichen Lebens und eine *Bescheidenheit,* die man fast nicht zu weit treiben kann sowol im *innern* als *äußern* Leben, sind einige Hauptingredienzen der wahrsten, anschaulichsten Philosophie des Lebens, deren vortheilhaften Einfluß man fast mehr noch im Ganzen als im Einzelnen bemerkt und denen man einen großen, wol den größten Theil der Leichtigkeit und des glücklichen Erfolgs zuschreiben kann, mit denen man in der gewissenhaften Ausübung dieser Tugenden, durch die mannichfaltigsten Begegnisse des Lebens schlüpft.

Was Du mir von den Absichten meines Vaters mit Dir schreibst seh ich von einer andern Seite an, als Du. Ich sehe da einen Kreis der Beschäftigung für Dich, der weder höchst mühsam noch eingeschränkt ist. Du versicherst Dir so Dein Daseyn vielleicht etwas enger als Deine Thatkraft sonst in Gesellschaft der Fantasie strebte und vielleicht träumte; aber ich finde da ein ganzes Leben voll Thätigkeit vor Dir, das gar nicht den kleinen Horizont hat, den Du siehst. Die allzugroße Nähe des väterlichen Hauses hat nur insofern etwas Drückendes, als Du mehr außer Dir als in Dir lebst. Kannst Du so viel über Deine Einbildungskraft gewinnen, wie mir es sehr möglich scheint, daß sie Dir nicht immer andere Zustände vorspiegelt, die eine gewisse bloß idealische Behaglichkeit haben, und hingegen der Vernunft und Empfindung so untergeordnet ist, daß sie Dir blos zur Verschönerung und inneren Unabhängigkeit von der Außenwelt dient, so wirst Du muthig und fest die Bahn gehn, die Dir der Genius Deines Schicksals jezt hier vorzeichnet. Mir scheint dieser Plan sehr zweckmäßig in der Folge Deines angefangenen Lebens zu liegen, und zu seiner willigen Ausführung von Deiner Seite blos eine gewisse feste Bestimmung zu *Etwas,* Vorstellung von der Macht und dem Zauber der Gewohnheit, Abziehung der Fantasie von fremden, *nicht genug gekannten* Gegenständen und Beschränkung auf *Eine* Stelle zu gehören, zu der sich jeder bequemen muß und die jedem lebhaftern Kopf im Anfang unerträglich wird und sollt er mit dem Kabinetsminister den Anfang machen. Selbstständigkeit und die Ruhe, die aus ihr entspringt, ist Folge und Ursach zugleich von einer *einmal gewählten Lebensart,* die zu unsern Kräften und Bedürfnissen paßt. An dem leztern zweifelst Du, aber verzeihe mir, aus wahrer, jugendlicher Unkunde des Lebens. Glaube mir; wir können alles aus uns selbst herausbilden, und nichts von innerlicher Beständigkeit und Zufriedenheit ist an eine äußere Stelle gebunden. Man hat Langeweile, Ueberdruß, findet Unbedeutendheit und Leerheit, martert sich mit kränkelnder Empfindung und Fantasie ebenso gut in der glänzendsten Laufbahn als im beschränktesten Zirkel. Alle Begriffe von Beschränktheit und Umfang, Unbedeutendheit und Leerheit und Wichtigkeit und Befriedigung sind höchst relativ. Der Lebensgenuß findet sich überall bey *gesunden* Kräften der Seele; Wichtig kann uns der Raum einer Nußschaale werden wenn wir selbst Fülle des Daseyns mitbringen. Ich will deswegen nicht behaupten, daß man alle ehrgeitzige Neigungen diesen Ideen unterordnen soll, aber der *Character unsers Lebens,* der deutliche Fingerzeig des Schicksals, Zwecke, die mit unserm Wesen innig verwebt sind und treue Untersuchung dessen, wozu uns unsre Organisation und alle Umstände und Verhältnisse der Außenwelt zu bestimmen scheint, können und müssen allein unsrer Wahl Richtung, unsren Aussichten Gränzen, unsrer Gedankenwelt Anordnung und Bestimmung geben. Auch mein und fast der Meisten Lieblingsfehler ist alles in eins und Eins in Allem haben zu wollen. Wir suchen alle mehr, als wir für unsre Bedürfnisse nothwendig brauchen, und wünschen gern alle Bedürfnisse und alles, was zur Befriedigung aller dieser Bedürfnisse gehört in uns zu sammeln. Wir sehn dann oft den Wald vor lauter Bäumen nicht, oder streben nach etwas, das wir nicht anschaulich sondern nur begriffsweise begehren, und verfehlen dadurch des leisen Winks, den uns die Natur gab. Untersuche Dich selbst, bitt ich, und sage Dir dann selbst aufrichtig, ob viele Dinge, die Du wünschest, oder die Dir Sorgen und Pein machen, wircklich *so* vorhanden sind und ob Du sie auch wircklich *nöthig* bedarfst oder sie *wesentlich* entbehrst. Lieber Erasmus, folge der Natur nur mehr und trenne nachgerade alles von Dir ab, was nicht Natur ist. Ich habe gefunden, daß der unbehaglichen Sehnsucht nach einem andern Zustande und der Unzufriedenheit mit unserm Jetzigen allemal Eingeschränktheit, Unwissenheit und Schwäche zum Grunde liegen. Die Natur führt uns warlich am sichersten und leichtesten; nur das ist schwer zu unterscheiden, was Natur ist und was nicht Sie ist. Um dis zu erfahren kann ich Dir nichts bessers empfehlen als sorgfältige Untersuchung dessen was Du wircklich bist und nicht bist. Ungeduldig mußt Du freylich nicht hierbey seyn, denn selber dieser anscheinend langsame Gang unsrer Bildung und Entwicklung ist Gang der Natur. Ihr getreulich folgen, nie ungeduldig zu seyn, immer das Gute anzuerkennen, was wir haben und nicht von der krancken Empfindung und Fantasie Parallelen ziehn zu lassen, die höchst unnütz, schädlich und unwahr sind, nicht zu raffiniren auf Empfindung oder Situation, nichts unterdrücken, was gesundes wahres Gefühl ist, unbefangen sich und seine trüben Launen zu beurtheilen, thätig der Natur entgegen zu kommen, und sich vor jeder Ueberspannung in Acht zu nehmen, das ist das was uns zu thun übrig bleibt und warlich es ist genug. Das nil admirari des Horaz und zweckmäsige, anhaltende Beschäftigung sind große Hülfsmittel seinen Character fest und seine Ruhe, Unbefangenheit und gute Laune dauerhaft zu machen. Der Augenblick erschöpft nicht das Universum; die Gegenwart befängt nicht unser ganzes Daseyn wenn wir nicht wollen. *Reine Willenskraft* ohne alles Gewühl von raffinirten Gefühlen ist das, wodurch wir einzig leben und handeln können. Sie ist das Element des Mannes, der ohne sie nie Mann sondern ein halber Verschnittner ist. Sie ists wodurch wir gesund sind und werden. Denn gewiß nur die Harmonie unsrer Kräfte, die nur durch sie möglich ist, macht uns zu wahren Menschen[,] zu ächten Wesen in der Reihe der Dinge und dem wunderbaren Zusammenhange der moralischen und physischen Welt. Wo krancke Fantasie, da ist auch krancke Empfindung und krancker Verstand. Eins wird durch das andre gesund, so wirkt auch Gesundheit des Körpers und der Seele in einander, obgleich nie oder höchst selten Krankheit des Körpers wesentlich nachtheiligen Einfluß auf das Gemüth haben kann, wenn reine, feste, ewige Willenskraft da ist. Doch es ist genug; Du selber wirst vielleicht Dir dis alles anschaulicher machen können und mußt es, wenn es nicht für Dich unwahr seyn soll und umsonst. Kein Mensch giebt mehr als er weiß und als er darstellen kann. Bey der Verschiedenheit jedes Karakters kommt überdem noch bey dem andern vieles in Anschlag, was ich übersehe und mir nicht eigenthümlich ist. Daher *muß* jeder Mensch *seine* Philosophie aus sich selbst heraus bilden. Durch treue Anschauung wahrer Darstellungen andrer Seelen kann nur sein Beobachtungsgeist geweckt, seine Aufmercksamkeit geschärft und seine Thatkraft rege gemacht werden. Noch bin ich auch selbst zu unausgebildet, zu unbestimmt, zu verwirrt in der Wahl der Begriffe und Ideen, als daß ich in der Darstellung *deutlicher* und *glücklicher* seyn sollte. Ich empfehle Dir also alles zu eignem Nachdenken und freue mich recht innig, wenn Du durch diese wenigen Bemerkungen aufmercksamer auf manche Lücken und Mißverständnisse Deiner Natur wirst. Was ich Dir hier etwas weitläuftig auseinandergesezt beantwortet auch manches von dem, was Du mir wegen Deiner Lektüre schriebst. Vorschriften sind hier ganz unnüz: es kommt ganz auf Dein Bedürfniß und Deinen Geschmack an. Nur nicht zu viel überhaupt, und zu viel untereinander gelesen. Wielands Schriften scheinen mir für Dich äußerst zweckmäßig zu seyn; so wie überhaupt mehr heitre, lebensweise Schriftsteller als gespannte, fantasiereiche, individuellere. Schiller garnicht. Viel Geschichte und Reisebeschreibungen; doch besonders, die zugleich geistvoll geschrieben sind. Philosophie und Verse sind jezt für Dich nichts nütze und die leztern werden es nie seyn. Die Philosophie kann Dir einst Bedürfniß werden; aber jezt ist sie es noch nicht. Von Romanen lies wenige und von diesen auch nur solche, die mit freyen, unbefangenen, heitern Geist geschrieben ganz heitre Laune athmen und dem Genius des Lebens und der Wahrheit gewidmet sind. Voltaire ist für Dich der gesundeste, heilsamste Schriftsteller. Rousseau gar nicht. Helvetius, Molière, Destouches und mehrere kleine französische Romane sind Dir sehr nüzlich. Die Französische Litteratur kann Dir mehr als Brunnenkur und Pillen seyn, und Deinen gespannten Unterleib eine sehr dienliche Relaxation geben. Horaz besonders in der Wielandischen Uebersetzung laß Deinen vertrautesten Freund seyn. Das helle, gemäßigte Licht in dem diese Schriftsteller die sublunarische Welt sehn, wird Dich unvermerkt auch an diesen Gesichtspunkt gewöhnen, der der Gesichtspunkt der Klügsten, Nüchternsten, Bescheidensten und Glücklichsten ist, und Dir die milde Denkart der Humanitaet und der Socratischen Sophrosyne geläufig machen. Laß Dir diese feinere Kultur Deines Geistes recht angelegen seyn. Sie paßt in das was ich vorhin einleitete. Nur falle nicht in das andre Extrem, wofür Dich gerade diese Denkart auch schützen soll und was das wahre punctum saliens dieser sanften, menschlichen Philosophie der Mittelstraße des Lebens ausmacht, daß Du das *thätige Leben,* die *Unbedeutendheit des alltäglichen Lebensganges,* und die *wahre Praxis aller Philosophie* fliehst und blos in angenehmen Träumereyen Deiner Seele und in Empfindungen und Raisonnements lebst, die nicht ihrer selbst willen, sondern blos um der wircklichen Welt, und dem wahren thätigen Leben da sind, wenigstens daher ihren *geltenden* Werth empfangen. Und alle solche Beschäftigungen mit Empfindungen und Begriffen arten gewöhnlich in Buhlereyen mit der Fantasie und Empfindung aus, die die *natürliche Kraft* der Seele lähmen, die reinen, vollen Natureindrücke schwächen, alle Wahrheit zerstören, unnütz und unglücklich zugleich machen, weil sie das höchste Mißverhältniß in unsrer Bestimmung und zwischen unsern Verhältnissen, sowol *innern* als *äußern*, hervorbringen. Frau von Reiski ist hier. Ich habe sie noch nicht gesehn. Meiner Mutter und Karolinen gefällt sie. Sie fangen an mit ihr umzugehn. Dein

Dich innig liebender Bruder Fridrich
von Hardenberg.

20. Novalis an den Bruder Erasmus in Weißenfels

[Wittenberg, Anfang Juni 1793.]

Meinem lieben Freund Asmus:

Ich höre, daß Du wieder in Weißenfels bist und mische meine herzlichsten Glückwünsche unter die Wünsche Deines eignen Herzens, von denen sie wenigstens nicht an Einsicht übertroffen werden. Der Vater wird Dir schon Deine Stelle fixiert haben, und wahrscheinlich stehst Du schon auf der Abreise. Glück auf den Weg, Erasmus. An keine Lebensart ist das menschliche Wohlbefinden gebunden – aus Deinem Herzen kann ich Dir gutes Wetter und guten Weg prophezeien, und es hängt in der Tat von Dir allein ab, mich zum Lügner zu machen. Mit *einem* Kompaß orientiert man sich auf allen Meeren – mit gesunder, praktischer Denkungsart, ohne viele Weitläuftigkeit und Subtilitäten, kommt man durch die ganze Welt. *Robinson Crusoe* ist ein höchst lehrreiches Buch – Nicht alles, was für Kinder geschrieben ist, ist unter uns – das Gute, was für Kinder geschrieben wurde, muß die Lieblingslektüre, ein Buch, wie Robinson, das Handbuch des klugen Mannes sein. O! daß wir alle mehr oder weniger Kinder sind – kann uns nicht oft genug wiederholt werden. Pädagogik umschließt in seinem weitesten Sinn, den ganzen Umfang des menschlichen Wissens und Strebens und muß daher das Hauptstudium unsers Lebens sein. Man kann oft von einem Kinde lernen, was man bei Nationen brauchen kann. Der Wahrheit dieser Bemerkung kann das paradoxe Licht nicht schaden, in dem sie erscheint. Das Auflösen einer Wahrheit in einzelne Teile, schadet allemal ihrem Geist und ihrer Kraft und ihrer Anwendung. Ihr Ganzes im Zusammenhange wirkt. Denn es folgt von selbst jeder gesunden Methodik.

Ich bin hier tief hineingekommen. Ein Sprung muß mir zu Dir zurückhelfen. Kaufe Dir: Franklins Jugendjahre und laß dies Buch und seinen Genius Deinen Begleiter sein; Du wirst mir gewiß für diese Bekanntschaft danken, die, so alltäglich sie scheint, doch so herrlich und fruchtbar ist. In Dir und Deinen Kräften mußt Du alles, was Dir fehlt, jeden Wunsch aufsuchen. Du kannst, wenn Du ehrlich und fleißig zu Werke gehst, keinen Fehlgriff tun. Zu Deiner Jagdbibliothek empfehl ich Dir ferner den Horaz. Auswendig mußt Du ihn können, und in seiner Gesellschaft assekurier ich Dir Dein ganzes Leben, gegen die Langeweile. Ich hoffe, Dir bald mit gutem Beispiel vorgehn zu können und Dir zu zeigen, was guter Wille und uneingeschränkte Betriebsamkeit der Wahrheit vermag; wie man mit redlicher Überzeugung und mit einem Herzen voll Zuversicht und Liebe und einem bißchen Verstand über alles Herr wird und auf *Grundsätzen* zu fußen anfängt; nur muß man bei seinen Erfahrungen immer nur bis an den Hals ins Wasser gehn und Besonnenheit genug haben, um sich *dann wenigstens noch* mäßigen zu können.

Ich sage Dir jetzt dies alles, weil Du einen entscheidenden Schritt wieder ins Leben wagst – bei dem sehr viel auf die Grundsätze und die Stimmung wenigstens ankommt, mit denen Du ihn tust. Meiner innigen Freundschaft für einen gewissen Erasmus mußt Du meine Redseligkeit und mein Moralisieren zugute halten. Zuletzt empfehl ich Dir noch mich selbst und lege Dir meine Hoffnung hier mit bei, Dich noch vor dem neuen Jahre irgendwo zu sehn, und erwarte daher die Post von Hubertsburg sehnlichst.

Dein

Bruder par Excellence

Fridrich v. Hardenberg.

21. Novalis an die Mutter in Weißenfels

[Wittenberg, Ende Juni 1793.]

Liebe Mutter,

Danke schön für Deinen lieben Brief. Ich habe mich recht herzlich darüber gefreut. Ich sehe daß Du mir noch immer gut bist wie sonst, und das Gefühl ersezt mir tausendfaches Unangenehme. Wie innig kann ich Dir zu Deinem 23sten Hochzeittage Glück wünschen. So ein Glück ist das Ziel meiner fernsten, aber liebsten Wünsche. Dieser Sinn für Familienglück, der in mir so kräftig und lebendig ist, wird auf das Schicksal meines Lebens gewiß einen wolthätigen Einfluß haben und am allerersten die wilden Auswüchse meiner Fantasie beschneiden, die mich beständig innerlich unstät und flüchtig machen. Diesen Sinn recht rein auszubilden, ihm vorzuarbeiten, so viel ich kann, im dunklen Gewebe meines Schicksals, soll mein Hauptzweck seyn, und nur das wiederwärtigste Loos, die Loskettung von allem, was mich ans Leben knüpft, könnte mir dies Ziel verrücken. Ich hab ihn von euch diesen Sinn, der jezt schon bei mir oftt leidenschaftlich wird und sich in die lächerlichsten Träume verliert. Die Familie ist mir noch näher als der Staat. Freylich muß ich thätiger Bürger seyn um eine Familie an mich knüpfen zu können. Aber mir ist das Leztere näherer Zweck als das Erstere. Man ist auch am allervollkommensten Bürger des Staats, wenn man zuerst für seine Familie ganz da ist – Aus dem Wohlseyn der einzelnen Familien besteht der Wohlstand des Staats. Nur durch meine Familie bin ich unmittelbar an mein Vaterland geknüpft – das mir sonst so gleichgültig seyn könnte, als jeder andere Staat. O! ich fühle Sie ganz, die Süßigkeit des Berufs Stütze einer Familie zu seyn und darum plagt mich auch oft mein wildes, leidenschaftliches Temperament, mein unverwüstlicher Leichtsinn bis zum höchsten Ueberdruß und zur unerträglichsten aller Launen. Es ganz zu seyn erfordert unendliche Talente, Kraft des Geistes, Sinneskraft, eine Fülle des Herzens und eine unbeschreibliche, unnachahmliche Bestimmtheit des Karakters. Wie weit ich noch von allem dem, troz aller zufälligen Bildung meiner Seele, bin, kann ich am besten beurtheilen. Ich bringe nichts dazu mit als ein leidenschaftliches Gefühl für stille, häusliche Glückseligkeit.

Vielleicht erleichtert mir dis noch meinen Weg zu dieser Bestimmung. Eine freundliche Ahndung sagt mir, ich sey dazu geboren, und selbst mein äußeres Schicksal flößt mir kein Mißtrauen ein. Ich bin voll Glauben und Zuversicht – und erwarte Alles, wenn ich meine ruhlosen Launen bezwinge. Fleißig bin ich jezt immer, und deswegen ist mir nicht bange, besonders da es mir leichter wird, als ich mir selbst vorstellte. Der Vater wird auf Michaïlis gewiß zufrieden seyn und vielleicht, daß mir euer Anblick und eure Freude ein bischen Frieden in die Seele gibt und manchen innern Aufruhr stillt. Indeß lebe wohl, beste Mutter, und sey heiter. Küsse die Geschwister und auch im Geist herzlich

Deinen
unterthänigen Sohn
Fridrich von Hardenberg.

22. Novalis an den Bruder Erasmus in Hubertusburg

[Wittenberg, Anfang August 1793.]

Lieber Erasmus,

Schade, daß Dein Brief so laconisch war: Er hat mich recht gefreut – räthselhaft ist mirs, was Du mir von Verdrießlichkeiten schreibst. Aus welchem Boden sollten sie steigen, wie Larven aus der Unterwelt? Ich bitte Dich herzlich, opfre Dich Deiner Fantasie nicht auf. Laß keine äußern Dinge die innern Sayten Deines Herzens verstimmen. Nimm Dir jeden Morgen vor, wo möglich froher und heitrer, als den vorigen Tag zu seyn, und glaube mir, troz allen schaalen Predigten, daß Leichtsinn nothwendig für *den* Menschen gehört, der leben will und sein Daseyn nicht im Müßiggange vertrödeln. Ich bringe noch den ernsthaften Leichtsinn in ein System. Sey Du dann des Profeten Ali. Ganz nach mir kann ich Dich nicht beurtheilen; Mein Wesen besteht aus Augenblicken. Will ich diese nicht ergreifen mit männlicher Hand, so bleibt mir nichts übrig als eine unerträgliche Vegetation.

Ich lebe jezt sehr vergnügt. Alle Stunden, die mir nicht Beruf und Fleiß ausfüllt, leb ich in geselligem Genuß. Wittenberg fesselt mich jezt ordent[lich] an sich. Kommerstedt und ich leben in hoher Eintracht und suchen den Stein der Weisen unter jeder

Gestalt. Ich befinde mich sehr wohl und meine Natur loht recht kräftig auf. Ich könnte nicht besser jezt leben. Wir spielen hier fast mit die erste Rolle – wohnen und essen gut – Haben unsre Zeit sehr gut eingerichtet – und ich vorzüglich sehe kein anderes Buch an. Ich mache ziemlich beträchtliche Fortschritte. Mein Repetent Mangold ist bey mir jezt Mode. Ich rede von nichts als von ihm. Es ist ein excellenter Kerl. Burgsdorf lebt hier recht vernünftig und ordentlich. Wir, bester Junge, haben uns in ein Häuschen eingenistet, das uns sehr gut steht.

In diesem Häuschen Eine Treppe hoch in dem Erker, wohnen ein paar Schwestern. Das Schicksal hat gewollt, daß wir zum Glück uns jeder in die andre verliebt haben. So kommen wir einander nicht ins Gehege und bestehn brüderlich alle Affentheuer. Auf Michaïlis kann ich Dir tagelang erzählen. Sie sind sehr hübsch, wunderschön, aber um sie zu erlangen, haben wir Freyherrn müssen eine Fahrt in die Bürgerwelt machen. Es sind nichts als blanke, baare Bürgermädchen – aber sie haben hundertmal mehr Verstand, als die Vornehmsten. Du kannst Dir vorstellen, wie angenehm wir leben. Alle Abend um 7–½8 gehn wir fast hin und bleiben dann bis 10–½11 da. Sie haben nur eine alte Mutter – Eine Herzensgute Frau. Mehreres mündlich. Du wirst mich in vielen Dingen verändert finden. Ich bin jezt viel gründlicher und lebensklüger, als vorhin. Ich freue mich sehr auf Michaïlis – und noch mehr auf mein Examen. Der Philisterstand ist herrlich. Die überspannten, jugendlichen Ideen sinken dann von selbst in die Grenzen einer bestimmten Wircksamkeit und Thätigkeit herab.

Gott sei mit Dir! und alle gute Laune! Die Schreibtafel schicke ich Dir hier mit. Latrobe grüße herzlich von mir. Ich schicke Dir bald einmal einen Brief an Mereau – den gieb gewissenhaft ab. Karl ist natürlich jezt als froher Sieger in Maynz. Gott gebe, daß wir ihn auf Michaïlis sehn können. Leb wohl.

Dein
Bruder
Friz Albert.

23. Novalis an Friedrich Schlegel in Leipzig

[Wittenberg, gegen den 20. August 1793.]

Lieber Schlegel,

Dein Brief trifft diesmal ungemein glücklich. Ich saß so eben auf meinem Kanapee in ziemlich heller Laune und überließ mich den süßen Eingebungen der Göttin Farniente. Ein paarmal war ich schon an Dir vorbeygestrichen – da kam er – der alte Kopf vorn am Eingang erfüllte mich mit heiligem Schauer und an den Zügen der Inschrift erkannt ich den frommen Mann, der diese Blättergrotte dem Sohne der Lieblingstochter Jovis und der Nemesis der Freundschaft weihte. Erwartungsvoller stieg kein Reisender in die Wunderhöhle von Antiparos, als ich von Zeile zu Zeile in die Geheimnisse Deiner Wanderung. Umsonst – Das Orakel schweigt. Deine Augen funkeln mit überirdischen Glanz – und Deine Stirn taucht sich ins Göttliche – ich stehe neugieriger als je vor Dir – – – Daß Du noch unter den Lebendigen bist, freut mich. Kann man Dich doch noch anfassen und fühlen Dein Fleisch und schlagen hören Dein Herz. Du trankst aus der Quelle der Durstigen – Du bist nun unersättlich. Das reißt Dich noch vielleicht aus den Banden der 4 Elemente – in denen es uns doch wohler seyn kann, als einer Intelligenz in ihrer Haut. Mich dauert Dein armes, schönes Herz. Es muß brechen, früh oder spät. Es kann nicht seine Allmacht ertragen. Deine Augen müssen dunkel werden über der schwindelnden Tiefe in die Du hinabsiehst, in die Du den bezauberten Hausrath Deines Lebens hinabstürzest. Der König von Thule, lieber Schlegel, war Dein Vorfahr. Du bist aus der Familie des Untergangs. Jezt kann ich Dirs sagen und wundre mich, daß Dirs Dein Bruder nicht sagt. Du wirst leben, wie wenig leben, aber natürlich kannst Du auch keinen gemeinen Tod sterben; Du wirst an der Ewigkeit sterben. Du bist ihr Sohn – sie ruft Dich zurück. Eine seltne Bestimmung hast Du bey Gott. Vielleicht seh ich nie wieder einen Menschen, wie Dich. Für mich bist Du der Oberpriester von Eleusis gewesen. Ich habe durch Dich Himmel und Hölle kennen gelernt – durch Dich von dem Baum des Erkenntnisses gekostet. – – –

Aber nun sag einmal, ist es denn nicht möglich, daß Du unter uns bleibst? – sind die feyerlichen Worte der Weihung schon unwiederruflich ausgesprochen? – hat Dir schon Iris die Locke abgeschnitten? – mußt Du als Opfer sterben? Ich bitte Dich, antworte Dir selbst ohne Ueberspannung. Ich habe für die Schönheit Deiner Idee unendliche Ehrfurcht; aber ich weiß auch, daß das Leben ewigschön seyn kann. Erhalte Dich, wirf Dich der Natur in die Arme, sie hat Plaz und Liebe genug für Dich. Mein ganzer Grund ist mein inniges Gefühl am Leben, mein Glaube und Zuversicht zu allem, was in mir und um mir ist – denn hier weiß ich jezt sonst nichts von Recht und Unrecht. Freylich kann ich Dir keine solche Theilnehmung einflößen, wie ich an allem Menschlichen habe, mich nicht auf die Verjüngungskraft Deiner Natur berufen, nicht auf den sichtbaren Gang einer himmlischen Ordnung und Nemesis in Deinem Leben – aber wer weiß, wie nah Dir ein solcher Augenblick des Zurücksehns ist – So hätt ich doch vielleicht einmal wahr gedacht und gesprochen.

Dein Geist kann unmöglich lange mehr diesen Aufruhr Deines innern Lebens ertragen. Alles klingt tief bey Dir hinab – Deine Erscheinung lößt sich in sich selbst auf. Deine herrlichen Kräfte müssen erlahmen – Fürchtest Du Dich nicht vor dem Pflanzenleben. Ich fürchte mich nicht, aber ich erkenne hier nicht meinen noch Deinen Beruf. Kann Dich denn das Leben gar nicht fesseln? Mußt Du Deine arme Hülle zerreißen? Du verschwendest in Minuten, wovon Du jahrelang zehren könntest. Unbefriedigt wirst Du von allem zurückkehren und tödtlich krank.

Ich erwarte geduldig, ob Du für gut finden wirst, mir etwas näheres von Deiner Reise zu sagen. Die gänzliche Ungewißheit hinderte mich an Dich zu schreiben. Uebrigens wußt ich auch wenig – mir gehts hier recht wohl; Ich habe alle Ursache zufrieden zu seyn und bin auch jezt in einer glücklichen Ruhe. Ich freue mich jezt über alles, aber mit meinem Schöndenken und Schreiben ists jezt vielleicht auf immer vorbey. Ich hoff es wenigstens von ganzem Herzen. Seitdem ich wieder von Leipzig zurück bin hab ich keine 10 Blätter gelesen. Dafür bin ich jezt tüchtig fleißig, und nehme Antheil an manchen frohen, gesellschaftlichen Stunden. Meine Geschwister brauchen nach dem Tode meines Vaters auch einen Vater. Diese häusliche, Familienbestimmung ist ganz die Meinige. Diese Lebensart bekommt mir, wie Bergluft. Tausendmal stärker, inniger und frischer, als sonst. Wir trennen uns, wie Abraham und Loth. Du gehst nach Aufgang der Sonne; ich den gewönlichen Weg nach Westen zu. Uns beyde aber trägt der unendliche Vater am klopfenden Herzen, wenn wir unsre Kraft brauchen, so weit es gut ist und schön, und er selber läßt uns himmlische Freyheit – Fliehe nicht aus diesem Zeitpunkt des Nordlichts und ergreife nicht in der Blüthe Deines Lebens den Hammer der Zerstörung. Mir gefällts doch hier unter dieser Sonne. Du kannsts nirgends besser finden und wenn Du glauben willst, so findest Du alles leicht, was Du suchst. Rede mir hier nichts vor von ewigen Bedürfnissen und Kraftanlagen – Deine urtheilende Idee steht mit Deiner genießenden Idee im Mißverhältniß. Glaube und dann urtheile. Treibe die Gäste aus Deinem Hause, die Dich verführen. Laß Dir das Schicksal der Semele einfallen. Du kannst doch nicht Zeus zwingen Dich zu Ganymed zu machen. Lebe wol.

Dein Freund Albert von Hardenberg.

24. Novalis an den Bruder Erasmus in Schlöben

[Wittenberg, September(?) 1793.]

Lieber Erasmus.

Ich habe mich sehr über Deinen Brief gefreut. Ich hatte ihn längst erwartet. Deine Nachrichten von Weißenfels waren mir, wie die Stimme aus dem Paradiese. Daß meine Mädchen Dir gefallen und daß Du so brüderlich für mich gesorgt hast, ist mir lieb und fodert meinen wärmsten Dank. Ich hoffe, daß Du wenigstens meinem Geschmacke Gerechtigkeit wiederfahren lässest, und meine Schwachheit in einem sehr liebenswürdigen Lichte siehst. Toleranz und Freundschaft ist oft alles, und beyweiten das Wichtigste, was wir einander geben können. Uebrigens will ich mich nicht weiter auf dis Kapitel: Meine Rosen, einlassen; es wird langweilig für einen Dritten, und bleibt bey der besten Ausführung immer etwas, was sich der andre entweder gar nicht denken, oder ungleich besser denken kann. Eben so erlaube mir die quästionirten 50 rch. [Reichsthaler] stillschweigend zu übergehn. Lasse Dir darum keine graue Perukke wachsen – Auf Michaïlis wird über alles transigirt und ad acta gelegt. Sine cerere et baccho friget Venus.

2tes Kapitel.

Der Held geräth nach Mersdorf.

Motto: Justum atque tenacem propositi virum, etcet.

Uns beyden geht es sonderbar. Wir spielten in Leipzig brillante Rollen auf dem Theater der Welt. Jezt vegetirt der Eine in Wittenberg und knackt lateinische Nüsse und streut Bücherstaub auf seinen Scheitel – Der Andre gähnt in einem Holzwinkel hinter den Huronen und treibt das ehrwürdige Handwerck der alten Deutschen, hängt eine Flinte auf die Schulter und lebt halb abgestorben still für die Zwecke der Zukunft. Die Hoffnung und unser Ziel müssen uns begeistern und die Gegenwart mit ihrer feindseligen Laune verdrängen. Auch ich bereite mich leise zu einem neuen Triumphe und wandre einsam auf orden[tlichen] Pfaden, geleitet von Muth und Vernunft, nach der Heimath des Ruhms und des häuslichen Glücks. Man muß sie benutzen die Zeit des *λαϑε βιωσας*. Sie kommt einmal und dann erst spät wieder. Die Kräfte der Seele müssen sich sammlen und setzen – desto überraschender wird uns die Zeit des Genusses kommen. Die Zeit ertragen zu lernen ist ein Hauptgeheimniß des Lebens – und die Einförmigkeit ist eine Schule für Jünglinge, denen die Natur ein wenig Aether und zuviel Empfänglichkeit für alle angenehme Eindrücke gab. Auf Michaïlis werden wir beyde ungleich an Kraft gewonnen haben und damit ist der erste Schritt zum männlichen Leben geschehn. Ich werfe Dir diese Ideen nur so roh hin – Ausführen wirst Du sie selbst. Eins nur: bleibe fidel und denke, daß wir bald heyrathen und daß 4–5 Jahre blos vorwärts lang sind. Mir gehts hier ganz wol sonst – ich bin neulich in Schmiedeberg gewesen. Sie empfiengen mich kalt – Frugen spöttisch nach Dir, nach Karl, nach der Reiski – Sie war sehr erzürnt, daß die Tante in Jena uns alles hinterlassen hätte und beschuldigte meinen Vater in Kummerstedts Beyseyn der Erbschleicherey so platt, lächerlich und abgeschmackt, und schien so närrisch piquirt zu seyn, daß ich und Kummerstedt uns halb todt lachten und ich sie gewaltig aufzog. Auf den Sonntag schreib ich Dir wieder. Bleibe so gesund als ich hier [fleißig bin

Dein] Bruder Friz Albert.

(Kommerstedt läßt Dich herzlich grüßen.)

25. Novalis an den Verleger Georg Joachim Göschen in Leipzig

Wittenberg, am ersten Advent [1. Dezember] 1793.

Indeß der Wieland fertig wird hab ich zu meiner Andacht ein herrliches Buch ertappt, das mir manche frohe Stunde schon gemacht hat und das ich noch herzlicher loben würde wenn ich nicht mit Ihnen spräche. Dies Buch sind die Reisen von Johann. Ein wahres Motivgemählde eines der besten, trefflichsten Herzen in der Welt, für das ich seinem Verfasser und seinem Verleger den wärmsten Dank sage und das ich in den Händen aller Menschen, die ich innig liebe, wissen möchte. Ich wurde davon so überrascht, wie ich selten überrascht worden bin. Das Bild von der lieben Frau, die einem Früh die Pfeife übers Buch legt, ist mir gefährlich – es hat mich mit einer so süßen Schwärmerey entzündet, daß es mir jetzt überall entgegen tritt. Der häusliche ruhige Geist dieses Buchs hat mich mit Erfindungen eines Glücks erfüllt, das vielleicht das Einzige ist, was ich hier finden kann und werde – Sein unsichtbarer Zauber hat manche wilde Laune in mir eingeschläfert. O! das Buch schenk ich einst zuerst meiner Braut – es soll mein Hauskatechismus seyn …

Friedrich Leopold von Hardenberg

26. Novalis an den Bruder Erasmus in Hubertusburg

Wittenberg: am 12. März 1794 [Mittwoch]

Lieber Freund: Dein Brief war mir sehr angenehm, ohnerachtet der Hypochondriakus an allen Ecken herausguckte – Armer Schelm, Du dauerst mich wircklich; ich fehle Dir. Wären wir beysammen, so sollte die Schwindsucht geschwind zum Fenster hinaus – Ja, Lieber, wenn Dein Handwerck Dich nicht curirt, so mußt Du das Uebel von einer andern Seite angreifen – und die ist kurz: Du mußt Dich nicht so vor Kranckheiten und dem Tode fürchten und beydes besonders nicht in einem so ernsthaften Lichte ansehn. Denke Dir, experto crede ruperto, bey solchen Grillen oft einen lustigen Mann oder gar einen Hanswurst, der alles in Carricatur und in einem drolligen Lichte sieht – sogleich wird das falsche Pathos Deiner Gedanken verschwinden und Du wirst Dich bald wieder so kühl und leicht fühlen, als im gesunden Zustande – Du mußt Dich nur erst dahin zu bringen suchen, daß Du während der grübelnden Laune fest daran denkst, daß es Schwäche und Nervenspannung ist – dies nur immer geduldig wiederholt, ist der erste Anfang. Zerstreuende Thätigkeit ist der zweyte Schritt, der, wie ich gern zugebe, ziemlich mühsam ist. Gewohnheit thut ja alles, so kannst Du Dich auch ans Lachen über Deine Schwachheiten gewöhnen. Gutta cavat lapidem. Glaube mir, in solchen geringscheinenden Gemeinsprüchen trifft man auf das älteste, gediegenste Gold der Lebensweisheit. Sey nur überzeugt, fortgesezter Kampf mit Dir selber muß Dich belohnen. Nur hüte Dich vor allgemeiner Unzufriedenheit; es ist 1. der Traum aller Träume und 2. mit einem solchen grilligen Herzen wie jezt wärest Du in der beneidenswürdigsten Lage vielleicht noch unglücklicher als jezt, denn Du hättest dann nicht einmal mehr etwas zu wünschen, und Wünschen ist eine wahre Panacee des Lebens.

Ich bitte Dich, vergiß die Fehler am Topf und laß Dir gut schmecken, was drinnen ist, und sorge dafür, daß es hübsch gahr wird. Ich hätte mich so wahr ich lebe längst erschossen, wenn ich nicht immer ruhig auf die Stimmung des andern Morgens gewartet hätte, wo ich dann gewöhnlich fand, daß es sich doch in dieser Erträglichkeit recht gut seyn ließ. Der Abend ist ewig die Geburtsstunde der Gespenster gewesen. Da sizt man mit glühenden Kopf und ermatteten Herzen, ohne Kraft und Saft, brütet über Windeyern und nagt am Knochen der Langeweile. Frisch sogleich die Peitsche zur Hand und damit in der Stube geknallt, oder geschlafen, oder gezeichnet, oder das Gewehr auseinandergenommen oder die Uhr, oder einen Marsch oder Anglaise auf dem Clavier getrommelt – Hurtig kehrt die Spannkraft ins Herz zurück. Kann man mit der Lektüre etwas ausrichten, desto besser. Kurz, nur einen Funken Entschlossenheit und man ist gerettet. Das ist noch bey weyten nicht das Schlimmste, wenn man an der Furcht für Kranckheiten und Tod leidet – Lieber Bruder, wenn man sich nach Kranckheit und Tod zu sehnen anfängt und selbst beym Wahnwiz nicht mehr erschrickt, dann ist es weithinein böse – Da gehört ein guter Engel und eine glückliche Constitution dazu, um hier nicht zu unterliegen.

Aufs Frühjahr wollen wir schon zusammen vergnügt seyn, und Du sollst Deine Litaney vergessen. Stärke Deinen Körper und denke was Kluges oder gar nichts – Ich glaube wohl, daß es dort ein bischen knapp mit Deiner Gesellschaft ist. Ey, ein fröhliches Herz ersezt alle Gesellschaft – Ich wollte Dich gleich curiren, wenn ich Geld und Freyheit hätte. Eine tüchtige Reise sollte Dir die Welt in einem ganz andern Lichte zeigen. Schreibe mir bald, wie der alte Erasmus, zufrieden und männlich.

Neuigkeiten weiß ich gar nicht. In der Mitte des Mays werd ich examinirt. Brachmann schreibe doch und sag ihm, ich würde nicht eher an ihn schreiben, bis alles vorbey wär. Bleibe Du mir gesund, grüße Erdmannsdorf recht herzlich. Ich schicke Dir hier zwey Species. Kommerstedt wird sie Dir schon wiedergeben – Gern mehr – aber ich stecke vorderhand so tief als möglich. Von mir erfährt Caroline nichts. Lebe wohl. Erhole Dich.

Dein

treuer Bruder Fridrich von Hardenberg.

Wittenberg, am Montag,
den 2 oder 23sten [24] März
1794

Mit den zwey Species, die ich Dir vor 14 Tagen schicken wollte, ist es nichts. Zum Unglück blieb der Brief liegen. Es kam ein Zufall dazwischen und nun mußt Du noch ein wenig warten. Vielleicht in 14 Tagen – Ich habe kein Geld und Kommerstedt auch nicht. Karl kommt eher nach Haus, als ich – das thut mir leid – Geh Du wenigstens hin.

Den 10. Aprill. [Donnerstag]

27. Novalis an den Vater in Weißenfels

[Wittenberg, Ende Mai 1794.]

Offenherzig gesagt, lieber Vater, solch einen Brief erwartete ich jezt nicht von Dir. Ich glaubte Dich so wenig böse mit der Partie zu machen, daß ich vielmehr mir einbildete, Du würdest Sie eher billigen. Der Aufenthalt in Hubertsburg hätte natürlich fast so viel gekostet, als diese Reise – denn die Hauptausgabe war dabey der Unterhalt der Pferde. Erasmus, den ich wircklich an kindischen Ideen krank fand wurde unter unsern Händen gesund und ich hoffe unser Besuch soll ihm nicht fruchtlos gewesen seyn. Hierbey fällt mir gleich ein Dich an etwas zu erinnern, was Du mir nicht übel nehmen kannst. Du hegst ein Mißtraun gegen Deine Kinder, das sie nicht ganz verdienen – Ich weiß Du bist unzufrieden über Erasmus, daß er Dir nicht sein volles Zutraun schenkt, aber wie ungerecht bist Du da gegen ihn; Du verlangst damit mehr von ihm, als selbst der Busenfreund, der selbst noch jung ist, von andern verlangen kann. Dinge, von denen man gewiß überzeugt ist, der Freund wird sie total misbilligen, von denen man weiß, sie contrastiren gänzlich mit seinem Character, seinem Alter, der Nachgiebigkeit seines Geistes – solche Dinge darf man ohne die so nothwendige Delicatesse in der Freundschaft zu verletzen, niemand sagen – Stelle Dir vollends die zarteste aller Freundschaften, zwischen Vater und Sohn vor, denke Dir auch die offenste Vertraulichkeit, die innigste, herablassendste Güte des Vaters und ein unverdorbnes Herz beym Sohne – ist es möglich, daß dieser so den angebornen Respect vergessen kann, seinem Vater alles zu entdecken, was eine junge, zügellose Fantasie schwärmt, wozu, wenigstens innerlich, eine unwiederstehliche Thorheit fortreißt? Nimm hierzu noch, daß Erasmus äußerst zärtlich behandelt seyn will und Du doch mit Deiner natürlichen Hitze Dich selbst bey einer Ergießung des Herzens nicht würdest enthalten können bey den zu frappanten Stellen zu poltern. Kannst Du Dich noch wundern, daß er mich eher zu seinem Vertrauten macht, da er weiß, daß ich ihm weder als Bruder, noch als Mitinculpat ernsthafte Vorwürfe machen darf, denn auch dar reuigste Sünder will bey seinem Bekenntniß geschont seyn, das ist menschliche Natur, da er weiß, daß ich ihm gewiß doch guten Rath gebe, daß ich ihm deu[tsch] und rund meine Meynung sage und er doch nicht nöthig hat sich so vor mir zu schämen, wie vor einem alten, ernsthaften Mann. Müßte man nicht schon eine Menge Achtung für das Alter verloren haben, wenn man nur einem fremden, alten Manne seine Liebesgeschichten etc. erzählte – So viel für Erasmus und gewiß nicht aus Billigung seiner Träume oder absichtliche Verabredung – Karl ist Zeuge, wie unverhohlen ich mit ihm geredet. Ich glaube auch nicht, daß Dir bange für Erasmus seyn darf. Nichts fehlt ihm, als gescheute Gesellschaft – Erdmannsdorf ist sein Freund nicht, sonst würde der nicht schweigen. Zerstreuung und ein einziger, vernünftiger Gedanke sind fähig die Gespenster und Abentheuerlichkeiten seines Kopfs zu verscheuchen. Seit ich mit ihm geredet, ist mir für die Zukunft nicht bange – Es wird vorübergehn und wenn er bey seinen Vorsätzen wegen seinen Beruf bleibt, wie ich fest vermuthe, so wird er ein sehr brauchbarer Mensch. Seine Pläne waren nur eine Folge jener lächerlichen Lieblingsidee. Er wird so gut warten lernen, wie wir andern. Ich kehre zu mir zurück und kann nichts thun, als mich ärgern, daß ein leichtsinniger Zug meines Charakters, den man herrlich finden würde, wenn ich reich wäre, für Dich die Quelle so vieles Kummers und so mannichfacher Sorgen wird, besonders, da ich sehe, daß Du fest überzeugt bist, er sey unvertilgbar. Aber erlaube mir noch einmal Dir aufrichtig meine Meynung hierüber, so wie über Deine Drohung von dem baldigen Verluste

Deines Zutrauns und d[er] Erwähnung meines Onkels zu sagen. Du beurtheilst mich hiebey wircklich ganz einseitig, denn Du zählst nichts, als meine jüngern Jahre, wirfst mit unaufhörlich die oftmaligen Versprechungen vor – bedenkst aber nicht, daß natürlich Willenserklärungen mit dem Character erst Festigkeit erlangen – Entschlüsse von Dauer nicht in einer Jünglingsseele, sondern kaum in der 10ten Mannsseele zu stande kommen. Kannst Du die Jugend oder das Knabenalter nach den Jahren zählen? Einige werden früher, andre später männlich – Die früher Männlichen werden gemeiniglich auch eher überreif, oder bleiben nachher stehn; die später Männlichen bleiben zwar länger in den Knabenschuhen stehn, aber dann gehts auch desto schneller ins männliche Alter hinüber. Die Schritte, die ich seit einem Jahre in dieser Rücksicht gethan habe, können Leute bemercken, die nicht vorher gegen mich eingenommen sind, wenn sie freylich nicht bestimmen können, ob ich dadurch gewonnen oder verloren habe – denn dies ist der Zeitpunct, wo es mit dem Character critisch genug aussieht – Oft bringt man, wenn man zu sehr getrieben wird, aus den Kinderschuhen zwar Kenntnisse und Verstand mit – aber das Herz ist zurückgeblieben. Wer weiß, ob nicht Deine Briefe in wenig Jahren gar seltsam gegen die Jetzigen abstechen, ob sie nicht von Dingen predigen, die sie jezt empfehlen. Ich kenne selbst meine Uebergänge zu gut. Ich weiß sicher, daß ich Dich nicht überreden werde, daß meine jetzigen Entschlüsse natürlich zehnmal fester seyn müssen, als sie es vor dem Jahre waren – Immerhin, wenn Du nur bald einsiehst, daß ich jezt richtig gesehn und wahr gesprochen habe. Wie ist es möglich, daß Du wircklich im Ernst einem jungen Menschen Dein Zutraun rauben willst, der doch wenigstens nicht schlecht denkt und der nur nicht zum bestimmten Termin Mann wurde – und um eines Fehlers willen, der nicht allein gemeinschaftlicher Erbfehler der Jugend sondern auch so äußerst gewöhnlich unter Männern und Greisen ist, der zwar allerdings verderblich im höchsten Grade ist, aber wenn er alles Zutraun rauben sollte eine Kälte und ein Mißtraun in der Welt einführen würde, das mehr Schaden anrichten würde, als der alte Fehler. Fern sey von mir damit jede leere Entschuldigung. Traue mir nur nicht Gefühllosigkeit genug zu, nicht höchst lebhaft zu fühlen, daß es mit dieser elenden Oeconomie einen schlechten Ausgang hat und daß ich Dich darüber in die unangenehmste Verlegenheit setze. Ich habe Dir schon mündlich bezeugt, wie sehr ich meinen Leichtsinn verabscheue – in vier Wochen kann ich Dir freylich keine entscheidenden Beweise meiner festen Entschlüsse hierüber geben – und wenn Du mir die Parthie nach Wörliz so hoch anschreibst, so sollen sich Dir gewiß die wenigen Thaler so gut verinterressiren, daß Du gewiß zu Michaëlis keine saure Miene mehr darüber machst. Freylich wiederhol ich schon wieder, Du wirst mir nicht glauben, Du wirst platterdings Dich daran nicht errinnern lassen wollen, daß unmündige Leute nicht gültige Versprechungen machen können, weil man von der Lubricitaet ihres Characters schon in den Gesetzen überzeugt ist, und daß zu einem männlichen Entschluß platterdings ein sehr fester Character gehört, den ich selbst jezt noch nicht ganz habe; aber auch darauf rechne, daß man hier relativ urtheilt. Gewiß wirst Du und der Onkel euer, wie ihr meynt, unwiderrufliches Urtheil gegen mich noch einmal zurücknehmen und dann bitte ich mir diesen Brief wieder aus. Was Du mir von dem fortdauernden Unwillen des Onkels sagst ist mir zwar nicht neu, aber doch eben so befremdend noch, als wie neu; und wie leicht ist mir diese Befremdung zu verzeihn, wenn ich das recapitulire, was ich schon vorhin gesagt habe. Ich begehe voriges Jahr einen übereilten und in mancher Rücksicht, wie Du mir selbst schon zugegeben sehr verzeihlichen Streich – Daß mein Onkel noch nach einem Jahre dis gedenken kann, ist ein Zug, der mit der Herzensgüte meines Onkels sonst incompatibel ist und den ich mir gar nicht erklären kann. Wär ich ein Mensch, schon tief ins männliche Alter vorgerückt, der eine unverzeihliche, völlig überwiesene Undankbarkeit gezeigt hätte – wer könnte dann noch mit meinem Onkel hadern. Aber ein Mangel an Zutraun von einen jungen, höchstübereilten Menschen, der in mancher Rücksicht aufs äußerste gebracht war und glaubte, der Mann, zu den er bittend gehn sollte, sey Urheber alles Uebels, der voraus überzeugt war, seine Bitte sey vergebens – dieser soll verrathen, daß an einen jungen Menschen nichts ist, daß nichts aus ihm werden wird, dieser soll ihm eine Verachtung eines Manns, den er liebt, in einem Alter zuziehn, wo man jede Erniedrigung doppelt fühlt, wo man sich so mancher glücklichen Kräfte bewußt ist, und unmöglich sich mit einer ascetischen Strenge verdammen kann – Sage, lieber Vater, mußt Du mir hier nicht beystimmen: Dein Herz, weiß ich zu gut, fühlt die Ungerechtigkeit dieses Benehmens und kann selbst an dem trefflichsten Manne diese Hartnäckigkeit nicht ganz entschuldigen, wenn er auch Bruder oder Vater wäre, vorzüglich, da man von so einem erfahrnen, gütigen und religioesen Manne ein ganz fleckenloses Betragen, noch weniger aber die Entschuldigung erwarten kann, daß es ein Zug ist, der jezt unüberwindlich ist. Wenn noch solche Leute unüberwindliche Züge und Neigungen haben, wer kann uns dann mit Recht Vorwürfe über Leichtsinn und passagere Unordnungen machen? Doch ich verlasse diese für mich so unangenehme Materie, von der ich [mir] nur gegen einen solchen gütigen Vater, wie Du bist, der mich selbst zur offensten Freymüthigkeit aufgefordert hat, so frey zu reden erlaube.

Als ich diesen Brief anfieng, war ich wieder im Begriff ein Palliativ zu ergreifen um mir fernere Vorwürfe zu ersparen. Du schreibst mir so aufgebracht, daß ich wircklich willens war den hiesigen Cassendeficit noch einmal heimlich zu decken – aber ich habe mirs besser bedacht – Ich will mich diesem Unwillen aussetzen um nie wieder Vorwürfe über Heucheley zu erhalten. Willst Du ja nicht bezahlen, so muß ich freylich leider sehn, wie ich mir helfe, aber Du weißt dann doch alles – Der Protonotar wird Dir hiermit die sämmtlichen noch rückständigen Rechnungen schikken und ich erwarte Deine Entschließung. Für diesen Sommer wirst Du zufrieden seyn müssen. Denn ich schränke mich so sehr ein, als ich kann. Du sollst außer den Ueberrock und Hut und zwey Sommerwesten in Leipzig, von denen Du schon weißt nicht einen Pfennig dem Schneider bezahlen dürfen. Von Büchern brauch ich nichts, als Meusels Statistik. Ein paar Schuhe laß ich mir noch machen. Die Professorinn schindet mich nicht mehr. Ich tractire niemand. Abends eß ich Butter und Brodt und früh eß ich Obst. Von Stunden bezahlst Du nichts, als eine französische, das Relatorium privatissimum und d[as] Privatum.

Ich freue mich im voraus auf Deine Zufriedenheit, wenn ich nach Haus komme.

Was meinen Fleiß belangt, so hab ich nun keine Treiber mehr nöthig. Ich hoffe diesen Sommer mehr zu lernen, als ich je [gelernt] habe – Die Arbeit schmeckt mir und was Französisch betrifft, so kann ich positiv genug auf Michaïlis. Staatsrecht, Statistik, Völkerrecht und Referiren füllen außerdem meine Stunden völlig. Mich treibt eine Sehnsucht nach einer Anstellung, wo ich bald von Deinem Beutel unabhängig bin. Die Wahl der Mittel überlaß ich Dir gänzlich und errinnre nur, daß Sachsen jezt die unvortheilhaftesten aller Aussichten darbietet. Kommerstedt wird sehr wahrscheinlich bald glänzend versorgt; doch ist dis vor der Hand noch *Geheimniß*. Ubi bene, ibi patria. Ich empfehle mich Deiner Gnade.

Fridrich von Hardenberg.

28. Novalis an Christoph Ludwig von Freymann in Wittenberg

[Wittenberg, nach Mitte Juni 1794.]

G[eehrter] M[ann].

Ich sehe Sie vielleicht nie wieder, bester Freymann: Abschied nehmen thue ich nicht gern mündlich. Vergeben Sie mir also, wenn ich Ihnen wenigstens mit diesen wenigen Zeilen noch die Achtung und Freundschaft bezeuge, die ich vom ersten Augenblick unsrer Bekanntschaft für Sie faßte, und die mir die lebhafteste Theilnahme am Ihren Schicksalen einflößten. Wie innig wünscht ich Ihr täthiger Freund seyn zu können, und wenigstens so unabhängig zu seyn, um Ihr freywilliger Begleiter zu seyn und so dem wohlwollenden Triebe meines Herzens zu folgen! Jezt muß ich mich begnügen, Ihnen das herzlichste Lebewol zu sagen und Ihnen wenigstens das zu wünschen, was Ihr Geist und Herz verdient. Vergessen Sie so bald als möglich im frohsten Lebensgefühl die unangenehmen Augenblicke Ihres hiesigen Aufenthalts; und seh ich Sie einst wieder, so hoff ich, daß Sie sich alsdann guthmütig auch errinnern Ihres

Sie innig hochschätzenden Freundes

Fridrich von Hardenberg.

29. Novalis an Friedrich Schlegel in Dresden

Weißenfels, den 1. August 1794. [Freitag]

Endlich wieder ein Brief von Dir! Der alte, bekannte Kopf auf dem Siegel weckte mich aus tiefem Schlummer. Ich sah lange die Züge Deiner Hand an und wollte nur nicht glauben, daß ich wirklich Dich vor mir hätte. Gott sei Dank: stammelte ich gegen Kommerstedt, der von mir gewohnt ist, daß ich meine meisten Briefe erst binnen acht Tagen öffne – oft gar nicht, wenn ich weiß, von wem er ist – und riß den Brief auf. Ein ganzes volles Jahr verschwand aus meiner Errinnerung – Es rückte alles so nah zusammen – und mir war, als hätt ich lange geträumt. Noch immer der gute, innige Schlegel voll Zutrauen und Hoffnung. So manches ist vorübergegangen in Freud und Leid, und Du bist mir treu geblieben und hast mein Andenken nicht auf Sand am Ufer geschrieben. Ich war wirklich seit acht Tagen mit einem Briefe an Dich in Gedanken beschäftigt – denn das kannst Du wohl glauben, daß ich Dich nie vergessen haben kann – Aber Du warst mir zuvorgekommen. Was mich am meisten freute, daß Du mit soviel Heiterkeit schriebst. Ob sie ganz ächt ist, getrau ich mir nicht zu entscheiden. Zu den Unersättlichen hab ich Dich immer ein wenig gerechnet. Wie gern säh ich Dich in Deinem Patmus – lauschen auf die Eingebungen der Natur, und ob Du einen Nachhall vergangener Tage ertappen könnest. Du könntest recht froh da leben, wenn Du einig wärst mit Dir und der Welt und Dich mit Deinen Bedürfnissen knapp einschränktest. Wer weiß, ob es nicht so ist – aber Mittheilung, Theilnahme, Arm, an dem Du wandeltest – *das* wird Dir fehlen und wird *Dir* fehlen, wie es keinem fehlt.

Neulich erschrack ich recht. Ich war in Leipzig und saß more modoque consueto bei Donna Ester. Ein junger Mensch setzte sich zu mir – Mestmacher – Er fing an von Dir zu reden, redete nach seiner Art warm von Dir – aber klagte, daß Du so fremd und krank ausgesehn hättest, und Dein Gesicht nicht von innerm Frieden spräche. Er erzählte weiter, daß Du bei einer frohen Partie traurig und frostig geschienen und gar nicht mit jugendlichem Muth aufgelodert wärst.

Dies bestimmte mich sogleich zum Schreiben an Dich, das ich

wirklich theils unterlassen, weil ein Tag mir nach dem andern vor dem Examen trüb und seelenlos hinfloß, theils weil ich hoffte, Dich nach einer solchen Pause fröhlich zu überraschen und Dich mitten im geistigen Genuß wie ein Apicius zu finden, glänzend und heiter. Sonst hab ich auch keine Sterbenssilbe von Dir gehört, und alles spannte meine Erwartung. Den Ostermeßkatalog nahm ich begierig her – *Dein* Grundsatz, nie anonym zu schreiben – Dein Name war nicht zu entdecken.

Nun weiß ich doch, was Du vorhast, was Du Dir für einen Umgang unter Deinen Gedanken gewählt hast, und genieße Dein Buch schon halb in der phantastischen Vorstellung, die ich mir davon mache.

Ich wünschte freylich jetzt sehnlich die Politik eher zur Welt – die liegt mir jetzt näher am Herzen. Könnt ich mit Dir jetzt reden über meine Lieblingsgedanken bei Tag und Nacht – Du würdest mir und manchem nützlich sein – sintemalen jetzt die Zeit der Anwendung vor der Thür ist – und deutlich muß ich mir selber noch werden.

Neulich noch habe ich Deine Zauberkraft auf menschlichen Geist bewundert. Ich las einen recht viel versprechenden Brief von Fert – Lang und voll Analyse und Kritik und mitten hie und da die Züge Deiner Urbilder - Copieen, die mich überraschten, wie in Häberlins Reichsgeschichte eine Klopstockische Ode. Ich traue ihm wirklich Wärme für Dinge zu, die nicht von heut und morgen sind, wahres Interesse an den Angelegenheiten der Menschheit – Plato aber und die Republik sind Pfropfzweige. Zachariä hatte herzliche Freude – ich wollte sie ihm nicht stören mit einer Bemerkung, die nur die *Eitelkeit* kränken kann.

Mir behagts auch in der Einsamkeit herrlich. Es sind vielleicht die letzten ruhigen Monate – Eine weite, tumultvolle Zeit wird folgen, und wie gewichtig wird dann jeder wohlangelegte Augenblick meiner Ruhe. Die Natur scheints darauf abgesehen zu haben, die Schuld hernach auf mich wälzen zu können, wenn ich stolpre, denn an Belehrungen und Erfahrungen hat mir's nie gefehlt, und jetzt brauch ich nur hin zu hören, hin zu sehen, wohin ich will, so finde ich, was mich leitet, stärkt und erhebt. Jedes Buch, das ich in einem Winkel liegen sehe, was der alltägliche Zufall mir in die Hände spielt, ist mir Orakel, schließt mir eine neue Aussicht auf, unterrichtet und bestimmt mich.

Doch ich muß Dir kurz zuvor noch erzählen, wie mirs im Ganzen gegangen ist. Ich habe in Wittenberg fast total meine Lieblingsbeschäftigungen verlassen. Studium chursächsischer Gesetze nahm alle meine Zeit weg. Mit den *Besten* war ich bekannt, und da sie etwas aus mir machten, so lebt ich gern und frei dort. Jeder Tag hatte seinen Plan, seine Hoffnung – Wünsche quälten mich nicht sehr, ich wies alle auf die Zeit hin nach überstandenem Examen. Zerstreuung hatt ich genug – Mit der ersten Censur war ich um einen guten Schritt weiter. Der Pedantismus der Schule war nun überstanden, und ich war mit dem zweiundzwanzigsten Jahre frei, munter und muthig. Jetzt hat mein ganzer Charakter einen politisch philosophischen Schwung erhalten, und zwar sehr unmerklich. Ich bin plötzlich von Wittenberg weggegangen, um mich allein zu haben. Des jugendlichen Lärms hab ich genug. Hier erwart ich *gelassen* den Ruf meines Schicksals, denn *mein* Leben ist schon fertig – Ich habe nur *einen Zweck* – der ist überall erreichbar, wo ich thätig sein kann – doch hab ich mir nicht, wie ein Spießbürger, allzu enge Gränzen gemacht – Bleib ich gesund, so muß ich ein Maximum für mich erreichen. Ich bin wenigstens jeder Art von Aufklärung fähig, und dies Einzige berechtigt mich vielleicht schon zu kühnen Ansprüchen. Ich will Dich ruhigen Bürger nicht langweilig von meinen Träumen unterhalten – doch wisse, daß ich gewiß Deiner würdig bleibe und werde. Wir können doch *eine* Bahn gehn – Vergiß meine zweiundzwanzig Jahr auf einen Augenblick und laß mir den Traum – vielleicht wie Dion und Plato. Heutzutage muß man mit dem Titel Traum doch nicht zu verschwenderisch sein – Es realisieren sich Dinge, die vor zehn Jahren noch ins philosophische Narrenhaus verwiesen wurden. Magnis tamen excidit ausis. In einem Monat muß viel für mich entschieden sein – in der Wahl des Weges blos. Du erfährst alles – sowie ich doch auch von Dir *etwas* erfahre. Was macht denn Schweinitz und Carlowitz! Auch nicht ein Wort schreibst du. Mich interessiert jetzt zehnfach jeder übergewöhnliche Mensch – denn eh die Zeit der Gleichheit kommt, brauchen wir noch übernatürliche

Kräfte. Du glaubst nicht, lieber Junge, wie ganz ich jetzt meinen Ideen lebe. Es sind die Tage des Brautstandes – noch frei und ungebunden und doch schon bestimmt aus freier Wahl – Ich sehne mich ungeduldig nach Brautnacht, Ehe und Nachkommenschaft. Wollte der Himmel, meine Brautnacht wäre für Despotismus und Gefängnisse eine Bartholomäinacht, dann wollt ich glückliche Ehestandstage feiern. Das Herz drückt mich – daß nicht jetzt schon die Ketten fallen wie die Mauern von Jericho. So leicht der Sprung, so stark die Schwungkraft – und so stark der weibischte Kleinmuth. Staarbrillen sind nötig – zum Staarstechen ist die Zeit noch nicht. Aber immer ein Zirkel – zum Freidenken gehört Freiheit, zur Freiheit Freidenken – zum Zerhauen ist der Knoten – Langsames Nisteln hilft nichts.

Schreibe mir bald wieder – meine Antwort soll nicht zaudern – und vergiß nie wieder, daß ich Dich nicht vergessen kann und daß es Hypothese, pure, blanke Hypothese war von der divergirenden Bahn – Ein Schuß in die blaue Luft. Unser Gang muß Approximation sein – bis wir beide von *einer* Flamme anzünden, links und rechts um uns her, wie zu Weihnachten, wo denn das *neue Jahr* acht Tage darauf fällt.

F. L. Hardenberg.

30. *Karl von Hardenberg und Novalis an Christian Friedrich Brachmann in Dobrilugk*

Weißenfels, d[en] 15ten Sept[ember] [17]94. [Sonntag]

Lieber Freund.

Unendlich angenehm war es mir, daß ich durch Ihren lieben Brief überzeugt wurde, daß Sie uns doch nicht ganz vergessen hatten, denn unter uns gesagt, schien mir es fast so, da mein Bruder und ich uns vergeblich gefreut hatten, in Ihrer Gesellschaft nach Hubertsburg zu reisen, und Erasmus dadurch noch mehr aufzumuntern; aber mit der Verzeihung ist es nun, wie es ist, so halb und halb und nur unter der Bedingung, daß Sie recht bald, das heißt so ohngefähr zu Michaelis wiederkommen, soll Ihnen ganz verziehen werden. Unsere Reise nach Hubertsburg war noch sehr angenehm, wir hielten uns nemlich nicht lange daselbst auf, sondern reisten über Torgau nach Wittenberg, wo wir uns 2 Tage sehr gut Divertirten, und statt uns die Antiquitaeten von Doctor Luther zu besehen, lieber die hübschen Mädchen musterten und experimental Physic über ihren Busen und Gliederbau lasen. Aber noch ein sonderliches Affentheuer stand uns noch bevor, wo wir unsern Freund Brachmann immer herzuzaubern wünschten: Wir waren eines Abends eben im Begriff, uns niederzulegen, als noch eine Kutsche mit Damen ankam, die in das Zimmer neben uns logiert wurden, und welches mit dem unsrigen eine Communication durch eine unverschlossne Thüre hatte. Früh den andern Tag als wir aufstanden, lag Fritz noch in parvis naturalibus in der Stube im Bette, und Erasmus und ich standen mitten in der Stube mit Respect zu vermelden im Hemde, und sangen uns zum Morgenlied ein ça ira; Unsere Damens neben uns waren auch schon aufgestanden; plötzlich gieng die communications Thüre auf und ein allerliebstes Mädchen im Reise Anzug prellte herein; Unendlich mogte es Ihr befremden, sich plözlich in die Gesellschaft 3er Natur Menschen versezt zu sehen, denn so geschwind zog sie sich auch wieder zurück, und wir hörten ein lautes Gelächter aufschlagen; Nachher erfuhren wir durch den Wirth, daß es eine Comtesse Wartensleben aus Berlin gewesen war, die ins Lauchstedter Bad reisen wollte; Sie hatte sich erkundigt, wer denn diese 3 ähnlichen Geschöpfe wären, und zugleich versichert, daß Sie uns nicht einzeln würde unterscheiden können. Von Wittenberg reisten wir nach Wörlitz, besahen uns daselbst den fürstlichen Garten, der ganz allerliebst ist, und reisten so wieder über Hubertsburg zurük.

Aber noch viel vergnügter sind wir einige Tage hier gewesen; mein ältester Bruder ist iezt ganz und gar hier, und ich auf 2 Monate, und Erasmus besuchte uns; den Jubel hätten Sie nur noch vermehren sollen und er wär vollkommen gewesen; wir haben getrunken, gesungen, getanzt und ---- sponsirt; und das lezte haben wir beide, Friz und ich, nicht aus den Augen gelassen, und kein Tag vergeht, wo nicht uns unsere Füße nicht zu hiesigen Schönen tragen. Aber Caroline fällt weg und iezt heißt es Frizchen von L., aber nicht Lochau, Caroline Lochau ist sehr lange bey ihrer Schwester gewesen und gestern erstlich wiedergekommen. Nun, alter Freund, lebt wohl und kommt sobald wie möglich zu uns, denn wir haben uns viel zu erzählen; mein Bruder Friz läßt Sie, lieber Brachmann, herzlich grüßen, und vereinigt seine Bitte mit der meinigen; auf Michaelis rechnet darauf, euch zu sehen

Ihr

Sie liebender Freund

N.B. Karl Hardenberg

Ziegens, H. läßt sich empfelen.

2.

Kennst Du noch diese Pfote? Ich bin jezt hier, wie Dir vielleicht schon bekannt ist und lebe more modoque consueto. Wie oft seufze ich nach Dir und ich habe keine angenehmere Hoffnung, als Dich bald hier zu umarmen. Ich habe Deinen Vater sehr angelegen – und wer weiß welcher unglückliche Zufall uns zu Hülfe kommt. Des Morgens wird studirt und Nachmittags geschwärmt.

Kurz, mein traulicher Freund, im fernen Lande der Wenden,
Niemals verdirbt jemand mit frölichen Hertzen im Busen.
Ueberall baut er sich Hütten und ladet die Pilger zum
[Schmaus ein –
Tritt an den Weg und verfolgt mit Gesang die scheidenden
[Gäste
Und erkundigt sich fleißig bey Fremden nach alten Bekannten
Und ermahnt sie dieselben vom Wirth zum frölichen Herzen
Ja zu grüßen und sie zur nächsten Messe zu laden,
Daß sie bey ihm einkehren und froher Bewirthung gewiß seyn.
Dobrilogs Wälder und Sumpf und unergründliches Sandmeer
Locken mich oft, wenn ich Dein und alter Zeiten gedenke
Doch entsteht mir der Wunsch, daß Du zu Thüringens
[Gränzens
Und zu dem lachenden Thal und dem weißen Felsen
[zurückkehrst.

Dort ist die Stimme der Nymphen nicht sanft und Schwan-
[dewit scheuchet
Alle Freunden von dannen mit seinem schreckenden Graubart
Und der mit Donnern bewaffneten Faust und dem blitzenden
[Auge.
Aber Freya bewohnt hier freundliche Thäler und führet
Ihre Geweihten oft heimlich zum Kreise reitzender Mädchen.

Lebe wohl. Fridrich v. Hbg.

31. Novalis an den Bruder Erasmus in Wermsdorf

[Tennstedt, Anfang November 1794.]

Lieber Erasmus. Ob ich wohl von Dir nichts gehört und gelesen habe, so will ich doch thun, als ob ich wüßte, wo Du wärst. Karl wird Dir von Weißenfels viel geschrieben haben. Ich nehme also das dortige Detail nicht mit. Auf der Zurückreise von Hubertusburg sahn wir Eure Jagd von weitem. Seitdem ist nun in Weißenfels mancherley vorgegangen. Getanzt haben wir in Rippach flott. Ich habe Weißenfels doch sub rosa gern verlassen: Zu viel ist ungesund. Du weißt, ich habe vor Dir kein Geheimniß. Zuletzt ward ich zu vertraut mit der Obersten. Die Vertraulichkeit wurde zu *bedeutend* – Lügen und täuschen will ich nicht – geradezusagen ist schwer und hilft in der Gegenwart nichts. Entfernung ist das beste. Ich vermied zuletzt alle tête-à-têtes. Sie waren mir zu verführerisch, und viel sagen durft ich als ehrlicher Kerl nicht. – Ich habe den Spaß immer unter den Ernst gemischt, damit der Ernst sich nicht vergaß. Sponsiren ist eine hübsche, aber eine kitzliche Sache. Gott bewahre einen in Gnaden vor dem Ehrgeitz und dem unwiderstehlichen Hange, der Distinguirteste von einem Mädchen zu seyn.

Kann mans über sich gewinnen der Überall und Nirgends zu seyn, so ist man der glücklichste Mensch. Ich habe Deine Hofmann gesehn in Leipzig bey Richters. Kotz heiliges Donnerwetter, das ist ein Wettermädchen! Sie war die Hübscheste bey Richters. Gewachsen wie ein Püppchen – Augen, Busen und Mund, wie bossirt. Der Langenthalen frappant ähnlich. Auch schien sie mir nicht eben sehr coquett. Brüderchen, ich bitte mich zu Gaste. Grüße sie von mir. Auf Weihnachten wollen wir wie die Seekönige leben in Weißenfels. Hier geht mir es sehr gut. Ich wohne zwischen vier recht hübschen Mädchen, die ich alle aus dem Fenster sehn und mit drey reden kann. Ich war schon in Langensalza. Auch dort hoff ich in Train zu kommen. Durch die Welt durchsponsirt – dort ist wie überall Mangel an Tänzern. Mein Amtmann ist ein brauchbarer, geübter und humaner Mann. Er geht äußerst freundschaftlich mit mir um. Ich bin sehr fleißig und hoffe, daß der Vater damit, sowie mit meiner Oeconomie sehr zufrieden seyn soll. Ich spiele hier eine große Rolle und bin wie es scheint in großem Credit. Lindenau sieht mich oft und wir sind sehr gute Freunde. Deinen Oberförster und Sie grüße mir ja recht schön. Dein Oberförster ist mein Liebling. Erdmannsdorfen tausend Complimente. Kalitsch kann mich im Arsche lecken. Lebe wohl – Schreibe mir bald und sey nicht hypochondrisch etwa wieder.

Dein Bruder
Fridrich von Hardenberg.

32. Novalis an Friedrich Schlegel in Dresden

[Tennstedt, Mitte November 1794.]

Lieber Schlegel,

Endlich bin ich ein wenig in Ordnung und eile Dich zu benachrichtigen, daß ich nun anfangen kann ordentlich an Dich zu schreiben. Heute erhältst Du nur den Provocationssatz, und der pflegt kurz zu seyn. Meine Praxis raubt mit hier ³/₄tel des Tags. Das übrige Viertel ist so eingetheilt, daß Freunden und Büchern sehr wenig bleibt. Du stehst mit oben an und sollst wenigstens alle 14 Tage oder 3 Wochen einen Brief haben. Auf Gutschreiben thu ich im voraus Verzicht – Mein Kopf ist zu durchkreuzt von verschiednen Gegenständen, als daß ich im Stande seyn sollte, Dir nur etwas mehr als mittelmäßig gut schreiben zu können – Ich muß Dir nur flüchtig die Ideen hinwerfen – die beste Probe, ob sie gut sind.

Dein Aufsatz in der Monatschrift fürs weibliche Geschlecht ist erst jezt herausgekommen. Ich hoff ihn bald zu haben. Da ich den Moniteur hier nicht haben kann, so fehlt mir zur politischen Correspondenz viel. Selbst die nothwendigsten Bücher hab ich nicht. Doch schadet nichts – Du bist genügsam. Ich freue mich, wenn ich an die Ostermesse denke. Nur arbeite nicht zu angestrengt – ich bitte Dich, Schlegel – sey behutsam. Deine Gesundheit ist unentbehrlich sogar zur ächten Schriftstellerey. Düsternheit verliert sich unvermerkt in Dein Geschriebnes und der Hypochondrist kann nichts ganz Wahres schreiben. Grüße Deine Schwester. Leb wol. Schreibe bald.

Dein
Freund Hardenberg

33. Novalis an Christian Friedrich Brachmann in Dobrilugk

[Tennstedt, 16. November 1794. Sonntag]

Gott grüß Dich, Herr College – seit langer Zeit einmal ein trauliches Wort. Es hat mich wie der Alp auf dem Herzen gedrückt, an Dich zu schreiben. Tausend Zerstreuungen, Händel und Zeitverluste haben mich immer zu neuen Fristen genöthigt. Ich praefigirte den lezten Termin bey Verlust d[es] Beneficii rest[itutionis] in integr[um] ex capite negligentiae hier in Tennstedt.

Kreyßamt Tennstedt. Den 16ten November. 1794.
Erschien der neue Viceactuarius Fridrich von Hardenberg und gab sich zum heutigen Termin an et sic porro.

Exceptionssatz in Sachen
Fridrich Brachmanns, Sponsirers und Correspondenten, Klägers an einem
entgegen
Fridrich von Hardenberg, Sponsirern und Correspondenten, Beklagten am andern Theile.

Herr Beklagter muß sich sehr wundern, daß man so übereilt von seiten des Herrn Klägers mit der Ungehorsamsbeschuldigung verfahren, da ihm doch aus denen Rechten bekannt seyn muß, daß Beklagter gegen Verabsäumung des 3ten Fatale annoch in integrum restituirt werden kann, und der 4te Termin erst bey Verlust dieses Beneficii angesezt werden. Er bittet daher in Rechten auszusprechen und zu erkennen: daß Klägers Suchen in Rücksicht d[er] Ungehorsamsbeschuldigung nicht statt hatt. Im Uebrigen will Beklagter eine Geschichtserzählung vorausschikken, wie selbige sich der Wahrheit gemäß befindet und sodann sich auf das Schreiben des Klägers eventualiter einlassen. Was nun erstere betrift, so wird Kläger bereits wissen, daß Bekl[agter] nach Tennstedt in das dortige Kreysamt versezt und daselbst unterm 8ten huj[us] in Pflicht genommen worden. Es ist ihm seitdem nichts widriges wiederfahren, nur hat er die Milch und Honigbäche zu Weißenfels, und die jungen Rehe, die daselbst unter Rosen weiden, nicht ganz aus dem Gedächtnisse schlagen können und muß leider gestehn, daß in der alten räuchrigen Amtsstube ein wahres Pandämonium zu seyn scheint, in welchem ihn unaufhörlich der Wollustteufel chicanirt und mit voluptuoesen Bildern vor ihn herum auf dem Papier tanzt, ja ihn sogar hämischer Weise neulich in einem Protocoll die Feder den Namen eines Mädchens hinschreiben ließ, da er doch den höchsten Namen Ew. Churf[ürstlichen] Durchl[aucht] hinschreiben sollte, mehrere Neckereyen und Real injurien ungerechnet. Sonst gefällt es ihm ganz wohl, besonders, da er zwischen 4 Nachbarinnen wohnt, die Stück vor Stück zu 18 Jahren taxirt sind, und besage ihres Anschlags einen guten fundum dotalem nebst ansehnlichen Pertinenzien, und Nutzungen aller Art besitzen, dabey wegen der vorbeygehenden Straße sehr bequem zum Absatz und Vertrieb ihrer Producte gelegen zu seyn scheinen. Uebrigens steht er in guten Vernehmen mit benachbarten Ortschaften und ist bereits auf 2 auswärtigen Terminen ein Schrekken der Partheyen gewesen.

Anlangend aber die Einlassung, so will er sie folgendermaaßen bewerckstelligen:

1. bejahet, daß er Kläg[er] gern Michailis bey sich gesehn, besonders da sie sehr fidel und Commerzirend gewesen.
2. bejahet, daß Beklagter sich sehr gefreut, als er gehört, daß Kläg[er] sich in Dobrilugk gut amüsirt.
3. bejahet, daß dieses besonders geschehn, als er gehört, daß er sich daselbst verliebt

4. bejahet, daß er jedoch öfterer geäußert: daß er denselben wenigstens auf Weihnachten e[ius] a[nni] zu sehn wünsche,
5. bej[ahet,] daß seine Brüder daselbst zugleich seyn werden
6. bej[ahet,] daß sie sich auch sehr freuen.
7. bejahet, daß sie immer gute Freunde und fleißigere Correspondenten als bisher seyn werden.
8. bejahet: daß er sich gern condemniren lassen will künftig mehr zu schreiben
9. bej[ahet,] daß er diesem Urthel getreulich nachkommen will.
10. bejahet, daß er erwarte, daß Kläger seiner disfalls aufhabenden Obliegenheit gleichfalls getreulich nachkommen und
11. bej[ahet,] sich dort gut [zu] divertiren,
12. bej[ahet] jedoch auf Weihnachten nach Weißenfels kommen wird.
13. bej[ahet,] daß er zulezt gewiß hoft, daß Kläger sein Freund bleiben wird
14. bejahet, daß er auch immer seyn wird sein Freund

Fridrich v. Hardenberg.

15. bej[ahet,] daß er ihm bald mehr schreiben wird und heute nur solch unzusammenhängendes Zeug schrieb, weil die Briefe fort mußten.

exped[iert] den 16ten November.

Es meldet der Herr Postmeister Fränzel, daß er diesen Brief ad manus proprias insinuiren lassen. So nachrichtlich.

Fridrich v. Hardenberg,
ad Act. jur.

34. Novalis an Caroline Just in Tennstedt

[Tennstedt, Ende November 1794?]

Glauben Sie nicht, daß meine Unpäßlichkeit blos körperlich ist. Die Indisposition des Körpers traf nur mit der Indisposition der Seele zusammen – keine von beyden *allein* würde jene hervorgebracht haben. Meine Fantasie war lange nicht so in lebhafter Bewegung als nach unsrer Reise. So viel Entzückendes auf Einmal, Sophie, Ihre in der That einzige Freundschaft, und die unendliche Aussicht, die mir sich hier auf einmal so *bestimmt* für mein Leben und meine Bestimmung öfnete – dis alles bestürmte meine ohnedieß reizbare Fantasie, die eine zeitlang müßig gelegen hatte, auf einmal *so*, daß ich am Ende dabey leiden *mußte*. Ich fühle zu deutlich, daß zwar der Körper theil nimmt, aber daß der Hauptsitz des Uebels in meiner Fantasie liegt – ich darf nur eine Zeitlang an jene Gegenstände denken, so ist plözlich die traurige nicht zu tilgende Sehnsucht und der ängstliche Ueberdruß an der Gegenwart da: Sie erhalten mich, ohne daß Sie es wissen, durch Ihre bloße Nähe, aufrecht. Von körperlicher Stärkung, Zerstreuung, wobey ich sehr auf Sie rechne, und sogar den Onkel deshalb um die Erlaubniß mit *Ihrer Genehmigung* bitten will, bey Ihnen alle Abende eine Stunde zubringen zu dürfen – hoff ich Alles. Vielleicht lehrt mir Ihr Umgang Mittel eine gar zu heftige Reizbarkeit meiner Fantasie abzuschleifen und jene glückliche, unentbehrliche Ruhe zu gewinnen, mit der man trübe, einfache Stunden leicht erträgt und schönen, glücklichen Stunden entgegensehn muß, um nicht die Erwartung der leztern in die ärgste Qual zu verwandeln, die ein empfindendes Wesen leiden kann.

F. v. Hard.

35. Novalis an Caroline Just in Tennstedt

[Grüningen, nach Mitte März 1795?]

p[er] Expr[essen].

Am gastfreysten Tische in der Welt sitz ich hier, um Ihnen Stof zum Lachen und zum Lügen zu geben. Schwach ist der Sterblichen Herz – es bedarf der duldsamen Freundschaft. Ich, Fridrich von Hardenberg ad act. jur. nahe mich demüthig dem wohlthätigsten Altar dieser vorbesagten Göttin und flehe um Nachsicht und um Entschuldigung. Denken Sie nur an, es ist hier ein so tiefer Schnee gefallen, daß man ohne Lebensgefahr nicht aus dem Hause kann. Muthwillig sein Leben zu wagen ist nicht die Sache eines klugen Mannes. Viele frohe Stunden haben noch Ansprüche auf mich – Ich bin kranck obendrein – Merken Sie, wohin ich will – Ihr Compaß ist untrüglich – Ich will nicht – ich will – ich will nicht – ich will – ich muß, ich darf, ich kann – *hier bleiben.*

Hier bleiben, werden Sie sagen, das hab ich mir vorgestellt. Es ist nun nicht anders. Was ich kann, das will ich, und was ich will, das kann ich – Wer kann wider sein Schicksal – Ich gehöre zu den Deterministen – Mein Schicksal ist so complaisant dismal – ein andermal nicht – ich muß seine gute Laune benutzen, da es sonst oft sehr schief und mürrisch aussieht.

Aber – Wie?

Glauben hab ich unerschütterlich zu Ihrer Erfindungskraft – noch mehr zu Ihrer Freundschaft. Bey dem guten, lieben Onkel bin ich leicht zu entschuldigen, aber in *Gebesee*? Bey Ihnen ist nichts unmöglich. Ich lege für Lindenau ein paar Zeilen bey. Fragen Sie mich jezt nach nichts – ich lebe, als hätt ich nie gelebt – in ungestörten Frieden, und im süßesten Vergessen aller Sorgen. Mein Nachtjäckchen hat sehr gefallen und Ihre Freundschaft und Geschmack ist der wärmste Gegenstand unsers Gesprächs gewesen. Gestern Abend müssen Ihnen die Ohren geklungen haben – Doch ich muß aufhören – sonst schwazt ich stundenlang.

Geben und *Nehmen.*

Eins von beyden ist jedes Menschen Bestimmung. Sie gehören zu dem Ersten, ich zu dem Lezten vor der Hand. Ich hoffe auf die Zeit, wo wir unsre Rollen tauschen können.

Leben Sie wol, unerschöpfliche Freundinn meines bessern Selbst.

Ihr

Freund

Fridrich von Hardenberg.

Lindenau hab ich von einem bösen Hals geschrieben. Er weiß, wo ich bin. Die Tennstedter hättens doch verrathen.

Mündlich 8 Tage hintereinander erzählt.

Dem Neumüller müßte wohl [ein] Wörtchen von meinem längern Außenbleiben gesteckt we[rden. Selm]nitzens kommen Morg[en] od[er] Uebermorgen.

36. Novalis an Caroline Just in Tennstedt

[Grüningen, Juni (?) 1795]

Kommen Sie denn gewiß, liebe Justen, auf den Sonntag zu uns. Sophie begreift sie nicht, daß sie so lange wegbleiben. Eben kuckt Sie mir über die Schulter und sagt mir, daß ich Ihnen schreiben soll, das Garn wäre fertig, und Sie könnten es mitnehmen, dahingegen sollten Sie hübsch die Farbe mitbringen, die sie versprochen hätten und das geliehene Kochbuch, weil Sie es brauchte. Auch soll ich Sie noch tüchtig auszanken, daß Sie uns neulich haben so warten lassen. Sehnnitzens lassen Sie grüßen. Meine kleine Sophie hört, daß ich an sie schreibe: und bittet, daß Sie doch den Filz mitbringen. Grüßen Sie den großen Fritz und weisen Sie meinen Brief nicht. Er mag auch an Sophieen schreiben. Mit den Weibern läßt sich besser fertig werden. Blumenkohl und Spargel sollen Sie auf den Sonntag bey mir essen, der Sie neidisch machen wird. Nehmen Sie nicht übel – das Essen steht auf dem Tische – Sophie brummt – und meine Finger thun mir schon weh – Unsereins kommt nicht viel ans Schreiben. Adieu, auf den Sonntag Mehr.

Hardenberg.

Fragment aus einem Briefe.

Nun kommt das beste Stück aus meiner Reise. Wie ich durch Jena gieng, hört ich zufällig, daß Hardenberg nur 2 Stunden davon wohne. Ich hatte nichts zu versäumen und war begierig Hardenbergs Haushaltung zu sehn. Den Fixirt zu sehn – glaubt ich nie. Ich kam hin – frug im Hause nach ihn. Ein sehr einfachgekleidetes, wunderschönes Mädchen führte mich hinauf und bat mich zu warten. Ich hatte nicht Zeit mich umzusehn, als er schon in die Thüre trat. Ich konnte mich nicht halten, als ich den Ausdruck seines Gesichts sah. ich fiel ihm um den Hals und nannte mich. Er freute sich herzlich und ich war für Ueberraschung stumm. 8 Tage hab ich bey ihm gelebt – Sein Haus ist das Glücklichste, was ich je sah. Eine Menge Menschen hab ich bey ihm kennen gelernt – die eine Gallerie der besten Menschen ausmachen, von denen ich je hörte. Die ich für ein Mädchen hielt, ist seine Frau. Was Grazie, und Sittlichkeit interressantes haben, Einfachheit und Mannichfaltigkeit, Ordnung und Thätigkeit, Liebe und Humanitaet, Natur und Delicatesse, Kunst und Geschmack – alles dis hat die wunderthätige Hand dieses Weibes vereinigt – Aber Sie, Ihre Freundinnen und Schwestern und die Männer machen ein Ganzes aus, dessen wahren Werth nur Verstand und Gefühl faßt. Eine liebenswürdige Frau, die nur unter dem Namen Caroline dort bekannt ist, zeichne ich noch vorzüglich aus – weil die ganze Familie Sie, als die Stifterin Ihres Glücks auf den Händen trägt. Den Abend vergeß ich nicht, wo Sie mir die Geschichte ihres Zusammenfindens erzählten, die Geschichte Ihrer Liebe und Freundschaften. Soviel vermag Gefühl, Verstand und fester Willen. Ich möchte ewig unter diesen Menschen leben – Es ist eine Sehnsucht in mir rege geworden, die ich Dir nicht beschreiben kann.

Unsern wechselseitigen Verwandten und Freunden machen wir hierdurch unsre Verbindung am 19ten März dieses Jahrs bekannt und versichern uns im voraus ihrer freundschaftlichsten Theilnahme.
Schlöben: am 25ten März. 1798.

Fridrich von Hardenberg und Sophie von Hardenberg geb. v. Kühn.

Von Endesbenannten wird eine Person gesucht, die, bereits in gewissen Jahren, Erfahrung und Treue zum Warten kleiner Kinder in sich vereinigt.
Schlöben. bey Jena. v. Hardenberg

Praxis des häuslichen Glücks. von Sophie von Rockenthien geb. Schaller in der Hardenbergischen Buchhandlung.

Liebhaber von interressanten Gemählden können eine Suite von Familienscenen hier in Augenschein nehmen. Die Künstlerinn ist zu berühmt in diesem Fach, als daß sie einer Empfehlung bedürfte. Viele ziehn sie der Angelika Kauffmann wegen des lebendigern, wärmern Kolorits vor. Grüningen.

Es ist eine Schachtel mit Kinderanzug sign. S. v. H. zwischen Tennstedt und Schloeben verloren gegangen. Der ehrliche Finder beliebe sich an leztern Orte zu melden und wird mit einem Douceur von 2 Fridrichsd'or wol zufrieden seyn.

v. Hardenberg.

37. Novalis an den Bruder Erasmus in Wermsdorf

Tennstedt. Den 1ten September [1795]. [Dienstag]

Heute ist wahrlich die Zeit zu kurz zu einem weitläuftigen Briefe. Um jedoch den Mechanismus unsrer Correspondenz nicht zu unterbrechen, so schicke ich Dir diese 4 wohlwollenden Zeilen. Auf den Donnerstag schreib ich mehr. Gestern habe ich Abends auf dem Schießplatze, wo ich einem Scheibenschießen zu sah, als man mir Deinen Brief brachte, so gelacht, daß die Umstehenden besorgt waren. Seit einem ¼ Jahr habe ich nicht so gelacht. Prächtiger Junge, so schreibe mir mehr. Alles liebt und grüßt Dich. Seit 14 Tagen bin ich nicht ganz wohl gewesen. Doch von Allem und auf Deinen Brief künftig mehr. Bete nur fleißig für unsern Plan und grüße mir Deinen lieben Hofjäger [Nollain] und Mag[ister] [Gensiken] herzlich. Bleibe fidel und – falle nicht ins Sorgen hinein. Ich sehe Land –

Dein
treuer Bruder
Fritz v. Hardenberg geb. v. K[ühn]

38. Novalis an den Bruder Karl in Wermsdorf

[Grüningen, den 19. September 1795. Sonnabend]

Herr Jesus! Denk Dir, liebes Brüderchen – aus der ganzen projectirten Reise wird nichts – und das blos aus Laune. Der V[ater] reißt nicht. J[äger] reißt nicht; wenigstens seine Frau und Tochter nicht. S[ophie] bleibt folglich auch zu Hause – Du glaubst nicht, wie ich erstaunte. Ey nun! wer weiß, warum es so kommt. Der V[ater] hat mich aber dringend gebeten, Dich ja so lebhaft, als möglich, zu dem Kauf der Polacken aufzufordern. Ich bitte Dich, gib Dir alle Mühe deshalb – Er ist außerordentlich darauf verstauert. Den Preis zwischen 10–12 L[ouis]dors hat er Dir wahrscheinlich selbst festgesezt. Alle lassen Dich bitten die Pferde selbst herzubringen. Ich bitte Dich nur, alle Precautionen anzuwenden, um nicht betrogen zu werden. Ich bleibe meinem Plane getreu. Auf allen Fall komm ich in der Zahlwoche nach Weißenfels. Mehr mündlich. Denn dis wird wohl der vorlezte Brief seyn. Morgen ist hier Hochzeit – Erasmus läßt die M[a chère] vorzüglich grüßen. Mit den beyden Leutchen ists nicht richtig. Das ist ein Gefrage nach dem Erasmus – Wir beyde sind nur Schildhalter. Ich habe auch das mächtige Bedanke mich von S[ophie] für das Carlsbader Kästchen vergessen. Mündlich hätte es ein Kuß werden können. Kurz die künftige, wills Gott, Schwägerinn ist den beyden H[er]rn Schwägern schreckbar gut – das ist erstaunend. Karoline will sich auch noch besser bey Erasmus für das Körbchen bedanken.

Ich habe Sie recht lange nicht gesehn. Lebt wohl – liebe Kinder. Eure neue Familie ist euch, wie immer und ewig zu gethan. Die Danscour hüpft aus dem Köberchen, wenn Sie an Euch denkt – Die Kinder lieben euch, wie Brüder – die Mimi schwazt unaufhörlich vom Jäger und Kalchen. Alle Ihre Haare will sie euch schicken und will wissen, was ihr mit den bereits Überschickten gemacht habt. Lebet wohl – Ihr wißt, daß Euch keiner mehr achtet und liebt, als Euer

treuer F. v. Hardenberg

39. Novalis an den Bruder Erasmus in Wermsdorf

[Weißenfels, 13. Oktober 1795. Dienstag]

Lieber Erasmus.

Aus Weißenfels schreibe ich Dir diese Flugzeilen. Ehegestern kam ich hier an – gesund und wohlbehalten. Dein Andenken an G[rüningen] fand ich bey Carlen, den ich hier traf. S[ophie] hat mir die dringendsten Empfehlungen an Dich mitgegeben. D[ie]

M[a chère] hatte Karlen eigenhändig Ziegenkäse eingepackt – Du bist aber doch der Hahn im Korbe. Von Dir wird unaufhörlich gesprochen – beständig nach Dir gefragt – Du mir oft zum Beyspiel gemacht – Kurz Du bist nie mehr geachtet und geliebt worden. Deine hoffentliche Hinkunft zu Weyhnachten ist schon jezt ein Gegenstand des allgemeinen Jubels. Deine Präsente werden stündlich besehn. Die M[a chère] ist Dir so gut, daß Du ihr des Spaßes wegen einen drolligen Brief schreiben mußt, den Du an mich einschlägst – Nur recht viel Narrenspossen, die Dir zur andern Natur geworden ist. Deine Briefe sind mir instar omnium – Sie sind die wahre Essentia confortativa roborantissima. Ich bin heiter und ruhig und auf mein neues Geschäftsleben gespannt. Einzelne Wolken gehn bald vorüber – Nur S[ophie] und feste Aussicht – dann bin ich totus, quantus sum der Welt, Euer und allem Guten – Ohnedem freylich ein Rohr das vom Winde bewegt wird und unfähig das Gebäude irgend einer Glückseeligkeit zu tragen. Die Natur gibt sich nicht gern aus den Fugen und Sie ist mir zur Natur geworden. Ich scheine täglich mehr bey ihr zu gewinnen, und was hats dann für Noth.

Nur Ruhe und anhaltende Energie der Thätigkeit – da kann aus mir etwas werden.

Dein Fuß bessert sich, wie ich höre und wie mir sehr lieb ist – cave, cave, daß Du nur kein neues Malör hast. Du bist zu fysischen Unglücksfällen *jezt* ordentlich bestimmt – Da muß man vorbauen, wo der Strom den Zug hinhat.

Morgen gehn wir beyde nach Leipzig. Der Vater ist schon drinn. Von der übrigen Zukunft weis ich noch nichts. Karl ist mir unschäzbar. Er ist wieder gewöhnlich. Wir wollen beyde einander zu nutzen suchen. Ich habe über den Mag[ister] sein Meisterstück lachen müssen. Jägern hast Du zu wenig gesehn. Grüße mir den Hofjäger. Stolbergen hab ich in Stolberg gesehn – Er schien mich sehr zu goutiren und *so* hat er mir gefallen. Justs sind in Leipzig und Du bist ganz Favorit des Kreisamtmanns. Lebe wohl – Alter. Unsre regelmäßige Correspondenz soll erst beginnen – wenn ich hier sedem fixam habe. Es ist sehr Zeit sub rosa – daß ein neuer Geist in die Geschäfte ko[mmt], besonders in Rücksicht der Güter. Nochmals lebe [wohl]. Ich erwarte Deinen Brief mit der Inlage in Tennstedt. S[ophie] soll den wärmsten Kuß in Deinem Namen kriegen und so alle. Auf Weyhnachten kannst Du selbst expediren und *mundiren.*

Weißenfels. Dein
Den Dienstag in der Zahlwoche treuer Bruder
1795. F. v. Hardenberg.

40. Novalis an den Bruder Erasmus in Wermsdorf

Grüningen. Den 26sten Octob[er 1795. Montag]

Da Du weißt, wie lebhaften und mannichfachen Antheil ich an jedem Zuge Deines Spiels nehme, so kannst Du denken, daß es mir nicht gleichgültig war Dich in Leipzig wieder leidend zu sehn. Du scheinst mir – So eben erhalt ich Deinen Brief mit einem Boten von Tennstedt nachgeschickt – Du glaubst nicht, wie ich mich freue – der Brief ist allerliebst – Die Mutter und alle haben die herzlichste Freude darüber – Sie wünschen Dich des Tags tausendmal her – Du bist nie mehr geliebt und geachtet worden, als in diesem lieben Hause. Man weiß noch jede Kleinigkeit von Dir – Wie herzlich freue ich mich nicht oft, wenn dis oder Jenes sich einer Miene oder Stellung von Dir erinnert und uns dann Dein liebes Bild so lebhaft wird und die ganze ehemalige frohe Szene noch einmal flüchtig genossen wird. Deine Aufmerksamkeit für den Forstkalender ist dem Hauptmann äußerst bemercklich gewesen – Mit der Pfeife aber, da habt ihr nun vorzüglich dem H[auptmann] ein Vergnügen gemacht, das ganz außerordentlich war. Es war ihm so etwas Neues in dem Futteral – kurz er ist innig froh über dieses Andenken von Euch und will die erste Pfeife an dem Hochzeittag einer seiner Töchter draus rauchen. Wie sehr auch Ich zu gleicher Zeit von diesen Beweisen Eurer Theilnahme an den Personen, von denen ich mein Glück erwarte, gerührt bin – lieber Junge, das soll die Zukunft ausweisen. Indeß kann ich nichts thun, als Euch innig lieben, und meine Wünsche für Euer dauerhaftestes Glück so oft, als möglich, den Ergießungen meiner wärmsten Stunden anvertraun.

Doch ich fahre fort, wo ich stehn blieb – ich wollte sagen – Du scheinst mir für eine intensiv sehr bedeutende Rolle bestimmt. Die vielfachen Uebungen Deiner Duldungskraft müssen Dir eine gewisse Festigkeit, Ergebung und Gewandtheit, Deinem Herzen eine Weichheit und Delicatesse, und Deinen Organen eine Reizbarkeit geben, die Dich zu der feinsten Auffassung und Bildung menschlicher Schicksale, zu der seltensten Behandlung tiefgelegener Eigenschaften der Außenwelt fähig macht. Vernachlässige nur Bildung Deines Kopfs nicht – und sey eifersüchtig auf Deine Selbstständigkeit. Die Intelligenz muß immer oben seyn. Unsre Familie ist nicht unglücklich – Wir brauchen nicht zaghaft zu seyn – Zaghaftigkeit könnte am ersten eine Superioritaet des üblen Zufalls bewircken. Das Glück hat seine Methode – Sie ist freylich die Schwerste zum Übersehn – aber thätiger Wille ist doch schon die halbe Mühe und die ganze Hoffnung. Du hast mich zu zärtlich gegen Dich gemacht – eigentlich war Dir eine Partie übler Laune zugedacht, von der Du aber doch, so gut, wie vom besten Narren, etwas Wahrheit hättest erfahren können. Nur hinwerfen will ichs, zur Selbstüberlegung – und zu künftiger weitrer Ausführung –

Politisches Maulhalten gegen gewisse, alte Leute, von Unzufriedenheiten mit Personen, unter denen man leben muß.

Es macht üblen Eindruck, macht diese alten Leute noch mißtrauischer, als sie schon so sind, dient zu nichts, als unnützes Reden zu veranlassen und ist in aller Rücksicht – politisch falsch gehandelt. Man trage ruhig sein Hauskreuz, beherzige die goldne Regel:

Cacatum non est pictum,
Kuck Dich nicht nach der Welt um.

und suche so friedlich mit allen zu leben, als wäre die Welt Elysium. Du mußt gar keinen Sinn mehr für fremde Fehler haben – Schlechterdings nicht – *hübsch tranquil* – das macht gesundes Blut, und ein vergnügtes Alter. Junger Leute Blicke sind wie die Haken – alter Leute – wie die Bürsten – Diese Regel ist Dir ein fettes Rittergut und das glücklichste Herz werth. Auf diesem Wege bin ich jezt. Ich bin größtentheils jezt ruhig und vergnügt. Wenn ich Dich einmal spreche – so will ich Dir in kurzen Dinge sagen, die mehr werth sind, als alle Logengeheimnisse – Gewohnheit gehört auch freylich dazu – aber man sieht doch nun, was man sehn soll.

So lange noch der alte Gott im Himmel bleibt, so lange müssen wir kindisch froh seyn. Doch morgen, aus Tennstedt noch mehr.

[Tennstedt, 27. Oktober. Dienstag]

Wie ruhig ich jezt und stillhoffend werde, kann ich Dir nicht sagen. Es kann mir jezt vieles, sehr vieles schief gehn und ich bleibe doch gelassen. Zuweilen wird wohl dieser Zustand von Mismuth unterbrochen – aber es ist ein flüchtiges Uebel. Ich schreibe an den Vater, daß er mich mit nach Dresden nimmt. Da seh ich Dich und freue mich schon darauf. Ich hoffe euch und mich noch recht glücklich zu sehn – Nur Geduld und frischen Muth. Schreibe mir bald wieder. Deine Briefe sind mir Panaceen. Du hast Dich gewaltig schnell ausgebildet – fahre so fort – Du wirst ein wichtiges Glied meiner projectirten Gesellschaft der Humanitaetsfreunde.

Ich habe nun an den Vater nichts von Dresden geschrieben. Also a revoir bis Weyhnachten.

Lebe jezt wohl
Dein Bruder nach Jahrtausenden noch
Fridrich von Hardenberg.

41. Novalis an den Bruder Erasmus in Wermsdorf

[Tennstedt, 12. November 1795. Donnerstag]

Lieber Erasmus,

Schon längst wollte ich Dir einmal etwas zu meiner Entschuldigung sagen. Du schreibst mir so angenehme, con amore geschriebene Briefe und ich antworte Dir gewöhnlich nur mit einzelnen Lauten. Es könnte Indifferentism oder gar Geringschätzung scheinen, aber erwäge erstlich, daß ich nicht gar zu oft völlig frey bin, um mich ohne Zwang und zusammenhängend auf Ideen einlassen zu können, zweytens aber, wie viele prioritaetische Ansprüche auf diese freyen Perioden formirt werden. Dem liebsten Gläubiger kann man nicht immer die erste Hypothek geben. Ich habe ohngefähr 3 Stunden des Tags frey i[d] e[st] wo ich für mich zu arbeiten *wollen kann*. Dringende Einleitungsstudien auf mein ganzes künftiges Leben, wesentliche Lücken meiner Erkenntniß und nothwendige Uebungen meiner Denkkräfte überhaupt nehmen mir diese Stunden größtentheils weg. Ich weis, Du forderst nicht ihre Hintansetzung. Doch Du kennst mich ohnedem zu gut und weißt, wie innig mit meinem ganzen Ich die Freundschaft für Dich verwebt ist, als daß Du aus solchen zweydeutigen Beweisen etwas Bewiesenes annehmen solltest.

Dein lezter Brief war wieder deliciös. Er hat doppelten Reitz für mich – Er unterhält mich und gibt mir Stoff zum Nachdenken. Ich stimme Deinen Bemerkungen über Schwärmerey ganz bey, und will nur beyläufig bemerken, daß ich Karlen aus *Grundsatz* in eine unbekannte Höhe gehoben habe, und daß ich Deine eignen Bemerkungen auf Dich selbst wegen Grüningen anwenden möchte.

Du mußt Dir Gr[üningen] nicht zur fixen Idee machen. Anthropomorphisire Dir diese Idee mehr. Es sollt mir für Dich und Gr[üningen] leid thun, wenn einst ein plözlicher Uebergang erfolgen sollte und diesem ist der leidenschaftliche Verehrer von *feinem Gefühl* leicht ausgesezt.

Die Leute liebe ich, wie mich und euch – aber es sind Menschen und bey einem so langen Aufenthalt daselbst, wie ich gemacht habe, würde Dir der schmutzigere Revers gewiß nicht entgehn. Ich habe ihn gefunden und bin nach, wie vor für Gr[üningen] gesinnt. Ich sah es aber a priori vorher und bereitete mich vor. So ward ich nicht überrascht und mein Gefühl erhielt kein Dementi. Ich werde Gr[üningen] ewig lieben, und wenn ich nie meine jetzige Hoffnung erreichte. Wenn nicht einzelne, krancke Stunden kommen, so bin ich fest versichert, daß mich ihr Scheitern nicht in meinem Grundvesten erschüttert, sondern ich in meinem alten Gleichgewicht bleibe. Sind denn nicht genug Möglichkeiten dieser Eräugniß vorhanden. O! ich verberge sie mir nicht – ich muß mich mit ihnen eingewöhnen – denn sind wir nicht unterm Monde – wo unser Wille nicht immer causaler Imperatif in der Zeitwelt unmittelbar ist. Für die Menschen zu leben und Gutes zu thun, wo ich kann – diese himmlische Rolle bleibt mir immer gewiß und wünsche mir Glück, daß ich tagtäglich mehr Sinn dafür bekomme. Hoffentlich werde ich ein Mann – Sicher werdet ihr es. Sind wir bey diesen Aussichten unglücklich? O! wenn *wir uns* einst mit diesem Bewußtseyn erfüllter, innerer Bestimmung umarmen – werden wir dann unglücklich seyn, wird dieses schöne Resumé eines Augenblicks uns nicht allenfalls selbst für mißglückte Besiznehmung einer Sofie entschädigen und das wachsende Gefühl: sie verdient zu haben, das schwindende Gefühl eines *imaginairen* Verlusts nicht aufwiegen? Mein Schicksal ist das Eurige – Unsre Begebenheiten sind in ein schönes Ganze geflochten. Der Familiengeist verbindet dieses Mannigfaltige in eine Einheit. Einer, wie alle und alle, wie einer. Ich vermuthe, daß es sich, wie die meisten natürlichen Romane, in einer Kinderstube schließen, und d[er] Vorhang über einem Brautbette zufallen wird. Doch dis sub rosa. Man darf nicht vor der Zeit plaudern, um den Spaß nicht zu verderben – was sind Jahre voll Beschäftigung, gegen Gefühle einer Ewigkeit?

Karlen habe ich schon einigemal wegen des fortgesezten Umgangs mit F[ritzchen] L[indenau] gewarnt. Er scheint nicht recht zu hören. Stimme Du doch piano auch mit ein. Es ist un-klug und unweise gehandelt.

Heute hat er mir von dem bevorstehenden Marche geschrieben. Ich glaube noch nicht dran. Auf allen Fall hätten wir dann vor dem Aufbruch noch eine brüderliche Conferenz irgend wo. Ich behalte mir deshalb fernere Communication bevor und bitte Dich indeß recht schön in meinem und der Meinigen Namen frisch und munter zu bleiben, gute Laune zu behalten, den lahmen Fuß zum Teufel zu jagen und so zu seyn, als wärst Du selbst in Dich gefahren.

Auf den Dienstag ist Vormundschaftsrechnungsabnahme und ich bin wieder Actuarius. Du sollst nicht der lezte bey den Gesundheiten seyn. Die Mandelsloh hat sich neulich recht schön bey mir, als eurem Repraesentanten für die Odeurs bedankt. Sie ist euch sehr zugethan. Lebe wohl – Erasmus.

Dein
ewiger Freund
Fritz.

Söffchen läßt Dich um Haare in das Medaillon bitten – bald.

42. Novalis an den Bruder Karl in Weißenfels

[Grüningen, den 20. November 1795. Freitag]

Lieber Karl.

Wie nah uns oft der Verlust unsers ganzen Glücks, wie gefährlich daher jede Speculation auf Glück allein und wie dauerhafte Ruhe nur durch Erhebung der Seele über alle Streiche des Schicksals durch Loßreißung von allem, was unter der Macht des Zufalls steht, möglich ist, davon bin ich in diesen Tagen aufs neue lebhaft überzeugt worden. Zu Anfang voriger Woche war der — bey uns mit dem Polarstern. Wir waren sehr vergnügt – und ich überließ mich nach ihrer Abreise der sorgenlosesten Ruhe. Vorigen Dienstag war der Termin der Rechnungsabnahme festgesetzt – Es war der Jahrtag meiner Bekanntschaft. Den Sonnabend vorher [14. November] gieng ich ruhig Mittags nach Hause und als mein Xstel mir mit dem Kaffee die Nachricht brachte – es sey ein Bote da und die Philosophie wäre krank – selbst da erschrak ich nicht sonderlich – eilte jedoch ins Amt und erfuhr da von der Justen – daß der Hofrath Ebhard von Sondershausen geholt worden sey – Ohne weiter mich zu erkundigen, lief ich fort und zur Stadt hinaus – Ich trat ins Haus und fand alles bestürzt – Ebhard declarirte sie für eine gefährliche Patientin – die Leber war stark entzündet – die heftigsten Schmerzen, seit dem Montag [9. November] schlaflose Nächte, brennendes Fieber – Schon war ihr zweymal zur Ader gelassen – Sie war sehr matt, konnte sich nicht rühren – aber heiter und gelassen. Weiter will ich Dir nichts erzählen. Jezt, den Freytag, da ich Dir schreibe, ist alle Gefahr vorüber, der Appetit stellt sich wieder ein und die Besserung ist im vollen Gang.

Urtheile, was wir alle empfunden haben. Jezt bin ich wieder vergnügt und bitte Dich Erasmus den Brief sogleich zu schicken – mündlich und schriftlich von diesen Wochen mehr.

Aber nun – 1. In Erfurt und Gotha kann ich keine Austern kriegen, die Ebhard, als die erste Nahrung für Sie verordnet hat – Schicke mir daher mit einem sichern Boten, den ich hier bezahle, 200 Stück circa, mit der Note. 2. Schicke mir meine Hosen, meine Stiefeln, die Santés und die wollenen Strümpfe. 3. bitte ich Dich um feines, grünes Tuch zu einem Rocke. 4.

Borge mir auf einige Zeit Deine goldenen Epaulettes. 5. weißen Casimir zu Weste und Hose. 6. bittet Dich der Vater um einem elastischen Hosenheber und einen feinen Hut v[on] Abel, etwas weiter, wie Deiner, gerade, wie für mich.

Sieh, lieber Carl, alles dies muß ich Dir auftragen – daß Du nicht böse wirst, dafür bürgt mir Dein Herz – Den Rock und die Epaulettes wünschte ich wegen einer Ursache zu haben, die ich Dir mündlich sagen will – beschuldige mich nicht der unüberlegten Verschwendung. Andern Leuten zu gefallen muß man viel thun – Schicke mir den Boten nicht eher, als bis Du alles beysammen hast – und bleibe alle Noten schuldig – den Betrag bringe ich Dir selbst mit, da ich vielleicht in kurzer Zeit selbst komme – jedoch nur auf ein paar Tage und sub rosa, wenn der Alte nach Dresden ist. Lebe wohl, bester Junge, Dich und Erasmus grüßt alles, was lebt und webt und Wie?

Elysium. Dein
Den 20ten Nov. treuer Bruder
1795. Fritz.

43. Novalis an Christian Friedrich Brachmann in Dresden

[Weißenfels, den 27. Dezember 1795. Sonntag]

Lieber Brachmann,

Heute erhielt ich von Deinem Vater Dein Schreiben vom 16ten Dec[ember]. Als einen Anfang meines künftigen Geschäftsplans eile ich auf der Stelle Dir zu antworten. Der Stoff ist selten das Wesentliche in einem freundschaftlichen Briefe. Man will die freundschaftliche Stimmung des Subjects gewahr werden, sich nur überzeugen, daß mein Ich einem andern menschlichen Wesen lieb ist und von ihm im Tumult des großen Jahrmarckts bemerkt wird. Ein sichtbarer Beweis der öfteren Errinnerung bewirckt dis am sichersten und wäre es ein bloßer Namenszug in Ermangelung von Zeit und Laune. Meine Bestimmung ist nun fixirt. Mein Vater hat, glaube ich, denn noch habe ich nicht umständlich mit ihm gesprochen, meine Anstellung bey den Salinen in Dresden erlangt. Ganz bin ich nicht in meine Sfäre gekommen – die Zeit, denke ich, wird mich schon näher rücken;

Man muß vielleicht in allen Sätteln gewesen seyn, um auf Einem recht zu sitzen. Auch ein heterogenes Geschäft schadet nicht – wenn es nicht unsre Kräfte übersteigt und unser Fleiß nicht zurückbebt. Ich hoffe meines Geschäftes Herr zu werden. Es ist, wie so vieles, nur scheinbare Hexerey. Um bey Deinem trefflichen Gleichniß zu bleiben, wünsche ich, Dich von dem ungeheuern Polyp freylich abgesondert. Nur Dein Mittelmäßiges kann hier Wirkung thun, während Dein Treffliches Gefahr läuft einzurosten. Wie? Die Zeit muß die Frage beantworten – Sie ist das Orakel für Christen und Heyden und Menschen. Wenn ich Dir, wie mir, Geduld wünsche – so hoffe ich hiermit Dir das Bestmöglichste gewünscht zu haben – und glaubst Du nicht, daß dieses leztere ewig das entfernte Verhältniß seyn wird, zwischen Dir und Deinem

Weißenfels. ewigen Freunde
Den 27sten Dec. Hardenberg sen.?
1795.

44. Die Brüder Karl und Novalis an Erasmus in Wermsdorf

Weißenfels, d[en] 6ten Febr[uar] [17]96 [Sonnabend]

Lieber Erasmus.

Verzeihung, daß Du binnen 10 Tagen nichts von mir gehört hast, aber ich bin seit den 1ten dieses [Monats] hier, und gehe heute Nachmittag erst wieder nach Lützen; – Friz kam gestern Abend froh und heiter hier an, und glaubte Dir seine Freudige Theilnahme über Deine Wiedergenesung, und die von Beaten [Sophie] in Ver de Pomme [Grüningen], mündlich versichern zu können, da er Dich hier vermuthete, will aber dieses nun in einem Postscript meines Briefes thun – Unser Marsch ist nun gewiß, wir stehen vom 1ten dieses Monats schon unter den Befehlen des General Lind, und auf dem Feld Etat, unser Marsch geht über das Voigtland, über Eger durch Böhmen, Bayern nach Regensburg, dann über Schwaben nach Stuttgard, Heidelberg und Mannheim, werden also wohl schwerlich vor July in Thätigkeit gesezt werden; der Tag unsers Ausmarsches ist noch nicht bestimmt, medio oder Ende März gewiß.

Ende dieses Monats komme ich auf alle Fälle zu Dir, lieber Erasmus, ich gehe nach Ver de pomme, und dann zu Dir, oder umgekehrt. Wahrscheinlich bringe ich Dir dann das verlangte Gemählde mit; aber da Lauer iezt in Dresden ist, so werde ich mich wohl von Katten [?] müssen mahlen laßen; den einzigen Zweifel, den ich dabey habe, ist daß derselbe etwas theuer ist, und ich schwerlich unter 6 Louisdor würde gemahlt werden, doch wenn Dir das nicht zu theuer ist, so will ich die Hälfte und Du die Hälfte geben, damit keinen von uns die Sache zu viel kostet. – An der 6ten Redoute als den 2ten Februar, war ich wieder in Gesellschaft meiner theuren L[indenau], und Deiner S[eyfferth]; Sie grüßen Dich beyde herzlich, und nehmen den wärmsten Antheil an Dir; die leztere schikt Dir ihre Spizzen Augen mit dem wärmsten Gruße; sie befindet sich sehr leidlich, und außer ein wenig hypochondrie glaube ich wird sie sich bald wieder völlig erholen; mach nur, daß Du bald völlig wieder beßer bist, lieber Junge, dann marschiere ich noch einmal so gern, wenn ich für euch nichts zu besorgen habe. Dienstag gehe ich nach Merseburg zur Redoute. Karoline geht morgen nach Zeiz, Montag ist Hochzeit und Dienstag Ball. Nun leb wohl, liebes Brüderchen, sey heiter! Dies ist der sehnlichste Wunsch Deines

Dich
zärtlich liebenden Bruders
Charles Hdbg.

P.S.
Das schwarze Zeug ist
noch nicht gekauft.

Lieber Erasmus; Gestern bin ich hier angekommen. Tausend Arbeiten und Zerstreuungen hielten mich ab, Dir von Langensalza zu schreiben. Auch hofft ich Dich hier zu treffen. Durch Just habe ich etwas von Dir erfahren. Ich ahndete Dein Krankwerden, als ich vergeblich kam und 2 Tage wartete. Alle Welt bedauerte Dich und Dein sonderbares unersättliches, widriges, fysisches Schicksal machte mir manche Stunde tiefe, üble Laune. Hiermit bin ich überhaupt seit geraumer Zeit, ohne Nervenschwäche, Hypochondrie und merckliche äußere Veranlassung geplagt. Gott erhalte Dir leichten Sinn und frohe Laune. Du hast sie sehr nöthig – und Ein Aequivalent muß es doch geben. In

Elysium [Grüningen] nimmt man den innigsten Antheil an Deinen Leiden. Frankreich [Danscour] hat an Dich schreiben wollen. Alles grüßt und küßt Dich. Es ist kein Ort in der Welt, wo Du wehrter und mitempfundner bist.

Mein Genius hat sich fast völlig wieder erholt. Lange schwebten wir in der Angst des möglichen Schiefwerdens durch die lange einseitige Lage. Aber auch diese Besorgniß hebt sich mit jedem Tage, und ich gieng fast mit einer mathematischen Gewisheit eines ewigen Besitzes wehmüthig aus den Armen dieser Idyllenwelt weg. Ich sehe Dich gewiß vor Ostern – und bin nunmehr im Stande, die regelmäßigste Korrespondenz mit Dir zu führen. Lebe wohl – erhebe Dich über Deine Umgebung und lebe täglich mehr in der Welt, wo unsre Freundschaft das Bürgerrecht hat. Dein

treuer Bruder Fridrich von Hardenberg.

45. Novalis an Wilhelmine von Thümmel in Sondershausen

[Weißenfels, Februar 1796]

Beste, gnädige Frau,

Endlich ergreife ich eine der süßesten Erlaubnißen meines Lebens. Es würde langweilig seyn Ihnen die Hinderniße vorzurechnen, die bisher Einem meiner liebsten Wünsche entgegentraten. Lieber verweile ich bey dem frohern Hinblick auf eine Zukunft, wo ein regelmäßiger Briefwechsel, Leiden und Freuden zwischen uns theilt und eine Freundschaft schon hier unterhält, die längern Othem haben dürfte, als für die Erdgebürge. Das Bedürfniß einer Mittheilung an eine feingebildete, weibliche Seele ist für mich so dringend, so wolthätig, so natürlich, daß ich es als einen sehr bestimmten Zug meines Lebens ansehe, daß ich Liebe und Freundschaft zugleich fand – und so beyde durch diese Vereinigung gewannen. In der Freundschaft muß ein Funken Liebe – in der Liebe eine Ader von Freundschaft seyn – In Mischungen solcher Art wohnt die Seele des Genusses. Ich fodre Sie zu der wolthätigsten Bestimmung auf – Ihr Geschlecht empfieng von der Natur die unauslöschliche Sehnsucht – wolzuthun – Seyn Sie meine Bildnerinn – meine Rathgeberinn, meine Freundinn – und erlauben Sie mir dann alle Bürgerkränze Ihnen zu Füßen zu legen, die ich dann verdienen muß. Ruhe – verständiger Sinn – Geschmack und Aufheiterung – das hoffe ich in Ihrer Schule zu lernen – Mehr aber noch, als dies, ich hoffe dabey von Ihnen zu lernen wolthätig zu seyn ohne Dank zu verlangen, ohne Erwiederung voraussehen zu können.

Bisher haben Sie mich nur von der muntern Seite kennen gelernt – Verzeihen Sie mir die Unbescheidenheit – es wäre mir nicht lieb, wenn ich nicht bessere Seiten hätte – und hätte ich auch nur die Eine, daß ich den ernsthaftesten Wunsch von der Welt hege, einst der Achtung aller Menschen, die Ihnen gleichen, werth zu seyn. Ich sehe viele Unannehmlichkeiten auf meinem Gange voraus – mein Anfang wird klein – die Hindernisse groß und meine Kraft ungeübt seyn – aber Muth und Zuversicht lassen nicht stecken und können die mir fehlen, wenn Ihre Freundschaft, Ihre Wünsche mich begleiten? Ich werde vielleicht unglücklich seyn, denn die Natur schuf mich reizbar; – aber die Achtung der beßern Menschen, die mich genauer kennen, hoffe ich nie zu verlieren. Ein seltener, schöner Zufall hat mich in den Kreis einer Familie geführt, wo ich gefunden habe, was ich suchte, wo ich finden werde, was ich fast nicht zu hoffen wagte. Was die Geburt mir versagte, hat das Glück mir gegeben – Ich vermisse in meinem Geburtskreise, was ich in einer fremden Mitte beysammen sehe. Ich fühle, daß es nähere Verwandschaften giebt, als die das Blut knüpft – ich finde, daß der Zufall in eine sehr mütterliche Laune für mich gerathen ist – indeß der gewöhnliche Schlendrian der Dinge mir so viel, als möglich, die übelsten Dienste von der Welt leistet. Ein fremdes Auge beurtheilt ein Spiel am richtigsten – Stellen Sie sich hinter meinen Stuhl – Ihrer Erfahrung, Ihrem unwiederstehlichen Trost bey Unfällen vertraue ich mich ganz an – aber ich darf die Rechnung nicht ohne den Wirth machen, darum bis zu dieser Gewisheit

Ihr

unterthäniger Diener

Fr. v. Hardenberg.

46. Novalis an Christian Friedrich Brachmann in Dresden

Weißenfels: den 21sten Febr[uar] [1796] [Sonntag]

Gestern Abend bey meiner Rückkunft von Kösen erhielt ich Deinen Brief. Die Entschuldigungen wollen wir ein für allemal weglassen: Unsre Freundschaft ist zu männlich, um noch einer solchen Galanterie zu bedürfen. Wir schreiben, wenn wir können und mögen. Briefe sind in unsern Lagen nur ein Nothbehelf. An und für sich selbst interressant können sie nur als Bindungspartikeln in einem zweckvollen Ganzen seyn – und ein solches auszuarbeiten und zu realisiren, dazu gehört – wircksame Sfäre. Bis dahin sind Briefe – todte Buchstaben – Aufschriften. Was ist selbst Freundschaft, ohne verbundene Thätigkeit zu einem Ganzen? Baumaterialien, ohne Bestimmung und Mörtel. Harmonische Wircksamkeit ist Karacter des Lebens. Jezt ist das Leben unsrer Freundschaft nur – Stimme – Echo. Aber ich hoffe, es soll mehr werden. Geduld und Muth muß uns zur andern Natur werden. Freylich sind Sorgen der Nahrung das eigentlichste Aqua Tofana eines regen, vorwärts strebenden Geistes. Wie kann man Künstlerzwecke sich vorsetzen, wenn ängstliche Brodtsorge alle Zeit wegnimmt, uns nie aus dem Kreislauf gemeiner Bedürfnisse entläßt, und unsre besten Kräfte sich in Unthätigkeit verzehren läßt.

Du hast von jeher einen Hang zum leidenschaftlichen Sorgen gehabt. Aeußerliche Umstände haben zwar neuerlich sehr viel zu dessen Verstärkung beygetragen – aber dennoch kann ich Dir nichts angelegentlicher rathen, als Deinen Muth so viel [wie] möglich zu concentriren und zum täglichen Gebrauch fähig zu machen. Deinen Vater habe ich noch nicht gesprochen – Meine Zeit ist so getheilt, daß ich wenig oder nichts abmüßigen kann. Heute gehe ich zu ihm, und erfahre da mehreres von Deinen Plänen, die ich aus Deinem Briefe nicht zu beurtheilen im Stande bin. Erasmus soll die Erwähnung Deiner gegen Miltiz übernehmen. Er ist mit ihm am genauesten bekannt. Miltiz ist ein durchaus braver Mann, dessen Freundschaft gewiß werkthätig seyn wird. Meine übrige Wircksamkeit steht Dir zu Diensten – es ist aber der unbehülflichste Diener von der Welt – nur der Schatten von einem Gefangenen. Mir scheint es besser zu gehn, als es in der That geht. Mein Sonnenschein ist ein Artefactum. Draußen ist November. Freylich hab ich nicht unmittelbare Nahrungssorgen, aber Mittelbare genug. Dir kann ich es nun wol sagen. Ich bin seit Jahr und Tag so gut, wie versprochen – übrigens publice, nur fehlt zur gänzlichen Legalitaet noch die Einwilligung *meiner* Eltern. Die Möglichmachung dieses Plans ist aber so sehr auf *günstige* Umstände berechnet, daß Du wohl denken kannst – daß ich nicht ohne Herzklopfen lebe. Mein Vater ist nicht wolhabend genug, um allein ein Etablissement für mich machen zu können und ich hänge also vom Glück ab. Die Ungewißheit ist um so peinlicher, da ich heroisch die Flotte hinter mir verbrannt habe. Selbst die Legalisirung ist noch manchen Schwierigkeiten unterworfen, die um so beschwerlicher sind, je armseliger sie in der That sind. Kein Vermögen und halbwüchsige Ahnen sind Alpen für *gewisse* Aristokraten, worunter aber meine Eltern nicht gehören, deren Einfluß ich aber sehr unterworfen bin. Dieser Brief steht unterm Maurereisiegel und für eine mündliche Unterhaltung behalte ich mir das Detail dieser Dich gewiß überraschenden Neuigkeit vor. Ich hoffe Dich dies Jahr zu sehn. Mein Vater sezt mich jezt in unaufhörliche Bewegung – In den nächsten 2 Monaten werde ich nicht 8 Tage zu Hause seyn. Ich muß ex officio eine Menge Zeit höchst langweilig vertrödeln. Die eigentliche Arbeit ist sehr beschränkt. Mündlich will ich Dir noch mehr Unahnnemlichkeiten sagen, die ich aber für nothwendige Uebel des bürgerlichen Lebens halte. Es ist etwas krebsartiges in jeder bürgerlichen Bedienung. Lebe wohl – bester Freund. Jezt ist Winterschlaf. Einst werden wir einander mehr seyn. Karl läßt Dich schön grüßen. Erasmus ist wieder gefährlich krank gewesen, aber jezt wieder besser. Schreibe ihm öfters, wenn Du kannst. Er hat Aufheiterungen nöthig. Es liegt eine Wolkenhand schwer auf ihm. Doch ist er fidel. Dein Bruder

Hardenberg

47. Novalis an Caroline Just in Tennstedt

Weißenfels: den – [23?] Febr[uar] 1796. [Dienstag]

In aller Eil schreibe ich Ihnen ein paar Zeilen. Den Onkel [Just] habe ich bisher immer hier erwartet. Diese Woche erfuhr ich erst durch meine Schwester [Karoline], daß er durch Zeitz nach Hause gereißt ist. Wenn der Onkel meine jetzige Lage wüßte, so würde er mir verzeihen, daß ich ihm, dem ich so unendlich viel zu danken habe, wenigstens schriftlich noch nichts von den Empfindungen gesagt habe, die meinen Abschied begleiten mußten und die so unveränderlich, wie Ideen, in meiner Seele bleiben. Ich verlasse mich auf des Onkels Bekanntschaft mit meinem Karacter und auf die Zukunft. Ist *mein* Onkel erst weg, so bekomme ich mehr Zeit und Freyheit. So ganz im Nachtkleide möcht ich nicht gern vor *dem* Onkel erscheinen, ohnerachtet auch eine kleine Toilette der Natur nichts nehmen soll. Jezt ist meine Zeit zwischen officiellen Absprüngen nach den Salinen, Vorbereitungsarbeiten, und der Gesellschaftsleistung meines Onkels getheilt. Es geht mir übrigens recht wohl und ich hoffe, daß der Onkel mit seinem Schüler zufrieden seyn soll. Täglich fühl ich den unendlichen Nutzen meines Lehrjahrs. Die Ordnung, die der Onkel oft tauben Ohren predigte, wird mir jezt Bedürfniß, da ich, sub rosa, zwar guten Willen und ängstliche Thätigkeit, aber nichts weniger, als vorerwähnte Tugend hier getroffen habe, und mir hierdurch ein großes Verdienst gleich anfangs erwerben kann. Ich lebe auch jezt mit Liebe ganz meinem Geschäfte. Die Ursachen, die mich so oft zu Dennstädt zu Zerstreuungen veranlaßten, bringen hier die entgegengesezten Würkungen hervor. Jeder Federzug ist Glied in der teleologischen Kette, deren leztes Glied nur nicht an Jupiters Bette hängt. Ich muß mir mein gutes Schicksal verdienen und nur die Tugenden eines Geschäftsmanns führen den belohnendsten aller Wege. Jeder Fehltritt, jede Declination wird zum Hinderniß, zur Säumniß. Selbst die langen Entbehrungen gewöhnen mich an die wolthätigsten Tugenden – zum geduldigen Fleis und zur Genügsamkeit. Das Feuer muß einen Ausgang haben – Entfernung hemmt seinen sinnlichen Erguß – nur die Ordnung der Arbeitsamkeit bleibt ihm übrig. Für den Schüler, der auf den Geist seines Lehrers merckt, ist die Schule des Schicksals erträglich. Was sie der Waagschaale des Herzens nimmt – legt sie auf die Schaale des Geistes. O! die Richtung, die ich dem Onkel verdanke, ist ein Richteweg. Es ist ein dauernderes Andenken, als aller Stoff. Die Richtung ist alles für einen Geist, wie den Meinigen. Ihre Freundschaft, liebe Justen, finde ich in meiner Schwester wieder. Mein Genius weis, daß man Liebe, aber nicht Freundschaft entbehren kann. Ich glaube mich Ihrer so am lebhaftesten zu errinnern, wenn mir dies nur Fortsetzung ist – *so* bleib ich Ihnen immer nah. Wir gehn zusammen fort, wie zwey gleich gerichtete Uhren, und, wenn wir uns widersehn, wird es nur Pause gewesen seyn – der gleiche Tact ist geblieben. Doch ich muß abbrechen, denn ich fahre noch diesen Morgen nach Kösen. Den Kassirer, der erst Morgen kommt, sehe ich auf die Art nicht. Warteten Sie und Beyer wohl noch bis künftige Woche mit dem Gelde. Ich reise nach Eisleben und kann es Ihnen von dort aus schicken. So bleibt die Sache für mich ohne Umstände und Erleuterungen. Das heißt aber Ihre Gefälligkeit beyderseits misbrauchen? Acht Tage lang erlaube ich Ihnen noch mich für einen Schmarotzer zu halten, oder wenigstens mich eines Mangels an Delicatesse zu beschuldigen. Indeß bleibe ich doch Ihr ewiger Schuldner und zwar recht con amore.

Der Leischingen dis Blättchen und dem Major [von Larisch] die mitfolgende Feldbinde. Die Kürze der Zeit ließ mich nicht selbst schreiben. Es ist aber auch nicht nöthig. Bitten Sie den Onkel ihm von meinetwegen zu sagen: daß der Mann nicht mehr arbeitet, der ihm die Feldbinde gemacht hat; daß keiner sonst mehr hier ist, daß ich Sie ihm aus einem Mangel an Gelegenheit nicht eher geschickt habe.

Zulezt empfehle ich Ihnen und dem Onkel noch 2 Bücher, die des Kaufgeldes vollkommen werth sind.

Leben und Thaten des Herrn Barons Quinctius Heymeran von Flaming.

Montaignes Versuche üb[er]s[etzt] von Bode.

Beyde Bücher sind besonders auf die Bedürfnisse des Onkels kalculirt – nichts weniger, als angreifend und doch so herzlich interressant, so geistvoll. Das Leztere kann man zu allen Stunden, zu allen Jahreszeiten, in allen Lebensaltern mit Vergnügen lesen und wiederlesen. Der Erstere ist unter den mir bekannten komischen Romanen fast der Matador, weil er das Niedrigkomische so ganz aus seinem Plan gelassen hat und in seiner Carricatur so nahe an der Natur vorbeystreift, daß es scheint, als habe er ihr gerade das Beste, die Oberfläche entführt – Auch die Empfindung hat manches herrliche Ruheplätzchen in dieser Kunstanlage.

Leben Sie wohl. Grüßen Sie alle nach Standesgebühr

Ihr

Freund Hardenberg.

48. Novalis an den Bruder Erasmus in Wermsdorf

Weißenfels, Sonnabends den 27. Februar [1796].

Ich bin Dir jezt immer in Athem. Das geht von Einem Ort zum andern. Ich für meinen Theil wäre fürs Stillsitzen. Daher das seltne Schreiben, da Du es doch so nöthig hättest. Übermorgen gehts nach Wiederstedt. Dort bleiben wir 8 Tage. Von da nach Artern, dann nach Kösen auf den Holzmarkt und endlich nach Schlöben. Weiter weiß ich noch nichts – jezt bin ich noch nicht für eine Odyssee. Wie gern wär ich jezt bei Dir. Dein erster Brief betrübte mich sehr. Deinem zweyten sah man schon wieder den alten Erasmus an, von dem ich wünschte, daß Du es zeitlebens bliebst. Die Langeweile ist das Allerschlimmste. Warum sie Dir Lesen und Schreiben verboten – das begreife ich nicht recht. Raffe allen Deinen Muth jezt zusammen. Ich bin jezt überzeugt, daß der Mensch nichts Besseres in der Welt thun kann. Mein System der Filosofie hoff ich zu dem Deinigen zu machen. Dann sollte mir mein Nachdenken recht lieb werden. Es enthält eine unerschöpfliche Quelle von Trost und Beruhigung. Freylich bedarf es noch sehr der Feile. Du wirst auch da eine gewisse Deutung über Dein höchst räthselhaftes Schicksal finden. Du bist ein physisch leidender – aber moralisch thätiger Mensch. Das Blatt dreht sich einst – die Letzten werden die Ersten sein. In diesen Worten liegt eine Fülle trostreichen Sinns. Bleibe fest im Glauben an die Universalitaet Deines Ichs. Du wirst auf Deine Leidensstunden, wie auf ein verwelktes Blatt, einst herunterblikken. Himmlische Flucht der Zeit! Halte Dich am Großen und Guten in der Zeit der Mühe und des Duldens. Du hast noch eine Ewigkeit vor Dir. Wenn Dir weh wird, so denke an die Menschheit, die Du bist. Ein himmlisches Mädchen steht sie auf Hügeln und streckt die Hand, um Dich heraufzuheben aus dem Thale der Geduld. Denke Dich als verwundeter Held auf dem Siegsplatze. Um Dich herum Deine Kamaraden, die Edlen aller Zeiten, und am Himmel schon die Hand, die Deinen Namen mit Sternen setzt – Wäre da nicht jeder Seufzer ein Triumphgesang – O! wie leicht wäre der Schmerz zu ertragen. Laß Dich nicht eitle Sehnsucht dann zusammenpressen – überall ist Hubertsburg – wo Dein Geist nicht frey aufsteht und den Staub von seinen Flügeln schüttelt. Du bist ja so nah an Deinen Lieben – nicht in sibirischen Wüsten, krank, verlassen – der schneidende Nord Dein Tröster. Mache Dir Deine Lage interressant, denke alles, was Dich umgibt, im Verhältnis zur unendlichen Dauer – Resultat einer Ewigkeit a parte ante und post. Setze Nullen an die Einer nach Willkühr – ich denke Deine Fantasie soll müde und der *Raum* Deiner Seele voll werden. Weise Einteilung Deiner Zeit – Concentrirung Deiner Kraft – das sind die Mittel, Dir die Zeit nicht unlustig zu kürzen. Ruhe vor allen – Ach! hätte ich *die,* so wäre ich glücklich. Krankheit ist Erzieherin zur Ruhe. Doch dies mag vorderhand genug sein.

Karl ist gestern nachmittag nach Westen. Du kannst denken, wie gern ich heute Abend bey ihm wäre. Er kommt auf den Donnerstag [3. März] zurück und wird Dir gewiß gleich alles schreiben. Nach Briefen ist alles wohl und nimmt an deinen Leiden den herzlichsten, ungezwungensten Antheil. Miltiz hat jezt seine Heyrat den Alten notificirt und ist nunmehr auf ewig, wie es heißt, ausgestrichen. Der Alte that sehr darüber – er dauerte mich fast. Wegen unsrer Schuld bey ihm schreib mir nähere Auskunft. Karl bezieht sich immer auf Dich. Mit Beck will ich alles in Richtigkeit bringen. Ich habe Karlen recht zur Oeconomie ermahnt. Sie ist auch dringend nöthig. Karl will die noch restirenden Schuldner bei seinem Ausmarsch an mich überweisen, und dann muß ich doch wissen, wenn ich sie bezahlen kann. Miltiz will nach Lausanne – daher muß alles vorher noch genau mit ihm abgethan werden. Der Onkel hat in Karlen gedrungen seine Schulden anzuzeigen. Der Casus ist bedenklich – wir haben uns entschlossen erst alles reiflich zu überlegen. Anton, Semler, Coyen und die Mutter wissen um meinen Magnetismus halbwegs schon Bescheid. Die letztere ist dabei äußerst diskret und ich bin ruhig. Lebe indes wohl. Ich bitte nur um Muth und gute Laune. Ewig

Dein Bruder
Fritz.

49. Novalis an Caroline Just in Tennstedt

[Weißenfels, nach Mitte März 1796]

Liebe Justen,

Erst jetzt kann ich auf Ihren lieben Brief antworten – Mein wanderndes Schicksal macht eine kleine Pause. Ich sehne mich recht nach einer regelmäßigen Correspondenz mit Ihnen. Ich rücke täglich tiefer ins Leben hinein – und wenn ich helfen will kann ich nicht mehr bestimmungslos genießen. Sie können mir ein Vorbild in stiller Ertragung einer eingeschränkten Bestimmung seyn. Oft denke ich an Sie und in bessern Stunden find ich Sie immer. Sie hab ich auf Ewigkeiten kennengelernt. Am nächsten fühl ich mich Ihnen, wenn ich das menschliche Weh und die endlose Verwirrung täglich mehr gewahr werden – Glauben Sie mich nicht in einer guten Lage – Vom Mangel nothwendiger Bedürfnisse rede ich nicht – aber lebt der gebildetere Mensch nicht für mehr? Es könnte mir recht wol seyn – wenn die Menschen, mit denen ich viel zu thun habe – human wären – davon rede ich nicht, daß manche äußerliche Umstände jezt ungünstig sind – Unter guten, se[e]lenvollen Menschen trägt sich die Last des Lebens leicht. So z. B. ist es mir allerdings sehr unangenehm, daß Erasmus an Seelenwunden siecht – daß Karl fortgeht – daß Söffchen wieder krank gewesen ist, daß hundert andre fromme Wünsche für Freunde und Freundinnen unbefriedigt bleiben müssen, daß noch manches Ungewitter meinen Hoffnungen droht – aber es ist eine Kraft dafür in uns, die allem trozt und uns mit jedem widrigen Schicksal versöhnt – aber darüber kann ich nur nicht immer wegkommen, daß die besten Menschen sich und andern das Leben so sauer machen, und so widersinnig allen guten Entwürfen des Zufalls in den Weg treten. Es sind Tage, wo ich nur das Gute aufnehme – aber dann behauptet auch der

Wechsel sein Recht und ich muß mich lange mit unerträglichen Empfindungen plagen. Ich werde klüger, aber auch empfindlicher. Jedes rauhe Lüftchen klimpert in meinen Sayten herum. Mündlich will ich Ihnen mehr davon sagen. Auch Sie leiden an jener Eingeschränktheit, Unvermögendheit so thätig, edel, mittheilend und hülfreich zu seyn als Sie können und von Ihrer Natur getrieben werden. Nicht ganz das seyn zu dürfen, was man von Natur ist, das ist die Quelle unsers Misbehagens auf diesem Planeten. Wenn Sie wüßten, wie manchen guten Freund ich mit verschränkten Armen eingehn sehn muß, so würden Sie recht lebhaft von der Darstellung dieser schweren Empfindung gerührt werden. Ich kann nur bedauern – weiter jezt nichts – Dennoch verläßt mich die Hoffnung besserer Zeiten nicht ganz – Wozu fühlte ich mich denn so habsüchtig auf Gelegenheiten nüzlich wircksam zu seyn, wenn nicht eine wolthätige Bestimmung meiner wartete – Es sey dann Schule – freylich etwas theuer – aber wenn ihr Unterricht nur practisch werden kann. Es ist fern von mir unter bessern Zeiten die Periode zu verstehn, wo mich ein günstiges Schicksal an ein Mädchen auf ewig kettet, der ich mich *zunächst* gewidmet habe – Auch dies schöne Glück werd ich schwächer empfinden, wenn ich in meiner Wircksamkeit gebunden, von meiner Umgebung gefesselt bin. Ich muß schließen – Nach Gr[üningen] schreibe ich Ihnen mehr.
Ewig Ihr

Freund Hardenberg.

Einen herzlichen Kuß an die gute Lina. Empfehlen Sie mich dem Onkel aufs herzlichste. Eh ich ihn das Büchelchen schicken kann, schreibe ich ihm nicht. Auch Stapf und die andern ehrlichen Thüringer – besonders Gustchen [Brandes], an die ich bald schreiben will.

50. Novalis an den Bruder Erasmus in Wermsdorf

[Weißenfels] Den 30sten März [1796.] [Mittwoch]

Karl hat schon 2mal geschrieben. Er ist vergnügt und befindet sich troz der rauhen Witterung sehr wohl. Dein neulicher Brief an Karolinen war zum todtlachen – der Vater hat ihn dem Onkel geschickt. Bleibe so – ich empfehle Dich Dir selbst – aber nicht zum Selbstbeschauen, zur Autokritik – sondern zum Belustigen. Cicero und Horaz sind doch gute Schnurrbärte – daß Sie Dir die Zeit so kurz gemacht, und nicht selten ein fruchtbares Körnchen in Deine Seele fallen lassen. Sie haben dadurch nicht bey mir verloren. Kommerstedt ist hier gewesen. Langens habe ich den 1sten Feyertag [27. März] gesehn. Mad. S[eyfferth] hat aus meiner Hand einen versiegelten Brief erhalten. Sie ist wohl und ich sehe Sie dann und wann.

In Gr[üningen] ist alles wohl – sehnt sich nach Dich und frägt nach Deinem Befinden M[adame] Mirw. ist mit einer todten Tochter, sub *Centifolia*, niedergekommen – Sie sollte in Schlöben accouchiren. Der älteste Sohn vom Conferenzminister Einsiedel heyrathet Comtesse Loeben – ebenfalls sub ❀ [rosa]. Die Kinder scheinen gut durch die Blattern kommen zu wollen. Sonst ist alles still. Der Vater consentirt in den Verkauf der Falbe – Aber Carl hat vergessen Blanquet und gerichtliche Recognition zurückzulassen – Sprich mit Miltiz, ob ihm an unsern Unterschriften etc. genüge. Ich wünschte Du schöbst Deine Reise zu uns nicht allzulange mehr auf – Je eher, je lieber – bald wird Tag seyn – Gott gebe Frühlingstag. Nichts mehr. Dein

Allzeit treuer Bruder
F. Hbg.

Erasmus: Noch 2 Worte. Es ist etwas mit Miltiz vor. Er kommt wahrscheinlich in wenig Tagen nach Leipzig oder Hubertsburg zu einem Rendes[vous] mit dem Vater – darnach richte Dich mit Deinen Plänen.

51. Novalis an Christian Friedrich Brachmann in Dresden

[Weißenfels] Den 30ten März. [1796.] [Mittwoch]

Nur im Flug, lieber Brachmann. Ich freue mich über Deinen Muth und Deinen Durst nach reinem Quell. So Gott will sterbe ich auch hier nicht zu Lande. Ohne Verabredung könnten wir uns einst treffen. Laß mich nur erst tiefer in das allgemeine Unwesen eindringen – müder im Kampf mit dem Kraftlosen, dem *Schweren,* und sehnsuchtsvoller nach Bergluft werden – Dann ist mein Bündel bald geschnürt, wenn besonders die nicht mehr sind – die mich lähmen. Du sollst bald meinen Sinn klar erkennen – und dann laß uns nur erst gewissermaaßen Fuß fassen. Ich rede nicht von Luftgebäuden – In uns oder nirgends muß der *Grund* zu allem liegen.

Foederalismus verstärkt die einzelne Kraft intensiv und extensiv tausendfach. Unsre Prüfungen sind desto schwerer – denn wir müssen mit Lappalien streiten, und sind noch obendrein halb gebunden – Gulliver im Pygmaeen Land. Aber rechnest Du nichts den Labewein am eignen Tisch – spät vielleicht, aber unter welcher Sonne gereift – von welchen Händen gekeltert – von welchen Hymnen begrüßt – der wahre treffliche Mensch *muß,* wie die Wahrheit, endlich gelten, *muß* endlich seines Daseyns froh werden. Politischer Glaube thut, wie der Religiöse Wunder. Laß uns Freunde bleiben, wo wir sind. Wäre keine Hoffnung für meinen Plan da – ich wäre kein Kind –

Mit Fleiß, mit Muth und festen Willen
läßt jeder Wunsch sich endlich stillen.

Ich läugne nicht – oft bin ich schwach – aber Gottlob, daß es nur Paroxism ist. Nur Fülle des Herzens wünsch ich Dir – damit bleibe ewig mein Freund.

Dein
Bruder
F. Hbg.

52. Novalis an Wilhelmine von Thümmel in Sondershausen

Weißenfels: den 1ten April [1796] [Freitag]

Eine Reflexion über den heutigen Tag ließ mich schnell die Feder ergreifen um an Sie zu schreiben. Sie wissen in welchem Credit der Tag steht; Fast scheint es, als hätte er seinen Ruf dem weiblichen Geschlecht zu danken; wenigstens könnte jemand, der viel mit demselben zu kramen hätte, in Versuchung gerathen den ersten April für den Tonangeber des ganzen Jahres zu halten. Sie verzeihen diese Digression ohne die Sie schwerlich heute um einen Brief reicher von mir geworden wären, und wenn besagter

Brief leserlich wird, so hat der 1ste April daran seinen guten Theil, denn wo käme mir sonst die gute Laune her Ihren schönen, schwarzen A[ugen] gegenüber so ruhig zu filosofiren, als blätterte ich auf meinem Sofa in dem großen Buche der Natur, und holte mir Erläuterungen aus den vieldeutigen Gypsbärten um mich her. Wie würden Sie sich wundern, wenn Sie das berühmte Buch der Natur sich so behend zwischen meinen Fingern drehen sähen, wenn sie in einigen Bogen in 4. alle die Wunder gedrängt erblickten, die die Natur seit Jahrtausenden thut und täglich unter unsern Augen wiederholt – Sie würden es ohne Zweifel für den genievollsten Extract halten, der sich je habe schwarz auf weiß sehn lassen und so begierig danach greifen, als ein Schiffbrüchiger nach dem letzten Brete; ja wenn ich Bedingungen machen sollte, sie würden sich jede Capitulation gefallen lassen, denn würde nicht jede Aufopferung [dad]urch reichlichst ersetzt?

Wenn Sie mich ruhig aushören wollen, so werden Sie, ohne etwas zu wagen, eine Entdeckung machen, die Sie den Tag des Empfangs von diesem Briefe vielleicht immer segnen lehrt und die in genauer Beziehung auf vorgedachtes Buch steht. Sie sollen erfahren, daß Sie bereits im Besitz eines gewissen Etwas sind, ohne es zu wissen, dessen gehörige Kenntniß und Gebrauch sie zu dem Range jener fabelhaften Wesen erhebt, die man Feen nennt, und von denen keine Spur mehr existirt, als die Launen, wodurch sich diese höheren Geschöpfe sehr kenntlich machten, und die sie bey ihrer Flucht in ein besseres Clima wahrscheinlich als Masken von sich warfen, mit denen sich nachher ein Geschlecht geschmückt hat, das nie feenhafter ist, als in seinen Launen. Obiges Etwas wird Sie im Stand setzen: 1. die Zukunft aufs genauste vorherzusehn 2. [vor]herzubestimmen, was jeder Tag für ein Geschäft am meisten begünstigt. 3. lehrt es Sie den Einfluß der Gestirne kennen. 4. gibt Ihnen alle Gelegenheit um steinreich, allklug und allmächtig zu werden. 5. dient Ihnen zum Faustischen Mantel, wenn Sie sich nach den Mitteln bequemen, die es enthält um überall hinzukommen. 6. macht es Sie mit einer großen Anzahl unbekannter Wolthäter und Wolthäterinnen der Menschheit bekannt. 7. Können Sie sich nach seiner Vorschrift bis zum jüngsten Tage finden – Ueberdem enthält es eine Fülle von Menschenkenntniß – einen Schatz schäzbarer, wissenschaftlicher Bemerkungen – Anweisung zu Millionen gesellschaftlicher Gespräche, – Stoff um eine Lebenszeit zu studiren – endlich ist jedes Blatt voll von unsichtbaren Freunden, die Sie nie verlassen und die sich unablässig bestreben Ihnen das Leben so leicht, die Zeit so ku[rz], Genuß und Arbeit so angenehm zu machen, als Sie verdienen. Von allen diesen enthält es auch das Entgegengesezte und ich sehe Ihre Verwunderung und Neugier aufs Höchste steigen, wenn ich noch hinzufüge, daß es überall verfertigt wird und so gut das Werk des dümmsten Teufels, als des klügsten Mannes ist – daß ich mich sehr irren müßte, wenn es nicht hinter Ihrem Spiegel, oder dem Spiegelein von Dero Zofe steckt – Sie errathen daß ich –

den Kalender

meyne. Es hieße ein schlechtes Zutrauen zu Ihrem Witze verrathen, wenn Sie nicht aufs Buchstäblichste jedes meiner Worte über ihn wahr fänden und zu Ihrem Hertzen – wenn Sie mir nicht ewig für diese Enthüllung verbunden wären und im Mangel einer persönlichen Dankbarkeit mir wenigstens alle anderen Ehrenbezeugungen erwiesen, die in Ihren Kräften ständen, z. B. aus dem Stegreif ein Denkmal taliter qualiter ohne Subscription errichteten; Mir Ihr Herz in Taschenformat dedicirten; Mich *bey Gelegenheit* in Kupfer stächen (die Art überlasse ich Ihrer Erfindungskraft) meinen Namen an einen Galgen schlügen, an den ich selbst originaliter, nicht blos titulative, gern ewig zappeln möchte (allenfalls en Medaillon). Denken Sie über die Sache nach – Ich kenne Ihr Herz und man braucht nicht für dem Zu Wenig bange zu seyn. Das müssen Sie mir aber doch gestehn, daß mit diesem Tage eine ganz neue Periode ihres Lebens beginnt – denn Sie wissen nun, was Sie an einem Kalender haben und überzeugen sich von dem, was ich daran habe, am b[esten] aus diesem Briefe – der ganz ein Produkt des Kalenders ist. O! wenn Sie wüßten, welche Dienste mir dieser Freund täglich erweißt – wie ich bey ihm nie nach Trost und Muth vergebens suche, wie er meine einzige Lectüre gewöhnlich ist, wie lehrreich, Zeit verkürzend er mir ward, Sie würden den Enthusiasmus noch Kühl finden, mit dem ich von ihm rede. Lassen Sie ihn gut bey sich accreditirt seyn – Sie vergessen mir es nie, daß ich Ihnen diese Bekanntschaft gemacht habe – und könnte ich mit einer glücklicheren Aussicht einen Brief schließen, der glücklicher ist, als sein Verfasser,

W. den 1 April Ihr
1796. Freund Hardenberg.

53. Novalis an Caroline Just in Tennstedt

Weißenfels: den 10ten April. [1796] [Sonntag]

Ihr lieber Brief war mir gestern eine recht willkommene Erscheinung. Lange hab ich nichts von Ihnen gehört und doch gehn Sie meinem Herzen so nahe an. Es bleibt eine Lücke, wenn man lange genau mit jemand umgieng und lebt jezt in der Ferne. Ihr Abschiedsgefühl war mir nicht fremd – besonders empfinde ich tief Stapfs Verlust mit Ihnen. Es ist eine recht wesentliche Einbuße für sie und noch seh ich nicht, woher der Ersatz Ihnen kommen soll. Stapf war so gefällig, so sanft, so gutmüthig und theilnehmend. Man konnte sich ihm ohne Rückhalt anvertrauen – er war so treuer Depositair und gieng seinen Weg so friedlich, ohne jemands Existenz näher zu treten, als mit einem freundlichen guten Morgen und immer bereit zu helfen, zu trösten und zurechtzuweisen. Wohl gehn wird es ihm gewiß – die Natur hat ihn zu entschädigen und dem Genügsamen schenkt sichs so gut. Schicksal und sich schicken scheinen mir nicht ohne Bedeutung nahe verwandt. Wie wir uns schicken, so ist unser Schicksal – Sollte dann nicht sein Schicksal leicht und gefällig werden? Dort sollte es nicht seyn – Ein andrer Ort zieht ihn schon – Er muß seiner einstigen Heymath näher, oder soll ich sagen, seinem Grabe – wir wollen ihm nachsehn und uns freuen, wenn jenes die Penitenzpfarre war, und er nun wärmer und reicher sizt. Sie aber haben nun einen hübschen Ausschnitt Ihres Lebens hinter sich liegen. Es ist so etwas Ganzes – Ihr Zusammenseyn mit ihm. Nun ründet es sich – nun wird es so durchsichtig und zusammenhängend – und giebt Stoff zu unzählichen Stillgenüssen und Betrachtungen. Es ist wahr, es ist Verlust; aber die gelassene Resignation, das immer nothwendiger werdende Anschmiegen an Ihr innres Selbst, dieses festere Fußfassen im Unvergänglichen, im Göttlichen in uns – rechnen Sie es immer ein wenig mit. Es ist keine leichte Aufgabe sich eine künstliche Bestimmung zu machen – es ist allemal ein Poëm, denn dies bedeutet in der Ursprache nichts, als Machwerck; und es gehört sonntägliche Energie dazu um sich selbst genug zu seyn, um nicht in der Welt der Sinne, sondern in der Welt der Ideen einheimisch zu seyn. Eine künstliche Bestimmung gehört aber in das Reich der Ideen. Hingegen glaub' ich auch, daß abgerechnet ihre Würde und ihre Selbstbelohnung, sie auch schon eine Stufe jenseit des Grabes ist, die der noch zu ersteigen haben wird, dem hier die Natur sein gewöhnliches Ziel ohne Störung erreichen ließ. In dieser Hinsicht glaub ich die Entwicklung Ihres Schicksals, liebe Caroline, mit Beruhigung erwarten zu können – das Loos mag fallen, wie es wolle. Einige räthselhafte Stellen Ihres Briefs zusammengehalten mit einigen Worten aus einem Briefe des Onkels scheinen mir auf etwas hinzudeuten, das ich mir zu beurtheilen nicht getraue – dessen glücklichste und dauerhafteste Constellation aber meine lebhaftesten Wünsche beschäftigt. Sagen Sie dem guten Onkel, daß ich ihm vor der Messe nicht schreiben würde. Ein verwünschter Zufall, der schleunige Druck des Fichteschen Naturrechts, hat den Druck der Anmerkungen verzögert. Drey Bogen schick ich indeß zur Probe mit. Ich freue mich sehr sie auf der Messe zu sehn und käme selbst gern nach Merseburg, wo ich ohnedieß noch bis jezt nicht habe hinkommen können, wenn ich den Tag Ihrer Ankunft allda und die Zeit ihres Aufenthalts daselbst erführe. Der Lina dank ich sehr, für das mir sehr liebe Andenken. Ich will ihr nächstes antworten. Indeß geben Sie Ihr von mir einen recht Herzlichen Gr – nein, Kuß – ohne Praejudiz des anderweitigen Competenten, der etwa Arrest auf die hübschen Lippen gelegt haben könnte. Von mir aber heißts:

Hanc veniam damus petimusque vicissim;

Das lassen Sie sich vom Onkel verdeutschen, oder seyn Sie mit folgender Uebersetzung zufrieden:

Ich kucke durch die Finger; Du
Drück auch das Eine Auge zu.

Wundern Sie sich nicht über meine Continenz. Sub rosa – die Osterfeyertage hätte ich auskommen können – aber

Ich nahm aus strenger Politik
Denn allzuschnellen Wunsch zurück.

Die Haustafel erlaubter Politik ist nur zu lang verhüllte Gesezta-fel gewesen – Jezt im Joch studirt man die Filosofie des Zwangs umsonst beyher und macht sich ein kleines, nuzbares Capital, woran man sonst nicht gedacht hätte. Übrigens bin ich noch ganz der Alte – vielleicht ein wenig lustiger. Wissenschaften und *Liebe* füllen meine ganze Seele. Ich habe mein Ich so mit *Ihrem* Bilde amalgamirt, daß ich keinen Athemzug ohne Sie thue. Es wächst mit jedem Tage und ich hätte nie geglaubt, eine Empfindung könne so unaufhörlich wachsen und doch noch immer Raum behalten. Dabey bin ich doch sowenig Schwärmer, daß ich in dieser Rücksicht einem jährigen Ehemann den Handschuh hinwerfen könnte – Nur Huldigung, nur unaussprechliches Gefallen, nur wundersame Anhänglichkeit – nicht eine Spur von wilder, an sich reißender Leidenschaft. Mir fehlt Hier in der That nichts, als etwas mehr Gesellschaft, nach meinem Sinn und Herzen. Sonst ist alles gut und ich lache die Welt an, wie im 16ten Jahre. Ich beschäftige mich beyher mit Kleinigkeiten, die sie mit der Zeit einmal zu sehn bekommen sollen. Grüßen Sie mir alle Freunde und fahren Sie fort treue Freundinn zu seyn

von Ihrem

Freund Hardenberg.

54. Novalis an den Vater in Weißenfels

[Weißenfels, Mitte Juni 1796]

Nicht ohne heftige Beunruhigung wage ich einen lange gefürchteten Schritt. Längst schon würde ich ihn gethan haben, wenn nicht mehrere ungünstige Umstände sich dagegen vereinigt hätten. Alle meine Hoffnung beruht auf Deiner Freundschaft und Theilnahme. Es ist nichts unrechtes, was mir auf dem Herzen liegt; aber etwas, worüber Eltern und Kinder so oft nicht übereinstimmen. Sehr viele Stimmen in meinem Herzen sagen mir zwar Trost und Beruhigung zu, aber je mehr auf dem Spiele steht, desto ängstlicher sieht man dem Zeitpunkt der Entscheidung entgegen. Ich weis, daß Du ganz herablassender Freund Deiner Kinder seyn willst – aber Du bist Vater und oft widerspricht selbst die väterliche Liebe der Neigung des Sohns. Sobald ich mich zusammennehme, so verschwindet freylich diese Besorgniß meistentheils, denn nur dann würde mir Deine Liebe entgegenstehn, wenn ich weder Verstand noch Herz zu rathe ziehn wollte, und den Abgrund meines eignen Unglücks graben. Dies ist aber hier wol nicht der Fall.

Ich habe mir ein Mädchen gewählt. Sie hat wenig Vermögen und ob sie gleich von Adel ist, so ist sie doch nicht stiftsfähig. Es ist eine Fräulein von Kühn. Ihre Eltern, von denen nur die Mutter die Rechte ist, wohnen in Grüningen, einem Gute bey Weißensee. Abgerechnet auch meine Verhältnisse, so würde ihre Jugend schon einen nahen Heurathsplan unrathsam machen. Von ihrem persönlichen Werth ziemt mir nicht ein entscheidendes Urtheil zu fällen, und ich muß mich für jezt begnügen, theils die allgemeine Stimme ihrer nähern Bekannten, theils die vorzüglichere Stimme unpartheyischer Männer für sie anzuführen, im Ganzen aber auf eigne Prüfung zu provoçieren. Ich habe sie bey einer Expedition in ihrem väterlichen Hause kennen gelernt. Sehr langer, sehr aufmercksamer Umgang mit dieser Familie befestigten meine Wahl. Lange blieb mir die gegenseitige Wahl zweifelhaft, ohnerachtet ich das Zutraun und die Freundschaft der ganzen Familie genoß; doch glaube ich jezt derselben versichert zu seyn, besonders wenn Deine Einwilligung Sofiens Besorgnissen ein Ende macht. So fest sie an Ihren Eltern hängt, so fest wünscht Sie mich an den Meinigen hängen zu sehn, und wird ohne gewisse Ueberzeugung Deines Beyfalls sich sicher nicht ausdrücklich für mich decidiren.

Längst schon würde ich Dein Zutraun und Deine Einwilligung gesucht haben; aber seit Anfang November ist Sofie gefährlich krank gewesen. Ein paarmal war fast alle Hoffnung verschwunden und noch jezt siecht sie und erholt sich nur langsam. Du kannst Sie mir jezt zum zweytenmale schenken, und mir damit eine Ruhe wiedergeben, die sich seit langer Zeit aus meiner Seele verlor. Ich flehe nur um Deine Einwilligung und Autorisation meiner Wahl. Die Ausführung des Plans steht noch zu weit ab, als daß ich ein Wort darüber verlieren sollte. Möglichkeiten seh ich – ich überlasse Sie der gütigsten Hand auszubilden und thue nur meinerseits das, was ich dazu durch Fleis, Treue und Wirthschaftlichkeit thun kann. Auf diesem Wege hoff ich einen Lieblingswunsch am ersten erfüllt zu sehn.

Mündlich mehr. Ich erwarte nur Liebe von Dir. Es hängt von Dir ab, diese Periode zur Glücklichsten meines Lebens zu machen. Dann hab ich Dir, außer Leben und Erziehung, auch noch das zu danken, was dem Leben so einen einzigen Reitz in seiner Art giebt – Ich läugne es nicht – meine Liebe und Dankbarkeit gegen Dich werden noch zunehmen. Es ist wahr, mein Wirkungskreis wird durch diese Parthie äußerlich eingeschränkt – aber ich rechne für die Zukunft ein wenig auf meinen Kopf und meinen Ehrgeitz – und für die erste Zeit auf Sofieens Verstand und gute Wirthschaft. Sie ist nicht groß erzogen – Sie wird mit wenigem zufrieden seyn – ich bedarf nur, was Sie bedarf. Ich weis gewis unser gemeinschaftliches Leben gewinnt an Zutraulichkeit unendlich, denn ich bin Deiner Freundschaft auf ewig versichert. Wie werden sich meine ältern Geschwister freun, die so theilnehmend an der Ruhe meines Lebens hängen. Gott segne diese wichtige, so ängstlich durchharrte Stunde. Was Du meynst, wird gut seyn, aber freuen kann mich nur Deine freundliche, einwilligende Vaterstimme.

Fritz.

55. *Novalis an Friedrich Schlegel in Dresden*

Dürrenberg: den 8ten Julius. 1796. [Freitag]

Du glaubst nicht, alter, guter Schlegel, wie herrlich Du mich mit Deinem Briefe überrascht hast. Gut, daß Du mir auf gewisse Weise nicht zuvorgekommen bist. Wahrscheinlich ist mein Bruder Erasmus schon bey Dir gewesen, oder hat Dich nicht zu Hause getroffen. Er war mein persönlicher, früherer Brief. Ich habe ihn aufs dringendste gebeten, Dich aufzusuchen und Dir Nachricht von mir zu geben. Vergessen hab ich Dich auf keine Weise und konnte es so leicht nicht, ohne mich selbst zu vergessen. Du weißt welchen Antheil Du einst an meiner Erziehung hattest. Auch gewöhnliche Dankbarkeit vergißt den Lehrer nicht. Jeder Gedanke an meine historische Bildung war mit Deiner Errinnerung verbunden. Vollends die Ankündigung Deiner Griechen hat mich ganz außerordentlich bewegt. Das ist das Buch, dacht ich, woran seine Seele so lange brütete – das ihn so lange aus sich und aus der wircklichen Welt gedrängt hat – Endlich da – wird es wol Spuren seiner Schöpfungsperiode tragen, oder desto schöner ruhn, je wilder der Sturm war, aus dem es hervorging. Ich errinnerte mich der Bruchstücke – es entstand in mir eine Intuition des Unbekannten, die meinen Geist in unbekannten Weiten umhertrieb. Es reichen nicht sechsfache Erkundigungen nach seiner Erscheinung. Ein einziges köstliches Stückchen hab ich gelesen in – Deutschland. Im 2. Stück der Horen ist Göthe armseelig dagegen behandelt, so brav übrigens der Aufsatz ist – Du sprichst durchaus neue Dinge, Du bereicherst Sprache und Geist – Du schaffst eine Kritik – Du hast ein tausendfach feineres Netz, durch das kein Fischchen, und wärs ein Essigälchen, entschlüpfen kann. Dis nur im Vorbeygehn. Du bist mir also wiedergegeben – ich dacht es nicht. Seine Liebe wird dahin seyn – die Griechen haben ihn alles vergessen machen – er lebt im Anschaun seiner Welt – die alte Zeit drückt ihn zu gewaltig und hat mich auch mit todtgedrückt – Man wirft ja alles weg, um einem verhaßten Zustande zu entfliehn. Glücklich dacht ich Dich mir – die Zeit und die Selbsthätigkeit thun Wunder – man wird alles gewohnt und Deine politische Lage dacht ich mir beträchtlich verbessert. Gut, daß Du wenigstens heiter bist – Du fängst Dich an wieder der Sonnenwelt zu nähern, wie ein Komet. Ich freue mich herzlich Dich zu sehn. Du wohnst so lange Du willst, in Weißenfels, oder, wo ich bin bey mir – ohne Zwang und nimmst mit uns vorlieb. Ich böt es Dir nicht an, wenn ichs nicht könnte und dürfte. Nach Jena kommst Du immer noch früh genug. Ich bin nicht mehr so fürs Eilen – ich habe langsam gehn gelernt. Einmal für allemal sieh künftig meine Stube für die Deinige an. Dis Wenige vermag ich. Von mir erzähl ich Dir das Beste mündlich. Praeliminariter nur, daß ich im Gantzen froh gelebt habe und zufrieden mit der Anwendung meiner Zeit bin.

Mein Amtmann ist mein Freund geworden. Er hat mich zum Geschäftsmann weitergebildet und Thüringen zur Schule meines Geschäftslebens überhaupt gemacht. Seit dem Februar bin ich in Weißenfels – angestellt bey den Salinen – gut mit allen Menschen dran – in einer erträglichen Freyheit – mit hinlänglicher Muße meine inneren Geschäfte fortzutreiben – und zufrieden mit Allem, außer noch hie und da nicht mit mir. Freunde hab ich sonst in der Zeit eigentlich nicht acquirirt, außer den Kreisamtmann. Aber sonderbarer Weise hab ich, außer Dir, 4 höchst verschiedne Leute gefunden, die nach langer Zeit sich meiner bestens erinnert haben und mich wieder aufsuchten. Der Eine war Manteufel sen. dem es Gott weiß wie, einfiel nach einem jahrelangen Stillschweigen und ohne, daß uns auch in Wittenberg ein engeres Band umschlang, an mich höchst freundschaftlich zu schreiben. Der 2te war, Forberg in Jena, der, eben nach sehr langer Unterbrechung unsrer Freundschaft, mir ein Herz voll Zärtlichkeit für mich zeigte. Der dritte war Bolschwing, der vor einigen Monaten mir einen Brief im alten Styl schrieb, der mir aber die unangenehme Erfahrung abnöthigte, daß durch sein Stehnbleiben eine sehr große Kluft zwischen uns entstanden war. *Medem*!!! war der 4te. Sein Brief war voll freundschaftlicher Errinnerungen und mir von allen der Unerwartetetste. Du weißt, wie wir uns trennten – so kalt, so geschieden, als möglich – und nun nach drey Jahren das! Kurz ich kanns nicht begreifen und bitte Dich, mir das Räthsel zu lösen. Aus meinen alten Verbindungen bin ich ganz heraus. Julchen hat geheyrathet. In dieser Rücksicht ist mit mir eine mächtige Verwandlung vorgegangen. Betrachte dies Kapitel, wie abgethan, in meinem Leben. Mein Schicksal hat einen großen Epichronismus gemacht. Sobald hattest Du Dir, dem natürlichen Lauf der Dinge nach, die Lösung dieses Karacterzugs nicht erwartet. Kurz hierüber bist Du nun mit mir im klaren. Mich hat es am meisten überrascht. Seit 7/4 Jahren bin ich Einer und derselbe im Wesentlichen – denn ich bin so lange fixirt und kurz und gut seit 5/4 Jahren – *versprochen*. Jezt in dieser Stunde betheure ich, daß ich, wie in der ersten Stunde denke – und, wo möglich, ernster, zärter, fester und wärmer bin. Mehr mündlich. Mein Lieblingsstudium heißt im Grunde, wie meine Braut. Sofie heißt sie – Filosofie ist die Seele meines Lebens und der Schlüssel zu meinem eigensten Selbst. Seit jener Bekanntschaft bin ich auch mit diesem Studio ganz amalgamirt. Du wirst mich prüfen. Etwas zu schreiben und zu heyrathen ist Ein Ziel fast meiner Wünsche. Fichten bin ich Aufmunterung schuldig – Er ists, der mich weckte und indirecte zuschürt. Glaub aber nicht, daß ich, wie sonst, leid[enschaft]lich blos Eins verfolge und nicht vor meine Füße sehe – Mein Vater [ist] zufrieden mit meinem Fleis und ich kann nicht über Langeweile bey ande[rn] Beschäftigungen klagen. Ich fühle in Allem immer mehr die erhabnen Glieder ein[es] wunderbaren Ganzen – in das ich hineinwachsen, das zur Fülle meines Ichs werden soll – und muß ich nicht alles gern leiden, da ich liebe und mehr liebe, als die 8 Spannenlange Gestalt im Raume, und länger liebe, als die Schwingung der Lebenssayte währt. Spinotza und Zinzendorf haben sie erfaßt, die unendliche Idee der Liebe und geahndet die Methode – sich für sie und sie für sich zu realisiren auf diesem Staubfaden. Schade, daß ich in Fichte noch nichts von dieser Aussicht sehe, nichts von diesem Schöpfungsathem fühle. Aber er ist nahe dran – Er muß in ihren Zauberkreis treten – wenn ihm nicht sein früheres Leben den Staub von den Flügeln gewischt hat.

Lebe wohl – bester Schlegel. Ich erwarte Dich mit Ungeduld – wenn ich weiß, daß Du in Leipzig bist, so komm ich und hole Dich ab. Dein

alter Freund
Hardenberg.

56. Novalis an Wilhelmine von Thümmel in Sondershausen

Dürrenberg: den 18ten Julius [1796]. [Montag]

Immer hat es ein ungünstiger Zufall verhindert, daß ich Ihnen nicht schrieb. In Grüningen hofft ich Sie zu sehn – Ich gieng so froh von dort weg – Meine Sofie erklärt Mein – so gut, so himmlisch gegen mich – ohne Ahndung, daß Ihre Krankheit noch etwas zu bedeuten habe – voll Hoffnung für die Zukunft, da meiner Eltern Genehmigung mir gewiß war, da ich nun so ungestört, so frey in Grüningen seyn konnte – und nun auf einmal die

Gefahr Alles zu verlieren – In Jena fand ich meine Sofie heiter und gefaßt – aber Starke selbst sprach mir nicht uneingeschränkt, unbedingt Muth zu – ich hoffe nicht – es ist freylich eine bedenkliche Krankheit – indeß die Jahre des Fräuleins und daß Sie sich anfängt zu bessern läßt mich noch Hoffnung fassen – So sprach er und denken Sie mich dabey – und nun entfernt und allein – recht in Muße alle Qual mir recht langsam zumessen zu können;

Auf den Sonnabend [23. Juli] geh ich wieder hin. Gott, wenn Sie dann reisen könnte! Es wär unaussprechlicher Jubel. An einen schlimmen Ausgang darf ich nicht denken – dann leben Sie wohl auf ewig – indeß ist ein guter Gott im Himmel – Söffchen ist zu Mehr bestimmt und ich vielleicht auch – ich glaube und bete. Behalten Sie mich lieb – Sie wissen, daß ich Sie nie aufhören kann zu schätzen und zu lieben.

Hardenberg.

57. *Novalis an Wilhelmine von Thümmel in Sondershausen*

Weißenfels. den 24 Aug[ust] [1796]. [Mittwoch]

Nicht wahr, liebe Thümmeln, ein wenig spät? Sie wissen ich hätte Ihren lieben, durchaus schönen Brief gewiß eher beantwortet, wenn ich Zeit gehabt hätte. Auch jezt ist diese kurz – aber Sie sollen doch wissen, was Söffchen macht und wissen, daß ich Sie grenzenlos schätze – Die Mutter ist jezt in Grüningen und Karoline [da]für in Jena. In 14 Tagen denkt Starke seine Patientin entlassen zu können. Es war doch eine zweyte Incision nöthig – aber mit ihr hofft auch Starke den Faden der Kranckheit durchschnitten zu haben. Unsre Sofie beträgt sich trefflich. Sie ist immer heiter und tröstend. Ich liebe Sie fast mehr Ihrer Kranckheit wegen. Meine Eltern waren ganz außer sich über Söffchens Kranckheit und mein Vater denkt ernstlich darauf Sie zu besuchen. Er trug mir auf Ihnen Schlöben zum Aufenthalt anzubieten und scheint ängstlicher über den Ausgang zu seyn, als ich. Mir steht der Glaube an ihre Genesung zu fest – Er ist mit meiner irdischen Existenz innig verwebt und fußt auf einen Blick, der wol nicht trügt. Es ist jezt alles in Wirbel bey uns gewesen. Der Kurfürst hat herkommen wollen – die Truppenmärsche – der nahe Feind – alles verbreitete Unruhe. Nur gut, daß das Kontingent bald kam. Mein Bruder [Karl] ist Adjutant bey Zeschwitz. Er und Mandelsloh haben uns besuchen wollen – Jezt scheinen Sie sich aber ohnedem uns nähern zu wollen – da das Kontingent tiefer herein rückt. Moritz Mandelsloh hat nebst einigen andern den Heinrichsorden. Erasmus ist hier gewesen und legt sich Ihnen zu Füßen. Nun, auf Michailis denk ich, wollen wir uns alle umarmen und des überstandenen Trübsals vergessen. Schreiben Sie mir bald, liebenswürdige Frau; Ihre Briefe befriedigen Geschmack, Geist und Herz zugleich – Sie gewähren mir einen unaussprechlich süßen Genuß und haben bleibenden Werth für [mich].

Leben Sie wohl.
Ihr
Freund
Hardenberg.

58. Novalis an Wilhelmine von Thümmel in Sondershausen

Weißenfels: den 19 Sept[ember] [1796]. [Montag]

Sie haben recht lange keinen Brief von mir erhalten. Aber Sorgen, Reisen und Geschäfte sind doch wohl gültige Ehehaften? Seitdem ich Ihnen nicht schrieb bin ich unterschiedliche Mal in Jena gewesen. Einmal mit meinem Vater und Schwester. Denselben Tag, da wir ankamen, wurden wir spät Abends von Mandelsloh und meinem Bruder überrascht, nachdem wir schon vorher ein Rendesvous in Auma projectirt hatten, wohin die Mandelsloh mit uns reisen sollte. Es traf gerade die Abwesenheit der Mutter und nur dis vermißten wir im Genuß der schönen Tage, die wir zusammenblieben. Sofie hat eine völlige Eroberung an meinem Vater und Schwester gemacht. Keine seine Töchter liebt er zärtlicher und seine Lieblingsunterhaltung ist Sie geworden. Dis macht Ihrem Erobererertalent um so viel mehr Ehre, da mein Vater seinen Jahren und seinem Karacter nach sich schwer zu ergeben pflegt. Diesem Eindruck zu folge gerieht er von selbst auf die Idee Söffchen, sobald sie reisen könnte, auf eine Zeitlang nach Weißenfels zu nehmen. Meine Eltern und alle wünschten es lebhaft und ich machte den Antrag, der von Seiten des Vaters äußerst verbindlich und artig angenommen, von Seiten der Mutter nicht verweigert und von Söffchens seite mit vielen Bedenklichkeiten aufgenommen ward. Sie entschloß sich aber doch endlich meinen Eltern zu Liebe dazu. Um ihre Sehnsucht nach Grüningen, als dem wichtigsten Grund ihrer Abneigung, zu mildern bat die Mutter den Vater, bey seiner Herkunft zur Abreise und Trennung, da meine Mutter Söffchen selbst abholen will, die Machère mitzubringen. So steht es denn jezt, da mancherley Umstände die Vollendung der Kur noch aufhalten.

Während der Anwesenheit meines Vaters zu Jena geschah auf sein Anstiften die dritte, höchst nöthige, aber schmerzhafteste Operation, deren Folgen noch dauern. Gewiß ist es die lezte und nur kleine Vernachlässigungen, und weibliche Umstände haben die Zuheilung der lezten Wunde noch verhindert. Der Hofrath gibt allen Trost und bittet nur dringend um genaue Obsicht, und Abwartung. Dis bewog auch vorzüglich meinen Vater zu dem Wunsche Söffchen bey sich zu haben. Bey uns ist man auf Krankenpflege weit besser abgerichtet – Man ist viel sorgfältiger und genauer im Brauchen einer Kur – Gesellschaft und Zerstreuung findet sie bey uns schon der Stadt wegen mehr – und im Nothfall ist Jena in 5 Stunden zu erreichen. Sonst sind sie in Jena recht in ihrem Esse. Der Professor Woltmann gibt sich alle Mühe Sie zu unterhalten. Es gibt einige artige Weiber da – die Mandelsloh hat einmal getanzt – es sind Konzerts gewesen – Sie sind spatzierengefahren – der berühmte Göthe hat neuerlich ihre Bekanntschaft gemacht und scheint vorzügliches Interresse an der Kleinen zu nehmen. So angenehm der Aufenthalt in dieser Rücksicht für Sie ist, so wünsche ich ihn doch von Herzen bald geendigt. Der Sommer ist mir recht fatal verstrichen. Ich sehe die Seele meines Lebens langwierig leiden, ohne ihr helfen zu können und eine unaufhörliche Unruhe läßt mich nie zu Athem kommen. Von Neuigkeiten ist alles still. Unsre Truppen stehn noch fest an der Grenze – Der Kurfürst scheint nicht herkommen zu wollen, besonders da man die Niederkunft der Kurfürstin Ende Novembers erwartet. Thugut will schlechterdings keinen Frieden. Nehmen Sie vorlieb und vergessen Sie nicht Ihrem alten Freunde bald Nachricht von sich zu geben.

Hardenberg.

59. Novalis an den Bruder Erasmus in Wermsdorf

Weißenfels. Den 20ten Septemb[er] [1796]. [Dienstag]

Mi Erasme.

Schon in Jena erfuhr ich durch Mandelsloh die Ankunft des Hyeronymuss Hardenberg, so nannte er Dich im Briefe, bey der Armee. Ich freute mich sehr, da Du neulich nicht in Jena mitgenossen hattest. Daß ich Dir nicht schrieb, war natürlich – da ich glaubte Du würdest bald kommen, Karoline Dir schrieb und meine Zeit mir verdammt knapp zugemessen ward. Daß der Vater Söffchen hernimmt, wird Dir neu seyn. Der Antrag ist acceptirt worden – es war ganz proprio motu des guten Alten. Er ist ganz in Söffchen verliebt. Sobald Sie reisen kann, holt Sie die Mutter von Schlöben ab. Ihre Besserung geht langsam, worann kleine Vernachlässigungen hin und wieder schuld seyn mögen.

Mit Deiner Politik hats diesmal ein wenig gehapert. Erst schreibst Du dem Alten um Geld, wegen einer *vergeßnen* Post – acht Tage darauf bist Du schon wieder von einer langen Reise da, die Dir *wenig* oder *gar kein* Geld kostet – und wo *günstige Zufälle* sich Ihr Wort für Dich gegeben zu haben scheinen. Muß dies dem ohnedem argwöhnischen Alten nicht noch argwöhnischer machen und um desto mehr schmerzen, da er jezt keine Verheimlichungen und Muschereyen mehr zu verdienen glaubt. Posito, jedoch nicht zugestanden, es sey alles haarklein wahr – die Einfädelung verdient Rüge, denn sie sezt eine gute Sache in ein verdächtiges Licht. Entweder ganz geschwiegen, oder besser ganz geredet und ohne Feigenblatt.

Übrigens komm nur bald. Deine Sachen kannst Du ja mit dem Hubertsburger Boten nach Leipzig schicken – und Du wirfst Dich in Dein elegantes Morgennegligee, Brüderchen, und besteigst die Rosinante der ordinairen Post – um die Scharte auszuwetzen.

Dein

treuer Bruder

Hardenberg.

60. Novalis an Friedrich Schlegel in Giebichenstein bei Halle

W[eißenfels] d[en] 1sten Januar. 1797. [Sonntag]

Hier mit vielen Danke Deine Philosophica zurück. Sie sind mir sehr werth geworden. Ich habe Sie ziemlich im Kopfe und sie haben derbe Nester gemacht. Mein cainitisches Leben stört mich nur, sonst hättest Du einen dicken Stoß Repliken und Additamenta mit gekriegt. Der Meister muß warten; doch entgeht er Dir nicht. Wenn ich von Artern und Grüningen zurückkomme welches in 8 Tagen geschieht, so mach ich mich gleich dran. Eher hätte ich Dich gern mit einem Pröbchen Republick beschickt – doch kann das auch geschehn; denn ich habe mich förmlich auf Execution bey mir gelegt. Das verwünschte Umherstreifen macht mich ganz confus. Ich vermuthe, daß es Dir jezt recht wohl geht und freue mich deshalb – desto leichter werden die Wehen seyn. Vielleicht kann ich Dich abholen; welches ich dann sehr wünsche, auch um Deinen Wirth kennen zu lernen, dem ich wegen seines ehrlichen Republicanismus recht gut bin, ohnerachtet Du, als Rigorist, uns beyden den Herrendienst verdenken mußt. Reichardt hat Kinder und ich habe Söffchen. Und an diesen Absolutis hängen wir ...

61. Novalis an Friedrich Schlegel in Giebichenstein bei Halle

W[eißenfels] d[en] 10ten [Januar 1797]. [Dienstag]

Du wirst wohl an meiner Feder sehn, daß ich nicht ganz, wie gewönlich, schreibe. Auf meiner Reise hab ich die Fatalität gehabt den Finger, neben dem Kleinen an der Rechten Hand auszufallen und bin dadurch sehr am Schreiben verhindert – indem ich nur zwey Finger dazu brauchen kann. Deinen Brief erhielt ich gestern bey meiner Zurückkunft – Mit dem Abholen wirds nun wol nichts seyn, da ich einige Zeit zu Hause bleiben soll. Es freut mich desto mehr, daß Du mir dennoch Hoffnung machst herzukommen. Mein Vater kommt künftige Woche nach Merseburg – aber der Tag ist ungewiß, sonst könntest Du die Gelegenheit benutzen. Reichardt kann Dich ja wohl herüberfahren lassen. Es ist mir sehr gelegen, daß Du kommst, auch denk ich, daß der Großkreutz bald weggehn wird. Meine Hand hat mich 8 Tage faul seyn lassen, welches mich häßlich quält – Selbst Lesen kann ich nicht recht, weil ich dabey unaufhörlich die Feder haben muß. Vom Urian hab ich nur das Lied in der Zeitung gelesen, worüber mein Alter besonders sein Fest hatte. Die Ankündigung des Alm[anach] in Hexametern soll gut seyn – selbst hab ich Sie noch nicht gesehn. Das Xte Stück hab ich gestern gekriegt. Du hast Dich mit Schlosser selbst übertroffen – Du bist im frischen Wachsthum des Annihilirens. Der Schluß ist allein eine Hecatombe von Maulwürfen wehrt. Du machst Wespen, wie Moses Läuse. Die Rec[ension] kannt ich schon und Du weißt, daß ich Sie sehr bewundre. Die Bruderrettung wird man Dir, wie dem Timoleon den Brudermord, aufmutzen. Die Griechen sollen uns schön willkommen seyn.

Woltmann soll an einer erhaltnen Duellwunde gefährlich krank liegen. Meine Sofie ist etwas besser, als Sie in Jena war, und die Aerzte scheinen voller Hoffnung zu seyn. Bedenklich fand ich Sie immer noch. Meine Handverletzung störte mich sehr im stillen Genuß der wenigen Tage, die ich in Gr[üningen] seyn konnte. Gestern erhielt ich die unangenehme Nachricht, daß Erasmus in Zillbach an einem Blutsturz gefährlich krank liege. Wahrscheinlich muß ich in einigen Wochen hin. Es scheint sich die Materia peccans gegen mich verschworen zu haben. Die Störungen reißen nicht ab. Untröstlich wär ich über seinen Verlust und käm ich um Söffchen, so weiß Gott, was aus mir würde. Lebe wohl, bester Schlegel; Empfehlungen an Reichardt, dessen Apologie von [Jean Paul] Richter, so wie der Zug mit seiner Frau mir ihn sehr lieb gemacht hat.

Dein Hardenberg.

62. Novalis an den Bruder Erasmus in Zillbach

W[eißenfels]. D[en] 20ten Jänner. 1797. [Freitag]

Du wirst bereits aus Karls Briefe wissen, warum ich in dieser häßlichen Zeit nicht schreiben konnte. Dieser Unfall hatte seine Zeit schlecht genug für mich gewählt. Die wenigen Tage, die ich in Gr[üningen] sein konnte, wurden mir durch Schmerzen und Fieber verdorben. Bey meiner Zurückkunft erhielt ich die Nachricht von Dir, durch Kottas Brief, welches die Einzige ist, die ich außer Deinem Briefe von Zillbach erhalten habe. Von einem Briefe, worinn Du meine Hinkunft in Langermanns Begleitung gewünscht, weiß ich nichts. Sicher wär ich gekommen, auch außerdem, wenn die Hand nicht war. Eine andre Nachricht bekam ich aus einer sonderbaren Quelle. Karl war in Merseburg gewesen und brachte mir von dem dort anwesenden Domherrn Wilke einen Brief der Geraischen Tante an mich mit, worinn Sie mich um Nachricht von Dich bat und zugleich mir einen Brief der Frau von Wegmar aus Meynungen an die Wilken beylegte. In diesem Briefe erkundigte sich die Frau von Wegmar bey der Wilken, ob der in Zillbach krank gewordene junge Hardenberg ein Sohn vom Salinendirektor sey, wobey Sie sich zu allen Dienstleistungen offerirte und dasselbe im Namen des Kammerherrn von Wegmar zu Roßdorf versicherte, der sich erbot, Dich nach Rosdorf zu nehmen und für Dich bestmöglichst zu sorgen. Du glaubst leicht, wie sehr mich dieses brave Benehmen freute – ich habe der Tante beruhigend geantwortet und ihr sogleich die erste Nachricht versprochen. Du wirst gewiß der Wegmarschen Familie und der Tante Dank wissen und hast nun die beste Gelegenheit, diese schäzbare Familie kennen zu lernen. Die Mutter hat erst Deinen Brief zu sehn gekriegt, welches auch sehr gut war, da sie auch jezt noch sehr betroffen war und ein paar Tage sehr niedergeschlagen umhergieng. Mir war gleich bey der ersten Nachricht am bängsten für den indirecten Folgen, für den Folgen, die durch das Medium Deiner Fantasie gehn. Mir war angst, daß Du nun mehr noch viel mehr von der Hypocondrie leiden und Dich unaufhörlich ängstigen würdest. Karl war von Hieke sehr durch das Beyspiel des Amtmann Haenels in Pegau beruhigt worden. Haenel hat 6 Kannen Blut einige mal verloren und ist doch glücklich hergestellt worden – überhaupt hat Hieke die Folgen eines aus solchen Ursachen herrührenden Blutauswurfs nicht so bedeutend gehalten. Hauptsächlich wünsche ich Dir kaltes Blut und Gelassenheit. Mit Schonung und Gemütsruhe scheint mir Deine Kur am leichtesten zu bewirken zu seyn. Dein Brief hat mich in der Hinsicht mit guten Hoffnungen erfüllt. Er ist recht vernünftig und ruhig geschrieben. Motzens Gesellschaft ist mir sehr lieb für Dich. Sollte Deine Besserung langsamer gehn, als wir glauben, so komm ich sicher hin.

In Grüningen fand ich S[ophie] auf gutem Wege. Langermann war noch da – er hat mir viel Trost gegeben. Die Wunde heilt sehr gut, das Fieber ist schwach und sezt zuweilen aus – der Auswurf eher vermindert, sowie der Husten – der Schlaf gut und sehr anhaltend, denn sie schläat auch einen großen Theil des Tags – Schweiße hat sie gar nicht – die Kräfte nehmen zu; das Aussehen bessert sich – die Füße sind vollkommen geheilt. Das Frühjahr und die Eselsmilch müssen die lezte Hand anlegen. Der Hauptmann war sehr vergnügt und alles sonst wohl auf, Jägers Eroberung hast Du ganz gemacht. Die Mutter, Mandelsloh, Karolinchen und selbst Söffchen scheinen mir aber etwas piquirt gegen Dich – Du hast zu lange aus einem Tone gesungen und hast den Vater mit hineingemischt, welches man am meisten empfunden hat. Der Onkel ist recht artig – Er hat in Gera viel zum Lobe S[ophiens] gehört – ihr Bild hat ihm sehr gefallen und er ist wenigstens eine Note tiefer – Er wird und muß schon mehr fallen. Der Alte ist jezt sehr übler Laune – Du weißt, daß ihn alles mürrisch macht und so hat ihn auch Deine Krankheit sehr verstimmt. Von mir sag ich nichts, denn das siehst Du selbst, in welcher Schule ich bin. Der Alte und ich denken und handeln gar zu überzwerch und da mir das Dulden ist, so bin ichs freylich zuweilen recht satt. S[ophiens] Krankheit, die Deinige, die Anwesenheit des Onkels, Aussichten auf die Zukunft kommen zu diesem verdrießlichen Verhältnisse dazu, da ist denn freilich ächter guter Muth theuer. Indeß jede Wolke verzieht sich wieder, und das wollen wir zusammen beherzigen. Deinen von Gr[üningen] aus an Karlen geschriebenen Brief hatte der Hauptmann liegen lassen – ich bin also zufällig dazu gekommen – Deine Besorgnisse für Söphchen sind Gottlob jezt nicht mehr gegründet – Das Geld kannst Du jezt vielleicht mit einrechnen; sonst müßt ich oder Karl es borgen und das ist freilich jezt schwer, da wir noch nicht einmal die nöthigen 300 rch. haben. Der Onkel und der Vater klagen zwar, wie immer ...

63. Novalis an Karoline Just in Tennstedt

W[eißenfels]. Den 20sten Jänner. 1797. [Freitag]

Daß Sie mich nicht für begraben halten – nur wenige Worte. Mein Unfall an der Hand, der sehr zur Unzeit kam, hat mir die Freude Sie zu sehn mit der Lust in G[rüningen] verdorben. Ohndem wär ich sicher nach Tennstedt gekommen. Wie oft hab ich mich nach Tennstedt seit Michailis gewünscht. Es ist mir sehr fatal indeß gegangen, darum hab ich auch nicht geschrieben – was hätt es mir und Ihnen geholfen. Die Verdrießlichkeiten haben nicht abgerissen – und die Alten sind geblieben. Mit Söffchen gieng es rückwärts – hier war nichts, wie Unfrieden und Geschwätz und Albernheit – Seit Neujahr hatt ich die Fatalitaet mit der Hand und, wie ich nach Hause komme find ich einen Brief, wo mir von Zillbach bey Meynungen geschrieben wird, daß mein Bruder Erasm[us] tödtlich kranck an den Folgen eines Blutsturzes sey. Vorgestern hab ich Gottlob von ihm selbst wieder Nachricht von seiner Besserung gehabt.

Nun urtheilen Sie – Söffchens Kranckheit wär allein schon vermögend mich wirblig zu machen und nun das Alles dazu. Meine Hand thut mir nur noch weh, wenn ich Sie länger anstrenge – Sie werden es auch am Schreiben merken – sonst schriebe ich Ihnen mehr. An den Onkel hab ich nicht geschrieben, weil ich unter 2–3 Bogen nicht an ihn schreiben mag und kann und die kann ich noch nicht zuwege bringen. Nur noch 14 Tage Geduld, dann will ich den Onkel vollkommen befriedigen und auch gegen Sie mich recht ausschütten. Sie wissen, wie innig und ewig ich Ihr Kleeblatt liebe – Euch, guten, prächtigen Menschen, wünscht ich ganz anzugehören – ich kann jezt nur fromme Wünsche thun – hoffentlich wirds bald besser. Versichern Sie dem Onkel und der Tante meiner zärtlichsten Errinnerungen – er ist mir soviel der gute Onkel – Seyn Sie, wie immer, meine Freundinn – ich hoffe, daß unsre Correspondez bald lebhafter werden soll. Für Klarus giebt mein Vater sich Mühe. Die ...... Ihre Umarmung ein.

Ihr
alter Freund
Hardenberg.

64. Novalis an den Bruder Erasmus in Zillbach

W[eißenfels], den 7ten Febr[uar] 1797. [Dienstag]

Deine Briefe haben uns gestern viele Bekümmerniß verursacht. Nach Deinem Vorlezten glaubten wir Dich in voller Besserung begriffen, und nun schreibst Du auf einmal so beunruhigend. Ich gestehe Dir daß mich die Spur von Hypochondrie in demselben etwas sicherer gemacht hat. Mich wundert dis bey Deiner Kranckheit, Deiner Lage, Deinem Karackter nicht im mindesten, und für diese Folge war mir von Anfang an fast am meisten bange. Deshalb nehm ich auch um so viel mehr Antheil an Deinen Leiden, da keiner so viel, eigentlich, bey einem körperlichen Zufalle, leidet, als Du. Deine Fantasie begleitet als ein zu treuer Gefährte, den Körper. Du hast diesmal entsezlich ausgestanden, und ich kann mir denken, welchen Eindruck so zusammengesezte, so unaufhörliche Gemüthsleiden auf Deine Stimmung machen müssen. Wie sehr hätt ich daher gewünscht Dich zu sehn, Dich zu trösten, Dir den Auf[f]lug über die Gegenwart zu erleichtern – Auch der Vater hätte Dich für sein Leben gern besucht; allein der Onkel, der noch immer da ist, will ihn nicht fortlassen und stimmt vielmehr dahin, Dich, sobald Du reisefähig bist, herkommen zu lassen. Doch wird Dir der Vater mehr davon schreiben. Von Gr[üningen] hab ich seit drei Wochen keine Nachricht und ich vermuthe daher, daß es gut gehn muß, wenn ich gleich sehr wünschte es schriftlich zu wissen. Karl wird diese Woche auf Urlaub herkommen, allein seine Reise mit dem Onkel dürfte wohl noch ein wenig aufgeschoben bleiben, da es heißt, daß der Minister nicht vor März kommt. Er ist diese Zeit über zu unterschiedlichen malen nicht wol gewesen, aber jezt scheint er ganz munter zu seyn. Karoline war jezt 8 Tage in Merseburg bey der Nostitzen, die ihre Niederkunft diese Tage über erwartet. Nostitz hat meine ganze Eroberung gemacht, ohnerachtet ich ihn nur ein Halbstündchen gesprochen habe. Bey Dir schwören beyde. Der Kantor Gläser hier ist endlich gestorben, ein Verlust, der Dich vielleicht doch interressirt. Salzbülow ist hier gewesen und ist noch in Dürrenberg. Die Niederkunft der Kurfürstin wird noch immer erwartet. Vom Marsche ist noch alles still. Der Vetter Boelzig heyrathet die Frl. Seckendorf von Gotteb, die ehedem hier war – der Amtsverwalter Kayser die Frl. Wuthenau – die Frl. Logau, (doch ist dies noch bloßes Gerücht), den schändlichen Reitzenstein, den Bruder des Oberforstmeisters. Lorchen ist Wittwe, denn Götz ist todt. In Lützen ist eine mächtige Brouillerie zwischen Penz und Karl auf einer Seite, und Kunth nebst Schmolinsky und dem Oberstlieutnant [von Besser] auf der andern Seite gewesen. Schmolinski hat manchen dummen Jungen eingesteckt und Penz und Kunth sind vom Wechselmord nur durch Karls Bemühungen abgehalten worden. Die Ursache ist, wie gewöhnlich, eine Lumperey, ein Wort.

Karl hat sich Deinetwegen genau bey Hieke befragt. Dieser scheint Dich für sehr curabel zu halten und provocirt gänzlich auf eine Milchkur. Wenn Du recht klug bist, so läßt Du Dich jezt auf keinen Zukunfts Gedanken ein – lebst ganz in den Tag hinein – freust Dich ruhig über die gute Stunde und hältst Dich still in der Bösen. Ein gewisses Stillhalten ist eine herrliche Sache, die uns reichlich für die anfängliche Anstrengung belohnt. Lache Du, wie Du schriebst, daß Du auch zuweilen thätst, über Deine Kranckheit, als wüßtest Du doch, Du seyst unsterblich, und es sey nur eine Spiegelfechterey. Unter guten Leuten bist Du – Dein einziges Studium sey jezt die Zeit zu tödten. Strenge Dich mit nichts an – erspare Dir jeden heftigen Reitz – schon Deine Briefe sind zu lang und müssen Dich nothwendig erschöpfen. Dein zärtliches Herz kann sich in zwey Zeilen drücken – Sie sind für uns ebenso wolthätig und frey von dem fatalen Nebengedanken, daß Dir der Brief vielleicht tagelange Ruhe kostet und den Schmerz in Deiner Seele schärft. Der Vater scheint zu glauben, Du habest Schritte in Weimar gethan, die Dich compromittiren könnten – ich hab es ihm auszureden gesucht. Bereite Dich nur auf Entschuldigungen deshalb vor – Fatale Nothwendigkeit zu lügen. Wegen Cotta und Motz schreib ich nichts, da Du mir zu wenig geschrieben hast und der Vater mich zum Schlusse drängt.

Ewig Dein Bruder Fritz.

Wir bitten nur bald um beruhigendere Nachrichten; die Mutter und der Vater sind im höchsten Grade bekümmert.

65. Novalis an Friedrich Schlegel in Jena

W[eißenfels]. D[en] 7ten Febr[uar] [1797]. [Dienstag]

Du mußt meiner Nachlässigkeit verzeihn – die Griechischen Gedichte kommen erst jezt mit. Zeither bin ich faul gewesen; und kann Dir also nichts mitschicken. Überdem hab ich Wilhelm Meister jezt nicht – da ich ihn nach Gr[üningen] geschickt habe. Von daher, hab ich zu meinem großen Verdrusse seit drey Wochen keine Nachricht. Mit Erasmus gehts noch gar nicht gut und auch Karl hat gekränkelt. Der Großkreuz ist auch noch da – dis alles macht eine Atmosphäre, in der ich nicht frey athmen kann. Sobald das 1te Stück von Niethammers Journal erscheint, so habe doch die Freundschaft und communicire eines. Empfiehl mich Deinem Bruder und Deiner Schwägerin – und Du lebe wohl und sey fruchtbar und vermehre Dich.

Dein

treuer Freund

Fridrich von Hardenberg.

66. Novalis an Wilhelmine von Thümmel in Sondershausen

W[eißenfels]. Den 8ten Febr[uar] 1797. [Mittwoch]

Aus einem Briefe der Danscour ersah ich, daß Sie sich meiner gnädigst erinnert hatten. Dis hat mich aufgemuntert mich selbst wieder bey Ihnen in Errinnerung zu bringen und diese Gelegenheit zu benutzen, um Ihnen meine zärtlichste Achtung zu bezeugen. Ich weis wohl, daß ich mit einer Entschuldigung des Vergangenen anfangen sollte – allein sollte meine peinliche Lage mich nicht längst bey Ihnen entschuldigt haben? Es war mir eine gute Portion Leichtsinn nöthig, um zeither nur noch so fertig werden zu können – um ruhig schlafen, arbeiten, denken, sprechen und gleich Andern seyn zu können. Rechnen Sie hierzu noch eine Menge andre Verdrießlichkeiten und Abhaltungen, so wird es Sie nicht mehr befremden, wenn ich, zufrieden das Nöthigste gethan zu haben – mich so tief, als möglich in die Fluth des menschlichen Wissens vesenke, um, so lange ich in diesen heiligen Wellen bin, die Traumwelt des Schicksals zu vergessen. Dort blühn allein mir die Hoffnungen auf, die ich hier verliere

– die hiesigen Rückschritte sind dortige Fortschritte – das verwundende Schwerdt wird dort zum beseelenden Zauberstabe und die Asche der irdischen Rosen ist das Mutterland der himmlischen. Ist nicht unser Abendstern der Morgenstern der Antipoden?

O! wenn noch Orakel vorhanden sind, so reden sie aus den Bäumen der Erkenntniß, so tönen sie in uns, so lesen wir sie im Sybillinischen Buche der Natur. Meine Fantasie wächst, wie meine Hoffnung sinkt – wenn diese ganz versunken ist und nichts zurückließ, als einen *Grenzstein,* so wird meine Fantasie hoch genug seyn, um mich hinauf zu heben, wo ich das finde, was hier verloren gieng. Frühzeitig hab ich meine precaire Existenz fühlen gelernt und vielleicht ist dieses Gefühl das erste Lebensgefühl in der Künftigen Welt.

Wie sehr wünscht ich einmal mit Ihnen einige Tage in Grüningen verleben zu können. Im März komm ich sicher hin und dann mach ich mir das Vergnügen und hole Sie ab. Die Erfüllung des Wunsches macht gewiß Ihr Glück, wie das Meinige; daß wir dann endlich aufhören mögen für Söffchens Tage zu zittern, daß ich nicht mehr, wie ein verzweifelter Spieler lebe, dessen ganzes Wol und Weh davon abhängt, ob ein Blütenblatt in diese oder jene Welt fällt.

Leben Sie wol,
Beste Diemmeln, und
bleiben Sie die Freundinn
Ihres
Freundes Hardenberg.

67. Novalis an den Bruder Erasmus in Zillbach

W[eißenfels]. Den 26sten Febr[uar] [1797]. [Sonntag]

Deine lezten Briefe haben uns, ohnerachtet Deiner gewiß täuschenden Ueberzeugung, allerdings beruhigt. Man sieht doch ein merckliches Besserwerden und dis ist, bey einer Krankheit, wie die Deinige ist, schon viel gewonnen. Du leidest sehr viel – vielleicht macht Dich das auf die Zukunft sehr vorsichtig, und nach dem, was ich von Deinem Übel und seinen Entstehungsursachen gehört habe, ist dasselbe in Deiner Hand. Sein Rückfall, seine Gefährlichkeit hängt lediglich von der Behutsamkeit ab, die Du anwenden wirst, Dich dafür zu sichern. Jezt ist positiv keine Gefahr mehr vorhanden – aber Sie kann eintreten, wenn Du mehrere Recidive veranlassen oder ihnen nicht gehörig vorbauen solltest. Überdem hat man mir Hoffnung gemacht, daß auch selbst diese strikte Observanz nur einige Jahre nöthig seyn würde, binnen welchen Dein Körper die Kräfte erhalten könne, die ihn fähig machen würden den Blutcongestionen zu widerstehn.

Dein Entschluß Algebra zu studiren, ist gewiß sehr heilsam. Die Wissenschaften haben wunderbare Heilkräfte – wenigstens stillen Sie, wie Opiate, die Schmerzen und erheben uns in Sfären, die ein ewiger Sonnenschein umgiebt. Sie sind die schönste Freystätte, die uns gegönnt ward. Ohne diesen Trost wollt ich und könnt ich nicht leben. Wie hätt ich ohne Sie seit 1½ Jahren so gelassen S[ophiens] Kranckheit zusehn, und außerdem so manchen Verdrießlichkeiten ausgesezt seyn können. Es mag mir begegnen, was will; die Wissenschaften bleiben mir – mit Ihnen hoff ich alles Ungemach des Lebens zu bestehn.

Der Onkel ist noch hier – und wird wohl vor dem 18ten März nicht weggehn, da der Minister den 16ten nach Leipzig zu kommen gedenkt. Karl ist also auch noch hier. Die übrigen Neuigkeiten hat Dir vielleicht Karl schon geschrieben – daß die Fürbitten für den Churprinz bald cessiren werden – daß die junge Comtesse Einsiedel in den Wochen gestorben – die Frau von Trebra gleichfalls Todes verblichen, Jettchen Kracht zwar sehr kranck ist, aber doch in einigen Wochen heyrathen wird, daß Kayser die Frl. Wutgenau geehlicht hat, und Boelzig in kurzen Frl. Seckendorf ehlichen wird – ferner, daß Mandelslohs im May nach Dresden in die Garnison mit gehn, und endlich, daß Langermann hier war und von dem Alten das Geld zur Promotion geborgt kriegt.

Was Du mir wegen Deinen Nürnberger Bekannten schreibst, so dient Dir zur ergebensten Rückantwort, daß ich mich auf keinen Nürnberger zu besinnen weiß, als auf Veilodtern, und wenn Du willst, auch Erhardten. Veilodter war ein artiges, munteres, kleines Männchen, dem wir alle recht gut waren. Mit Erhard aber war ich eine Zeitlang wirklich Freund und freylich zieh ich ihn V. weit vor. Ich habe aber eine Gegenfrage, die ich gern so umständlich, als möglich beantwortet wünschte.

Was hast Du in Hubertsburg
1. theils allein,
2. theils in Gesellschaft mit dem Schulmeister [Meusel] aus Mutschen vorgenommen. Auf welche Art habt ihr ihn zum Narren gehabt?

Nimm Deine Neugier über diese Anfrage gefangen und gib mir baldigst Nachricht darüber.

Von Gr[üningen] schreib ich Dir nichts, weil ich selbst nichts authentisches seit langer Zeit daher weiß. Wahrscheinlich reise ich in kurzen hin und dann sollst Du eine umständliche Relation haben.

Lebe wol, bester Erasmus. Das Ausland wird nie unser Vaterland seyn. Unter diesem Himmelsstrich liegt Eldorado nicht. Das fühlen wir an dem harten Boden, der rauhen Luft, dem kurzen Frühling und dem feindlichen Insektenschwarm.

Gott erhalte Dich.
Dein
treuer Bruder
Fridrich von Hardenberg.

Nouveau Dictionnaire de Poche, François allemand et Allemand françois. Leipsik. Rabenhorst.

68. Novalis an Friedrich Schlegel in Jena

W[eißenfels]. Den 14ten März [1797]. [Dienstag]

Dein Brief hat mich in einer trostlosen Lage getroffen. Ich bin aus Thüringen mit der fast apodiktischen Gewisheit zurückgekommen, daß Sofie nur noch wenige Tage zu leben hat. Wenn ich nur immer weinen könnte, aber so bin ich in einer schlaffen, ängstlichen Gleichgültigkeit, die mir jede Faser lähmt. Es ist eine Verzweiflung in mir, deren Ende ich nicht absehe. Der Ekel, den mir alles, Vergangenheit, Gegenwart, und Zukunft, einflößt, ist unbeschreiblich. Nur selten kann ich mich auf einige Stunden mit Arbeiten zerstreuen. Der Kopf ist in dem wüstesten Zustande – ich kann nichts mehr finden. Die Gewisheit ihres Besitzes ist mir zu unentbehrlich geworden – jezt erst fühl ich, wie Sie, mir selbst unmercklich, der Grundstein meiner Ruhe, meiner Thätigkeit, meines ganzen Lebens gewesen ist. Der Lebensüberdruß ist entsezlich – und ich sehe kein Ende. Ich hoffte, die Wissenschaften sollten mir einen Ersatz bieten – aber alles ist auch hier todt, wüste, taub, unbeweglich. Der Schlaf ist meine einzige Wolthat – wenn ich kann, so schlafe ich. Gott weiß, wie sich das alles lösen soll – Dich säh ich doch gern – Du würdest mich doch vielleicht mit Deinen kräftigen Ansichten der Dinge und Wissenschaften beleben – ach! nur ein Funken Lebensgeist – matte Unruh ist ein fürchterlicher Zustand.

Leb wol – guter, lieber Schlegel – mit mir hats bald aufgehört – Sey glücklicher, als ich – Nur ein Wunder kann mich selbst mir wiedergeben.

Grüße herzlich die Deinigen. Die Bücher erhältst Du anbey zurück – tausend Dank – ordentlich lesen kann ich Sie jezt nicht. Was Deinen Brief an Severin betrifft, so glaub ich Dir recht zu handeln, wenn ich ihn Dir unbestellt zurückschicke. Severin hat kein Geld – er ist seit mehrerer Zeit in der größten Verlegenheit – es wäre ihm zu wünschen, daß er sich hülfe, denn er ist sonst ein sehr honnéter Mann. Über die andern Gegenstände Deines Briefs erlaube mir jezt zu schweigen – schon dieser Brief ist mir sauer genug geworden.

Dein
Freund
Hardenberg.

69. Novalis an Karl Ludwig Woltmann in Jena

Weißenfels, den 22. März 1797. [Mittwoch]

Es ist für mich eine traurige Pflicht, Ihnen – die Nachricht mitzutheilen, daß Sofie nicht mehr ist. Nach unaussprechlichen Leiden, die sie musterhaft ertrug, endigte sie den 19ten März früh um halb 10 Uhr. Den 17ten März 178[2] war sie geboren, und den 15ten März 1795 erhielt ich von ihr die Gewißheit, daß sie Mein seyn wollte. Seit dem 7ten November 1795 hat sie gelitten. Acht Tage vor ihrem Tode verließ ich sie, mit der festesten Ueberzeugung, sie nicht wiederzusehen – Es war über meine Kräfte, die entsetzlichen Kämpfe der unterliegenden blühenden Jugend, die fürchterlichen Beängstigungen des himmlischen Geschöpfs ohnmächtig mit anzusehen. Das Schicksal habe ich niemals gefürchtet – Erst vor drei Wochen sah ich es drohen. Es ist Abend um mich geworden, während ich noch in die Morgenröthe hineinsah. Meine Trauer ist gränzenlos, wie meine Liebe. Drei Jahre ist sie mein stündlicher Gedanke gewesen. Sie allein hat mich an das Leben, an das Land, an meine Beschäftigungen gefesselt. Mit ihr bin ich von allem getrennt, denn ich habe mich selbst fast nicht mehr. Aber es ist Abend geworden, und es ist mir, als würde ich früh weggehen, und da möchte ich doch gern ruhig werden und lauter wohlwollende Gesichter um mich sehen – ganz in ihrem Geiste möchte ich leben, sanft und gutmüthig seyn, wie sie war.

Unvergeßlich wird mir, wie meiner verewigten Sofie, die Freundschaft, die Sorgfalt seyn, mit der Sie ihre letzten Tage zu erheitern bemüht waren. Sofie hat sich Ihrer Gefälligkeiten mit dem wärmsten Danke noch erinnert, und ich habe einen stillen Auftrag gefühlt, Ihnen diesen Dank mit dem Meinigen vereinigt zu überbringen. Sie verzeihen meiner Liebe, wenn ich Ihnen sage, daß mich Ihre Aufmerksamkeit für Sofieens Wünsche, Ihr halbjähriges Zusammenleben mit ihr, Sie, jetzt erst, mir recht werth gemacht hat. Ich habe Sie in einer höchst ungünstigen Stimmung kennen gelernt. Sie haben mich nicht gesund gesehen. Ungeheure Widersprüche kreuzten sich in meiner Seele – Sofieens Krankheit und tausend andere Verdrießlichkeiten hatten einen sehr widrigen Einfluß auf meine Denkungsart. Gern gestehe ich Ihnen jetzt, daß mir manches an Ihnen mehr mißfiel, als es zu jeder andern Zeit geschehen seyn würde. Ich mag Sie damals oft beleidigt haben. Verzeihen Sie mir beim Andenken an meine Sofie. Durch Thränen sieht man keine menschlichen Fehler – Thränen waschen jeden Flecken weg. Der Unglückliche drückt in einem höhern Gleichheitsgefühl jeden aufrichtig und warm an das müde, liebende Herz. Behalten Sie mich lieb – ich traue Ihnen zu, daß Sie Sofieens immer mit warmer Achtung gedenken werden. Es ist möglich, daß ich diesen Sommer in [Jena] verlebe. Im Anfange werde ich viel Erinnerungen zu bekämpfen haben – aber ich freue mich doch, mit Ihnen recht viel von Sofien reden zu können – ich muß mich an die Vergangenheit halten, da ich von der Zukunft nichts mehr zu erwarten habe. Leben Sie wohl, und seyn Sie glücklicher, als

Ihr Freund *Hardenberg.*

70. Novalis an Caroline Just in Tennstedt

Weißenfels: den 24sten März. 1797. [Freitag]

Mittwochs früh erhielt ich schon Ihre lieben Briefe. Sie können glauben, daß Sie einen recht tiefen Eindruck auf mich machten, daß ich innig den Besitz solcher freundschaftlichen Herzen fühle, und daß mir diese lieben Worte, so schmerzlich übrigens auch der mildeste Balsam auf eine solche Wunde däucht, doch unaussprechlich angenehm waren. Dienstag [21. März] früh hatt ich durch einen Boten meines Bruders [Anton] die Nachricht von der Vollendung meiner Sofie erhalten. So lang ich schon mit der Idee davon mich getragen, so gewiß ich schon jede Stunde diese Ankündigung lebenswieriger Hoffnungslosigkeit erwartet hatte – so fiel doch mit dieser entsezlichen Gewisheit eine Last auf mich, die mir nur die Hand abheben wird, die alle Fesseln zerbricht. Bis dahin leuchtete mir noch der ferne Schimmer einer Hoffnung, der nun auf einmal verschwand, und mich allen Schrecken einsamer Finsterniß überließ.

Die Stunden des bittersten Schmerzens sind vorüber. Schon mehr bin ich an den Anblick des Grabes, an das Gefühl der Leere, an die Errinnerung ehmaliger schönerer Zeiten gewöhnt. Meine Versteinerung geht schnellen Schrittes, wie denn das Uebel immer bey mir so schnell eingetreten ist, wie das Gute langsam. Der Schmerz hat mein Gedächtniß gelähmt, das mich am meisten quälte, weil es mich gewaltsam anzog. Nicht mehr so erschütternd stehn die lieblichen Bilder unsrer ersten Bekanntschaft, die Schatten meiner Träume, die rührenden, aber so sichern und hoffnungsvollen Szenen aus ihrer Kranckheit vor mir auf – die peinigende Unruh, solange ich wußte, daß Sie noch litt, bereitete mir diesen stillern Zustand vor, den die Schwäche meiner Nerven beschleunigte. Sie wissen, wie es schwächlichen Leuten geht, sie genießen nicht einmal die bittren Freuden der Wehmuth – Wenn die ersten Thränenkrämpfe vorbey sind, so empfängt sie das matte Bewußtseyn einer gleichgültigen Gegenwart, und vergebens ist ihre Sehnsucht nach den sanften Thränen des Nachwehs. Aber eben diese unwillkührliche Gelassenheit ist ein Gegenstand meiner quälendsten Gedanken – Mir wäre recht wohl, wenn ich so immer still weinen könnte. So bin ich wie im Traum; ich begreife so wenig von den Dingen um mich her – es geht alles so ängstlich gewöhnlich hin, daß ich mich oft frage – ist denn auch alles wahr? Du bist doch nicht im Wahnsinn?

Mittwoch vor 14 Tagen [8. März] bin ich zum leztenmale in dieser Welt auf einige Stunden recht herzlich froh gewesen. Sophie war recht wohl – und in frölichen Leichtsinn flogen mir einige Nachmittagsstunden hin – den Donnerstag früh kriegte Sie den ersten Anfall der schrecklichen Beängstigungen in meiner Gegenwart. Kurz vorher schmälte sie noch mit mir, weil ich meinem Herzen Luft machen mußte und weinen. Schon damals, als ich halbtodt in den Garten lief, und Sie nicht lebendig wieder zu finden glaubte, schon damals, wo der Zufall, der ihr schönes Leben endigte, so nahe war, war ich völlig resignirt, wie ich mir einbildete. Dadurch bekam ich auch den Muth den Freytag früh wegzugehn, welches mir nachgehends, ohnerachtet der entsezlichen Szenen, die ich voraussah, nicht möglich gewesen seyn würde. Wie oft hab ich es bereut, wenn mich gleich eine ruhigere Überlegung rechtfertigt. Tiefer konnte die Wunde nicht werden, aber schmerzhafter. Der Abschied von ihr bleibt mir ein immerwährendes Rähtsel; So sehr mich die Errinnerung daran noch beugt, so sonderbar heiter war er wircklich. So wie die Pferde angespannt waren – Von Ende mir allen Trost vollends benommen und ich nun meinen Hut nahm – weg waren Thränen und Bekümmernisse – Mein Herz schlug ruhig – ich umarmte Sie lange und warm – ich dachte sogar, daß es die lezte Umarmung sey – Sie bat mich bald wiederzukommen – bestellte Grüße an alle – ich umarmte still und heiter alle – Unbegreiflich froh sah ich diese einzige, holde, himmlische Gestalt beym Hinausgehn noch einmal an – und so blieb es noch einige Zeit – desto quälender war der übrige Tag.

Ihre Leiden werd ich ewig nicht verwinden. Die Martern dieser himmlischen Seele bleiben der Dornenkranz meiner übrigen Tage. Wollte Gott, den ich flehentlich darum gebeten habe, daß sie kurz wären. Eine unbestimmte, vielleicht sehr lange Zeit von ihr getrennt zu seyn – den Gedanken kann ich noch immer nicht tragen. Wenn meine Wehmuth zur leisen Flamme würde, die mich so verzehrte, daß mich dann ein leichter Luftstoß in einen Haufen Asche verwandelte, sollte Sofie nicht diesen Wunsch unterstützen. Ihr Leben hielt ohnedem meine geistige Existenz zusammen – seit dieser Geist wich, fangen schon die organischen Theile an sich zu trennen und zu ihren Elementen zurückzukehren. Die Gestalten meines Innern zerbröckeln – ich lebe in Ruinen – und bald wird alles dem Erdboden gleich seyn. Eins ist mir kränkend, daß ich so unter den Lebendigen, frohen Menschen, wie ein Leichenstein, herumgehn soll und ihre kurzen Freuden stören. Aber darum will ich auch recht schweigen und ruhig aussehn lernen. Was leiden nicht meine guten Geschwister allein. Wenn Sie und meine Freunde nur noch die erste Zeit mit mir Geduld haben, wo ich so ängstlich noch gern ihr Andenken erhalten will, wo ich von ihr sprechen muß und so gern von ihr hören mag – Nachher bitte ich Sie gewiß seltner darum – und nur wenn ich einmal recht müde, und kalt bin und gern einmal einen Blick in mein altes Land thun möchte. Sonst muß ich mich noch sehr für Aufblitze meines ehmaligen Bewußtseyns hüten. Ich bin ja nicht mehr derselbe – und es ist mir, als wollte Sie es haben, daß ich mich doch nicht ganz unfähig machen sollte – Vielleicht geschiehts ohnedem. Mich selbst hab ich verloren – die wichtigsten Jahre meines Lebens, wo ich zu mir selbst kam, wo ich zu leben anfieng – die muß ich, wie ein verbranntes Blatt abreißen – wenn ich kann. Grüningen, die Wiege meines bessern Selbst, ist mir zur Grabstätte geworden – das einsame Grab auf dem kleinen Kirchhofe – die drey Ellen Erde auf dieser himmelvollen Brust – das ist, was meine Fantasie erfüllt, die sonst in Paradiesen schwebte. Allein das himmlische Auge, das sich nie wieder mit unbeschreiblicher Hoheit und Milde gegen mich aufschlägt – allein dis zieht mich auf immer von allen andern Beschauungen ab.

Wie oft denk ich mir jezt, daß ein geöffneter Sinn längst ihre Bestimmung für den Himmel hätte ahnden sollen. Sie trug das Gesicht so gesenkt – Sie war zu schön – zu frühzeitig – Meine Mutter sagte, wie Sie zum erstenmale ihre Silhouette sah – Ihr Gesicht gefällt mir unbeschreiblich – Sie sieht so from[m], so still aus – als wäre Sie nicht auf dieser Welt an Ihrem Platze. Meynen Sie nicht auch, daß Sie zu gut für mich war. Ach! und bin ich nicht die entfernte Ursach ihres Todes; doch hab ich mir darüber noch keinen Vorwurf gemacht. Vor meiner Liebe brauch ich nicht zu erröthen – Jezt weis Sie besser, wie herzlich, einzig ich Sie geliebt habe – wie ich nur Einen Gedanken hatte, der alle andre einfaßte – Sie so glücklich zu machen, als ich könnte. Gute Justen – Ihre Vision – ach! und mein Lied zum vorigen Geburtstag – wie seltsam profetisch zum Schluß.

Den 15ten März sagte Sie mir zum erstenmale, daß Sie Mein seyn wollte. Den 17ten war Sie geboren – den 19ten ist Sie heimgegangen – den 21sten erhielt ich die Nachricht – sollt ich nicht ahnden dürfen, daß ich den 23sten ihr nachkäme. Wie glücklich wär ich, wenn ich heute wüßte – heute übers Jahr bist du bey ihr. Schon der Gedanke macht mich sehr heiter.

Ihr Brief enthielt so manches Unvergeßliche – so manches, das gerade meine tiefsten Empfindungen traf.

[28. März. Dienstag]

Gott belohne Sie für diesen warmen Antheil an dem Schicksal eines Menschen, der wenigstens allen guten Willen hatte, die Freundschaft ächter Menschen zu verdienen. Dieses neue Blatt hab ich einige Tage später angefangen, als ich das vorige endigte. Jeder Tag bestätigt die traurige Muthmaaßung meiner zunehmenden Gleichgültigkeit. Seitdem hab ich gar nicht mehr geweint – die weichere Stimmung verliert sich immer mehr – und die guten Augenblicke auflodernder Heiterkeit sind ganz ausgeblieben. Meine Ideen sind geschäftig – mein Verstand hat eher gewonnen, als verloren – aber die Liebe, die Liebe fehlt – und mit ihr fehlt alles – denn sie giebt Alles – aber Sie nimmt auch alles. Was hilft es mir ein Ideenwebstuhl zu seyn – Für das Lebendige ist kein Ersatz. Eins hab ich gewonnen – die *feste* Hoffnung Sie nicht verloren zu haben – auch würde mich diese Hoffnung noch mehr stärken, wenn Sofie mir erscheinen könnte und dürfte. Wie unaussprechlich glücklich wär ich noch hier, wenn Sie mir zuweilen sich offenbarte – mich aufrichtete, stärkte – nur mit einem einzigen liebevollen Blick. Wie verklärt lebt ich mir selbst. Noch geb ich diese Hoffnung nicht auf – Sie hängt noch an einer Andern, von der ich Ihnen vielleicht noch mehr schreiben werde.

Was Sie von Sofieens unsichtbarer Gegenwart reden ist eine herrliche Wahrheit – Ihr Bild soll und wird mein bessres Selbst seyn – das Wunderbild, das in meinem Innern von einer ewigen Lampe erleuchtet wird und das mich gewiß retten wird für so manchen Anfechtungen des Bösen und Unlautern. In die verklärten Hände hab ich der Tugend von Herzen gehuldigt – Sie soll mir ein Vorbild seyn – Um Todte weht der Geist des ewigen Friedens, und dieser Geist der Eintracht[,] Liebe, Herzensgüte, Sanftheit und Demuth soll mich auch umwehn, denn was fehlt mir zum Todten – bin ich nicht so gut wie gestorben? Trost, sagen Sie, kann nur die Zukunft geben – ja! die wahre Zukunft, nicht die wenigen, übrigen mühevollen Jahre – aber was jenseits ist, was uns aus so manchen Naturtönen, aus so manchen ihrer Gestaltungen mit unbeschreiblichen Ahndungen erfüllt.

Während ich dieses schrieb, ist es mir recht warm aufs Herz gefallen, ob meine Klagen nicht selbstsüchtig, kleinlich und beschränkt sind. Wenn ich ein wahrhaft hoher Mensch seyn wollte, sollte nicht jezt eine ewige Heiterkeit meine Augen und meine Stirn beseeelen – und himmlischer Enthusiasmus meine Brust erfüllen. Wer bin ich, daß ich so irrdisch klage? Sollt ich nicht Gott danken, daß er mir so früh meinen Beruf zur Ewigkeit kund machte? Ist es nicht Beruf zur apostolischen Würde? Kann ich im Ernst Sofieens Schicksal beklagen – Ist es nicht ein Vorzug für Sie – Ist nicht Ihr Tod und mein Nachsterben eine Verlobung im höhern Sinn? Gott hat mich und Sie für die schleichende Anstekkung der Gemeinheit bewahren – er hat Sie in eine höhere Erziehungsanstalt bringen, diese zarte Blume unter einen bessern

Himmel verpflanzen und mich den stärkern, den rohern Mann noch in der Erdenluft zeitigen wollen. Sollte Gott von mir jezt ächte Erhebung, männliche Vollendung, tiefes Zutraun zu seiner Liebe – unverwandten Blick auf den Himmel und meine höhere Bestimmung, ewiges Gelübde der Tugend und des Glaubens an die Samenideen der innersten Menschheit fodern?

So eben treten diese Ideen mit einer ungewohnten Wärme in mein Bewußtseyn – ich fühle was ich seyn könnte – aber Gott sieht wie gebrechlich und schwach ich bin – Kann ich hoffen, daß in dieser kraftlosen Seele solche Ideen haften und nicht vorbeygehn werden. Jezt ist einmal Leben in mir – aber wird es gegen die Nervenstumpfheit, gegen die Gewöhnlichkeit und das Verwöhntseyn sich halten können? Sophie weiß, was mir gut ist – Sie bittet Gott gewiß mit für mich – und nur dann muß meine Klage perenniren, wenn selbst solche Ideen nicht mehr Bleibens haben.

Wenn solche lichtvolle Augenblicke vielleicht Berührungen meiner Sophie sind; ach! wann wird es ihr dann gefallen immer um mich zu seyn.

Der traurige Brief schließt sich heiterer, als ich dachte. Ich fühle mich eben jezt so hoch – als ich mich bisher, Einen Moment ausgenommen, noch nie fühlte. Es ist ein sonderbarer Abstich mit meiner bisher beharrlichen Indifferenz, mit meiner entsezlichen Kälte und Leblosigkeit. Leben Sie wol – gutes Mädchen – Schreiben Sie mir recht bald – und recht viel von meiner Sophie – was Sie noch von ihr wissen – jede Kleinigkeit ihrer lezten Tage – die Umstände ihres Todes – von ihrem Begräbniß. Diesen Sommer besuch ich gewiß einmal ihr Grab. Es soll mein Magnet seyn und wird die Stätte meiner Heiligung seyn. Vielleicht kann ich auch dann wieder weinen.

Ihr
Freund
Hardenberg.

Nun noch Eins – Nach Gr[üningen] kann ich noch nicht schreiben. Ich bat die Danscour im vorlezten Briefchen um eine Haarlocke der Verewigten. Besorgen Sie doch diese für mich, wenn die Danscour nicht diese Bitte vergessen hat – und dann bitten Sie doch die Mutter um das grüne Tuch, das Sofie in der Kranckheit immer trug und um die graue Chémise, die Sofie in Jena und vielleicht zum leztenmale getragen hat. Wollte die Mutter mir noch einige Kleinigkeiten accordiren, *wenn sie da sind,* worunter ich blos ihre kleinen Schreibereyen im Taschenbuch oder sonst, verstehe, insoweit ich ohne Indiskretion sie erhalten kann, so ist mirs desto lieber. Ihr irrdisches Selbst liegt mir noch so am Herzen.

71. Novalis an Frau Kreisamtmann Rahel Just in Tennstedt

Weißenfels, den 28ten März. [1797] [Dienstag]

Wie erquickt haben Ihre friedlichen Worte nicht den Lebensmüden. Ich bin es zeither recht gewesen, und nur heute Abend, während ich den Brief an Carolinchen endigte, hat mich zum erstenmal wieder ein Reiz höherer Art erwärmt. Gewiß habe ich zu sehr an diesem Leben gehangen – und da ist freylich wohl ein gewaltsames Correctif nöthig gewesen. Für Sofieen kann ich nicht klagen – Gott hat gewiß recht väterlich an ihr gehandelt – und hat er da nicht nach meinem oftmaligen Gebet gehandelt? Jetzt weiß es Sofie, daß der Wunsch nach Ihrem Besitz der zweyte in meinem Gebet für sie war, denn ihre Vervollkommnung, sie selbst lag mir am meisten am Herzen. Wenn ich klage, so ist es mein Schicksal, das mich verwirrt. Sollte es aber das wohl? Eine plötzliche Umänderung thut sehr weh – Es ist gewiß, ich muß meine ganze vorige Existenz vergessen – die Erde hatt ich so lieb – ich freute mich so herzlich auf die lieben Scenen, die mir bevorstanden – das ist nun freylich schwer zu verwinden – Aber sollte der Beruf zur unsichtbaren Welt, diese liebevolle Annäherung zu Gott und dem Erhabensten, was die Menschheit hat – sollte mich die nicht entschädigen können? Entschädigen – klingt mir jetzt noch hart – Sofie weis, wie ich das Wort nehme – Es bleibt doch alles um Ihrentwillen. Glauben Sie, daß Gott zürnt – wenn ich zu ihm sagen werde: – Vater, ich will nicht mehr murren, ich will gern alles thun, ich will dich auch recht innig lieben – aber nicht wahr, du giebst mir auch Sofieen wieder. Sie ist gewiß eine deiner Lieblingstöchter, und da ists dir gewiß recht, wenn ich ganz in ihr lebe, und mich ewig zu ihr sehne. Ach! er giebt sie mir sicher, so wie er Ihnen mal Ihren guten Mann wieder schenkt, und Ihnen auf dieser Welt für Ihre himmlische Güte recht wohl will.

Hardenberg.

72. Novalis an den Kreisamtmann Just in Tennstedt

Weißenfels, den 29ten März 1797. [Mittwoch]

Es ist für mich eine bittersüße Bemerkung, daß Unglück unsern Sinn für Freundschaft und Liebe so sehr vermehrt, wenigstens zu vermehren scheint, indem es ihn mehr erweckt. Die Freude des ruhigen Besitzes ist so unbemerkt, aber im Gefühl des Verlustes merkt die Seele erst, welche stille Wohlthäterin sie zugleich verlohren hat. Die Sehnsucht nach Sofieen hat durch ihren Tod sehr merklich zugenommen, und mit ihr ist mein Gefühl für Freundschaft ebenfalls beträchtlich gestiegen. Ihre milden Briefe waren eine sehr angenehme Nahrung für dasselbe. Es freute mich, daß Sie, mein erster, ältester, sicherster Freund, so deutlich den wahren Verlust übersahn, den mir der Heimgang meiner Sofie verursacht. Eine solche Bestätigung meines Gefühls mußte sehr wohlthätige Wirkungen hervorbringen. Die Errinnerung an das, was mir zeitlebens davon bleibt, ist wenigstens ein bedeutender Fingerzeig, und doch ein lieblicher Zug im vollendeten Bilde des Trostes. Bisher ist mir dieses nicht erschienen, ob ich wohl seit gestern Abend eine Ahndung seines Kommens habe. Wie ich bisher in der Gegenwart und in der Hoffnung irdischen Glücks gelebt habe, so muß ich nunmehr ganz in der ächten Zukunft, und im Glauben an Gott und Unsterblichkeit leben. Es wird mir sehr schwer werden, mich ganz von dieser Welt zu trennen, die ich so mit Liebe studirt; die Recidive werden manchen bangen Augenblick herbeyführen – aber ich weiß, daß eine Kraft im Menschen ist, die unter sorgsamer Pflege sich zu einer sonderbaren Energie entwickeln kann. Sie würden Mitleiden mit mir haben, wenn ich Ihnen von den Widersprüchen der zeitherigen Stunden erzählen wollte. In Carolinchens Brief steht manches davon. Ich leugne nicht, daß ich mich noch vor dieser entsetzlichen Verknöcherung des Herzens – vor dieser Seelenauszehrung fürchte – die Anlage ist unter den Anlagen meiner Natur. Weich gebohren hat mein Verstand sich nach und nach ausgedehnt und unvermerkt das Herz aus seinen Besitzungen verdrängt. Sofie gab den Herzen den verlohrenen Tron wieder – Wie leicht könnte ihr Tod nicht dem Usurpator die Herrschaft wieder geben, der dann gewiß rächend das Herz vertilgen würde. Seine indifferente Kälte hab ich schon sehr empfunden – aber vielleicht rettet mich noch die unsichtbare Welt, und ihre Kraft, die bisher in mir schlummerte. Die Idee von Gott wird mir mit jedem Tage lieber – Wie würde Jemand entzückt, beruhigt seyn – wenn er noch nie von Gott gehört hätte, und er wäre sehr unglücklich und man machte ihn von dieser Idee bekannt. Auf eine ähnliche Weise hoff ich, solls mir gehn.

Freylich mit der Liebe zu den Angelegenheiten der Menschen für diese Stufe ist es aus – die kalte Pflicht tritt an die Stelle der Liebe. Meine Geschäfte werden eigentliche Offizialgeschäfte.

Auch ists mir überall zu geräuschvoll. Ich werde mich immer mehr zurückziehn – So wird mir der Schritt ins Grab, einmal immer gewöhnlicher – der Abstand der mich davon trennt, wird so immer kleiner. Die Wissenschaften gewinnen ein höheres Interresse für mich, denn ich studire sie nach höheren Zwecken – von einem höheren Standpunkte. In ihnen, in Aussichten auf die unsichtbare Welt, in wenigen Freunden und in Pflichtgeschäften, will ich bis zum letzten Athemzuge leben, der, wie mir scheint, so entfernt nicht ist, als ich oft fürchte.

Die Meinigen nehmen stillen, herzlichen Antheil. Besonders Karl und mein Vater. Der lezte hat sie aufrichtig beweint – die ersten Thränen seit vielen Jahren – er ist mir wieder recht lebhaft werth geworden, auch ihn hat so ein Verlust auf immer der Welt fremd gemacht. Erasmus ist seit 3 Wochen hier. Er ist bedenklich krank und macht sich durch entsetzliche Grillen und Eigensinn die ohne dem drückende Lage noch drückender. Meine Gleichgültigkeit hat mich bisher vor schmerzhaften Gefühlen Seinetwegen geschüzt.

73. Novalis an Dietrich von Miltitz in Siebeneichen bei Meissen

Weißenfels: den 7ten April 1797. [Freitag]

Die unerwartetsten Vorfälle haben meine Antwort auf Deinen freundschaftlichen Brief bisher verzögert. Es thut mir sehr weh, daß ich Deinem theilnehmenden Herzen durch Ihre Erwähnung einige trübe Stunden machen soll – Aber Du erfährst es ohnedem und wirst es doch, als einen Beweis meines Zutrauens zu Dir ansehn, wenn ich es Dir selbst schreibe.

Seit dem 19ten März ist das Mädchen, an dem ich mit ganzer Seele hing, seit dem 19ten März ist Meine Sofie todt. Nicht leicht lebte jemand sicherer, der frohsten Zukunft entgegen – Sie war die Seele meines Lebens – Nicht leicht sieht jemand jezt eine ödere Aussicht vor sich. Meine Wünsche und Bedürfnisse waren, wie die Ihrigen, so beschränkt – und auch diese Schranken fand das Schicksal noch zu groß und verbannte mich und Sie auf den Raum, den ein Grab einnimmt.

Mein Vater liebte Sie innigst – er weinte seit mehreren Jahren die ersten Thränen, wie er ihren Tod erfuhr.

Meinetwegen könnt ich jezt still seyn – die bitterste Resignation sollte in mir Platz finden – aber kann ich aufhören zu klagen, wenn wir jezt täglich die Auflösung unsers Erasmus erwarten müssen. Denke Dir meine guten Eltern, denen so ein Verlust so neu, so herb ist, die kaum sich vom Schrecken über mein trauriges Schicksal erholt haben – meine Geschwister – der arme Junge leidet unbeschreiblich viel – Wahrscheinlich ist seine Lunge attaquirt – wenn gleich der Hauptsitz der Krankheit ursprünglich in dem Unterleibe sein mag. Seit 3 Wochen ist er hier. Hier hat sich seine Krankheit erst so gefährlich angelassen.

Der Gram über Sofieens Abschied hat mich stumpf gemacht – ich leide weniger, als ich sonst gelitten haben würde. Wenn ihm auch vielleicht bald wohl ist, so sind doch meine Eltern in der bedauernswürdigsten Lage. Auch ich bin ihnen ein welkes Blatt, das vielleicht vom Stamme abfällt – Sechs Wochen haben 2 glückliche Familien unglücklich gemacht und unaussprechliche Hoffnungen in endlosen Kummer verwandelt. Gott schütze Dich und die Deinigen – Wünsche Erasmus und mir baldige ewige Genesung und meinen Eltern und Geschwistern Tröstungen von unsichtbaren Lippen.

Karl ist in Luklum – er wird besorgen, daß Du auf Ostern die Interressen erhältst. Hättest Du wohl die Freundschaft und sagtest Agnern, daß er doch mit dem Advocat Knöfel sprechen möchte und ihm sagen, daß ich bewandten Umständen nach jezt nicht im Stande wäre, eine Entschließung zu fassen. Sobald es mir aber möglich wäre, würde ich selbst an ihn schreiben – doch ließ ich ihn im voraus bitten, falls der Auftrag der Verwandten noch bestände, sich doch genauer in Hubertsburg nach dem facto zu erkundigen. Ich wüßte gewiß, daß ihm da so manches anders erscheinen dürfte, als aus dem Mund eines halbverrückten Menschen, und aus dem Gesichtspunkte zuverlässig verhetzter Verwandten, da der Superintendent von Grimma [Riedel], der *Pfarrer in Mutschen* besonders und die ganze dortige Kirchfahrt ein eigenes Interresse hätten, einem Dritten die Last aufzubürden. Uebrigens sey der Mann jezt wieder mit Stundengeben im Clavier beschäftigt und nur suspendirt.

Bleibe der Freund Deines
unglücklichen Freundes
Fr. v. Hardenberg.

74. Novalis an Wilhelmine von Thümmel in Sondershausen

Tennstedt. Den 13ten April. 1797. [Donnerstag]

Von hier aus hätten Sie wohl keine Antwort auf Ihren Brief erwartet. Ein sehr trauriges Eräugniß hat mich von Hause weggetrieben – der nahe Tod meines Bruders Erasmus – Seine Kranckheit ward erst seit 14 Tagen tödtlich und jezt ruht er wahrscheinlich schon von den Mühseeligkeiten seines Lebens aus.

Sein Tod hat weniger Eindruck auf mich gemacht, als er zu jeder andern Zeit gemacht haben würde. Die Bitterkeit seiner lezten Stunden war sehr groß und diese rührte mich am meisten. Seinen Tod hab ich ihn beneidet. Meine Eltern und Geschwister sind sehr beklagenswerth – Sie waren noch so weich vom Schlage, der auch Sie so erschütternd getroffen hat – und nun dieses Glied aus der festverschlungenen Kette – – –. Diese Zeit ist furchtbar gewesen – So viele gute Menschen unglücklich – die Hoffnungen 2 blühender Familien zerstört.

Das Blüthenblatt ist nun in die andre Welt hinübergeweht – Der verzweifelte Spieler wirft die Karten aus der Hand, und lächelt, wie aus einem Traum erwacht, dem lezten Ruf des Wächters entgegen und harrt des Morgenroths, das ihn zum frischen Leben in der wircklichen Welt ermuntert. Je ängstlicher die Träume – desto näher die erquickende Frühe.

Gute Thümmeln – bleiben Sie meine Freundinn, so lange ich noch auf dieser Welt bin – Ich sehe Sie, den Engel meines Lebens, Meine ewige Sofie, bald, sehr bald wieder. Es ist frühzeitig dunkel und einsam geworden. Verkürzen Sie dem Einsamen, Sehnsuchtsvollen noch die Stunden, die ihn von sich selbst, vom ewigen Frieden trennen. Es erquickt mich so sehr mich noch recht mit einigen guten Menschen zu letzen, eh ich ihr folge. Vielleicht sehn Sie noch Einen Stein, meinem Wunsche gemäß – Ihre und meine Asche decken. Sie glauben nicht, wie abgestorben ich mich fühle – dennoch bin ich gewöhnlich ruhig, theilnehmend und fähig alle Arbeiten zu machen – Ich habe noch einiges zu verrichten – dann mag die Flamme der Liebe und Sehnsucht auflodern und dem Geliebten Schatten, die liebende Seele nachsenden. Der Augenblick des Widersehns ist der freudigste Aufblick, den ich noch unter dieser Sonne habe.

Sie umgiebt mich unaufhörlich – Alles was ich noch thue, thue ich in ihrem Namen. Sie war der Anfang – sie wird das Ende meines Lebens seyn. Ihre Leiden sind mir Wunden, die nur die balsamische Luft einer bessern Welt heilen wird. Es ist ein unaussprechliches Gefühl – einen Engel, wie Sie – eine Geliebte, wie sie, in so schrecklichen Kämpfen gewußt zu haben.

Das Verlangen Ihrem Grabe näher zu seyn, überwog die Angst für den Errinnerungen dieser Gegend. Es ist auch mein Grab – meine ganze Freude, meine Aussichten – mein Leben, meine Liebe liegen hier begraben. Ihr und mein Grab werden mich gewiß, so lang ich noch lebe, mit unaussprechlicher Liebe und Kraft zu allem Guten erfüllen. Die Gewisheit, daß Sie um mich ist, daß Sie mich, den So ganz Ihr Gewidmeten, noch ein wenig liebt, besonders da Sie jezt weis, wie treu und ewig ich es mit ihr gemeynt, diese Gewisheit erhebt mich gewiß zum Bessern und macht mich Ihrer wehrter.

Nach Gr[üningen] möcht ich allein nicht kommen. Entweder begleitet mich der Herr Kreisamtmann – oder ich bitte Sie, daß Sie mir den Tag bestimmen, wo Sie hin kommen wollen.

Ich liebe Sie alle jezt mehr, als jemals – Sie sind meinem Herzen noch theurer geworden – Sind Sie nicht die Hinterlassenen meiner Sofie – die Sie so liebte, von denen Sie so geliebt ward.

Ihre Freundschaft, Ihr allerseitiges Zutrauen wird mich noch unendlich wohl auf dieser Traumwelt machen.

Mit dieser Hoffnung, mit der innigsten Bitte darum schließe ich.

Zeitlebens
Ihr
Freund
Hardenberg.

75. Novalis an Friedrich Schlegel in Jena

Tennstedt: den grünen Donnerstag [13. April] – 1797.

Bester Schlegel: Mein Wunsch mit Dir in Jena diesen Sommer zu leben, ist mir nicht gelungen. Daher jezt erst die Antwort auf Deinen herzlichen Brief. Erasmus ist wahrscheinlich jezt, indem ich dis schreibe, nicht mehr unter den Lebendigen. Dis beschleunigte meine Abreise – es blieb mir, da Jena nicht mein Aufenthalt seyn sollte, kein Ort übrig, als Tennstedt. Hoffentlich leb ich hier einige Monate in einer wünschens werthen Ruhe. Es soll mir recht lieb seyn, wenn Du mir oft von Dingen schreibst, denen vormals mein ganzes Leben gewidmet war, und die mich so glücklich an Sofieens Seite gemacht haben würden. Auch jezt noch sind die Wissenschaften das Hauptinterresse was ich an der Welt nehme. Mein Plan, nach Jena zu gehn, entstand hieraus, und ich rechnete freylich dabey sehr mit auf Euren erweckenden Umgang.

Der Tod von Erasmus hat eher eine wolthätige, als nachtheilige Wirckung auf mich gethan. Er hat meine Kräfte eher vermehrt, als vermindert. Er hat unbeschreiblich viel gelitten. Meine Eltern und Geschwister thun mir sehr leid. Schon Sofieens Tod hatte Sie erschüttert und nun so kurz drauf – zum erstenmal den Verlust eines Kindes und Bruders.

Du kannst denken, wie es mir in dieser Gegend, der alten Zeugin meiner und Ihrer Herrlichkeit, vorkommt. Dennoch hab ich eine geheime Freude, so nah ihrem Grabe zu seyn. Es zieht mich immer näher, und dieser Zug macht jezt zuweilen mein unaussprechliches Glück. Mein Herbst ist da und ich fühle mich so frey, gewöhnlich so kräftig – es kann noch etwas aus mir werden. Soviel versichre ich Dir heilig – daß es mir ganz klar schon ist, welcher himmlischer Zufall Ihr Tod gewesen ist – ein Schlüssel zu allem – Ein wunderbarschicklicher Schritt. Nur so konnte so manches rein gelößt, nur so manches Unreife gezeitigt werden. Eine einfache, mächtige Kraft ist in mir zur Besinnung gekommen. Meine Liebe ist zur Flamme geworden, die alles Irrdische nachgerade verzehrt. Deine Hoffnung hat recht gehabt – Es ist weit mehr Heilkraft, Ausdauer und Widerstand in meiner Seele, als ich selbst wußte – eine Heilkraft, die dem Übel die Quelle abgräbt – eine Ausdauer, die Stunden nicht messen – Widerstand gegen alles, was mein Heiligthum entweihen will. 4 Jahre war ich auf Academieen und Ein Jahr hab ich studirt – 25 Jahr bin ich alt geworden und nur ein halb Jahr hab ich gelebt.

Du wirst gewiß mit mir zufrieden seyn. Vielleicht erfährst Du noch, wie lieb ich Dich habe. Diesen Sommer müssen wir noch einige Tage zusammenleben. Vielleicht komm ich von hier aus zum Besuch nach Jena.

Schicke mir doch die Stücke von dem neuen phil[osophischen] Journal und was Du drucken läßt. Du sollst es immer schleunig wiederhaben. Jezt hätt ich gern auf einige Tage die drey Stücke der Horen, wo Agnes drinn ist. Meine Wirthin will Sie gern lesen. Empfiehl mich den Deinigen und bleibe der Freund

Deines

Freundes Hardenberg.

76. Novalis an Karl Ludwig Woltmann in Jena

Tennstädt, den 14. April 1797. [Freitag]

Die Antwort auf Ihren wohlwollenden, zustimmenden, gefühlvollen Brief, glaubt ich mündlich bringen zu können. Diese Freude war mir nicht bestimmt. Ich habe meinem Vorsatze, diesen Sommer in [Jena] eben so angenehm, als lehrreich, zuzubringen, entsagen müssen. Der unerwartet eintretende Tod meines Bruders Erasmus beschleunigte meine Abreise, und da wählt ich Tennstädt – so weh mir die Erinnerungen thaten – weil ich hier unter sehr freundschaftlichen Menschen bin, und aus Verlangen nach der Nähe Ihres Grabes.

Ich wußte schon von ihrer Krankheit, Lieber, – aber ich wußte nicht, daß sie so gefährlich sey. Nur keine lange Krankheit – es ist etwas entsetzliches und so etwas unnützes, da nur Ideen, aber körperliche Leiden nicht bilden – besonders wenn sie so schwer sind, daß der Geist sich nicht mehr ermannen kann. Meine Sofie hat einen schönen Tod gehabt – Vorher sind einige schreckliche Tage gewesen, die sie still und lächelnd und tröstend durchlebt hat. Sie ist mit jeder Minute liebenswürdiger geworden – Heiter und gefaßt hat sie zuletzt um ihren Tod gewußt – Ein sanfter Schmerz hat sie auf einmal allen Lasten enthoben. Ihr unbemerkt ist ihr Körper schon die letzten Tage fast in völlige Auflösung übergegangen, die letzte Nacht phantasirt sie – auf einmal schüttelt sie mit dem Kopf – lächelt und sagt: Ich fühl's, ich bin närrisch – ich bin nicht mehr nütze in der Welt – ich muß fort.

Guter, – auch ich bins – das Beste in mir zieht sich zusammen – das Uebrige zerfällt in erbärmlichen Staub.

Sehr Recht haben Sie – daß ich das Zutrauen zu mir selbst nicht verlieren soll – damit halte ich sie allein noch fest. Es erwacht täglich beständiger, kräftiger in mir – es gedeiht jetzt in der süßen Ruhe, die mich umgibt. Meine Kräfte haben eher zu- als abgenommen – ich fühle es jetzt oft, wie schicklich es hat so kommen müssen. Zufrieden bin ich ganz – die Kraft, die über den Tod erhebt, habe ich ganz neu gewonnen – Einheit und Gestalt hat mein Wesen angenommen – es keimt schon ein künftiges Daseyn in mir. Diesen Sommer will ich recht genießen, recht thätig seyn, mich recht in Liebe und Begeisterung stärken – Krank will ich nicht zu ihr kommen – im vollen Gefühl der Freiheit – glücklich, wie ein Zugvogel seyn. Genußvoller fühle ich mich jetzt schon – die Farben sind heller auf dem dunkeln Grunde, der Morgen naht – das verkünden mir die ängstlichen Träume. Wie entzückt werde ich ihr erzählen, wenn ich nun aufwache, und mich in der alten, längstbekannten Urwelt finde, und sie vor mir steht – Ich träumte von dir: ich hätte dich auf der Erde geliebt – du glichst dir auch in der irdischen Gestalt – du starbst – und da währte es noch ein ängstliches Weilchen, da folgte ich dir nach.

Sie wollen im Mai fortwandern – auf lange Zeit – gern hätte ich Sie noch einmal gesehen. Könnten Sie nicht noch hier in unsre Gegend kommen – oder wenn ich wüßte, daß Sie in Erfurt wären? Werden Sie nur nicht lange krank – dafür ist mir recht bange. Mein guter Erasmus hat mich diese Leiden tief wieder empfinden lassen. Ich habe ihn sehr lieb gehabt – jetzt verliert sich der Schmerz über seinen Verlust in die ungeheure Woge, die über meine Besitzungen herschlug.

Nun noch einiges Wenige. [Göthes] Anhänglichkeit an das erhabene Bild Sofieens hat mir ihn lieber gemacht, als alle seine treflichen Werke. Jetzt habe ich ihn wahrhaft lieb – er gehört zu meinem Herzen. Ich verhehle Ihnen nicht, daß ich [Göthen] nicht für den Apostel der Schönheit halten könnte, wenn ihn nicht schon das bloße Bild ergriffen hätte – Es ist gewiß nicht Leidenschaft – ich fühle es zu unwidersprechlich, zu kalt, zu sehr mit meiner ganzen Seele, daß sie Eine der edelsten, idealischen Gestalten war, die je auf Erden gewesen sind und seyn werden. Die schönsten Menschen müssen ihr ähnlich gewesen seyn. Ein Bild von Raphael in der Physiognomik hat die treffendste Aehnlichkeit von ihr, die ich noch fand, unerachtet es gewiß kein vollkommnes Bild vom ihm ist. Sollte [Schiller] ihr nicht einen stillen Kranz gewunden haben? – O! daß ich davon Gewißheit hätte.

Die gute, liebe [Schiller], der ich so dankbar für ihr Gefühl für Sofie bin – grüßen Sie sie doch recht herzlich von mir – ich habe ihr immer einige Zeilen schreiben wollen – ich weiß nicht, was mich abgehalten hat. Sofie hat mir innig von ihr gesprochen – Ob ihr wohl einige Haare lieb wären?

Leben Sie wohl – guter – ich weiß, daß Sie von denen sind, denen ihr Bild treu und wohlthätig bleibt. Bleiben Sie nur gesund. Schreiben Sie mir bald.

Ihr Freund *Hardenberg.*

77. Novalis an den Bruder Karl in Lucklum

[Tennstedt, den 16. April 1797. Ostersonntag]

... sey getrost, Erasmus hat überwunden; die Blüthen des lieben Kranzes lösen sich einzeln hier auf, um sich ihn dort schöner und ewig zusammenzusetzen ...

78. Novalis an Friedrich Schlegel in Jena

Tennstedt.

den 3ten May. 1797. [Mittwoch]

Deinen lezten Brief hab ich mit dem Buche richtig erhalten. Diesmal schicke ich Dir dasselbe noch nicht zurück – vielmehr wiederhole ich meine Bitte um Agnes und um einige Nova, besonders *von Dir.* Ich wills nicht lange aufhalten und mit 2-3 Posttagen schick ich Dir alles zurück – Ich habe hier gar nichts und es finden sich doch Stunden, wo ich einer ermunternden, wieder reitzenden Erholung bedarf. Unthätig bin ich gar nicht – ich nähere mich jezt auf einer andern Seite meinem alten Ziele und bevor ich dis nicht habe, denk ich auch nicht ans Stillsitzen und ausruhn. Manches kann man nicht directe fassen und da thut man gut, wenn man sich stellt, als gienge man nach einer andern Seite, so kommt man ihm unvermuthet nah. In 4 Wochen komm ich gewiß auf einige Tage bey der Rückreise nach Jena – hoffentlich zeig ich Dir da manches, was ich gethan habe. Ich will mich nicht übereilen und langsam Eins vollenden, um mich selbst vollenden zu lernen. Ich lebe hier sehr glücklich, denn alles ist ruhig um mich her, und ich habe mein Heiligthum nicht fern.

Schellings Philosophie der Natur findet an mir einen sehr neugierigen Leser. Deine Recension von Nieth[ammers] Journ[al] hat den gewöhnlichen Fehler Deiner Schriften – Sie reizt, ohne zu befriedigen – Sie bricht da ab, wo wir nun gerade aufs

Beste gefaßt sind – Andeutungen – Versprechungen ohne Zahl – Kurz man kehrt von der Lesung zurück, wie vom Anhören einer schönen Musik, die viel in uns erregt zu haben scheint, und am Ende ohne etwas Bleibendes zu hinterlassen – verschwindet. Augen haben Deine Schriften genug – helle, seelenvolle, keimende Stellen – aber gieb uns auch endlich, wenn Du anders nicht ganz Künstler werden willst – wo nicht etwas Brauchbares, doch etwas Ganzes, wo man auch kein Glied mehr suppliren muß. Du verzeihst meine treuherzige Ermahnung, die Göthens Gesprächen gegenüber eine noch armseeligere Gestalt machen muß – indeß will ich keinen andern Effect, als den, daß es Dich überzeugt, daß ich warmen Antheil an den Geschäften Deines Lebens nehme und bis zum lezten Momente nehmen werde. Ich bin Dir immer herzlich gut gewesen und, wenn ich auch zuweilen mit Dir unzufrieden war, so habe ich doch nie von Dir lassen können und sicher nehme ich Dein Andenken mit Innigkeit hinüber in j[ene] Welt mit.

Lebe wohl.

Dein Freund
Hardenberg.

Ist von Fichten etwas Neues da – so bitt ich sehr darum. Der Bote ist hauptsächlich zur litterairischen Fourage ausgeschickt worden.

79. Novalis an Karl Ludwig Woltmann in Jena

Tennstädt, den 3. Mai 1797. [Mittwoch]

– – Ich bin oft in Gedanken bei Ihnen – Ich lebe das alte vergangene Leben hier in stiller Betrachtung durch. – Gestern bin ich 25 Jahr alt geworden – ich war in Grüningen und stand an ihrem Grabe – Es ist ein freundlicher Platz – mit einem einfachen weißen Gatter verschlossen – abgelegen und hoch – Es ist noch Raum da – Das Dorf lehnt sich mit den blühenden Gärten um den Hügel her, und an einigen Stellen verliert sich der Blick in blaue Fernen. Ich weiß, Sie hätten gern neben mir gestanden, und die Blumen, die ich zum Geburtstage geschenkt erhalten hatte, langsam mit in den Hügel gesteckt. Vor zwei Jahren hatte mir Sofie am nämlichen Tage einen schönen großen Kuchen backen lassen, und eine Fahne und Nationalkokarde daran geheftet. Heute schenkten mir die guten Aeltern die kleinen Gaben, die Sofie an ihrem letzten Geburtstage noch mit vieler Freude empfangen hatte.

Lieber – es bleibt Abend und wird bald Nacht werden. Wenn Sie noch weggehen, so behalten Sie mich lieb und besuchen Sie einst, wenn Sie wieder kommen, die ruhige Stätte, wo Ihr Freund bei der Asche seiner Geliebten auf ewig ruht. Leben Sie wohl.

Ihr Freund *Hardenberg*.

80. Novalis an Friedrich Schlegel in Jena

Tennstedt: den 25sten May. [1797] [Donnerstag]

Hier Deinen Shakespeare zurück – wie ich denke, unversehrt – auch das Stück von den Horen, Woltmann und die beyden Stücke von Niethammers Journal. Dein Bruder hat den S[hakespeare] jezt, so übersetzen müssen – Jezt gedeiht das Beste – Er hat einen schönen Kranz errungen. Ich habe sehr treffend gefunden, was Du sagst. Merckwürdig ist es, daß Du mir jezt Romeo schicktest – Ich habe ihn oft gelesen. Es ist ein tiefer Sinn in dem, was Du sagst, daß hier mehr, als Poësie, sey. Jezt fang ich an zu ahnden, was S[hakespeare] so einzig macht. Er dürfte leicht divinatorische Anlagen entwickeln. Die Kontraste haben mich, gegen meine alte Sitte, nicht gestört – Ich habe das Stück ganz, wie es ist, genossen. Ich kann vieles, was ich empfunden habe, noch nicht deutlich machen. Die Anlage ist herrlich – Mit welchen Sühnopfern endet der alte Zwist – In verzehrende Liebe lößt sich der wilde Haß auf.

Der Sommernachtstraum ist eine ächte Groteske. Seine Dichtung beschreibt S[hakespeare] selbst:

Des Dichters Aug in schönem Wahnsinn rollend,

u.s.w. pag. 267.

Endlich ist mir Hülsen lieb geworden. Nun seh ich wohl, was an ihm ist. Ich behalt ihn noch einige Zeit.

Ich dancke Dir für Deine Gefälligkeit sehr. Mache, daß ich bald von den Philosophicis etwas zu sehn kriege. Ich bin jezt für alles empfänglich. Lebe wohl – Bester.

Dein

Hardenberg.

Bester Freund: Wolltest Du wohl die Güte haben – im Fall Woltmann kranck oder nicht da wäre, eine kleine Errinnerung an den Student Nehrlich zu übernehmen – der uns Bilder hat schikken wollen, die bis dato noch nicht da sind. Sein Logis kannst Du bey Hufelands erfahren.

81. Novalis an Charlotte Schiller in Jena

Tennstedt. D[en] 25 May.
1797. [Donnerstag]

Beste Frau Hofräthin,

Sie erhalten hier eine Locke meiner verewigten Freundinn. Sophie errinnerte sich oft in den lezten Tagen Ihrer Liebe und Theilnahme. Sie schien sich Hoffnung auf einen nähern Umgang mit Ihnen zu machen. Dieses kleine Andenken an das köstliche Mädchen wird Ihnen gewiß lieb seyn. Möchte es Ihnen zugleich ein Beweis seyn, wie herzlich ich Sie verehre, wie unvergeßlich mir Ihr Gefühl für Söffchen seyn wird. Empfehlen Sie mich dem Herrn Hofrath.

Hardenberg.

82. Novalis an Friedrich Schlegel in Jena

Wiederstedt.
Den 14ten Junius.
1797. [Mittwoch]

Deine beyden Briefe hab ich erhalten. Du erhältst hier Hülsen, das 3te Heft, und das Attische Museum zurück. Seit den 1sten Junius bin ich von Grüningen weg und hieher, wo ich in Gesellschaft meiner ganzen Familie gelebt habe und in 8 Tagen über Dessau, Wörlitz und Halle mit meiner Mutter und Schwestern nach Weißenfels zurückkehren werde. Freylich hab ich durch diese Veränderung meines bisherigen Aufenthalts manches eingebüßt und befinde mich seitdem ungleich übler – ich bin auch unthätiger – indeß verlaß ich mich auf die Wahrscheinlichkeit diesen Sommer doch größtentheils in der Einsamkeit ungestört auf den Salinen zuzubringen. Von Kösen aus komm ich sobald, als möglich, auf einige Tage, nach Jena. Wie viel besser wärs gewesen, bey euch den Sommer zu zubringen. Nichts, als eine Grille meines guten Vaters, hindert dieses in mehr als Einer Rücksicht für mich wohlthätige Project.

Du wünschest mehr von mir in Betreff meiner Sehnsucht zu hören – Bester, wenn es mir nur nicht immer schwerer würde, davon zu reden. Ich weis auch wenig davon zu sagen – Es bleibt beym Alten – es wird immer älter – immer tiefer – immer befassender. Glaube nicht, daß ich Woltmann viel davon geschrieben habe. Immer nur Weniges und das halb mit Gewalt mir entrissen. Die Veranlassung unsers Briefwechsels brachte das so mit sich. Diese Geschichte brachte uns in Verhältniß und meinen ersten Brief glaubte ich Ihr, ihm und mir schuldig zu seyn. Doch davon nichts weiter – es scheint mir hierinn etwas zu liegen, was eigentlich blos zwischen mir und Woltmann hätte bleiben sollen und was Du verstehst, ohne daß ichs Dir zu erklären brauche. Du, bester Freund, kannst nichts bey mir verliehren, hast nichts bey mir verlohren[.] Im Gegentheil bist Du mir so lieb geworden, daß ich Dich vielleicht noch einmal auf die Probe setze und Dir den höchsten Beweis meines Zutrauens gebe.

Deine Streitigkeit mit ihm ist mir gänzlich unbekannt, wiewohl ich Sie voraussah. In die Handhabung Deines kritischen Rechts menge ich mich nicht und fühle in mir keinen Beruf Dich zu beurtheilen.

Übrigens aber nehme ich den wärmsten Antheil an Deinen philosophischen Plänen – denen ich erst jezt meinen vollen Beyfall zu schenken angefangen habe. Ich glaube überzeugt zu seyn, daß Du berufen bist in der Philosophie die ehrenvollste Rolle des endlichen Vermittlers zu spielen. Deine Hefte spuken gewaltig in meinem Innern und so wenig ich mit den einzelnen Gedanken fertig werden kann, so innig vereinige ich mich mit der Ansicht des Ganzen und errathe einen Überfluß des Guten, und Wahren. Willst Du mich nennen, so ist es mir lieb in dieser großen Angelegenheit mit genannt zu werden – Vielleicht liefre ich Dir ein Beywort zu meinem Namen indeß und wenn Gott will, auch eine specielle Veranlassung dazu. Mit Fichten hast Du ungezweifelt Recht – ich rücke immer mehr in Deinen Gesichtspunct seiner W[issenschafts]L[ehre] hinein. Von Weißenfels aus schreib ich Dir sogleich und zwar, alsdann, jede Woche, so gewiß ich lebe. Mündlich hoff ich Dir aber zu zeigen, wie sehr ich Dir vertraue und dann wirst Du mit mir in dieser Welt zufrieden seyn.

Mit Schelling such ich je eher, je lieber bekannt zu werden. In Einem Stücke entspricht er mir mehr, als Fichte. Ich will bald wissen, was ich an ihm haben kann. Hülsen, Schelling und Fichte necessitiren Dich. Hülsen ist Deinem Gesichtspuncte am nächsten – aber so schwerfällig. Fichte kann nicht aus d[er] W[issenschafts]L[ehre] heraus, wenigstens nicht ohne eine Selbstversetzung, die mir unmöglich scheint.

Schelling könnte in der Kraft Dein Rival seyn; er übertrifft Dich vielleicht an Bestimmtheit – aber wie eng ist seine Sfäre gegen die Deinige. Fichte ist der Gefährlichste unter allen Denkern, die ich kenne. Er zaubert einen in seinem Kreise fest. Keiner wird, wie er mißverstanden und gehaßt werden. Aber die Mißverständnisse werden hier erschöpft werden. Du bist erwählt gegen Fichtes Magie die aufstrebenden Selbstdenker zu schützen. Ich hab es in der Erfahrung, wie sauer dieses Verständniß wird – Manchen Wink, manchen Fingerzeig, um sich in diesem furchtbaren Gewinde von Abstractionen zurechtzufinden, verdank ich lediglich Dir und der mir vorschwebenden Idee Deines freyen, kritischen Geistes.

Lebe wohl – bester – grüße die Deinigen und Fichte.

Dein

Hardenberg.

83. Novalis an Friedrich Schlegel in Jena

Wiederstedt.

Den 19ten Junius. 1797. [Montag]

Heute Abend find ich Deinen Brief hier, der freylich viel umhergeschweift ist, eh er mich getroffen. Just hat ihn nach Weißenfels geschickt und von da hab ich ihn durch einen Boten erhalten. Ich hoffe, daß Dich dieser Brief noch in Jena trifft – Landvoigt, der Morgen nach Weißenfels abgeht, schikt ihn Dir durch einen Expressen. Meinen ersten Brief mit den Büchern mußt Du nun auch schon haben.

Höchst unerwartet ist mir der Inhalt Deines lezten Briefs. Meine Augen sind feucht geworden – also auch Du? Du, den ich so sicher, so fest glaubte. Es ist mir alles unerklärlich – Kaum wag ich zu vermuthen. Wie gern säh ich Dich – sähe Dich noch Einmal. Hätten wir uns wircklich damals zum leztenmal gesehn? – Es wäre sehr sonderbar – und warum ich Dich nicht wiedersehn soll? So gern hätt ich Dich noch einige Tage gesprochen? Auf den Montag – den 26sten, komm ich nach Weißenfels – Komm hin – bleibe bey mir – so lange Du willst. Ich schreibe Dir nichts mehr – ich erwarte Dich. Leb wohl.

Dein

Hardenberg.

84. Novalis an den Kreisamtmann Just in Tennstedt

Weißenfels, den 1. Jul[ius] 1797. [Sonnabend]

Seit meinem letzten Briefe bin ich recht umhergeschweift. Unser Hofmeister [Landvoigt] und ich machten in den letzten Tagen unseres Wiederstädtischen Aufenthaltes eine Digression nach der Roßtrappe bey Thale. Das Wetter war uns hold und nichts störte diese genußreiche Wallfahrt, als müde Beine. In Ballenstädt nahmen wir hin und her unser Nachtlager. Der neue Ort, im Friedrichshöher Styl, liegt prächtig den waldigen Vorderharz in die Ebene herunter. Unser Logis im fürstlichen Gasthofe am Schloß öffnete die schönste Aussicht; vorwärts in eine lange Reihe naher Gärten und über die alte Stadt hinweg in eine weite, flache, sehr angebaute Gegend nach Aschersleben, Staßfurth,

Bernburg und Barby zu; seitwärts linker Hand auf die Höhen nach Halberstadt und Quedlinburg, und die natürlichen Ruinen der sogenannten Teufelsmauer; rechter Hand auf benachbarte Waldrücken und Gründe. Von Ballenstädt aus ist der Weg prächtig. Die Teufelsmauer und Quedlinburg rechts; vorn den uralten Landgraben mit 7 bis 8 Warten; geradaus eine höchst mannichfaltige Aussicht auf die Gegenden jenseits Halberstadt nach Helmstedt und Wolfenbüttel zu, auf dem Regenstein, ein im siebenjährigen Kriege gesprengtes Bergschloß; das Blankenburger Schloß auf einer Mittelhöhe am Fuß der waldigen Vorderharzgebirge; oben aus dem Holze ragen die Häuser von Hüttenrode hervor; – und auf dieser erhabenen Base lagert der Hercynische Riese im fernblauen Mantel. Links blickt Gernrode unterm Vorderharz hervor, und lockt mit seinem vielsprechenden Stufenberg jeden Lebenslustigen herbey. Der Eingang der Roßtrappe erscheint wie die Pforte jenes Riesen, wenn er in die Ebene zu kommen gedenkt. Zerstörung und Einsamkeit kündigen hier den Aufenthalt der Schrecken an. Schon vor Thale, das am Heraustritt der Bude aus dem Gebirg in einem Vorgrunde liegt und sich mit vielen rothen Dächern recht gut ausnimmt, fängt man an, aus den beträchtlichen Felsenstücken, die man wie Schrittsteine im Bette der Bude regellos gehäuft sieht, auf ein felsigtes Chaos und die Nähe furchtbarer Kräfte zu schließen. Vor dem Wirthshaus fanden wir einen mächtigen Wurstwagen. – [Und nun folgt eine sehr komische Schilderung der Gesellschaft, welche sie dort antrafen, und des originellen, gesprächigen Cicerone, eines Schusters, den die beyden Wanderer zum Führer mitnahmen; von diesem erzählend fährt er so fort:][1]) – Durch mannichfaltige Abentheuer hatte ihn nachher sein Genius unter die preußischen Soldaten gebracht, und auch diesen Berg des siebenjährigen Krieges hat er glücklich überstiegen und ist reich an Erfahrung und Weltkenntniß mit geprüftem Muth nach dem Kriege in sein Vaterland zurückgekommen. – Er klagte über zunehmende Stümperey in seiner Kunst. Jeder Müssiggänger im Thale traue sich zu, die Roßtrappe zu zeigen, und dränge sich den Fremden zu ihrem Nachtheil auf. Auch im Wirthshause

[1]) Justs Anmerkung.

werde gegen ihn cabalirt; die Magd habe einen Bruder; einen kindischen dummen Burschen; diesem trage der Wirth gewöhnlich die Führung derjenigen Gesellschaften auf, von denen ein gutes Trinkgeld zu erwarten stehe, und er werde nur im Nothfall gerufen. – Indes schien er sich über dies gewöhnliche Loos des Talents mit weiser Resignation hinwegzusetzen und nur das Schicksal der Fremden zu beklagen, die an einen solchen Pfuscher geriethen, indem sie mit unbefriedigter Neugierde hinweggiengen, oder gar der Roßtrappe die Schuld der nicht erfüllten Erwartung beymäßen. Seine Erfahrung ließ ihm keine Antwort auf unsere Fragen schuldig bleiben, vielmehr gab er noch reichlichere Auskunft, als verlangt worden war. Er errieth unser Vaterland Weißenfels aus dem Dialect; so genau hatte er die Dialecte und Provinzialismen der deutschen Sprache inne. So verstrich uns die Zeit des Heraufsteigens angenehm und lehrreich. Oben ward uns die Mühseligkeit des Wegs reichlich belohnt. Es ist ein über die Maßen fürchterlicher Blick in eine schauderhafte Tiefe zu beyden Seiten. Die Bude, die in diesen Felsenschlünden jeden Schritt sich gewaltsam Bahn zu machen genöthigt wird, sieht man von oben kaum sich bewegen, und nur mit Mühe hört man das ferne Rauschen unter seinen Füßen. Die Klippen sind mannichfaltig gruppirt; von einer Seite ist nichts als Wald und Abgrund, von der andern hingegen eine köstliche Aussicht in die Ebene auf Halberstadt und Quedlinburg. Die merkwürdige Klippe, auf der man hinausgeht, streckt sich von der linken Seite des Felsenthals mit Busch bewachsen bis nahe an die gegenüberstehende Wand. Der furchtbarste Spalt stürzt sich zwischen der Stirn dieses wilden Feldrückens und der rechten Seite des Thals hinunter. Ein Stein von einer Elle im Durchmesser, der aus dem Felsen über die schreckliche Kluft hinausragt, ist das non plus ultra des neugierigen Wanderers. Es gehört mehr als gewöhnlicher Muth dazu, diesen Stein zu betreten und in das sogenannte Kronenloch hinunter zu schauen. Dieses Kronenloch ist eine tiefe Stelle in der Bude, worin die unschätzbare Krone liegen soll, welche der Prinzessin, deren Abentheuer dem Roßtrapp den Namen gegeben, im gewaltigen Satz entfiel, den ihr Roß auf der einen Seite des Thals auf diese Klippe machte, und hier mit seinem Hufe dem Felsen das Mahl eindrückte, das noch bis auf den heutigen Tag daselbst unter dem Nahmen der Trappe sichtbar ist, und was auch wir mit unsern leiblichen Augen gesehen haben. Dieser Satz errettete das heroische Mädchen von der Verfolgung eines Wendischen Fürsten, der, von ihren Reitzen besessen, sie auf der rechten Spitze des Thals mitten im Tanz mit ihren Gespielen überraschte. Von diesem Tanz heißt jene entgegenstehende Spitze noch jetzt der Tanzsaal. – Unser Führer schien in der Welt auch Freydenker geworden zu seyn; er sprach mit Spötteln von diesem ächt historischen Facto und rückte mit manchem Vernunftgrunde recht polemisch heraus. So viel ist aber gewiß, daß man sich auf der Roßtrappe geneigt fühlt, ein wenig mehr zu glauben, als auf dem platten Lande; denn man findet sich in einer wunderbaren Umgebung. Die Felsen nehmen allerley seltsame Gestalten an. So sieht man hier aus dem Walde einen Thurm, dort Ruinen eines Thors, je sogar zwey Bildsäulen hervorragen, aus denen man nicht recht weiß, was man machen soll. – Zuletzt führte uns der Führer auf einen Fleck, der das Kriterium seiner Meisterschaft ist. Man gewahrt nämlich hier mitten in der waldigen Einöde plötzlich den Brocken und seine Knappen in lichter Klarheit. Dies ist eine Thatsache, die allen Zweifel ein Ende macht, den unkundigere Führer über diesen wichtigen Punkt veranlaßt haben. Der unsrige that auf die Kenntniß dieses Flecks nicht ohne Grund stolz, und erzählte, daß er einen von diesen Pfuschern, der gegen ihn behauptet und sogar auf eine desfalsige Wette angetragen hätte, daß man den Brocken nicht von der Roßtrappe aus sehen könne, damit aufallend vor den Augen einer ganzen Gesellschaft beschämt habe. Noch zwey gräßliche Geschichten gab er uns zum Besten, von drey Thalschen Kindern, die vor etwa funfzehn Jahren beym Holzsuchen einer hohen Klippe heruntergestürzt waren, wovon das Mädchen den Hals gestürzt, der eine Junge mit gebrochenemtArm und Bein davon gekommen, der andere aber gar einen blauen Fleck nur davon getragen habe; – und von einem Jägerburschen, der einst auf einer Klippe, genannt Rabenstein, nach Adlerhorsten gestiegen sey und nicht wieder herunter gekonnt habe; drey Tage hintereinander sey das Dorf hinausgezogen, ohne daß sich jemand zum Hinaufsteigen entschlossen, oder sich sonst ein Mittel zu seiner Errettung gefunden habe. Sein Vater, der Förster, hat den letzten Tag sich schweigend an einen Baum gelehnt und mit der Büchse unverwandt nach dem Sohne hinaufgesehen; endlich ist ein verwegener Flößer gegen Abend glücklich zu ihm gekommen, und hat ihn mittelst einer Strickleiter heruntergebracht. Nachher hat der Vater oft versichert – er sey Willens gewesen, den Sohn den Abend mit der Büchse herunterzuschießen, um ihm die letzten Qualen des Hungertodes zu ersparen. – Auf einem bequemen Wege kamen wir nach Thale zurück.

[Und nun schließt er noch mit recht heitern und satyrischen Blicken auf die Gesellschaft, die er wieder antraf, auf die Wirthsleute, – gerade als wenn ein müßiger Lustwandler mit sorgenfreyem Sinn und kummerlosen Gemüthe hier eine Relation von seinen kleinen Abentheuern machte.][1]

85. Novalis an Friedrich Schlegel in Berlin

Kösen: den 5ten Septemb[er]. [1797] [Dienstag]

Damit Du nur siehst, daß ich Dein gedenke – Es ist so viel, was ich Dir schreiben möchte. Seit Du weg bist – bin ich eine Zeit lang recht unthätig, recht kranck – und eine Zeit recht thätig – recht gesund gewesen. Die lezte Zeit währt noch. Ich bin in der Brandung – an festes Land schlägt mich ein Wogenstrom. Mein Geist ist jezt fruchtbarer, vielleicht glücklicher, als je. Sobald ich meine Beute ein wenig gemustert, und gesäubert habe, so sollst du Theil an meiner Habe nehmen. Vor 14 Tagen gieng ich hieher – in köstlicher Gegend leb ich ganz frey – Deinen Bruder hab ich 2mal besucht – Bey Fichte war ich auch – Die Deinigen haben meine frohen Stunden um einige vermehrt. Ich war, wie zu Hause, bey Ihnen. Herzlicher und vergnüglicher kann man nicht seyn – Lebendiger leben wenige, als die Beyden. Wir geriethen gleich tief in die Mitte des Gesprächs – Sie haben mich so frey reden lassen – und ich wußte, daß ich reden konnte. Was mich am nächsten angeht, wird auch von Deinem Bruder anerkannt.

Der köstliche Almanach auf [17]98. hat uns herrlich unterhal-

[1] Justs Anmerkung

ten. Die ersten Bogen war[en] dort – Pausias aber nicht – Prometheus las sie vor – ich hab ihn da mehr musikalisch, als poëtisch genossen. Er ist sehr schön in seiner Art – ein Muster der Verschmelzung – Aber die *Zueignung*, die bet ich an – die sagt mir zu – die 6te Stanze – Guter, fühle es mit mir – dieser Almanach hat mich von neuen in die Welt der Dichter gezogen – Meine alte Jugendlieb' erwacht. – Himmlisch wohl ist mir schon wieder in diesen glücklichen Regionen geworden. Pausias, den ich seitdem gesehn –

> Schön ist er wircklich, sieh ihn nur an, es
> wechseln die schönsten
> Kinder Florens um ihn, bunt und gefällig,
> den Tanz.

Doch wollen wir nicht, wie die Deinigen, ungerecht gegen Alexis und Dora seyn – die Mitte v[on] A[lexis] u[nd] D[ora] – bleibt doch ein Maximum. Von den Balladen und sonst will ich nichts sagen – Genug, daß hier ein reicher Schatz von Leben liegt. Schick uns nur bald das epische Gedicht.

Bey Fichte gerieth ich auf eine Lieblingsmaterie – Er war meiner Meynung nicht – aber mit welcher zarten Schonung sprach er darüber, da er meine Meynung für eine Abgedrungne hielt – Es soll mir unvergeßlich seyn.

Schellings Ideen pries er, wie *Schmidt*, gewaltig – bes[onders] die Einleitung.

Michaïlis geh ich nach Dresden und Freyberg – in Freyberg bleib ich vor der Hand. Schreibe mir nach Weißenfels – bis ich Dir v[on] Freyberg aus schreibe.

Lebe wohl. Schreibe mir bald. Jezt bin ich wieder zum Schreiben gestimmt – Du sollst bald wieder etwas von mir hören.

Dein

Hardenberg.

86. Novalis an August Wilhelm Schlegel in Jena

Weißenfels: den 30sten Novem[ber] 1797. [Donnerstag]

Erst jezt hab ich mich von Hemsterhuis' trennen können – Bis jezt hat sich auch meine Reise verzögert. Morgen geh ich von hier ab – und gerade nach Freyberg. In Dresden denk ich Weyhnachten zu seyn. Nach Berlin hab ich geschrieben. Nun da ich zur Ruhe komme, hoff ich nach Berlin und Jena fleißiger zu schreiben.

Der Recensent ihres Shakespear ist ein gutmeynender Mensch. Seine Recension ist aber wahrhaftig keine Poësie. Was hätte sich nicht über Ihren Shakespeare, besonders in Beziehung *auf das Ganze,* sagen lassen. Er ist unter den Übersetzungen, was W[ilhelm] Meister unter den Romanen ist. Giebts denn schon eine Ähnliche? So lange wir Deutschen übersetzen, so national dieser Hang des Übersetzens ist, indem es fast keinen deutschen Schriftsteller von Bedeutung giebt – der nicht übersezt hätte, und warlich darauf soviel sich einbildet, als auf Originalwercke, so scheint man doch über nichts unbelehrter zu seyn, als über das Übersetzen. Bey uns kann es zur Wissenschaft und zur Kunst werden. Ihr Shakespear ist ein trefflicher Canon für den wissenschaftlichen Beobachter. Außer den Römern sind wir die einzige Nation, die den Trieb des Übersetzens so unwiederstehlich gefühlt, und ihm so unendlich viel Bildung schuldig sind. Daher manche Aehnlichkeit unsrer und der spätrömischen litterairischen Kultur. Dieser Trieb ist eine Indication des sehr hohen, ursprünglichen Karacters des deutschen Volks. Deutschheit ist Kosmopolitismus mit der kräftigsten Individualitaet gemischt. Nur für uns sind Übersetzungen Erweiterungen gewesen. Es gehört poëtische Moralität, Aufopferung der Neigung, dazu, um sich einer wahren Übersetzung zu unterziehn – Man übersezt aus ächter Liebe zum Schönen, und zur vaterländischen Litteratur. Übersetzen ist so gut dichten, als eigne Wercke zu stande bringen – und schwerer, seltner.

Am Ende ist alle Poësie Übersetzung. Ich bin überzeugt, daß der deutsche Shakespeare jezt besser, als der Englische ist. Auf den Hamlet freue ich mich, wie ein Kind. Ich möchte wissen, ob ich Recht oder Unrecht hätte – Sind nicht Hamlet und Elektra Pendants? Meinem Gefühl nach – scheidet sich griechische und moderne Poësie hier äußerst anschaulich. Sie müssen wissen, ich habe zeither Sofocles und Shakespear, beyde in den schlechten Übersetzungen, wechselweise gelesen.

Leben Sie wohl – und behalten Sie beyde mich ein bischen lieb. Auch Augusten einen Gruß. Bald mehr.

Ihr

Freund

Hardenberg.

87. Novalis an den Verleger Georg Joachim Göschen in Leipzig

Freyberg: den 7ten December [1797]. [Donnerstag]

Der Herr Kreisamtmann [Just] hatte mir erzählt, daß Sie einen Abdruck des Klopstockschen Vaterunsers besorgt hätten, den man in einen Rahmen fassen könnte. Steinacker sagte mir aber, daß Sie keine Anzahl davon machen lassen, sondern nur ein einziges Exemplar – vielleicht würden Sie aber die Güte haben und mir auch Eins abziehen lassen. Ich wollte meinem Vater gern eine Freude damit machen, wollen Sie nun so gefällig seyn und ein Exemplar nach Weißenfels schicken, so haben Sie meinen wärmsten Dank. Dann bät ich Sie, die Note darüber, nebst einem der kleineren Exemplare von Klopstocks Oden und dem bemerkten Preise desselben mir nach Freyberg zu übermachen. Empfehlen Sie mich Ihrer lieben Frau und leben Sie glücklich

Ihr Freund

Friedrich von Hardenberg.

88. Novalis an August Wilhelm Schlegel in Jena

Siebeneichen; bey Meißen.

den 25sten Dec[ember]

1797. [Montag]

Auf Ihren lieben Brief hat zum Theil schon ein älterer Brief, mit der Beylage des Hemsterhuis, geantwortet. Die Executorialien waren mir sehr angenehm, weil ich daraus die Gewisheit eines Unternehmens ersehe, von dem ich mir sehr viel verspreche. Meiner Theilnahme, wenn Sie davon Gebrauch machen wollen und können, seyn Sie versichert. Nur muß ich noch einige Fristen mir ausbitten. Ich bin in der That jezt in köstlichen Untersuchungen begriffen – aber nur noch einige Zeit – Ostern soll ihr Bruder manches bekommen. Meistern hab ich jezt ganz beyseite gesezt – diese Aufgabe ist so gemischt – daß ich ohne eine Menge Vorarbeiten nicht eine Zeile von mir gelten lassen [kann]. Dieser Gegenstand wird überdem von Fr[iedrich] Schl[egel] ganz erschöpft. Die ersten Stücke ihres Blatts werden so üppig genug seyn – an Stoff denk ich, wirds nicht fehlen, eher an Platz. Wird es auch so mannichfach, daß die eigentlichen Gegenstände meiner Beschäftigungen dahin passen?

Auf das Gedicht über H[ermann] u[nd] D[orothea] in der Litt[eratur] Z[eitung] bin ich sehr begierig. Heil Ihnen, daß Sie Mahadöh so nah sind. In Freyberg ist hierinn alles leer und kahl – kein fortstrebender Kopf – Indeß soll mich Briefwechsel schadlos halten. Mit Schelling bin ich sehr freund geworden. Wir haben einige köstliche Stunden symphilosophirt. Mehr davon an Ihren Bruder. Er ist in der That ein äußerst hoffnungsvoller Mensch – allempfänglich. Etwas sehr interressantes sagt er mir über Göthe – Er hält die Odyssee für Göthens Matrix – den Commentar für ihn – Seine Poëtik wird gewiß merckwürdig – der 2te Theil seiner Ideen sehr *neu,* und weit über den Ersten, dessen Schwächen er lebhaft fühlt.

Ihre Schwester hab ich 2mal verfehlt. Nach den Feyertagen hoff ich Sie zu sehn. Bey Körners bin ich gewesen – habe alles wahr gefunden, was unter uns darüber gäng und gäbe war. Paradoxerweise hat Sie mir noch am besten gefallen. Sie war sehr aufgelegt und liebenswürdig. Sein Aussehn hat mich von ihm au fait gesezt. Von Ihnen, soviel wie Nichts – Lauter Allgemeines und von Schiller und Göthe. Lezterer soll einen Prometheus auf dem Ambos haben – Einen herrlichen Gesang der Okeaniden haben sie gehört. Nach den Feyertagen seh ich sie wieder – vielleicht Gesslern mit – merckwürdig, als Maximum eines *gebildeten* – Weltmanns. Empfehlen Sie mich Ihrer guten Frau – Bald mehr – freylich bin ich wieder ab von der Poësie und ganz in der Natur versunken. *Mystische Fragmente* sind das vielleicht, was ich anzubieten habe – Ein Bogen davon wird des Nächsten an Ihren Bruder gelangen. Friede Sey mit Ihnen.

v Hardenberg.

Von Humbolds sen. *Karakteristik des Zeitalters* haben Sie wohl nichts gehört? – ich habe bescheidene Zweifel gegen seine Gewachsenheit erregt. Er ist jezt in Paris.

89. Novalis an Friedrich Schlegel in Berlin

Siebeneichen: bey Meißen
den 26sten December. 1797. [Dienstag]

Die Antwort auf Deinen lieben, herzlichen Brief kommt etwas spät. Seit Michaïlis hab ich reisen wollen, und habe daher alle Briefe bis zur ruhigen Zeit meines Freyberger Aufenthalts verspart. Erst den 1sten Dec[ember] bin ich von Weißenfels abgereißt. Bis dahin war ich in Artern und Kösen. In Artern lebt ich mit Funk und Tielemann [Thielmann] sehr angenehm. Dann reißt ich durch Thüringen über Jena nach W[eißenfels], und da blieb ich denn noch einige Wochen. Ich hatte eigentlich soviel an Dich zu schreiben, daß ich mich fürchtete. Jezt will ich nur wieder anfangen – Nachgerade bring ich schon das Nöthige an den Mann.

Dein Bruder hat mir einen sehr angenehmen Nachmittag gegönnt. Wir haben bis zur Erschöpfung gesprochen. Die Guten haben mir lebhaft mercken lassen, daß ich Ihnen etwas werth bin. Von Dir ist sehr viel gesprochen, von Dir, dem Hypermystischen, hypermodernen HyperCyniker. Wir haben uns gemeinschaftlich Deiner Thätigkeit, Deiner Hoffnungen gefreut.

Deine Fragmente hatte ich, nebst Lessing, schon gelesen. Lessing hat mir unter allen Deinen epigrammatischen Dythiramben *am besten* gefallen. Du bist da an den fruchtbarsten Gegenstand für Dich gekommen – Er ist für Dich, was Laudanum für Brown ist – Eine Art von Universal Medicin.

Du bist dephlogistisirter Lessing. Deine Fragmente sind

durchaus *neu* – ächte, revolutionaire Affichen. Manche haben mir bis ins Marck gefallen. Wo wird die Fortsetzung Lessings, nach Deinem Bruch mit Reichardt, dessen Urkunde ich noch nicht gelesen habe, erscheinen? Die Geschichte der griechischen Poësie schicke mir doch sobald Du kannst, auch bogenweise.

Euer Journal ist lang von mir erwartet. Mit ihm kann eine neue Periode der Litteratur beginnen. Meine Theilnahme versprech ich euch mit Freuden – Aber noch Geduld bis Ostern. Du sollst dann das von mir in Händen haben, was ich zu machen im Stande bin. Es sind Bruchstücke des fortlaufenden Selbstgesprächs in mir – Senker. Du kannst sie dann behandeln, wie Du willst. Revolutionairen Inhalts scheinen sie mir hinlänglich – freylich bin ich noch zu sehr jezt in Vorübungen begriffen. Beweise bleib ich schuldig. Mancherley ist mir seit 3 Monaten durch den Kopf gegangen. Erst Poësie – dann Politik, dann Physik en Masse. In der Poësie glaub ich festen Fuß gefaßt zu haben – denn es scheint mir, als sey ich überall auf Deine Entdeckungen gestoßen. In der Politik glaub ich nicht ohne Grund au fait zu seyn – Allen, denen ich noch davon gesagt – hat die Wahrheit meiner Sätze einzuleuchten geschienen. In der Physik bin ich noch in der Gährung. Hauptideen glaub ich gefaßt zu haben – aber hier will ich gleich practisch auftreten – Zu einem Tractat *vom Lichte,* ist vieles fertig. Das Licht wird nur der Mittelpunct, von dem aus ich mich in mancherley Richtungen zerstreue.

Die Philosophie verstehe ich immer besser, je tiefer ich in die übrigen Wissenschaften eindringe. Ich lebe jezt wircklich recht schön – heiter – unaufhörlich beschäftigt, und ganz meiner Disposition unterworfen.

Daß wir uns sehn könnten! Meine und Deine Papiere gegen einander auszuwechseln! Du würdest viel Theosophie und Alchymie finden.

Schelling hab ich kennen gelernt. Freymüthig hab ich ihm unser Misfallen an seinen Ideen erklärt – Er war sehr damit einverstanden und glaubt im 2ten Theile einen höhern Flug begonnen zu haben. Wir sind schnell Freunde geworden. Er hat mich zum Briefwechsel eingeladen. Diese Tage über werd ich auch an ihn schreiben. Er hat mir sehr gefallen – ächte Universaltendenz in ihm – wahre Strahlenkraft – von Einem Punct in die Unendlichkeit hinaus. Er scheint viel poëtischen Sinn zu haben. Jezt ist er über den Alten – Er findet in der Odyssee Göthens Mutterboden. Auf das Lyceum hab ich seine Aufmercksamkeit gelenkt.

Körner hab ich jezt kennen gelernt. Es ist mir unbegreiflich, daß *Du* noch so lange mit Ihnen hast leben können. Für *mich* schon ist es schwer, nicht bey ihm anzustoßen. *Sie* hat mir, unter den Dreyen, noch am besten gefallen – Vielleicht nur *den* Abend. Wie ich Sie erwartete, fand ich Sie – freylich für Dresden mehr, als zu gut. In Dresden würd ich doch oft da seyn, besonders da ich mir Mühe gebe – mich zu géniren – nach jedermanns Weise. Von Göthe und Schiller hab ich mit Ihnen geredet und dann Allgemeines. Für ordinairen Witz und einzelne Bemerckungen sind sie empfänglich – das Höchste sehn Sie nicht. Man befindet sich bey Ihnen, wie man sich in jeder Gesellschaft befinden sollte. Ihre Bildung ist die Nothdürftige – die jeder Mensch haben muß.

Nach den Feyertagen treff ich vielleicht Gesler einmal dort. *Humbold[t] sen.* ist in Paris – zum Behuf einer *Caracteristik des Zeitalters??* Was sagst Du dazu? Der schwerfällige Humbold[t] Mimus dieses unendlichen Proteus? Göthe hat einen *Prometheus* vor – und den Faust.

Dein Bruder hat mir geschrieben, daß die Kritik von Hermann und Dorothea fertig ist. Ich bin unbeschreiblich gespannt. H[ermann] u[nd] D[orothea] ist für mich erstaunlich viel. Ich habe mir noch nicht verstattet, ein Urtheil darüber zu fällen – und noch kann ich auch *kein Gedicht* darüber machen.

Deine Schwester hab ich zweymal nicht getroffen. Nach den Feyertagen denk ich Sie doch zu finden.

Ich sehe baldigen Nachrichten von Dir mit Verlangen entgegen. In Freyberg bin ich ganz isolirt – Ich bedarf geistiger Würze. Dein Bruder, Schelling und Du sind mir vollkommen genug. Bald mehr – auch zur Probe – Ein Bogen mystischer Fragmente. Du lebst prächtig in Berlin – soviel ich aus Deinen Briefen in Jena geschlossen habe. Schreibe mir doch mehr von *Schleyermacher.*

Am Aufmercksamsten bin ich auf Deine Philosophie – und Deinen Roman – Lezterer ist mir freylich Räthsel – Du und ein

Roman – non credo. Nur ein wenig bestimmter – Du sollst auch von mir bestimmtere Dinge über meine bisherigen Thaten in der Phil[osophie] erfahren. Hier kann ichs nicht so gut – meine Papiere hab ich nicht bey mir – und die Zeit und die Sammlung fehlt. Sobald ich wieder in Freyberg bin sollst Du einen langen Brief nebst dem Probe Bogen erhalten.

Meisters Lehrjahre hab ich jezt lange nicht angesehn. Tausenderley Neues könnt ich darüber aufschreiben, wenn ich Zeit hätte. Dein Buch wird mir, denk ich, alle Müh ersparen und mir jede bisherige Mühe reichlich belohnen.

Medio Januars komm ich wieder mit Tielemann und Funk in Dresden zusammen. So gut ich mit Ihnen dran bin, so gehören Sie doch beyde nicht zu meinen ächt republicanischen Freunden i[d] e[st] mit denen ich gemeine Sache habe. Der leztere hat den meisten *Sinn* – der Erstere mehr unterhaltendes Talent. Beyde, wie mir dünkt, wircklich brav und freundschaftsfähig.

Lebe wohl – bester Schlegel – behalte mich lieb. Friede Sey mit Dir.

Dein
Freund
v Hardenberg.

90. Novalis an August Wilhelm Schlegel in Jena

Freyberg: Den 12ten Jänner
1798. [Freitag]

Recht lange hab ich nichts von Ihnen vernommen. Indeß bin ich einigemal mit ganzer Seele bey Ihnen gewesen. Ihre vortreffliche Schwester [Charlotte Ernst] hab ich bey meinem Aufenthalt in Dresden noch gesehn und mich recht herzlich bey Ihr gefallen. Sie hat mir bey weiten in Dresden am besten gefallen. Wir haben von Ihnen gesprochen und wie erfreute mich die Nachricht, die Sie mir mittheilte, von Ihrem beschloßnen Aufenthalt in Dresden. Es soll mir unbeschreiblich lieb seyn Sie so nah zu wissen und Sie alle in so seelenvoller Vertraulichkeit zu genießen. Meine Entfernung von einem so bildenden Umgang, wie den Ihrigen, fühl ich sehr lebhaft. Was hätt ich nicht drum gegeben, wenn ich neulich bey der Lektüre Ihrer Philosophie H[ermann] und D[orothea] bey Ihnen hätte seyn können. Sie hat meinen Genuß dieses schönen Gedichts dephlogistisirt. In diesem hohen Geist, womit Sie es umgeben, leuchtet es mit zehnfachen Lichte, und scheidet sich in den schärfsten Umrissen von allem, was es umgiebt.

Einige Stellen haben mich vorzüglich belebt:

Besonnenheit ist die frühste Muse des nach
Bildung strebenden Menschen etc.

Ein treffender Lichtstrahl auf die frühste Poësie!

Das *Geheimniß der schönen Entfaltung* ist ein wesentlicher Bestandtheil des poëtischen Geistes überhaupt und dürfte im lyrischen und dramatischen Gedicht wol auch eine Hauptrolle spielen – freylich modificirt durch den verschiednen Inhalt, aber ebenfalls sichtbar – als besonnenes Anschauen und Schildern zugleich – Zweyfache Thätigkeit des Schaffens und Begreifens, vereinigt in Einen Moment – eine Wechselvollendung des Bilds und des Begriffs – Ein vereinigtes Hinein und Herauswircken – wodurch in einem Nu der Gegenstand und sein Begriff fertig wird.

Ich habe nicht geglaubt Sie falsch zu verstehn, wenn ich Ihre Bemerkung über die Liebe so nahm, daß Sie die Liebe nicht für einen directen Zweck, aber wohl für einen indirecten Zweck ansehn. Man verfehlt die Natur der Liebe ganz, wenn man geradezu sich Liebe zur einzigen Beschäftigung wählt – aber wie, wenn alle directe Zwecke gleichsam Mittel für diesen indirecten Zweck werden, der sie alle in Einen Punct vereinigt? der die höhere Einheit aller dieser niedern Einheiten ist? Wenn man die Summe aller directen Zwecke Bildung nennt, so könnte man sagen, der Geist dieser Gesammtheit, der Schlüssel der Bildung – der Sinn dieses großen Gegenstands ist *Liebe*.

Ohne Gegenstand kein Geist – ohne Bildung keine Liebe. Bildung ist gleichsam der feste Punct, durch welchen diese geistige Anziehungskraft sich offenbart – das nothwendige Organ derselben. Es ist, wie mit der Glückseeligkeit – Es ist eigentlicher Unsinn mit dem sogenannten Eudämonismus. Aber warlich bedauernswerth, daß man je sich auf ernsthafte Widerlegungen davon eingelassen – In der That ist es keinem nachdenkenden Menschen in den Sinn gekommen ein so flüchtiges Wesen, wie Glückseeligkeit, zum höchsten Zweck, gleichsam also zum ersten *Träger* des geistigen Universums zu machen. Eben so könnte man sagen, daß die Weltkörper auf Aether und Licht ruheten. Wo ein fester Punct ist, da sammelt sich Aether und Licht von selbst und beginnt seine himmlischen Reigen – Wo Pflicht und Tugend – Analoga jener festen Puncte – sind, da wird jenes flüchtige Wesen von selbst ein und ausströmen und jene kalten Regionen mit belebender Atmosphäre umgeben. Wer also nicht jene zu *fixiren* sucht, der wird dieser umsonst durch alle Räume nachfolgen, ohne Sie je erreichen, ohne Sie je sammeln und festhalten zu können.

Eine höchst fruchtbare Äußerung dünkt mir die zu Ende über den Rythmus der Erzählung. Sie scheinen zu glauben, daß er sich zum epischen, wie der oratorische zum Sylbenmaaß verhalte. Wenn man sich nun die Sache so dächte.

Wenn sich die Prosa erweitern will, und der Poësie auf Ihre Weise nachahmen – so muß sie sich, sobald sie ihre gewöhnlichen Gegenstände verläßt, und sich über das Bedürfniß erhebt, auch die Sitten dieser höhern Welt annehmen und sich zu einer ihr ungewohnten Eleganz bequemen. Dennoch bleibt sie Prosa – und also auf einen bestimmten Zweck gerichtet, beschränkte Rede – Mittel. Sie nimmt nur *Zierrathen* an und läßt sich einen gewissen Zwang des Wohllauts in der Stellung der Wörter und in der Abwechselung und Bildung der Sätze gefallen. Sie tritt reich geschmückt und mit Überfluß auf – und das höhere Feuer, was sie durchdringt, verräth sich durch die *fließende* Cohaesion ihrer Glieder – Sie ist *ein Strom.*

Anders die Poësie. Sie ist von Natur Flüssig – allbildsam – und unbeschränkt – Jeder Reitz bewegt sie nach allen Seiten – Sie ist Element des Geistes – ein ewig stilles Meer, das sich nur auf der Oberfläche in tausend willkührliche Wellen bricht. Wenn die Poësie sich erweitern will, so kann sie es nur, indem sie sich beschränkt – indem sie sich zusammenzieht – ihren Feuerstoff gleichsam fahren läßt – und gerinnt. Sie erhält einen prosaischen Schein – ihre Bestandtheile stehn in keiner so innigen Gemeinschaft – mithin nicht unter so strengen, rythmischen Gesetzen – Sie wird fähiger zur Darstellung des Beschränkten. Aber sie bleibt Poësie – mithin den wesentlichen Gesetzen ihrer Natur getreu – Sie wird gleichsam ein organisches Wesen – dessen ganzer Bau seine Entstehung aus dem Flüssigen, seine ursprünglich elastische Natur, seine Unbeschränktheit, seine Allfähigkeit verräth. Nur die Mischung ihrer Glieder ist regellos – die Ordnung derselben – ihr Verhältniß zum Ganzen ist noch dasselbe – Ein jeder Reitz verbreitet sich darinn nach allen Seiten. Auch hier bewegen sich nur die Glieder um das ewig ruhende, Eine Ganze – Wir nehmen *das Leben* – oder *den Zustand des Geistes* – diese unbewegliche Einheit und das Maaß aller Bewegungen – nur mittelst der Bewegungen der Glieder wahr. So erblickt man die Vernunft nur durch das Medium der Sinne. Je einfacher, gleichförmiger, ruhiger auch hier die Bewegungen der Sätze sind – je übereinstimmender ihre Mischungen im Ganzen sind – Je lockrer der Zusammenhang – je durchsichtiger und farbloser der Ausdruck – desto *vollkommner* diese, im Gegensatz [zu] der *geschmückten* Prosa – *nachlässige,* von den Gegenständen *abhängig scheinende* Poësie.

Die Poësie scheint von der Strenge ihrer Forderungen hier nachzulassen – williger und gefüger zu werden – aber dem, der den Versuch mit der Poësie in dieser Form wagt, wird es bald offenbar werden, wie schwer sie in dieser Gestalt vollkommen zu realisiren ist. Diese erweiterte Poësie ist gerade das höchste Problem des practischen Dichters – ein Problem, was nur durch Annäherung gelößt werden kann, und was zu der *höhern Poësie* eigentlich gehört, deren Grundsätze zu der Niedern sich verhalten, wie die Grundsätze der höhern Meßkunde zu denen der Niedern. Hier ist noch ein unermeßliches Feld – ein, im eigentlichsten Sinn, unendliches Gebiet – Man könnte jene höhere Poësie die *Poësie des Unendlichen* nennen.

Es scheint mir auch, als ließe sich ein epistolarischer und dialogischer Rythmus, in dem Verhältniß zu den lyrischen und dramatischen, wie der romantische Rythmus zu dem Epischen – recht gut denken.

Ich erwarte darüber von Ihnen mehr. Sie sehn meine Bereitwilligkeit mich Ihnen bestmöglichst mitzutheilen. Halten Sie mir das Vernünfteln zu Gute – das ist noch das Beste, was ich habe. Ich bin voll Erwartung des Journals, das da kommen soll. Von Fridrich hab ich noch keine Nachricht. Nun hat er schon 2 Briefe. Er ist gewiß jezt ganz in Arbeiten zum Journal versunken – Sie werden mir mehr davon sagen. Ich bin ziemlich fleißig und habe freylich jezt mit so viel empirischen Wust zu thun, daß mir oft angst und bange wird – wo ich Verdauungskraft hernehmen soll. Wie wohl wird mir nicht, wenn ich zuweilen meine liebe Speculation hervorsuchen kann und mich hier allein stark und lebendig fühle. Machen mirs die Empiriker zu toll – da mache ich mir eine empirische Welt, wo alles hübsch nach speculativen Schlendrian geht. Leben Sie wohl. Ihrer guten Frau herzlichen Gruß, auch Augusten.

Hardenberg.

91. Novalis an den Bruder Anton in Dresden

Freyberg: den 15 Jänner 1798. [Montag]

Ich bin sehr erfreut, daß es Dir wieder wohl geht – der Himmel möge Dich in diesem neuen Jahre nicht wieder so heimsuchen. Mir geht es sehr wohl – Der Vater wird den 26sten Jänner hier seyn. Zu Hause ist alles wohl – Karl wieder hergestellt. Den Species konnt ich Dir neulich nicht geben – ich wußte nicht, ob ich hier Geld finden würde, und da mußt ich das Bißchen, was ich noch hatte, zusammennehmen.

Römers von Marienberg hab ich kennengelernt. Wir sind herzliche Freunde geworden. Sage Du Deinem Römer, daß ich wenig Menschen gesehn, die mir so ganz gleich gefallen hätten, als sein Bruder. Er ist der biederste Mensch auf der Welt – Er besizt schon mein ganzes Zutrauen. Ich wünschte nichts mehr, als ihn öfterer zu sehn. Seine Frau hat mich auch sehr gewonnen. Sie scheint mir in der That ein recht gutes Weib, und an Verstand fehlts ihr gewiß auch nicht. Es hat mir recht leid gethan, daß Sie so bald wieder schieden. Ich hoffe Sie bald wieder zu sehn. Empfiehl mich den Deinigen bestens – Burgsdorf erinnere an die versprochnen Bücher. Brachmann grüße herzlich. Den Übrigen Complimente.

Dein
treuer Bruder
Fridrich von Hardenberg.

92. Novalis an Caroline Just in Tennstedt

Freyberg: den 5ten Februar.
1798. [Montag]

Ihre lieben Briefe haben mir von neuem Gelegenheit gegeben, über mein Glück die angenehmsten Betrachtungen anzustellen. Auf eine für mich ganz wunderbare Weise hab ich eine so treue Liebe der besten Menschen gewonnen, und was hab ich gethan, Sie zu verdienen? was, Sie zu erhalten? Zum Genuß des Guten schein ich nicht gemacht zu seyn – so empfindlich ich auch für dasselbe zu seyn glaube. Zum beharrlichen Gegenwircken fehlt es mir an Ruhe – in unaufhörlichen Streben nach einem dunkeln Etwas begriffen, bin ich nicht im Stande alle guten, liebevollen Eindrücke zu erwiedern. Dieser beständige Kampf, um mich selbst zu erhalten, raubt mir die Kräfte, die ich so wolthätig für meine Freunde anlegen könnte, und läßt mir nichts übrig, als einen frommen Wunsch und hoffnungsvolle Aussicht in eine friedlichere Zukunft. Ihre Briefe haben mich auch wieder lebhaft fühlen lassen, wie fremd ich doch überall und eigentlich nirgends einheimisch bin, als bey Ihnen. Thüringen macht mir hier allein manchen bangen Augenblick und es ist mir beynah gewiß[,] daß ich Ostern zu Ihnen komme. Was hilfts, daß ich mich bis zur höchsten Ermüdung bey Buchstaben aufhalte – verliere ich darüber nicht die lehrreichste Schrift, die Menschengestalt, aus den Augen? Ich kehre am Ende immer zu Einem zurück – und dieses Eine ist der Geist des Menschen – von dem am Ende doch alles Ausfluß und Offenbarung ist – und warum dieses Eine gerade in dem todten Zeichen, und nicht in lebendiger Anschauung suchen. Zwar entbehr ich hier keine Art des Umgangs; aber das Beste bleibt doch in Einer Rücksicht Tennstedt, und in der andern Jena. Liebens sind äußerst brave Leute – aber in Hinsicht auf Unterhaltung giebt es doch viele Schrancken. Sie spricht zu wenig. Überdem ist die Zeit, die ich Besuchen gewidmet habe, gewöhnlich auch bey Ihnen besezt. Sie hat einige Freundinnen, die Sie täglich sieht – und er spielt gern Abends in Einer Geschlossnen Gesellschaft Billard oder Tarok. Nun würde er zwar Meinetwegen vielleicht zu Hause bleiben – aber das mag ich ihm natürlich nicht zumuthen. Bey Heynitzens bin ich aus *Grundsatz* oft. Hingegen bey Charpentiers bin ich sehr gern, und wünsche Sie und die Tante oft in diesen Zirkel, der mich auf eine mannichfache Weise angenehm berührt. Je öfter ich da gewesen bin – je mehr haben die beyden Mädchen bey mir gewonnen. Sie sind einigermaaßen das für mich, was Sie und Carolinchen Kühn für mich sind. Die älteste ist klug, in allen Dingen geschickt, und ein durchaus eigenthümliches, höchstlebhaftes Wesen – ächtes ionisches Blut, wenn Sie mir diesen Platnerischen Ausdruck verzeihen – der so viel ausdrückt, wie Sanguinisch und hübscher, wie mich dünckt, ist – Sie ist für alles empfänglich, und weiß meiner Schwachheit laut zu denken, sehr gut zu schmeicheln. Julchen ist ein schleichendes Gift – man findet sie, eh man sich versieht, überall in sich und es ist um so gefährlicher, je angenehmer es uns däucht. Als ein junger Wagehals würde ich einmal eine solche Vergiftung probiren – So aber, abgestumpft, wie ich bin, reizt es meine alten Nerven nur so eben zu leichten, frölichen Vibrationen, und erwärmt stundenlang mein starres Blut. In zarten, kaum vernehmbaren Empfindungen begegnet man ihr und ist gewiß, daß das Schönste von Ihr zuerst bemerckt, gethan, und bewahrt wird. Sie spielt nur die Harmonika, indeß ihre Schwester alle übrigen Künste mit gleichen Glück treibt. Sie würden sich überzeugen, wie wohl ich mich dort befinde, wenn Sie neulich eine stille Zuschauerin gewesen wären, wie ich beyden Abends in einer großen Stube, wo wir ganz allein waren, einige Ideen über Zukunft, Natur und Menschenleben vortrug, und von Ihrer wahrhaften Aufmercksamkeit und thätigen Theilnahme begeistert, wie ein Eleusinischer Priester, vor Ihnen saß. Dies ist nun alles zwar recht schön, aber ich bin nicht mehr, der ich vor war – ich tauge nicht mehr in die Welt – Vollkommen wohl bin ich nur in meiner Klause zu Tennstedt,

Wo von der bunten Welt geschieden
In stiller Ruh mein Busen schlägt
Und manche Seele Lust und Frieden
Herüber in die Meine trägt,
Wo auf der Spur des alten Lebens
So gern der Schatten noch verweilt
Und froh den Rest der Zeit des Strebens
Mit herzensguten Menschen theilt.

Sie sehn meine Bereitwilligkeit Ihnen das Gute, was ich habe, mitzutheilen. Auf alles Liebe, woran ihr Brief so reich ist, kann ich Ihnen nichts antworten, als daß Sie zu gut sind, viel zu gut.

Ihr Freund Hardenberg.

93. Novalis an August Wilhelm Schlegel in Jena

Freyberg: den 24sten Febr[uar] 1798. [Sonnabend]

Ihr Befehl kommt meinem Wunsche entgegen – Seltner Fall mit Befehlen. Sie sollen mich gewiß künftigen Sommer nicht zu wenig sehn. Es hat mich ein wenig geärgert, daß F[riedrich] nicht von der Parthie ist und in Berlin bleibt. Es ist mir unbegreiflich, wie er ein so schönes halbes Jahr von sich stoßen kann. Indeß wundern Sie sich nicht, wenn Sie mich noch in der Zwischenzeit plözlich in Ihre Stube treten sehn. Dann will ich Sie von der Besorgniß befreyen, daß ich hier zu lauter a + b werde. Ich bin vielmehr wahrhaft entschlossen die Mathematick künftig sehr verächtlich zu behandeln, weil Sie mich, wie einen AbcSchützen, behandelt. Mit der Chymie ist die Gefahr größer – jedoch hat mich meine alte Neigung zum Absoluten auch diesmal glücklich aus dem Strudel der Empirie gerettet und ich schwebe jezt und vielleicht auf immer in lichtern, eigenthümlichern Sfären. Beykommende Fragmente werden Sie davon überzeugen – die Meisten sind ältern Ursprungs und nur abgekehrt. Ihr beyderseitiges Urtheil mag Sie zum Feuer oder zum nassen Wege bestimmen – ich sage mich gänzlich davon los. Hätten Sie Lust öffentlichen Gebrauch davon zu machen, so würde ich um die Unterschrift

Novalis bitten – welcher Name ein alter Geschlechtsnahme von mir ist, und nicht ganz unpassend. F[riedrichs] Maxime ist die Meinige nicht. Der Name thut nichts zur Sache und schadet ihr gemeiniglich. Hier ist kein pflichtmäßiges Votum abzulegen, wo jeder ehrliche Mann sich nennt. Steht Ihnen diese Masse an, so kann ich noch mit mehr aufwarten. Ich habe noch einige Bogen logologische Fragmente, Poëticismen, und einen Anfang, unter dem Titel, der Lehrling zu Saïs – ebenfalls Fragmente – nur alle in Beziehung auf Natur.

Es fehlt mir nur so sehr an Büchern – noch mehr an Menschen, mit denen ich philosophiren, an denen ich mich electrisiren könnte. Ich producire am meisten im Gespräch, und dies fehlt mir hier ganz. Ihr Project mit Jena wäre freylich recht schön, aber es ist für mich unausführbar. Künftigen Winter bleib ich noch hier – und darüber hinaus seh ich gar nicht.

Ihre Einladung auf bildende Kunst nehm ich mit Freuden an. Schlegels Fragmente, die Neuen, kenn ich noch nicht. Ihre Ahndung und meine Unwissenheit sind ein trefflicher Boden zu Kunstparadoxen. Ich beziehe mich in p[unc]to der Unwissenheit auf Eins von meinen seynsollenden Fragmenten – ich weis ja noch nicht ob F[riedrich] sie, als Fragmente, anerkennt. Wenn bildende Kunst auch Poësie ist, so muß ich etwas davon verstehn. Das technische ist mir durchaus fremd – aber die *schöne* Gestalt – da hab ich doch, wie mich dünckt, Sinn für. Ich rede blos von der schönen Gestalt – Von Composition etc. weiß ich gar nichts – daher ich auch nur die einzelne Gestalt sehe – und die Perspective, die Farben und alles übrige schlechthin ignorire. Wenn Sie nun erst diese Fragmente gelesen haben werden, und die Folge, die noch stärker auftritt, so bitt ich mir von neuem ihr Urtheil über meinen Mystizismus aus, der noch ein sehr unreifes Wesen ist. Mündlich davon mehr. Künftig treib ich nichts, als Poësie – die Wissenschaften müssen alle poëtisirt werden – von dieser realen, wissenschaftlichen Poësie hoff ich recht viel mit Ihnen zu reden. Ein Hauptgedanke dazu ist, die Idee der Religion in meinen Fragmenten.

Wenn ich nur recht viel bey Ihnen finde. Ich habe eine heimliche Freude auf den Hamlet, der gewiß größestentheils fertig ist.

Wenn ich mit Ihnen den Dichter des armen, verschmäheten Hermanns besuchen könnte? Nein sagen Sie mir nur – ob Hermann überall so misfallen hat, wie hier oben herum. Noch hab ich ihn von keinem Menschen hier loben hören – auch die köstliche Recension hat keinen Eindruck gemacht. Sie war den Meisten zu lang und unverständlich. Der Geschmack ist doch recht sparsam ausgetheilt.

Leben Sie wohl – Schreiben Sie mir, wenn Sie so freundlich seyn wollen, mit *der nächsten Post,* unter meiner simpeln Adresse – die Stadt ist nicht groß – oder, wenn Sie das nicht können, so warten Sie auf eine 2te Nachricht. (Indem ich den Brief beym Zumachen ansehe, so rechne ich aus, daß ich auf keinen Fall mehr Ihre Antwort bekommen kann – Alles also mündlich)

Was mir recht fatal ist, daß F[riedrich] meine beyden Briefe nicht bekommen hat. Den Einen hab ich in Dresden selbst auf die Post gebracht, und er ist vor meinen Augen ins Paquet gesteckt worden. Es stand manches drinn, was ich doch wünschte, daß ers gelesen hätte. Im Zweyten war viel über Schelling und aus einem Briefe desselben an mich, was F[riedrich] gewiß interressirt hätte. Beyde sind bey Ungern abzugeben gewesen – Unger wird aber doch wohl Schl[eyermachers] Quartier finden können. Nun schreib ich ihm nicht eher, als bis ich das Athenaeum in Händen habe.

94. Novalis an Friedrich Schlegel in Berlin

Freyberg: den 11ten May. 1798. [Freitag]

Ich schicke Dir hier etwas, was ich gern *bald* irgendwo abgedruckt hätte. Am besten *schickt es* sich in die Jahrbücher der preußischen Monarchie, ihrem Plane nach. In euer Journal *paßt es,* wie mich dünkt, nicht. Vielleicht *schickte es* sich auch zum einzelnen Abdruck mit einem Bilde des königlichen Paars – wenn der Buchhändler sein Conto dabey zu finden glaubte. In diesem Falle *müßte es* nur mit typographischer Eleganz erscheinen. Ich bitte Dich um die Besorgung dieser kleinen Piéce. *Mach es* mit dem Buchhändler ganz nach Deiner Meynung ab. Dein

Urtheil darüber bitt ich mir aus – Dein Bruder und die Schwägerinn haben einzelne Fragmente daraus gehört – und waren damit zufrieden. Ohne Glauben und Liebe ist es nicht zu lesen. Das Andre sagt die Vorrede.

Ich habe bald wieder einen großen Vorrath zur Aufbereitung zusammen. Zum nächsten, oder folgenden Stück stehn euch *Dialogen* und vielleicht *Anekdoten* zu Dienste. Späterhin vielleicht ein *Roman* in Sedez. Ich bin ziemlich fleißig und ziemlich reich an Einfällen. Eine Idee such ich jezt zu bearbeiten, auf deren Fund ich beynah stolz bin. Sobald etwas davon verständlich ist, so sollst Du gleich Nachricht davon erhalten. Mir scheint es eine sehr große, sehr fruchtbare Idee, die einen Lichtstrahl der höchsten Intensitaet auf das Fichtische System wirft – eine *practische Idee* ∞. Du verzeihst, daß ich Deine Neugierde spanne, ohne Sie zu befriedigen – Wahrhaft befriedigen kann ich Sie noch nicht und doch muß ich Dir meine Freude mittheilen – da es nichts minder betrift, als die mögliche, evidente Realisirung der *kühnsten* Wünsche und Ahndungen jeder Zeit – auf die analogste, begreiflichste Art von der Welt. Wenn ich nur das Athenaeum bald zu sehn erhalte. Deine Schwester hab ich vor einigen Tagen besucht und Sie sehr verlegen wegen der verzögerten Ankunft der Schwägerinn gefunden. Ihr Mann ist noch nicht wohl und in Pillnitz – und Ihr Kind will Sie nicht in Dresden allein lassen. Ich sehe mir täglich einer Nachricht von der Ankunft Deiner Schwägerinn in Dresden entgegen und freue mich sehr darauf. Du, böser Mensch, hättest nur hinkommen sollen. In Dresden würdest Du weit fleißiger seyn. Dein Bruder wird jezt, wie ich denke, in Berlin seyn. Bitt ihn doch mir das beste Bild des Königs und der Königinn, in Biscuit oder Kupferstich mitzubringen. Grüße ihn herzlich und gieb mir bald, mit einem Recepisse dieses Briefs, ausführliche Nachricht von Dir.

Dein

Freund

Hardenberg.

Eins noch wirst Du finden. Ich habe in beyfolgenden Bogen irgendwo Deinen Begriff vom Cyniker gebraucht – aber das

Wort war in *der* Verbindung anstößig – mit Deiner Erlaubniß – und da hab ich mir die Freyheit genommen, es mit einem Andern zu vertauschen, was freylich nicht so gut ausdrückt, aber nicht so cynisch ist.

Für Einen Begriff weis ich Dir noch insonders Dank, der bey mir schön ausgeschlagen ist – das ist Dein Begriff von der römischen Satyre – Du wirst künftig Proben davon sehn.

95. Novalis an Friedrich Schlegel in Dresden

Töplitz: den 20sten Julius. 1798. [Freitag]

Ich habe die ganze Zeit über auf Nachricht von euch gewartet. Ich dachte, Du würdest mir die Jahrbücher schicken und etwas über meine Papiere schreiben. Mit dem versprochnen Briefe dürfte wol hier nichts werden. Es fehlt an Muße, Büchern und Erlaubniß den Kopf anzustrengen. Indeß bin ich doch nicht ganz müßig und ich hoffe euch manches mitbringen zu können, was euch vielleicht freut. Es sind freylich nur Früchte einzelner Augenblicke – unter andern Titel eurer Fragmente. Es könnten auch noch zu einigen Vorreden hinzukommen – denn man muß sie, als Bücher behandeln und das Fehlende ergänzen. An einer Kritik derselben sammle ich. Sonst sind die Frauen, die xstliche Religion und das gewöhnliche Leben die Centralmonaden meiner Meditationen. Für das lezte versprech ich mir insbesondre Deinen Beyfall – weil ich hier einen ganz neuen Standpunct gewonnen zu haben glaube. An [Wilhelm] Meister fehlt mir viel. In meiner Philosophie des täglichen Lebens bin ich auf die Idee einer *moralischen* / im Hemsterhuisischen Sinn / Astronomie gekommen und habe die interressante Entdeckung der Religion des sichtbaren Weltalls gemacht. Du glaubst nicht, wie weit das greift. Ich denke hier, Schelling weit zu überfliegen. Was denkst Du, ob das nicht der rechte Weg ist, die Physik im allgemeinsten Sinn, schlechterdings *Symbolisch* zu behandeln? Auf diesem Wege denk ich tiefer, als je, einzudringen und aller Campanen und Oefen entübrigt zu seyn. Wenn man hier nach Gefallen lesen und schreiben könnte, so ließe sich hier viel machen. Der Ort ist sehr angenehm. Die Gegend ist die Schönste, die ich sah. Einige angenehme englische Gärten sind dicht an der Stadt. Man sieht viele Menschen, ohne von Ihnen gedrückt zu werden. Eine interressante Bekanntschaft hab ich noch nicht gemacht. Meißner ist hier, aber höchst gewöhnlich, soviel mir aus den wenigen Worten, die ich mit ihm wechselte, hervorgieng. Die Levi hab ich noch nicht kennen gelernt.

Schreib mir bald von den Deinigen – Grüße Sie alle herzlich – errinnre an den Roman in meinem Namen. Inliegende Briefe bitt ich Dich so schnell, als möglich zu besorgen – ich habe Sie eingelegt, weil jeder einzelne Brief von hier an die sächsische Grenze allein schon 10–12 Kreutzer kostet. Was Du auslegst, werde ich Dir wieder zustellen.

Lebe wohl –

Dein

Freund v Hardenberg.

96. Novalis an Friedrich Schiller in Jena

Töplitz: den 23sten Julius. 1798. [Montag]

Ein Auftrag der jungen, Ihnen schon bekannten Dichterinn, Louise Brachmann aus Weißenfels, verschafft mir die angenehme Gelegenheit Sie, bester Herr Hofrath, von meiner alten, nieverlöschenden Achtung und Anhänglichkeit, versichern zu können. Meine Schwester hat mir die Gedichte, die ihre Freundinn, durch Ihren gütigen Brief aufgemuntert, zur Auswahl für den diesjährigen Almanach, Ihnen zusenden will, nebst einem dazugehörigen Briefe, zur Beförderung überschickt. Einige freundschaftliche Bemerckungen, die ich über Ihr Talent und seine Ausbildung hatte fallen lassen, waren der Anlaß Ihres Zutrauns zu meinem vorläufigen Urtheil, ob die Gedichte verdienten an Sie geschickt zu werden. Es wäre möglich, daß Sie den Almanach, als Ausstellung und Schule, betrachteten, und insofern glaubt ich Ihnen die Gedichte schicken zu dürfen. Ihre Aufnahme kann mehr Eifer zur Vollendung schaffen, als hundert privat Bemerckungen. Wenn meine Gesundheit, die mich hieher genöthigt hat, nicht hier wieder hergestellt werden sollte – so hoff ich Sie vielleicht bald in Jena zu sehn – Ich denke in diesem Fall

Starke zu consultiren – und freue mich im voraus auf die angenehmen Stunden, die Sie mir vielleicht erlauben in Ihrer Gesellschaft zuzubringen. Sie werden jezt schon den trefflichen Schelling in Jena haben. Wie sehr wünscht ich in ihn Ihren Freund zu finden. Ich wollte gern noch einige Zeit krank bleiben, wenn es mir so wohl würde Sie in Jena zubringen zu können. Mein Glück würde vollkommen seyn, wenn es bey dieser Gelegenheit dem Manne, dem ich so viel verdancke, den ich so unaussprechlich verehre, Ihrem Freunde Göthe, gefiele einmal offen und mittheilend zu seyn, wenn ich dabey wäre, daß ich ein Bild von seinem persönlichen Umgang hätte, das dem Bilde vom Schriftsteller, entspräche. Verzeihn Sie diesen frey geäußerten Wunsch – er fiel mir indem ich schrieb, ein, bey der Errinnerung an den Abend, wo ich lezthin bey Ihnen war, und mein Unstern wollte, daß ich Ihren Freund nicht in der Stimmung fand, wie ich ihn mir so sehnlich gewünscht hätte. Empfehlen Sie mich der Frau Hofräthin herzlich, und Leben Sie wohl.

Fridrich von Hardenberg.

97. Novalis an Friedrich Schlegel in Dresden

Freyberg: den 16ten August. [1798] [Donnerstag]

Endlich bin ich wieder hier. Deinen Brief hab ich richtig erhalten, so wie die Bücher. Ich komme nicht den Augenblick zu euch – erst auf den Sonnabend über 8 Tage denk ich euch zu sehn. Du kannst das leicht begreifen – ich muß mich erst wieder einrichten – Sollte Schelling bis dahin fort gehn, so komm ich früher. Wenn Du mir gleich deshalb antwortest, so könnte ich vielleicht diesen Sonnabend gegen Abend mich bey euch einfinden. Die Levi hab ich die lezte Zeit noch kennen gelernt – Wegen der langen Versäumniß hab ich die Entschuldigung gemacht, daß ich nicht Ihren falschen Namen gewußt und erst spät durch euch die Entdeckung gemacht hätte. Mein Vater wird die Bücher bey Walt[h]er bezahlen – das Übrige bezahl ich euch selbst. Unsre Mittheilung würde sehr gewinnen, wenn Du Dich entschließen könntest *8 Tage* hier zuzubringen. An Bequemlichkeit soll Dirs nicht fehlen. Karlowitz in Oberschöna wird sich sehr freuen

Dich zu sehn. Du könntest mir immer 8 Tage schenken. Wer weiß, wenn und ob wir einander dann wiedersehn. Mir ist es unmöglich 8 Tage bey euch zuzubringen – der Aufenthalt in Töplitz hat zu lange gewährt und hat mich so genug hier zurück gesezt.

Laß Dich nur nicht von der Levi verführen, die den Plan gemacht hat, Dich jezt gleich mit nach Berlin zu nehmen. Sie kommt auf den Sonnabend zu euch. Ich freue mich unbeschreiblich mit euch einige Tage zu leben – denn zu 2–3 muß doch Rath werden. Behalt ich das Pferd jezt gleich – so kann ich euch fast alle Sonntage sehn. Empfiehl mich allen aufs Beste und gieb mir nur wegen Schelling Nachricht. Alles übrige verspar ich auf den Mund.

Dein
treuer Freund
Hardenberg.

98. Novalis an den Vater in Weißenfels

Freyberg: den 1sten September. 1798. [Sonnabend]

Deine Briefe habe ich nebst dem Paquet richtig erhalten. Ich habe euch sehr wegen des unangenehmen Reisewetters bedauert. Wir haben seit 8 Tagen wahrhaftes Novemberwetter – viele Menschen leiden darunter und ich wundere mich nicht, daß Du in unserm Hause Krancke getroffen hast. Die Anzahl ist nur ein wenig stark gewesen. Die arme Mutter beklag ich sehr. Karl hat sich auch nicht wohl befunden. Wenn euch nur das Bad die gewünschten Dienste leistet. Ich befinde mich ziemlich wohl. Mit dem Pferde hast Du mir einen unschätzbaren Gefallen gethan. Diese Bewegung scheint mir sehr gut zu bekommen. Meine Anfälle sind seltner und schwächer. Am Sonntage bin ich in Dresden gewesen. Pohlen hab ich nicht besucht, weil ich Deinen Brief noch nicht hatte, woraus ich erst wahrnahm, daß Du nicht mit ihm gesprochen hast. Ich hoffe ihn nicht weiter nöthig zu haben. Sollte ja, wider Vermuthen, die Reitzbarkeit jener Theile sich eher vermehren, als vermindern, so komm ich auf Michaëlis einige Tage zu euch und consultire Starcken. Zum Pyrmonter hab ich keine Lust – Wenn Du kannst, so bestell ihn nur wieder ab. Für das Pferd dank ich Dir herzlich, denn schon der Glaube an die Heilsamkeit des Reitens ist mir zuträglich. Schon einigemal hab ich den Zufall durch das Reiten beynah ganz aufgehoben. Mit Miltitz hab ich noch nicht wegen des Reitzeugs sprechen können. Ich denke einen Sonnabend Abend einmal hinüber zu reiten und alles mit ihm zu verabreden. Der Kammerherr [von Heynitz] ist gestern wiedergekommen – noch hab ich ihn nicht gesprochen – Er soll in Tröschkau [Dröschkau] wieder bettlägerig gewesen seyn. Charpentier hat, seiner längern Abwesenheit wegen, die Reise nach Schlesien aufgeben müssen. Wagner sen. wollte neulich mit mir herüber reiten – das Wetter war aber gar zu schlecht. Ich habe einen Abend bey Manteuf[f]els zugebracht. Die Rekke war da – Sie hat mir sehr misfallen, ohnerachtet sie artig genug war. In Karolinen ist alle Welt verliebt – Charpentiers, die Manteuf[f]eln und die Bekkern, bey der ich den ersten Abend sehr vergnügt mit der Ernsten und Schlegels zugebracht habe. Wir haben die Antiken bey Fakkeln gesehn, und hatten zur Belustigung den litterairischen Harlekin Boett[i]ger aus Weimar bey uns. Die Bekkern wird Carolinen ihre unangenehmen Fata bey der Rückreise erzählt haben – Sie kränckelt noch daran. Koerner ist nun geheimer Referendar. Ferber Sen. und jun. sind mir begegnet, aber es war nicht gelegentlich sie anzureden. Funk und Mandelsloh, den Husar, hab ich besucht – Sie sind auf Commando in Pillnitz. Funk ist zu meiner Freude wieder recht wohl und scheint völlig hergestellt. Von Herbert hab ich durch die kleine Jüdin gehört, daß er den am Sonnabend nach unsrer Abreise erwarteten Brief nicht erhalten und sogleich nach Karlsbad gereißt sey. Für Karolinens Chronik hab ich noch folgende Nachricht gesammelt: Soubof ist sterblich in die älteste Princeß verliebt – der Herzog kann ihn aber nicht ausstehn und giebt ihm den Verlust seines Herzogthums schuld. Wie sich Franke und Kirchner aufführen bin ich neugierig zu wissen. Für Stunden und allerhand Gefälligkeiten war ich willens Franken noch 3 Species zu geben, und Kirchnern für einigen Unterricht im Situationszeichnen eben so viel. Du wirst vielleicht die Güte haben dieses Geld beyden dort zu geben. Es hängt jezt von Dir ab, wenn Du mir das Geld für Lampadius, Lempe und D'aubuisson schicken willst. Mit Werner hat es noch Zeit.

Lampadius	–	100 rch.
Lempe	–	20 –
D'Aubuisson	–	18 –
	d. i.	138 rch.

D'Aubuisson bin ich bis jezt 12 Wochen schuldig. Ich kann nicht gut ihm die 6 Wochen abziehn, da ich entfernt war, besonders, da er es nicht einmal praetendirt. Von ihm lern ich eigentlich Mathem[atik] – und das Geld an Lempe ist weggeworfen. Ich lerne nichts bey ihm. Er giebt sich nicht die mindeste Mühe seine Zuhörer wircklich weiter zu bringen. Er ließt äußerst unangenehm – läuft was er kann und ist froh, wenn er nur sagen kann, ich habe gelesen. Werner und Lampadius sind darinn besser. Bey Erstern glaub ich in großer Gunst zu stehn, weil ich in seine Lieblingsideen entrire und auf seine Verdienste um die Wissenschaft lebhaft appuyire. Aus Tennstedt hab ich unangenehme Nachrichten erhalten. Karolinchen Just läuft Gefahr die Lungensucht zu bekommen. Sie hat 12 Blutstürze in 4 Wochen gehabt. Sie scheint zu reconvalesciren, aber sehr langsam, und nicht ohne Besorgniß von Recidiven.

Voigt ist ein Narr – und ich will ihn schon abfertigen. Seine Bücher hat er seit 2 Jahren wieder – ich errinnere mich kaum an die Kleinigkeit. Er hat mich seitdem ja mehreremal gesehn und was es nur für Bücher waren?! Es war eine kleine Brochüre und ich brachte sie bey meiner nächsten Zurückkunft wieder. Ich kenne schon diese interressirte – Canaille, mit Deiner Erlaubniß. Mich ärgert gerade so ein Zug am meisten. Die Salzversuche werden jezt angestellt werden. Von ihnen, sowie von einem Versuch des Prof. Lampadius die Gewinnung des Glaubersalzes betr. künftig mehr. Empfiehl mich allen aufs zärtlichste.

Dein unterth[äniger] Sohn FvHardenberg.

99. Novalis an Caroline Schlegel in Dresden

Freyberg: den Sonntag früh. [9.(?) September 1798]

Weder *Kommen,* noch *schicken* hab ich können. Wer aber auch eine Natur und Welt zu bauen hat, kann wahrhaftig nicht abkommen. Auf meiner Entdeckungsreise, oder Jagd bin ich, seitdem ich Sie nicht sah, auf sehr vielversprechende Küsten gestoßen – die vielleicht ein neues, wissenschaftliches Continent begränzen. Von neuen *Inseln* wimmelts in diesem Meere.

Der Brief über die Antiken wird umgeschmolzen. Sie erhalten statt dessen ein romantisches Fragment – der Antikenbesuch – nebst einer Archaeologischen Beylage. Ich hoffe beynah mit Zuversicht auf Ihr Interesse. Mir scheint Armuth an Neuheiten wenigstens kein Fehler dieser Arbeit zu werden.

Meine Symphysik mit Fridrich betrift meine neuste Masse allgemeiner philosophisch physiologischer Experimente vorzüglich. An die *Form* kann ich unter diesen Umständen noch nicht denken. Schreiben Sie ihm das. Seine Papiere soll er ehestens erhalten – Wann die Meinigen – verbessert, vermehrt und geordnet? – das weis ich noch nicht bestimmt zu sagen. An meinem Fleiße soll das Spät nicht liegen – eher an der Unkultur des Gegenstandes – und seiner unermeßlichen Mannichfaltigkeit – die zwar um deßwillen auch höchst einfach ist – aber so schwer, als solche, gefaßt, gehalten und nachgebildet wird. Je tiefer ich in die Unreife von Schellings Weltseele eindringe – desto interressanter wird mir sein Kopf – der das Höchste ahndet und dem nur die reine *Wiedergebungsgabe* fehlt – die Göthe zum merckwürdigsten Physiker unsrer Zeit macht. Schelling *faßt* gut – er *hält* schon um vieles schlechter und *nachzubilden* versteht er am Wenigsten.

Schreiben Sie mir nur, wie lange Sie noch in Dresden bleiben – daß ich mich mit meiner Reise darnach richte. Wann ich Ihnen etwas schicke, weiß ich ebenfalls noch nicht genau. Empfehlen Sie mich Funk, den Sie gewiß sehn werden.

Ihr Mann könnte mir eine Gefälligkeit erzeigen, wenn er beyliegende Rechnung für mich bezahlen und sich quittiren lassen wollte. Ich werde mündlich es ihm danken und die Auslage wiedererstatten.

Empfehlen Sie mich der vortrefflichen Ernsten und William herzlich. Erzählen Sie mir von Allen und von dem, was Sie machen – vorzüglich. Die Madonna erhalte Sie gesund und beschütze unsre Freundschaft.

Hardenberg.

Ihr Mann könnte mir einen *großen Gefallen* erweisen. Mir sind Helmonts und *Fludds* Werke sehr nöthig. Sollte nicht William sie, für sich, von Dasdorf, auf 14 Tage, geliehn erhalten können – und sie mir in diesem Fall sogleich überschicken. Bedenken Sie, daß die Kosmogenie dabey interressirt ist – und das ist doch nichts *Kleines*. Schelling wird sich über meine Entdeckungen wundern und freun. Fridrichs Beyfall – und Sympraxis ist mir gewiß. Fridrichs petillanter Geist hat wunderbare Mischungen und Entmischungen im physicalischen Chaos zuwegegebracht. Seine Papiere sind durchaus *genialisch* – voll genialischer Treffer und Fehler. Schreiben Sie ihm – mein Brief würde durchaus *neu* – nur wenig aus den alten Papieren. Ich hoffe unser Briefwechsel soll wahrhafte fermenta cognitionis in Fülle begreifen und mehr, als eine Lavoisiersche Revolution entzünden. Mir ist jezt, als säß ich im Comité du Salut public universel.

100. Novalis an Friedrich Schlegel in Berlin

Freyberg: den 7ten November. 1798. [Mittwoch]

Du erhältst diese Antwort über Jena, weil ich mich auf meinen Brief an die Schwägerinn beziehn will, den ich Sie gebeten habe, Dir mitzutheilen. Nun wünscht ich nicht, daß Du die Citation, ohne das Citat, erhieltest und sende diesen Brief also nach Jena, um von dort mit der nöthigen Beylage an Dich abzugehn. Dein Brief hat mich in der Überzeugung von der Nothwendigkeit unsers Zusammendaseyns bestärckt. Wenn Du Dich immer mehr in mich findest, so erkenne ich Dich auch meinerseits immer mehr. Eins von den auffallenden Beyspielen unserer innern Symorganisation und Symevolution ist in Deinem Briefe. Du schreibst von Deinem Bibelproject und ich bin auf meinem Studium der Wissenschaft überhaupt – und ihres Körpers, des

Buchs – ebenfalls auf die Idee *der Bibel* gerathen – der Bibel – als des *Ideals jedweden* Buchs. Die Theorie der Bibel, entwickelt, giebt die Theorie d[er] Schriftstellerey oder der Wortbildnerey überhaupt – die zugleich die symbolische, indirecte, Constructionslehre des schaffenden Geistes abgiebt. Du wirst aus dem Brief an die Schwägerinn sehn, daß mich eine vielumfassende Arbeit beschäftigt – die für diesen Winter meine ganze Thätigkeit absorbirt.

Dies soll nichts anders, als eine Kritik des Bibelprojects – ein Versuch einer Universalmethode des Biblisirens – die Einleitung zu einer ächten Encyklopaedistik werden.

Ich denke hier Wahrheiten und *Ideen im Großen* – *genialische* Gedanken zu erzeugen – ein lebendiges, wissenschaftliches Organon hervorzubringen – und durch diese synkritische Politik der Intelligenz mir den Weg zur *ächten Praxis* – dem wahrhaften Reunionsprozess – zu bahnen.

Ich habe Dir mit Fleiß die Aufgabe mit mehreren Ausdrücken hingesezt um eine vollständigere Antwort in Betreff Deiner Bibel Idee, zu erhalten.

Je länger wir mit einander umgehn, desto mehr werden wir uns auf einander besinnen und des Geheimnisses unsrer *Entzweyung* immer theilhaftiger werden.

Deine Fragmente und das Bruchstück von [Wilhelm] Meister versteh' und genieß' ich immer mehr.

Einen wünscht ich noch in unsre Gemeinschaft – Einen, den ich Dir allein vergleiche – *Baadern.*

Seine Zauber binden wieder,
Was des Blödsinns Schwerdt getheilt.

Ich habe jezt seine ältere Abh[andlung] vom Wärmestoff gelesen – A[nn]o [17]86 welcher Geist? Ich denke an ihn zu schreiben – Könnte er nicht zum Athenaeum eingeladen werden? Vereinige Dich mit Baadern, Freund – Ihr könnt ungeheure Dinge leisten.

Schelling ist jezt auch mit der Mathematik handgemein geworden – Schreibt er auch hier zu schnell, so muß er Lehrgeld, wie mit den Ideen bezahlen. Es ist ein sonderbares, modernes Phaenomén, das nicht zu Schellings Nachtheil ist, daß seine Ideen *schon* so *welk*, so unbrauchbar sind – Erst in neuesten Zeiten sind solche *kurzlebige* Bücher erschienen. Auch Deine Griechen und Römer sind zum Theil eine solche interressante Indication der zunehmenden Geschwindigkeit und Progression des menschl[ichen] Geistes.

Mit der Kürze der Lebensdauer wächst der Gehalt, die Bildung und Geistigkeit. Die Bücher nähern sich jezt den Einfällen – Einmal vorübergehend – aber schöpferische Funken.

Wenn es mir gelänge einen solchen Funken – als Lebensthätigkeit zu fixiren?

Von den Propylaeen im Briefe an die Schwägerinn. Den Almanach hab ich noch nicht.

Deine Lucinde reizt mich im voraus, wie die Venus Callipygis – von der sie gewiß eine Schwester seyn wird.

Kants Streit der Facultaeten ist ein schönes Advocatenspecimen – ein Gewebe feiner Chikanen. Kant wird jezt, wie ihr Leibnitz beschuldigt, *juristisch* – und ist es von Anfang an, etwas gewesen. Die phil[osophische] Facultaet ist, wie der ärgste Sünder, am besten zu vertheidigen. Die phil[osophische] Darstellung dieses Streits wäre die schönste Defension der phil[osophischen] Facultaet gewesen. Kant ist, in Beziehung auf die Bibel, nicht a la Hauteur. Leibnitzen scheint mir Schleyermacher sehr unrecht zu behandeln – die einzige Stelle von der Comb[inatorischen] Anal[ysis] ist alle Lobeserhebungen werth, die man ihm gegeben hat.

Lebe wohl – lieber Schlegel, und behalte lieb

Deinen Freund Hardenberg.

101. Novalis an Rahel Just in Tennstedt

Freiberg, den 5. Dezember 1798 [Mittwoch]

Jetzt, meine vortreffliche Freundin, wird wohl Ihr lieber Mann nicht bei Ihnen sein, und ich wende mich daher unmittelbar an die höhere Instanz, um meine innige Danksagung für den freundschaftlichen Doppelbrief abzustatten, der mich auf mannigfaltige Weise angenehm berührte. Erstlich hatten *Sie beide* mir geschrieben – zweitens *so viel Herzliches* geschrieben, drittens hatte der Herr meiner schriftstellerischen Produkte und die

Frau eines äußerst liebenswürdigen Mädchens gedacht, in die man von Rechts wegen wenigstens halb verliebt sein muß. Sie hätten es nicht besser und vollständiger ausstudieren können, um mich vergnügt zu machen, und wenn ich ein mächtiger Mensch wäre, mich in den Zustand der Alles-Bewilligung zu versetzen. Sie und Karolinchen hab ich hier in recht leidlichen Repräsentantinnen – nur mein lieber Kreisamtmann fehlt mir hier überall. Karolinchen wird durch Karolinchen mir vergegenwärtigt – wir stehen auf ähnlichem Fuße zusammen – Sie durch jene freundliche Büßerin – deren zarte Weiblichkeit – treuer, hülfreicher Sinn, Bildung und Innehaltung unaufhörlich an Sie mich erinnert – aber ob sie mir auch so gut ist wie das Original, das steht billig zu bezweifeln, und nur das könnte vielleicht eine merkbare Unähnlichkeit hervorbringen.

Jean Paul bring ich auf Ostern nach Tennstedt. Er muß mir von Weimar aus nach diesem Salem folgen. Mit meiner Gesundheit hats seit 14 Tagen wieder gehinkt – jetzt fängts aber wieder an, auf beiden Beinen zu gehen. Es ist hier alles krank – die Römern ist gefährlich krank. Er ist in übler Lage – er war in Neumark – traf dort (sub rosa) seinen älteren Bruder verzweifelt beinah über die plötzlich von ihrer Seite abgebrochene Liebesgeschichte mit der Frl. Miltitz in Dresden – seine Mutter sehr schwach und bei seiner Zurückkunft seine Frau in Lebensgefahr.

Julien ist noch immer häufig mit dem fürchterlichen Gesichtsschmerz heimgesucht – erträgt aber diese entsetzliche Krankheit mit der heitersten Resignation und ist bis jetzt munter und stark geblieben, was um so mehr wunderbar ist, da so viele Nächte in der quälendsten Unruhe durchwacht werden. Hoffentlich verliert sich dieser Schmerz nun bald. Vor zwei Jahren hat er auch zu Weihnachten von selbst aufgehört.

So weit hatte ich geschrieben – als ich durch Liebens den lieben Brief Ihres guten Mannes erhielt. Ich habe ihm sogleich geantwortet, und Sie erhalten nun beide Briefe zugleich. Durch einen Zufall ist mir der Brief an Ihren Mann zu Schaden gekommen, und ich kann ihn nicht sogleich wieder schreiben, daher erhalten Sie ihn einen Posttag später.

Wie hübsch ist es doch, solche innige Freunde zu haben, wie

Sie sind. Es hat mich unbeschreiblich gefreut und geschmeichelt, meinem Freund mit Interesse von meinen Ideen sprechen zu können. Es sind Texte zu freundschaftlichen Unterhaltungen, und meine liebe Tante sollte nichts dagegen haben, wenn ich mit ihr darüber reden könnte. Mit Geduld und gutem Willen kann man sich über alles vereinigen – besonders, wenn schon so viele Vereinigungspunkte da sind, wie zwischen uns. Verschiedenheiten im Ausdruck werden bleiben – müssen bei Individuen bleiben; wenn es nur so weit kommt, daß man sich gegenseitig versteht und *erklären kann.* Ich weiß von vielen Dingen, warum Sie nicht so darüber zu denken scheinen, als ich – und die Gründe gehören zu Ihrem Charakter und sind mir deshalb heilig – vielleicht finden Sie einen ähnlichen Grund vieler meiner Meinungen in meinem Charakter, und dann werden Sie auch nicht mehr unzufrieden damit sein.

Die Schriftstellerei ist eine Nebensache – Sie beurteilen mich wohl billig nach der Hauptsache – dem praktischen Leben. Wenn ich gut, nützlich, tätig – liebevoll und treu bin – so lassen Sie mir einen unnützen, unguten und harten Satz passieren. Schriften unberühmter Menschen sind unschädlich – denn sie werden wenig gelesen und bald vergessen. Ich behandle meine Schriftstellerei als ein Bildungsmittel – ich lerne etwas mit Sorgfalt durchdenken und bearbeiten – das ist alles, was ich verlange. Kommt der Beifall eines klugen Freundes noch obendrein, so ist meine Erwartung übertroffen. Nach meiner Meinung muß man zur vollendeten Bildung manche Stufe übersteigen. Hofmeister, Professor, Handwerker sollte man eine Zeitlang werden wie Schriftsteller. Sogar das Bedientenfach könnte nicht schaden – dafür möchte der Schauspieler wegbleiben, der manche Bedenklichkeiten erregt.

Zu Weihnachten wünscht ich Sie zu uns. Tielemanns kommen – Mein Bruder kommt. Wir werden die Feiertage in 7 Eichen zubringen. In Dresden freu ich mich Karlen mit *Ihrer Manteuffeln* und *meiner Ernsten* bekannt zu machen. In Tennstedt brächt ich sie indes doch noch lieber zu. Mein Herz klopft gleich viel milder und mein moralischer Sinn bekommt Luft – wenn ich in Gedanken Tennstedt erwähne.

Nach Grüningen werd ich zu Weihnachten schreiben. Mit der Anhänglichkeit an diese guten und unvergeßlichen Leute ist es wahrlich nicht aus – aber mit der Lust an sie zu schreiben. Wahrscheinlich komm ich wieder im März hin – und bin ich erst wieder ganz in Thüringen, so werd ich auch oft in Grüningen sein – das mir der liebste Ort in der Welt ewig bleiben wird. Auch an der ganzen Familie nehm ich denselben Anteil, wie an der meinigen, aber – das bloße, müßige Schreiben stört mich und hemmt mich. Der Ort selbst tut eine wohltätige, die Erinnerung eine erweichende, schädliche Wirkung auf mich. Karolinchen hab ich ebenso lieb, als sonst – aber was sollen wir einander vorklagen – mit ihr kann ich nie wieder heiter und lustig sein – und dessen bedarf sie gerade. Vielleicht kommt eine Zeit, wo ich sie auch wieder zu meiner Freundin mache – wo ich auch wieder an sie wie ehemals schreibe. Vielleicht einst mündlich mehr darüber. Empfehlen Sie mich meiner guten Tennstedter Karoline auf das wärmste – auch Gustchen, der guten. Zu Pfingsten geht eine neue Zeit wieder an, wenn ich aus dem Erzgebirge weg und für immer in Thüringen bin. – Dann kann der Himmel es mir so gut machen, daß ich ganz für meine Freunde und Freundinnen leben kann. – Ruhe ist das unentbehrliche Erfordernis zur Freundschaft.

H.

102. Novalis an Friedrich Schlegel in Berlin

Freiberg: den 10. Dezember 1798. [Montag]

Soeben erhalte ich Deinen langen, reichen Brief – der mich von neuen lebhaft in Deine jezige, sorgenvolle Lage versezt – Vielleicht könnte ich Dir thätigen Beystand leisten, wenn ich erst von hier weg wäre – Du weißt selbst, wie es um mich steht – ich lebe ein unsichres Leben – seit 2 Jahren hab ich nicht mehr für die Zukunft gesorgt – vieles vernachlässigt, was ich nicht mehr zu brauchen glaubte – mich so frey als möglich zu machen gesucht. Zufälle haben mich bisher erhalten – mit der größesten Fassung und in der heitersten Ruhe hab ich scheiden wollen. Jezt scheint sich manches gegen meinen Plan zu verbinden – anstatt mich entbehrlich zu sehn – und werden zu sehn – fühl ich mich durch ein Gefühl von Pflicht an alte und neue Bekannten gebunden – ich fühle, wie nüzlich ich noch vielen seyn kann, wie Kameradschaft mich zwingt, meine Lieben in diesem verwirrenden Zustande nicht zu verlassen, und jede Not dieses Lebens mit ihnen zu theilen. Wenn ihr alle glücklich wärt, so könnt ich getrost von dannen gehn – So aber darf ich mir ein so glückliches Schicksal nicht allein anmaßen. Dringt dies durch, so muß ich bald ein neues Leben anfangen – wo nicht – ein *höheres*. Der frühe Tod ist jezt mein großes Los – das Fortleben der zweyte Gewinn. Die Zeit meines Abgangs von hier ist entscheidend. Scheid ich, so hab ich es in der Gewalt – Dir einen kleinen Dienst zu thun – bleib ich – so sezt mich meine dann mit Macht erwachende Industrie gewiß bald in den Stand, Dir hülfreich zu seyn.

Deine Bitte hat mich von neuen in dem Vorsatz bestärkt, womöglich, wenn ich fortlebe – ein reicher Mann zu werden, hoffentlich nach einem großen Plane – ich habe mich geärgert, so wenig *nüzliche* Bekanntschaften zu haben –

Wärst Du in Jena, so hätt ich noch eher Hoffnung, Dir gleich helfen zu können – wenigstens per tertium.

Wenn Dir meine ganze Lage bekannt wäre – Du würdest Dich bald selbst von der temporellen Unmöglichkeit überzeugen, Dir jezt meinerseits zu helfen.

Die Ungewißheit der Zukunft nöthigt mich jezt zu einem Fleiße im Detail, der meine schriftstellerischen Projecte verzögert – besonders da jezt Kranckheit und andre Unannehmlichkeiten mich so sehr gestört haben und noch stören.

Seit 3 Wochen hab ich keinen ordentlichen Gedanken gehabt. Bis dahin bin ich sehr glücklich gewesen – Die Zeit kommt bald wieder – Schreibe mir nur je eher, je lieber, wie Du oder ein glücklicher Zufall – Dir geholfen hat – wer Deinen Proceß besorgt – kurz Deine Domestika.

Etwas Gutes hast Du mir geschrieben – daß das Athenaeum fortgeht – ich habe der Schwägerinn – deshalb geschrieben – sein Aufhören hat mich entsezlich verdrossen – Mein *neuer Plan geht sehr ins Weite* – auf Ostern theil ich ihn Wilhelm in extenso mit. Bleib ich bey euch, so soll dieser Plan ein Hauptgeschäft meines Lebens werden – Er betrift

Die Errichtung eines litterairischen, republicanischen Ordens – der durchaus *mercantilisch* politisch ist – einer ächten Cosmopoliten Loge.

Eine *Buchdruckerey* – ein *Buchhandel* muß das erste Stamen seyn. Jena – Hamburg, oder die *Schweitz*, wenn Frieden wird – müssen der Sitz des Bureaus werden. eder schaffte einige tüchtige Candidaten – Gemeinschaftlicher Fleis, gemeinschaftlicher Kopf – gemeinschaftlicher Kredit kann den kleinen Zündfunken bald vergrößern. Ihr sollt nicht mehr von Buchhändlern litterairisch und politisch gewissermaaßen dependiren.

Wer weiß, ob Dein Project nicht in das Meinige eingreift – und eben so den Himmel in Bewegung sezt, wie meines den irrdischen Sphäroid.

Man hat lange genug von solchen Projecten *gesprochen.* Warum sollen wir nicht etwas ähnliches auszuführen suchen. Man muß in der Welt seyn, was man auf dem Papier ist – Ideenschöpfer.

Auf Deine Gedancken von Religion und Bibel geh ich jezt nicht ein – kann auch nicht eingehn, weil mir das Meiste davon cimmerisch dunkel ist – einige treffliche Einfälle – besonders die Fühlhörner – ausgenommen.

Mündlich einmal mehr davon – oder *schriftlich,* wenn *lesbare Bruchstücke* fertig und gedruckt sind.

Ich weis nicht, ob ich Dir schon von meinem lieben *Plotin* schrieb. Aus Tiedemann lernt ich diesen für mich gebornen Philosophen kennen – und erschrack beynah über seine Aehnlichkeit mit Fichte und Kant – und seine *idealische* Aehnlichkeit mit ihnen. Er ist mehr nach meinem Herzen als beyde. Jemand hat mir gesagt, daß meine Entdeckung nicht neu, und schon in Maimons Leben diese wunderbare Uebereinkunft bemerckt worden sey. Warum ist aber alles still davon? In Plotin liegt noch vieles ungenuzt – und er wäre wohl vor allen einer neuen Verkündigung werth.

Zu dem Athenaeum im neuen Styl werd ich vielleicht *litterairische Correspondenznachrichten* im flüchtigsten, leichtesten Styl einschicken, wenn es wircklich noch so weit kommt – vielleicht kommt da gleich etwas von Plotin etc. mit hinein.

Schade, daß ich jezt noch so viel zu thun habe – Stoff zu interressanten Briefen hätt ich im Übermaaß. Mit den romantischen Projecten muß ich auch noch eine Zeitlang zurückhalten –

Der *Kaufmann* ist jezt an der Tagesordnung. Chymie – und Mechanik oder Technologie im allg[emeinen] Sinn müssen jezt vorzüglich dran. Das Andre muß warten.

Lebe wohl –

Dein

treuer Freund

Hardenberg.

103. Novalis an den Bruder Anton in Dresden

[Freiberg, vor Weihnachten 1798?]

P[er] M[issum].

Lieber Anton: Ein sonderbarer Zufall *nöthigt* mich zu verreisen. Du triffst mich also nicht. Du kannst aber dennoch hereinkommen, in meiner Stube logiren, und der Fahnenjunker Charpentier wird so güthig seyn, Dir theils die Gegend etc. zu zeigen, theils Dich zu unterhalten. Du wirst Dich also, wenn Du nach Freyberg kommst, im Charpentierschen Hause praesentiren. Lebe wohl. Grüße zu Hause alles – besonders Karlen. Wenn Dirs in Thüringen wohl geht, so schreibe mir davon. Den Brief an die Mandelsloh besorge *sogleich*.

Dein Dich treu liebender Bruder

Fridrich von Hardenberg.

104. Novalis an den Kreisamtmann Just in Tennstedt

Freyberg: den 26sten Dec[ember] 1798. [Mittwoch]

Es freut mich, wenn meine abgerissenen Gedanken Ihnen einige beschäftigte Stunden gemacht haben – wenn sie Ihnen gewesen sind, was sie mir waren, und noch sind, Anfänge interessanter Gedankenfolgen – Texte zum Denken. Viele sind Spielmarken und haben nur einen transitorischen Werth. Manchen hingegen hab ich das Gepräge meiner innigsten Ueberzeugung aufzudrükken gesucht. Gern gesteh ich, daß ich selbst glaube, sehr entfernt von Ihrer Weise die Religion zu betrachten und zu beurtheilen, einen Weg eingeschlagen zu haben, der Ihnen wunderseltsam scheinen muß. Indeß wir sind Freunde, und werden Freunde seyn, und hierin stoßen unsere Religionen, besser unsre Theologien, zusammen. Wenn Freundschaft, Liebe, Sittlichkeit und Thätigkeit das Resultat von beyden ist; so müssen wohl beyde Schwestern Glieder jener heiligen Familie von Religionen seyn, die, von jeher unter den Menschen einheimisch, die treuste Pflege alles Guten und Schönen bewiesen, in ihrem Schooße Tugend und Liebe in den wildesten Zeiten bewahrt und Trost und Hofnung, Muth und Zufriedenheit überall erhalten und verbreitet hat. Ihre Freundin hat durch Ihren Verstand sich Ihnen offenbart, da ein *herzlicher Verstand* der Hauptzug in Ihrem Charakter ist. Mir ist sie durch *herzliche Phantasie* nahe gekommen – denn dies ist vielleicht der hervorstechendste Zug meines eigenthümlichen Wesens – Sollte sich gerade in dem bedeutendsten Verhältnisse unsre mannichfache Verschiedenheit, der Grund unsrer ganzen menschlichen Verfassung nicht zeigen? Sie hängen mit kindlichem Sinn an den unwandelbaren Chiffern einer geheimnißvollen Urkunde, die seit Jahrtausenden unzählige Menschen mit göttlichem Leben erfüllt und Ihre ehrwürdigen Vorfahren ein langes Leben hindurch, wie ein Palladium, begleitet – einer Urkunde, die, außer wenigen unbegreiflichen Worten, Vorschriften und Beyspiele, Geschichten und Lehren enthält, die mit Allem übereinstimmen, was die besten und weisesten Menschen, was unser eignes Gewissen mehr oder weniger klar, als das Vortreffliche und Wahre empfohlen, kennen gelernt und bewährt gefunden haben. Es scheint sich in ihr noch über alles dieses eine unendliche Welt, wie ein Himmel, zu wölben, und eine entzückende Aussicht in eine himmlische Zukunft wunderthätig zu eröffnen. Mit welchem Herzen nehmen Sie an der Bibel ein Unterpfand Gottes und der Unsterblichkeit in die Hand – wie glücklich müssen Sie Sich vorkommen, wenn Sie Sich überzeugt sehen, an ihr eine überirdische Schrift, eine bleibende Offenbarung zu besitzen, in diesen Blättern gleichsam eine leitende Hand aus einer höhern Sphäre fest zu halten! – Ihre Theologie ist die Theologie des historisch-kritischen Verstandes; dieser sucht eine feste Grundlage, einen unumstößlichen Beweißgrund, und findet ihn in einer Sammlung von Urkunden, deren Erhaltung allein schon ein bestätigendes Wunder zu seyn scheint und für deren Glaubwürdigkeit alle historische Beweißmittel und Herz und Vernunft zugleich sprechen – Wenn ich weniger auf urkundliche Gewißheit, weniger auf den Buchstaben, weniger auf die Wahrheit und Umständlichkeit der Geschichte fuße; wenn ich geneigter bin, in mir selbst höhern Einflüssen nachzuspüren, und mir einen eignen Weg in die Urwelt zu bahnen; wenn ich in der Geschichte und den Lehren der christlichen Religion die symbolische Vorzeichnung einer allgemeinen, jeder Gestalt fähigen, Weltreligion – das reinste Muster der Religion, als historischen Erscheinung überhaupt – und wahrhaftig also auch die vollkommenste Offenbarung zu sehen glaube; wenn mir aber eben aus diesem Standpunkt alle Theologien auf mehr und minder glücklich begriffenen Offenbarungen zu ruhen, alle zusammen jedoch in dem sonderbarsten Parallelism mit der Bildungsgeschichte der Menschheit zu stehn und in einer aufsteigenden Reihe sich friedlich zu ordnen dünken, so werden Sie das vorzüglichste Element meiner Existenz, die Phantasie, in der Bildung dieser Religionsansicht, nicht verkennen.

105. Novalis an Friedrich Schlegel in Berlin

Freyberg: den 20sten Jänner. 1799. [Sonntag]

Auf Deinen lieben und mir so willkommnen Brief [vom 17. Dezember] hab ich die Antwort lange genug aufgeschoben. Es war zu viel Vorrath da – und so stopfte sich die enge Zeit. Mein Bruder [Anton] ist 14 Tage bey mir gewesen – wir waren in Dresden und ich brachte einige sehr glückliche Stunden bey Deiner Schwester zu. Du und Deine neuen Verhältnisse waren der Hauptgegenstand unsers Gesprächs. Ein Wunsch bleibt uns übrig – diese Verhältnisse auch bürgerlich sanctionirt zu wissen, wenn es möglich wäre – da die Unannehmlichkeiten nicht zu übersehen sind, die für euch daraus entspringen können. Die Ernsten sagte mir so Viel Gutes von Deiner Lebensfreundinn, und wir beyde wünschten uns je eher, je lieber zu Dir, um Sie persönlich kennen zu lernen. Nach Ostern seh ich Dich gewiß – wenn Du nach Sachsen kommst. Nach Berlin zweifle ich kommen zu können. Am Klügsten wär es, Du kämst nach Jena. Die Ernsten müßte auch hin kommen. Wir würden herrliche Tage verleben. Ich habe Dir viel zu sagen – die Erde scheint mich noch viele Zeiten hindurch festhalten zu wollen. Das Verhältniß, von dem ich Dir sagte, ist inniger und fesselnder geworden. Ich sehe mich auf eine Art geliebt, wie ich noch nicht geliebt worden bin. Das Schicksal eines *sehr liebenswerthen* Mädchens hängt an meinem Entschlusse – und meine Freunde, meine Eltern, meine Geschwister bedürfen meiner mehr, als je. Ein sehr interressantes Leben scheint auf mich zu warten – indeß aufrichtig wär ich doch lieber todt.

Ich belausche den Gang der Umstände – Seh ich eine Möglichkeit mich entbehrlich zu machen – stoß ich auf Hindernisse – so sind es mir Winke den ersten Plan auszuführen – und Karl oder *Karlowitz* hoff ich ersetzen meine Stelle. Wäre meine Gesundheit im Stande, so lebt ich jezt glückliche, wunderbare Tage. *Julien* war ein halb Jahr hindurch mit fürchterlichen Schmerzen gequält – man mußte das Aergste fürchten – Gerade in der schrecklichsten Zeit riß das Übel plötzlich ab und sie ist seit dem heilgen Abend gesund und heiter. Seit 2 Monaten hab ich wenig thun können. Angst, Zerstreuung, Geschäfte, Reisen und nun wieder Freude und Liebe haben mich außer Kranckheitszufällen ganz von der Feder entfernt. Jezt drängen mich technische Studien aller Art in den lezten Monaten meines Hierseyns. Ich sammle viel – *vielleicht* kommt auf den Sommer Zeit zur Ausführung. Die Schwägerinn wird Dir einen Brief von mir schicken, der Dir meine Hauptidee in der Physik zeigen wird. Baader hat neuerlich ein paar Bogen herausgegeben – *über das pythagoraeische Quadrat in der Natur.* nichts, wie derbe, gediegene Poesie, aber freylich in grobe Bergarten eingesprengt und schwer zu säubern und auszuhauen. Deine Verbrüderung mit Hülsen ist ein erfreuliches Zeichen. Solche Conjunctionen bedeuten glückliche, fruchtbare Zeiten.

Auf Deinen Roman bin ich sehr gespannt. Mir fehlts an allen Analogieen zur Voreinbildung desselben. Über Deine Ansicht der Religion möcht ich am liebsten mündlich mit Dir sprechen. Deine Meynung von der Negativitaet der Xstlichen Religion ist vortrefflich – das Xstenthum wird dadurch zum Rang der *Grundlage* – der *projectirenden Kraft* eines neuen Weltgebäudes und Menschenthums erhoben – einer ächten *Veste* – eines *lebendigen moralischen Raums.*

Damit schließt sich dies vortrefflich an meine Ideen von der bisherigen Verkennung von *Raum* und *Zeit* an – deren Persönlichkeit – und Urkraft mir unbeschreiblich einleuchtend geworden ist. Die *Thätigkeit* des Raums und der Zeit ist die Schöpfungskraft und ihre Verhältnisse sind die Angel der Welt.

Absolute Abstraction Annihilation des Jetzigen – *Apotheose* der *Zukunft* – dieser eigentlichen bessern Welt, dies ist der Kern der Geheiße des Xstenthums – und hiermit schließt es sich an die Religion der *Antiquare* – die Göttlichkeit der Antike – die Herstellung des Alterthums, als der 2te Hauptflügel an – Beyde halten das Universum, als den Körper des Engels, in ewigen Schweben – in ewigen *Genuß* von Raum und Zeit.

Mündlich dies Frühjahr von Deinen Domesticis. Vielleicht kann ich dann mit Dir wahrhaft nüzliche Verabredungen treffen – besonders wenn ich ausführlich von Deinem künftigen Lebensplane weiß.

Empfiehl mich Deiner Gattin herzlich und bleibe, wie bisher der treue Freund

Deines

Freundes Hardenberg.

106. Novalis an Caroline Schlegel in Jena

Freyberg: den 20sten Jänner. 1799. [Sonntag]

Ich bin seit ich Ihnen nicht schrieb glücklich genug gewesen. Julien ist wie durch ein Wunder, seit dem heilgen Abend, wo das fürchterliche Übel plötzlich abriß, wieder gesund und heiter. Meine Gesundheit ist recht leidlich und ich habe die *gute Ernsten* gesehn. Freylich nur auf sehr kurze Zeit – indeß denk ich Sie bald wieder zu sehn und länger. Mich dauert es unendlich, daß meine künftige Wohnstätte so entfernt von Dresden ist – die Nähe der

Ernsten würde mir sehr viel werth seyn. Ich sage unendlich viel von meinem Herzen, wenn ich sage, Sie ist eine Frau nach meinem Herzen. Auch über Fridrichs glückliche Verbindung hab ich mich innig gefreut. Auch ich hab eine neue vortreffliche Schwägerinn erhalten. Freylich säh ich auch die bürgerliche Verbindung sehr gern, wenn es möglich wäre. *Wilhelms* lieber Brief war mir neulich recht willkommen. Er wird wohl verzeihn, wenn ich Ihnen darauf antworte – Ihnen, die mir wircklich werther und lieber durch Ihre neuliche herzliche Theilnahme und Eilfertigkeit geworden ist.

Seit 2 Monaten ist alles bey mir ins Stocken gerathen, was zum liberalen Wesen gehört. Nicht 3 gute Ideen hab ich in dieser geraumen Zeit gehabt. Jezt leb ich ganz in der *Technik,* weil meine Lehrjahre zu Ende gehn, und mir das bürgerliche Leben mit manchen Anforderungen immer näher tritt. Für künftige Pläne sammle ich nur jezt und gedenke vielleicht diesen Sommer manches Angefangne oder Entworfne zu vollenden. Die Poësie mit lebendigen Kräften, mit Menschen, und sonst gefällt mir immer mehr. Man muß eine poëtische Welt um sich her bilden und in der *Poësie* leben. Hieher gehört mein mercantilischer Plan. Diesem ordne ich die Schriftstellerey unter. Ich lobe W[ilhelm] wegen seines lebhaften Treibens der Professorey. Auch dies gehört zur *schönen,* liberalen Oeconomie, dem eigentlichen Element der gebildeten Menschen.

Auf *seine Elegie* bin ich sehr begierig – die wird unstreitig ein schöngebildeter Niederschlag von Lebensstoff aus dem Duft der Vergangenheit seyn. Wenn er doch auch ein wenig Zukunft zuvor darinn auflößte, so würde der Anschuß noch schöner.

Das Wiederaufleben des Athenaeums ist mir unschätzbar. Auf Fridrichs Roman wag ich keine Vermuthung – Es ist gewiß etwas durchaus neues. Tieks Fantasieen hab ich gelesen – So viel Schönes darinn ist, so könnte doch weniger darinn seyn. Der Sinn ist oft auf Unkosten der Worte menagirt. Ich fange an das Nüchterne, aber ächt fortschreitende, Weiterbringende zu lieben – indeß sind die Fantasieen immer fantastisch genug und vielleicht wollen Sie auch dies nur seyn. Tieks Don Quixote ist ja auch schon unterweges. Schreiben Sie mir nur bald von R i t t e r und Schelling. Ritter ist Ritter und wir sind nur Knappen. Selbst Baader ist nur sein Dichter.

Das Beste in der Natur sehn indeß diese Herrn doch wohl nicht klar. Fichte wird hier noch seine Freunde beschämen – und *Hemsterhuis* ahndete diesen *heiligen* Weg zur Physik deutlich genug. Auch in Spinotza lebt schon dieser göttliche Funken des Naturverstandes. *Plotin* betrat, vielleicht durch Plato erregt, zuerst mit ächtem Geiste das Heiligthum – und noch ist nach ihm keiner wieder so weit in demselben vorgedrungen. In manchen ältern Schriften klopft ein geheimnißvoller Pulsschlag und bezeichnet eine Berührungsstelle mit der unsichtbaren Welt – ein Lebendigwerden. Göthe soll der *Liturg* dieser Physik werden – er versteht vollkommen den Dienst im Tempel. Leibnitzens Theodicee ist immer ein herrlicher Versuch in diesem Felde gewesen. *Etwas ähnliches* wird die künftige Physik – aber freylich in einem höhern Style. Wenn man bisher in der sogenannten Physikotheologie nur statt *Bewunderung* ein ander Wort gesezt hätte!

Aber genug – behalten Sie mich nur ein bischen lieb, und bleiben Sie in der magischen Atmosphäre, die sie umgiebt, und mitten in einer stürmischen Witterung, mitten unter kümmerlichen Moosmenschen, wie eine Geisterfamilie isolirt, so daß keine niedern Bedürfnisse und Sorgen sie anziehn und zu Boden drükken können. Schicken Sie doch den Brief an Fridrich, dem ich nur sehr kurz geschrieben habe, weil ich jezt viel unter der Erde bin und über der Erde mit so vielen nüchternen Studien geplagt bin. Ostern geh ich hier weg und denke im April bey Ihnen zu seyn. Mein künftiges Leben kann sehr reitzend und fruchtbar werden.

Schreiben Sie mir bald – wo möglich, in Begleitung des Athenaeums. Mir liegt jezt zu viel untereinander auf dem Halse. Nach Ostern werd ich tief neue Luft schöpfen und das Frühjahr mich wieder aufthauen und erwärmen. Ohne *Liebe* hielt ichs gar nicht aus. Mündlich recht viel Neues und Schönes. W[ilhelm] und Augusten tausend herzliche Grüße.

Ihr

Freund

Hardenberg.

107. Novalis an Dietrich von Miltitz in Dresden

Freyberg, den 6ten Febr[uar] 1799. [Mittwoch]

Mein Vater hat mir einen Brief von Dir geschickt, worin Du ihn um Mittheilung von Nachrichten in Betreff der Wetterassecuranz bittest. Du mußt Dich geirrt haben – er hat nie Materialien hiezu gesammelt, und Du hast ihn, nach seiner Vermuthung, gewissermaaßen mit mir verwechselt. Wahrscheinlich hast Du von mir darüber reden gehört, und Du hast vermuthlich den Namen des Mannes vergessen, der in Thüringen einen solchen Plan ausgeführt hat. *Kastendiek* heißt er und ist Pachter in Gebesse [Gebesee]. – Mehr davon steht im Reichsanzeiger vom Jahre 1795. Der Bürgermeister *Wiegleb von Tennstedt* wird auch die besten Nachrichten geben und verschaffen können.

Ich freue mich sehr Dich zu sehen und manches mit Dir zu besprechen. Auf den Freytag über 8 Tage denk ich bei Euch zu seyn. Empfiehl mich Deiner Frau und *Carlowitz* vorzüglich. Allen Uebrigen Gruß. Die Instrumente bring ich mit.

Dein
Freund und Vetter
Hardenberg.

Fichtes Apellation ans Publicum bitt ich Dich aufmerksam zu lesen. Es ist ein vortreffliches Schriftchen und macht Dich mit einem so sonderbaren *Geiste* und *Plane* unsrer *Regierungen* und Pfaffen bekannt, mit einem zum Theil in der Ausführung begriffenen Unterdrückungsplane der öffentlichen Meynung – daß es die Achtsamkeit jedes vernünftigen Menschen erfodert, diese Schritte zu verfolgen und einen bedeutenden Schluß aus diesen Prämissen zu ziehn.

108. Novalis an Caroline Schlegel in Jena

Freyberg: den 27sten Febr[uar]. 1799. [Mittwoch]

Vor 2 Stunden, beym Frühkaffee, an einem stürmischen, schneestöbernden Morgen, erhielt ich Ihren Brief – und sah mich plötzlich im Besitz der sonderbaren Lucinde – auf deren Bekanntschaft ich mich so lange gefreut hatte. Erst las ich Ihren julischen

Brief – das *Eine Dach* war allein einen ganzen Roman werth. Denken Sie sich nur unsern prächtigen Kreis – Vor dem Jahre standen 2 noch so verwayst da. Einer schien auf glühenden Boden zu stehn – Er sah sich immer um und wer weiß, was ein hellgeschliffnes Auge oft über ihn bemerckt haben würde – Jezt hebt ihn eine freundliche Gestalt, wie eine Gabe von oben, weihend und dankbar in die Höhe – und ein irrdischer, erquikkender Schlaf hat seine Augen für eine andre Sonne, wieder geschlossen. Also zurück im Lande der Träume und nun mit voller Seele bey euch – treffliche Mitschläfer.

Jetzt kann erst rechte Freundschaft unter uns werden, wie denn jede Gesellschaft nicht aus einzelnen Personen, sondern aus *Familien* besteht – nur Familien können Gesellschaften bilden – der Einzelne Mensch interressirt die Gesellschaft nur, als Fragment und in Beziehung auf seine *Anlage* zum Familiengliede. Gewiß wird meine Julie ganz für Sie und alle passen.

Aber ich bitte Sie um Verschwiegenheit – Noch weiß meine Familie nichts – auch Ihre Eltern wissen von *mir* nichts. Der Erfolg hängt von Klugheit ab – Er ist mir ziemlich gewiß – nur muß ich der Erste seyn, durch den mein Vater etwas davon erfährt. Ich bitte Sie also und Fichte inständigst, dort alles für sich zu behalten. Die frühe Verbreitung machte mir übleres Spiel.

Julien weiß nicht einmal, daß Sie etwas wissen. Die gute Ernsten hab ich nicht ordentlich unterrichten dürfen – nur so seitwärts hab ich Ihr etwas davon gesagt. Wir haben einen glücklichen Abend dort zugebracht – Tielemanns, die beyden Mädchen und ich.

Tielemanns sind jezt hier. Wir leben sehr vergnügt. Schade nur, daß mir jezt keine Zeit zum ideenreichen Müßiggange bleibt – und ich so selten mich sammeln und auf meinen innren Sprachorganen fantasiren kann. Ich fühle jedoch, daß diese Unterbrechung eine ruhige, *weinichte* Gährung befördert und ich nach geendigten Lernen mit neuer, gebildeter Kraft zur alten Poësie und Philosophie zurückkehren werde. Beyde sind zur glücklichen Ehe unentbehrlich – und ohne Sie muß jeder Umgang in Überdruß und Langeweile ausschlagen.

Rousseau hat die Weiblichkeit ausschließlich verstanden und

alle seine Philosophémen sind aus einer nachdenkenden weiblichen Seele entstanden – Seine Apologie des Naturstandes gehört in die Frauenphilosophie – die Frau ist der eigentliche Naturmensch – die wahre Frau das Ideal des Naturmenschen – sowie der wahre Mann das Ideal des Kunstmenschen –

Naturmensch und Kunstmensch sind die eigentlichen *ursprünglichen Stände.* Stände sind die Bestandteile der *Gesellschaft.* Die Ehe ist die einfache Gesellschaft – wie der Hebel die einfache Maschiene. In der Ehe trift man die beyden Stände. Das Kind ist in der Ehe, was der Künstler in der Gesellschaft ist – ein Nichtstand – der die innige Vereinigung – den wahren Genuß beyder Stände befördert.

Die große Ehe, der Staat, besteht aus einem weiblichen und männlichen Stand – die man halb richtig, halb unrichtig – den ungebildeten und gebildeten Stand nennt. Die Frau des gebildeten Standes, ist der Ungebildete.

Leider ist eben bey uns der Ungebildete weit hinter den *Gebildeten* zurückgeblieben – Er ist zur *Sklavin* geworden – O! daß er wieder Frau würde!

Doch wieder zur Lucinde. Die erste Bekanntschaft ist gemacht. Ich theile Ihnen Spuren des ersten Eindrucks mit.

Fridrich lebt und webt drinn. Vielleicht gibt es nur wenig individuellere Bücher. Man sieht das Treiben seines Innern, wie das Spiel der chymischen Kräfte in einer Auflösung im Zuckerglase, deutlich, und wunderbar vor sich. Tausend mannichfaltige, helldunkle Vorstellungen strömen herzu und man verliert sich in einem Schwindel, der aus dem denkenden Menschen einen bloßen Trieb – eine Naturkraft macht – uns in die wollüstige Existenz des Instinkts verwickelt.

An romantischen Anklängen fehlts nicht – indeß ist das Ganze und das Einzelne noch nicht leicht und einfach, und rein vom Schulstaub, genug.

Ich prophezeye mir wenig Gutes von der Aufnahme. Sollte dieser Roman nicht voreilig, wie *vielleicht sein Milchbruder,* seyn – ein wenig zu früh, nach bürgerlichen Gesetzen – das Licht der Welt erblicken. In 10 Jahren würde man die Bekenntnisse des Ungeschickten, um des Autors willen, vielleicht mit Wärme und

Nachsicht aufnehmen. Jezt ist alles noch unreif. Die Herzensergießungen des Jünglings darf der Mann, aber nicht der Jüngling, zeigen.

An den Ideen ist übrigens nichts auszusetzen, indeß manches am Ausdruck – der mir nicht selten dem Krates abgeborgt zu seyn scheint. Nun aber ist das Postulat – Sey cynisch – noch nicht gäng und gäbe – und selbst sehr innige Frauen dürften die schöne Athenienserin tadeln, daß sie den Marckt zur Brautkammer nähme.

Vergleichungen mit Heinse können nicht ausbleiben. Sollte dies nicht eine Lektüre nur für den Meistergrad in der Loge der Sittlichkeit seyn?

Die Skitzen müssen in der Fortsetzung noch häufiger werden – die kleine Wilhelmine ist allerliebst – auch der Prometheus. Mehr dergleichen – und dann der Titel:

Cynische Fantasien oder *Satanisken.*

Viele werden sagen – Schlegel treibts arg – nun sollen wir ihm auch noch das Licht zu seinen Orgien halten. Andre – die Stimme vom lieben Sohne haben wir nicht gehört – dies ist ein falscher Messias des Witzes – kreutziget ihn.

Noch Andre – Da seht die Göthische Erziehungsanstalt – der Schüler über seinen Meister. Aus Venedig ist Berlin geworden.

[Jean Paul] *Richter* wird einen rechten Greuel haben. Der züchtige Richter wird Feuer vom Himmel rufen. Indeß bin ich gewiß, daß er im Grunde über diesen Blick in seine eigne Fantasie erschrickt – denn er ist ausgemacht – ein geborner Voluptuoso.

In mir regt sich viel dafür und viel dagegen. Ich weiß, daß die Fantasie das Unsittlichste – das geistig-thierische am liebsten mag – Indeß weiß ich auch, wie sehr alle Fantasie, wie ein Traum ist – der die Nacht, die Sinnlosigkeit und die Einsamkeit liebt – Der Traum und die Fantasie sind das eigenste Eigenthum – sie sind höchstens für 2 – aber nicht für mehrere Menschen. Der Traum und die Fantasie sind zum Vergessen – Man darf sich nicht dabey aufhalten – am wenigsten ihn *verewigen* – Nur seine Flüchtigkeit macht die Frechheit seines Daseyns gut. Vielleicht gehört der Sinnenrausch zur Liebe, wie der Schlaf zum Leben

– der Edelste Theil ist es nicht – und der rüstige Mensch wird immer lieber wachen, als schlafen. Auch ich kann den *Schlaf* nicht vermeiden – aber ich freue mich doch des Wachens und wünschte *heimlich* immer zu *wachen.*

Die Idealisirung der Vegetation hat mich vorzüglich interressirt. Merckwürdig verschieden hat auf uns beyde die höchste Liebe gewirckt. Bey mir war alles im Kirchenstyl – oder im dorischen Tempelstyl componirt. Bey ihm ist alles corynthischer. Jezt ist bey mir *bürgerliche Baukunst.*

Ich bin dem Mittage so nahe, daß die Schatten die Größe der Gegenstände haben – und also die Bildungen meiner Fantasie so ziemlich der wircklichen Welt entsprechen.

Soviel seh ich unsre ersten Romane werden himmelweit verschieden. Der Meinige wird diesen Sommer wahrscheinlich in Toeplitz oder Carlsbad fertig. Indeß, wenn ich sage, fertig – so heißt dies der erste Band – denn ich habe Lust mein ganzes Leben an Einen Roman zu wenden – der allein eine ganze Bibliothek ausmachen – vielleicht Lehrjahre einer *Nation* enthalten soll. Das Wort *Lehrjahre* ist falsch – es drückt ein bestimmtes *Wohin* aus. Bey mir soll es aber nichts, als – *Übergangs Jahre* vom Unendlichen zum Endlichen bedeuten. Ich hoffe damit zugleich meine historische und philosophische Sehnsucht zu befriedigen. Eine Reise nach Süden und Norden ist mir, als Vorbereitung hiezu, noch unentbehrlich –

Norwegen und Schottland einerseits und die griechischen Inseln andrerseits wären die nächsten Erreichungspuncte dieses Zwecks – Vielleicht bietet mir meine Handelschaft die Hände zur Ausführung dieses jezt entferntscheinenden Plans.

Möchten doch auch Sie die Hände ausstrecken nach einem Roman? Wilhelm müßte die Poësie dazu besorgen. Es könnte ein schönes Doppelwerk werden. Auf die Elegie freu ich mich lebhaft.

In d[er] Mitte d[es] April komme ich gerade nach Jena.

109. Novalis an den Hofprediger Reinhard in Dresden

[Weißenfels, den 20. Mai 1799. Sonntag]

Bei meiner letzten Anwesenheit in Dresden, wo ich das Glück hatte, einen angenehmen Abend bei Ihnen zuzubringen, fand ich keine Gelegenheit mit Ihnen über eine Angelegenheit vertraulich zu reden, die Sie gewiß auf das wärmste interessiert, weil sie das Schicksal Ihrer jüngsten Fräulein Schwägerin betrifft und mir außer der Aussicht auf ein unendlich glückliches und in allem Betracht sichres und wünschenswertes Leben auch die erfreuliche Hoffnung auf eine nähere Verbindung mit Ihnen gewährt.

Fräulein Juliens inniges Zutraun zu Ihnen und Ihrer Frau Gemahlin läßt mich, auch alle andre Veranlassung zu vollem Vertrauen gegen Sie bei Seite gesetzt, auf Ihre gütige Aufnahme meines Briefs schließen und erlaubt mir mit Ihnen schon wie mit einem liebevollen Verwandten zu reden und Ihre Freundschaft und Teilnahme für immer in Anspruch zu nehmen.

Wie unbeschreiblich würd ich mich freun, wenn ich ganz sicher wäre, daß auch Ihre Wünsche und Ihr Segen auf Juliens Verbindung mit mir ruhte. Julie und ich wünschen nichts lebhafter, als Ihres freundschaftlichen Anteils gewiß zu sein, und uns beiden liegt viel daran, Ihren Beifall für mich zu haben. Julie wird um so mehr in ihrem Zutrauen zu mir bestätigt werden, wenn sie ihren so unendlich hochgeachteten Schwager mit ihrer Wahl einverstanden sieht und auf dessen dauerhafte Freundschaft für ihren künftigen Gatten rechnen kann.

So ernsthaft ich auch seit mehreren Jahren bemüht war, mich des Beifalls würdiger und rechtlicher Männer wert zu machen, so hat doch die Hoffnung, Julien zu besitzen, meiner Seele einen neuen Schwung gegeben und ein lebhafteres Bestreben in mir veranlaßt, diesem vortrefflichen Mädchen einen braven Mann in mir zu versichern.

Meine bürgerliche Tätigkeit, die durch einige höchst schmerzhafte Begebenheiten sehr geschwächt worden war, und sich ganz in eine Tätigkeit verwandelt hatte, die sich auf Dinge einer andern Welt bezog, erwachte von diesem glücklichen Zeitpunkt an mit neuer Stärke, und ich fühlte mich auf das kräftigste bestimmt, für dieses neue Verhältnis alles andre aufzuopfern und seine Erhaltung und Ausbildung zu dem ausschließlichen Zweck meines Lebens zu machen.

Ich habe Julien hierbei nicht verhehlt, daß unserem Plane noch manche Schwierigkeiten entgegenständen, die ich freilich nicht für unübersteiglich hielte und mit Fleiß, Mut und Klugheit wohl zu überwinden gedächte. Die Hauptschwierigkeit ist *Mangel an Auskommen für jetzt.* Notwendig werd ich durch diese veranlaßt, vorzüglich Bedacht auf Anstellung und womögliche Auszeichnung zu nehmen. Letzteres steht in meiner Gewalt – und vielleicht wird Julien ein Mann um so lieber und schätzenswerter sein, welchen sie in unaufhörlicher zweckmäßiger Tätigkeit für das Verhältnis mit ihr sieht.

Ich habe gesucht, in Freiberg meine Zeit so nützlich, als ich konnte, für meine künftige Bestimmung anzulegen und mich bestmöglichst zu einem brauchbaren Subjekt für technische Stellen zu habilitieren. Jetzt bin ich hier und suche auch hier in demselben Plane fortzuhandeln. Der Herr von *Oppel* kommt heute zu einer Kommission bei den Salinen zu uns – und ich freue mich sehr über diese schickliche Gelegenheit einem sachverständigen Manne vielleicht vorteilhaft bekannt zu werden und mir an ihm einen Vorsprecher bei dem Gesuch um Anstellung bei den Salinen vorzubereiten.

Wahrscheinlich wird sich mit ihm manches über diesen Punkt besprechen lassen. Indes tut es mir leid, daß ich in dieser Angelegenheit nicht vorzüglich den so väterlich gegen mich gesinnten alten Geheimen Finanzrat Wagner zu Rate ziehn kann. Die alte Freundschaft, die er für das Charpentiersche Haus hat, würde gewiß unendlich viel beitragen, ihn für meine Anstellung wärmer zu interessieren, und ich machte ihm unendlich gern die Freude, die er ganz gewiß über mein glückliches Schicksal im Charpentierschen Hause haben wird – aber ich mag und darf doch von diesem Verhältnisse nicht sprechen, als bis ich mit meinem Vater darüber einverstanden bin – und die Eröffnung dazu verschiebe ich aus mehreren Ursachen gern bis zur Gewißheit meiner Anstellung. Ich erspare meinem ohnedies etwas ängstlichen Vater Sorgen damit und finde ihn dann in einer Stimmung, die mir die Vorlegung und Genehmigung meines Plans um vieles erleichtert.

Freilich setz ich voraus, daß ich doch 500 Taler Besoldung erhalte – eine Bitte, die, wenn man anders mit meiner Person zufrieden ist, weder der sächsischen Einrichtung des Placierens und Avancements junger Leute und ihrem Maßstabe, da ich seit anno 90 auf Kosten meines Vaters studiert und gelebt habe und die vorgeschriebene Bahn gegangen bin, zuwider, noch in Beziehung auf das viele Umherreisen und die größere Seltenheit technischer Subjekte, auch ähnliche Bezahlungen auf unsern Salinen (wie z.B. die des ältesten Sohns unsres Inspektors Senfs, der ebenfalls im 27. Jahre zur Sublevation seines Vaters mit mehr als 400 Taler Besoldung angestellt wurde) zu ansehnlich, und endlich in Rücksicht des langen Diensteifers meines Vaters und seines zunehmenden Alters, auch seiner vielen Kinder, wohl für billig und zweckmäßig gehalten werden dürfte.

Sollte diese Bitte erfüllt werden, so ist die Hauptschwierigkeit gehoben – Andre Bedenklichkeiten geben sich dann leicht von selbst – und ich rechne dann mit der größesten Zuversicht auf eine baldige Abschließung und Vollziehung unsrer Verbindung.

Eher kann *ich* aber auch nicht füglich mit Juliens Eltern oder andern Freunden, wie z.B. Wagner sen. davon reden, und dies veranlaßt mich demnach zu der Bitte an Sie, in Ihrem Namen vielleicht mit Wagner sen. darüber zu sprechen und mir gefälligst seine geäußerte Meinung darüber mitzuteilen. Auf jeden Fall wird sich mein Vater an diesen trefflichen Freund wenden, sobald er alles dazu vorbereitet hat und die Kommission beendigt ist, aber es wird mir doch viel wert sein – noch vorher zur Leitung meines Vaters, des alten Wagners und auch Ihre Meinung, wenn Sie die Freundschaft haben wollen, sie mir mitzuteilen, genau zu wissen.

Freimütig gesteh ich, daß ich Fräulein Julien zu innig liebe und zu lebhaft die ganze Hoffnung meines Lebens auf ihren Besitz gründe, als daß ich nicht mit Ängstlichkeit dem Schicksal meiner Bitte entgegensehn sollte. Der Kurfürst sollte gewiß einen eifrigen und treuen Diener finden, wenn er mich jetzt in die Lage versetzte, mich um Juliens Hand zu bewerben. Dieses vortreffliche Mädchen wird sich freilich die ersten Jahre unsrer Verbindung, da mein Vater keinen beträchtlichen Zuschuß mir bewilligen kann, sich sehr eingeschränkt behelfen müssen, indessen hat sie Mut und Freudigkeit und wird mich gewiß in meinen Bemühungen, unsre Subsistenz zu vergrößern, unterstützen – und außerdem sind manche Möglichkeiten zur Verbesserung unsrer Umstände, auf die ich aber nicht einmal zu rechnen gedenke – sowie Aussichten auf eine bequemere Zukunft. Verzeihn Sie mir, daß ich zu weitläufig über meine Angelegenheiten geworden bin – Meine Entschuldigung hab ich schon oben erwähnt – Verstatten Sie mir schon im voraus ein freundschaftliches Gehör und herzlichen Anteil. Ihre Achtung und Freundschaft wird ein ermunternder Gesichtspunkt für mich bleiben, und ich hoffe, daß Sie nie Ursach haben sollen, Ihre Schwägerin zu bedauern und unzufrieden mit ihrer Wahl zu sein. Empfehlen Sie mich der geliebten Schwester meiner Julie und sein Sie von dem Ernst und der aufrichtigen Achtung versichert, mit der ich immer verharren werde

Ihr gehorsamer Diener
Frd. v. Hbg.

110. Novalis an den Geh. Finanzrat Julius Wilhelm von Oppel in Dresden (Entwurf)

[Weißenfels, nach Mitte Juni 1799.]

Die frohen Erwartungen, die mein unvergeßlicher Lehrer und Freund Werner mir von Ihrer Bekanntschaft erregte sind in vollen Maaße erfüllt worden. Ich kann Ihnen nunmehr selbst den lebhaftesten Dank für mich und für meine ganze Familie sagen, da Ihr freundschaftliches Benehmen und Ihre Dazwischenkunft meinen Vater wieder von neuen belebt – ihm eine heitre Zukunft vorbereitet und die Aussichten auf die Dauer seiner Gesundheit gewiß sehr erweitert hat. Sie haben selbst gesehn wie sein Geist durch die Dienstangelegenheiten der leztern Zeit niedergedrückt und ermüdet war, und wie erneuert jezt sein alter Diensteifer wieder bey der Hoffnung erwacht – in seinem Referenten künftig einen Sachverständigen, freundschaftlich und unpartheyisch gesinnten Mann zu besitzen. Schon diesen Winter schöpft ich die frohsten Hoffnungen bey der Nachricht, daß Sie in die Salinensachen gemischt werden würden. Schon damals sagte ich dem alten Geheimen Finanzrath Wagner für seine Mitwürckung den innigsten Dank, ohnerachtet ich damals in Ihnen blos den Sachverständigen Mann kannte und noch keine Gelegenheit gehabt hatte auch freundschaftliche Gesinnungen in Ihnen zu ehren. Jezt wag ich mit vollen Zutrauen, wozu mich besonders auch mein Freund Werner aufgemuntert hat und Ihr unendlich freundschaftliches Benehmen gegen mich besonders, verpflichtet – Ihnen meine Wünsche mitzutheilen und Sie um Ihre gütige Vorsprache auf das Wärmste zu bitten.

Vielleicht errathen Sie, warum ich mich lieber schriftlich an Sie deshalb gewendet habe, und ich ersuche Sie nur von diesem Briefe nichts gegen meinen Vater zu erwähnen. Beziehungen auf ihn geben mir vorzüglich Anlaß mich unmittelbar an Sie zu wenden, ohnerachtet ich weiß, daß er im Allgemeinen mit Ihnen bereits über seinen Wunsch mich bey den Salinen angestellt zu sehn gesprochen hat.

Ich habe Grund zu vermuthen, daß er einen Punkt nur obenhin berührt hat, an welchen mir aus mehreren Ursachen mehr vielleicht, als ihm gelegen ist, und den ich Ihnen deshalb nicht umhin kann auf das Wärmste zu empfehlen.

Sie werden vielleicht schon wissen, oder doch leicht errathen können, daß die Vermögensumstände meines Vaters verhältnißmäßig sehr eingeschränkt sind. Zwey von meinen Onkels leben noch, und überdem hat er eine zahlreiche Familie. Meine Brüder und ich haben ihm sehr viel Geld gekostet und er hat oft mehr für uns gethan, als er eigentlich gesollt hätte. Ich habe ihm vorzügliche Ausgaben verursacht – ich bin nun über 8 Jahre außer dem Hause und habe leider die ersten Jahre bey weitem mehr gebraucht, als mir zukam. Der Aufenthalt in Freyberg war kostbar genug ohnerachtet ich dort schon besser zu wirthschaften gelernt hatte. Ich bin nun über 27 Jahre alt und meinem Vater noch immer zur Last. Sie können denken, daß mir dies jezt sehr drückend ist, und drückender als meinem Vater.

Meinem Freunde dem Kreisamtmann Just hab ich außer meinem Vater beynah das Meiste zu verdanken – durch ihn habe ich die erste Bildung zum Staatsdiener erhalten und durch ihn bin ich zuerst an mein Vaterland gefesselt worden. Der Wunsch meines Vaters und die Rücksicht auf ein sehr glückliches damaliges Verhältniß riß mich in meine jetzige Laufbahn – für die mich vorher weder Neigung noch Studien bestimmt hatten. Jenes Verhältniß was unbeschreiblich wolthätig auf meinen Character und meine Thätigkeit gewürckt hatte, hörte plötzlich auf und ich befand mich in dem ungewissesten Zustande. Eine alte Idee von Unabhängigkeit und Liebe zu einigen Wissenschaften fieng nun an herrschend zu werden. Ich bat in jener Ungewißheit meinen Vater um die Erlaubniß Freyberg besuchen zu dürfen – und gieng in der That nicht mit Absicht auf eine künftige practische Anstellung dahin ab. Mancherley günstige Umstände haben mich dort wieder mit Muth, mit Fleis für fremde Zwecke, und mit Anhänglichkeit an unsre sächsische Verfassung erfüllt – und die Bekanntschaft mit Werner hat eine neue Lebhaftigkeit und Richtung meiner Thätigkeit zur Folge gehabt. Dennoch fieng ich erst diesen Winter, besonders bey der Nachricht von Ihrem Auftrage, ernstlich an meine Anstellung bey den Salinen zu wünschen und zu hoffen. Vorher hatten mich die unmuthigsten Briefe meines Vaters ganz entwöhnt, mir eine solche Anstellung als möglich zu denken, und ich war fast überzeugt meinem Vaterlande entsagen und entweder fremde Dienste suchen oder mir, wo möglich ein eignes Auskommen verschaffen zu müssen.

Wernern verdank ich lediglich die Möglichkeit mit guten Gewissen mich jezt zu einer practisch-technischen Stelle melden zu können. Meinen Eifer glaub ich verbürgen zu dürfen – Mancherley Pflichten werden ihn nie erkalten lassen und meine Neigungen ihn vermehren helfen. Meine Kenntnisse sind zwar noch unvollständig und roh – indeß glaub ich doch jezt mehr von der Kunst zu verstehn – Kenntnisse schnell und richtig zu erwerben, zu ordnen und zu gebrauchen. Übrigens würde unbegrenzte Dankbarkeit vorzüglich alle meine Kräfte auf immer dem Dienste widmen, wenn ich jezt meine Besorgnisse wegen der Zukunft gestillt – und mich in den Stand gesezt sähe, ohne meinen Vater noch sehr zur Last zu fallen – ein kleines, meinen gewiß äußerst eingeschränkten Bedürfnissen angemessenes Auskommen zu genießen. Wie glücklich würde ich mich fühlen, wenn ich mehrere Jahre noch mit meinen Vater leben, ihm helfen und doch auch, ohne die mir unmögliche Ressourçe einer Heyrath nach Gelde, ihm nicht beschwerlich fallen dürfte. Meine Wünsche sind gewiß sehr mäßig – besonders da sie auf mehrere Jahre hinaus ausreichen sollen. Ihnen selbst, Ihrer eignen Beurtheilung und Übersicht meiner Lage und der mich vielleicht begünstigenden Umstände – und Ihrer freundschaftlichen Theilnahme überlasse ich übrigens mit voller Zuversicht die nähere Bestimmung meiner Bitte und lege sie Ihnen nur noch einmal auf das Innigste ans Herz, indem ich Sie im voraus von meiner lebenslänglichen Dankbarkeit Verpflichtung und Diensteifer versichre. Indem ich in der That das ganze Glük meines Lebens von der Erfüllung dieses Wunsches erwarte, kann ich beynah nicht umhin mit einer lebhaften Ängstlichkeit zu schließen und mich Ihrer künftigen fortdauernden Freundschaft auf das angelegentlichste zu empfehlen.

111. Novalis an Luise Henriette von Miltitz in Siebeneichen (Entwurf)

[Weißenfels, Juni 1799.]

Verzeihn Sie, meine gnädige Tante, wenn ich es wage, in einer Angelegenheit an Sie zu schreiben, in der Sie mir Ihre wahrhaft mütterliche Gesinnungen gezeigt haben. Unendlich dankbar bin ich Ihnen für das ehrenvolle Zutrauen, womit Sie meinen Vater eine Aussicht auf eine Verbindung für mich mit der Huldenbergischen Familie eröffnet haben. Ich bin Ihnen um so herzlicher verbunden, da ich soviel Schönes und Gutes von der Fräulein Huldenberg gehört habe, daß ich keinen Augenblick an dem glücklichen Schicksal zweifle, was mir durch sie hätte zuteil werden können.

Mancherlei zusammentreffende Umstände haben mir aber die Resignation auf diesen Plan notwendig gemacht, und ich bitte Sie nur untertänig, alles andre, nur keinen Eigensinn oder sonstige Abneigung von meiner Seite zu vermuten. Außer der reizenden Hoffnung auf eine sehr liebenswürdige Frau und eine nähre Verbindung mit einer vortrefflichen Familie fühle ich den Vorteil, der mir in Rücksicht des Vermögens, besonders in Rücksicht auf die Erleichterung meiner Eltern zuteil geworden wäre, sehr lebhaft, und es würde mir unendlich schmerzhaft sein, darauf Verzicht zu tun und keinen Gebrauch von Ihrer gnädigen Vermittelung machen zu können, wenn ich mir nicht mit einer Möglichkeit schmeichelte, nur durch eine Veränderung der Person alles dies für unsre Familie erhalten zu sehn.

Mein Vater wird bereits an Sie, gnädige Tante, deshalb geschrieben haben, und wenn ich es teils für meine Schuldigkeit hielt, Ihnen für Ihre gnädige Absicht mit mir den innigsten Dank zu sagen, so wünscht ich teils auch meine wärmsten Bitten um Ihre kräftige Verwendung für meinen Bruder mit denen meines Vaters zu vereinen. Ich ersuche Sie übrigens nichts von diesem Briefe zu erwähnen und mir nur zu erlauben, auch einige Bemerkungen über den Antrag meines Vaters zu machen.

Ihre gnädige Proposition hat mich um so mehr gefreut, und ich habe eine milde Vorsehung darin erkannt, weil sie gerade jetzt so schön für meinen Bruder paßt und manchen Besorgnissen seiner Freunde und Verwandten abzuhelfen verspricht. Neigung und Gesundheit scheinen jetzt meinen Bruder vom Soldatenstande abzuziehn – Ohne eignes und fremdes Vermögen kann er aber den Soldatenstand nicht verlassen. Das erstere hat er für jetzt so wenig wie wir – zu letztern aber könnten Sie ihn vielleicht anjetzt verhelfen. Jahre, Erfahrung und überhandnehmende Neigung zum wissenschaftlichen Leben haben meinen Bruder zum vernünftigen und gebildeten Manne gemacht. Das wüste Leben eines jungen Offiziers hat er seit einigen Jahren ganz vermieden. Sein sanfter, nachgebender und doch fester und zuverlässiger Charakter macht ihn zum sichern und angenehmen Gefährten – und führt seine Freunde zur festesten Überzeugung, daß eine liebenswürdige Frau auf ein dauerhaftes Glück mit ihm rechnen kann. Seine Neigungen scheinen sich gänzlich auf ein häuslich tätiges Leben zu beziehn – Eine gute Frau, landwirtschaftliche Beschäftigungen, Bücher und wenige Freunde dürften den Kreis seiner Wünsche auf die Zukunft ausfüllen und es fehlt ihm weder an Kenntnissen noch beharrlichem Eifer, um diese Lebensart mit Glück durchführen zu können.

Wenn die Fräulein von Huldenberg und ihre Verwandten auch keine glänzende Sphäre im geselligen Leben, einen zärtlichen, zuverlässigen, im Äußerlichen nicht unangenehmen und in Rücksicht des Verstandes gebildeten Gatten und Eheverwandten, der zugleich ein genauer und emsiger Administrator ihres Vermögens sei und eine dankbare Familie suchen und wünschen, so glaub ich ganz unparteiisch in Karln den Mann zu sehn, der ihre Wünsche zu erfüllen imstande ist.

Jetzt bringt Karl freilich zur Führung einer Wirtschaft kein Geld mit – so wenig wie ich welches mitgebracht haben würde, aber er wird, wenn Fräulein Huldenberg derselben Gesinnung ist, gewiß mit den Interessen ihres Vermögens auskommen und sich alle pflichtmäßige Mühe geben, um es als ein guter Haushälter zu verwalten und zu vermehren. Der Rat meines Vaters würde Karln hier gewiß sehr erwünscht und vorteilhaft sein, und ein Gutskauf würde ihn am leichtesten instand setzen, hinlänglich angenehm leben und doch für die Vermehrung des Vermögens arbeiten zu können. Seine Aussichten können jedoch ziemlich gut werden, wenn ihm mein Vater das Gut Wiederstedt bestimmt, welches er mit jenem Vermögen nachher am vorteilhaftesten annehmen und soutenieren kann. Sollte es der Familie um einen Charakter zu tun sein, so würde dieser leicht zu haben sein. Übrigens könnte der Tod meines Onkels von Altenburg, der als ein 70jähriger, schwächlicher Mann doch nicht mehr so lange nach der gewöhnlichen Dauer des menschlichen Lebens leben kann, auch meinem Vater zur Unterstützung meines Bruders durch Zuschuß und Kredit gewiß instand setzen.

Ich habe mehrere Anzeigen, bei der Familie der Fräulein von Huldenberg Grundsätze vorauszusetzen, die, so sehr sie auch [von] den gewöhnlichen Grundsätzen über diesen Punkt, die nur auf Vereinigung von Vermögen hinauslaufen, abweichen, doch ohnstreitig auf echte und dauerhafte Glückseligkeit leiten und mir die Verbindung mit meinem Bruder zu begünstigen scheinen. So lebhaft ich meinem Bruder jede Verbindung widerraten würde, die nur die Verbesserung seiner Umstände bezweckte, so abgeneigt würde ich auch dem Plan seiner Verheiratung mit einem so bekannt vorzüglichen Mädchen sein, wenn er ein

Mensch wäre, den ich nicht mit voller Überzeugung für bewährt und zuverlässig halten müßte. Die mindeste Unsicherheit würde mich von jedem Wunsche und jeder Bitte abhalten.

So aber bitt ich Sie auf das herzlichste und wärmste um Ihre gnädige und gewiß kräftige Verwendung für meinen Bruder. Sie werden durch Ihre Tätigkeit uns alle von neuem auf ewig verpflichten – und ich weiß gewiß, daß Sie, wenn Ihr Plan gelänge, in dem Glück meiner Eltern, meines Bruders und unser aller Dankbarkeit die wohltätigste Zufriedenheit finden würden.

Mit dem innigsten Zutrauen zu Ihrer gnädigen Vorsorge und einer nochmaligen Bitte für meinen Bruder empfehle ich mich Ihrer fortdauernden Gnade und verharre mit tiefer Ehrfurcht

Ihr untertäniger Diener
Fridrich von Hardenberg

112. Novalis an die Schwester Sidonie in Weißenfels

Churprinz [bei Freiberg]: den 9. Juli 1799. [Dienstag]

Ich bin ziemlich wol hier am Sonntag angekommen – traf aber zum Unglück Julien nicht an, die nach Dresden gereist war. Ich war sehr ärgerlich und sehr – betrübt und schickte gleich einen Boten nach Dresden, um ihre Rückkunft zu beschleunigen. Gestern Abend kam das herrliche, gute Mädchen und seit der Zeit weiß ich nicht, ob ich noch auf Erden, oder im Himmel bin – Sie ist wol – Sie hat sich in Dresden sehr meinetwegen geäschert – jezt ist sie aber sehr vergnügt und empfihlt sich der Mutter und Dir herzlich. Sie wünscht sehr, daß ich um einige Tage zugeben soll. Meine gute Mutter wird mich wol entschuldigen, wenn ich erst Montags Abends – höchstens Dienstags früh wieder an Ort und Stelle bin – ich gehe dafür auf desto Kürzere Zeit nach Thüringen – wär es möglich, so könnte mir eine große Ersparniß geschehn, wenn Ihr mir die Pferde und Wagen nach Borna entgegenschicktet – und zwar den Montag.

Lebtwohl – Ihr Guten – Neues ist nichts – außer daß ich Julien unendlich liebe – und sie mich – und euch – besonders die Mutter.

Empfehlt mich der liebsten Mutter – und behalte lieb

Deinen treuen Bruder

Fritz.

113. Novalis an den Vater in Teplitz

Weißenfels: den 16ten Julius [1799]. [Dienstag]

Du verlangst, bestes Väterchen, in Deinem Briefe mein Curriculum Vitae academicae – dies ist kurz dieses:

Mich. 90 gieng ich nach Jena.
Mich. 91, nach Leipzig.
Ostern 93, nach Wittenberg.
Am 14ten Junius 1794 ward ich daselbst examinirt.
Im Herbst 1794. kam ich nach Tennstedt.
Anfangs 1796 ward ich bey den Salinen verpflichtet.
Im December 1797 gieng ich nach Freyberg.
Pfingsten 99 kam ich nach Weißenfels zurück.

Wir haben uns sehr über die Nachrichten von Deinem Wolbefinden gefreut. Gott gebe nur, daß Dir und den Geschwistern das Bad recht zusagen möge. Von Töplitz aus wirst Du wohl mehr von Deinem Dresdner Aufenthalt schreiben. Hier bey uns ist nichts Neues vorgefallen – Wohl sind wir. Faudels Nachrichten haben mich in der That sehr gefreut – ich gönne dem Minister alles Mögliche, Gute. Ich wünsche nur, daß Du einen guten Freund in Töplitz trifst, der mit Dir plaudert, und Dich gut unterhält. Die bisherige trockne Witterung wird Dich guter Laune gemacht haben. Von Salinenaffairen schreib' ich Dir nicht eher, bis ich mit meinen Touren zu Rande bin, und Artern besucht habe – dann sollst Du einen vollständigen Bericht über den Zustand der Salinen und Kohlenwercke erhalten. Meister Hilde bessert sich und der Doctor glaubt an seine Genesung.

Ich bin jezt oft in Gedanken bey euch: – in den schattigen Gängen des Schloßgartens – und der Fasanerie zu Dorn – auf den Höhen des Schloßbergs und des Berges hinter den Garten. Vergiß nur den Milleschauner und Aussig nicht.

Auf eure Erzählungen freu ich mich sehr.

Wenn euch nur Gott recht gesund macht, so wollen wir recht froh seyn.

Lebe wohl – bestes Väterchen.

Grüße die Geschwister herzlich. Künftig ein Mehreres.

Mit kindlicher Ehrfurcht

Dein

unterthäniger, Dich

herzlichliebender Sohn

Fridrich von Hardenberg.

114. Novalis an Ludwig Tieck in Giebichenstein bei Halle

Weißenfels: den 6ten August [1799]. [Dienstag]

So gern ich Dich, liebster Tieck, noch einmal besucht hätte, so wird mir doch dieser Wunsch durch eine plötzliche Reise unmöglich gemacht. Ich bringe einen meiner jüngern Brüder nach Dresden – Du kannst übrigens denken, daß ich nicht böse bin, da ich so meine Julie besuchen kann – bey der ich Morgen Abend hoffentlich zu sitzen denke. Unterdeß hätt ich gewünscht Dich und Sie sehn zu können – doch weiß ich nicht, ob dies angehn wird, da ich wahrscheinlich über die Mitte des Monats in Dresden bleiben muß – und dann bist Du ja fort. Auf Michailis hoff ich Dich hier zu umarmen. Mutter und Schwester laden Deine liebe Frau auf das freundlichste ein – und grüßen Sie herzlich im voraus. Auch mich empfiehl Ihr herzlich – Auch Deinen übrigen Verwandten sage, daß ich [mich] mit Liebe jenes frohen Abends errinnern werde, den ich unter Ihnen zugebracht habe – der so reich an mannichfachen Genüssen war und durch den schönen Ort noch schöner ausgehoben wurde. Eine einfache Beschreibung gäbe ein liebliches Romantisches Bruchstück.

Deine Bekanntschaft hebt ein neues Buch in meinem Leben an – An Dir hab' ich so manches vereinigt gefunden – was ich bisher nur vereinzelt unter meinen Bekannten fand – Wie meine Julie mir von allen das Beste zu besitzen scheint, so scheinst auch Du mir jeden in der Blüthe zu berühren und verwandt zu seyn. Du hast auf mich einen tiefen, reitzenden Eindruck gemacht –

Noch hat mich keiner so leise und doch so überall angeregt wie Du. Jedes Wort von Dir versteh ich ganz. Nirgend stoß ich auch nur von weiten an. Nichts menschliches ist Dir fremd – Du nimmst an allem Theil – und breitest Dich leicht wie ein Duft, gleich über alle Gegenstände und hängst am liebsten Dich an Blumen.

Gehe ja Weißenfels nicht vorbey – ich freue mich mit der Ernsten jezt recht weitläuftig von Dir sprechen zu können.

Lebe wohl.

Dein

treuer Freund

Hardenberg

An Grieshammer leg ich hier ein Briefchen bey.

115. Novalis an den Schwager Friedrich von Rechenberg in Schönberg, Oberlausitz

Weißenfels: den 6ten August 1799. [Dienstag]

Ihr inniger Brief, theuerster Freund, hat meine Freude über die Begebenheiten in Töplitz zu einem dauerhaften Besitz meines Lebens gemacht. Unsere flüchtige Bekanntschaft und der nachherige Briefwechsel hatten mir längst eine warme Achtung für Sie eingeflößt – eine Achtung, die gewiß festbegründet war, da sie, wie ich Ihnen sogleich erzählen werde, einen flüchtigen Gedanken meines Herzens veranlaßte, der zu einem artigen Zufall geworden ist. Letzthin war ich in Jena und besuchte bei dieser Gelegenheit Ihren Freund Kern. Ich traf ihn wohl und zufrieden, und wir plauderten ein Stündchen recht vergnügt zusammen hin. Ich suchte seinen Mut zu beleben und nach meinen besten Einsichten über seinen Studienplan zu raten. Das Gespräch fiel auf Sie. Wir sprachen von Ihrer Lage und Ihrem vieljährigen Kummer. Ganz unwillkürlich stand Ihr Bild vor mir, und blitzschnell flog es durch meine Seele, das wär ein Mann für Karoline. Es war im Augenblick vergessen, und nun denken Sie meine Überraschung, wie ich nach Hause komme – treff ich meine Mutter im Thore und sie erzählt mir freudig den Inhalt der angekommenen

Töplitzer Briefe. Es ist wirklich seltsam, wie unbegreiflich tief der erste Eindruck oft geschöpft ist, und welche Verbindungen oft unsere Seele zufällig damit macht. Ihr Brief ist ein schöner Beweis, wie glücklich mein Gemüth für meine Schwester wählte. Ich weiß gewiß, sie wählt ebenso glücklich – und daß auch Sie gefunden haben, was Sie suchten, sagt mir die Errinnerung meines Lebens, in welcher meine Schwester überall als ein wohlthätiges Wesen hervortritt. Ich bin ihr vieles schuldig – Als Kind schon hat sie mich beseelt – Ihr freundliches, verständiges Wesen hat mich von Jugend an als Muster umschwebt – und die wenigsten von meinen Bekannten hielten die Probe einer Vergleichung aus.

In den traurigsten und hoffnungsvollsten Stunden ist Sie meine treue Theilnehmerin und Gefährtin gewesen. In Krankheiten hat Sie mich gepflegt und gewartet und manche meiner Thorheiten liebevoll getragen, und oft haben sie ihr Thränen gekostet.

Nur über Einen Fehler hat Sie oft und geduldig meinen Schmerz ertragen müssen – Ihr allzuweiches, allzutheilnehmendes und anhängliches Herz. Für ihre Freundinnen hat Sie schon tausend Noth gelitten und manche Beschwerlichkeiten des Ehestandes hat sie, in fremder Seele, schon mit wärmstem Antheil getragen. Oft habe ich mirs gedacht wie glücklich Sie einen gefühlvollen Mann, dem stilles Leben genügte, machen müßte. Zwey Mädchen ausgenommen, ist mir keine vorgekommen, von der sich dies mit soviel Gewißheit voraussagen ließe. Sie wird wohl über mich klagen, daß ich so oft gerade über diese Züge ihres Charakters gescherzt – Sie weiß dann doch, daß dieser Scherz nicht ernstlich gemeint und gewiß von der zärtlichsten Achtung für die Regsamkeit und Treue ihres Herzens begleitet war. Nehmen Sie sich selbst, Bester, den frohen Sinn aus dieser einfachen Erzählung – Können Sie glauben, daß meine Schwester nicht einen Mann unbeschreiblich, grenzenlos lieben wird, der so mit voller Seele an ihr hängt? Sie erhalten dieses innige Herz so frisch, als es aus den Händen der Natur kam. Wir alle sind für manches betrübte Jahr belohnt – gewiß ist, wer meine Schwester kennt, wird sich der schönen Wahl erfreun. Liebe und Religion werden Ihr Haus zur sichern Freistatt in den Stürmen der Welt

– zum Aufenthalt des Friedens und der Eintracht machen. Ihre lieben Kinder werden sich einer zärtlichen Mutter und Freundin erfreun – die sie schon hier gegen uns und ihre kleinern Geschwister war. Sie erhalten den Liebling meines Vaters – urtheilen Sie; wie glücklich Sie den zeither so gedrückten, trefflichen Mann machen werden. Meine Mutter lebt in dem Gedanken, ihre Karoline an Ihrer Seite, das Rätsel der Bestimmung dieser lieben Tochter so herrlich gelöst zu wissen, in die heitern Jahre ihrer Jugend zurück und erwartet Sie mit der gerührtesten Zärtlichkeit. Die Geschwister werden Sie umarmen und verehren. Daß ich nicht allein im Winkel stehn bleiben werde, zu einer Zeit, wo alle meine heißesten Wünsche in Erfüllung gehn und ich selbst von grenzenloser Liebe lebe und webe – mein Karl an der Schwelle des Glücks steht – das werden Sie wohl glauben und zu lebenslänglichem Bund umarmen

Ihren Freund und Bruder
Fritz Hbg.

116. Novalis an die Mutter in Weißenfels

Dresden,
Den 12ten Aug[ust]. [1799]. [Montag]

Liebstes Mutterchen. Meinem Versprechen gemäß nur einige Zeilen. Donnerstags früh kam ich nach Freyberg – traf Julien froh und munter – blieb bis Sonnabend Mittag. Sonnabend Abend langten wir in Dresden an – fanden bald Carlen – der sich sehr freute – aber noch bis jezt ohne Resolution und daher im äußersten Zustande der Ungewißheit. Das Töplitzer Bad hat er albern gebraucht – und sich das Carlsbad damit wieder etwas verdorben. Wenn er nur erst fixirt ist – so wird Leib und Seele gewinnen – die Tante [Miltitz] glaubt nicht, daß die H[uldenberg] einwilligt – für die R[echenberg] ist Miltitz sehr eingenommen. Carl scheint noch nicht über sie bestimmt zu seyn. R[echenberg] ist in Bautzen und unbändig verliebt. Caroline soll sich sehr gut genommen haben – Die Tante ist mit Carl sehr freundlich – Mit mir indifferent. Morgen abend kommen Vater und Schwestern, alle sehr wohl. Carol[ine] soll mit aller Gewalt erst in Weißenfels Ja sagen. Der Vater hat noch große Lust, R[echenberg] recht zu scheeren – *Du* wirst schon Einhalt thun. An Stichelreden solls morgen nicht fehlen. Julien kommt auf den Sonntag her – wenn sie schon fort sind – Anders ließ sich es nicht machen – Sie ist unbeschreiblich glücklich – und Dir sehr *dankbar*. Sie empfiehlt sich der herrlichen Mutter und Sidonien herzlich.

Ich soll mit Carln in die Lausitz – Ich lasse mir alles gefallen – der Vater mag entscheiden. Ich hoffe C[arl] als Bräutigam mitzubringen. Lebt wohl – behaltet mich und J[ulie] lieb – ich schreibe diese Woche noch einmal.

Dein Sohn
Fritz.

Bernhard befindet sich wohl – ist von allem ungerührt – und führt sich leidlich auf. R[echenberg] hat schon schöne Sachen eingekauft. Im Oct[ober] *muß* die Hochzeit seyn !!!!!!

117. Novalis an den Geh. Finanzrat Julius Wilhelm von Oppel in Dresden (Entwurf)

[Artern, Anfang Dezember 1799.]

Längst hätt ich gern die Freyheit mich Ihnen schriftlich mittheilen zu dürfen, benuzt, wenn ich nicht zeither durch mannichfaltige kleine Reisen und Beschäftigungen wäre abgehalten worden. Ich hätte gewünscht Ihnen einige Ideen umständlicher mittheilen zu können und das Warten auf einen günstigen Zeitpunct zur Ausführung derselben ließ mich diese Mittheilung hinausschieben. Jezt da ich hier in Artern ziemlich ungestört meine Beschäftigungen eintheilen und fortsetzen kann, wag ich es mich in Ihr freundschaftliches Andenken zurückzurufen, und von allerhand Gegenständen Sie zu benachrichtigen.

Ich habe mich diese Zeit über mit dem Erdkohlenwesen bekannt zu machen gesucht. Mein Vater hat mir die Etats auf künftiges Jahr fertigen lassen und hier werd ich den für die Saline Artern ausarbeiten. Der mir aufgetragne rückständige Bericht über die Erdkohlenlager in diesem Theile von Sachsen erfodert um ihn so vollständig und gründlich zu machen, als möglich – noch viel Zeitaufwand. Es sind noch eine Menge Reisen nöthig um den geognostischen Theil zu vollenden. Hier hab ich mir vorgenommen das bisher Gesammelte zu ordnen und das hiesige Werck, als das Interressanteste der mir bekannten genau kennen zu lernen. Diese Untersuchung hat mich die Unvollständigkeit der bisherigen Beobachtungen der Flötz und aufgeschwemmten Gebürge recht lebhaft fühlen lassen. Der Geognost, durch Werners großen systematischen Geist erregt, hat ein mühsames und weitläuftiges Geschäft. Die Rücksichten sind so mannichfaltig und der Blick aufs Ganze mit großen Schwierigkeiten verknüpft. Der Mangel an richtigen Situationskarten ist ein großes Hinderniß. Scheinbare Unregelmäßigkeiten hemmen die glückliche Entwicklung der geogenischen Geschichte aus großen einfachen Thatsachen. Überall stößt man auf neues, unangebautes Feld und dunkle Stellen. Besonders mercklich wird die Unmöglichkeit ein einzelnes Stück der Erdoberfläche richtig zu bestimmen. Die Urkunden dieser uralten Naturgeschichte sind voll Interpolationen und unleserlicher Stellen. Überdem fehlen uns noch höchstwichtige Capitel aus der Grammatik dieser Sprache der allgemeinen Physik und selbst Werners kühn entworfnes Alphabet und Syntax scheint noch große Lücken zu haben.

Belohnend sind die Anstrengungen und der Fleiß des Geognosten allerdings. Jede Reise trägt Früchte. Die Lesung physicalischer Schriften und Reisebeschreibungen – die Ansicht von Carten, und Cabinettern vermehrt den Vorrath geognostischer Bemerkungen und Anwendungen und die Größe und Mannichfaltigkeit der Gegenstände regt unsre Wißbegierde und Fantasie mit nicht geringer Kraft an. Ich bin Wernern auch für diese Erhöhung meines Lebensgenusses den innigsten Dank schuldig, wenn ich auch nicht jeden Tag Gelegenheit fände seinen divinatorischen Blick zu bewundern. Wie wichtig würde mir eine Reise in seiner Gesellschaft durch Thüringen seyn. Die neuen Formationen hat er noch nicht so reichlich ausgestattet, wie die Ältern und er würde gewiß hier die herrlichsten Entdeckungen machen. Die Urgebürge haben auf den ersten Anblick etwas Anziehenderes – aber die Flötzgebürge sind beynah dem Geognosten wichtiger, da hier die Natur mannichfaltiger und deutlicher gearbeitet hat, und da sie noch nicht lange aufgestanden ist oder wohl gar noch bey ihrer Arbeit überrascht werden kann.

Wie wichtig übrigens neuere chémische und physicalische Entdeckungen der Geognosie werden können, davon hab ich neulich noch einen merckwürdigen Beweis zu finden geglaubt – einen Beweis, der auch aufs Neue Werners divinatorischen Sinn bestätigt. Ich war neulich bey dem Physiker Ritter in Jena, von dem ich Sie schon einmal unterhielt. Er erzählte mir unter andern von höchstmerckwürdigen Versuchen, die der französische Chemiker Guyton über die Verbrennung des Diamants angestellt und in einer eignen Abh[andlung] beschrieben habe, und glaubte in ihnen Indikationen zu einer neuen Betrachtung und Untersuchung der Kieselerde zu finden, Indikationen, die vermuthen ließen, daß die Kieselerde vielleicht nichts, als verbrannter Diamant und also ein Kohlenoxyd sey – wenigstens möchten die Kieselgattungen wohl einen sehr beträchtlichen Antheil Kohlenstoff enthalten. Sollte sich diese Vermuthung bestätigen, so gienge ein neues Licht in der Geognosie auf, eine Menge Phaenomene, z.B. der empyreumatische Geruch des Bergkrystalls, die animalische Kieselerde etc. würden einer Erklärung zugänglich und die Formationen des Kohlenstoffs, die Entstehung der Steinkohlen und ihre geognostischen Verwandtschaftsverhältnisse erschienen von einer neuen Seite und – Werners hartnäckige Beybehaltung des Diamants und der andern Edelgesteine unter dem Kieselgeschlecht wäre gerechtfertigt.

Jede Reise giebt mir jezt Veranlassung allgemeine und locale geognostische Thatsachen zu sammeln, aber ich glaube, daß vielfaches Nachdenken zu ihrer Ordnung und Vervollständigung gehört. Die brennbaren Fossilien sind freylich der nächste Gegenstand meiner Aufmercksamkeit – ich sammle und lese darüber, was ich habhaft werden kann. Neulich hab ich das Wettiner Steinkohlenwerk befahren, und mich mit der Gegend etwas bekannt gemacht. Zwischen Weimar und Kösen, anderthalb Stunden von Auerstedt, in der Flur des Dorfs Mattstedt ist ein Steinkohlenwerk entdeckt und bereits abzubauen angefangen worden. Der Herzog von Weimar, in dessen Gebiet Mattstedt liegt, hat sich mit dem Entdecker, dem dasigen Pfarrer [Günther] und einem Herrn von Eglofstein zum Abbau desselben verbunden. Da im Weimar'schen die Branntweinbrenner kein Holz brennen dürfen, und die Gegend auch sonst an Holzmangel leidet, so scheint der Absatz beträchtlich werden zu können. Die Lage des Wercks ist sehr vortheilhaft – Es liegt hoch über der Ilm und das Flötz hat sehr wenig Falten – so daß sobald keine Wasserhaltungskosten eintreten dürften. Das Flötz liegt zwischen fettem bläulich grauen Thon, der sehr gut steht, und durch und durch mit unvollkommnen Frauenglaskrystallen gemengt ist. Das Flötz ist durch eine 6″ Bank von braunen Thon getheilt – das obere Flötz ist 6–8″ mächtig und das untere drey″. Die Kohle gehört zu keiner der bekannten Steinkohlenarten – Sie hat ein schiefriges Gefüge – und schimmert streifig. Sie soll im Großen gut und lebhaft brennen – Auf Kohlen im Kleinen probirt brannte sie mit schwacher bläulicher Flamme und roch im Mittel zwischen Erdkohle und Steinkohle. Die Schmiede sollen sie brauchen können. Sie ist weniger schwer, als die Steinkohle, aber beträchtlich schwerer, als die Erdkohle, mit der sie übrigens weniger Ähnlichkeit hat, als mit dem Alaunschiefer. Der Gyps im aufliegenden Thon, der viele Schwefelkies in der Kohle und die Nähe von Eckartsberge, wo sehr viel Alaunschiefer vorkommt, lassen mich vermuthen, daß es eine Annäherung zu diesem sey. Auf Alaun hab ich sie noch nicht probiren können. Jezt treiben sie nur VersuchsStrecken nach dem Streichen und Fallen – der ordentliche Abbau wird wohl strebeweise vorgerichtet werden müssen.

Mich interressirte das Werk wegen der Nähe unsrer Grenze und ich habe deswegen auch Ihnen etwas umständlicher davon geschrieben. Es wäre immer zu vermuthen, daß dieses Flötz auch in unserm Thüringen vorkäme, weshalb ich auch noch diesen Winter einige Touren zu machen gedenke. Eine Aussicht auf Erdkohlen in der Gegend von Weißensee werd ich in kurzen durch Bohrversuche auf dem Gute eines Freundes [Adolf von Selmnitz] näher zu erörtern suchen.

Ich wünschte nur in der hiesigen Gegend noch größere Aussichten ausfindig machen zu können. Hoffentlich wird mein

Vater ihnen den Erfolg der Unterhandlungen mit dem Herrn von Laue zu Voigtstedt geschrieben haben. Dieser verlangt eine Entschädigung pro praeterito mit der Hälfte des Profits, den die Saline gegen das Holz an der Erdkohlenfeurung gemacht hat und pro futuro die Bezahlung der Erdkohlen nach festen Sätzen. Er schien das Commissoriale an die Salinendirection für rechts widrig zu halten, und ohnerachtet der Hofrath Eisenluth selbst gegen uns hierüber Zweifel äußerte, so muß ich doch gestehn, daß mir dieselben nicht einleuchteten, da bey gütlichen Unterhandlungen juristische Rücksichten nicht ins Spiel kommen und der Landesherr die Abschließung eines neuen *Vergleichs* selbst denen auftragen kann, die abseiten Seiner einen frühern und disceptabel gewordnen Contract abschlossen, ohne daß der Andre diese Commissarien perhorresciren kann, da hier von rechtlicher Entscheidung, die einer juristischen Commission, mithin fremder Commissarien bedarf, nicht die Rede ist. Äußerst auffallend war mir die Nachricht, daß die Landesregierung in Riestedt gegen das Privilegium exclusivum der Bergmänner für die Grundbesitzer entschieden hat, und der Zweifel des Hofraths an dem Rechte des Bergamts, das nur zu Verleihung von Steinkohlenwerken berechtigt seyn soll. Erstlich ist der juristische Unterschied zwischen Erdkohle und Steinkohle nicht passirlich – Beyde gehn in einander über, und unter dem Namen Steinkohle kann nichts anders gemeynt seyn, als jedes *kohlige Fossil.* Überdem begreift auch der Grund der Regalisirung der Steinkohle die Erdkohle mit, und wenn der Churfürst in dem Mandate von [17]43 ausdrücklich das bituminöse Holz mit frey giebt, weil man zu diesen Zeiten dasselbe schon oryktognostisch von den Steinkohlen unterschied, so muß es also vor diesem Zeitpunct mit zum landesherrlichen Eigenthum gerechnet worden seyn. Die Geognostische Verschiedenheit des Vorkommens ist auch nicht allgemein, da man auch Steinkohlenflötze in aufgeschwemmten Gebürgen antrift und beyde wircklich durch die Braunkohle der Flötztrappformation und den Alaunschiefer in einander übergehn. Einmal ist das Bergamt im Contradictorio gegen die Herrn v. Pfuhl schon im Besitz dieser Verleihung geschüzt worden und so scheinen mir allerdings die Ansprüche der Saline auf das Voigtstedtische Erdkohlenlager gesichert genug und ich sähe nicht ein, wie Laue mit Recht sowohl auf die Gerechtigkeit, als die Gnade des Churfürsten sich Rechnung machen könnte. Sein Advocat der Oberstadtschreiber Breyther in Sangerhausen ist als ein geschickter, aber auch rechtschaffner Mann bekannt, von dessen günstigen Einfluß man sich eine gütliche Beylegung versprechen dürfte.

Die Anfechtung des alten Vergleichs propter Laesionem ultra Dimidium fällt von selbst weg, wenn das praetendirte Kohleneigenthum wegfällt, und so kann die Saline den Ausgang der Sache um so ruhiger erwarten, da sie ohnedies in wenig Jahren des Erdkohlenbedürfnisses durch die Sonnensalzfabrication entübrigt seyn kann. Ich glaubte den Hofrath Eisenhuth auf diesen Gesichtspunct aufmercksam machen zu müssen, da derselbe vielleicht, wenn er durch Breythern an Lauen gelangte, diesen nachgiebiger machen möchte.

Wenn auch die Saline übrigens nicht in Zukunft weitern Gebrauch von diesem Wercke zu machen nöthig hätte, so wär es doch äußerst wünschenswerth, daß der Landesherr bewandten Umständen nach, alle beträchtlichen Kohlenlager acquiriren möchte um diese Naturschätze so vortheilhaft für das Land zu benutzen, als möglich, da sie gemeiniglich in den Händen der Privatleute unverantwortlich bewirthschaftet werden, wie dies z.B. gleich bey dem höchst wichtigen Riestädter Werke der Fall ist, seitdem es sich in den Händen der Bauern befindet. In Mertendorf hat man zwar die Strecke nach den Rathshügeln zu, die auf höchsten Befehl getrieben worden ist, wegen des Fallens des Flötzes und der eintretenden Wasser nicht ganz durchtreiben können – indeß ist doch gewiß geworden, daß die Kohle in diesem Zwischenraum in beträchtlicher ...

118. Novalis an Hans Georg von Carlowitz in Oberschöna

Weißenfels: den 1sten Jänner. [Mittwoch] 1800.

Mit den herzlichsten Segenswünschen für Dich, theuerster, einziger Freund, bin ich in dies neue Jahr getreten. Carl hat mir

Deinen traurigen Brief von Pfafferoda gezeigt und so tief ich mich in Deine peinliche Lage versetzen kann, so fühl ich doch auch, daß diesmal Deine Fantasie und so viele Umstände Dich aus dem ruhigen wahren Gesichtspunct verschoben und Dir ein trauriges Schattenspiel untergeschoben haben. Gewiß scheinen Dich widrige Zufälle zu verfolgen; indeß habe Muth – dafür hast Du die Aussicht auf ein herrliches Glück, wenn Du Jeannettens Herz hast. Ist sie Deiner werth, so werden sie Hopfgartens Dir nicht entreißen – und Du kannst in kurzer Zeit der glücklichste Bräutigam seyn. Du bist Jeannetten durch das Zutrauen ihres Vaters, durch Deine Liebe zu ihm, durch Deine Trauer an seinem Grabe doppelt lieb geworden. Diese Eindrücke sind tief und versichern Dir ihre Treue. Sie muß in kurzen mündig seyn – und dann steht ihr freye Disposition über ihre Hand zu. Fasse Dich, theuerste Seele – und überlege mit kühlen Verstand Tausend Umstände, die Dich begünstigen. Die frohste Ahndung faßt mich am heutigen Tage – daß dieses Jahr nicht von dannen geht, ohne Dich, Carlen und mich in die glücklichste, häusliche Lage versezt zu haben. Es ist ein Geheimniß für uns beyde – aber Carls Glück scheint von neuen aufzublühn. Carl weiß nichts davon, um ihn nicht von neuen in ein Labyrinth zu stürzen. Mein Schwager Fehrentheil hat den Plan noch nicht aufgegeben und Jeannette [von Rechenberg] scheint Carlen zu lieben – und Fehrentheil will suchen das Jawort zu erhalten, um es dann Carlen zu eröffnen und seinen Entschluß zu hören. Kommt es so weit, so sagt Carl nicht Nein. Wenn ich wahrhaft liebte, sagt ichs vielleicht auch nicht – ob sich gleich jezt mein Stolz ein wenig regt. Ich schweige still und erlaube mir nur eine leise Hoffnung eines glücklichen Ausgangs. Ich bin nun Assessor mit 400 rch. – Noch fehlt meines Vaters Einwilligung zu meiner Zufriedenheit – die ich denn doch bald zu erlangen gedenke – dann wenn auch Du Bräutigam oder gar Gatte bist, dann wollen wir einmal in Oberschöna – an der Seite unsrer Frauen von den stürmischen und wunderbardüstern Zeiten reden, die dieser Ruhe vorausgiengen. Noch vergeß ich die Zeit unsrer erneuerten Freundschaft, unsern Entschluß freywilligen Abschied zu nehmen nicht. Nie werd ich sie vergessen – Sie war romantischschön und nicht ohne Gabe der

Weissagung – der Entschluß bleibt, wie ein Palladium, verwahrt – ein Schatz für die Zukunft. Ich sehe mit Schmerzen heiterern Briefen von Dir entgegen und hoffe Dich in kurzen zu sehn. Was ich Dir zu sagen habe – davon künftig und besser mündlich. Es sind viele Dinge, die ich Dir erzählen möchte. Julien liebt Dich schwesterlich.

Dein Fritz.

119. Novalis an den Geh. Finanzrat Julius Wilhelm von Oppel in Dresden (Entwurf)

[Weißenfels, Ende Januar 1800.]

Ihr gütiger und in aller Hinsicht für mich erfreulicher Brief hat mich das Glück Ihrer Freundschaft in vollen Maaße empfinden lassen. Er ist für mich ein schönes Geschenk des neuen, hoffnungsvollen Jahres, das ich mit dem dankbarsten Herzen anneh-me. Möcht ich doch im Verlauf dieses Jahrs recht viel Gelegenheiten finden Ihnen meine innige Ergebenheit wenigstens indirect durch den thätigsten Eyfer Ihre wolwollende Aufmercksamkeit zu erhalten und noch mehr zu verdienen, beweisen zu können. Gewiß wird schon das Glück, was sie für die dankbarsten Menschen gestiftet haben, Zufriedenheit über ihr trefliches Herz verbreiten. Doch davon hernach, bis ich Sie von unsern Geschäftsangelegenheiten unterhalten habe. Der Bergrath Senf hat sich jezt über die Sonnensalzanstalten dahin geäußert, daß er statt des Holzes zu den Kästen, ein andres Material im Sinne habe. Ich bin um so neugieriger, da ich selbst an eine Steingutsmasse und an Dachschiefer gedacht habe. Wegen der Ersten, die gewiß leicht genug zu erfinden ist, ist es überhaupt wunderbar genug, daß wir in Deutschland noch nicht darauf gedacht haben, um den Engländern diesen einträglichen und nuzbaren Handelsartickel zu entziehn. Die richtigste Construction des Ofens, die nöthigen Zusätze und deren Verhältnisse würden sich bald durch einige Versuche finden lassen – An Thon fehlt es nirgends – und genaue Analysen und Proben der Thonsorten würden uns bald die schicklichste zu diesem Behuf finden lassen. Die Sorgfältige Reinigung des gemeinen Töpferthons würde schon die gemeinen

Töpferwaaren verbessern. In Rücksicht der Bedeckungen, die ebenfalls noch viel Bret[t]er consumiren, sollte man vielleicht auf eine Art von Steinpapier denken, das ohnedem noch andern Nutzen gewähren könnte, als den man bisher davon zu erlangen gesucht hat. Das Schwedische muß der Beschreibung nach schon ein sehr vortheilhaftes Material zu leichten Bedeckungen abgeben und ist sehr wohlfeil. Ich werde sehn, welches zu bekommen, und vielleicht gäben die Mängel, die man daran bemerkte, Gelegenheit zu einer vorteilhaftern Composition. Bey einer neulichen Durchsicht der zum Behuf der Sonnensalzfabrication angestellten Abdampfungsversuche hab ich manches vermißt, was zu einer völligen Übersicht dieses Gegenstandes und richtiger darauf sich gründender Rechnungen und Anschläge unentbehrlich zu seyn scheint. So ist z.B. die thermometrische Wärme nicht dabey bemerckt, die doch von dem bedeutendsten Einfluß dabey ist. Um einen Anschlag über die Größe der Anstalt zu einem gegebenen Quanto mit möglichster Sicherheit, deren Nothwendigkeit die Unentbehrlichkeit des Produkts involvirt, entwerfen zu können, muß man die Schnelligkeit und Quantität der Verdampfung eines jeden Soolengrades, auf bestimmter und gleicher Oberfläche, bey jedem Grade der Temperatur genau erforscht haben. Schwierig sind die Versuche nicht, aber mühsam, und in aller Absicht, bey dem gänzlichen Mangel an theoretisch-practischen Arbeiten dieser Art, auch wissenschaftlich interressant. Mit diesen Datis muß man richtige Witterungsbeobachtungen von mehreren Jahren durchgehen und Summen der Stunden von einerley Wärmegraden ziehn, welches hier blos aus den Sommermonaten und von dem Kleinsten der erforderlichen Wärmegrade an, zu geschehn brauchte. So würde man für jedes Jahr die vorhanden gewesene nuzbare Wärme finden und darnach theils den Überschlag der Fläche machen können, die in jedem Jahre zu einer bestimmten Quantität Salz, aus der gegebenen Qualität der Soole, erforderlich gewesen wäre, oder wenn die Fläche festgesezt wäre, die Quantität Salz, die darauf zu erhalten gewesen, bestimmen können.

Mit der Dürrenberger Soole hab ich bereits einige Versuche gemacht, um ihre Verdampfbarkeit bey jedem Grade der Hitze zu bestimmen – Ich suche sie zu vervollständigen und dann aus 20jährigen Witterungstabellen die nöthigen Extracte zu machen. Vor Ostern denk ich damit fertig zu werden, und wenn auch nicht vollständige Data, doch viel wissenswürdige Resultate zu finden – doch treib ich es ganz im Stillen und will erst, wenn ich Früchte sehe, dem Bergrath Senf meine Arbeit mittheilen.

Soviel scheint gewiß, daß eine auffallende Regelmäßigkeit unter den jährlichen Summen der Wärme herrscht, so mannichfach auch ihre Vertheilung ist – und selbst einzelne Monate scheinen, *Durchschnitten* zu Folge, mehrere Jahre hindurch sich gleich zu bleiben. Unbedeutendere Einflüsse kann man füglich bey großen Berechnungen weglassen. So hat die Lufttrockenheit allerdings eine Wirckung auf die mehrere Verdampfung, aber theils ist dieselbe nie von einer Bedeutung, die die Rechnung mercklich verändern dürfte, theils ist ihre Bestimmung durch die Hygrometer immer äußerst schwankend und unvollständig – so daß sich wenig ächte Resultate daraus ziehn lassen. Die Wärme ist das Hauptagens und daher bey großen Unternehmungen nur ihre Veränderung in Betracht zu ziehn, die das Thermometer auch richtig genug angiebt.

Die Verdampfbarkeit der Flüssigkeiten ist noch ein unbearbeitetes Feld. Es ist schade, daß unsre großen Physiker gerade die für die Praxis wichtigsten Puncte der Theorie vernachlässigen und bey so viel Arbeiten über einzelne Puncte, so wenig systematische, erschöpfende Arbeiten übernommen werden. In Deutschland haben wir außer Richter in Breslau, Schmidt in Gießen und Mayer in Göttingen, wenig Chemiker, die dergleichen Gegenstände bearbeitet hätten.

Die französischen Chemiker zeichnen sich hierinn vortheilhaft aus, und auch Bergmann, Scheele und Kirwan, selbst Wenzel und noch einige Ältere haben schätzbare Abhandlungen dieser Art geliefert, die freylich jezt wegen höher gestiegner Experimentirkunst und durch mannichfaltige neue Hülfsmittel von ihrer Brauchbarkeit verloren haben.

Über unsre Kunstgezeuge sind in diesem Jahr merckwürdige Beobachtungen gemacht worden, die ihre Zulänglichkeit zu beweisen scheinen. Neuerlich hat auch der Condukteur Bischoff über die Dürrenberger Kunstgezeuge einen Aufsatz eingereicht, der diese angenehme Hoffnung bestätigt. Zu viel Pumpen und zu enge Pumpen haben die Wircksamkeit der Maschine gehemmt – und wenigere und weitere Pumpen werden durch vermehrte Geschwindigkeit des Rades bey gleicher Wassermenge ungleich mehr leisten. Kommt noch sorgfältigere Wartung des Gezeugs, Simplificirung des Gestänges und Verbesserung der Kolben hinzu, so werden unsre Maschinen gewiß für die Gradirung hinlänglich seyn. Es wäre dann vielleicht nüzlich noch Tabellen über den Gang der Kunstgezeuge einzuführen, die zugleich eine Controlle für die Gradirung abgeben würden.

Über den Debit und die Fabrication des vorigen Jahrs wird schon mein Vater Ihnen geschrieben haben. Salzmangel wird hoffentlich nicht eintreten, ohnerachtet das Jahr im Ganzen sehr gering ausgefallen ist. Eine artige Übereinstimmung, die für die Genauigkeit der Gradiermeister in Artern und Dürrenberg zu sprechen scheint, findet sich in den Witterungstabellen beyder Orte. In D[ürrenberg] und A[rtern] sind 175 Tage gewesen, an denen der Witterung wegen nicht [hat] gradirt werden können. Außerdem sind in Dürrenberg noch 12 Tage wegen zu großen Wasserstandes ausgefallen – welches für D[ürrenberg] schon 187 Tage Verlust ausmacht.

Bey der Gradirung glaub ich noch manche nöthige Bestimmungen zu vermissen. Es ist besonders die vollständige Auflösung des Problems, bey einer gegebenen Größe der Gradiranstalt den in Rücksicht auf die Sicherheit nöthige Quantität vortheilhaftesten Grad der Qualität bey jeder Beschaffenheit der Witterung zu bestimmen. Genaue und vollständige Tabellen können allein die empirischen Data zu dieser Bestimmung liefern. Die Eintheilung der Fälle, die vielleicht veränderlich seyn sollte, so gut, wie die Stellung der Hähne und der Zufluß der Soole würde hiernach genau regulirt werden können. Vielleicht seh ich den Bergrath Werner bald und da will ich ihm alle meine Nachrichten über die Erdkohlen vor der Hand privatit mittheilen und mir seinen Rath über manche Puncte dabey ausbitten. Dem Berichte wünscht ich eine Vollständigkeit und Umständlichkeit zu geben, die der Wichtigkeit des Gegenstand[s] angemessen ist – die mir aber die Erwartung des Frühjahrs zu einigen erforderlichen Reisen nöthig macht. Ganz abgerissen kann ein geognostischer Gegenstand nicht behandelt werden, ohne sehr viel zu verlieren – man muß mit den Flötz, mit den Steinkohlen – und den aufgeschwemmten Gebürgen sich bekannt gemacht haben, um eine bedeutende Übersicht eines einzelnen Gliedes dieser Kette entwerfen zu können. Der ehrenvolle, geognostische Auftrag kommt mir hier sehr zu statten und begreift gerade die Gegend, die mir noch am fremdesten ist, und deren Kenntniß mich um einen großen Schritt jener Übersicht näher bringt, da nach dieser Seite zu die hiesige neuere Gegend sich zunächst an die Ur und Übergangsgebürge anschließt, und jener District die reichsten noch zum Theil unbenutzten Erdkohlen Niederlagen befaßt.

Die Nachricht von der durch das Reichsche Mittel bewürckten Besserung der Hofräthin Manteuf[f]el hat uns sämtlich unendliche Freude gemacht. Es ist schön, daß dieses Mittel der Menschheit so große Vortheile verspricht und eine trostreiche Aussicht auf die Befreyung von so manchen fürchterlichen Feinden gewährt. Curt Sprengel in Halle glaubt das Mittel errathen zu haben. Er sagt, daß ihn das Studium der Arabischen Aerzte zu dieser Entdeckung geholfen und äußert sich sehr freundschaftlich und günstig gegen Reich. Er hat seine Entdeckung bey einigen Aerzten niedergelegt, und will Reichen nicht vorgreifen, um ihn nicht einen Theil seiner verdienten Entschädigung zu entziehn.

Ich komme nun zu dem Schlusse ihres Briefs, der mich zu einer offnen Mittheilung meiner Privatangelegenheiten ermuntert. Ihre freundschaftliche Güte muntert mich auf Sie mit der Geschichte meiner lezten Jahre bekannt zu machen. Ihr freundschaftliches Interesse an meiner Personalität läßt Sie diesen Beweis meines gänzlichen Zutrauns gewiß gütig aufnehmen und es würde mich unendlich freun, wenn Ihr Herz meinen Handlungen beyfällig wäre. Mein Onkel, der im Deutschen Orden ist, hatte von Kindheit auf mir vorzüglich seine Gnade angedeihen lassen und eine besondre Sorge für meine Erziehung getragen. Mein Vater stand von seiner Jugend an in den engsten Verbindungen mit diesem in aller Absicht vortrefflichen Mann. Seine

Verhältnisse zu ihm waren aber immer mehr die Verhältnisse eines Sohns zum Vater, als die eines Bruders zum Andern. Meines Onkels Charakter ist unerschütterliche Rechtschaffenheit und die strengste Anhänglichkeit an seine Grundsätze. Sein Verstand hat die Cultur eines alten Weltmanns, aber auch dessen Eingeschränktheit. Von jeher verzog ihn das Glück. Dürftigkeit fühlte er nie und mithin lernte er auch nie die Erträglichkeit der Einschränkung auf die unentbehrlichsten Bedürfnisse und die Entschädigungen des Herzens und Geistes für tausend Bequemlichkeiten des Wollebens kennen. In der großen Welt wuchs er auf und lebte unaufhörlich in ihren Kreisen. Ohne Fantasie und gewöhnt die Bedürfnisse des Herzens aus dem Gesichtspunct der Klugheit zu beurtheilen, und den Ansprüchen des äußern Ansehns und Glanzes unterzuordnen verlor er im Laufe seines Lebens den Sinn für ihre Foderungen, und opferte selbst seiner Meynung und Familie seine Neigungen.

Er gab mir von Jugend auf Gelegenheit meine Eitelkeit zu befriedigen und versprach sich von meiner Lebhaftigkeit einen glänzenden Erfolg. Er schmeichelte mir mit den angenehmsten Hoffnungen eine Rolle in der Welt zu spielen und gewiß hätt er mich auf einer solchen Laufbahn auf das wärmste unterstüzt. So ergeben mein Vater auch übrigens meinem Onkel war, so ähnlich auch in manchen Gesinnungen, so wich er doch in diesem Stück sehr von ihm ab und brachte uns durch Beyspiel und Reden eine Verachtung des äußren Glanzes bey. Er ermahnte uns zum Fleis und zur Genügsamkeit und äußerte seine Freude, wenn wir unserm Herzen folgten, ohne Rücksicht auf die Meynung der Welt zu nehmen. Er pries uns das Glück einer stillen, häuslichen Lage und bat uns oft nie aus Rücksichten des Interesse, und der Ambition zu handeln und zu wählen. Mein Onkel hieng an den Vorzügen des Standes und der Geburt und mein Vater lächelte über beydes. Ich gieng auf Academieen mit den eitlen Hoffnungen meines Onkels voll, und entzündet von Verlangen die große Welt zu betreten. Eine reiche Parthie hofft ich sollte mir den Weg zu diesem Eldorado bahnen und ich glaubte ein tiefes Studium der Jurisprudenz nicht eben sehr nöthig zu haben. Zum Glück hatt ich von frühen Zeiten an einen unüberwindlichen Hang zu den schönen Wissenschaften bekommen, und dieser hatte schon manche Collisionen mit meiner Weltsucht gehabt. Mein Onkel hatte mir oft schon vergebens das Ridicule eines Schöngeistes gezeigt und wenn ich auch im Gefühl dieser Lächerlichkeit mich wohl in Acht nahm meine Vorliebe blicken zu lassen, so konnte ich doch im Stillen nicht unterlassen diese reitzenden Beschäftigungen zu verfolgen.

In Jena kam ich in genaue Bekanntschaft mit ausgezeichneten Gelehrten und die Liebe zu den Musen gewann, je mehr mich die Mode der damaligen Democratie abtrünnig von dem alten aristocratischen Glauben machte. Die Philosophie wurde mir interressant, ich war aber viel zu flüchtig um es weiter als zu einer Geläufigkeit in der philosophischen Sprache zu bringen. Ich kam nach Leipzig und gerieth dort in reitzende Gesellschaften, die mich wieder zurük zu den ehemaligen Aussichten und Wünschen führten und meine Eitelkeit wieder lebhaft rege machten. Zuerst erwachte dort mein Herz und eine lebhafte Leidenschaft für ein Mädchen, die Sie wohl kannten, die jetzige Mad[ame] Jourdan in Berlin ließ mich auf einmal einen Mittelweg ergreifen, nemlich den Soldatenstand. Die Vorurtheile der Welt waren mir hier zu dieser Parthie weniger hinderlich und doch konnt ich ein freyes und poëtisches Leben führen. Jezt zerfiel ich mit meinem Onkel zuerst. Meine Geliebte entfernte sich von mir nachdem ich schon entscheidende Schritte zur Veränderung meiner Lage gethan hatte, und meine Eltern wandten alle Mittel an, um meinen Entschluß umzustimmen. Es gelang Ihnen durch allerhand Künste, und ich wurde gewissermaaßen gezwungen nach Wittenberg zu gehn und zu der Jurisprudenz zurückzukehren. Mein Mißgeschick weckte meine Ambition und mein Glück führte mir vortreffliche Lehrer zu – so daß in fünf Vierteljahren das Versäumte nachgeholt und ich examinirt war. Diesem Zeitraume dank ich die Fähigkeit mich mit unangenehmen und mühsamen Gegenständen anhaltend beschäftigen zu können. Mein Onkel war mittlerweile mit mir ausgesöhnt und dachte auf Erneuerung seiner alten Projecte. Der Minister Hard[enberg] schien sich meiner annehmen zu wollen und ich sah mich endlich dem ehmaligen Ziele, einer Laufbahn in der großen Welt nahe – Die

Zwischenzeit bis zu nähern Nachrichten vom M[inister] glaubte mein Vater mir durch Übung in schriftlichen Arbeiten in einem Amte nüzlich machen zu können und ich kam nach Tennstedt. Ich war noch nicht lange in Tennstedt gewesen, als ich die Bekanntschaft des unvergeßlichen Mädchens machte, der ich meinen Character zu verdanken habe. Sie war nicht von Familie und arm – Nun war die Zeit der Thorheiten und Frivolitaeten vorüber und ich sah mich beym Eintritt in das männliche Leben von der edelsten Gestalt begrüßt, und auf ewig gefesselt. Solang ich in Tennstedt war, und den Unterricht meines Freundes Just genoß, und mit vollem Eyfer dem Studio der sächsischen Rechte und Verfassung oblag und meine Nebenstunden alten Lieblingsideen und einer mühsamern Untersuchung der Fichtischen Philosophie widmete, erfuhr mein Vater von meinen Verhältnissen nichts. Jener Plan mit dem M[inister] wurde jedoch indeß aufgegeben – Mein Vater wünschte mich bey sich zu behalten und wollte seinem Verwandten keine Verbindlichkeit schuldig seyn. Ich willigte gern ein, weil ich einsah, daß ich den Besitz meiner Geliebten am leichtesten in der Nähe meines Vaters und durch Annahme seines Plans, mich zum Salinisten zu bilden, erlangen würde. Mein Vater war zwar anfänglich nicht mit meiner Verbindung zufrieden, die ich ihm bey meiner Zuhausekunft entdeckte, indeß sein Herz nahm keinen Anstoß an ihrer Geburt und ihrem Mangel an Vermögen – Er erkannte meine vortheilhafte Veränderung durch Sie und nahm den zärtlichsten Antheil an Ihr, wie er sie kennen lernte. Sie wurde tödtlich kranck – in den letzten Monaten ihres Lebens wurde mein Onkel mit dieser Verbindung bekannt und kündigte mir alle Freundschaft auf – zürnte mit meinem Vater und regte diesen selbst wieder gegen mich auf. Meine Noth war unbeschreiblich – ein entsezliches Vierteljahr vergieng, während dem mein Onkel in Weißenfels blieb, und uns allen, besonders mir das Leben verbitterte und die Besuche bey meiner armen Geliebten erschwerte. Meine guten Geschwister nahmen alle den innigsten, schmerzhaftesten Antheil und mein seliger Bruder verlor durch seine dreiste Liebe zu mir die Gunst meines Onkels ebenfalls und litt in den lezten gesunden Tagen seines Lebens an Gram und Bekümmerniß. Noch während der

Anwesenheit meines Onkels ward Sie diesem Leben entrissen, und in kurzer Zeit folgte ihr mein Bruder. Der tiefe Schmerz meines Vaters, mein bodenloses Elend, die Thränen meiner Familie und manche Betrachtungen über die Rolle, die er in diesen Tagen gespielt hatte, mochten ihn tief erschüttert haben. Mein Unwillen gegen ihn ist längst erloschen. Jede gehässige Empfindung schwand mit der Blüthe meines Lebens, und jene Heilige Asche wird ewig die Glut meines Herzens, und meine Sehnsucht nach Frieden und Liebe erhalten. Seitdem ist mein Onkel gänzlich von mir getrennt und bewahrt tiefen Unwillen gegen mich. Was nun folgte in meiner äußern Lage und in Rücksicht meiner Thätigkeit, das wissen Sie schon – aber noch war Ihnen eine Begebenheit nicht bekannt, die den Sommer meines Lebens erheiterte, meiner Thätigkeit eine neue Gewähr verschaffte, und meine Grundsätze durch haltbare, äußre Verhältnisse unabänderlich bevestigt hat.

Sie können sich gewiß leicht die Leere eines Herzens vorstellen, das 3 Jahre in der süßesten Verbindung gelebt und den Widerwillen gegen eine Geschäftigkeit und Lage, die jenes Verhältniß nothwendig gemacht hatte, und das nun aufgelößt war.

Durch Thielemanns Freundschaft wurde ich mit dem Charpentierschen Hause näher bekannt. Ich hatte noch oft Anwandlungen von tiefer Trauer und Ängstlichkeit, die mir jede herzliche Theilnahme, jede milde, stille Geselligkeit unendlich wünschenswerth machten. Ich glaubte nicht lange mehr zu leben und schloß mich daher an freundliche Menschen mit doppelter Innigkeit an. Sie kennen Julien Charpentier und es wird Sie gewiß nicht wundern, daß das sanfte, bescheidne Wesen dieses liebenswürdigen Mädchens mich bald vorzüglich in meiner Stimmung anziehn und mir Zutraun zu ihr einflößen mußte. Sie ward mir nach und nach unentbehrlich, ohne daß ich ahndete, daß ich mit ihr in festere Verhältnisse kommen solle. Die Kranckheit ihres Vaters zeigte mir die glänzende Seite ihres Herzens in vollem Lichte – Die zärtliche Sorgfalt, die vielen Nachtwachen schadeten ihr und im Sommer 98 wurde sie selbst von einem fürchterlichen Übel, dem Gesichtsschmerz, befallen. Ich ward nach einem neuen Verluste einer alten Freundinn, der Erzieherinn meiner

Sofie, auch krank, mußte nach Toeplitz und fand sie bey meiner Zurückkunft in diesem peinlichen Zustande. Jezt erst fiel mir der Gedanke ihr mein Leben zu widmen lebhaft ein. Ich sah, daß ohne eine liebende Gehülfin das Leben und jede Theilnahme an weltlichen Angelegenheiten mir eine drückende Last seyn und bleiben würde – Juliens ganze Lage stellte sich mir lebhaft vor Augen – ich wußte, daß ich nie eine treuere, zuverlässigere und zärtlichere Gattin finden könnte – fühlte, daß eine beschränkte meinen Fleis aufregende Lage mir vortheilhaft seyn, und Kein Mädchen mir dieselbe leichter ertragen helfen würde – war überzeugt, daß ich Ihrentwillen keine Aufopferung scheuen und Ihr vielleicht durch meinen Entschluß eine unangenehme Zukunft ersparen würde – Alte Verbindlichkeiten glaubte ich durch Übernahme derselben Beschwernisse abtragen zu können – ich sah die ehmaligen Schwierigkeiten – aber auch die veränderten Umstände – ich verließ mich auf Fleis und gütige Vorsehung und bot J[ulien] meine Hand an. Gleich anfänglich war ich Willens meinen Vater zum ersten Vertrauten und Rathgeber zu machen. Ich kannte seine mir günstigen Grundsätze, wußte daß ihn Offenheit unendlich rührt, und verließ mich auf die gänzliche Entfernung des Onkels von mir, der jezt wohl nicht mehr den alten Antheil an seinen fremdgewordnen Neveu nehmen würde. So wenig mir dieser Plan gelang, indem mein Vater zu früh etwas erfuhr und durch Zufälle meine Mutter und Geschwister früher unterrichtet wurden, so freundlich bewies sich mir das Schicksal durch die Erwerbung von Werners Freundschaft, und der Ihrigen. So einverstanden nun meine Mutter und Geschwister mit mir sind, und so gütig Juliens Eltern Ihr den Umgang mit mir erlaubten, wenn ich gleich keinen feyerlichen Schritt bey Ihnen that und Sie nur durch J[ulie] umständlich mit meinen Hoffnungen und Plänen bekannt machte, so war doch mein Vater besonders anfänglich sehr unzufrieden mit meinem Schritt und nöthigte mich zum gänzlichen Stillschweigen. Jezt scheint er seine Gesinnungen geändert zu haben und ich hoffe bald mich seiner Einwilligung erfreuen zu können. Ich ehre seine Bedenklichkeiten, die allein aus seinem väterlichen Wolwollen entspringen! Er sieht sich unvermögend mich beträchtlich zu unterstützen und traut mir nicht zu mich in die eingeschränkte Lage finden zu können, die in den ersten Jahren mir bevorsteht. Er fürchtet mich in Noth gerathen zu sehn und dies hält ihn zurück.

Er hätte völlig Recht, wenn J[ulie] nicht ein Mädchen wäre, die aus Liebe zu mir gern jede Unbequemlichkeit einer beschränkten Lage übernähme, und wenn ich kostspielige Bedürfnisse hätte. Ihre Freundschaft hat mir 400 rch. verschafft. Schießt mir mein Vater nur die ersten Jahre noch hundert Thaler jährlich vor und verschafft mir Annehmlichkeiten durch seinen Garten und die freye Anfuhre von Erdkohlen, so hab ich ein Auskommen, wovon viele bürgerliche Familien mit mehreren Personen leben müssen. Veränderungen in meiner Familie können meines Vaters Lage vielleicht bald verbessern und sollt ich ja einige Schulden machen müssen, so sezt mich mein künftiges Vermögen in Stand sie leicht wieder zu bezahlen. Ich will nicht besser, als so viele rechtliche und brave Menschen leben – ich habe mich mit Preisen und Bedürfnissen genau bekannt gemacht – und kann, was ich Ihnen ganz allein vertraue, meine Nebenstunden zu einträglichen litterairischen Arbeiten benutzen. Einst lohnt mich für tausend Mühseligkeiten ein erhebendes Bewußtseyn[,] J[uliens] Liebe und Dank und der Beyfall meiner trefflichen Freunde.

Sie wissen nun alles und nun kann ich Ihnen erst sagen, welchen grenzenlosen Dank ich Ihnen schuldig bin, wie glücklich Sie Julien und mich machen und wie dankbar Ihnen auch dieses treffliche Mädchen ist. Sie verbreiten ein herrliches Glück über unser Leben und gewiß freut sie dieser wolthätige Antheil an dem Leben des dankbarsten Paars. Ich weis, daß auch mein Freund Werner Julien innig schäzt und sich herzlich über meine Wahl freuen wird, so entfernt er auch übrigens vom alten Charpentier ist, den ich, als den Vater meiner Geliebten ehre, ohne Notiz von seinen Verhältnissen und Meynungen zu nehmen.

Verzeihn Sie die Umständlichkeit meiner Erzählung – Ich mußte Sie ganz mit meiner Lage bekannt machen, wenn ich Ihnen einen Beweis meines wahren, herzlichen Zutrauns geben wollte.

Nehmen Sie ihn gütig auf – und bestätigen Sie meinen Glauben an Ihr freundschaftliches Herz und die Zuversicht der lebenslänglichen Fortdauer Ihrer gütigen Gewogenheit, mit der ich verharre

Ihr

Sie innigverehrender
Diener und Freund
Fridrich v. Hardenberg.

120. Novalis an den Geheimen Finanzrat Andreas von Wagner in Dresden

[Weißenfels, Ende Januar 1800.]

Mit wie frohen Herzen bring ich Ihnen, verehrungswürdigster Herr Geheimer Finanzrath, meinen innigsten Dank für den wolthätigen Antheil, den Sie an meinem unterthänigsten Gesuch in Betreff meiner Anstellung bey dem Local Salinendirectorio, genommen haben, zu einer Zeit, wo die gütigste Vorsehung die traurigsten Ahndungen von Ihnen abgewandt und Ihnen eine geliebte, vortreffliche Tochter, wie von neuen geschenkt hat. Der herzlichste Dank, die innigste Theilnahme und der heißeste Glückwunsch fließen in Ein Himmlisches Gefühl zusammen und unvergeßlich wird mir dieser herrliche Anfang des neuen hoffnungsvollen Jahres seyn. Möchte das scheidende Jahrhundert Sie und Ihre Familie neubelebt und dankbar dem folgenden zu tausend neuen Segnungen hinterlassen. Möchten alle, denen Ihr Herz und Geist unentbehrlich ist, noch lange so glücklich seyn Sie heiter und kraftvoll zu wissen. Rein, warm und erfreulich, sey der lange Herbsttag Ihres verdienstvollen Lebens. Mit freudiger Zuversicht hoff ich auch meine Zukunft durch die Fortdauer Ihrer erhebenden Freundschaft verherrlicht zu sehn, der ich und meine Familie besonders im vergangenen Jahre soviel zu verdanken gehabt haben. Ich trete nun mit vollen Eyfer in die durch Ihre gütigen Bemühungen mir eröffnete, ehrenvolle Laufbahn. Das ruhmwürdige Beyspiel Ihres langen, mühevollen Geschäftslebens, Ihres reinen aufopfernden Patriotismus, Ihrer unaufhörlichen Sorgfalt Ordnung Frieden und Segen um sich her zu verbreiten wird mir immer vor Augen schweben, und meine ganze Nacheiferung rege machen. Indem ich Sie bitte mich auf das Wärmste Ihrer vortrefflichen Frau Tochter, Ihrem Herrn Sohn und Schwiegersohn zu empfehlen, wiederhol ich nochmals meine inbrünstigsten Wünsche für Ihr allseitiges Wolergehn, bitte Sie herzlich mir ferner Ihre Freundschaft zu schenken, und verharre lebenslänglich mit der zärtlichsten Ehrfurcht

Ihr

unterthäniger Diener
Fridrich von Hardenberg.

121. Novalis an den Verleger Georg August Grieshammer in Leipzig

Weißenfels, 31. Januar 1800

[Plan, Umfang, Erscheinungsweise und Aussichten der von der Freiberger Bergakademie herauszugebenden *Annalen des Bergbaus* werden geschildert.]

... *Werner,* Lampadius und Freisleben haben zeither respective – 4 – 2 Louisd'or erhalten und Werner opfert hierbey auf jeden Fall der Academie nicht wenig auf, wenn er seine Arbeiten, für die ihm schon 5 Louisd. a Bogen geboten worden sind, in dieses Werk giebt ...

Fridrich von Hardenberg

122. Novalis an Friedrich Schlegel in Jena

Weißenfels: den 31sten Jänner. [1800]. [Freitag]

Gestern, theuerster Freund, kam ich erst von einer Reise nach Freyberg und Dresden zurück – und also erhielt ich Deinen Brief spät. Ich freue mich, daß ihr meiner gedenkt und wäre gern längst zu euch gekommen, wenn tausend Zerstreuungen und Geschäfte es erlaubt hätten. Die liebe Ernsten habe ich einige Augenblicke gesehn und bin sehr glücklich gewesen so manches mit ihr geschwisterlich zu besprechen. Sie kommt nun bald und wird sichs hoffentlich einige Tage hier gefallen lassen. Schon in Freyberg erhielt ich durch Steffens die unangenehme Nachricht von Tieks Kranckheit. Ich habe den herzlichsten Antheil an diesem widrigen Schicksal genommen. Ich freue mich Seinetwegen auf Frühjahr mit seinen kräftigen Essenzen in tausenderley Gestalt. Der Winter ist nicht für Tiek. Er muß, wenn das nicht zu heben wäre, schlechthin in ein südlicheres Clima.

Grüße diesen lieben Menschen und seine Frau auf das zärtlichste und brüderlichste von mir. Ich liebe sie unaussprechlich.

Euer Fleiß und Eure Idee mit dem Athenaeum ist mir lieb. Ich gebe euch die Lieder gern in dies Stück der Versöhnung. Deine Terzinen reitzen meine volle Neugierde. Schade, daß ich nichts von der Lucinde höre. Ich lege Dir einen Brief bey, der doch ein kleines Gegengewicht in der Wage der öffentlichen Meynung über euch ist – ob ich gleich so wenig aus dem Pro, als contra, in diesem Fall mache. Die Kritik der Musenallmanache und die Comoedie gegen Kotzebue werdet ihr wohl schon kennen. Ich habe nur von beyden reden hören. Sternbald und Genoveva erscheinen doch wohl noch Ostern? Meinen Liedern gebt die Aufschrift:

Probe eines neuen, geistlichen Gesangbuchs.

Außerdem schick ich euch noch ein langes Gedicht – vielleicht paßt es euch zu eurem Plan. Die Europa schikt mir wieder – ich habe eine andre Idee damit – Sie kann mit einigen Veränderungen zu einigen andern öffentlichen Reden kommen, und mit diesen besonders gedruckt werden. Die Beredsamkeit muß auch gepflegt werden und der Stoff ist herrlich, z. B. Reden an Buonaparte, an die Fürsten, ans europaeische Volk, für die Poesie, gegen die Moral, an das neue Jahrhundert.

Das Neueste von mir ist ein bald fertiger *Roman* –

Heinrich von Afterdingen.

Wenn nicht alles entgegen ist, so kommt er schon Ostern. Sobald ich fertig bin, erhältst Du ihn im M[anu]sc[ri]pte. Ich habe jezt nichts im Kopfe, als Romane, und Lustspiele. Der Lehrling zu Saïs kommt nach der Vollendung des obigen R[omans] sogleich in die Arbeit. Lieder füllen einzelne Nebenstunden aus, und die Reden sind für den Sommer zur Unterbrechung des Romantischen bestimmt. Zu einem geistlichen Journal sammle ich bis Michaëlis Stoff. Ich bin mit Arbeiten überhäuft – da ich noch

Theil an einem technischen Journal in Freyberg nehmen soll. Indeß bin ich heiter und rüstig und habe keinen andern Wunsch, als Julien bald zu besitzen und gesund zu seyn, um meine Zeit so gut und ruhig, als möglich, benutzen zu können. Ich würde sehr erfreut seyn, wenn Du und Tiek und Wilhelm mich auf einige Tage in Kösen besuchen wolltet. Nur müßt ich es vorher wissen. Wir könnten dort einige höchstangenehme Tage zubringen.

Warum der Widerborst nicht gedruckt werden soll, kann ich nicht recht einsehn. Der Atheïsm müßt es seyn? aber denkt doch nur an die Götter Griechenlands? Schade wärs – seine Unverständlichkeit ist nur eine Unverständlichkeit für geistlose Menschen – sonst ist er sehr faßlich – im Gegentheil scheint er mir ausnehmend *klar* zu seyn – Es ist euch noch nicht klarers entwischt. Wilhelm antwort ich nicht besonders – dieser Brief ist auch an ihn. Ihr seyd ein einziges, untheilbares Wesen – völlig, wie die Brüder im ersten Theil des Dschinnistan. Wenn ich heute toll untereinander geschrieben habe, so wundre Dich nicht – nach meiner Abwesenheit hab ich so manche Geschäfte vorgefunden, die mich alle nach verschiednen Seiten ziehn und mich zerstreun. Grüße die ganze poëtische Familie und behalte lieb

Deinen

Freund Hardenberg.

Carl grüßt euch herzlich.

Nota: Das Gedicht kommt erst nächsten Posttag, aber dann gewiß.

123. Novalis an Dietrich von Miltitz in Siebeneichen

Weißenfels: d[en] 31ten Jänner [1800]. [Freitag]

Recht glücklich bin ich hierher zurückgekommen und danke Dir herzlich für Deine gütige Beförderung meiner Rückreise. Die Reithosen folgen anbey zurück. Alles war so ziemlich wohl und munter. Antons Begleitung war mir lieb, weil ich Gelegenheit fand manches Wort zur rechten Zeit anzubringen. Er scheint mir krank zu seyn – Sein Gemüth ist auf eine krampfhafte Weise in Bewegung. Er ist mit allem unzufrieden und durchaus unthäthig

– dabei voll Einbildung, Empfindlichkeit und Praetension. Ich vermuthe, daß seine neuliche Krankheit Folge und Ursache einer krankhaften Richtung und Stimmung seiner Gemüthskräfte und seiner Lebenskräfte zugleich ist. Das Frühjahr, die Motion, und eine angestrengte Beschäftigung wird ihn kuriren. Zu der leztern hab ich ihn vorzüglich mit Eyfer ermahnt. Ich bitte Dich mir zuweilen von ihm Nachrichten zu geben. Es wird Dir nicht fehlen können, leicht Erkundigungen von ihm einzuziehn; auch scheinst Du, außer *Brachmann,* der einzige Sterbliche, dessen Gegenwart ihn tröstet und zu dem er Zutraun zu haben scheint.

Eine andre Angelegenheit, deren Wichtigkeit mir Muth macht, dich damit bekannt zu machen und von Dir Hülfe zu erwarten, enthält beyfolgender Brief. Ich füge zu dem herzlichen Inhalte desselben nur folgende Bemerkungen hinzu. Der Bittende [J. W. Ritter] ist von Geist und Herz der herrlichste Mensch von der Welt. Der ganze Vortrag seines Wunsches wird Dich rühren und Zutraun zu ihm einflößen. Du kannst mit dieser kleinen Summe, die ich im Nothfall Dir gewähren will, einen der edelsten Menschen, einen Menschen, dessen Studien unendliche Ausbeute versprechen, auf seine Lebenszeit glücklich machen. Du siehst alles aus dem Briefe und ich überlasse es ganz Deiner Empfindung. Warum ich nichts thun kann, das siehst Du wohl selbst in meiner jezigen Lage; aber so viel ist gewiß, daß ich nie mehr gewünscht habe, reicher zu seyn, mich nie mehr gefreut habe, wohldenkende und wohlhabende Freunde zu besitzen, als jezt bey dieser Gelegenheit, da ich so ganz von der Wohlthätigkeit der Erfüllung dieses Wunsches durchdrungen bin. Vor meine Brüder würd ich nicht mit derselben Innigkeit bitten, weil ich nicht mit der Zuversicht einer wahrhaft guten Anwendung bitten könnte. Ein Mensch aber, der 3 Jahre mit 200 rthl. auskommt, sich Maschinen und Bücher anschafft und die wichtigsten Entdeckungen macht, dabei den kindlichsten, unverdorbensten Character hat, der verdient gewiß jede Vorbitte, jede Aufmerksamkeit und Unterstützung.

Ich will mich gern von Dir diesmal für zudringlich halten lassen – ich weiß, ich bitte diesmal für eine gute Sache. Deine Antwort macht mich hoffentlich sehr glücklich, und erhält den

Wissenschaften und seinen Freunden den herrlichsten Menschen.

Lebe wohl

Dein treuer
Freund und Vetter
Hardenberg.

124. Novalis an Dietrich von Miltitz in Siebeneichen

Weißenfels: den 12ten Febr[uar] 1800. [Mittwoch]

Du erhältst hier Deine Beinkleider zurück, die, ohne mein Vorwissen, durch ein Mißverständniß liegen geblieben waren. Verzeihe ja diese Nachlässigkeit und habe tausend Dank für die überschickten 60 rthl. Die Obligation werd ich Dir bald auch überschicken. Du hast mir eine außerordentliche Freude damit gemacht. Nie sind mir 60 rthl. so lieb gewesen – ich schäme mich vor Rittern, denn wie oft hab ich 60 rthl. verwandt, ohne sie so angelegt zu haben, wie Ritter. Ich weiß, daß er auf seine Lebenszeit vielleicht dadurch glücklich wird, daß er der edelste und hoffnungsvollste Mensch ist und daß Du Dich gewiß einmal herzlich über diese Freygebigkeit freun und finden wirst, sie nie besser placirt zu haben. Kannst Du ihm, ohne Unbequemlichkeit, den Rest auch noch geben, so werd ich doppelt glücklich seyn. Wenn ich nicht so fest von der Verdienstlichkeit und Wohlthätigkeit der Gewährung dieser Bitte, so fest und innig, überzeugt gewesen wäre, so kannst Du mir zutrauen, daß ich nicht das Heer der Supplicanten um Dich vermehrt haben würde; aber so glaubt ich alle Bedenklichkeiten überwinden zu müssen – Gern hätt ich es auf mich genommen, wenn bis jezt dies auf irgendeine Weise möglich wäre.

Habe Du nochmals den wärmsten Dank, in meinem und Ritters Namen. Die Idee zu Dir zu gehn hab ich mit guten Bedacht nicht bei Rittern rege gemacht, weil ich Dir damit eine schwierigere Last aufgebürdet hätte, und Du den armen Abbé [Blanchard] noch hast, den ich doch aus einer sehr sorgenfreyen Lage zu verdrängen Bedenken trug. Er kann im Grunde Dir auch nützlicher seyn, als der philosophische, dunkle Ritter, da Du die Physik nicht wie ein Gelehrter von Profession treiben willst.

Lebe wohl, theuerster Freund. Mit bleibender Herzlichkeit

Dein

Freund und Vetter

Hardenberg.

125. Novalis an den Kreisamtmann Just in Tennstedt

[Weißenfels, im Februar 1800.]

Die Philosophie ruht jetzt bey mir nur im Bücherschranke. Ich bin froh, daß ich durch diese Spitzberge der reinen Vernunft durch bin, und wieder im bunten erquickenden Lande der Sinne mit Leib und Seele wohne. Die Erinnerung an die ausgestandenen Mühseligkeiten macht mich froh. Es gehört in die Lehrjahre der Bildung. Uebung des Scharfsinns und der Reflexion sind unentbehrlich – Man muß nur nicht über die Grammatik die Autoren vergessen; über das Spiel mit Buchstaben die bezeichneten Größen. Man kann die Philosophie hochschäzzen, ohne sie zur Hausverwalterin zu haben, und einzig von ihr zu leben. Mathematik allein wird keinen Soldaten und Mechaniker, Philosophie allein keinen Menschen machen.

126. Novalis an Ludwig Tieck in Jena

[Weißenfels, 23. Februar 1800. Sonntag]

Es thut mir herzlich leid, daß Du noch immer Dein Kniereißen nicht los bist. Hoffentlich hast Du alles gebraucht, was in solchen Fällen versucht wird – als warme Bäder, Bandagen von Wachstaffent, Elektricität, Guajac und Tafia, Säuren und Mercurialmittel. Gern hätt ich Dich besucht – aber bis jezt war es nicht möglich – Du mußt im Frühjahr nach Toeplitz gehn, wenn es sich nicht verliert. Ich kann mir denken, daß Du sehr gelitten hast – Mich wundert, daß Du dabey so heitern Sinns geblieben bist, um so schöne Sachen auszudenken. Ich höre, daß Du eine wundersame Melusine gedichtet hast. Auf alles bin ich gespannt – besonders auch auf Dein Gedicht über Böhme. Fridrich [Schlegel] verharrt in Müßiggange und hat nichts, als einige Gedichte, von denen ich mehr zu wissen wünschte, zu stande gebracht. Du hast Dich mit Wilhelm zum gemeinschaftlichen Angriff des Cervantes verbunden, welches eine angenehme Aussicht eröffnet. Ich bin würcklich sehr fleißig – Wenn Du die mannichfaltigen Zerstreuungen, Zeitverluste und Geschäfte meines Berufs kenntest, so würdest Du mir ein gutes Lob ertheilen, daß ich soviel nebenbey gemacht habe. Mein Roman ist im vollen Gange. 12 gedruckte Bogen sind ohngefähr fertig. Der ganze Plan ruht ziemlich ausgeführt in meinem Kopfe. Es werden 2 Bände werden – der Erste ist in 3 Wochen hoffentlich fertig. Er enthält die Andeutungen und das Fußgestell des 2ten Theils. Das Ganze soll eine Apotheose der Poësie seyn. Heinrich von Afterdingen wird im 1sten Theile zum Dichter reif – und im Zweyten, als Dichter verklärt. Er wird mancherley Aehnlichkeiten mit dem Sternbald haben – nur nicht die Leichtigkeit. Doch wird dieser Mangel vielleicht dem Inhalt nicht ungünstig. Es ist ein erster Versuch in jeder Hinsicht – die erste Frucht der bey mir wieder erwachten Poësie, um deren Erstehung Deine Bekanntschaft das größeste Verdienst hat. Unter Speculanten war ich ganz Speculation geworden. Es sind einige Lieder drinn, nach meiner Art. Ich gefalle mich sehr in der eigentlichen Romanze.

Ich werde mannichfachen Nutzen von meinem Roman haben – der Kopf wimmelt mir von Ideen zu Romanen und Lustspielen. Sollt ich Dich bald sehn, so bring ich eine Erzählung und ein Märchen aus meinem Roman zur Probe mit.

Jacob Böhm les ich jezt im Zusammenhange, und fange ihn an zu verstehn, wie er verstanden werden muß. Man sieht durchaus in ihm den gewaltigen Frühling mit seinen quellenden, treibenden, bildenden und mischenden Kräften, die von innen heraus die Welt gebären – Ein ächtes Chaos voll dunkler Begier und wunderbaren Leben – einen wahren, auseinandergehenden Microcosmus. Es ist mir sehr lieb ihn durch Dich kennen gelernt zu haben – Um so besser ist es, daß die Lehrlinge ruhn – die jezt auf eine ganz andre Art erscheinen sollen – Es soll ein ächtsinnbildlicher, Naturroman werden. Erst muß Heinrich fertig seyn – Eins nach den Andern, sonst wird nichts fertig. Darum sind auch die

Predigten liegen geblieben und ich denke sie sollen nichts verlieren. Wenn die Litt[eratur] Zeit[ung] nicht so jämmerlich wäre, so hätt ich Lust gehabt eine Recension von Wilh[elm] Meist[ers] L[ehrjahren] einzuschicken – die freylich das völlige Gegenstück zu Fridrichs Aufsatze seyn würde. Soviel ich auch aus Meister gelernt habe und noch lerne, so odiös ist doch im Grunde das ganze Buch. Ich habe die ganze Recension im Kopfe – Es ist ein Candide gegen die Poësie – ein nobilitirter Roman. Man weiß nicht wer schlechter wegkömmt – die Poësie oder der Adel, jene weil er sie zum Adel, dieser, weil er ihn zur Poësie rechnet. Mit Stroh und Läppchen ist der Garten der Poësie nachgemacht. Anstatt die Comoediantinnen zu Musen zu machen, werden die Musen zu Comoediantinnen gemacht. Es ist mir unbegreiflich, wie ich so lange habe blind seyn können. Der Verstand ist darinn, wie ein naïver Teufel. Das Buch ist unendlich merckwürdig – aber man freut sich doch herzlich, wenn man von der ängstlichen Peinlichkeit des 4ten Theils erlößt und zum Schluß gekommen ist. Welche heitre Fröhlichkeit herrscht nicht dagegen in Böhm, und diese ists doch allein, in der wir leben, wie der Fisch im Wasser – Ich wollte noch viel darüber sagen, denn es ist mir alles so klar und ich sehe so deutlich die große Kunst, mit der die Poësie durch sich selbst im Meister vernichtet wird – und während sie im Hintergrunde scheitert, die Oeconomie sicher auf festen Grund und Boden mit ihren Freunden sich gütlich thut, und Achselzuckend nach dem Meere sieht.

Mein Bruder grüßt Dich herzlich – auch meine Eltern und Sidonie nehmen den wärmsten Antheil an Deinen Widerwärtigkeiten, und lassen euch freundschaftlich grüßen. Wegen meiner Lieder hast Du nicht ganz Unrecht. Fridrichen sage, daß es gut sey, wenn er das Wort Hymnen wegließe. Über das Gedicht selbst mündlich mehr. Grüße die ... gern das Frühjahr zu unserer Zusammenkunft erwarte – entschuldige mich, daß ich nicht selbst Fridrichen ...

127. Novalis an den Bruder Anton in Dresden

Dürrenberg: den 6ten März [1800]. [Donnerstag]

Gestern Mittag erhielt unser guter Vater eine Estafette mit der traurigen Nachricht, daß unser Onkel in Lucklum am 4ten Vormittags an einer Lungenentzündung im 72sten Jahre seines Alters, nach einer Kranckheit von 3 Tagen, gestorben sey. Der gute Vater leidet einen unersezlichen Verlust und viele Menschen werden ihn schmerzlich vermissen. Auch meines Vaters häusliche Umstände werden es sehr empfinden. Dieser Todesfall ist für uns alle eine Aufforderung näher uns an den Vater anzuschließen und ihm seine Lage durch Klugheit, Theilnahme, Einigkeit und rechtliche Aufführung zu erleichtern – und nicht durch das Gegentheil sein uns so kostbares Leben mit zu verkürzen. Lebe wohl – bester Bruder – Carl grüßt Dich herzlich – Mit der wärmsten Zärtlichkeit Dein treuer Bruder

Fritz.

128. Novalis an Professor Abraham Gottlob Werner in Freiberg

Weißenfels: den 24sten März. 1800. [Montag]

Gern hätt' ich Ihnen längst, verehrungswürdigster Lehrer und Freund, Nachricht von mir gegeben, Ihnen herzlich für die vielfache Freundschaft, mit der Sie mich bey meinem lezten Aufenthalt in Freyberg aufnahmen, gedankt, und Sie nach Ihrer Gesundheit gefragt, wenn ich nicht zeither durch mannichfaltige Beschäftigungen und Reisen auf die Salinen, sowie durch langes Warten auf einige Merckwürdigkeiten, die ich ihnen jezt in beyfolgender Kiste zu überschicken die Ehre habe, daran verhindert worden wäre. Wie würd' es mich freuen, wenn ich hörte, daß Ihre Gesundheit die feindlichen Einflüsse der bisherigen Witterung nicht verspürt, und keine Indisposition Sie in Ihren wolthätigen Beschäftigungen gestört hätte. Julien Charpentier ist bisher so gut gewesen und hat mir von Zeit zu Zeit Nachrichten von Ihnen mitgetheilt. Sie weiß, wie zärtlich ich Sie verehre und theilt meine Dankbarkeit und Anhänglichkeit gegen Sie mit mir. Was könnt ich mir, nach dem Besitze dieses lieben Mädchens wünschen, als eine Lage, die mich Ihnen näher brachte. Ich habe oft gedacht, daß ich in Ihrer Gesellschaft ein weit anziehenderes Leben führen würde, und wünschte zuweilen dem Herrn von Weiß eine gute Versorgung, um vielleicht an seine Stelle kommen zu können. Jezt muß ich mich begnügen Sie zuweilen zu besuchen und zu wissen, daß Ihnen meine Anhänglichkeit lieb ist. Ich schicke Ihnen hier einige Versteinerungen aus meiner Sammlung und Elephantenzähne aus der hiesigen Gegend: der Domherr Witzleben hat mir dieselben für Sie abgetreten. Nur der Große, wohlconservirte Zahn ist von einem Mann hier aus der Stadt, der ein Curiosus Naturae ist und dem ich einige Freyberger Mineralien dafür habe versprechen müssen. Wollen Sie ihm einige schikken, was ein bischen in die Augen fällt, so wird er zufrieden seyn. Herder wird wohl so gefällig seyn und die Zusendung besorgen. Alles was ich hinführo auftreiben kann soll Ihnen zu Diensten stehn. Ich freue mich aufs Frühjahr, um wieder mit Geognosie mich beschäftigen zu können. Ich lese, soviel als ich auftreiben kann Gegendenbeschreibungen, um Data zur geognostischen Geografie zu sammeln. Wie oft hab ich mich hier schon nach Ihren Grundsätzen orientiren können und allerhand Unrichtigkeiten verbessern. Man lernt allmälich auch schlechte Beobachtungen benutzen. Gern möcht ich einmal mit Ihnen über den eigentlichen Begriff der aufgeschwemmten Gebürge reden; und sie um die Verschiedenheiten der Flötztrapp Kohle und unsrer bituminösen Holzerdenlager befragen. Mir schien es zuweilen, als könnten hier bey uns nur Localursachen und Effecte den Niederschlag der Trappformation auf die Kohlenlagerstätte verhindert oder zerstört haben, und Schuld gewesen seyn, daß diese Kohlen nicht durchgängig die Festigkeit erlangt, die die Trappkohle hat. Unterm Meißner kommt bituminöses Holz, wie zu Artern und Riestädt vor, sowie dagegen in Artern an einigen Orten die bituminöse Holzerde deutlich in Pech und Glanzkohle übergeht, wenigstens in Erstere. Mein Aufsatz über unsere Erdkohlenlager wird in kurzen mit dem Berichte abgehn – ich habe mich darinn nach Ihrer Meynung gerichtet und auf Vollständigkeit nicht gesehn, mich auf die künftigen geognostischen Specialuntersuchungen bezogen, und dagegen das Bergmännische und Oeconomische etwas umständlicher abgehandelt.

Ich vermag noch nicht zu bestimmen, ob ich zu Ostern das Vergnügen haben kann Sie zu sehn. Sollte die Witterung günstig werden und keine unvermuthete Abhaltung eintreten, so wär ich gleich nach der Ostermesse bereit die geognostische Untersuchung vorzunehmen und dann käm ich auf jeden Fall vorher zu Ihnen, um meine Instructionen und meinen Gefährten abzuholen, und mich von Ihnen noch über manchen Punct belehren lassen.

Bey unsern Salinen ist durch den harten Winter, die schlechte Gradirwitterung und die Erschöpfung der Vorräthe im vorigen Jahre, ein abermaliger Salzmangel eingetreten, der uns viele Beschwerden veranlaßt hat. Ich arbeite jezt an dem Hauptberichte, nach einem neuen Entwurfe, und bin rüstig und gesund. Mein Vater hat durch den Tod seines Bruders viel gelitten – Er liebte ihn, wie seinen Vater und frug ihn über alles um Rath. Er war ein edler wackrer Mann, und ich beklage ihn herzlich, ohnerachtet seine Vorurtheile meinen Neigungen im Wege standen und mich viel geängstigt haben, denn er war meinem Vater unentbehrlich, und ich habe ihm viel zu verdanken gehabt. Unser Bergrath Senf ist mit einer Menge neuer Projecte beschäftigt, einer neuen Art von Kästen zum Sonnensalzsieden, einer neuen Art von Gradirung an Strohmatten, statt der Dornen, einer andern Formanstalt der Erdkohlen etc. Er gleicht ganz Menden, und mein Vater hat viel Geduld und kaltes Blut nöthig.

Wegen der Annalen der Bergbaukunde habe ich mich nach einem Verleger erkundigt. Da Sie wünschten, daß es ein naher und inländischer Buchhändler seyn möchte, so hab ich in Leipzig mich umgesehn, und es hat der Buchhändler Grieshammer gegen mich sich bereitwillig erklärt, mit Ihnen in Unterhandlungen zu treten. Ich habe ihm gleich gesagt, daß unter 2 L[ouis]dor für den Bogen nicht daran zu denken wäre, und es hängt also nun von Ihrem Befehl ab, ob Grieshammer an Sie schreiben und Ihnen seine Vorschläge eröffnen soll. Er schien die Herausgabe in Vierteljährigen Bänden vortheilhafter zu finden. Ich habe ihn gänzlich über alle diese Puncte an Sie gewiesen. Meine Theilnahme wird ganz von Ihrem Willen abhängen und ich bitte Sie nur, mir in Zeiten einen Wink zu geben, wenn Sie einen Aufsatz zu haben wünschten. ... Es ist zu wünschen, daß er Sie beherzigt. Mit der innigsten Verehrung verharre ich Ihr

gehorsamer Schüler und Freund FvHardenberg

129. Novalis an den Bruder Karl in Lützen

[Weißenfels, Ende März 1800.]

Freund, ich habe theils corrigirt theils blos angestrichen. Dein poëtisches Gefühl wird Dir schon sagen, was anstößig ist.

Die fatalen m's. Gewöhne Dir ja diesen Auswuchs ab.

In Gedichten vermeide Wortklang.

In der Prosa werde voller, gedrängter.

In den Gedanken originell, wunderlich, neu.

In der Composition, wie in den Gedanken.

Ja keine Nachahmung der Natur. Die Poësie ist durchaus das Gegentheil. Höchstens kann die Nachahmung der Natur, der Wircklichkeit nur allegorisch, oder im Gegensatz, oder des tragischen und lustigen Effects wegen hin und wieder gebraucht werden.

Alles muß *poëtisch* seyn.

130. Novalis an Ludwig Tieck in Jena

Weißenfels. Den 5ten April. [1800]. [Sonnabend]

Nur einige Zeilen heute, lieber Tiek. Deine Idee mit Severin ist vergeblich – denn er hat kein Geld – doch hab ich ihn auf jeden Fall sondirt, aber er sagte mir, daß er gar nichts unternehmen könne.

Sollte denn Dein Schwager nicht die Oper am füglichsten übernehmen können. Er kann den meisten Profit daraus ziehn, wenn er sie komponirt.

Mein Buchhändler Grieshammer hat auch kein Geld, und Göschen ist ein Narr, der auch noch überdem einen Groll gegen

Dich hat, und selbst die Flügel einziehn muß. Doch Du kennst ja mehr Buchhändler, als ich, und hast mit vielen schon in Connexion gestanden, die für Sie nicht unvortheilhaft gewesen ist. Du kannst Dir auf alle Weise besser rathen, als ich. Meine Geschäfte haben mir noch nicht erlaubt, die Reisen zu machen, auf denen ich Gelegenheit finden könnte Dir zu helfen. Sobald ich nur wegkommen kann will ich fort. Indeß verlasse Dich nicht auf meine Spekulationen. Mancherley Umstände können mir in den Weg treten und es den Männern, an die ich mich wenden will, vor der Hand unmöglich machen, meinen Wunsch zu befriedigen. Ich will auch noch einen Mann zu Rathe ziehn, der mehr Menschen kennt und vielleicht eine gute Gelegenheit weis.

Das Schlimmste, lieber Tiek, ist, daß Du keinen bestimmten Aufenthalt hast. Du könntest viel leichter Geld kriegen, wenn Du an einem Ort einheimisch wärst und mit vielen Leuten auf einem vertraulichen Fuße. Sähen Sie dann Deine genaueingerichtete Wirthschaft und Du hättest Geldbedürfnisse, so würden Sie Dir ohne große Umstände borgen. Aber so steht es nicht zu ändern, daß die Meisten nicht dran wollen, einem Unbekannten, einem Schriftsteller, ohne festes Einkommen, auf sein bloßes Wort etwas vorzuschießen. Es ist dies eine Unbequemlichkeit Deiner Lebensart, die schwer zu vermeiden ist. Ich versichre, wenn Du nur eine kleine Stelle hättest, so wüßt ich eine Menge Leute, die Dir Kredit geben würden, aber so darf ich nicht dran denken. Wenn ich zu Dir komme, welches bald geschehn wird, wollen wir weitläuftiger darüber sprechen, vielleicht, daß uns dann noch ein guter Rath beyfällt. Ich denke mit der Ernsten euch zu besuchen, die diese Woche hoffentlich hierdurch geht.

Fertig bin ich mit dem ersten Theile meines Romans. Ich laß ihn eben abschreiben und bring ihn mit. Es ist mir lieb einen Anfang mit der Ausführung einer größern Idee gemacht zu haben – Ich habe viele Jahre nicht daran gekonnt einen größern Plan mit Geduld auszuführen, und nun seh ich mit Vergnügen diese Schwierigkeit hinter mir. Eignes Arbeiten bildet in der That mehr, als widerholtes Lesen. Beym Selbstangriff findet man erst die eigentlichen Schwierigkeiten und lernt die Kunst schätzen. Der bloße Liebhaber wird nothwendig unendlich viel übersehn, und nur das Gemüth des Werks allenfalls richtig beurtheilen können. Deine Schriften sind mir seitdem viel lehrreicher geworden, und ich lese sie nie, ohne neuen Genuß und neue Entdekkungen. Am Schluß hab ich ein Märchen eingeschaltet, das mir vorzügliche Freude gewährt hat. Es sollte mich recht freuen, wenn es Dir gefiele.

Mein Bruder [Karl] ist recht fleißig und es rührt sich in ihm unser gemeinschaftliches Band, die Poësie. Er dichtet und schreibt, und wie mich dünkt, nicht ohne Hoffnungen. Er hat in kurzer Zeit viele Schwierigkeiten der ersten Versuche überwunden und seine Versification bildet sich immer mehr. Ich habe ihn gebeten nur ämsig fortzufahren und sich von den Fehlern der ersten Versuche nicht abschrecken zu lassen. Er muß sich nachgerade von dem Einfluß seiner Lieblingsmuster losmachen lernen. Man lernt nur nach gerade ohne Hülfe gehn und es ist gut, wenn die Muster auch ihren eignen poëtischen Gang gehn. Du bist ihm noch hinderlich – Er hat sich in Dich hineingelesen und nun wird alles tieckisch. Ich suche ihn Dir mit guter Manier abwendig zu machen – Kann er erst selbst gehn, so mag er immer in Deine Fußtapfen treten. Es freut mich sein Eyfer, der ihm gewiß belohnt wird und ich sehe ihn gern in eine Beschäftigung vertieft, die auf alle Weise zur Reife befördert, und den anmuthigsten Lebensgenuß gewährt. Lebe wohl. Empfiehl uns Deiner Frau. Sidonie ist krank, indeß scheint es nicht von Bedeutung.

Dein

Freund Hardenberg.

131. Novalis an Friedrich Schlegel in Jena

Weißenfels: den 5ten April. [1800]. [Sonnabend]

Ich habe mit Fleis lange geschwiegen. Die ganze Zeit bin ich viel beschäftigt gewesen, und erst seit einigen Tagen hab ich den ersten Theil meines Romans zu Ende bringen können. Noch hab ich manche Geschäftsarbeiten, indeß in 8–14 Tagen bin ich auch damit zu einem Ruhepuncte gelangt. Sobald mein Roman ins Reine geschrieben ist, welches ohngefähr in 8 Tagen seyn wird, so schick ich ihn gleich zu euch. Es sollte mich innig freuen, wenn ihr an diesem ersten Versuche Gefallen fändet. Er wird gedruckt ohngefähr 20–22 Bogen stark werden – doch muß ich erst wissen, ob ihr euer Approbatur darunter sezt. Der Plan ist deutlich genug hingelegt, und der Stoff ein sehr günstiger Stoff. Die Wahl ist geglückt – über die Ausführung mag ich nichts sagen, weil man sich leicht in eine fehlerhafte Ansicht verlieren kann. Der vollständige Titel ist:

Heinrich von Afterdingen.
Ein Roman
von
Novalis.
Erster Theil.
Die Erwartung.

Es sollte mir lieb seyn, wenn ihr Roman und Märchen in einer glücklichen Mischung zu bemerken glaubtet, und der erste Theil euch eine noch innigere Mischung im 2ten Theile profezeyhte. Der Roman soll allmälich in Märchen übergehn. Es sind einige Lieder drinn, die ich euch mit einiger Gewisheit schon vorlegen kann. Am Neugierigsten bin ich auf euer Urtheil vom Schlusse des ersten Theils.

Doch ich will aufhören. Die Ernsten erwarte ich in künftiger Woche. Vielleicht kann ich sie begleiten und euch selbst den Roman mitbringen.

Warum hast Du mir denn keine Gedichte geschickt? Ich bin äußerst begierig etwas von Dir zu lesen. Tiek hat mir viel Wunderbares davon geschrieben. Es hat mich lange nach einem Geistesgenuß nicht so verlangt, wie nach Deinen Gedichten. Du würdest Sie mir aus Freundschaft schicken, wenn Du wüßtest, wie kümmerlich ich nur von eignen Fette zehren muß. Außer meinem Bruder, den ich doch selten genug sehe, kann ich mit keinem Menschen von meinen Lieblings Beschäftigungen reden. Da seyd ihr besser dran. Tiek hat mir auch viel Schönes von Wilhelms Arbeiten geschrieben. Seine Gedichte wünsch ich recht bald zu haben – Im Stillen hoff ich Sie erst recht kennen zu lernen und zu genießen. Sein Urtheil über meine Sachen bitt ich mir von ihm ausdrücklich von dem Deinigen separirt aus – Deins ist allemal eigenthümlich – das Seinige historisch und allgemein. Die Schwägerinn hat sich gewiß mit müßigen Anschaun begnügt. Außer einer gemüthlichen Kritik darf man nichts von ihr erwarten.

Tiek ist fleißig gewesen, fleißiger gewiß, wie Du, trotz seiner Krankheit – denn die Lucinde ist wohl noch nicht fertig. Doch hat er mir nicht geschrieben, ob der Sternbald fertig ist.

Auf die Ernsten freu ich mich sehr, und meine Eltern auch. Wie herrlich wär es, wenn ich sie begleiten könnte. Wir wollten einige köstliche Tage verleben. Wie wirds denn diesen Sommer mit eurem Aufenthalte?

Mit mir nimmts hoffentlich bald ein fröliches Ende. Zu Johannis denk ich im Paradiese zu seyn.

Grüße alle Deine Lieben – auch Schelling und schicke mir einige Deiner Gedichte.

Dein

Freund

Hardenberg.

132. Novalis an den Kurfürsten Friedrich August III. von Sachsen in Dresden

[Weißenfels, 10. April 1800. Donnerstag]

Durchlauchtigster Kurfürst

Gnädigster Herr!

Im vorigen Jahr geruhten Ew. Churfürstl. Durchl. mich, als Assessor bey der Local Salinendirection, gnädigst anzustellen. Wenn nun diese höchste Gnade mich zu den lebhaftesten Diensteyfer aufmuntert, so lege ich Ew. Churfürstl. Durchl. ein unterthänigstes Gesuch zu Füßen, dessen höchste Gewährung meinen Geschäftskreis erweitern und mir noch mehr Gelegenheit geben würde, meine Kräfte dem glücklichen Dienste Ew. Churfürstl. Durchlaucht zu widmen.

Es ist die durch den eben gnädigst ernannten Geheimen Finanzrath von Witzleben erledigte Amtshauptmannstelle um deren gnädigste Conferierung Ew. Churfürstl. Durchl. ehrfurchtsvoll ich zu bitten wage. Die damit zeither combinirten Aemter liegen in dem Bezirk meiner gegenwärtigen Geschäftsreisen, und würden mich also nicht von meinem jetzigen Beruf entfernen. – Vorzüglich bequem läge mir der Frankfurter Chauseebau, den der nunmehrige Geheime Finanzrath von Witzleben vermittelst höchsten Special Auftrags zu versehen hatte, und dessen Führung den gegenwärtigen Amtshauptleuten durch die Abgelegenheit ihrer Wohnorte sehr erschwert werden würde. – Der Weg nach Mertendorf führt mich über den jetzt im Bau befangenen Tractum, und die weitere Fortsetzung dürfte der Saline Kösen durch Gewinnung einer immer gangbaren und bequemern Kohlenstraße sehr wichtig werden. – Unter diesen Umständen, und da meinem Mangel an Erfahrung in diesem Fach die praktische Einsicht meines Vaters zu Hülfe kommen wird, habe ich geglaubt meinen innigen Wunsch Ew. Churfürstl. Durchl. zu dienen und besonders in den Angelegenheiten einer theuren vaterländischen Provinz, in diesem unterthänigsten Gesuch Höchstdero Ermessen ehrfurchtsvoll unterwerfen zu dürfen, und verharre in tiefster Devotion

Weißenfels, Ew. Churfürstl. Durchl.
den 10ten April unterthänigster, treugehorsamster
1800. Georg Philipp Fridrich von Hardenberg.

133. Novalis an Friedrich Schlegel in Jena

Weißenfels: den 18ten Junius. [1800]. [Mittwoch]

Seit vorgestern bin ich erst wieder hier – daher so spät die Antwort. Heute nur in Eil, daß ihr mir herzlich auf den Freytag oder Sonnabend willkommen seyd, besonders da ich gerade jezt zu Hause seyn kann, indem ich späterhin wieder verreise. Mündlich mehr. Grüße Wilhelm herzlich, und Tieks, sowie Ritter. Deinen Tadel fühl' ich völlig – diese Ungeschicklichkeit in Übergängen, diese Schwerfälligkeit in der Behandlung des wandelnden und bewegten Lebens ist meine Hauptschwierigkeit. Geschmeidige Prosa ist mein frommer Wunsch. Der 2te Theil wird der Commentar des Ersten. Die Antipathie gegen Licht und Schatten, die Sehnsucht nach klaren, heißen, durchdringenden Aether, das *Unbekannt Heilige*, die Vesta, in Sofieen, die Vermischung des Romantischen aller Zeiten, der Petrificirende und Petrificirte Verstand, Arctur, der Zufall, der Geist des Lebens, Einzelne Züge blos, als Arabesken – so betrachte nun mein Märchen. Der 2te Theil wird schon in der Form weit poëtischer, als der Erste. Die Poësie ist nun geboren. Ich freue mich euch zu sehn unbeschreiblich. Alle grüßen euch. Dein

Freund Hardenberg.

134. Novalis an Friedrich Schlegel in Jena

Weißenfels: den 28sten Julius. 1800. [Montag]

Du hast mir eine sehr traurige Nachricht geschrieben. Wilhelm dauert mich am Meisten. Hat ihr Tod einen Zusammenhang mit Karolinens Geschichte? Du schreibst mir nicht deutlich darüber. Auguste [Böhmer] war ein liebes, schönes Mädchen. Die hellen Farben und der schlanke Wuchs kündigten das frühe Hinscheiden wohl an. Sie wäre sehr reitzend geworden. Der Himmel hat sich Ihrer angenommen, da Ihre Mutter sie verließ und ihr Vater sie hingab. Eben auf der Schwelle der Welt mußte sie umkehren. Sie ist einem trüben Schicksal entgangen, und laß ihr uns glückwünschen und uns freuen, daß sie ein reines, jugendliches Andenken von dieser Welt noch mitnahm.

Der Frieden ihrer Seele komm auf Wilhelm. Für die Mutter ist es eine ernste Warnung. Ein solches Kind läßt sich nicht so leicht, wie ein Liebhaber, erhalten. Sie ist nun ganz frey, ganz isolirt. Ich zweifle, daß Sie es so nimmt, wie es zu nehmen wäre. Die Eitelkeit ist ein unsterbliches Kind.

Ich kann, so gern ich auch wollte, jezt nicht zu Dir kommen. In wenig Tagen muß ich in die Gegend von Magdeburg reisen, und dann gleich nach Dresden.

Empfiehl mich an Madame Veit. Dein

Freund

Fridrich vHbg.

135. Novalis an ......

[Weißenfels, Sommer 1800.]

P[ro] M[emoria].

Sie haben die Güte gehabt mir den Voltaire zu überschicken. Würden Sie wol meiner Zudringlichkeit verzeihn, wenn ich Sie auch um die

Oeuvres de Corneille et de Racine

ersuchte. Von beyden sind ähnliche Sujets bearbeitet worden und ich würde Ihnen das Vergnügen einer Vergleichung zu verdanken haben.

Fridrich von Hardenberg.

136. Novalis an den Kurfürsten Friedrich August III. von Sachsen in Dresden (Entwurf)

[Weißenfels, den 4. August 1800. Montag]

Durchlauchtigster Churfürst,

Gnädigster Herr.

Da *Ew. Chur Fürstl. Durchl.* in Gnaden geruht haben mich auf mein unterthänigst beschehenes Ansuchen zur Fertigung eines Speciminis für die Stelle eines Amtshauptmanns im Thüringischen Kreise zu admittiren, welche Höchste Huld ich mit submissesten Dank erkenne, so unterstehe ich mich, in Rücksicht der bey *Höchst Dero Salinen* vorkommenden und mir anvertrauten Geschäfte, Ew. Chur Fürstl. Durchl. unterthänigst zu bitten, mir die Acten, aus denen ich das Specimen bearbeiten soll, gnädigst zufertigen zu lassen, damit ich diese Arbeit, unbeschadet jener Geschäfte, hier vornehmen und beendigen könne. Der ich in Tiefster Ehrfurcht lebenslänglich verharre

Ew. Chur Fürstl. Durchl.

Weißenfels,
den 4ten Aug: 1800.

unterthänigster, treugehorsamster
Georg Fridrich Philipp von Hardenberg.

137. Novalis an den Konferenzminister Christoph Gottlob von Burgsdorff in Dresden (Entwurf)

[Weißenfels, den 4. August 1800. Montag]

Hochgebohrner Herr,
Höchstzuverehrender Conferenzminister,

Wenn ich schon seit meinen frühesten Jahren Ew. Excellenz in jeder Hinsicht innig verehrte, so freue ich mich über den eben erhaltenen speciellen Beweis von Höchstdero gnädigen Gesinnungen gegen mich, die kräftige Unterstützung meines unterthänigsten Gesuchs um die erledigte Amtshauptmannstelle in Thüringen sowie die Auswirkung eines extraordinairen Gehalts, um so mehr, da es mir Anlaß gibt Ew. Excellenz selbst meine wärmste Ehrfurcht und Dankbarkeit unterthänigst zu versichern.

Gern bescheide ich mich, daß Ew. Excellenz vieljährige Freundschaft für meinen Vater und wohlwollende Rücksichten auf seinen treuen und uneigennützigen Diensteyfer mir vorzüglich zu dieser unverdienten Gnadenbezeugung verholfen haben, und ich bin dafür nur desto dankbarer, da mein Vater auf seiner mühseligen Laufbahn so sehr einer frohen Errinnerung an treue, theilnehmende Freunde bedarf.

Der neue, mir bevorstehende Geschäftskreis war von jeher ein Gegenstand meiner lebhaften Wünsche, da ich an Thüringen denjenigen Antheil nehme, den man an einer Provinz nimmt, in der man nicht allein geboren und erzogen worden ist, sondern in der man auch die wärmsten und vorzüglichsten Freunde fand, die glücklichste Zeit seines Lebens zubrachte und den Grund legte, ein brauchbarer und verständiger Mensch und Diener des Staats zu werden.

Auch meine oeconomische Lage sehe ich durch den neuen Gehalt um vieles verbessert und kann nun ruhiger den kommenden Jahren entgegensehn, so daß ich Ew. Excellenz unendlich für diese gnädige Vermehrung und Befestigung meiner Zufriedenheit verpflichtet seyn muß.

Wie sehr wünsche ich den Herrn Sohn Ew. Excellenz, an den mich die wärmste Jugendfreundschaft knüpft, bald in einer Lage zu sehn, die ihm ebenso angenehm und ermunternd ist, wie die

Meinige mir, ein Wunsch, den sein Fleiß und seine Talente gewiß bald zur Erfüllung bringen werden.

Mit dem gerührtesten Herzen empfehle ich mich Ew. Excellenz ferneren Gnade und verharre in tiefster Ehrfurcht

Ew. Excellenz unterthänigster

[Georg Fridrich Philipp von Hardenberg.]

138. Novalis an den Kurfürsten Friedrich August III. von Sachsen in Dresden

[Weißenfels, den 27. August 1800. Mittwoch]

Demnach der Durchlauchtigste Fürst und Herr, Herr Friedrich August, Herzog zu Sachsen und des Heiligen Römischen Reiches Erzmarschall und Churfürst, auch Burggraf zu Magdeburg mein gnädigster Herr, mich Endesbenannten auf mein beschehenes unterthänigstes Ansuchen, zum Assessor bey der Local Salinen Direction gnädigst annehmen und verpflichten mir auch unterm 12ten Juli dieses Jahres deshalb gemeßenste Instruction ausfertigen laßen; Als erkenne ich diese Höchste Gnade nicht nur mit unterthänigstem Danke, sondern verspreche auch darneben, sothaner Instruction in allen Puncten und Clauseln unverbrüchlich nachzuleben, mich auch sonst allenthalben, wie es einem treuen Diener gegen seinen Landes-Fürsten und Herrn eignet und gebühret, gehorsamst zu verhalten.

Urkundlich habe ich diesen Revers eigenhändig unterschrieben und besiegelt von mir gestellt.

So geschehen zu Weißenfels, am 27ten August 1800.

Georg Fridrich Philipp von Hardenberg.

139. Novalis an den Kurfürsten Friedrich August III. von Sachsen in Dresden

[Weißenfels, den 28. September 1800. Sonntag]

Durchlauchtigster Churfürst

Gnädigster Herr!

Ew. Churfürstl. Durchl. haben auf mein unterthänigst beschehenes Supplicium huldreichst geruhet, mir die Acten zur Ausarbeitung der Probeschrift in Rücksicht der Stelle eines Amtshauptmanns im Thüringischen Kreise, an den Ort meines Aufenthalts gnädigst ausantworten zu lassen, und ich unterwerfe nunmehr nach Beendigung meiner Probe-Arbeit dieselbe, unter Beifügung der dazu gehörigen 4. Vol[umina] Actor[um], Act[a] Cam[eralia] No. 92., Act[a] publ[ica] M[artin,] Hermsdorf No. 1., Act[a] Cam[eralia] Amt Frauenstein No. 50. und Act[a] publ[ica] Hermsdorf No. 26., Höchstdero weisester Dijudication in aller Unterthänigkeit, und verharre in tiefster Ehrfurcht

Ew. Churfürstl. Durchl.

Weißenfels.
den 28sten Septbr. unterthänigst treugehorsamster
1800. Georg Fridrich Philipp von Hardenberg.

1. Probeschrift und
4: Stück Acten.

140. Das Salinendirektorium und Novalis an den Baukondukteur Johann Andreas Bischoff in Dürrenberg

[Dürrenberg, den 7. Oktober 1800. Dienstag]

Da bisher immer über die Soolen-Bestände Zweifel eingetreten sind, so haben wir solche bey unsern letzten Aufenthalte auf der Saline Dürrenberg berichtiget, und den Bestand der Soole festgesezt.

Da es hauptsächlich hierbey darauf ankommt, daß keine Soole im Bestande aufgeführt wird, die nicht rein in die Kote ablaufen kann, so muß das Meßen der Soole genau darnach eingerichtet werden, und am Schluß des Monats müßen Sie das Meßen der Soole mit abwarten, und die Bestände nach den verschiedenen Reservoirs jedesmahl attestiren.

Dürrenberg, den 7. Octobr. 1800.

Hardenberg [sen.] Heun Senff Hardenberg [jun.]

141. Novalis an den Kreisamtmann Just in Tennstedt

[Dresden, November 1800.]

Wenn mich nicht körperliche Unruhe verwirrt, welches doch nicht häufig geschieht, so ist mein Gemüth hell und still. Religion ist der große Orient in uns, der selten getrübt wird. Ohne sie wäre ich unglücklich. So vereinigt sich Alles in Einen großen, friedlichen Gedanken, in Einen stillen, ewigen Glauben.

142. Novalis an Ludwig Tieck in Berlin

Dresden: den 1sten Jan[uar] 1801. [Donnerstag]

Dein Brief hat mich herzlich gefreut. Wie lange wär ich Dir zuvorgekommen, wenn nicht seit dem August mich eine langwierige Kranckheit des Unterleibes und der Brust völlig außer Thätigkeit gesezt hätte. Noch währt sie und kann noch lange währen. An Arbeit ist jezt nicht zu denken. Der Winter legt meiner Genesung große Schwierigkeiten in den Weg und ich kann vor dem Sommer und vielleicht dem Gebrauch des Karlsbades auf keine gründliche Besserung hoffen. Ich schlendre so hin. Karl ist mein beständiger Pfleger – Julien ist auch hier und ich habe bis auf Kräfte und Gesundheit alles was mir angenehm seyn kann. In die Zeit meiner Kranckheit haben sich überdies die traurigsten Eräugnisse für meine und Juliens Familie gedrängt; die sich alle auf Kranckheit und Tod beziehn – So daß es eine trübe Zeit gewesen ist. Ich bin meist heiter gewesen.

Deine Bitte wegen Faust wird Ernst vielleicht erfüllen können. Deine Schwägerin und die Ernsten sehn wir am liebsten und häufigsten. Erstere gefällt uns allen sehr. Beyde freun sich unbeschreiblich auf Deine Herkunft. Auch Körner wünscht sehr Dich kennen zu lernen.

Urtheile bitt ich Dich mir jezt zu erlassen. Gearbeitet hab ich gar nichts – aber mich viel mit Poësie in Gedanken und im Lesen beschäftigt. Mündlich könnt ich Dir viel sagen. Sobald ich wieder etwas machen kann bin ich zu jeder Theilnahme bereitwillig. Von Schlegels habe ich seit langer Zeit wenig gehört, und gesehn.

Beym Florentin bin ich ziemlich Deiner Meynung.

Deine Sonnette haben mir herrlich gefallen.

Ich bleibe noch längere Zeit hier. Deine Briefe werden mir äußerst lieb seyn, aber Du mußt mit magern Antworten vorlieb nehmen. Was mich sehr plagt, daß ich nicht viel sprechen darf und das war mir zum Denken fast unentbehrlich.

Lebe wohl – grüße Deine liebe Frau herzlich. Karl wird selbst an Dich schreiben.

Dein

treuer Freund

Hardenberg sen.

143. Novalis an den Kreisamtmann Just in Tennstedt

Weißenfels: den 1ten Februar 1801. [Sonntag]

Nach einer langen Pause wieder ein freundlich Wörtchen. Die Zwischenzeit war der Mittheilung nicht günstig. Erst jetzt scheint es mir wieder vorwärts zu gehen. Die Milch scheint mir gut zu bekommen, deren alleiniger Genuß jetzt meine Kur ausmacht. Mein Vater holte mich von Dresden ab, welchen Aufenthalt ich sehr gern verließ. Ich bedurfte Ruhe, und *Julie* auch, die mit herreißte und bey mir bleibet. Ich habe in Dresden viel lehrrreiche Erfahrungen gemacht. Mit dem Schreiben gehts noch schlecht, aber Lesen, Denken und Theilnehmen kann ich wieder etwas. Grüßen Sie Ihre Frau und Nichte herzlich. Ich freue mich erstaunend, Sie zu sehen, was doch auf die Messe geschieht. Behalten Sie mich alle recht lieb und denken Sie oft an

Ihren Sie innigst liebenden Freund

[Fridrich von Hardenberg.]

DREI GUTACHTEN VON NOVALIS

1.

Bemerkungen

bey dem P[ro] M[emoria] des Herrn Bergrath Senfs über die Anstellung der Factoren auf den sächsischen Salinen, ingleichen die Vertheilung der DirectorialGeschäffte unter die Glieder des Directorii und was dem anhängig betr[effend].

[Januar 1800]

Indem ich meine Gedanken über des Herrn Bergrath Senfs Aufsatz schriftlich verfassen will, so glaube ich einen Beruf dazu in demselben zu finden, da der Herr Bergrath eine Idee von mir zum Anlaß seines Hauptvorschlags nimmt. Es wird nicht undienlich seyn, die Puncte kurz anzugeben, an deren Faden ich meine Bemerkungen am füglichsten anknüpfen kann. Es sind folgende.

1. Die behauptete *vorzügliche Wichtigkeit* der im Befehl vom [20. August 1799] erwähnten Geschäftsvertheilung unter die Glieder der Localdirection.
2. Der Vorschlag zu dieser Geschäftsvertheilung selbst, und die Idee einer allgemeinen und besondern Direction bey den sächsischen Salinen.
3. Die höchsten Orts approbirte Trennung der Rechnungsbeamten und der practischen Officianten.
4. Die behauptete *Untauglichkeit* der gegenwärtigen, practischen Officianten.
5. Der Vorschlag des Herrn Bergraths die beiden Factorstellen zu Artern und Kösen in eigner Person zu übertragen.

ad 1. kann ich dem Herrn Bergrath Senf nicht beystimmen, wenn er diese Geschäftsvertheilung für sehr wichtig ⟨und als dringend von Dresden empfohlen⟩ ansieht. Weder der bisherige Gang der Geschäfte noch die Worte des Rescripts scheinen dazu Anlaß zu geben. Es war sehr natürlich, daß bey der commissarischen Revision des gesammten Haushalts auch die Frage nach dem Geschäftsgange des Directorii vorkommen mußte. Es scheint mir aber ein großes Verdienst des Salinendirectorii zu seyn, ein Verdienst, was gewiß den vortheilhaftesten Einfluß auf die ausgezeichnete Administration der Direction gehabt hat, daß bey der Beantwortung dieser Frage keine strengen Grenzen der individuellen Wircksamkeit zu ziehn nöthig waren. Man hat in Dresden auch sehr wohl diese wahrhaft directoriale Aufmercksamkeit und Theilnahme an allen Geschäften abseiten jedes Mitgliedes der Direction bemerkt und aufgenommen und bey der allgemeinen Sanktion der commissarischen Verhandlungen auch die Grundsätze der Direction über diesen Gegenstand völlig genehmigt. Diesen Grundsätzen ist die uneingeschränkte Participation jedes Mitgliedes an allen Geschäften angemessen, womit sich übrigens, die aus eines jeden Character, Lage und Kenntnissen entspringende besondre Annahme einzelner Verwaltungszweige recht füglich vereinigen läßt. Sollt ich je eine Abtheilung der Geschäfte nach den einzelnen Salinen unter den Gliedern der Direction in Erwähnung gebracht haben, so hab ich blos temporelle Revisionen, nach der Weise der commissarischen Revision einzelner Bergämter, durch Mitglieder des Oberbergamts zu Freyberg, darunter verstanden. Ich bescheide mich aber gern, daß selbst diese in jenem Sinn nicht eigentlich für die Mitglieder der Salinendirection passen, da die Direction mit den Salinen in keinem solchen Verhältnisse steht, wie das Oberbergamt mit den Bergämtern. Der Bergämter sind mehrere, und eine specielle Direction derselben von Freyberg wäre selbst bey geänderter Verfassung, in Rücksicht ihrer Entfernung, der Weitläuftigkeit der Geschäfte und der dringenden Nothwendigkeit augenblicklicher Veranstaltungen nicht möglich. Daher jedes Bergamt einen speciellen Director, am Bergmeister hat – und dem Oberbergamte mithin nur die Revision der Geschäftsführung dieser Directoren obliegt. Die Einfachheit der Salinenadministration, ihre Nähe und minderer Umfang macht auch eine einfachere Oberaufsicht und Leitung nöthig. Das Directorium kann sich nur selbst revidiren, und diese Revision wird dadurch möglich, daß das Directorium aus einigen Mitgliedern besteht, von denen jedes alles mit zu respiciren hat, und die vereinigt sich der Administration unterziehn. Der leztere Zweck wird durch die Stelle des Directors erreicht, indem sonst 3 einzelne Directoren wären, deren verschiedne Richtung den Geschäftsgang unendlich erschweren würden. Dem vorsitzenden Director liegt nun die Vertheilung der Geschäffte und die Leitung der Berathschlagungen ob und er würde gegen den Zweck seiner Stelle handeln, wenn er eine einförmige Norm jener Vertheilung festsetzen und dadurch die allgemeine Theilnahme jedes Mitgliedes an allen Geschäften in verfassungswidrige und nachtheilige Grenzen setzen wollte. Die höchste Behörde hat bey der Einrichtung der LocalSalinendirection nicht allein auf die nöthige Einheit im Gange der Administration, sondern auch auf den Vortheil der vielseitigern Ansicht eines Geschäfts, und der partheylosern Beurtheilung Rücksicht genommen und scheint auch jezt nicht davon abstrahiren zu wollen. Übrigens aber wird ein bedachtsamer und einsichtsvoller Director, sowohl für sich als seine Collegen, ohne Verletzung jener Grundsätze, Rücksicht auf das Lieblingsfach eines jeden nehmen können, wie solches bey den sächsischen Salinen auch zeither augenscheinlich der Fall gewesen ist. Ich muß also

ad 2. dem Herrn Bergrath selbst zu bedenken geben, ob sein Vorschlag etwas *Neues* beabsichtige, ob es rathsam und erlaubt seyn würde eigenmächtig die Grundverfassung der Direction abzuändern, ob man in Dresden nach ausdrücklicher Erklärung der Beybehaltung des bisherigen Grundsätze einen solchen Vorschlag genehmigen würde, der ohne etwa besseres an die Stelle zu setzen eine durch den günstigsten Erfolg legitimirte Einrichtung umstieße und nothwendig durch hervorgebrachte Ungleichheit des Administrationsgangs von schädlichen Folgen seyn müßte. Diese Betrachtungen lassen allerdings vermuthen, daß der Herr Bergrath diese Idee nicht in dem Umfange verstanden wissen will, den sie sich, in Betracht, daß sie sonst nichts neues bezweckte, zuzueignen scheint.

Bey allen Verschiedenheiten des Characters der bisherigen Directorial-Mitglieder, bey den häufigen Fällen entgegengesezter Meynungen und Handelsweisen ist es bisher in Bezug auf Geschäfte nie zu einer gänzlichen Discrepanz gekommen. Im Gegentheil scheint eine Unähnlichkeit des Directors und des Herrn Bergrath Senfs, die Vorliebe des leztern zu Neuerungen, zu heftigen Maaßregeln des Angriffs und Widerstands, sein Widerwillen gegen Rechnungssubtilitaeten und strenge Oeconomie und seine allzugroße Nachgiebigkeit gegen geschickte aber sonst indisciplinirte Subjecte, und die beständige Opposition des Erstern gegen neue Vorschläge, seine Zögerung und Bedachtsamkeit bey Communicationen, Entschließungen, und Berichten, seine ängstliche Achtsamkeit auf Genauigkeit im Haushalt und Rechnungswesen, und seine ascetische Strenge und Mißtrauen gegen die Subalternen, eine sehr vortheilhafte Verbindung zu seyn, die durch die gemäßigte Temperatur des Herrn Bergrath Heuns dem herrschaftlichen Interresse und dem Einverständniß noch günstiger wird. Ich weis nicht, ob sich der Herr Bergrath Senf bey einem unpartheyischen Überblick seiner Verhältnisse mit dem Director über Mangel an Zutraun von demselben selbst bis in die neusten Zeiten mit Grunde beklagen kann. Aus eigner Erfahrung kann ich bezeugen, daß ich einen Einfluß von Privatmißverständnissen und Differenzen auf die Freyheit des Bergrath Senfs seine Ideen zu realisiren, insofern sie nicht unbearbeitet und unbewiesen waren, nicht zu bemerken im Stande gewesen bin. Die Fälle sind zu mannichfaltig und notorisch, als daß ich einige in Errinnerung zu bringen nöthig hätte. Eine unbedingte Nachgiebigkeit kann der Herr Bergrath unmöglich von dem Character des Directors, und einem männlichen, treuen Diener, nach seinen eignen Grundsätzen verlangen, und eine langsamere Überzeugungsfähigkeit, und eine strenge Gewissenhaftigkeit nicht mit einem absichtlichen Hinderungsbestreben vermengen, welches leztere er gewiß nicht, nach so vielfachen Erfahrungen beym Director vermuthen kann.

Seine nähern und oftermaligen Beschäfftigungen mit den Sonnensalzanstalten zu Kösen und Artern werden es nach der bisherigen Ordnung von selbst mit sich bringen, daß er seine genauere Aufmercksamkeit den Geschäften dieser Salinen widmen, zweckmäßigere Veranstaltungen, wie bisher, treffen, und davon, wenn sie nicht dringend oder unbedeutend sind, behörige Notiz vorher den übrigen Directionsmitgliedern, vielleicht bey den Haushaltsconferenzen, geben kann. Es wird ihm selbst lieb seyn müssen mit seinen wohlgesinnten und erfahrnen Collegen über manche Gegenstände mehr, wie bisher, sich vernehmen zu können, da Offenheit der einzige, zweckmäßige Weg zu Verhütung von Mißverständnissen ist, und es gewiß keiner Idee Schaden bringt von mehreren Köpfen betrachtet und einige Zeit älter zu werden. Bey der Mittheilung entwickelt sich die Idee im Kopfe des Erfinders selbst mehr, wenn die Mittheilung auch sonst nicht schon im Begriff einer gemeinschaftlichen Direction läge.

⟨Wozu also eine ausdrückliche Sanktion einer schon festen, und genehmigten Einrichtung? Warum ein nothwendiges Mißverständniß der Absicht bey der höchsten Behörde veranlassen?⟩ Warum also eine wünschenswerthe und nothwendige Freyheit mit einer unzweckmäßigen Limitation vertauschen? Der Unterschied der allgemeinen und speciellen Direction kann bey dem LocalSalinendirectorio nicht statt finden, ohne es in seiner jetzigen Gestalt aufzuheben, ⟨und diese Veränderung soll einer Behörde jezt vorgetragen werden, wo man, satt von den geschehenen Veränderungen, jede Neuerung mit erneuerten Unwillen betrachten wird?⟩

Ein Mann, wie der Herr Bergrath Senf, kann Debatten nicht scheun, und weder die Geduld dabey verlieren, wenn seine Collegen deliberiren, noch die Zeit bedauern, die eine reifliche Erwägung kostet. Ich sehe auch nicht, daß bisher dieser Zeitaufwand so beträchtlich gewesen ist, daß er schädlich geworden wäre. Im Gegentheil werden wenig Administration sich in Rücksicht der Schnelligkeit der Geschäftsführung mit der Direction messen können.

Es sey mir erlaubt noch mit einer allgemeinen Bemerkung zu schließen – nemlich, daß eine feste Regel, wie eine Instruction, dem Fleiße und guten Willen fast immer hinderlich, den Gegentheilen aber sehr angenehm und eine gewisse Freyheit der Geschäftsführung ein Kleinod für den patriotischen Diener ist. Daher auch der Vorschlag die Berichtsfertigung der Reihe nach umhergehn zu lassen sich ebenfalls nicht mit der bestehenden

Einrichtung des Directorii verträgt, und die Stelle des Directors geradezu mit vernichten würde.

Was

ad 3. die höchsten Orts approbirte Trennung der Rechnungsbeamten und der practischen Officianten betrift, so ist der eigentliche Zweck beyde Fächer nicht gegenseitig durch einander leiden zu lassen – indem selten Ein Subject zu beyden Fächern zugleich sich hinlänglich qualificirt, und die Besorgung des Einen oft der Besorgung des Andern in Weg treten muß. Mit diesem Zwecke scheint die Äußerung des Herrn Bergrath zu streiten, wenn er sich bey der speciellen Direction der kleinern Salinen die Freyheit reservirt zu jedem Geschäfte gerade denjenigen gebrauchen zu dürfen der demselben am besten vorstehn kann. Die beyden künftigen, practischen Officianten jeder Saline können nach dem Plane zu allen practischen Geschäften gebraucht werden, aber nicht zum Rechnungswesen und so umgekehrt. Den Condukteur aber, statt des Factors zur Besorgung der Fabrication zu gebrauchen, wäre wohl eine unstatthafte Incongruenz.

Die Sanctionirung jener Trennung sichert das Directorium vor unzweckmäßigen Besetzungen der practischen Stellen von oben herab mit Subjecten, die, wie ehmals, nur schreiben, lesen und rechnen konnten. Der Punct

ad 4. gibt mir nun Anlaß hierauf Bemerkungen über die Tauglichkeit der vorhandenen Subjecte zu technischen Stellen zu gründen. Außer den 3 Condukteurs sind noch 3 Subjecte, der Controlleur Ockardt, der Salzschreiber Semler, und der Gradiermeister Wintzer vorhanden, die als Candidaten zu der technischen Stelle des Factors in Rechnung gebracht werden können.

Ich weis nicht, worauf der Herr Bergrath seine Behauptung der Unfähigkeit aller dieser Candidaten zur Factorstelle gründet. Die bisherige Assistenten Stelle in Dürrenberg war beynah völlig schon die Factorstelle und sie ist hintereinander mit 2 jungen Leuten besezt gewesen, so daß große Erfahrung wenigstens nicht zu einer solchen Stelle unentbehrlich zu seyn scheint. Chémische

Kenntnisse besaß nur der lezte Assistent und doch scheint der Herr Bergrath vorzüglich mit dem Ersteren zufrieden zu seyn – daher auch chémische Kenntnisse nicht unentbehrlich dazu erforderlich seyn dürften.

Die übrigen dazu gehörigen Fähigkeiten in theoretischer Hinsicht dürften den Meisten obiger Candidaten nicht abzusprechen seyn. Mithin käme es auf die moralischen Fähigkeiten bey der Wahl vorzüglich an, und hier müßte also jene Unfähigkeit stekken. Den Salzschreiber Semler scheint der Herr Bergrath selbst für wahlfähig zu halten und äußerte bey dem Condukteur Bischoff gegen den Director nur Zweifel über dessen Application. Es käme also auf die Frage an, ob diese Bedenklichkeit ihn schlechthin ausschlösse, oder ob nicht Zeit, genaue und strenge Aufsicht und selbst Interresse diese Bedenklichkeit bey Bischoff aufheben könnten, besonders da er ehemals mannichfache Proben seiner Applicationsfähigkeit gegeben hat.

Es sey mir erlaubt hier meine Ideen über die Ausführung jenes Plans mit dieser Beziehung aufstellen zu dürfen. Semlers Alter, anerkannte Treue und Ämsigkeit machten ihn in diesem Augenblicke vielleicht am Annehmlichsten zur nothwendigen Besetzung der Factorstelle in Dürrenberg. Bischoff käme auf die Probe nach Kösen, noch mit dem Praedicate des Condukteurs, hätte aber dort durch Seffners Entbindung von technischen Geschäften jezt die Factorstelle zu versehn. So lange Wahl noch dort bliebe, wäre kein Condukteur dahin zu setzen, sondern Bischoff müßte die Stelle des Condukteurs einstweilen mit versehn, welches auch bey dem Umfange der Saline Kösen füglich geschehn könnte. Seffner und Wahl könnten die Auszahlung in Mertendorf alternative besorgen. Der Condukteur Franke oder Kolditz kämen nach Dürrenberg, ⟨wo jezt zunächst keine wichtigen Baue bevorstehn⟩ und ich glaube, daß der Erstere mit dem Kunstmeister in Dürrenberg und Semlern noch besser auskommen würde, als mit dem Kunstmeister in Kösen. In Artern bliebe es bey der bisherigen Einrichtung. Ockardt bekäme das Praedikat, als Factor und Wintzer würde Salzschreiber.

Bischoffen würde angedeutet, daß im Falle seines Wolverhaltens ihm die Factorstelle in Kösen zugetheilt werden sollte – zugleich könnte der Bergrath Senf ihn beym oftermaligen Aufenthalte in Kösen genau beobachten und durch Aufsicht und Unterricht seine Fähigkeit zur Factorstelle vermehren.

Die Besoldungen anbelangend, so schien es wohl in aller Absicht gerathen zu seyn, die sämmtlichen FactorBesoldungen zu egalisiren, und nur unter den Condukteurs um deswillen eine Ungleichheit beyzubehalten damit man die Fähigern auszeichnen könne. Die erstere Maaßregel wäre vielleicht wünschenswerth, damit man Versetzungen leicht vornehmen könnte, die zur Erhaltung der Thätigkeit, zur Vermehrung der Capacitaet, und zur Trennung unpaßlicher Verhältnisse gewiß ein gutes Mittel abgeben könnte[n]. Bey den Condukteurs bäte man sich in Dresden die Erlaubniß aus, daß ihre Besoldungen nicht local wären, und z.B. der Dürrenberger Condukteur, als solcher, besser stände, als der Arternsche und Kösener, um ebenfalls in Versetzungen aus ähnlichen Bewegungsgründen, wie oben, nicht gehindert zu seyn.

⟨Wenn man 550 rtl. nach dem Vorschlage des Herrn Bergraths zum Factorgehalt annähme, und die beste Condukteurstelle zu 350 rtl. so wären die übrigen Vorschläge des Herrn Bergraths über die Modalitaet diese Fonds auszumitteln völlig hinreichend.

Colditzen wäre die 2te Condukteurstelle mit 250 rtl. vielleicht in Rücksicht seiner Familie zu geben. Semler erhielte die Assistenten Besoldung und die 125 rtl. überschüßige Administrationsgelder aus der Düngesalzfabrik und noch 25 rtl. von der Bertholdischen Besoldung so wären die 550 rtl. für ihn vorhanden. Bischoff erhielte zu seinem jetzigen Gehalte noch 25 rtl. von der Bertholdischen Besoldung, so hätte er seinen ersten Condukteurgehalt mit 350 rtl. 100 rtl. von der Bertholdischen Besoldung würden Colditzen zur Completirung seiner ihm zugedachten 2ten CondukteurBesoldung a 250 rtl. zutheil. Franke behielte seinen jetzigen Gehalt – und Wahls Abgang würde hinreichen, durch Vereinigung seiner Funktionen mit denen des Controlleurs, Bischoffen die völlige Factor Besoldung zu geben, oder bis zu Seffners Tode, Ockardten dafür die Factor Besoldung zu ergänzen, der darauf gegründetere Ansprüche hätte, als Bischoff.

Nach Seffners Tode ließe sich dann Bischoffs Gehalt vervollständigen und die Salzschreiberbesoldung in Kösen reguliren. Im Nothfall hätte man bis zu Wahls Abgange noch über die Elevenbesoldung zu disponiren.⟩

Über die Vertheilung und Festsetzung der Besoldungen wag ich keine Bemerkungen, außer daß der Herr Bergrath die vacante Assistenten Besoldung nicht mit in Anschlag gebracht hat – da die Besoldung des chymischen Factors eine neufundirte Besoldung ist, und die Factorbesoldungen für jezt zu hoch fixirt hat. Erst nach Seffners und Wahls Abgange ließe sich ihre Besoldung vielleicht bis dahin erhöhn. Bey einer interimistischen Verringerung derselben scheint es aber an der Möglichkeit, ohne Kostenvermehrung den Plan sogleich auszuführen, nicht zu fehlen.

Ich komme nun

ad 5. und kann offenherzig bekennen, daß ich den Grund nicht recht einsehe, warum der Herr Bergrath Senf 2 Subalternen übertragen und, als Mitglied des Directorii, Functionen versehn will, deren Verantwortlichkeit nicht zu seiner Stelle paßt. Die beyden andern Mitglieder würden nothwendig dadurch in Verlegenheit gesezt, den Subalternen der nöthige Muth benommen, und es müßte in Dresden scheinen, als habe entweder das Directorium oder die Factoren nicht viel zu thun, da 2 solche Stellen von einem Mitgliede desselben so leicht übernommen werden könnten. Kolditzen den größesten Theil der Semlerschen Geschäfte geben, wäre außerdem gewiß eine Maaßregel dieses zum technischen Fach brauchbare Subject ganz von dieser Laufbahn zu entfernen, und seinen Muth und seine Fähigkeit durch mühsames Rechnungsdetail zu unterdrücken. Der Herr Bergrath Senf muß selbst einsehn, daß gerade der Mangel an tüchtigen Candidaten dadurch noch vermehrt werden würde, wenn man fortführe die bessern Subjecte zu vernachlässigen und durch Mangel an Aufmunterung, Zutrauen und Übung jeden fortschreitenden und selbstthätigen Kopf zu lähmen. Das Directorium muß schlechthin Bedacht nehmen künftig Leute zu den wichtigern Stellen zuzuziehn – und diese können nur dadurch gebildet werden, daß das Directorium nicht alles selbst thut, sondern auch die Geprüfteren seiner Subalternen durch ehrenvolles Zutraun zu erweiterter Thätigkeit und erhöhten Diensteyfer anspornt. Wenn zeither der Herr Bergrath Senf durchaus allein im technischen Fach würckte, so kann er nunmehr sich ein großes Verdienst erwerben, wenn er durch Rath, und Unterricht Leute bilden hilft, die dereinst diesem Fache rühmlich vorzustehn im Stande sind.

Man muß nur nicht zu strenge Muster von Vollkommenheit vor Augen, im Anfange Geduld mit mancher unreifen und voreiligen Idee haben, und jede Gelegenheit benutzen auch einem Subaltern sich auszeichnen zu lassen, so wird es an Wahlfähigen Leuten nicht fehlen. Viele menschliche Schwächen vertragen sich mit dem Verdienst eines tüchtigen Officianten, ja sie können oft Veranlassung zu lebhafterer Thätigkeit werden, wie dies z. B. beym Stolz der Fall ist. Strenge Aufsicht und das rühmliche Beyspiel des Directorii muß und wird ihren Eyfer erhalten und zugleich der Anlaß zu einem gesezten, männlichen und menschenfreundlichen Benehmen gegen ihre Collegen und Untergebene werden.

⟨Das Benehmen und die Verhältnisse der Subalternen sind häufig der Maaßstab des Benehmens und der Verhältnisse der Obern und gewiß würde eine directoriale Gerechtigkeitsliebe und Würdiges Benehmen selbst gegen feindselig gesinnte Menschen, eine anständige Manntenenz der andern Mitglieder des Directorii durch jedes derselben gegen die Subalternen, eine offne, freundschaftliche Weise in collegialischen Verhältnissen den günstigsten Einfluß auf die Subalternen haben und den wünschenswerthesten Gemeingeist veranlassen, der durch nichts mehr gestört wird, als durch ausgezeichnete Vorliebe der Obern zu nicht ausgezeichneten Untergebenen, und Hintansetzung und Geringschätzung der andern, vielleicht fortstrebenderen Officianten.⟩

Die fortgesezte Aufmercksamkeit des Directorii thätigen Gemeingeist unter ihnen zu wekken, die kleinliche Animositaet unter ihnen auszurotten, jeden Anlaß zur Eifersucht und zum Mißtrauen gegen ihre Vorgesezten ihnen sorgfältig zu benehmen, und das wolthätige Einverständniß der DirectorialMitglieder über diesen Gegenstand wird gewiß seinen Zweck mit der

Zeit nicht verfehlen, und dann schließt sich das Jahrhundert mit den glücklichsten Aussichten für die Salinen.

Hier liegt die Möglichkeit einer großen Verbesserung auf den Chursächsischen Salinen bey dem jetzigen Zustande der Siedung, deren Haushalt, trotz den ungünstigern und sich selbst Unrecht thuenden Ansichten des Herrn Bergrath Senfs, zeither immer musterhaft und vorzüglich genannt zu werden verdient, und seinen Resultaten nach zu urtheilen wohl keiner so totalen Reform bedürftig zu seyn scheint. Der Herr Bergrath Senf ist zwar ideenreich genug um auch künftig noch manche Verbesserung anzubringen, indeß dürfte die Möglichkeit einer Vervollkommnung, die wohl bey den ruhmwürdigsten Anstrengungen übrigbleibt, noch kein Grund der Verwerfung der vorhergegangenen Bemühungen, und des zeitherigen Administrationsganges seyn. Der vorzügliche Antheil, den der Herr Bergrath Senf an der bessern Einrichtung der Salinen gehabt hat, wird immer verdienstlich bleiben, wenn auch künftige Industrie noch viel zu thun fände, sowie freylich jeder Tadel der Administration, vorzüglich den Herrn Bergrath Senf treffen müßte, da seine Wircksamkeit nach eignen Geständniß, so frey und überall eingreifend war.

Ich habe in diesen Bemerkungen mit einer Freymüthigkeit gesprochen, zu der der Auf[trag] ...

... Anspruch gehört zu werden und als solche glaub ich sie dem Ermessen des Directorii ehrfurchtsvoll unterwerfen zu können.

Fridrich von Hardenberg.

⟨Als Nachtrag muß ich noch die erwähnten Praemien berühren. Sollte es nicht gerathener seyn abermals in Dresden um Fixirung der Accidentien von dem Formkohlen Consumo, nach dessen étatmäßiger Würderung, aus dem wichtigen Grunde anzutragen, daß durch das collidirende Interresse, bey nunmehr eingeführter Kohlenfeurung die nöthige Oeconomie beym Feuerwerckshaushalte nothwendig leiden und beeinträchtigt werden müsse, wie solches vielleicht bereits geschehn?⟩

2.

[Bericht über das Alaunwerk Hohenebra]

Tennstedt: den 4ten May. 1800.

Nachdem ich Endes unterzeichneter, der freundschaftlichen Aufforderung des Herrn Kreisamtmanns Just gemäß, mich vor einigen Tagen bey demselben in Tennstedt eingefunden hatte, so gab der Herr Kreisamtmann, dem Herrn Hauptmann von Witzleben zu HohenEbra, Nachricht, von unserm Vorhaben, ihn zu besuchen und sein neuangelegtes Alaunwerk zu besehn; worauf lezterer zwar seine Bereitwilligkeit uns zu empfangen bezeugte, übrigens aber, uns im voraus, mit dem schlechten Zustande seines Werks und daß jezt nichts daselbst zu sehn sey, bekannt zu machen, für nöthig zu erachten schien. Wir ließen uns dennoch nicht abhalten und begaben uns am []ten May zu ihm. Er schien sein Gesuch für vergessen zu halten und sich anderwärts mit seinen Vorschlägen wenden zu wollen. Der Herr Kreisamtmann forderte ihn zu einer nähern Erklärung auf und ich suchte ihn zu einem Gespräch über seine Projekte zu veranlassen, um in Erfahrung zu bringen, inwiefern er durch seine Kenntnisse und Einsichten Gelegenheit gebe, einen vortheilhaften Schluß auf seine Ideen zu ziehn, oder nicht. Wiewohl er nun anfänglich nicht Lust bezeugteisich über technische Gegenstände einzulassen, so ward er doch nach gerade offen genug und zeigte allerdings eine ziemlich gründliche Bekanntschaft mit der practischen Scheidekunst. War er auch gleich mit der neuern Theorie weniger vertraut, so schienen ihm doch die Grundsätze der Verwandtschaften und die mancherley Zweige der technischen Chémie völlig bekannt zu seyn. Von jeher hatte sich sein Fleis mit chémischen Spekulationen beschäftigt, indeß mochten seine äußren Umstände nicht dabey gewonnen, jedoch die traurigen Erfahrungen seines ziemlich langen Lebens ihm nichts von seinem Muth und seinen Hoffnungen benommen haben. Er gestand mit großer Freymüthigkeit die Fehlschlagung mehrerer Projekte, indeß ließ sich vermuthen, daß die Schuld weniger an der Richtigkeit der Ideen als an der mangelhaften Ausführung gelegen hatte; denn zum Mercantilischen, Technischen und Administrativen Fache verrieht er wenig Anlagen.

Sein erpachtetes Alaunwerk gab hiervon den deutlichsten Beweis. Er war in den Pacht getreten, ohne die Beschaffenheit des völlig ruinirten Werks zu kennen. Die Lage desselben auf einer großen, völlig wasserarmen Höhe war schon beschwerlich genug; aber das Alaunschieferflötz selbst war erschöpft, und nichts mehr darauf auszurichten. Lezteres konnte man freylich nur aus seiner mangelhaften Erzählung schließen, da der Bau selbst verbrochen und nicht mehr in fahrbaren Stand war. Der Mangel an Gelde und bergmännischen Einsichten hatte ihm nun freylich jeden weitern Versuch unmöglich gemacht. Indeß ward es wahrscheinlich, daß dieses Flötz nur ein kleines abgesondertes Lager auf dem neuern Gypsgebürge constituirt hatte. Die vorgezeigten Schiefer schienen an einigen nicht verwitterten Stellen sehr der Steinkohle zu ähneln. Sie waren stark mit Vitriol und Alaun beschlagen und hatten 1½ Jahr gelegen. Er sagte, daß ein ähnliches Flötz eine Stunde davon bey Großen Ehrich vorkäme, welches ich zu untersuchen für diesmal nicht Zeit hatte. Übrigens war er mit der Alaunfabrication genau bekannt und äußerte recht richtige Ideen. Seine Hauptverbesserung schien sich auf eine Benutzung der freyen Schwefelsäure in der Lauge zu gründen. Durch einen Zusatz von Thon, jedoch nicht rohen, unvorbereiteten Thon, meynte er eine beträchtliche Vermehrung des Alaunausbringens zu bewircken. Außer dieser Idee behauptete er durch eine bessere Einrichtung des Heerdes und der Pfannen Zeit und Holz zu ersparen, auch der besondern Auflösung des Flusses entübrigt zu seyn, die Mutterlauge besser zu benutzen, und beym Wachsmachen eine dem Gebrauch des Alauns in Färbereyen schädliche übertriebene Läuterung des Alauns zu verhüten. Auf meinen Einwand gegen die Hauptidee der Benutzung der freyen Schwefelsäure, daß dieselbe doch nur da anwendbar seyn könne, wo dergleichen Säure in Menge sich in der Lauge befinde, welches ohne Zweifel nicht durchgängig der Fall sey, meynte er freylich, daß er sich mit den fraglichen Alaunwerken erst bekannt machen und vorzüglich untersuchen müsse, ob er den nöthigen Thon aus Halden von ausgelaugten Schiefern bekommen könne.

Es dürfte vielleicht nicht unnütz seyn, von einigen seiner Ideen Notiz zu nehmen und unter dem Beystand eines erfahrnen Alaunofficianten ihn die nöthigen Probeversuche anstellen zu lassen. So analog und richtig seine Ideen zu seyn schienen, so dürfte er selbst sich am wenigsten zur Ausführung passen. Indeß sollte es mich freuen, wenn einiger Vortheil dabey herauskäme und er mit einer Gratification begnadigt würde, die die lezten Tage seines mühevollen und getäuschten Lebens erleichterte und seine armseeligen Umstände verbesserte, welches ihm um so mehr zu gönnen wäre, da er das Ansehn eines guten, ehrlichen Mannes besizt, unter den ungünstigsten Umständen Muth, und Zutrauen zu seiner Wissenschaft behalten, und leider auf seine alten Tage bey dem bittersten Rückblick auf lange mislungne Bemühungen, die kummervollste Aussicht auf den Rest seines Lebens vor sich hat.

Fridrich von Hardenberg.

3.

[Bericht an Abraham Gottlob Werner]

Zeitz: den 10ten Junius 1800

Ich habe mit Fleis angestanden, Ihnen, theuerster Lehrer, eher zu schreiben, als bis wir im Stande waren den aufgegebnen District größthentheils zu übersehn und zu beurtheilen. Wetter und Weg waren uns bisher ziemlich günstig und wir haben überall die freundlichste Aufnahme gefunden. Weniger höflich hat sich das Stück Erdrinde gezeigt, was wir beobachtet haben. Wir wanderten von Zeitz über Haynsburg durch den Forst nach Silbitz, von da an der Elster hinunter nach Köstritz. Bey Zeitz bis in die

Gegend von Gleina, wo wir den ersten Feyertag Nachmittags waren, fanden wir nichts, als buntes Sandsteingebürge, was mit mehr oder weniger Kalk gemischt ist, und wie mir schon aus unsrer Gegend bekannt, so allmälich in den Roggenstein übergeht. Dieses Gebürg fanden wir bey Haynsburg, und bey Silbitz, sowie an der Elster, Köstritz gegenüber. Nur ein einziges Kalklager bey Silbitz, welches wir nach unsern weitern Beobachtungen zum alten Flötzkalk rechnen möchten, trafen wir, konnten jedoch seine Auflagerungsverhältnisse nicht entdecken. Leer an Versteinerungen und stark mit Stinkstein gemischt, kam er unten am Berge ziemlich horizontal zum Vorschein. Bey Köstritz entdeckten wir alten Gangbergbau in Thonschiefer – wahrscheinlich Übergangsthonschiefer. Die Gangmasse schien fast aus nichts, als Braunspath bestanden zu haben; Kupfergrün und Kupferlasur waren die Erzspuren, die wir entdecken konnten. Dieses Gebürge bildete nur einige Kuppen. Gleich drüber lag bunter Sandstein, und dieser soll sich von da durch den ganzen Wald nach Lausnitz, Eisenberg und Ganglof zu ziehn, wie wir aus Erzählungen schließen konnten. Der alte Kalk streicht am linken Ufer der Elster nach Deschütz herauf und bildet Höhlen, die wir besuchten und ihre Entstehung durch Kreutzung offner Gangräume deutlich beobachten konnten. Dieser Kalk enthält auch häufig eingesprengten Bleyglanz und Schwefelkies, auch Spuren von Kupfererzen. Haupt gieng über Krossen bis in die Gegend von Podebuls an der Elster und fand bey Kaschwitz alten Gyps, bey Krossen bunten Sandstein und dann bey Podebuls wieder obigen Kalkstein in einem isolirten Berge. Ich gieng auf Steinbrücken, Ruben, Langenberg, Dinz, Roschütz nach Gera und fand durch aus die Berge bis Langenberg aus bunten Sandstein bestehend – unten im Thale aber überall obigen Kalk, der einen porösen Kalkstein zum Dach hat – wahrsch[einlich] die sog[enannte] Rauchwacke. Eine einzige Sonderbarkeit bemerkte ich an einigen bey Roschütz gebrochnen Kalksteinen, deren Bruch wieder zugeschüttet war, nemlich einen deutlichen Übergang in grobkörnigen Roggenstein. Übrigens schien dieser K[alk] St[ein] völlig identisch mit dem Bisherigen. Haupt kam den andern Tag über Tieschütz nach, wo er Gyps, wahrsch[einlich] Neuen, traf. Der Dr. Jani, dessen Bekanntschaft wir machten führte uns nach Lischwitz. Unterwegs fanden wir den bisherigen Kalk auf einem völlig aufgelößten weißlichen, grauen und blauen KalkConglomerat aufliegen, und dieses unmittelbar auf einem rothen, thonigen Gebürge, welches sich nach Lischwitz hoch emporhob und deutlich die Beschaffenheit des Rothen Todten Liegenden zeigte, welches wir an einer andern Stelle genauer zu beobachten und die rothen, groben Sandsteinbänke, mit Sandsteinschiefer abwechselnd zu bemerken Gelegenheit fanden. Von Kupferschiefer war keine Spur vorhanden. Das Lager der Kohlenblende ließ sich leider gar nicht beobachten – alles war verschüttet, und über Tage schlechterdings nichts zu bemerken. Nur Bruchstückchen fanden wir, sowie den deutlichsten Übergang des Thonschiefers in Grauwakke. Wir giengen von da querfeldein nach Nauendorf, ohne etwas Neues zu finden. Von Nauendorf nach Mickern, wo wir Steinbrüche in alten Kalkstein sahen, nach Schwara, wo auf einmal Muschelkalk mit den schönsten Gryphiten zum Vorschein kam, die in ungeheurer Menge darinn liegen. Eine sehr merckwürdige Versteinerung entdeckte der Dr. Jani und trat sie uns für Sie ab. Dieser Muschelkalk ist ebenfalls mit Bleyglanz, Kupferkies und Kupfergrün gemengt und mit Stinkstein gemischt. Sonderbar genug scheint er unmittelbar auf Thonschiefer zu liegen, der kaum 200 Schritte davon mitten im Dorfe eine kleine Kuppe bildet. Dieser Muschelkalk zieht sich nach Tschippach auf der Einen Seite, auf der andern nach Gera zu, wo dergl[eichen] auf dem sog[enannten] Steinertsberge vorkommt. Bey Reußisch Trebnitz, wo Thonschiefer sichtbar ist, bemerkten wir einen Haldenzug, der von Röpsen heraufkommt und sich am Thonschiefer dicht an Trebnitz endigt. Hier auf diesem Stolln scheint der ehmalige Kupferschieferbergbau betrieben worden zu seyn, von welchem noch Rudera einer Schmelzhütte und eines Pochwerks bey Gera vorhanden sind, wenigstens haben wir schlechterdings nichts weiter vom Bergbau in dasiger Gegend entdecken und erfragen können. Um diesen merkwürdigen Punkt genauer kennen zu lernen, giengen wir den andern Tag nach Roschütz, wo wir mehrere Entblößungen des Gebürgs, und deutlich den bisherigen Kalkstein wieder auf grauen Conglomerat, und dieses auf rothen Conglomerat aufliegen fanden. Lezteres constituirt dort die Hauptmasse des linken Gehänges, nach dem Elsterthale zu. Hinter Roschütz nach Hayn zu kamen wir in die merkwürdigen Geraischen Porzellanerdenbrüche. Die Porzellanerde kommt hier, als Bindemittel eines weißen, quarzigen Sandsteins vor, der äußerst grob und porös ist, wahrsch[einlich] über dem bunten Sandsteine in aufgeschwemmten Gebürge. Sie wird nachher durch eine Art von Aufbereitung aus diesem Sandstein gewonnen. Wir giengen von hier auf Röpsen und Dorna zu, und entdeckten hier das Ausgehende des Kupferschieferflötzes, das dicht auf dem grauen Conglomerat, unter dem Kalkstein lag. Es enthielt gleich vom Tage herein viele Spuren von Kupfer. Gyps war aber hier herum und weiter hinauf gar nicht zu bemerken. Wir begaben uns nun nach Ronneburg, wo der Urtrapp mehrere Felskuppen über den Thonschiefer herauf bildet, der hier die Hauptmasse der Gegend auszumachen scheint. Der Urtrapp besteht aus äußerst festen grobkörnigen Grünstein. Der Thonschiefer geht in lydischen Stein über – ist grünlich und röthlich – enthält Lager von schwarzer Kreide, in der Tiefe wahrscheinlich von glänzenden Alaunschiefer – und nah am Tage scheint er in Dach und Zeichenschiefer überzugehn oder Lager davon zu enthalten. Der Rath Sultzer zeigte uns mit vieler Bereitwilligkeit seine instructive Sammlung, und machte uns mit der Gegend bekannt. Bey Weida ist Übergangs Gebürge – bey Braunswalde soll eine Topfsteinkuppe vorkommen. Bey Löbigau findet sich schwarze Kreide. Posterstein liegt auf Thonschiefer. Nach Schmöllen zu findet sich wieder bunter Sandstein ein und umgiebt den Porphyr von Altenburg. UrtrappKuppen giebt es noch einige in dasiger Gegend. Von Kalk ist hier herum sowenig etwas zu befinden, als wie von Gyps. Im ganzen Altenburgischen soll von lezteren hier nichts vorkommen. Das Merckwürdigste, was er uns sagte, war, in Betreff eines Versuchs in der Gegend von Corbussen auf Steinkohlen. Die Wasser hatten die gänzliche Ausführung behindert. Durch Muschelkalkstein, der schon Kohle auf den Schichtungsklüften enthalten hatte, waren sie in grauen Schiefer mit Abdrükken gekommen und hier war der Bau stehn geblieben. Die Kohle war in beträchtlichen Stükken vorgekommen; sie war schiefrig und sollte sehr gut brennen. Indeß zweifeln wir, daß ein dortiges St[ein]kohlengebürge sehr bauwürdig gewesen wäre, da rund um Corbussen her, Thonschiefer, Grünstein und Rothes Todtes Liegendes zu Tage aussetzen. Für Honigsteine und gediegenen Schwefel erhielt ich von Sulzern für uns ein schönes Stück Lischwitzer Kohlenblende, deren lezten Vorrath er aufgekauft hat, und einige schöne Stücke Geraische Schaumerde, die wir in Gera nicht erfragen und erforschen konnten. Haupt ist 2mal in dieser Absicht ausgewesen. Allein einige Leute machen ein Arcanum aus dem Orte ihres Vorkommens und die Nachrichten, die wir davon erfahren konnten, waren unrichtig. Sulzer sagte uns, daß sie im Kalkmergel bei Robitz hinter Tieschütz, gleich unter Tage in aufgeschwemmten Gebürge gefunden würde. Nun giengen wir über Groß Stein Nauendorf, wo wir hinter dem Dorfe wieder im Fahrwege Grünstein anstehend fanden, Hirschfeld, wo schon der bunte Sandstein anfängt und bis Meuselwitz continuirt, Pölzig, Brökau, Weißenborn, Roda, Kayna, Menzmühle, Oelsen, Brossen, Zipsendorf nach Meuselwitz. Das dortige Braunkohlenlager findet sich bey Lobas zu erst, dann bey Ölsen, und continuirt bis Gröben, aber wahrscheinlich in sehr unterbrochner Lagerung längs der Schnauder. Nur bey Ölsen wird es bebaut – aber sehr gering und schlecht. Die sehr holzige, aber, wie mich dünkt, schlechte Erdkohle liegt unter weißen Sand. Um die Mächtigkeit hatten sich die Bauern noch nicht bekümmert. Wir giengen über Wuitz, Remsdorf, Rumsdorf und Täschwitz nach Zeitz zurück. Gestern haben wir die Gegend am Brihlbache bis Zetschendorf, auch den Wald, die Zeche genannt, durchsucht, aber nichts als bunten Sandstein und nicht das Mindeste Merckwürdige weiter gefunden. Wir haben hier aus dem Amte und sonst Nachrichten eingezogen, indeß scheint außer bunten Sandstein und einigen Kalkbrüchen unterhalb Mansdorf nichts weiter von Gebürgen hier herum vorzukommen. Mehrere Nachrichten über Torf und Erdkohlenlager an dem Bache, der von Luntzig, Zschelbach, Ossig und Mödelstein herunterkömmt werden wir genauer an Ort und Stelle prüfen. Auch bey Heukewalde sollen dergl[eichen] Lager vorkommen. Wir sind nur unmuthig keinen Gyps und Kalk, oder Steink[ohlen] Geb[ürge] im Sächsischen anzutreffen. Bey Dragsdorf, Kl[ein] Pörten, Suxdorf und Geußnitz werden wir nichts als bunten Sandstein in den dasigen Steinbrüchen finden. In 8–10 Tagen können wir schon in Leipzig seyn. Das Journal wird Haupt mitbringen. Den eigentlichen Bericht werde ich dann sofort besorgen.

Freylich hätten wir gewünscht glücklicher zu seyn. Sonst sind wir gesund und munter und ich bin äußerst mit Haupten zufrieden. Seine Erfahrungen über die höherliegenden Gegenden sind uns sehr zu statten gekommen.

Verzeihn Sie übrigens, theuerster Lehrer, diese flüchtige Übersicht unsrer Reise. Einem Reisenden nehmen Sie wohl etwas Zerstreuung nicht übel. Wir empfehlen uns beyde Ihrer Freundschaft und Aufmercksamkeit und ich verharre mit der wärmsten Achtung

Ihr gehorsamster Schüler und Freund

Fridrich von Hardenberg.

Editorische Schlussnotiz zu Band 1

Die vorliegende Ausgabe der Werke Friedrich von Hardenbergs (1771-1801) stützt sich auf die historisch-kritische Ausgabe (HKA) von *Novalis Schriften* in 4 Bänden und einem Begleitband (Kohlhammer Stuttgart 1960ff.). Der erste Band der vorliegenden Ausgabe enthält Novalis' dichterisches Werk und als zweite Abteilung eine Sammlung von Tagebüchern und Briefen Hardenbergs.

Die Darbietung des dichterischen Werkes folgt der Praxis, die im 1. Band, 3. Auflage 1977 der HKA (= HKA I^3) durchgeführt wurde, Novalis' Werke in ihrer Rechtschreibung und Zeichensetzung so weit wie möglich in der ursprünglichen Gestalt wiederzugeben. Da im Gegensatz zum philosophischen Werk (Bd. 2 dieser Ausgabe) die handschriftliche Überlieferung des dichterischen Werks, die die Absichten des Autors am deutlichsten kenntlich macht, verhältnismäßig dürftig ist, mußte in mehreren Fällen *(Die Geistlichen Lieder, Die Lehrlinge zu Saïs, Heinrich von Ofterdingen 1. Teil)* auf bald nach Hardenbergs Tod erschienene Erstdrucke zurückgegriffen werden. Zu seinen Lebzeiten wurden nur zwei Dichtwerke veröffentlicht: ein Gedicht des 19jährigen *Die Klagen eines Jünglings* (S. 57ff.) und die endgültige Fassung der *Hymnen an die Nacht* im *Athenaeum* (August 1800). Wir besitzen eine frühere handschriftliche Fassung der *Hymnen,* die wir, wie in HKA I, der Athenaeums-Fassung im Paralleldruck gegenüberstellen. Ferner hat sich eine 18seitige Handschrift erhalten, die den Anfang des zweiten Teils des *Heinrich von Ofterdingen* enthält. Dann liegen Handschriften vor von zwei Liedern aus dem ersten Teil des *Ofterdingen,* von 10 der 15 *Geistlichen Lieder,* sowie von 17 der 31 *Vermischten Gedichte.* Das ist alles, was vom reifen Werk des Dichters authentisch überliefert ist.

Überliefert war ferner eine große Masse von Jugendarbeiten, in der Hauptsache Lyrik, dazu Fabeln, Entwürfe zu Dramen, Vers- und Prosaerzählungen, Übersetzungen, meist aus den klassischen Sprachen, und »Essays«. Sie wurden im Alter von 17-20 Jahren geschrieben. Die Originale lagen bis 1930 im Archiv der Familie von Hardenberg auf Schloß Oberwiederstedt, wurden dann von der Berliner (heute Deutschen) Staatsbibliothek angekauft, wurden im Zweiten Weltkrieg nach Schlesien ausgelagert und sind verschollen; nur einige Photokopien von Einzelstücken und eine Abschrift aller bis 1930 nicht veröffentlichten Stücke sind erhalten, die im Besitze des Herausgebers dieses Bandes sind.

Nicht nur der Umfang des Jugendnachlasses hat seine Gesamtveröffentlichung verhindert, mehr noch, daß er viel wertlose Versifikationen und mißlungene Übungsdichtung enthält. HKA I hat die bisher umfangreichste Auswahl in einem »Anhang« getroffen – 117 Gedichte, dazu Beispiele der oben erwähnten Gattungsformen, in denen sich der junge Hardenberg versuchte.[1] Die Auswahlkriterien für die HKA waren in erster Linie die Qualität der Jugendversuche, in zweiter biographisches, zeit-, geistes- und motivgeschichtliches Interesse. Unsere Ausgabe reduziert die Auswahl der Jugendversuche gegenüber der HKA und legt den Hauptwert auf das, was der zwanzigjährige Friedrich Schlegel, als er die »Werke« seines neugewonnenen Freundes durchsah, in einzelnen Stükken »witterte«, nämlich die Potentialität zu einem »guten vielleicht großen lyrischen Dichter«.[2]

Ein Jugendgedicht wurde hier neu eingefügt, das nicht in die HKA aufgenommen wurde: *Das Bad* (S. 31), welchem das Gedicht *Badelied* folgt, um den qualitativen Unterschied zweier motivgleicher Gedichte zu demonstrieren. Ferner ist Hardenbergs Übersetzung der 4. (»messianischen«) Ekloge Vergils im Gegensatz zur HKA hier vollständig wiedergegeben (S. 74ff.).

Wir stellen die lyrischen Jugendversuche vor die *Vermischten Gedichte* der reifen Zeit. Unter dieser Rubrik veröffentlichte Ludwig Tieck in der 1. Auflage von *Novalis Schriften* (1802) sechs Stücke (unsere Nrn. 24, 31, 4, 30, 25 und 26), die alle aus der reifen Zeit des Dichters stammen. Die HKA und unsere Ausgabe sammeln unter *Vermischte Gedichte* alle erhaltenen Gelegenheitsgedichte vom Herbst 1795 bis Ende 1800. Die vorliegende Ausgabe zeigt zwei Abweichungen von HKA I[3]. Das Gedicht *An die Schwester Karoline im Namen der Mutter* wurde entgegen der früheren unrichtigen Datierung (auf 1799 statt 1793) an das Ende der Gruppe *Lyrische Jugendversuche* gestellt und die zwei erhaltenen Fassungen des Gedichtes *An Tieck*, Handschrift und Erstdruck, wurden nacheinander abgedruckt, um Novalis' Arbeitsweise auch an einem kleineren Stück als den *Hymnen an die Nacht* aufzuzeigen.

Die Sammlung von Tagebüchern und Briefen Hardenbergs, die die zweite Abteilung dieses Bandes einnehmen, soll die Entwicklung seiner

[1]) H. J. Mähl erstveröffentlichte weitere 40 Stücke als Anhang zu seinem Buch: »Die Idee des goldenen Zeitalters im Werk des Novalis«, Heidelberg 1965, S. 429-471.

[2]) s. Brief an den Bruder August Wilhelm von Jan. 1792, HKA IV, S. 572.

Persönlichkeit, seines Stils und seiner Gedankenwelt verfolgen. Sie ist nicht als eine konsekutive Dokumentation zur Biographie gedacht. Dazu müßten Briefe an ihn und Äußerungen von Zeitgenossen über ihn herangezogen werden, die sich im 4. Band der HKA, Abteilungen III und IV finden und aus denen im Kommentar verschiedentlich zitiert wird. Von den Briefen Friedrich von Hardenbergs sind verhältnismäßig wenige erhalten. Besonders bedauerlich ist der Verlust seiner Briefe an bedeutende Persönlichkeiten wie Goethe, Wieland, Fichte, Schelling, Jean Paul, J. W. Ritter u. a., an Sophie von Kühn und den Grüninger Kreis, sowie an seine zweite Braut, Julie von Charpentier. Diese Ausgabe enthält den größten Teil von Hardenbergs überlieferten Briefen; nur unwichtige Stücke, besonders geschäftlicher Art, wie Dankesbriefe an Vorgesetzte, im ganzen 36 (verglichen mit HKA IV, Abt. II) sind ausgeschlossen worden. Um Friedrich von Hardenberg, den Verwaltungsbeamten und praktizierenden Chemiker und Geologen zu kennzeichnen, sind als Anhang drei Gutachten bzw. Berichte aus dem 3. Band der HKA angefügt worden.

Die Edition folgt bei der Wiedergabe aller Texte den Prinzipien der HKA. Alle von Hardenberg-Novalis unterstrichenen Wörter oder Stellen erscheinen in *Kursivdruck,* doppelt oder mehrfach unterstrichene *k u r s i v g e s p e r r t.* Von Novalis während der Niederschrift gestrichene Stellen werden in *kleine* Winkelklammern < > gesetzt, nachträgliche Streichungen, wenn sie nicht als Lesarten im Kommentarband erscheinen, stehen in *hohen* Winkelklammern ⟨ ⟩. Überschriften von Gedichten, die nicht von Novalis stammen, sowie alle Zusätze im Text sind durch eckige Klammern [ ] gekennzeichnet. Drei Sternchen zwischen einzelnen Tagebuchaufzeichnungen signalisieren das Ende größerer Handschriftengruppen.

Über weitere Einzelheiten der textkritischen Behandlung und der Kommentierung gibt der gesonderte Kommentarband Auskunft.

Brighton–Melbourne
November 1977 *R. S.*

Alphabetisches Verzeichnis der Gedichtanfänge und -überschriften

Das Verzeichnis enthält die Titel und Überschriften aller in diesem Band aufgenommenen Gedichte, einschließlich der in der dichterischen Prosa sowie innerhalb der Tagebücher und Briefe erscheinenden Gedichte oder Gedichtfragmente.

Inhaltsverzeichnis

Zu den Gedichten vgl. das Verzeichnis S. 774 ff.